Nuestro largo adiós

Nuestro largo adiós

Megan Maxwell

Esencia/Planeta

Avda. Diagonal, 662-664, 08034 Barcelona (España)
www.esenciaeditorial.com
www.planetadelibros.com

Primera edición: julio de 2025
ISBN: 978-84-08-30583-5
Depósito legal: B. 10225-2025
Composición: MT Color & Diseño, S. L.
Impresión y encuadernación: Egedsa, S. A.
Printed in Spain - Impreso en España

Esta novela se la dedico a Álvaro y a Bris.
Gracias por permitirme crearos, conoceros y contar
vuestra bonita historia de amor.
Y, por supuesto, para las Guerreras y Guerreros Maxwell, que, como yo,
viven el presente, porque, de momento, ¡es lo que tenemos!
Con amor,

Megan

Capítulo 1

Isla de Ibiza (España), año 1995

—Mamáááá... Mamááááá... Mamááááá... Mamáááá...

—Esta niña me va a borrar el nombre —se mofó Rhoda al escuchar a su hija mientras sonreía a su marido.

—Mamááááá.

—Ahora la otra —se rio la mujer.

Sonriéndose estaban los Suárez Papadopoulos cuando Penélope y Briseida, dos preciosas niñas de doce y diez años, aparecieron ante ellos.

—¡Me pido la habitación azul! —soltó la pequeña con seguridad.

—¡No! La quiero yo —protestó Penélope.

—¿Quieres que te dé un puñetazo?

—Briseida Suárez Papadopoulos —advirtió la madre en su versión Terminator, el robot indestructible—. Aléjate de tu hermana ¡ya!

Las hermanas se miraron cuando el padre, Gabriel, desde el sillón indicó:

—Que yo sepa, las dos habitaciones son muy bonitas y tienen una terraza comunicada.

—¡Pero yo quiero la azul!

—Jooooopeeeeee.

—¿Quién llegó primero a ella? —insistió el padre.

—Yoooooo —afirmó Briseida.

Penélope, al escuchar a su hermana, rápidamente comentó:

—Llegaste antes porque me empujaste y...

—Tú me empujaste en casa de los *pappoúdes* para quedarte con la cama de la ventana, ¿o lo has olvidado?

—Pero...

—¿Me empujaste o no? —insistió Bris.

Penélope miró al suelo. Todos fueron testigos de cómo la pequeña Briseida voló por los aires en la casa de los abuelos en Santorini, así que finalmente la muchacha, encogiéndose hombros, admitió:

—Valeeeeeee.

Feliz y contenta Briseida, a la que familiarmente llamaban Bris, sonrió. Tenía mucho más carácter que su hermana, aun siendo la pequeña. Se sentó en el sofá junto a su padre.

—¡He ganado! —cuchicheó.

Segundos después, cuando Penélope y su madre salieron al jardín para ver un precioso arcoíris que aparecía sobre el mar, Gabriel le susurró a su hija pequeña:

—Abre los puños y relájate. Que tienes ya diez años.

—¡Casi once!

La niña con picardía sonrió cuando su padre preguntó:

—¿Pensabas darle un puñetazo a tu hermana?

Briseida lo miró. Adoraba a su hermana.

—Pues claro que no, papi —murmuró.

Gabriel, divertido, asintió. Sus hijas eran como la noche y el día, pero se adoraban. Se querían.

—Maldito carácter griego —se mofó, revolviéndole el cabello corto a su pequeña.

Entendiendo por qué decía aquello, ambos sonrieron cuando la niña, viendo lo que su madre y su hermana les señalaban, dijo:

—Hala, cómo molaaaa, ¡un arcoíris!

Gabriel asintió. Sobre el mar se veía aquella maravilla de la naturaleza, e indicó:

—Sí, Pepinillo.

—Papiiiii.

—Vale... Vale...

La niña, divertida, sonrió. Su padre le llamaba así desde que hizo una obra de teatro, y a ella le ocasionaba risa, y, recordando el juego relacionado con los arcoíris, afirmó:

—Los angelitos trabajan para hacer realidad nuestros deseos. Corre, papi, ¡mira el arcoíris, no parpadees y pide uno!

Encantado al escuchar aquello, Gabriel lo hizo. Aquel juego de pedir un deseo a los arcoíris se lo había enseñado su madre, y ahora lo jugaba con sus hijas, y afirmó divertido:

—¡Hecho! Hoy será un buen día para todos.

—Mola este sitio, papi.

Gabriel asintió. Su esposa Rhoda siempre había querido conocer la isla de Ibiza.

—Sí, cariño. Es muy bonito —admitió, acariciándole el cabello a su hija.

Rhoda y Penélope regresaron al salón y Gabriel, viendo a su mujer e hijas felices, sonrió. Nada le gustaba más que poder darles caprichos, y las vacaciones de verano siempre eran un buen momento para ello.

En Los Ángeles, por su trabajo en la industria del cine, su vida era ajetreada y en muchas ocasiones estresante. Si una producción fracasaba, la pérdida monetaria era importante, y aunque todo les iba bien, conocía a otros productores que se habían arruinado.

Para Gabriel, su trabajo era su placer. Le encantaba. Adoraba ser productor de temas audiovisuales. Pero aquello que tanto le gustaba le privaba de su otro placer, que eran Rhoda y las niñas. Por lo que, deseoso de disfrutar el verano a tope con ellas, preguntó:

—Equipo, ¿quién quiere ir a la playa?

Rápidamente las niñas saltaron. Ir a la playa, bañarse y jugar en la arena con su padre siempre era divertido, y Rhoda, mirándolos, indicó:

—Me desmarco del equipo. Id mientras yo deshago maletas.

—Cielo. Estamos de vacaciones y además hay servicio para...

—Gabriel —lo cortó la mujer—. Hay cosas que ha de hacer uno mismo, y ya me conoces. Necesito tenerlo todo bien para poder disfrutar. Quiero ir al supermercado para hacer la compra, después la comida y organizarlo todo en condiciones.

Él asintió. Rhoda, la mujer a la que amaba, era una griega de las de antes, para quien la familia era lo más importante. Y aunque en su vida en Los Ángeles disponía de comodidades que otras mujeres no tenían, Rhoda seguía ocupándose de algo tan primordial para ella como era el bienestar familiar. Era una madre a la antigua usanza.

Padre e hijas rápidamente se pusieron en movimiento. Se cambiaron de ropa, se pusieron los bañadores, cogieron unas toallas y, cuando poco después llegaron a una cala privada de la urbanización, Gabriel, viendo a otras personas con sus hijos, señaló:

—Allí hay un buen sitio.

Los tres se dirigieron hacia el lugar, y, tras soltar lo que llevaban en las manos, se metieron en el agua para refrescarse y jugar.

Capítulo 2

Los días en Ibiza estaban siendo una maravilla y rápidamente los Suárez Papadopoulos hicieron amistad con los vecinos de la exquisita urbanización. Que un afamado productor de cine y televisión de origen español, residente en Los Ángeles, como Gabriel, se alojara allí corrió como la pólvora por la urbanización.

¿Quién no querría conocerlo a él y a su familia?

Por las noches, tras los bonitos días de playa y sol, muchos de aquellos vecinos se reunían en el club social. Allí, personas de distintas nacionalidades confraternizaban unas con otras. Gabriel conversaba con unos hombres y, mirando cómo sus hijas jugaban con el resto de los niños, dijo en español:

—A las niñas les está encantando este lugar.

Simone, un italiano muy simpático, tras agradecer al camarero que le sirviera dos copas, le entregó una a Gabriel y se mostró de acuerdo:

—Para los niños, esto es diversión.

Ambos sonrieron. Gabriel, tras dar un trago a su copa y recordar un email recibido aquella mañana sobre un precioso piso que se estaba planteando comprar, le preguntó:

—Sabiendo que eres abogado y vives en Madrid, ¿te importaría que mañana te haga unas consultas sobre un piso que, como inversión, estoy pensando comprar en Madrid?

—Cuando quieras.

Luego volvieron a hablar sobre las vacaciones, pero de improviso Simone comentó:

—Pues no te lo pienses. Compra la casa que has alquilado como inversión. Ya te he dicho que los dueños, que son daneses, están interesados en venderla. Los conozco y estoy seguro de que te harían un buen precio.

—Lo pensaré. Invertir en propiedades siempre es bueno.

Simone asintió. Entendía lo que decía.

—Si dispones de capital para hacerlo, no te lo pienses —insistió—. Ahora es un buen momento. Y tanto el piso de Madrid como la casa de aquí se revalorizarán con el tiempo. Son excelentes adquisiciones.

Gabriel asintió. Sus padres habían muerto en un accidente de tráfico cuando él tenía dieciocho años, y su único tío vivo se desentendió de él. Y tras vender la casa de sus padres en Madrid, dispuesto a comenzar una nueva vida, se trasladó a Nueva York, donde había cortado toda comunicación con aquel familiar. Pero los años habían pasado, le gustaba visitar la capital de España con su familia y tanto tener un piso allí como una casa en Ibiza eran excelentes opciones.

Se aproximaron hasta donde se encontraban sus mujeres conversando. Olalla, la mujer de Simone, que estaba encantada con los nuevos vecinos, dijo:

—Nosotros tenemos clientes en Estados Unidos, París, Roma y Bruselas, y, en ocasiones, tanto mi marido como yo viajamos para ver cómo va todo.

Rhoda, al escuchar aquello, asintió. Aunque no la conocía, por su modo de hablar rápidamente supo qué tipo de mujer era, pero, por amabilidad, dijo:

—Pues la próxima vez venid a Los Ángeles y os alojáis en casa.

Olalla se lo agradeció con un gesto. Aunque su vida era acomodada en Madrid gracias a que ella y su marido eran los dueños de un prestigioso bufete de abogados, tenía claro que la vida de Rhoda y Gabriel tenía mucho más glamur que la suya. Y aunque intelectualmente prefería hablar con Gabriel, pues le resultaba más interesante que Rhoda, que solo se dedicaba al cuidado de los niños y la casa, sabía que hacerse amiga de ella era una excelente opción.

—Y en Los Ángeles, ¿dónde vivís? —se interesó Olalla.

—En la casa de mis sueños. En Bel Air.

Olalla asintió. Siempre estaba bien tener amigos como aquellos tan influyentes y adinerados.

—Oh, querida. ¡Será estupendo! —exclamó.

Como era de esperar, otras mujeres se autoinvitaron, y Rhoda sin problema asintió. En su casa, y como buena griega, siempre había sitio para todo el mundo.

Aquellas mujeres, emocionadas por saber que Rhoda conocía a actores y actrices famosos, le hicieron toda clase de preguntas, y a todas respondía con amabilidad. Una de ellas quiso saber cómo se habían conocido ella y su marido.

—Gabriel y yo nos conocimos en Nueva York —respondió.

—¿Y cómo es que hablas tan maravillosamente español? —preguntó Olalla, a quien le interesaba mucho aquella nueva amistad.

—En Grecia tenía una vecina española, Petra. Ella me enseñó palabras básicas. Luego, cuando llegué a Nueva York, seguí aprendiendo con las amigas que conocí, que eran la gran mayoría de origen latino, y posteriormente con Gabriel, que es español.

—¿Y qué hacían una griega y un madrileño en Nueva York? —volvió a preguntar Olalla.

Gabriel y Rhoda se miraron.

—Buscarnos la vida —replicó ella.

—¡Excelente plan! —afirmó Simone.

—En mi caso —prosiguió Rhoda—, cuando mi tío Spiros y mi tía Nereida se trasladaron a Nueva York para trabajar, me empeñé en ir con ellos para horror de mi madre. Allí, yo quería estudiar enfermería y luego regresar a Grecia.

—Cosa que solo hizo de visita —intervino Gabriel. Aquel comentario hizo que ambos sonrieran. Él continuó—: Rhoda, mientras estudiaba, hacía las prácticas en un hospital. Y yo cursaba mis estudios de producción audiovisual gracias a una beca que conseguí. Recuerdo que nos vimos un día que acompañé a mi amigo James, hoy mi socio en la productora, al hospital porque había tenido un accidente con la moto. Yo la miraba. La miraba. Y la miraba. Pero la preciosa enfermera ni se percataba de que yo estaba allí. Me ignoraba.

—No te vi... —rio ella.

Gabriel puso los ojos en blanco, y sentándose junto a su mujer, divertido, prosiguió:

—Pasados unos días, conocí a Constantino, que era amigo de James, y, curiosamente, descubrí que era familiar de la guapa enfermera. Y, bueno, una noche coincidimos en un bar, me la presentó, la invité a bailar una preciosa canción de Ella Fitzgerald, y ya no se me escapó. Es más. Recuerdo que Constantino me dijo: cuidado con las mujeres de mi familia, porque, además de tener un carácter endiablado, son algo brujas. No le hice caso, ¡y esta preciosa bruja me hechizó!

Aquello hizo que todos rieran a carcajadas.

—Mira que eres payaso —dijo Rhoda, con una sonrisa.

Todos se rieron de nuevo. Simone, haciendo aspavientos, como buen italiano, dijo en broma:

—Más que de payaso, tienes cara de cabroncete.

—¡Simoneeeee! Mide tu vocabulario —corrigió Olalla a su marido.

—¡Amoreeeeee!

Poco después, cuando se quedaron los dos matrimonios tomando algo, Gabriel les contó que, tras graduarse en la escuela de cine, lo primero que hicieron él y Rhoda fue ir a Santorini para, como mandaba la tradición, pedir su mano. Allí, la familia, en un principio, se negó. ¡No era griego!

Pero Gabriel con su manera de ser se los fue ganando uno a uno. Y de ser rechazado por no ser griego pasó a convertirse en alguien imprescindible para todos por el cariño que le cogieron, y la familia finalmente aceptó. Sería un buen marido para Rhoda.

La segunda vez que fueron a Santorini se casaron en una divertida boda organizada por la familia. Pero había otro impedimento. La familia quería que se fueran a vivir a la isla, pero Gabriel sabía que quedarse allí, para su trabajo, no era algo bueno, así que convenció a Rhoda para trasladarse a Nueva York. A ella le costó, pero por amor acabó aceptando.

Tras un tiempo en Nueva York, se mudaron a Los Ángeles. El mercado audiovisual americano tenía su sede allí. Gabriel y su amigo James crearon su productora de cine, a la que bautizaron con el nombre de «Sueños compartidos». Productora que desde un principio comenzó a funcionar con prosperidad. Y Rhoda encontró trabajo como enfermera en un hospital. Pero cuando nació Peny y posteriormente Briseida, Rhoda decidió dejar su trabajo como enfermera para cuidar de sus hijas.

Animados por las confesiones, Simone y Olalla, omitiendo una parte de la verdad, les contaron que ellos se habían conocido durante un verano en Nápoles. Ella, española de La Coruña y recién graduada en Derecho. Él, italiano de Nápoles, con sus estudios de Derecho finalizados. Los padres de Olalla y el padre de Simone eran abogados.

La diferencia entre ellos era que la madre de Olalla, viuda, regentaba un famoso bufete en La Coruña y el padre de Simone, junto a su hijo, trabajaban para un pequeño bufete en Nápoles. Y lo que comenzó siendo un amor de verano terminó en una rápida boda en la catedral de la Almudena en Madrid poco tiempo después.

Lo que no contaron fue que, cuando se casaron, Alvariña, la madre de Olalla, que era una mujer de fuerte carácter, se propuso que aquellos trabajaran en su famoso bufete en La Coruña, pero Simone se negó. Quería comenzar su propio proyecto con Olalla en Nápoles. El problema era que económicamente no eran solventes, y Alvariña se ofreció a ayudarles con la condición de que se trasladaran a España, se fusionaran con ella y en el rótulo apareciera primero el apellido Vizoso y después el de Lombardo.

Simone no vio aquello con buenos ojos. Su suegra siempre lo miraba por encima del hombro. Sabía que no le gustaba. No lo soportaba. Pero, dejándose llevar por el amor que le tenía a su mujer Olalla, aceptó. Se trasladaron a Madrid, donde abrieron el bufete Vizoso-Lombardo, un negocio que, gracias a los contactos de Alvariña, rápidamente comenzó a funcionar.

Cuando nacieron los niños, Simone le sugirió a Olalla que cuidara de ellos, que los disfrutara, pero Alvariña no lo permitió. Si ella había trabajado aun habiendo sido madre, ¿por qué no lo iba a hacer su hija?

Aquello originó una gran discusión entre el matrimonio. Eso no era lo que ellos habían hablado. Alvariña, una vez más, se salió con la suya, y Simone tuvo que callar.

—¿Cuántos años tienen las niñas? —preguntó Olalla.

—Penélope doce y Briseida diez.

—Curiosos nombres los de tus hijas.

—Son de origen griego, como el mío —afirmó Rhoda.

—El nombre de Penélope ya lo había oído. De hecho, hay una canción de un cantautor español que se llama así. Pero el de Briseida me es desconocido. ¿Qué significa?

—Diosa de la belleza.

Al escuchar aquello Olalla parpadeó. Aquella niña que chutaba el balón a su hijo pequeño como un chicazo mucho tendría que cambiar para convertirse en una diosa de la belleza.

—Cuando supimos que era otra niña la que venía de camino —añadió Rhoda—, inicialmente se iba a llamar Teresa, como la madre de Gabriel. Yo había elegido el de Penélope y ahora le tocaba a él elegir. Pero todo cambió cuando una noche, al regresar de una fiesta, un coche nos embistió en la carretera.

—¡¿Cómo?!

—Ese golpe provocó que la placenta se desprendiera, por lo que tuvieron que hacerme una cesárea de urgencia, estando apenas de siete meses.

—¡Oh, Dios mío!

—Fue muy complicado. La niña casi se muere y nos consta que tuvo que luchar mucho para sobrevivir.

—¡Oh, pobre!

—En mi país, el nombre de Briseida, además de ese significado de diosa de la belleza, se relaciona con mujeres luchadoras y con carácter. Y, bueno, mi familia, desde Grecia, comenzó a llamarla así por su lucha, y al final, tanto Gabriel como yo, decidimos ponerle ese nombre, por ser una guerrera.

Olalla asintió. Aquello que contaba le hizo tener recuerdos de un pasado que había intentado olvidar.

—Sinceramente, me hubiera gustado tener una niña a la que llenar de puntillas y lazos —admitió—. Pero Dios me dio dos varones.

—Eres joven. Aún estás a tiempo de tener esa niña, mujer. —Olalla negó con la cabeza y Rhoda, viendo su gesto, preguntó—: ¿Tus hijos qué edades tienen?

—Álvaro trece y Andrea once. Y como vosotros, cada uno de nosotros eligió un nombre. Álvaro, mi primogénito y mi orgullo, se lo puse por mi madre, que se llama Alvariña, y Andrea se lo puso Simone por su padre.

Rhoda parpadeó. ¿Cómo podía hablar de un hijo como su orgullo y del otro no? Para ella, tanto Peny como Bris eran su orgullo.

—Solo espero que el día de mañana mis hijos sean unos buenos cristianos —concluyó Olalla— y dos excelentes abogados en el bufete que mi madre levantó y Simone y yo impulsamos.

—Yo solo quiero que sean felices haciendo lo que les guste —afirmó Rhoda, mirando a sus hijas, que jugaban con el resto de los niños.

Olalla, al oír aquello, parpadeó. Viniendo de Rhoda, no le extrañaba aquel comentario. ¿Qué iba a esperar de una mujer que solo se dedicaba a la crianza de sus hijas?

—¿Y qué les gusta hacer a tus niñas? —se interesó, consciente de que era una pregunta obligada.

—A Peny, dibujar. Y a Bris, bailar —contestó ella sin pensar.

—Mis hijos nunca han de obviar las obligaciones que su apellido conlleva —replicó ella, incrédula—, y... —De pronto, el jaleo de los niños les interrumpió, y Olalla gritó—: ¡Andrea!

Se levantaron a toda prisa y corrieron hacia donde estaba el jaleo. Sin sorprenderse, Rhoda vio a su hija pequeña peleándose con un niño de la urbanización, mientras Andrea, el hijo de Olalla, lloraba en el suelo.

Rápidamente los separaron, y cuando Rhoda fue a pedir explicaciones a su hija, esta gritó:

—*Malaka!* —Oír que su hija llama gilipollas a aquel niño ante todos en griego a Rhoda le hizo cerrar los ojos. ¡Qué horror! Por suerte, nadie la había entendido, pero la niña, mirando a su madre, prosiguió en español—: Ese caraculo es un idiota y le...

—¡Brisssss!

—Pero, mamá —insistió la cría—, ha empujado a Andrea.

La mujer que sujetaba al tercer niño en cuestión miró a su hijo y preguntó:

—Robertito, ¿es cierto lo que dice la niña?

El tal Robertito no dijo nada, y Briseida, acercándose a él, lo empujó y gritó:

—¡Mofeta maloliente! ¡Habla!

—Brisssss, ¡esa boca, o te llevará un turco! —la regañó Rhoda, sujetándola.

—Andrea, ¡cómo eres tan torpe! —gruñó Olalla al ver la sangre de su hijo en la rodilla.

—Me dueleeeeeee.

—Andrea, ¡deja de llorar! Los hombres no lloran —siseó su madre.

Pero el crío lloraba. La herida le dolía, y la niña, que había hecho muy buena amistad con él, molesta, miró al tal Robertito y amenazó:

—Si vuelves a tocarlo, te rompo la nariz. —El niño, con cierta maldad le sonrió, y ella, sin pensárselo y esta vez en español, soltó—: ¡Gilipollas!

—Brisssss, ¡basta ya! —se enfureció Rhoda al escuchar a su hija y ver cómo otras madres la miraban.

—Madre mía, qué boquita y carácter tiene esta niña —musitó Olalla, levantando a su hijo del suelo.

—Carácter griego —afirmó Rhoda, sujetando a su hija.

El tal Robertito en esta ocasión le sacó la lengua a la niña, y esta, molesta, siseó:

—*Gamisou!*

Al oír a su hija decir en griego «¡Qué te jodan!», Rhoda le advirtió:

—Briseida Suárez Papadopoulos, ¡te estás pasando!

—No me mola nada ese caraculo. Y...

—¡Brisss, por el amor de Dios! ¡Cierra esa boca!

En ese instante se acercaron Simone y Gabriel para ver lo que ocurría. Álvaro, el hermano mayor de Andrea, también llegó corriendo, y al ver la sangre de la rodilla de su hermano, sin pensárselo, miró a la niña y dijo:

—Vuelve a pegar a mi hermano y...

—¡Álvaro! —le regañó su padre al escucharlo.

Incrédula, la niña lo miró. Pero ¿qué decía ese idiota?

—Álvaro, ella me ha defendido —dijo Andrea, limpiándose las lágrimas—. Ha sido Robertito.

Oír aquello hizo que Álvaro mirara al tal Robertito. No hizo falta hablar. Con una mirada se lo dijo todo, y cuando miró a la chiquilla, esta, molesta, le sacó la lengua y, con una chulería que lo sorprendió, Bris, con los dos dedos de la mano derecha, el índice y el medio, se señaló los ojos y luego lo señaló a él.

Aquello Álvaro lo entendió como un «te estoy vigilando», y sonrió. ¡Qué graciosa!

Capítulo 3
Bris

Isla de Ibiza, verano de 2000

¡Ya estoy aquí!

Feliz, entro en mi habitación, me tiro en la cama en modo bomba y miro el techo.

Qué contenta estoy de que por fin papá haya comprado esta casa. Nos ha costado varios años convencerlo, pero, finalmente, mamá, mi hermana y yo nos hemos salido con la nuestra, ¡y tenemos casa en Ibiza!

Pataleo de felicidad sobre mi cama. ¡Cómo molaaaaaa!

¡Comienza el verano para mí!

¡Voy a ver a Andrea! ¡Voy a disfrutar del verano!

¡Viva Ibiza!

Acurrucada en mi cama estoy un buen rato sin hacer nada. Solo respiro. ¿Qué mejor plan hay?

Pero, pasado un rato, cuando oigo ruido en el pasillo, rápidamente me levanto y coloco la cama. Si mamá regresa de la compra con Penélope y ve lo que he hecho, se va a enfadar.

Salgo a la terraza de mi habitación, y el olor a Ibiza, que para mí huele a caramelo, me rodea. Cierro los ojos y aspiro. ¡Qué maravilla!

La puerta se abre. Es mi hermana Penélope, que está tan contenta como yo. Regresar a Ibiza siempre es divertido, y más para ella, que tiene un rollito desde el verano pasado con Abraham. Un chico de la urbanización muy simpático, pero, cómo se entere mi madre, ¡la cruje!

—Ahora toca lo que toca —oigo que dice.

Sé de qué habla. Tenemos un ritual al llegar a Ibiza. Cojo el CD que hay al lado del equipo de música y lo pongo. Es el grupo preferido de mi hermana. Suenan los Hombres G cantando «Voy a pasármelo bien», y comenzamos a bailar y a cantar.

Como dice la canción, ¡vamos a pasárnoslo bien! Estamos de vacas y esto es ¡Ibiza!

Mientras cantamos a pleno pulmón nos reímos. Al igual que yo tengo buen oído para la música, Peny, como dice mi padre, tiene un mejillón.

La artista de la familia soy yo. Desde hace años, soy parte activa del grupo de baile y canto del cole, y en la función de fin de curso de este año hicimos el musical *Grease*. La profesora me felicitó. Según ella, tengo un buen futuro sobre el escenario.

A mis padres que baile y cante les gusta. Siempre dicen que yo tengo los genes artísticos de mi padre, y mi hermana los genes de la medicina de mi madre. Peny, aunque le encanta dibujar, ha decidido que quiere ser anestesióloga. Un rollo, pero lo tiene claro.

Ambas somos de sacar notazas, y cuando regresemos de las vacaciones a Los Ángeles, Peny tiene planeado comenzar sus estudios en la universidad.

En mi caso, quiero ser bailarina para trabajar en los musicales de Broadway, y, con el tiempo, coreógrafa. Lo tengo muy muy claro. Bailar es lo mío. Y lo mejor es que a mis padres les parece bien, y me animan en mis aspiraciones.

De hecho, gracias a papá y a su trabajo como productor de éxito, este año he participado en una serie musical que produjo para niños, como parte del grupo de baile.

¡Qué bien me lo pasé!

Eso sí. A cambio de participar, mis padres me pidieron que no bajara mis notas del cole, y no las bajé. ¡Soy una persona de palabra!

Cuando la canción se acaba, mi hermana, que está sudorosa y feliz, me mira y murmura:

—¡¡Esta canción me sube muy arriba!!

—¡Menudo subidón! —afirmo.

A Peny, la música en español le encanta. A mí también, pero se puede decir que mis miras en cuanto a la música son más amplias. Soy de las que escucha un poco de todo.

—¡Tengo una sorpresa! —cuchichea, sacándose algo del bolsillo.

Bien. Si algo me gusta son las sorpresas.

—¿Te acuerdas de que te dije que leí que ver arcoíris da suerte, y que incluso se les puede pedir deseos? —me pregunta.

No. No lo recuerdo. Peny me habla de tantas curiosidades que ve que ya me pierdo. Pero sí recuerdo lo que mi padre nos contó sobre los arcoíris.

—Sí. Claro que me acuerdo —le miento.

—Pues he comprado dos en el súper. Uno para esta casa y otro para la casa de Los Ángeles. —Divertida, miro aquello. Son dos imanes con forma de arcoíris. Ella añade—: Los pondremos en los frigoríficos. Así todosssss los días podremos ver un arcoíris que nos traiga suerte. Y todosssss los días podremos pedir un deseo.

¡Wooooaaalllaaaa! ¡Qué ideaza la de mi hermana!

—Por cierto. Tus dos mechones azules cada día me gustan más —cambia de tercio.

Sonrío, encantada, pero lo dudo. Soy demasiado estrafalaria para mi hermana. Ella es de color rosa, taconcitos y falditas, mientras que yo soy de pantalones, botas militares y colores oscuros. Y consciente de que me hace la pelota, no digo nada, pero me miro en el espejo. Los mechones me los hice el día antes del musical del cole sin consultar con mis padres. Y, bueno, cuando me vieron, mientras papá se reía, a mamá literalmente vi cómo le salía humo por la cabeza. De hecho, me castigó eternamente sin salir con mis amigas, aunque a la segunda semana ya se le pasó.

Mamá es dulce y buena. Tiene ese pronto griego, que, según todos, he heredado, pero luego, cuando se nos pasa, no somos nadie.

Y, bueno, en el caso de los mechones azules, lo deseaba, y como he oído a mi padre decir cientos de veces, en ocasiones, es mejor pedir perdón que permiso...

—Esta noche hay luna llena.

—¡Qué bien!

—Podremos disfrutarla desde la terraza, como todos los años —dice.

—¡Guayyyyy!

Si algo nos gusta a Peny y a mí desde que llegamos a esta isla es mirar la luna. Nos podemos tirar hasta las tantas tiradas en el suelo de la terraza contemplándola y hablando de nuestras cositas.

—Bris...

A juzgar por el tono con que dice mi nombre, y por su mirada de hámster asustadito, comienzo a entender por qué me hace tanto la pelota.

—¿Qué quieres? —pregunto.

Penélope va hasta la puerta. La abre. Mira a ambos lados del pasillo. La cierra, se acerca a mí y, bajando la voz, dice, guardándose los imanes de arcoíris en el bolsillo:

—Necesito pedirte un favor.

—¿Cuál?

—Que te vengas conmigo esta tarde.

¡¿Flipo?!

¿He escuchado bien?

¿Mi hermana incluyéndome en sus planes cuando siempre hace todo lo contrario?

Sorprendida, la miro. Su desesperación debe de ser tremenda.

—¿A dónde quieres que vaya contigo? —quiero saber, curiosa.

—Me ha dicho Laura que el grupo se reunirá en la calita a partir de las siete.

—¿Y?

—Que mamá quiere que hoy, como es el primer día, no salga y me quede en casa. Y, bueno, he pensado que si tú también dices que quieres salir conmigo y...

—¡Wuaaaaallllaaaaa! ¡Tendrás morro! Lo que tú quieres es que saque mi genio griego y me enfrente a mamá.

—Brisss, ¡quiero ver a Abraham!

¡Anda mi madre!

¿Y para que ella vea a su chico tengo yo que liarla parda?

—Yo también quise ir al cumpleaños de Stacy y tú no me ayudaste —suelto con cierta chulería, resentida por algo de no hace mucho.

—¿Otra vez con eso?

—Y las que quedan —aseguro.

Asiente. Sabe que llevo razón. Cuando mamá me castigó por hacerme los mechones azules, fue el cumple de una de mis amigas, y aun habiéndole pedido ayuda a Penélope, esta pasó de mí. No me ayudó.

—¡Paso! —digo.

—¡Brissss!

—¡Que no, Peny!

—Brissssss, por favor..., por favorrrrr, ¡somos un equipo! —insiste.

Vale. Soy un mal bicho y somos un equipo, como dice mi padre. En el fondo, estoy deseando ir a donde ella dice. A la calita donde están los mayores, algo que ella misma me había vetado el año anterior. Por eso que me lo implore lo convierte en algo especial.

¡Qué fuerte! Mi hermana pidiéndome algo así. Cuando se lo escriba a Andrea, ¡va a flipar!

Mientras que Peny me hace la pelota de diversas formas, modos y maneras, la miro. Siendo sincera, actualmente me interesan más los chicos de su edad que los de la mía. Solo quedan tres meses para que cumpla dieciséis años y los de mi edad me parecen unos inmaduros.

Y, bueno, que mi hermana de dieciocho quiera llevarme con ella a la calita, aunque sea de tapadera, donde estarán los chicos mayores de botellón, ¡me parece superemocionante!

—Vale. Pesadita. Iré —claudico, pero haciéndome la desganada.

Mi hermana sonríe. Me abraza. La acabo de hacer feliz.

—Eres la mejor hermana del mundo —musita.

Vale. Que me diga eso me gusta. A pesar de que en ocasiones la mataría, Peny es lo mejor de mi vida.

—Y tú eres una gran pelota —afirmo, sonriendo.

Ambas reímos.

—Eso sí —me advierte—. Que no te vea beber alcohol, ni fumar, o te juro que...

—Anda yaaa, ¡pero si yo ni bebo ni fumooooo!

—¡Pepinilloooo!

—¡Que noooo! —insisto.

¡Mentira! ¡Soy una Pinocha!

Las últimas veces que he salido con mis amigas, algún cigarrito y alguna cervecita han caído. ¡Hay que estar al día! ¡Que tengo casi dieciséis años!

Penélope sonríe. Por su gesto sé que no me cree.

—¿Tanto te gusta Abraham como para enfrentarnos a mamá? —pregunto.

—Sí.

—¿Por qué te gusta?

—¡Es guapo! —Sorprendida por aquella respuesta tan banal, voy a hablar cuando Peny añade—: Me gusta porque es guapo, ocurrente, y cuando estoy con él me lo paso genial. Y, bueno, como vivimos lejos, simplemente quiero disfrutar el presente. Porque, como dice uno de los pósteres que hay en mi habitación de Los Ángeles, el tiempo disfrutado es el tiempo vivido.

La puerta de la habitación se abre.

—Que cada una deshaga su maleta y coloque la ropa en los armarios —nos pide mamá—. Cuando terminéis, os quiero en la cocina para preparar juntas una estupenda cena familiar. Y, por favor, Bris, ordena tus cosas y no las dejes caer en el armario, que te conozco. ¿Entendido?

—Sí, mamáááááa.

Una vez mamá desaparece, Penélope me mira con carita de hámster asustadito.

—Pondrás y quitarás el lavavajillas las dos próximas semanas —le digo.

—¡Hecho!

—Anda. Ve a colocar tu ropa, que del resto me ocupo yo.

Cuando instantes después se marcha de mi habitación y subo la maleta a la cama para hacer lo que mi madre ha pedido, la puerta se vuelve a abrir y entra mi padre.

Me mira con complicidad y me enseña algo.

—¿Te apetecen? —pregunta.

Woooaaalllaaaa. ¿¡Patatas fritas de la churrería de Ibiza!? ¿Pero cómo no me van a apetecer?

Durante unos segundos, comemos en silencio. ¡Qué ricas! Solo se oye el crujir de las patatas.

—Tu madre me ha pedido que hable contigo —dice.

—Jroña que jroña.

Decir eso nos provoca risa.

Lo que acabo de decir es una expresión de mi familia griega. Es como decir «Hace mucho tiempo o hace tiempo», y la sueltan siempre que se sorprenden por algo. ¿Por qué? ¡No lo sé! El caso es que con el tiempo la he comenzado a soltar yo también.

—Escucha, Pepinillo —prosigue mi padre—. Tienes quince años...

—¡Casi dieciséis!

Papá se ríe. Yo también.

—Sabes que quiero que tus vacaciones sean divertidas —prosigue—. Te las mereces. Has sido una excelente estudiante y te mereces un bonito verano. Pero dicho esto, necesito pedirte que este año seas más juiciosa que el pasado. —Oír eso me hace sonreír, él cuchichea—: No te rías, sinvergüenza.

Su comentario provoca que los dos soltemos una carcajada. El verano pasado, junto a Andrea y un par de amigos, me metí en varios líos, tontos, pero líos.

—Creo que tu madre combustionará si este año te vuelves a pelear con Robertito —murmura—, si gritas palabrotas en griego, si vuelves a bañarte en cualquier piscina con ropa de calle, o si...

Le pongo la mano en la boca. Todas esas cosas ¿las he hecho yo?

Y cuando finalmente le quito la mano, mi padre, que, a pesar de su mala leche, es más bueno que el pan, musita:

—Por favor, tengamos el verano tranquilo, y...

—No soporto a Robertito.

—Escucha, mi vida.

—Papá, ese gilipollas es...

—Pepinillo, ¡esa boca! O, como dice tu madre, ¡te llevará un turco!

Sonrío. Soy tremendamente malhablada tanto en griego como en inglés o español. Anda que no recibo castigos por la bocaza tan grande que tengo.

—Entiendo que a veces las personas nos puedan sacar de nuestras casillas con sus palabras o actos —admite mi padre—. Pero, como siempre digo, tienes que ser más lista, porque el mundo es de los que piensan, no de los que explotan.

—Pero, papá...

—No le permitas ni a Robertito ni a nadie que te lleve adonde quiere, porque eso le da poder sobre ti. Sé lista, Bris. Y antes de que salga ese genio griego, toma aire, respira, sonríe. Y si es necesario, cuenta hasta cincuenta, porque el poder de ese momento has de llevarlo tú, no la persona que te increpe.

Lo que papá pide no es fácil, y menos con el imbécil de Robertito. Pero viendo cómo me mira, y sabiendo muy bien lo que quiere oír, lo abrazo.

—Te prometo intentarlo, papá —afirmo.

Segundos después, mi padre se marcha, y yo, subiendo el volumen a tope de mi equipo de música, bailo y canto, mientras deshago la maleta y sonrío al ver los libros que me he traído y a los que espero hincarles el diente.

Capítulo 4
Álvaro

Estoy tranquilamente en el garaje de mi casa en Ibiza cambiando las bujías de mi moto cuando de pronto la música a todo trapo, unida a una voz, llega a mis oídos.

Rápidamente miro hacia la izquierda, y al ver que las ventanas de la casa de al lado están abiertas, sé que la familia Suárez ya ha llegado.

Sé perfectamente de quién es esa música y esa voz sin necesidad de preguntar. Son de Bris. La pequeña de los Suárez. Lo que le gusta cantar a esa cría.

Sin poder evitarlo, sonrío. La hija pequeña de los Suárez es particular. Es la mejor amiga de mi hermano Andrea en Ibiza y, conociéndolos, seguro que este año, cuando se vean, compiten a ver quién se mete en más líos. Son tal para cual. Lo que no se le ocurre a uno se le ocurre a la otra. Nunca he podido olvidar aquella primera vez que la vi y ella, siendo una niña, con un gesto de su mano, intentó intimidarme. ¡Qué graciosa!

Mi madre se acerca.

—¿Cómo está mi hijo preferido?

—¡Mamáááá!

Mamá se ríe. Yo no.

—Hijo, eres el mayor y mi ojito derecho. ¿Qué quieres?

No me hace ni pizca de gracia que diga eso. Es más, odio que lo haga.

Mi hermano Andrea disimula cuando lo oye, pero sé que le molesta. Y lo sé porque si fuera al contrario, también me molestaría a mí. ¿Por qué mi madre tiene que hacer eso? ¿Acaso ser su hijo mayor me concede más cariño que al segundo?

—Eres el amor de mi vida, y lo sabes —insiste.

La miro. Con mi gesto le hago saber cuánto me fastidia aquello.

—¿Quieres limonada? —me pregunta.

—Sí. Por favor, mamá.

Mamá está feliz. El verano pasado no estuve con ellos en Ibiza porque me fui a Finlandia con mis compañeros de curso.

—Qué contenta estoy de que este año estés aquí —dice, poniendo el vaso en mis manos—. Pudiendo llevar la moto al taller de Ricardo, ¿por qué te ensucias las manos de grasa? —pregunta.

Doy un trago. La limonada que hace Gloria, la chica de servicio que lleva con nosotros media vida, es la mejor.

—Porque me gusta saber y aprender. Ya lo sabes —respondo.

Mamá asiente.

—¿Ha salido buena la limonada? —se interesa.

—Sí, mamá. Dile a Gloria que está riquísima.

—Los limones los elegí yo. Algo habré tenido que ver, ¿no?

Mi madre es de lo que no hay. Le encanta recibir méritos que no tiene, y como quiero salir esta noche y que no me ponga problemas, la miró y le guiño un ojo.

—Mamá. Excelentes limones —afirmo.

Gustosa, sonríe. Se retira el cabello del rostro y, acercándose a mí, cuchichea:

—Ha llamado tu padre. Se le ha complicado la cosa en la oficina y, en lugar de mañana, llegará pasado mañana. Por cierto, al final ha decidido ir en coche hasta Valencia y allí coger el ferri para traerse a Camilo, como queríais tú y tu hermano.

Sonrío. ¡Bien! Me gusta que Camilo, nuestro perro, venga también a Ibiza de vacaciones. Papá nos escucha a Andrea y a mí. Nos entiende, y cada año, a pesar de las protestas de mi abuela Alvariña, a quien no le gustan los perros, se encarga de viajar en el ferri para traer a Camilo. Es un excelente padre.

—¿Has quedado luego con Laurita? —Asiento, y añade—: Me encanta esa niña para ti.

—Mamáááá.

—Hijo, no me mires con esa cara. Sabes que siempre quise tener una hija que fuera abogada, como yo, pero la vida... no me la dio. ¡Y Laurita estudia Derecho! —Suspiro. La de veces que habré oído eso. Mi madre prosigue—: Laurita es tan guapa, cristiana y educada como lo hubiera sido una hija mía. Y saber que habéis quedado me hace muy feliz.

—Bueno, mamá, ¡no te flipes!

—Álvaro, ¡no utilices ese lenguaje tan vulgar! Que para eso te estoy pagando una buena educación.

Miro a mi madre. Lo que ella considera vulgar para mí no lo es, pero no digo nada. Me callo. Conociéndola, sé muy bien que si le gusta Laura es porque sus padres son los dueños de la mayor cadena textil de Europa. Porque si conociera realmente a Laura, no le gustaría. Porque sí, es guapa. Sí, es educada. Sí, procede de una familia adinerada y cristiana. Sí, estudia Derecho. Pero lo que mi madre no sabe es que Laura es una fiestera de las grandes a la que le encantan las rayitas de cocaína, y lo que hay entre nosotros simplemente es un rollo de verano.

—He visto que han llegado los griegos.

—Mamáááá.

—¿Qué?

—No los llames así. Es clasista.

Mi madre sonríe. Aunque no se lo confirme para evitarme problemas, es una gran clasista. Hace algunos comentarios que en ocasiones me molestan. Pero como tengo todas las de perder si abro la boca, mejor me callo.

—A ver, hijo, sabes que a Rhoda y a Gabriel les tengo mucho aprecio. Es solo una manera de hablar —concluye.

—Pues suena fatal —insisto.

Por el rabillo del ojo veo que mamá suspira.

—Que no se me olvide agradecerle a Gabriel las invitaciones que nos envió a tu padre y a mí para ir a la *premier* en Madrid de su última producción —dice—. ¡Qué guapo Viggo Mortensen! Cuando lo tuve a menos de un metro, casi me desmayo. —De repente, se da la vuelta, y dice—: Por el amor de Dios, ¿de quién son esos gritos?

Me río. Lo que escucha mi madre es a Bris cantando la canción «Wannabe», de las Spice Girls, a pleno pulmón, y cuando voy a responder, llega mi hermano Andrea emocionado.

—¡Ya ha llegado! —exclama.

—Tu amiga del alma cantando a pleno pulmón —observo, sonriendo, contento por él.

—Jo, tío, qué bien.

—¡Qué horror! —afirma mi madre—. Menuda cruz tiene su madre con esa cría. Tanto baile y tanto cante no creo que sea bueno para su educación. ¿Y las pintas que lleva, siempre enseñando el ombligo?

—Mamáááá —protestamos Andrea y yo.

Como siempre, mamá nos mira. Pone su mirada de perdonavidas y bajando la voz cuchichea:

—Con la estupenda educación que me consta que le están dando sus padres, qué triste que esa niña les haya salido un chicazo mal hablado y con poco estilo en el vestir. Menos mal que Penélope es diferente y aprovecha el dineral que cuestan sus colegios y se comporta como una señorita en todos los sentidos.

—Mamáááá —volvemos a protestar.

Mi madre nos mira, y, clavando sus ojos en mi hermano, suelta:

—Espero que este año amplíes tu círculo de amistades, porque ya te he dicho mil veces que no me gusta que solo andes con esa cría. Es más, te metes en líos que seguro que son culpa de ella, y...

—Mamá, ¡corta el rollo! —protesta Andrea.

Mamá, boquiabierta al escuchar eso, sisea:

—Vuelve a decirme algo igual y te pasas todo el verano castigado. —Andrea resopla. Mamá se pasa media vida regañándolo, cosa que no hace conmigo, así que insiste—: ¿Por qué no puedes ser más respetuoso como Álvaro?

—¡Ya estamos! —me quejo.

—Quizá es porque Álvaro es Álvaro y yo soy yo —rebate Andrea.

Mi madre pasa su mano por mi pelo.

—Por eso Álvaro es mi hijo predilecto —musita.

—¡Mamáááá! —protesto, molesto. Andrea me mira. ¡Joder! Odio cuando mamá me utiliza para discutir, y zanjo—: No empecemos. Y, mamá, deja de decir tonterías.

Mi hermano con la mirada sonríe. Estoy harto de que mamá y la abuela Alvariña siempre se empeñen en ensalzarme a mí y martirizarlo a él. ¿Por qué hacen eso? Joder. Que Andrea es ¡genial!

—Venga, que sí, mamá, que soy el imperfecto —insiste Andrea.

—¡No digas eso! —apostillo con seguridad.

Mamá sigue protestando mientras Andrea y yo nos miramos, y sin hablar nos entendemos. Si algo tenemos claro es que nada de lo que ella pueda decir o hacer nos va a hacer discutir.

—Mamá. Pero todavía no te has dado cuenta de que Bris es su novia —suelto con guasa.

—Madre mía, Andrea, ¿no te has podido fijar en Penélope? —Me río. Mi hermano también. Penélope y Bris no pueden ser más diferentes; mamá continúa con obstinación—: Te lo digo de verdad, Andrea. Como este año te metas en tantos problemas con Briseida como el año pasado, te juro que no vuelves a venir a Ibiza. Y, por cierto, queda prohibidísimo participar este año en el espectáculo musical que a esa niña y a su padre se les ocurra organizar al final del verano. Y, por supuesto, los domingos quiero que vengáis a misa, ¿entendido?

Andrea toma aire. Cantar no, pero bailar a mi hermano se le da bastante bien, no como a mí, que tengo dos pies izquierdos.

—Pero ¿qué dices, mamá? —murmuro.

—Digo lo que digo. Somos cristianos y...

—Mamá, ¡estamos de vacaciones!

—¡¿Y?!

—Pues que las vacaciones son para desconectar, disfrutar y pasarlo bien, seas cristiano o no —indica mi hermano.

Mamá lo mira. Niega con la cabeza.

—Nosotros somos Vizoso... —observa.

—Y Lombardo —apostilla mi hermano, incluyendo el apellido de mi padre.

Mamá hace un gesto de asentimiento. Como mi abuela, desde hace un tiempo, omite el apellido de mi padre.

—Somos una familia cristiana con valores —continúa con su discurso— y saber estar, y ni vuestra abuela ni yo estamos dispuestas a que ninguno de vosotros nos ridiculice con bailecitos ni disfraces. Sois el futuro del bufete de abogados y os tenéis que comportar.

Oír eso me da rabia. Aunque, por suerte, mi padre no es como ellas. A él, vernos disfrutar es lo que más le gusta en el mundo.

Y, bueno, al igual que a mi hermano ser abogado le atrae, a mí no. Yo quiero estudiar Bellas Artes. Me gusta pintar. Pero, claro, ¿cómo no voy a ser abogado siendo el primogénito?

Sé que esa conversación la tenemos pendiente y que nos volverá a traer problemas, pero será en Madrid.

—En la vida no todo son las apariencias, mamá —digo—. Y que sepas que, hablando así, cada día te pareces más a la abuela Alvariña.

—Mira, me voy —replica—, porque, si sigo aquí un segundo más, me va a reventar la cabeza por esa música infernal.

Tan pronto se marcha, mi hermano y yo nos miramos.

—Ni caso —le recomiendo—. Tú diviértete con tu chica y pasando de lo que ellos digan. —Andrea asiente. No me rebate esta vez que la llamo «su chica»—. Al final, papá traerá, como cada año, a Camilo en el ferri pasado mañana —le explico.

Eso veo que le hace sonreír, y al oír un nuevo gorgorito de Bris, dice:

—Es mi *spice girl* alternativa.

Eso nos hace reír. El año pasado, como no vine a Ibiza, no vi a Bris, pero, que yo recuerde, la delicadeza femenina no es algo que ella cultive. Incluso diría que es más bruta que mi hermano. Aunque es amiga de Andrea, al ser más pequeña que yo, poco hemos hablado, pero sí hemos coincidido. Y las veces que ha ocurrido siempre va con pantalones, camisetas, el pelo corto como un chico y zapatillas de deporte. Algo que, conociendo a mi madre, le horripila, pues es de las que piensa que las niñas han de ir con falda y los niños con pantalón.

—Tu chica *spice* canta muy bien —observo.

Andrea sonríe y asiente.

—Ya quisieran muchas cantantes que salen en la radio cantar en vivo y en directo como lo hace ella.

No le voy a quitar la razón.

—¿Este año por fin le pedirás para salir? —pregunto, curioso. Andrea se pone rojo como un tomate, y yo insisto—: Venga, colega. Sé que te gusta como tú le gustas a ella. Todos lo sabemos. De hecho, es la única chica que hace que sonrías como un tonto e incluso bailes y cantes delante de todos. Vamos. ¡No lo puedes negar!

—Él sonríe, pero no dice nada. Yo le informo—: Esta noche vamos a ir todos a la calita. Anímate, y tráete a tu chica.

Sin dudarlo, abre su móvil. Veo que escribe un SMS, que seguro que es para Bris.

—En la calita nos vemos —me dice, y se aleja.

Cuando me quedo solo, le doy otro trago a la limonada y prosigo cambiando las bujías de mi moto. Eso sí, tarareando el «Wannabe» que esa cría canta a pleno pulmón desde su habitación.

Capítulo 5
Bris

Por suerte, y gracias, como siempre, a mi padre, mamá ha entendido que estamos como locas por reencontrarnos con nuestros amigos de las vacaciones y ha claudicado. Al final, hemos podido salir de casa sin excesivo drama.

¡Menos mal!

Penélope, para variar, va impecable. Es de las que se hidrata la piel, se maquilla, se peina, se prueba el armario entero antes de decidir qué ponerse, mientras que yo soy todo lo contrario. Me pongo lo más cómodo, y ¡arreando!

De hecho, hoy ella se ha puesto un vestidito rosa minifaldero con sandalias a juego, mientras que yo llevo pantalones vaqueros caídos, zapatillas de deporte y un top corto. ¡Cada una en su estilo!

Cuando llegamos a la calita donde los amigos de la urba han encendido una hoguera, veo que en unas bolsas hay litronas de cerveza y refrescos y se oye musiquita.

¡Qué guayyyy!

Rápidamente me percato de cómo varios de los chicos cuchichean, se ríen, me miran y clavan sus ojos en cierta parte de mí.

¡Flipan!

Peny, que va a mi lado, se da cuenta de lo mismo que yo, y tras saludar a sus amigas emocionada, me coge de la mano.

—Si en algún momento alguno te dice algo inapropiado, ¡dímelo! —me dice.

Oír eso me sorprende. Llevo media vida defendiéndola yo a ella.

—Tranqui, puedo con ellos —susurro.

—Bris, ¡te lo digo en serio!

—Y yo también. —Y al ver cómo el idiota de Robertito me mira, y no precisamente a los ojos, murmuro—: Está claro que, como me han crecido las tetas, muchos ahora se dan cuenta de que soy una chica.

—¡Brisssss!

—¿Qué?

—¡No digas eso!

—¿El qué? ¿Tetas?

—Brisssss. ¡Por favor!

Me río. No lo puedo remediar.

Soy consciente de que en este último año mi cuerpo ha sufrido cambios. Los veo yo y los ve todo el mundo.

Comencé a ser consciente de mis cambios en Navidades. El pecho me creció. El pelo esta vez me lo dejé crecer. Los pantalones ahora se ajustaban a mi cuerpo de otra manera y, de pronto, de no mirarme ningún chico, me comenzaron a mirar muchos. Y lo mejor, ¡los buenorros del colegio!

Mamá también se percató de mis cambios. Y como le ocurrió con mi hermana en su momento, le salió la vena protectora griega. Y de no ir a buscarme al colegio, pues vivimos relativamente cerca, de pronto empezó a aparecer todos los días y no, no, no. Eso no. Yo no soy la dulce Peny. Y al final dejó de venir a buscarme. No le quedó otra.

Joder, ¡que tengo casi dieciséis años!

En Grecia hemos estado pasando unos días antes de viajar a Ibiza y han flipado también. Como dice mi *yiayiá*, estoy floreciendo como mujer, y a diferencia de otros años, la vigilancia que mis tíos y primos han tenido conmigo durante las vacaciones ha sido asfixiante. Han pasado de dejarme correr por las calles de Santorini como una loca a correr ellos detrás de mí como unos locos.

Pensando en ello estoy cuando oigo la voz de Robertito:

—Vecinitas, ¿cuándo habéis llegado?

—¿Y este flipado?

—Brisssss —me regaña mi hermana.

Peny le contesta con rapidez. Entre ellos nunca hubo enemistad. Solo la ha tenido conmigo. Desde el primer instante en el que nos vimos siendo unos críos, no hubo *feeling*, y con el paso de los años seguimos igual. Y, viendo que no me quita ojo de cierta parte de mi cuerpo, voy a decirle cuatro frescas.

—Bris, ¡qué guapa te veo! —se adelanta.

Woooaaalllaaaa. ¡¿Cómo?! ¡¿Qué?!

¿El flipado de Robertito diciéndome un piropo? ¿A mí?

—Pues yo te sigo viendo con la misma cara de culo de siempre.

—Bris, ¡por favor! —gruñe mi hermana.

—Pero si es un gilipollas.

—Brisssssss —insiste mi hermana.

—*Malaka* —me emperro.

—Madre mía, Bris, ¡esa boca! —me amonesta mi hermana al saber que lo acabo de llamar de nuevo gilipollas, pero esta vez en griego.

Robertito se ofende. ¡Anda y que le den! Se da la vuelta y se aleja con gesto digno.

—Luego dices que es él —me sermonea Peny.

Asiento. Lo digo. Lo dije. Y lo diré.

—Hola, Peny —oímos.

Ante nosotras está Abraham. El churri de mi hermana y el motivo de que estemos allí. En silencio los tres nos miramos, y, viendo que mi hermana se queda parada mientras le salen corazoncitos de la cabeza, murmuro:

—Creo que deberías besarlo.

—Brissss...

Abraham me mira.

—¿Bris? —pregunta, sorprendido.

Asiento. Otro que está flipando con mi cambio físico.

—¡Presente!

—Cómo... has... crecido...

—Ya ves —sonrío con chulería.

Al ver que solo se miran, pero ni se rozan, sé que tengo que desaparecer para darles su espacio. Miro a mi alrededor. He quedado aquí con mi amigo del alma, y cuando lo veo al fondo, levanto la mano y grito:

—¡Andreaaaaaaa!

Echo a correr hacia él. Él corre hasta mí. Y cuando nos juntamos, antes de abrazarnos, hacemos nuestro ritual. Chocamos la palma de la mano, después la contrapalma, le sigue un choque de puño y terminamos con un caderazo. Algo no muy femenino, según mi madre, pero que es nuestro saludo.

Acto seguido, nos abrazamos con cariño. Flipo al verlo. El verano pasado éramos igual de altos, pero este, ¡joder, qué alto está!

—Jo, tíaaaa —exclama cuando nos separamos.

—¿Qué pasa?

—¡Guauuuuu!

—¡Guau qué!

Sin hablar, Andrea gesticula, y cuando clava sus ojos en cierta parte de mi cuerpo, afirmo:

—Según mi *yiayiá*, florezco como mujer. Según yo, me han crecido las tetas. —Ambos nos reímos por ello. Yo le digo—: Woooaaalllaaaa, ¡qué alto estás!

Andrea asiente. Se estira más.

—Ya mido 1,78. Solo me quedan siete centímetros para medir lo que Álvaro y mi padre —explica, orgulloso.

Eso me hace sonreír, y, sentándonos junto a unas rocas en la playa, nos olvidamos de todos y comenzamos a hablar. Nos tenemos que contar infinidad de cosas.

Parece como si nos hubiéramos visto el día anterior. La conexión que tenemos Andrea y yo es perfecta, y eso hace que todos crean que entre nosotros hay algo más, y nosotros lo permitimos.

Con complicidad nos contamos en profundidad cosas que durante el año escolar nos hemos escrito por email y en clave. Le hablo de mis clases en el cole, de mi participación en la serie musical y de los chicos con los que he tenido rollitos.

Él me habla de su curso en el colegio de Londres adonde sus padres lo enviaron. Un colegio privado al que primero fue Álvaro, que ahora estudia en Escocia, y al que ahora va Andrea. Con gusto me enseña varias fotos con los compañeros de estudio que se saca de un bolsillo y con el dedo me señala uno. En silencio nos entendemos. No hace falta decir más, cuando de pronto recibo un pelotazo en la espalda. Rápidamente miro hacia atrás y, al ver quien lo ha lanzado, murmuro:

—Diosito, dame paciencia.

Robertito, sonriendo, se acerca a nosotros. ¿Se puede ser más tonto? Sin quitarnos el ojo de encima, recoge la pelota.

—Lo siento, parejita —dice con sorna.

Noto cómo la mano de Andrea sujeta la mía. Sé que, con ese gesto, me está diciendo que pase de él. Está claro que no quiere problemas, y más siendo el primer día de mis vacaciones. Al final, tomo aire, miro hacia el frente y cuando él se aleja con la pelota, digo por lo bajinis:

—Gilipollas...

—¡Muyyy gilipollas! —completa Andrea.

—No te flipes —replico, mirando cómo sonríe. Andrea se ríe y yo insisto—: Tendrás mal gusto.

—La pena es que solo tiene ojos para ti.

—¡Lo lleva claro!

Con la mirada nos entendemos. Aunque todo el mundo cree que Andrea y yo estamos enrollados, la realidad es que solo tenemos una excelente amistad. Nada más. A Andrea le gustan los chicos. Nadie lo sabe. Ni siquiera su hermano Álvaro. Nadie lo imagina. Lo calla y yo le guardo el secreto, pues si su madre se entera, con lo cristianísima que es, le puede dar algo. Y la verdad, mientras pueda ser su tapadera para evitarle problemas en su casa, así será. En cuanto al idiota de Robertito, me da igual gustarle o no. Me cae mal, y no hay más que hablar.

Al cabo de un rato, y después de tanto hablar, estamos sedientos. Nos acercamos a unas bolsas. Allí vemos las bebidas que hay, y nos cogemos dos refrescos de naranja.

—Tengo que echar una meadita —dice Andrea.

—Te espero junto a las rocas.

En mi camino me fijo en mi hermana. Está con Abraham caminando de la mano por la playa mientras se besan una y otra vez, e incluso soy consciente de que se meten mano. Mira mi hermana la santita, ¡qué lanzada!

Penélope es la mejor. Tiene sus rarezas como las tengo yo, pero si alguien me sabe escuchar, calmar y cabrear, ¡esa es ella!

De nuevo se vuelven a besar. Esta vez Abraham la aúpa entre sus brazos y, ohhhhh, ¡me parece tannnn románticooooo!

¿Cómo será vivir un amor así?

Está claro que Abraham y mi hermana se gustan, pero sobre todo viven el presente. Futuro, lo que se dice futuro, viviendo a miles de kilómetros el uno del otro, es algo que dudo que tengan, por lo que entiendo eso que ha dicho mi hermana de que el tiempo disfrutado es el tiempo vivido.

Eso sí. Como mi madre vea cómo vive el tiempo con Abraham, ¡la mata!

Prosigo mi camino para dejar de observarles como una jodida cotilla, y entonces me fijo en que una de las amigas de mi hermana me señala. Junto a ella hay un chico alto. Pero me pillan a contraluz y no puedo saber quiénes son. Veo que el chico camina hacia mí y cuando está a escasos pasos lo reconozco. Es Álvaro. El hermano de Andrea.

Curiosa, lo observo. El verano pasado no vino a Ibiza, y al igual que su hermano ha crecido. Ha cambiado. Lleva el pelo más largo y se ha puesto más fuerte. Woooaaalllaaaa. ¡Qué bueno está!

—¡¿Bris?!

Veo su gesto de sorpresa.

—¡Presente! —afirmo, sonriendo.

Él sonríe. Me escanea de arriba abajo, y sin detenerse en mis pechos, como suelen hacer todos, me vuelve a mirar a los ojos, y cuando veo que procesa mi cambio desde la última vez que me vio, le suelto:

—De acuerdo. Lo diré yo. Me han crecido las tetas.

Soltamos una carcajada conjunta.

—Si llego a cruzarme contigo por la calle, nunca te habría reconocido —admite.

¡Joder! ¿Siempre ha tenido los ojos azules? ¿Siempre ha estado así de bueno?

Madre mía, qué pibonazo es el hermano de mi mejor amigo, e intentando que no se me note lo nerviosa que me ha puesto, pregunto:

—¿Tanto he cambiado?

—¡Muchísimo!

Oír eso de él me gusta. ¡Qué vanidosa me estoy volviendo!

—¿Tan fea me veías antes? —pregunto, no sé por qué.

Según digo eso, veo que su gesto cambia.

—No. No. Yo no he dicho eso —responde con apuro—. Es solo que...

—Vale... Vale..., tío, no te preocupes. Te he entendido.

De nuevo los dos sonreímos. Nos quedamos callados y nos miramos. ¿Qué nos pasa? ¿Por qué nos miramos así? Y, ¡por favorrrrr, qué ojos más bonitosssss!

—¡Qué pasa, hermano! —Es Andrea. Está a nuestro lado, y, mirándonos, pregunta—: ¿Ocurre algo?

Álvaro y yo como dos idiotas nos reímos. ¿De qué nos reímos?

—No pasa nada —dice Álvaro—. Solo que me ha sorprendido lo mucho que ha cambiado Bris desde que no la veo.

Andrea me mira.

—Le han crecido las tetas —afirma.

—¡Andrea! —regaña Álvaro.

Eso hace que los tres nos riamos

—Ya casi tengo dieciséis años —suelto, sin venir a cuento.

—Qué mayor... —replica Álvaro, con cierta ironía.

En ese instante, Laura, una de las amigas de mi hermana, se acerca y agarra a Álvaro de la cintura.

—Vámonos a tomar una copa a Pachá —dice.

Woooaaalllaaaa. ¡Pachá!

Pachá es la megadiscoteca de moda a donde van todos. Un sitio al que por mi edad todavía no me dejan entrar. Veo que Álvaro le tiende algo a su hermano.

—Tus llaves —le dice.

Andrea coge aquello que su hermano le entrega e indica:

—Pásalo bien en Pachá, colega.

Los dos hermanos se sonríen con complicidad. Y entonces Álvaro vuelve a clavar sus ojos azules en mí.

—Pasadlo bien —nos desea, guiñándome un ojo.

—Adiós —murmuro, levantando la mano.

¿Me ha guiñado un ojo? ¿A mí?

Segundos después, él y Laura, cogidos de la cintura, se alejan. Andrea y yo nos sentamos de nuevo en las rocas.

—Mi hermano ha flipado —dice él—. ¡Tía, es que has cambiado mucho!

Asiento. Él también ha cambiado, y sin entender por qué me he puesto nerviosa y por qué nunca había reparado en aquellos ojos azules tan especiales proseguimos charlando.

Capítulo 6
Álvaro

Cuando me despierto y me desperezo en mi cómoda cama, soy consciente de lo que he soñado. En mi sueño estaba paseando por la playa con Bris, y, sorprendido, soy consciente de mi erección.

¿En serio? Joder, ¡que es una cría y la chica de mi hermano!

Desde el día que la vi en la playa, hace como quince días, cada vez que me la cruzo por la urbanización, mi casa, la playa, o la piscina, reconozco que no puedo obviarla como siempre he hecho. ¿Por qué?

Solo he faltado un verano a Ibiza, y Bris ha pasado de ser una cría plana, sin curvas, ni nada especial, a una chica a la que da gusto mirar. Y al igual que yo me he dado cuenta, se han dado cuenta todos los amigos. Es más, Penélope se mosquea cuando alguno menciona a su hermana. Y, mira, lo entiendo, porque me comienza a molestar hasta a mí. Joder, que solo tiene ¡quince años!

Suena mi teléfono móvil. Es Pepe, mi mejor amigo de toda la vida de Madrid, y durante un rato hablamos. Me cuenta que está en el pueblo con su familia y me tengo que reír cuando me dice que ha conocido al amor de su vida, y que es una francesa de culo increíble que está allí pasando las vacaciones. Pepe se enamora de todas.

Al terminar la conversación, me levanto, me ducho y bajo a la cocina. Camilo, mi perro, es el primero en venir a saludarme. Por ello me agacho. Toco su enorme cabeza de mastín y pregunto:

—¿Cómo está mi colega favorito?

Camilo me mira. Sus ojazos caídos y llenos de cariño y su cara de bonachón siempre me han gustado.

—Esta tarde, cuando la playa se vacíe, prometo llevarte a dar un bañito —le digo, dándole un beso en el morro—. ¿Qué te parece?

—Buenos días, Álvaro, ¿quieres desayunar?

Es Gloria, la maravillosa mujer que se ocupa de nosotros.

—Buenos días, Gloria. Sí. Por favor —la saludo dándole un beso en la mejilla, que ella agradece.

—¿Huevos y beicon o tostada y café?

Miro a Camilo. Sé lo que le gusta, porque compartiré con él el desayuno.

—Lo primero —indico con una sonrisa.

Gloria sonríe y me da un suave pellizco en el brazo.

—Qué zalamero eres guiñando siempre el ojo.

Me río. Dicen que tengo esa manía. Que guiño el ojo cuando algo me gusta, y ella se va para la cocina mientras yo salgo al jardín. Allí le tiro a Camilo uno de sus juguetes con la esperanza de que vaya tras él y lo traiga, pero, como siempre, me mira y rápidamente entiendo que me dice que corra yo. Divertido, me siento en la mesa de la terraza donde, por suerte para mí, están mis gafas de sol y mi cuaderno de dibujo. Si algo me gusta es dibujar. Lo abro, cojo el lapicero que está enganchado y comienzo a hacer unos trazos.

Desde donde estoy, observo la casa de los Suárez Papadopoulos, la dibujo y me centro en las dos puertas de la terraza de las habitaciones que sé que ocupan Penélope y Bris. La puerta de Bris está cerrada. ¿Estará durmiendo?

¿Otra vez pensando en ella? Joder...

Algunas noches, cuando regreso de madrugada de estar con los colegas, las veo a las dos en la terraza mirando la luna mientras hablan y ríen. Son de esas hermanas que se llevan bien. Que se cuidan. Algo que Andrea y yo también hacemos. Y si pienso esto es porque tengo otros amigos que se llevan a matar con sus hermanos.

—He puesto doble de beicon. Así hay para Camilo. ¡Que te conozco!

Encantado, sonrío a Gloria, que es la mejor. Y sí, me conoce mejor que mi madre. Cosa que nunca diré, si no quiero que me monte la de Dios. Gloria llegó a nuestras vidas al nacer Andrea. Ella tenía casi diecisiete años, casi una niña, y vino para ayudar a mi madre. Y que yo recuerde, en todos los años que lleva con nosotros, solo tres veces se ha ido de viaje a ver a su familia a Chile.

Ahora Gloria tiene treinta y cuatro años y se puede decir que está dedicando su vida a cuidarnos. Andrea y yo la animamos a que en sus días libres conozca a alguien, pero ella no quiere. Sé, aunque no lo ha dicho, que mi madre le ha prohibido cualquier relación amorosa y que por tanto tenga su propia vida. Un horror.

Cuando Gloria se aleja, cierro mi cuaderno de dibujo, comienzo a desayunar y a los pocos segundos oigo música. Miro hacia la terraza de Bris y veo que las puertas se han abierto. Aparece mi padre con un café en la mano y se sienta a mi lado.

—Buenos días, hijo —me saluda, y abre el periódico.

Durante un buen rato, papá y yo comentamos las noticias que va leyendo.

—He hablado con Henry Mendes —dice. Es el rector de la Universidad de Chicago, donde estoy haciendo la maldita carrera de Derecho. Tomo aire y quiero decir algo, pero él prosigue—: Sé lo que vas a decir, Álvaro. Pero, créeme, es la mejor opción.

—¿Para mí o para vosotros?

Mi padre me mira. Me entiende. Me escucha. Hablamos. Con él puedo hacerlo. Con él puedo tener un punto diferente de opinión. Algo que con mi madre no.

Durante un buen rato comentamos el tema. Sale a relucir la carrera de Bellas Artes, y le hago entender una vez más el porqué de mi elección. Sé que a él llegaría a convencerlo. Papá no es mamá.

Mamá se acerca a nosotros, se sienta a nuestro lado y dice, tocando mi cuaderno de dibujo:

—Da igual lo que digas, Álvaro. Tu obligación es la que es.

Oír eso me enfada.

—La obligación de la que hablas es algo que has impuesto tú —respondo, incapaz de callarme—. Y...

—Álvaro. Tu abuela materna y tu abuelo paterno eran abogados. Tu tío Luis es abogado. Nosotros, tus padres, somos abogados. ¿Cómo no lo vais a ser tú y tu hermano? ¿De verdad que todavía no te has enterado de que he levantado un prestigioso bufete de abogados para mis hijos?

—Hemos... —apostilla mi padre.

—¿Acaso nosotros os lo hemos pedido?

—Álvaro...

—No, papá, ¡no es justo! Que tú o mamá quisierais ser abogados y seguir con la tradición familiar no quiere decir que yo también quiera serlo. Sabéis que a Andrea sí le gusta. Le encantan las leyes y todo lo que ellas conllevan. Si él quiere continuar con la tradición, ¡adelante! Pero yo...

—Tú eres el hijo mayor y tienes unas obligaciones que cumplir. Sabes perfectamente que tanto tu abuela como yo esperamos mucho de ti —me corta mi madre. Un incómodo silencio se instala entre nosotros. Ella coge mi cuaderno de dibujo e insiste—: Pero ¿cómo puedes querer estudiar Bellas Artes? ¡Pintor! ¿Cómo prefieres ser algo tan..., tan...?

—¿Tan qué? —protesto, quitándole el cuaderno.

Mamá y yo nos miramos. Su visión de la vida y la mía cada vez se aleja más, a pesar de que intento contentarla. Andrea es diferente. Él no tiene la contención que yo tengo, pero, por suerte para él, está feliz por saber que va a estudiar Derecho. Quiere ser abogado. Quiere pelearse en los tribunales y cambiar leyes. Siempre lo ha tenido muy claro.

—Bueno. Tranquilicémonos todos —indica papá.

Está claro que mi padre tiene razón. Si no nos controlamos, terminaremos diciendo cosas de las que más tarde posiblemente nos arrepentiremos

—Lo he hablado con mamá. Seguirás estudiando Derecho, ¡es lo que corresponde y no hay más que hablar! —zanja mi madre.

Papá la mira y para mi sorpresa replica:

—*Amore*. Aquí tu madre no tiene nada que decir. Álvaro es nuestro hijo. No suyo.

—Pero...

—*Amore* —la corta mi padre—. Alvariña es tu madre y la de Luis, no la de Álvaro y Andrea. Por lo tanto, ¡basta!

Mamá resopla. Suspira y pregunta:

—¿Acaso no quieres una buena vida para tus hijos? —Papá no contesta. Solo la mira. Ella añade—: Mi madre solo se preocupa por ellos, como me preocupo yo. Son sus únicos nietos y quiere que sean hombres íntegros, cristianos y de provecho. No unos atontados como los hijos de tu hermano, a quien tu madre mima como si...

—Olalla —la interrumpe con seriedad—. ¡A mi familia ni la menciones! —Mamá se calla. Sabe que hablar de la familia de mi padre, en especial de mi *nonna* Giulia, nunca es bueno. Papá me mira y dice—: Obviando lo que piense tu abuela, que no viene a cuento, quiero que sepas que hemos hablado y creemos haber encontrado una solución para tus estudios. —Oír eso me sorprende. Que lo hayan hablado, como poco, es bueno. Prosigue—: Seguirás estudiando en Chicago. Y si tus notas el año que viene son excepcionales, y te ves con la capacidad de comenzar otra carrera, podrás matricularte en Bellas Artes. Pero... sin bajar tus notas de Derecho.

Incrédulo, parpadeo. ¿Dos carreras a la vez? ¿En serio esa es la solución para ellos?

—Dudo que puedas hacerlo, Álvaro —se mofa mi madre—. Y no porque crea que seas tonto, porque sé muy bien que no lo eres. Sino porque dos carreras simultáneas requerirán mucho tiempo y esfuerzo. Y, la verdad, en cuanto yo vea que tus notas de Derecho bajan, ten por seguro que dejaré de pagar la segunda carrera.

Estoy por recordarle que pronto cumpliré diecinueve años y que mis decisiones las tomo yo. Pero me guste o no, económicamente dependo de ellos y sé que durante un tiempo será así.

Puedo marcharme de casa y trabajar. Lo sé. Algunos amigos lo han hecho. Pero egoístamente quiero formarme, estudiar, y eso solo lo puedo conseguir si sigo con ellos. Así que tomo aire y acepto el reto tan complicado que me proponen.

—De acuerdo. Hagámoslo como decís —digo.

Sorprendidos, veo que se miran. Creo que esperaban que dijera que no.

—Álvaro. Quizá deberías pensarlo y... —murmura mi padre.

—Está pensado, papá. Lo haré así.

De nuevo se miran.

—A la mínima que saques los pies del tiesto, te aseguro que... —empieza a decir mi madre, levantándose.

—Mamá —le corto—. Ya lo has dicho. No hace falta que lo repitas.

Cuando ella se va, sonrío. Saber que voy a poder estudiar la carrera que yo quiero, a pesar de las circunstancias, me hace feliz. Afortunadamente, siempre he tenido facilidad para estudiar y retener, y este nuevo reto, aunque sea para dentro de dos años, me gusta.

—Te ayudaré en todo lo que pueda, hijo —dice mi padre en bajito.

Oírle me agrada. Él es diferente a mamá.

—Lo sé, papá. Gracias.

Acto seguido, a mi padre le suena el teléfono móvil, y levantándose se aleja para hablar.

El resto de la mañana la dedico a dibujar y a hacer ejercicio. Me encanta el deporte. Soy muy deportista. Por lo que salgo a correr, y luego me meto en el gimnasio que hemos montado en un lateral del garaje.

Después de comer, me dedico a estar en la piscina con mi hermano Andrea leyendo. Somos de los que disfrutan de un buen libro. Sobre las seis de la tarde, Laura me llama por teléfono, y tras quedar con ella en pasar a buscarla a las once de la noche, sigo leyendo. Es mi momento de paz.

A las siete, Andrea se va. Cuando el sol comienza a bajar, agarro mi cámara de fotos, pues la fotografía es otra de mis pasiones, y la correa de Camilo. Como le he prometido, me lo llevo a la playa.

Por suerte para mí, y en especial para mi perro, la playa está bastante vacía, por lo que lo suelto y lo observo disfrutar de morder las olas que llegan a sus patazas mientras le hago infinidad de fotografías.

Ibiza, mi perro, la playa, la puesta de sol... ¿Qué puede haber más bonito?

Durante un buen rato, mi perro y yo disfrutamos del momento. De pronto Camilo comienza a correr, y veo que va lanzado hacia una chica que está sentada leyendo.

—Camilo, ¡ven aquí! —lo llamo.

Pero no me hace ni caso y sigue corriendo.

—¡Camilo, para! —insisto, y me lanzo detrás de él.

Mi perro corre. Veo que la distancia con la chica se acorta y entonces, sin que yo pueda evitarlo, se le tira encima. ¡Joderrr! ¿Qué hace?

Al acercarme, oigo la risa de la chica y me doy cuenta de que es Bris. La chica de mi hermano. Camilo la conoce. De ahí que corriera hacia ella de aquella manera.

—Perdona. Te ha visto y no he podido sujetarlo —me disculpo, jadeando por el esfuerzo de la carrera.

Bris, que tiene las mejillas rojas, me mira.

—No pasa nada —dice, besuqueando a mi perro—. Esta cosita preciosa, grandullona y bonita, me ha visto y ha venido a saludarme. Y, bueno, aunque no se parece en nada, me recuerda a mi perro Humphrey.

—¿Tienes perro?

—Sí. Pero nunca lo traemos, porque son muchas horas de avión y preferimos que se quede en casa durmiendo como un marajá sobre la cama de mis padres.

—Alguien lo cuidará, ¿no?

—Sí. Lydia y su marido Frank. Trabajan en casa.

—¿Qué perro es?

—Un carlino gordito y dormilón.

Oír eso me hace sonreír, y agotado por la carrera me siento sobre la arena de la playa.

—¿Estabas haciendo fotos? —me pregunta Bris.

Rápidamente la enfoco y le saco un par de ellas.

—Sí.

Divertida por lo que acabo de hacer, Bris se ríe. Tiene una sonrisa muy bonita y contagiosa.

—¿Nos hacemos una? —propone.

Sin dudarlo, coloco la cámara. ¡Joder, qué nervioso me pone esta cría!

Busco el mejor ángulo. Pongo el temporizador y corriendo me siento a su lado.

—Vamos, ¡di patata! —le suelto.

¡¿He dicho que diga patata?!

¡Por favorrrr! Pero si el crío parezco yo.

El clic suena y cuando me levanto y miro la foto, ella viene detrás de mí.

—¿Puedo verla? —pregunta.

Se la enseño en la pantallita de la cámara de fotos. Al acercarse, su pelo me da en el rostro y noto su dulce olor.

—Woooaaalllaaaa, ¡está genial! —exclama—. ¿Me sacarás una copia?

—Por supuesto —afirmo, sin entender qué me ocurre.

Segundos después nos sentamos; yo me noto raro. Pero ¿qué me pasa? ¿Por qué es ver a esta cría y sentir que el corazón se me acelera?

—¿Sabes dónde está Andrea? —pregunta. Niego con la cabeza conteniendo mis nervios cuando ella añade—: He quedado aquí con él y se está retrasando.

—Si has quedado con él, no tardará en llegar —afirmo, demostrando seguridad.

Nos quedamos los dos en silencio. No es un silencio incómodo. Es un silencio cómplice, sosegado.

—¿Te gusta la fantasía? —le pregunto, después de ver lo que está leyendo.

—¡Me flipa! —admite.

—Que sepas que lo leí hace unos años y me gustó mucho —le digo.

Oír eso hace que me vuelva a mirar.

—Me lo recomendó tu hermano —confiesa—. Y que sepas que estoy en el momento en el que el brujo oscuro lanza un conjuro malévolo y convierte en piedra a la novia del protagonista.

—Mmmm, ¿te cuento lo que pasa? —me mofo.

—¡Ni se te ocurra!

—¿Seguro?

—¿Quieres que te arranque los dientes?

Ambos nos reímos. ¿Qué hago tonteando con ella? ¡Joder! Que es la chica de mi hermano.

—Andrea me dijo que me lo tenía que leer sí o sí —revela—. Y, bueno, ¡en ello estoy! Y, oye, ¡me gusta!

Vuelve a instalarse entre nosotros un cómodo silencio.

—¿Por qué azul? —pregunto, señalando sus mechones.

—Porque es mi color preferido —afirma, tocándose uno de ellos con toda tranquilidad.

Tengo los ojos azules. Poseo una inquietante mirada azul que vuelve locas a las chicas. Le sonrío con cierta chulería y noto que le guiño involuntariamente un ojo.

—Eres un creído —murmura.

—Oyeeee...

—¿Por qué me guiñas el ojo?

—Lo hago involuntariamente. Simplemente ¡sale!

Nos reímos.

—Mi padre es productor de cine y, como imaginarás, estoy más que acostumbrada a chicos guapos de ojitos azules —matiza—. Por lo tanto, Romeo, a mí no me impresionas.

¡¿Romeo?!

Oír eso de pronto me desconcierta. Por norma, las chicas se quedan hipnotizadas con mis ojos, no se mofan de ellos como está haciendo esta.

—El azul claro es mi color preferido porque me recuerda a Santorini e Ibiza y porque siempre me da buenas vibras —observa, encogiéndose de hombros.

Sigo sorprendido. Es la primera vez que mi mirada azul, como la llama mi amigo Pepe, no ha provocado un tartamudeo o pestañeo.

—¿De qué parte de Santorini es tu familia? —pregunto, reponiéndome.

—Mamá es de Oia. ¿Lo conoces?

—No.

—Pues es el sitio más flipante que te puedas imaginar —afirma, rotunda.

—¿Más que Ibiza?

Se ríe. Me hace gracia como tuerce la boca al hacerlo.

—Son diferentes.

Ahora el que sonríe soy yo.

—Ibiza lo conozco. Santorini no. ¿Por qué habría de visitarlo? —insisto.

A partir de ese instante me habla de aquel lugar con auténtica felicidad. Me sorprende que, aun teniendo quince años, describa sus puestas de sol, sus bonitos paisajes, su increíble mar azul.

—Parece un buen lugar —me muestro de acuerdo.

—Lo es.

—¿Me llevarás?

Según digo eso me sorprendo. ¿Qué hago preguntándole a una cría si me va a llevar a Santorini?

—Te llevaré y te lo enseñaré. Te lo prometo —asegura sin asomo de duda.

Divertidos por aquello, estamos sonriendo cuando Camilo se levanta y comienza a correr. Veo que se dirige hacia mi hermano.

—Ahí lo tienes —le digo a Bris.

Ella sonríe. Ver cómo le sonríe a mi hermano me hace gracia.

—Pones la misma cara de tonta que cuando él te ve a ti —le digo en bajito.

—Será que somos muy tontos los dos.

Su contestación me hace gracia. Qué ocurrente y divertida es.

—Joder, tía, perdona —se disculpa mi hermano cuando se acerca a nosotros—. Mi madre me la ha montado.

—¿Hoy por qué?

—Por cantar.

Se saludan con su particular choque de manos.

—¿Por qué siempre hacéis eso? —les pregunto cuando terminan.

—Porque es algo solo nuestro —afirma mi hermano.

—¿Qué cantabas para que tu madre te regañara?

—Nuestra canción. «Don't Speak».

—Tremenda canciónnnnnn —afirma Bris.

—¿La del grupo No Doubt? —pregunto, consciente de que quiero que ella sepa que sé quiénes son.

Ella asiente y levantándose comienza a cantar la canción a capela y yo maravillado la escucho. Bris siempre ha cantado muy bien. Tiene una bonita voz y sin poder apartar mis ojos de ella la observo. Sus movimientos descarados al cantar y bailar son sexis y provocativos, y cuando clava sus ojos color café en mí para afinar en cierta nota, noto cómo me tiemblan las rodillas.

¡Seré gilipollas!

Sin un ápice de vergüenza, aquella cría a la que ya no veo como tal, prosigue cantando y mi hermano se le une. Boquiabierto los observo. Nunca podría hacer lo que ellos hacen. Tengo un enorme sentido del ridículo, algo que ellos, desde luego, no tienen. Y entonces, enfocándoles con la cámara de fotos, los fotografío. Capto imágenes frescas, divertidas, originales, e incluso la cámara me permite grabar pequeños vídeos donde ambos salen en su estado puro. Cuando acaban y se abrazan, aplaudo.

—Lo hacéis muy bien, y os he hecho unas fotos muy buenas —les digo.

Rápidamente quieren verlas. Toqueteo la cámara y se las enseño. Aunque lo que realmente les encanta es verse en los vídeos. Les gustan.

Durante un buen rato los tres hablamos, reímos y bromeamos. El ambiente es distendido. Bris es ocurrente. Agradable. Divertida. Hasta que percibo que sobro.

—Nosotros nos vamos —digo, agarrando a Camilo.

—¿Has quedado con Laura? —pregunta Andrea. Asiento, y él me desea—: ¡Pásalo bien, colega!

Miro a Bris y le sonrío.

—¡Adiós, Romeo! —me despide.

Con un movimiento de cabeza le contesto, y por primera vez, mientras camino por la playa de vuelta a mi casa, entiendo por qué mi hermano está tan fascinado con su chica. ¡Es increíble!

Capítulo 7

Bris

Los Ángeles, 2 de febrero de 2002

La boca de Cameron es una pasada.

¡Qué bien besa el tío!

Como siempre dice mi hermana Peny, hay que disfrutar el momento y, mira, ¡yo lo disfruto!

Nos besamos en el coche mientras suena la canción «Hot in Here», del cantante Nelly. Se me van los pies. Me pondría a bailar, mientras a Cameron se le acelera la respiración, sé que va a querer más, pero estamos aparcados frente a la puerta de mi casa, y no. Definitivamente, de besos no vamos a pasar.

Cameron es el tío con el que, en Navidad, en casa de Margot, perdí la virginidad. Fue un momento planeado por ambos. Yo siempre había oído que, en ese instante, se siente un intenso placer, y, la verdad, lo que yo sentí fue dolor. Incluso puedo decir que decepción.

Perooooo, como todo en esta vida tiene un pero, reconozco que tras haberlo repetido varias veces más, la cosa cambió, y ahora se puede decir que lo disfruto.

¡Madre míaaaaaa, qué gustazo cuando..., pues eso!

Cameron y yo llevamos saliendo cinco meses. Es el *quarterback* de mi instituto, donde soy animadora, y como dice mi amiga Stacy, ¡más bueno no puede estar! Alto. Moreno. Ojitos verdes. Y tremendamente popular. Y sí. Me gusta. Pero algo en mi interior me grita que no me apasiona.

Hoy me ha venido a buscar a mis clases de baile. Le gusta venir, y yo, que lo sé, cuando él está, bailo con más sensualidad, y le gusta. Vaya si le gusta.

Un beso. Dos. Tres. Y cuando siento sus manos bajo mi sujetador, lo miro.

—Como a mi madre se le ocurra mirar por la ventana y te vea, te cortará las manos —le advierto.

—Creo que habrá merecido la pena.

Ambos sonreímos, yo miro hacia la casita auxiliar. La casita donde viven Lydia y su marido Frank. Los que ayudan a mamá con la casa. Por suerte, no están. Sé que se han marchado a Illinois a ver a su hijo.

—Estoy loco por ti, ¿lo sabías?

Lo beso. Saber eso me gusta mucho.

—No podría vivir sin ti —admite. Me mira con sus ojitos verdes. Sé que espera que le diga lo mismo, pero no. No puedo. Cameron me gusta, me encanta, me divierto con él, pero siendo realista, yo podría vivir sin él perfectamente; él insiste—: Por ti haría cualquier cosa.

Vuelve a mirarme. Sigue esperando que diga algo como lo que él dice, y para quitarme el marrón de encima, sonrío. Lo beso. Mi beso lo aviva. Le hace olvidar lo dicho segundos antes.

—¿Le comentaste a tus padres lo de dentro de quince días? —me pregunta cuando hacemos una pausa.

Habla de la fiesta que va a dar en su casa el 14 de febrero, día de los enamorados. Sus padres, dos actores de cierto renombre, se van a rodar a México durante cinco días y Cameron ha programado una de sus sonadas fiestas.

Sus padres se lo permiten. Como hijo único y muy consentido que es, confían en él. Pero yo, que conozco a mi madre, y sé lo griega que se pone cada vez que le hablo de ir a una fiesta, contesto:

—Todavía falta.

—Pero Brisssss...

—Ya se lo diré.

—Tienes que venir. Si tú no vienes, no hay fiesta.

¡Oh, qué mono! Y qué cosas tan bonitas me dice.

¿Por qué yo soy incapaz de decirle cosas así?

Mi chico es un amor. Que me necesite a su lado en la fiesta de San Valentín me gusta mucho y mentalmente me apunto comprarle un regalito. ¡Se lo merece! Lo vuelvo a besar con ganitas.

—Iré —digo—. Que no te quepa la menor duda.

Cameron sonríe. Yo también. Y tras despedirme de él, me bajo del coche, me recoloco el pelo y la ropa y camino hacia mi casa.

Nada más entrar busco con la mirada a Humphrey, el carlino dormilón, y, como siempre, presupongo que estará durmiendo. Pasa de recibirnos como otros perros.

—¡¿Peny?!

—No, mamá. Soy Bris.

Camino hasta la cocina. Allí está mi madre, atareada. Le doy un beso.

—Qué raro. Tu hermana se retrasa.

—Anoche me dijo que hoy tenía que hacer varias cosas en la universidad.

¡Mentira! No me dijo nada, pero es nuestra manera de ayudarnos.

—¿Qué tal tus clases de baile? —me pregunta.

—¡Perfectas! Y lo mejor ha sido que la profesora nos ha comentado que se rumorea que pronto se va a abrir una audición en busca de bailarines para una película musical de la Warner Bros.

Mamá me mira. Sabe lo importante que es para mí aquello. Sabe que mi ilusión es bailar.

—Interesante rumor —observa con complicidad.

Ambas reímos. Mamá señala entonces una lista que tiene en la nevera sujeta por el imán de arcoíris.

—Mañana, cuando regresen Frank y Lydia de Illinois, tengo que ir con ellos al supermercado a hacer una gran compra. ¡Casi no nos queda de nada!

Oír eso me ocasiona risa.

Si alguien tiene bien llena la despensa, esa es mi madre. ¡Joder, que es griega! Si hubiera una hecatombe mundial, creo que nosotros tendríamos reservas para un buen tiempito, pero bueno, ¿para qué llevarle la contraria?

—Voy a ducharme —digo, tras darle otro beso que le hace sonreír.

Veinte minutos después, cuando termino de ducharme, escucho «Crazy in Love», de la guapísima Beyonce y Jay Z, que yo creo que están enrollados, cuando oigo llegar un coche. Miro por la ventana y veo que es mi hermana. Como siempre, guapísima e impecable.

Sigue con sus estudios de medicina. La tía es una lumbrera, y saca unas notazas impresionantes. Por lo que estamos toda la familia convencidos de que va a ser una excelente anestesióloga que se van a rifar los mejores hospitales.

Termino de secarme el pelo con el secador y me fijo en la pared llena de fotos. Hay imágenes de mi mejor amiga Stacy y del grupo de amigas. Alguna foto con Cameron, muchísimas de mi familia griega, de mis padres y de Peny. También de los amigos de Ibiza. Diversas fotos con mi maravilloso Andrea. Pero siempre mis ojos terminan en la fotografía de hace dos veranos con Álvaro.

Es la que nos hicimos en la playa, mientras yo decía ¡patata! y recuerdo que estaba muy nerviosa. A partir de ese día, Álvaro se convirtió en mi deseo oculto. Lo observaba tras las cortinas de mi habitación a escondidas cuando estaba en su piscina o tomando el sol en las hamacas. Aquel chico, sin que él ni nadie lo supieran, se convirtió en el centro de mis vacaciones, pero yo disimulaba. Ni a Andrea se lo conté. ¡Romeo es algo solo mío!

En soledad fantaseé imaginando que hubiera habido algo entre nosotros. Pero siendo sincera, para mí, él es alguien inalcanzable. ¿Cómo se iba a fijar en mí saliendo con las chicas tan guapas que siempre le acompañan?

Aquel año, el día de nuestro regreso a Los Ángeles, Andrea me entregó un sobre que su hermano le había dado para mí. En un principio, me sorprendí, pero al abrirlo lo entendí. Eran las fotografías de aquel día en la playa, y eso me hizo sonreír. ¡Qué detallista!

Pensé en escribirle un email para darle las gracias cuando llegué a Los Ángeles. Conseguir su dirección era fácil. Solo tenía que pedírsela a Andrea, pero al final decidí que no. Mejor dejar las cosas así, seguro que si le escribía iba a hacer el ridículo.

Al verano siguiente no vi a Álvaro. Se había ido de viaje a Canadá con su amigo Pepe, según me contó Andrea, y pasó de las vacaciones familiares.

¡Qué chasco me llevé por no verlo!

Pensando en aquello termino de vestirme; evocar al inalcanzable siempre me hace sonreír. Finalmente salgo de mi habitación y me dirijo hacia la de mi hermana. Quiero contarle lo de la audición. En el camino observo a Humphrey. Está durmiendo en la cama de mis padres. Me mira. Y entiendo que me dice que me dé por saludada. Menuda vidorra se pega el tío.

Sonriendo llego hasta la puerta de Peny, llamo con los nudillos.

—¿Pelo suelto o recogido? —me pregunta nada más abrir la puerta.

—Suelto. ¿Te vas? Pero si acabas de llegar.

Penélope se está quitando la ropa a toda mecha.

—Los padres de Zayn han venido de Oregón y me quieren conocer —responde.

—*Jroña que jroña.* ¡¿Qué?!

—Lo que oyes...

—¡Flipante!

—Maldita sea, ¡hoy que echan *Urgencias*!

Oír eso me hace reír. Toda mi familia adora esa serie. Es más, mi padre siempre se queja de que fuera otro, y no él, el creador de impresionante maravilla.

Peny abre su armario. Con la mirada sé que busca qué ponerse. Está nerviosa. Alterada.

—Zayn quiere que mañana sus padres vengan a casa a conoceros —susurra.

—¿Y qué le has dicho?

—Que sí.

—Woooaaalllaaaa. ¿Sin consultar a Terminator?

Peny asiente. Mi madre puede ser un hueso duro de roer cuando se lo propone.

—Me puse tan nerviosa que no pude decirle que no —admite.

—¡Ostras!

—¡Mamá me va a matarrrr!

Me río. Que Peny tenga novio a mamá le gusta. Zayn le encanta. El problema es que no sabe que los padres de Zayn son unos turcos llamados Emir y Damla. Mamá cree que Zayn es un chico adoptado por unos americanos llamados Greg y Susan.

¿Por qué lo cree? ¡Mentiras de mi hermana!

—No tenía ni idea de que venían —se queja.

Con cierto temor en la mirada Peny sonríe. ¡Sabe que el terremoto griego de mi madre se le viene encima!

Zayn es un hombre encantador. Le saca a Peny diez años y es, además de guapo, un cerebrito como ella. Siempre que lo veo tengo un excelente *feeling* con él. El turcazo, como yo lo llamo, es el doctor Zayn Demircan, jefe de cirugía del mejor hospital privado de Los Ángeles. Mi hermana y él se conocieron en una conferencia, y por lo que Peny me contó, fue verse y enamorarse locamente. Eso sí, durante un año se vieron a escondidas. Su relación en el hospital podía ser complicada, hasta que se liaron la manta a la cabeza y decidieron vivir el momento y mostrársela al mundo. Se habían enamorado y no tenían nada que esconder.

Mi madre y Zayn se llevan de maravilla. Se caen muy bien. Aunque él le sigue el rollo a la mentira de mi hermana en referencia a su apellido y sus padres. El problema es que mamá y mi familia griega ¡no adoran a los turcos! ¿Por qué? ¡Cosas suyas!

—¿Dónde vais a ir a cenar? —pregunto, sentándome en la cama.

—No lo sé —responde angustiada—. Solo sé que Zayn me ha dicho que me esperan a las ocho en un punto en su casa.

—Pues vas algo justita —afirmo, mirando mi reloj.

Asiente. Lo sabe. Pero me hace gracia que hable tan bajito.

—Ay, Dios, Brisss. ¿Cómo le digo a papá y mamá que Zayn se apellida Demircan y no Dempsey, como me inventé?

—Por papá no te preocupes. Preocúpate por mamá.

Se pone un cojín en la cara. Chilla. Se desespera.

—A ver, Peny. Que los turcos y los griegos se llevaran mal en el pasado —trato de ser positiva— nada tiene que ver para que...

—Bris, pero si mamá todavía nos amenaza con eso de «come o te llevará un turco» —me interrumpe.

En eso tiene razón. Esa coletilla es muy de mi familia.

—Eso por vivir el momento y no pensar en el futuro —observo.

—Brisssss...

—Siempre dices eso, ¿no?

Peny asiente. Es la gran defensora de vivir el hoy, porque el mañana está por llegar.

—Pues sí. Siempre lo digo y lo diré —sigue hablando bajito—. Apuesto por el amor. Por el hoy. Por el presente. Porque cada minuto que vivimos es un momento de vida que no se repite. ¡Aplícate el cuento!

—¿Qué tal si os escapáis esta noche Zayn y tú, os vais a Las Vegas y os casáis?

—Brissss...

—Te casas. Consumas tu noche de bodas follando como una loca con el turcazo y...

—Brisss..., ¡esa boca!

—Y, woooaaalllaaaa, ¡tema solucionado!

—Mamá no me lo perdonaría.

—Te lo perdonará. Eso sí, durante un tiempo os mirará como Terminator, pero en cuanto te vea feliz, se le pasará. El turcazo es un encanto de hombre, y ella lo sabe tan bien como nosotras. —Penélope suspira. Sabe que tengo razón. La animo—: Somos un equipo. Papá estará de nuestra parte. Seremos tres contra una.

Mi hermana sonríe. Me da un beso en la mejilla.

—¡Que haría yo sin ti y tus locas ideas! —exclama.

—A ti te ha gustado lo de follar, ¿ehhhh?

—¡Brissss, por favorrrrrrr! —Nos reímos. Nuestra complicidad es estupenda—. ¡No cambies nunca, loquita mía! ¡Te necesito así! Con carácter. Siendo una flipada y sabiendo lo que quieres, aunque debes disfrutar más del presente.

—¡Gracias por lo de flipada!

Ambas reímos.

—¿Qué tal con Cameron? —pregunta.

Oír ese nombre me hace sonreír.

—Bien —respondo.

—¿Solo bien? —Asiento. Cameron me gusta. Está buenísimo. Sé que muchas me envidian por estar saliendo con él; mi hermana, que me conoce muy bien, me recomienda—: Escucha, Bris. Apuesta por el amor si merece la pena. Y, si no es así, ¡anda que no hay peces en el río!

Divertidas, volvemos a reír. Me encanta lo que dice. De pronto me acuerdo de algo.

—¿Terminaste eso? —pregunto.

Se ríe. Me río. Llevamos tiempo hablando sobre tatuarnos algo nuestro. Algo de hermanas.

—Si lo hacemos, nos cargamos a mamá —afirma.

—Mira, ¡un problema menos!

—Brisssss...

—Venga. Vale. Dime que me lleva un turco.

—Idiotaaaa...

Pongo los ojos en blanco. Ella abre el cajón de su mesilla y me tiende un papel.

—¿Qué te parece? —pregunta.

Con gusto lo cojo y sonrío. En el papel ha dibujado una media luna con dos niñas colgando boca abajo de ella. Nos representa.

—Penyyyyyyy.

—¿Quéééééé?

—¡Me encantaaaaaa!

—¡Lo sabía!

—¿Nos lo hacemos mañana?

—¡¿Qué?!

—Puedo llamar al estudio de *tattoos* del hermano de Stacy y...

—Mamá nos mata —dice, dejando unas prendas sobre la cama.

—Recuerda, hermanita. En ocasiones es mejor pedir perdón que pedir permiso. Además, ¿no me estás diciendo que viva el presente?

—Ninguna mujer de nuestra familia tiene un tatuaje.

—Pues mira, ¡seremos las pioneras!

Mi hermana resopla.

—Bastante disgusto se va a llevar con lo de los padres de Zayn como para echar más leña al fuego —suelta, tras valorarlo un poco—. Y hablando de fuego...

—¿Carita de hámster asustadito? ¿Qué quieres? —pregunto cuando veo la cara que pone.

—Necesitaría que cabrearas a mamá para que cuando yo le diga lo de mañana no se lo tome tan mal.

—¡Tendrás morroooooo!

Peny asiente. Nuestro juego desde hace unos años para que una consiga algo es que la otra se eche encima a mi madre.

—Por favor, cabréala —insiste—. Si alguien sabe hacerlo, ¡esa eres tú!

La miro. Me mira.

Mi hermana tiene un morro que se lo pisa, pero su carita de hámster asustadito puede conmigo.

—Los próximos tres meses quitarás y pondrás el lavavajillas y la lavadora cada vez que me toque —exijo.

—¡Hecho!

—Y sacarás la basura.

—¡Hecho!

—Y te ocuparás de la limpieza de mi habitación.

—Pepinillo, te estás pasando.

—*Jroña que jroña*. ¡Lo sé!

—¡Tendrás hocico!

—No, guapa, no. Otras veces eres tú quien pide y yo quien acepta o no.

—Vale. ¡Acepto!

Peny refunfuña. Sabe que soy su única opción.

—A ver si aprendes a gestionar tus mentiras —le recomiendo—. Porque, vale, cuando comenzasteis a salir, entiendo que no quisieras disgustar a mamá diciéndole que provenía de una familia turca. Pero, vamos a ver, que lleváis tiempo. ¿Acaso pensabas que este momento nunca iba a llegar?

Peny asiente. Sabe que tengo razón.

—Tienes razón, pero por suerte tengo a mi lado a la mejor. —Y me abraza y me besa.

Finalmente se mete en la ducha corriendo y damos el tema por zanjado.

¡Ea, me toca cabrear a mi madre!

Mamá sigue cocinando. Para ella, como buena griega, las comidas son algo importante en una familia. Es el gran punto de unión.

—Ensalada griega, *spanakópita* y calamares rellenos —enumera cuando entro en la cocina.

—Hummm, ¡qué rico!

Mamá sonríe. Le encanta que tengamos apetito. Y consciente de que me toca hacer de hija tocanarices, antes de que salga mi hermana del baño, miro lo que tengo en mi mano, lo pongo sobre la encimera y suelto sin anestesia:

—Oye, mamá, he pensado en hacerme este tatuaje.

No puedo proseguir, porque suelta el cuchillo que tiene en las manos. Mira el dibujo. Resopla. Se retira con dramatismo el flequillo de la cara. Mueve el cuello como Terminator. Y señalándome con su dedo acusador, murmura en su tono griego de me acabas de enfadar:

—Briseida Suárez Papadopoulos, mientras vivas en mi casa y bajo mi techo, olvídate de hacerte algo así. ¡Solo tienes diecisiete años! —Vale. Ya la he cabreado. Es fácil—. ¡Un tatuaje! —resopla.

—Míralo, mamá, ¡es increíble! Somos Peny y yo. Ella lo ha dibujado y me encanta.

Mamá coge el dibujo. Lo mira. Lo arruga y lo tira a la basura.

—Por el amor de Dios —grita—. ¿Qué muchacha en su sano juicio se haría algo así? Ninguna mujer de la familia lleva algo tan vulgar. Eso es cosa de hombres.

Rescato el dibujo de la basura a toda prisa. ¿Pero qué hace tirándolo? Y cuando comienza con su puro drama griego, yo, que soy de mecha corta como dice mi padre, me obstino.

—A ver, mamá..., ¡es mi cuerpo!

—¡Y tú eres mi hija! Y mientras vivas en mi casa, acatarás mis normas. Por lo tanto, olvídate de tatuajes que solo llevan los pandilleros. ¿Te queda claro?

Mi función la he realizado a la perfección. Está cabreadísima. Ahora cualquier cosa que le diga Peny le parecerá poco.

—Me jode que... —protesto.

—¡Esa boca, Bris!

—Me joroba —rectifico— cuando dices eso de «mientras seas menor de edad y vivas en mi casa acatarás mis normas».

—Ya lo dirás cuando seas madre.

—¡Lo dudo!

Mamá se ríe. Yo no. ¿Pero cómo voy a decir yo semejante gilipollez? Oímos a Humphrey correr.

—Ahí llega tu padre —dice mi madre.

Dicho y hecho. Humphrey solo corre cuando viene él. El amor que le tiene es tremendo. Mamá y yo nos dirigimos al salón.

—Hummmm... *Jroña que jroña*, qué delicioso olor —se relame mi padre. Acto seguido, besa a mi madre, luego a mí, y pregunta—: ¿Y esas caras? ¿Qué pasa?

—Tu hija, ¡que se quiere hacer un tatuaje como un machorro!

Mi padre me mira, y yo me encojo de hombros.

—Siempre he sido el machorro de la familia, ¿no? —digo.

Papá se ríe y mi madre despavorida grita:

—Briseida Suárez Papadopoulos, ¡te estás pasando!

A partir de ese instante, mi madre y su chorreo de palabras en todos los idiomas que sabe no para. Creo que habla más rápido que piensa. ¡Increíble! Dice todo lo que se le pasa por la cabeza sin filtros. Aparece mi hermana, toda peripuesta. Mi madre se le queda mirando.

—¿Y tú adónde vas? —le pregunta.

—Voy a cenar con Zayn y sus padres —dice Peny, consciente de que he cumplido con mi cometido—. Que, por cierto, mañana os presentaré aquí o dónde tú quieras.

Ea..., ¡ya soltó la bomba!

De pronto no se oye ni el aleteo de una mosca. Creo que las moscas han huido de la posible escena del crimen.

—Pero qué excelente noticia —dice mi padre con una sonrisa—. Eran de Oregón, ¿verdad?

—De toda la vida —afirmo, ganándome una miradita de Peny.

Mamá parpadea. Está sorprendida. Mira a mi hermana y, sin cambiar su gesto, pregunta:

—¿Por qué contigo no se puede planear nada?

—Porque vivo el momento —murmura.

Me río. Papá también, pero mi madre, como buena griega, levanta las manos y la voz.

—¿Y porque tú vivas el momento me lo tienes que decir la noche anterior sin tiempo para adecentar la casa? —grita.

—Mamááá, por favor, ¡pero si se puede comer en el suelo! —intervengo.

—Podemos quedar en un restaurante —propone mi hermana.

Mamá habla. Protesta. Se enfada.

—Tengo que irme. Voy tarde —dice mi hermana, tratando de escabullirse.

—¿Cómo te vas a ir tras soltarme lo que has soltado? —pregunta mi madre.

Peny no contesta. Solo tiene prisa por desaparecer, y entonces el chorreo de palabras de mi madre regresa. Se queja de que Lydia y Frank no están para ayudarle. De que la alfombra tiene unas manchitas. De que su pelo está mal y debe ir a la peluquería. De que hay que sacar brillo a los candelabros de plata. También se queja de que hay que sacar la vajilla buena. E ir al supermercado a comprar todo y más, para prepararles un banquete de recibimiento.

Agotador. Escuchar a mamá es agotador. De pronto se calla y mira a mi hermana.

—¿Desde cuándo Zayn y tú vais tan en serio? —quiere saber.

—Mamáááá —protesta Peny.

—Penélope Suárez Papadopoulos. ¿No estarás embarazada?

—Woooaaalllaaaa...

—Mamáááá, por favorrrr. Pero ¿qué dices? —vuelve a protestar mi hermana

—Vamos, cielo, vete —apremia mi padre, viendo la que se nos viene encima—. No llegues tarde a conocer a los padres de tu novio.

Sin tiempo que perder, mi hermana nos da un beso a cada uno de nosotros, y cuando va a salir por la puerta, mi madre vuelve a pararla.

—De acuerdo, «señorita vivo el presente» —le dice—. A pesar de tu falta de tiempo en avisarme, prometo tranquilizarme y mañana ser una excelente anfitriona en casa. Diles que vengan a comer mañana a la una en punto. Tendré una estupenda comida griega preparada para todos. ¿Les gustara la musaka?

—Pues claro, mamá, ¿a quién no le gusta? —afirmo yo con seguridad.

Peny me mira. ¡Objetivo cumplido! Sonríe. Me tira un beso y se va.

—Y tú, olvídate de la tontería del tatuaje. ¡Ni loca te lo vas a hacer! Por encima de mi cadáver una hija mía se va a tatuar como un pandillero, por no decir un machorro. Y preparaos, porque una vez cenemos, hay que sacar brillo a los candelabros. ¡Oh, Dios mío, cuántas cosas hay que hacer! ¡Esta noche no duermo!

Tan pronto como mi madre desaparece gruñendo y se va a la cocina, mi padre me mira y cuchichea:

—¿Un tatuaje?

Asiento. Me agarro a su brazo y sentándonos los dos en el sofá saco el papel arrugado del bolsillo de mi pantalón.

—Lo dibujó Peny y somos nosotras dos cuando hablamos bajo la luna. —Bajo la voz—: Y, por cierto, a ella también le gustaría hacérselo.

Papá mira el dibujo. Le gusta.

—Avisadme cuando os lo hagáis para desaparecer una semana —me dice.

—Papáááá.

Soltamos los dos una carcajada.

—Pepinillo, ¿de verdad te merece la pena echarte a Terminator encima por hacerte un tatuaje?

Digo que sí con la cabeza. Si algo me ha molestado siempre es que decidan por mí, pero prefiero cambiar de tema.

—¡Pronto voy a tener una audición! —exclamo.

—¡Cuéntameeeeee! —me pide mi padre.

Encantada de la vida, le explico lo que mi profesora de baile nos ha comentado.

—Mañana puedo preguntar —me dice—. Y si quien la organiza es algún conocido mío, le puedo hablar de ti y...

—No, papá. Quiero conseguirlo por mí.

Mi padre sonríe.

—A veces las personas necesitamos que nos ayuden a abrir una puerta —replica, aunque me entienda—. No te sientas mal por ello. Yo solo haría lo que cualquier padre del mundo.

—Lo sé, papá, pero...

—No seas tonta y aprovecha las oportunidades que yo te pueda proporcionar. Las oportunidades se dan para comenzar algo, pero solo la constancia y el trabajo duro consiguen que ese algo perdure y sea realidad. —Asiento. Entiendo sus palabras; él añade, dándome un beso en la frente—: Lo vas a hace fenomenal. Y, aun así, nunca olvides que soy tu padre, y estoy aquí para ayudarte en todo lo que pueda.

Lo miro con gratitud.

—Vamos. Lavaos las manos y venid a cenar a la cocina —grita mi madre.

Al inicio de la cena, mamá vuelve a hablar del tatuaje. Le va la vida en prohibírmelo una y otra vez, hasta que mi padre, intuyendo que, como siga así, yo voy a contraatacar, se mete por medio y con maestría cambia de tema.

¡Gracias, papá!

Al acabar de cenar, ayudo a mamá a recoger la cocina y a sacar del congelador los kilos de comida que se ha propuesto descongelar y cocinar para el día siguiente. Luego voy a la habitación de Peny y guardo en el cajón de la mesilla el tatuaje. Ahí está a buen recaudo.

Después voy al salón para ver la televisión con papá y Humphrey, y me río al ver a papá, con resignación, sacando brillo con un pañito a los candelabros de plata. Cojo otro pañito, otro candelabro y lo ayudo mientras me habla de sus últimas producciones.

Tras un rato de charleta entre nosotros en el que abrillantamos los candelabros, comienza la serie que nos encanta a todos en la familia.

—Rhoda, ¡va a empezar ya!

Mamá se nos une. Se sienta en el sillón con nosotros y, como infinidad de noches, disfrutamos de la serie. Al poco rato suena el timbre de la puerta.

—¡Voyyyyy! —Me levanto.

Mientras me dirijo a la puerta, voy pensando en lo bueno que está George Clooney como doctor, cuando veo el parpadeo de unas luces. Sin saber por qué, me alerto. El corazón se me acelera. Abro la puerta. Son dos policías.

—Disculpe, señorita: ¿vive aquí Penélope Suárez Papadopoulos? —me pregunta uno de ellos.

Con un movimiento de cabeza asiento. El gesto serio de los policías me eriza la piel y sin saber por qué grito:

—¡Mamáááá! ¡Papáááá!

No pasan ni dos segundos cuando mis padres están a mi lado. En sus rostros aparece el mismo desconcierto que tengo yo al ver a la policía, y entonces escucho algo que hace que mi madre comience a gritar enloquecida, y es que mi hermana Peny ha tenido un accidente de tráfico y... ha muerto.

Capítulo 8
Álvaro

Madrid, 23 de febrero de 2002

—¡Felicidades, mamá!

Según le entrego el regalo que llevo en las manos, mamá sonríe.

—*Amore*. Es de parte de los tres —dice papá.

—¡Esperamos que te guste! —afirma mi hermano Andrea.

Papá, sin que ella supiera nada, compró dos billetes de avión para Andrea y para mí. Teníamos que estar en su cumpleaños, aun estudiando en el extranjero. Desde que nacimos, nunca hemos faltado a ninguno, y, por supuesto, este año no iba a ser el primero.

Mamá, que reconoce el papel de regalo de la joyería, asiente. Si algo le gustan son las joyas, y sonríe abiertamente al abrir una cajita de terciopelo negra y ver una pulsera de oro blanco con diamantes, de la que cuelgan tres medallitas con los nombres de papá, Andrea y el mío.

—Mis tres hombres. ¡Gracias! —musita mamá, encantada.

Papá sonríe. Verla feliz a él le produce felicidad. Siempre he pensado que está más enamorado él de ella que ella de él.

—Y ahora, vayamos a tu fiesta, *amore* —le dice, contento.

Veinte minutos después, entramos en un club social privado de Majadahonda, donde mi padre ha organizado una fiesta informal.

—¡Aquí traemos a la cumpleañera! —grita feliz.

Los asistentes, amigos y familiares, aplauden. Todos quieren fiesta.

Mi *nonna* Giulia, que ha venido de Nápoles para la ocasión, tras darle un cariñoso beso a mi madre, que esta recibe, pero no valora, se acerca a mi hermano y a mí.

—Mis niños, ¡qué bellísimos que estáis! —afirma con dulzura.

—Tú sí que eres bella, *nonna* —responde Andrea.

—¡Foto, *nonna*! —digo, señalando mi cámara.

Entre risas con la *nonna*, mi hermano y yo nos hacemos fotos con ella, y cuando acabamos nos indica que estará dos días en Madrid y que nos preparará esos platos italianos que tanto nos gustan. Por suerte para mí y no para mi hermano, la *nonna* regresa a Nápoles el mismo día que yo a Filadelfia. Andrea vuelve mañana a Chicago.

—Con el cabello así de largo estás bellísimo, *ragazzo* —le dice a Andrea—. Me recuerdas a tu *nonno* cuando lo conocí en la panadería. Tan bello mi Andrea aquel día que entró a comprar una barra de pan y me enamoró. Y, por cierto, Álvaro, como siempre te digo, guiñas el ojo como él.

Siempre que habla del *nonno* se emociona. A pesar de que han pasado ocho años desde su muerte, todavía sigue cortándole la respiración. La abrazo con mimo.

—Tu primo Giuseppino también lleva pendientes en la oreja. ¡Os quedan a ambos muy bien! —dice, mirando a Andrea.

Él sonríe. Yo también. Giuseppino es genial. Es ese primo divertido y loco que todos queremos tener y que nos enseñó a montar en moto a Andrea y a mí una de las veces que papá nos llevó a Nápoles a pasar unos días.

En aquella ocasión, cuando regresamos de Nápoles, a mamá le dieron los siete males. Nuestro aprendizaje en moto nos ocasionó a mí siete puntos en la rodilla y a Andrea un esguince en el pie. Pero mereció la pena, ¡aprendimos a manejar una moto!

La *nonna* y Andrea hablan, y gustoso los observo y fotografío. De todos es sabido que Andrea no solo ha heredado el nombre del *nonno*, sino también su apariencia física. Mientras que yo me parezco a mi tío Luis, el hermano de mi madre, aunque, por fortuna, he heredado los ojos azules del *nonno* y su picardía en guiñar el ojo.

Como siempre, la *nonna* nos ensalza. Nos da cariño y amor. Nunca ve en nosotros un solo defecto. Y eso, más que por mí, me alegra por Andrea. Al menos la *nonna* le hace sentirse bien y feliz, no como la abuela Alvariña, que parece que le tiene ojeriza.

La *nonna* Giulia vive en Nápoles, junto a la casa-panadería del tío Rodrigo. Papá siempre que puede la trae a Madrid a pasar unos días, aunque cada vez menos. ¿Por qué? Pues porque a mamá le incomoda su presencia. Según ella, cuando la *nonna* está en casa mi padre se pone insoportable, cuando la insoportable es ella, pues, sin que lo diga, sé que tiene celos del buen rollo que hay entre la *nonna* y papá. Tienen una relación muy especial. Y, la verdad, lo entiendo, la *nonna* es genial, cosa que no puedo decir de la abuela Alvariña.

La fiesta prosigue cuando veo llegar a mi amigo Pepe del brazo de una chica y les sonrío. No sé quién es ella. Pero, conociendo a Pepe, será su última conquista. Nos saludamos con un choque de manos.

—Álvaro, te presento a Carolina —dice Pepe—. Carolina, él es mi mejor amigo Álvaro.

La chica y yo nos damos dos besos en la mejilla.

—Disculpa. ¿Dónde están los baños? —me pregunta.

Cuando se va corriendo, interrogo a Pepe.

—¿Y Carolina es...?

—El amor de mi vida. —Y nos reímos—. ¿Tú has visto qué cuerpazo y qué carita que tiene?

Asiento. Carolina es de esas mujeres que tienes que mirar sí o sí.

—Vale, donjuán...

Minutos después, Carolina regresa y Pepe y ella se van a saludar a mi madre. Yo me voy con Andrea. Al poco rato se nos acerca mi tío Luis.

—Sobrinos. Quiero presentaros a Patricia de Luna Simpson, la preciosa hija de unos amigos.

Andrea reacciona y, antes de que me dé cuenta, ya ha desaparecido con la *nonna*. ¡Joder con mi hermano! Yo me levanto, y con una sonrisa le doy dos besos a la chica que mi tío me presenta.

—Encantado, Patricia.

—Lo mismo digo, Álvaro. ¿Te gusta la fotografía? —pregunta, señalando la cámara que llevo a mi cuello.

—Sí. Me encanta.

A partir de ese instante, se nos une mamá, y no para de elogiar a aquella chica que es diseñadora de interiores en la empresa familiar. También me presentan a sus padres y, como puedo, aguanto el momento, consciente de que debo aprender a ser tan rápido como Andrea. A la próxima que lo pillen a él.

Cuando por fin consigo deshacerme de todos, me acerco a mi hermano, que está en la barra, tomando una cerveza.

—Ya podrías haberme ayudado —le recrimino.

—¡Ni loco! —se ríe él.

Durante un rato mi hermano y yo hablamos. Está estudiando la carrera de Derecho en la misma Universidad de Chicago, donde yo la comencé, hasta que este año me trasladé a Filadelfia para compaginarla con la de Bellas Artes. Reconozco que está siendo algo caótico. Estudiar dos carreras al mismo tiempo requiere de un esfuerzo increíble, y aunque prosigo, he tenido que hacer ciertos cambios, pero sin cejar en mi empeño.

—¿Qué tal con el profesor Williamson?

Andrea se ríe.

—Bien. Es un hueso duro de roer —admite—. Pero... le he cogido el tranquillo y tenemos buen rollo entre nosotros.

Ambos reímos. Desde mi punto de vista, Andrea es el más inteligente de toda la familia. Le apasionan las leyes. Las disfruta. Las entiende y sobre todo les da forma.

Tío Luis se acerca a la barra y, tras pedir una cerveza al camarero, le da un trago a su botella.

—¿Desde cuándo en una fiesta informal se bebe cerveza en un vaso? —le pregunta a mi hermano.

—Desde que yo elijo que sea así —afirma Andrea.

Tío Luis lo mira. Lo escudriña con la mirada. Y yo, alertado por aquello y dispuesto a ayudar a mi hermano menor, le digo al camarero:

—Una cerveza y un vaso, por favor. —Mi tío se sorprende y yo miento—: Me pasa como a Andrea. No me gusta beber directo de la botella.

Tío Luis nos mira. Me gustaría saber qué esconde su ácida sonrisa, y antes de irse, vuelve a mirar a mi hermano.

—Córtate el pelo y compórtate —le suelta.

—*Malaka!* —murmura Andrea cuando lo ve alejarse. Le doy un codazo. Sé que ha llamado gilipollas al tío Luis en griego. Él sonríe y dice—: Gracias.

Con cariño le doy un abrazo y un beso. Entre nosotros y en este instante sobran las palabras. Sé que Andrea es homosexual. Me lo confesó cuando ambos regresamos de Chicago y Filadelfia la última Navidad, porque lo pillé besándose con un tipo en el coche de mi padre.

Inicialmente me quedé parado, pero no porque me pareciera mal que se besara con un hombre, sino por el hecho de que nunca me hubiera contado algo tan importante para él. Que sea gay o no a mí me da igual. Es mi hermano. Es buena persona. Lo quiero. Me quiere. Y su vida privada es solo suya, como la mía es solo mía.

Aquella noche hablamos largo y tendido, y supe que Bris lo sabe y que nunca fue su novia. Solo su tapadera. Eso no sé por qué me gusta. Me reconforta. Alguna vez pienso en ella. En la niña que ya no veo como tal y que me pone nervioso cada vez que miro su foto.

El secreto de mi hermano está a salvo con Bris y conmigo. No me corresponde a mí contarlo. Solo a él. Y cuando lo haga, estaré a su lado para ayudarlo.

Un toque en mi espalda me saca de mis pensamientos. Es la abuela Alvariña.

—¿Qué haces con esa maldita cámara de fotos colgada al cuello? —gruñe.

—Abuela..., no empecemos —respondo, sonriendo.

—¿Acaso quieres ser fotógrafo de bodas, bautizos y comuniones?

Suspiro. Tomo aire. Y si quisiera dedicarme a eso, ¿qué problema habría?

—Contadme, ¿cómo van los estudios? —pregunta.

La abuela Alvariña es arisca y un tanto especial. Todo lo contrario a la *nonna* Giulia, que es amor y dulzura. Para la abuela Alvariña hay tres cosas importantes en la vida. La apariencia, la clase social y el dinero que se tiene en el banco. Algo que mi madre ha heredado de ella.

Andrea la mira.

—Bien, abuela —respondo para romper el incómodo silencio.

—Me alegra ver que mi nieto predilecto ha entrado en razón —replica, haciendo un gesto de asentimiento.

—Ya tardaba alguien en decirlo —oigo que dice Andrea, poniendo los ojos en blanco.

Miro a mi abuela. Le reprocho con la mirada sus palabras y sé que me entiende. Su otro comentario, el de que he entrado en razón, lo dice porque he tenido que aparcar, momentáneamente, mi segunda carrera. El ritmo era frenético. Imposible para mí. Lo he intentado, pero el esfuerzo no llevaba a la recompensa. Por lo que decidí seguir con mis estudios de Derecho y solo matricularme en un par de asignaturas en Bellas Artes. Haré esta carrera poco a poco. Y, la verdad, ahora me siento mejor.

Durante un rato mi abuela habla y habla de lo irresponsable que he sido queriendo abarcar tanto. Cuando se para, se dirige a mi hermano, que está mirando para otro lado:

—A ver si te cortas el pelo, Andrea, ¡pareces un *hippie*! Y no hablemos de los pendientes que te has puesto. ¿Pero desde cuándo un Vizoso lleva pendientes? ¿Acaso ahora eres una muchacha?

—Abuelaaaa, no seas antigua —susurra Andrea.

—¡¿Antigua?! ¿No será que tú eres demasiado moderno? —apostilla ella. Andrea la mira. Sonríe. Mi abuela insiste con cierto desprecio—: Eres un Lombardo. No lo puedes negar. Y si eso fuera poco, también llevas unas ridículas pulseritas. Por el amor de Dios, Andrea. Piensa en tu apariencia y en la imagen que das de tu familia. ¿Dónde se ha visto algo igual?

Andrea toma aire. Resopla. La abuela, como mamá, siempre es crítica con él. Lo bueno es que a Andrea lo que le digan le entra por un oído y le sale por el otro. El tío tiene una capacidad increíble para escuchar y luego hacer lo que le da la gana. Reconozco que es algo que a mí me cuesta.

—Un vino blanco, por favor —pide mi madre al camarero acercándose. Acto seguido nos mira.

—¿Pendientes? ¿Pelo largo? ¿Pulseritas? —suelta mi abuela—. ¿Pero aquí qué ocurre, Olalla? ¿Qué clase de educación está recibiendo este muchacho?

Mamá mira a Andrea y mueve la cabeza.

—Lo sé, mamá —responde—. ¡Es un Lombardo! Ya le he dicho que haga el favor de cortarse el pelo y de...

—Pues a la *nonna* Giulia le he encantado —apostilla Andrea.

—¡Qué sabrá esa panadera!

—¡Ehhhh! —gruñe Andrea.

—¡Abuelaaaa! —protesto molesto.

Mi madre mira a su madre.

—Mamá, por favor. Retén tus comentarios —la reprende, haciendo un gesto.

—¿Acaso digo una mentira? ¿No era panadera? —insiste, y luego, mirando a mi hermano, añade—: Escucha, Andrea. Toma ejemplo de tu hermano. ¡Es un Vizoso! Cumple con la familia y procura que...

—Te recuerdo, abuela —matiza Andrea mosqueado—, que el que no quiere ser abogado, aun siendo un Vizoso, es él. No yo.

—Hablo de su apariencia y saber estar —gruñe mi abuela.

—*Gamisou!*

Y tras esta imprecación, Andrea se da la vuelta y se aleja.

¡Joder con mi hermano!

Acaba de decirle a la abuela «¡Que te jodan!» en griego.

—¿Qué ha dicho? —pregunta mamá.

Me encojo de hombros. Ni loco revelo lo que significa esa palabra. Mamá y la abuela se miran.

—Imperdonable su actitud —reprocha mi abuela—. Pero, claro, qué esperar de él siendo un Lombardo.

Oír aquello último me enfurece. El apellido de mi padre para mí es un orgullo, pero ella siempre lo utiliza para menospreciar. Ser un «Vizoso» para ella es calidad. Un «Lombardo» es ser chusma. Cosas de mi abuela.

Aprovecho el momento para ir tras mi hermano.

—¿Cómo se te ocurre hacer y decir algo así? —le digo cuando ya no pueden oírnos.

Andrea se da la vuelta. Me mira. En sus ojos veo cierta frustración.

—Mira, Álvaro, no me jodas tú también —responde. Nos miramos. Creo que nos entendemos. Concluye—: Vale. Es nuestra abuela. Pero es una clasista de mierda como mamá. —Asiento. Tiene razón. Si algo me molesta de ella son sus horribles comentarios hacia quienes ella cree inferiores. Mi hermano insiste—: ¡Joder! ¡Yo no soy tú!

—¿A qué viene eso?

—Viene a que tú, hagas lo que hagas, aunque lleves una jodida cámara de fotos colgada al cuello, cumples sus expectativas y yo no. Joder, estoy hasta los huevos de oír a mamá decir eso de que eres su hijo preferido y el amor de su vida y a la abuela afirmar que eres su nieto predilecto. Y ya no digamos eso de ser un Lombardo o un Vizoso.

Lo abrazo. Me duele ver el dolor de mi hermano ante esos comentarios.

—Sabes que odio tanto como tú que digan esas tonterías —murmuro.

—Lo sé. Eso lo sé, Álvaro —afirma—. Pero cualquier día no voy a poder callarme y las voy a mandar a la mismísima mierda.

—Baja la voz —le pido, cogiéndolo de un brazo y llevándolo a un lado.

Andrea asiente. Sabe que lo que hago es para protegerlo.

—¿Por qué en vez de meterse con mi apariencia no hablan de mis logros en la carrera? —se queja—. ¿Acaso no les doy motivos para que estén orgullosas de mí? ¿Pero es que no ven las notazas que saco? Pero no..., ellas no. Ellas solo se fijan en mis jodidas pulseritas, en mi pelo, en que soy un Lombardo y... —Con cariño vuelvo a abrazarlo. Necesito que sepa que estoy con él. Que se tranquilice, pero él está enfadado—. Lo dicho. Cualquier día voy a explotar, y les voy a decir que...

—Andrea —lo corto—. Si sacas los pies del tiesto, posiblemente mamá dejará de pagarte la carrera.

—Pero papá...

—Papá es papá. Y aunque nos ayuda en todo lo que puede, sabes que aquí quien decide qué hacer o no son mamá y la abuela. Por desgracia, cada día es más así, nos guste o no.

Me entiende. Sabe que digo la verdad. Papá es un buen hombre, un buen padre y marido. Pero, por culpa de la abuela Alvariña, hace años que tiró la toalla con mi madre. Simplemente se dedica a trabajar y obviar los problemas.

—Escucha, Andrea —insisto—. Mírame a mí. Estudio lo que ellas quieren y cuando termine estudiaré lo que yo quiero. Yo no quiero ser abogado, y lo sabes. Quiero pintar cuadros y viajar. Pero egoístamente decidí entrar en su absurdo juego para conseguir mi meta. Y, joder, Andrea, lo hemos hablado. Creía que entendías que debes ser tan egoísta como ellas para conseguir tú propósito, ¿no?

Andrea asiente. Entiende lo que digo.

—Sí, Álvaro. Tienes razón —claudica.

En silencio nos quedamos cuando se acerca la *nonna* Giulia a nosotros y, mirándonos con sus cariñosos ojitos redondos, pregunta en italiano:

—¿Qué os pasa?

—¡Nada! —decimos mi hermano y yo al unísono.

—El que nada no se ahoga, y vosotros me da la sensación de que os estáis ahogando —murmura la *nonna.*

Aquello nos hace reír. Es una frase muy suya. Al poco se nos acercan papá y David, uno de sus socios del bufete, y nos ponemos a conversar. Rápidamente veo que son conscientes de la superioridad de Andrea en cuanto a leyes, procesos judiciales y legislaciones. Menuda máquina es mi hermano.

—Simone, señora Giulia, este muchacho tiene un excelente futuro —dice David con una gran sonrisa.

Papá y la *nonna* asienten.

—Será un excelente fichaje para el bufete cuando acabe la carrera —dice papá—. Aunque algo me dice que antes tendrá que quitarse los pendientes y cortarse el pelo.

—Todo a su tiempo, amigo —replica David—. Mi hijo Carlos también se puso un pendiente en su época universitaria por rebeldía. Pero hoy por hoy ya ves cómo es. Íntegro e impoluto. La edad les hace cambiar y darse cuenta de quiénes deben ser.

—Te doy toda la razón —afirma mi hermano con seguridad, abrazando a la abuela Giulia, que lo mira con orgullo.

En ese instante a Andrea le suena el teléfono móvil. Acto seguido se aleja para contestar.

—Vamos, hijo —dice mi padre, agarrándome del brazo—. Llega la tarta de tu madre y quiero que le hagas fotos.

Acto seguido, aparece mi abuela Alvariña con una impresionante tarta de San Marcos y todos comenzamos a cantarle a mi madre el cumpleaños feliz. Es su día, y, como la quiero, deseo verla sonreír mientras la fotografío.

Capítulo 9
Bris

Los Ángeles, 26 de febrero de 2002

El silencio en mi casa me consume mientras veo cómo los segundos del día pasan lentamente y solo quiero cerrar los ojos, desconectar y dormir para no pensar.

Estoy en el sofá del salón arropada con una manta de Peny. Todavía huele a mi hermana. Joder, qué mierda de vida. Solo tengo diecisiete años y ya me falta mi hermana. No sé cómo lo voy a superar.

Mi familia es cristiana, aunque no somos de los de ir a misa los domingos. La religión nunca ha sido el centro de nuestras vidas, a pesar de que mis padres son creyentes. Y la verdad, con lo ocurrido, creo que, a partir de ahora, la religión para mí no sé si tendrá algún sentido. ¿Cómo Dios ha podido permitir algo así? Si se supone que es buena persona, ¿cómo es que me ha quitado a mi hermana? ¿Por qué? ¿Por qué lo ha permitido?

Aspirando su olor estoy cuando veo a Humphrey caminar hacia mí. El pobre me mira con sus ojos redondos, se acerca y, cuando saco mi mano para acariciarlo, me da un lametazo. Sé que la tristeza que hay en la casa él la siente también y esa muestra de cariño es su forma de decir que me quiere. Que está conmigo.

Con pesar alzo los ojos y miro el reloj que hay en la mesita. Son las cinco de la tarde. No creo que papá tarde en llegar del trabajo. Está mal. Fatal. Todas las noches, cuando cree que mamá y yo estamos dormidas, lo oigo llorar en la habitación de Peny. Llora con la impotencia de un niño, y aunque he intentado consolarlo, es imposible. Es más, se culpabiliza de no consolarme él a mí, por lo que cuando lo oigo llorar, para no hacerle sentir peor, ni me muevo. Solo lloro con él, pero a distancia.

Papá, a diferencia de mamá, que no se levanta de la cama, ha decidido trabajar. Dice que le evade de pensar, y lo entiendo. Se lo respeto. Pero las ojeras que tiene son dolorosas y el dolor en su semblante, inquietante.

Papá se echa la culpa por haber animado esa noche a Peny a marcharse. Mamá se echa la culpa por entretenerla y hacerle perder el tiempo. Cada uno a su manera se recrimina que Peny, por su exceso de velocidad, perdiera el control del coche y... pues eso.

Mamá está destrozada. Hundida. Rota. Me pregunta si es correcta la decisión que han tomado con Peny. Si Peny quisiera estar enterrada donde está, y yo no lo sé. Nunca hablé sobre ese tema con mi hermana. ¿Cómo íbamos a hablar de la muerte?

Mamá solo quiere estar tumbada a oscuras y en silencio. Apenas come. Apenas bebe. Solo llora, y yo no sé qué hacer, a excepción de respetar su duelo e intentar ayudarla en todo lo que puedo, porque si mi dolor es el que es, no quiero ni imaginarme el dolor que mis padres sienten.

Siempre he oído que no hay nada más doloroso para un padre que perder un hijo. Pero ¿y perder una hermana?

Zayn y sus padres fueron nuestro mástil inquebrantable aquella noche tan horrorosa. Sin conocernos, los padres de Zayn se desvivieron por abrazarnos y consolarnos, y se lo agradeceremos toda la vida.

Zayn está desolado. Amaba a mi hermana. La adoraba. Una y mil veces entre lloros me preguntó cómo iba a poder vivir ahora sin ella. Y yo no le supe responder, porque la primera que se lo pregunta soy yo: ¿cómo voy a vivir sin Peny?

Tras el triste entierro en el cementerio Hollywood Forever, Zayn decidió marcharse con sus padres unos días a Oregón. Necesitaba reconectar, sanarse, y, tras abrazarnos y hacerme saber que siempre estará para todo lo que necesitemos, se fue.

Llevo sin ir a clase desde que ocurrió el desastre. No me apetece. No quiero bailar. No quiero hablar con nadie. No quiero comer. No quiero sonreír. No quiero vivir. Siento que el corazón no me late, incluso que la sangre no corre por mis venas.

Solo deseo que pasen los días, para que el dolor aminore y poder seguir ocupándome de mis padres. Me necesitan. Cada vez que los atiendo, me pongo en modo automático. Me siento como un robot. Y cuando acabo, me vuelvo a desconectar.

El momento. Peny vivía el momento y ahora me alegro de que así fuera. Cuando hablábamos, muchas veces me decía que estoy tan pendiente del pasado y de lo que el futuro me va a traer que me olvido de vivir el presente. El hoy. El ahora.

Recuerdo que infinidad de veces me dijo aquel proverbio zen: «Cuando camines, camina. Cuando comas, come», y no sabía a qué se refería. Siempre me reí de aquello. Pero de pronto lo entiendo. Lo comprendo. Y aunque lloro y me desespero, le prometo y me prometo que, a partir de ahora, viviré el momento y el presente, por ella y por mí.

Por suerte, tenemos a Lydia y Frank. Ellos se desviven por nosotros. Sabíamos que nos querían, pero ahora yo particularmente estoy siendo consciente de cuánto. Cuando regresaron de Illinois y se encontraron con lo que se encontraron, si no hubiera sido por ellos, todo habría sido un desastre. Ellos se ocuparon de todo y de todos, porque eso hace la familia. Son mi familia.

La *yiayiá* vino desde Santorini con la tía Dimitra y Nereida y los tíos Spiros y Eros. Aparcaron sus negocios en la isla para estar con nosotros. Durante los diez días que estuvieron ayudaron en todo lo que pudieron. Y antes de marcharse todos y cada uno de ellos me dijeron que mamá, como buena griega, solo necesitaba unos días para recomponerse. Solo eso.

Los ojos se me llenan de lágrimas. Me escuecen. De tanto llorar se me han formado heridas en los lagrimales, pero me da igual. El equipo se ha roto. Peny se ha ido. La he perdido para siempre y he de procesar que nunca volverá.

Han pasado más de veinte días desde que viví el peor día de mi existencia y el dolor sigue instalado en mi cuerpo, en mi alma y en mi corazón, y no se va. A veces es tal el dolor que apenas puedo respirar. Me falta el aire. Me ahogo. Y es entonces cuando siento que Peny está a mi lado y me dice: «Bris, respira. Tú puedes. Respira por las dos». Y lo hago. Lo hago por las dos. Porque ella me lo pide. No porque yo quiera respirar.

Stacy y mis amigas están a mi lado como pueden. Me cuidan. Me miman. Pero entiendo que ellas continúen con sus vidas. Peny era mi hermana, no la suya. Y aunque su ausencia les duela, su dolor y el mío no son comparables.

A Andrea no le he dicho nada. Posiblemente se enfadará conmigo cuando se entere, pero también sé que me lo perdonará. Mi dolor es tal que no puedo llamarlo, ni escribirle para decirle, para admitir, para confirmar, que mi hermana ha muerto. No puedo. No puedo.

Cameron, ese chico que me amaba locamente y me decía cosas de película, ha sido una decepción. El muy gilipollas que decía que daría su vida por mí; cuando más lo necesité, pasó de mí. No solo no anuló su fiesta de San Valentín para estar conmigo y mi dolor, sino que, encima, me dejó y se enrolló con otra. Por suerte, solo sentía por él atracción. Y mira, como diría Peny, ¡hay más peces en el mar!

Tengo sed. Noto la boca seca y me levanto con desgana. Recorro el pasillo en silencio. Me asomo al cuarto de mis padres. Mamá sigue tumbada de lado mirando hacia la ventana. Sé que está despierta. Lo sé. Pero también sé que no quiere que la moleste.

Continúo hasta la cocina. Allí cojo un vaso, lo lleno de agua y, mientras bebo, mis ojos van derechos al imán de la nevera. Al arcoíris que Peny compró años atrás en Ibiza.

Cuando acabo, dejo el vaso en la encimera, y sin apartar la mirada del arcoíris decido pedir un deseo..

—Peny, ayúdanos para que podamos salir de esta —murmuro.

Después de pronunciar estas palabras, me siento ridícula. Cuando vuelvo hacia el salón para volver a tumbarme, miro la puerta cerrada de la habitación de Peny. Mi corazón me pide entrar. Me pide tumbarme un día más en su cama y seguir percibiendo su olor. Sigo a mi corazón, entro y me tumbo. Todo sigue igual. Nada ha cambiado. Pero realmente todo ha cambiado. Ya nada es lo mismo.

Tumbada, miro la mesilla. Abro el cajón y allí está el dibujo que ella hizo y mamá arrugó. Con lágrimas en los ojos, miro aquel dibujo de la luna, de la que cuelgan dos niñas boca abajo. Somos ella y yo. Y siempre seremos ella y yo. Siempre.

—¿Estás bien, cariño?

Es la voz de mamá. ¡Se ha levantado!

Rápidamente me doy la vuelta para mirar hacia la puerta. Se acerca y se sienta en la cama, y, por primera vez en días, posa su mano en mi cabeza y pregunta con preocupación:

—¿Has comido?

Asiento. Es mentira. Apenas he comido. Pero sé que ella necesita que asienta. Mira hacia mi mano.

—Es el dibujo de Peny —le digo, tendiéndoselo.

Mamá coge el papel. Lo mira. Sonríe. Sé que nos reconoce en ese dibujo,

—Siempre dibujó muy bien —afirma mientras una lágrima le resbala por el rostro. Me emociono al ver su expresión. De pronto susurra—: Gracias, mi amor. —No entiendo a qué se refiere, pero ella, que tiene unas ojeras terribles, prosigue—: Gracias por cuidarnos a tu padre y a mí con solo diecisiete añitos, cuando debería haber sido al revés.

Oír eso me enternece. Me hace llorar de nuevo. Mamá, sentándose bien en la cama, me agarra con fuerza y me abraza.

—Ya estoy aquí, Bris, mi vida —dice—. Mamá vuelve a estar contigo.

Lloro. Oír aquello de mamá me duele. Me duele horrores. Pero también me gusta saber que vuelve a estar conmigo. La necesito, como sé que ella me necesita a mí.

—He tenido que entender que, aunque Peny ya no está físicamente, sigue aquí —afirma tocándose el corazón—. Pero no es fácil. Está siendo lo más doloroso y difícil que he hecho en mi vida, pero tú sigues a mi lado, y me necesitas. Y por ti, por tu padre y por mí, he de continuar adelante.

—Mamá...

—Escucha, mi amor. Nadie muere definitivamente mientras alguien lo recuerde. Y nosotros siempre la vamos a recordar.

—Siempre —afirmo con un gemido.

Nos quedamos en silencio mientras observo las paredes del cuarto de mi hermana. Está lleno de pósteres con frases que dicen cosas como «Cada minuto que vivimos es un momento de vida que no se repite», «Los mejores momentos de la vida son los que no se planean». También tiene sentencias amorosas como «Todos tenemos un destino, y tú, mi amor, eres el mío». Pero me fijo especialmente en una frase que dice: «La muerte pone fin a la vida, pero no a lo nuestro. Te quiero y me quieres, y eso siempre perdurará».

Leer aquello me parte el alma. Me parte el corazón. Mamá, ajena a lo que pienso, señala:

—Hay un dicho que afirma que de amor no se muere ni de recuerdos se vive. Pero, en mi caso, el recuerdo de tu hermana me hace vivir. He tenido la suerte de tenerla en mi vida casi veinte años y tengo tantos recuerdos con ella que me van a ayudar a salir adelante. Y me van a ayudar, porque la mejor manera de honrar a los que ya no están es recordarlos y vivir. Y por ella, papá, tú y yo debemos continuar avanzando, porque si algo le molestaría es vernos tal y como estamos. Conociéndola, estará destrozada por no ver a su sonriente padre, a su loca y bailonga hermana y a la Terminator de su madre.

No puede continuar. Rompe a llorar. Es duro lo que dice. Asumirlo y aceptarlo no es fácil, aunque sea la verdad. Peny no querría vernos así. Ella querría vernos hablar, reír, bailar, discutir, cantar, comer, vivir...

—Tienes razón, mamá —le digo, tragando el nudo de emociones que me destroza la garganta.

—Siempre tengo razón. ¡Soy griega!

Oír eso, tan de ella, me hace sonreír. En silencio nos quedamos un buen rato abrazadas, pero sumidas en nuestros pensamientos.

—Quizá no sea el momento oportuno para decir esto, pero ya sabes que no soy muy oportuna —declaro—. Pero después de oírte, he decidido que me voy a hacer el tatuaje. Y sí, mamá, lo sé. Tengo diecisiete años y vivo bajo tu techo y no hay ninguna mujer en la familia que lo tenga. Pero alguna tiene que ser la primera. Y, mamá, lo voy a hacer por Peny y por mí. Era nuestro deseo. Nuestro tatuaje. Ambas queríamos hacérnoslo, y lo voy a cumplir. Ahora enfádate, cabréate, regáñame, pero lo voy a hacer sí o sí.

Mi madre me mira. Parpadea. Dios. ¿Qué hago diciendo algo así en este momento? ¿Por qué no puedo contenerme como hacía Peny?

Entonces mamá levanta su solemne dedo acusador, mueve el cuello de esa manera a lo Terminator como solo ella sabe hacer y dice con la voz temblorosa:

—Briseida Suárez Papadopoulus, mira que te gusta enfadarme. Pero si algo me ha gustado siempre de ti, aunque te regañe, es tu personalidad y tu arrojo en la vida para llevar adelante las cosas. Naciste luchando y seguirás luchando para conseguir tus propósitos. Y eso, hija mía, me gusta mucho. ¿Y sabes? Me va a encantar que seas la primera mujer de la familia que tenga un tatuaje, porque creo que es una excelente manera de recordar a tu hermana.

Sonríe. ¡Mamá sonríe!

No sé cómo explicar mi felicidad al ver su sonrisa. Solo sé que, de pronto, siento que mi corazón comienza a latir, que la sangre vuelve a correr por mis venas y que no sé por qué en este momento me siento extrañamente feliz.

—Yo también me haré ese tatuaje. —Es la voz de mi padre. Está en la puerta observándonos. Sus ojeras son tremendas, pero en su rostro, como en el de mamá, hay una sonrisa—. Tú y Peny sois mis niñas. Y si tú te lo haces para recordarla, yo también.

Acto seguido viene hacia nosotras y nos abraza. En silencio los tres nos abrazamos sobre la cama que aún tiene el olor de mi hermana.

—No hablar sobre lo ocurrido nos está distanciando —admite—. Entiendo el dolor que nos ocasiona, pero creo que es necesario que hablemos sobre ella y que la recordemos. —Mamá y yo asentimos. Entendemos lo que dice—. Perder a Peny ha sido lo más doloroso que me ha pasado en la vida. Nunca pensé que algo así nos pudiera ocurrir a nosotros, y... —Papá para. Toma aire. Lo que dice es duro; prosigue—: Quiero pediros disculpas a las dos.

—Papá...

—Gabriel... —musita mamá.

—No he estado a la altura. Soy el cabeza de familia. Sois mis chicas, y os tenía que haber cuidado y atendido como os merecéis. Pero el dolor me... me pudo. —Emocionados, volvemos a abrazarnos. El dolor nos ha podido a todos. Papá continúa—: Lo que nos ha ocurrido es terrible. Doloroso. Y es algo que inevitablemente marcará un antes y un después en nuestras vidas. Peny, nuestra

Peny, siempre estará con nosotros en nuestra cabeza y en nuestro corazón, pero, como has dicho tú, Rhoda, hemos de seguir caminando hacia adelante por ella y por nosotros. —Asiento. El dolor me puede, pero mamá y papá tienen razón. Él añade—: No pensamos, ni hablamos nunca de la muerte porque es algo doloroso y desagradable, pero nadie es eterno. La realidad es la que es. Todos nacemos y todos morimos. Y el dolor y la incertidumbre que estamos pasando por lo ocurrido a Peny me hace querer deciros que cuando yo muera...

—¡Gabriel!

—¡Papáááá!

Mi padre con tristeza sonríe. Sabe que es terrible lo que dice.

—Escuchadme, por favor —nos pide—. Sé que no es agradable esta conversación, pero necesitamos tenerla. O yo necesito tenerla y dejar dichas ciertas cosas para facilitaros a vosotras el momento. —Mamá y yo asentimos con pesar, ya que en el fondo lo entendemos—. Cuando muera, que espero que sea dentro de mucho tiempo, haced con la productora lo que queráis. Si queréis venderla, ¡hacedlo! Y con ese dinero vivid, y tú —se dirige a mi madre—, si deseas regresar con tu familia a Santorini, hazlo, y rehaz tu vida. —Mamá con pesar asiente cuando papá añade mirándome a mí—: Y tú, Pepinillo, sé feliz, porque solo si tú lo eres, yo lo seré. Y recuerda que la vida no es fácil, pero nacemos para vivir. Y que la ausencia está en lo físico, no en el corazón, ¿entendido?

—Sí, papá —consigo asentir, a pesar del nudo que tengo en la garganta.

—También quiero que me enterréis con Peny. Y, Rhoda, si decides regresar a Grecia y quieres, llevadnos al panteón de tu familia en Santorini, estaré de acuerdo de ser uno más.

No podemos evitar las lágrimas.

—Cuando yo muera —dice mamá—, quiero que me pongáis el vestido celeste y los pendientes de mi abuela.

—Mamááá —protesto.

—También que me enterréis con Peny, junto con la foto de los cuatro que hay sobre la chimenea y que nos llevéis al panteón familiar en Santorini. —Mira a mi padre—. Tú rehaz tu vida y baja el nivel de trabajo. No todo en la vida es trabajar, y lo sabes. —Papá asiente. Luego ella se dirige a mí—: Y tú, vive, y sácale el mayor partido a la vida haciendo siempre lo que tú quieres y no lo que otros quieran. Porque, como ves, solo la vivimos una vez. Y no debemos, ni podemos, desperdiciarla. —Mi madre concluye—: Os permito llorarme una semana. Pero al octavo día se acabaron las lágrimas, u os juro que seré la peor versión del fantasma de Terminator.

—¡Qué miedo! —se mofa mi padre.

Mamá y papá sonríen. Yo también, a pesar de que estamos hablando de algo tremendamente escabroso. Soy consciente de que llega mi turno.

—Cuando muera no quiero que me enterréis. —Mis padres levantan las cejas, y añado—: Incinerad mi cuerpo, llevadme a Ibiza y a Santorini, y esparcid mis cenizas en ambas islas, porque pienso estar el resto de mi existencia de fiesta.

Eso provoca que los tres riamos. No sé si lo que hacemos está bien o no, pero a nosotros nos hace sonreír. Soltar lastre.

—Con esto que ha pasado me he dado cuenta de que Peny tenía razón —admito—. Me preocupo demasiado por cosas del pasado o del futuro y me olvido de vivir el presente. Algo que, desde este mismo instante, voy a cambiar.

Papá y mamá se miran, y siento que me entienden. Creo que en sus vidas también van a cambiar cosas.

—¡Somos un equipo! —exclama él, y nos abraza.

—¡Y así será eternamente! —afirmo, conmovida.

—Yo también me haré el tatuaje.

—¡Mamá! —me sorprendo.

—Como has dicho, hay cosas que debemos cambiar, y los tres lo llevaremos por Peny —se emociona.

Papá, enternecido, se saca un pañuelo del bolsillo. Se retira las lágrimas y entonces volvemos a reír.

Reímos en el cuarto de Peny rodeados de sus cosas. Al ver el gesto emocionado de mis padres después de todo lo hablado, sé que tengo que salir y dejarles a solas unos segundos. No lo dicen. No lo piden. Pero eso se sabe. Se nota.

—Voy a por agua.

Sintiéndome viva por primera vez en muchos días, tras aquella conversación tan extraña y escabrosa, camino hacia la cocina. Cojo el vaso que dejé sobre la encimera, lo lleno de agua y, cuando estoy bebiendo, mis ojos vuelan de nuevo al imán de arcoíris de la nevera.

—Gracias, Peny —murmuro.

El timbre de la puerta suena. Lydia y Frank no pueden ser. Tienen llaves y han ido al supermercado a comprar comida. Al abrir, el corazón me salta. Se me acelera. ¿En serio? ¿De verdad? Ante mí están Andrea y Álvaro con cara de circunstancias.

—Mi reina —susurra Andrea—. ¿Cómo no me habías dicho nada?

Verlos me emociona. Vienen desde muy lejos para estar conmigo. ¿Quién los ha avisado? ¿Cómo se han enterado? Y necesitada de su cariño, los abrazo, tras cruzar una bonita mirada con Álvaro, que siento que me traspasa el alma y el corazón.

Capítulo 10
Brís

Ibiza, verano de 2003

Cuando el coche para ante la casa de Ibiza, el corazón me va a mil.

Es la primera vez que regresamos a la isla desde que pasó lo de Peny. El año anterior no llegamos a venir. Solo estuvimos unos días en Madrid, en el piso que tenemos allí.

A Ibiza no llegamos. No nos veíamos con fuerzas suficientes como para volver a aquel sitio tan lleno de bonitos recuerdos de verano. Pero este año la primera que lo sugirió fue mi madre, y mi padre y yo sin dudarlo lo secundamos. Teníamos que ir.

Nada más bajar las maletas del taxi, Olalla se acerca a nosotros. Abraza a mamá sin dilación. Aunque no se han visto desde el verano de 2001, mamá me dijo que Olalla la llamó varias veces para darle el pésame por lo ocurrido e interesarse por nosotros.

Olalla es una rancia. Una gran clasista que trata a las personas según el dinero que tengan en el banco. Pero saber que ha hecho eso la honra, y se lo tengo que agradecer. Sé lo importante que son esas cosas para mi madre.

Mientras mamá y Olalla se abrazan, papá se aleja para hablar por teléfono. Su nivel de trabajo en este último año en la productora ha subido. El trabajo le ayuda a seguir adelante, pero el estrés que lleva no creo que sea bueno ni para él ni para nadie. En varias ocasiones se lo he mencionado. Me preocupa. Pero papá siempre le quita importancia.

De nuevo miro a mi madre y Olalla. Sé que lo que va a tocar durante varios días es esto. Besos. Abrazos. Condolencias. Un rollo, pero esto es así, y lo entiendo.

Cuando Olalla se separa de mamá y papá se acerca, ella le da un abrazo. Durante unos instantes permanecen callados y en silencio, y cuando se separan, sé que ahora me toca a mí. Como siempre, me llamará por mi nombre completo. Para ella, acortar los nombres es vulgar.

—Briseida, lo siento mucho.

—Lo sé, Olalla.

—Sé que Álvaro y Andrea fueron a Los Ángeles a visitaros en cuanto se enteraron de lo ocurrido —me dice, cogiéndome de las manos.

Asiento. Fue Stacy quien avisó a Andrea.

—Son unos chicos excelentes —dice mi madre.

En ese instante veo a Andrea salir por la puerta de su casa y viene corriendo hacia mí. Con la mirada ya nos estamos diciendo lo mucho que nos alegramos de volver a vernos, y tras saludarnos de esa manera que solo él y yo tenemos, me abraza.

—Por favorrrr, ¡qué guapa está mi reina de rubia! —dice, haciéndome dar vueltas sobre mí misma.

Papá y mamá sonríen. Ellos, como todos, creen que entre nosotros hay algo más que una bonita amistad, y cuando miro a mi amigo, murmuro con emoción:

—Tenía ganas de verte.

Andrea asiente. Se emociona. Ha vivido conmigo y con Álvaro mi pena por Peny. Sus ojos se llenan de lágrimas, y cuando voy a decir algo para que ser ría, oigo:

—Andrea, ¡los hombres no lloran!

La miro. ¿Ya comienza a decir tonterías?

—En eso estás equivocada, Olalla —tercia papá—. Los hombres lloramos, y eso no nos hace ser menos hombres. Simplemente dejamos aflorar nuestros sentimientos cuando nos es necesario.

¡Viva mi padre!

Olalla lo mira. No dice nada. Andrea y yo sonreímos.

—¿Quieres que entre contigo en la casa? —me pregunta mi amigo.

Con cariño suspiro. Lo dice por las cosas de Peny que me voy a encontrar, pero, con fortaleza, por mis padres y por mí, respondo:

—Tranquilo. No hace falta.

Andrea asiente. Como le prometí cuando ocurrió, si necesito su ayuda se la voy a pedir.

—¿Qué tal si venís esta noche a cenar? —propone Olalla. Papá y mamá se miran; Olalla insiste—: ¡Vamos! ¡Venid! Le diré a Gloria que prepare algo de picoteo para todos. Bueno. Para todos no, que imagino que Álvaro ya tendrá planes con Giordana.

¿Giordana? ¿Quién es Giordana?

Saber eso en cierto modo me decepciona. Desde aquel día en que se presentó en la puerta de mi casa en Los Ángeles con Andrea, se puede decir que tenemos una bonita amistad. Ahora intercambiamos emails a diario. Nada serio. Solo hablamos de la vida, de cómo van nuestros estudios, de cosas que nos gustaría hacer, y la verdad, espero su email cada día con muchas ganas. ¡Quizá demasiadas!

—¿Conozco a Giordana? —pregunta mi madre curiosa.

Andrea me mira. Levanta las cejas.

—El cónsul de Italia está pasando unos días con su mujer y sus hijos en la isla —explica Olalla—. Y como es amigo de mi marido, pues ambos son de Nápoles, le hemos pedido a Álvaro que se encargue de que su hija Giordana lo pase bien.

Mi gesto no cambia. Disimulo excelentemente bien mis sentimientos.

—Por cierto, Briseida —me sorprende Olalla—. Te queda muy bien el pelo rubio. ¡Estás monisísima!

—Gracias.

Andrea sonríe. Yo también. Cuando Olalla vea el tatuaje que llevo en el hombro, sé que dejará de verme monisísima. Y cuando vea el de mis padres, flipará.

—Mañana he quedado con el grupo para ir a Pachá —dice Andrea—. ¿Qué te parece?

Oír eso me gusta. Siempre he querido ir a esa mítica discoteca donde mi hermana lo pasaba tan bien. Ya soy mayor de edad.

—¡Woooaaalllaaaa, chaval! —exclamo.

—Entonces, a las ocho os esperamos para cenar —ultima Olalla—. Vamos, Andrea, regresemos a casa. Ellos tienen cosas que hacer.

Mi amigo me guiña el ojo. Yo se lo guiño a él. Cuando se marchan, agarro mi maleta y digo, intentando no perder mi fortaleza:

—Equipo, ¡comencemos las vacaciones!

En silencio los tres entramos en aquella bonita casa. Como siempre, todo está preparado para nuestra llegada, aunque mañana tendré que acompañar a mamá al supermercado para hacer una de sus exageradas compras. ¡La comida nunca puede faltar!

Mientras mis padres van al salón a descorrer las cortinas y abrir ventanas, yo entró en la cocina y voy directa a la nevera. Me quedo un rato mirando el imán del arcoíris de Peny. Luego cojo una botella de agua y le doy un trago.

—Brisss..., ¿para qué sirven los vasos? —me regaña mi madre.

Nos estamos riendo cuando entra papá. En sus ojos veo ese dolor que no le abandona, por lo que hago el payaso hasta hacerlo sonreír.

No sé cuánto tiempo estamos en la cocina. Es como si no quisiéramos pasar de allí. Entonces, tomo las riendas y, con decisión, les cojo de las manos y tiro de ellos hacia el pasillo.

Nos acercamos a la puerta de la habitación de Peny, siento que estamos ante otra gran prueba de fuego. Y sin pensarlo, o de lo contrario no podré hacerlo, la abro. Todo está igual que la última vez que estuvimos allí. Sus pósteres. Sus muebles. Sus cosas.

—Luego recogeremos esta habitación —dice mamá con seguridad, tras unos instantes de silencio.

Hago un gesto afirmativo. Entiendo que tenemos que cerrar puertas para abrir otras nuevas.

—Creo que alguien del equipo necesita un abrazo —murmuro con cariño, al ver que a mi padre se le llenan los ojos de lágrimas.

Los tres nos abrazamos con urgencia. Si algo no nos faltan ahora son abrazos. Cuando papá se tranquiliza, le doy un beso.

—Vamos. Tenemos que deshacer las maletas —le dice mamá, cogiéndolo de la mano.

Minutos después, cuando todos abandonamos la habitación de Peny y vamos a las propias, al entrar en la mía, me siento en la cama.

Desde mi posición miro el equipo de música que tengo sobre la cómoda. Lo heredé de Peny cuando le compraron otro nuevo en uno de sus cumpleaños. A su lado hay varios CD de música. Me levanto, cojo uno y lo pongo.

Durante unos segundos mi dedo se queda flotando sobre el *play*. Sé que una vez lo pulse no habrá marcha atrás. Tomo aire.

—Como siempre decías, ahora toca lo que toca —murmuro.

Pulso el *play*. Comienza a sonar la canción «Voy a pasármelo bien», de los Hombres G. El grupo preferido de Peny.

A partir de ese instante bailo, canto y brinco. Aquella canción es la que mi hermana y yo escuchábamos siempre que llegábamos a nuestras habitaciones en Ibiza. Oírla, cantarla y bailarla nos daba a entender nuestras ganas de divertirnos y de tener un excelente verano. Y aunque en mi corazón el dolor todavía continúa, por mis padres y por mí, como dice la canción, «voy a pasármelo bien».

Después de esa suenan otras mientras saco mi ropa de la maleta y la guardo en el armario, como diría mi madre, como Dios manda. El tiempo pasa mientras escucho música y miro los libros que me he traído y quiero leer.

—Pepinillo, en diez minutos tenemos que ir a cenar a casa de los vecinos —dice mi padre, asomando la cabeza por la puerta.

—Me cambio de camiseta y bajo —respondo, saltando de la cama.

Diez minutos después, papá, mamá y yo estamos en el jardín de la familia de Andrea. Camilo, al verme, me saluda con su habitual locura y se tumba panza arriba para que le acaricie la barriga. ¡Es tan mono!

Simone, al vernos llegar, nos abraza. Es un abrazo sentido, silencioso, pero reconfortante. No hace falta decir nada. Las palabras sobran. Todos nos entendemos.

Pasado aquel emotivo momento, Olalla se nos acerca con Gloria, que nos ofrece algo de beber.

Mis padres y los de Andrea charlan. Ríen. Disfrutan. Me gusta verlos así. En un momento dado, yo voy al baño, y al regresar al jardín me encuentro con Gloria. Esta vez Gloria me abraza. Es encantadora, y siempre me ha querido muchísimo. En silencio permanecemos abrazadas, y cuando nos separamos, a pesar de que es consciente de que Olalla nos mira, me dice en bajito:

—He hecho croquetas.

Oír eso me enternece. Sabe que me encantan sus croquetas.

—¡Woooaaalllaaaa, qué bien!

Gloria se ríe, yo también.

—¿Ahora versión rubia? —oigo a mis espaldas.

Es la voz de Álvaro. Se me eriza la piel.

Al girarme lo miro con cierta indiferencia; no vaya a pensarse cosas raras.

¡Joderrrr! Más guapo no puede estar y los ojos más bonitos no los puede tener.

—Ya ves..., me gusta cambiar —replico con seguridad, aunque me entran las cagalandras de la muerte.

Con una sonrisa, Álvaro y yo nos abrazamos. Al hacerlo, disfruto de su cercanía y su olor unos instantes. El abrazo es corto. Impersonal.

—¿Qué tal va todo? —pregunta.

Aquella conversación la hemos tenido vía email. Sabía que regresar a la casa de Ibiza, donde todo está tal y como Peny lo dejó, iba a ser doloroso.

—Como imaginaba —contesto, encogiéndome de hombros. Él hace un gesto con la cabeza. Me entiende. No insiste. Le pregunto—: ¿Y tu inseparable cámara de fotos?

Álvaro sonríe. No dice nada.

—¿Has visto qué guapa está de rubia? —dice Andrea, acercándose a nosotros.

—*Jroña que jroña* —me mofo. Álvaro sonríe. Madre mía, qué sonrisa tiene. Y sin querer caer en los topicazos de las chicas que babean por él, afirmo—: Disculpad, flipados, ¿cuándo no estoy yo guapa?

Eso hace que los dos rían. La seguridad que muestro es la pantalla que utilizo para no dejar que se vean realmente mis sentimientos. En eso mi padre siempre ha sido un gran maestro.

—Vamos, parejita, a sentarse —nos dice Olalla—. Gloria va a comenzar a servir la cena. Y tú —mira a Álvaro—, ¿has quedado con Giordana?

—Sí. Iremos a un restaurante del que le han hablado —responde Álvaro sin mirarme.

—¿Cuál?

—La Bohème.

—Lo conozco —dice Olalla—. Se cena muy bien allí. —Álvaro sonríe. Está claro que le hace ilusión aquella cita. Su madre lo apremia—: Pues venga, hijo, ve. No llegues tarde, y ni se te ocurra llevar la cámara de fotos.

Ver que Álvaro se marcha, no sin antes mirarme y guiñarme el ojo, me da rabia, pero disimulo. Vale que no tengo nada con él ni lo voy a tener, porque dudo que se fije en mí. Pero, ¡joder!, me hubiera gustado que se quedara.

Durante la cena, Olalla menciona a Álvaro y a Giordana. Que su hijo esté cenando con la hija del cónsul de Italia, con lo clasista que es, para ella es importante. Siempre igual. Esta mujer no cambia. Andrea me mira y suspira.

Papá le pregunta a Andrea por sus clases en la facultad de Derecho, y él, encantado, le habla de ellas. A Andrea le apasiona lo que estudia. Solo hay que ver cómo habla de ello para saber que será un gran abogado.

Creo que, por educación, Olalla se interesa asimismo por mis estudios. Y le hago saber que mis clases de canto y baile van muy bien y que mi meta es pisar los escenarios de Broadway. Mientras hablo y me escuchan, intento hacerlo con propiedad, como siempre dice mi madre. Omito decir palabrotas, procuro ser educada.

—Pero cuánto ha cambiado esta niña —se sorprende Olalla—. ¡Qué monisísima que está!

¿Qué? ¿Cómo? ¿Monisísima yo, que para ella siempre he sido un machorro?

A que le enseño el tatuaje.

Simone le pregunta a mi padre por sus próximas producciones, y este le habla de dos proyectos muy ambiciosos en los que se ha metido, y aunque está contento, le inquietan. Todos lo escuchamos. Son grandes proyectos.

—Serán todo un éxito —afirma mamá.

Cuando terminamos de cenar, nos sentamos en unos preciosos butacones en el jardín para tomarnos una copa. Andrea y yo ya no somos unos niños, tenemos diecinueve y dieciocho años respectivamente, y con tranquilidad disfrutamos de nuestros vodkas con Coca-Cola.

En un momento dado, Olalla me halaga y mirando a Andrea sonríe. Está claro que cree que estamos enrollados. Habla de lo guapa que estoy este año y que con seguridad mis padres tendrán pretendientes a los que elegir.

Papá se ríe. Mamá también. Yo no. No. No me gusta que aquella hable de mí como si yo fuera una vaca lechera a la que sortear. Por lo que, para que se dé cuenta de que yo sigo siendo yo, finalmente le enseño el tatuaje que llevo en el hombro. Su cara al verlo es todo un poema. Creo que la he vuelto a horrorizar. Y me parto de risa cuando papá y mamá le enseñan sus tatuajes. ¡Ese momento es la bomba!

Reponiéndose del momento tatuaje está Olalla cuando mira a mis padres y pregunta:

—¿Recordáis a Inka y a Phil?

—¿Te refieres al matrimonio sueco de la casa 27? —pregunta mi madre.

Olalla asiente.

—Ni os imagináis el escándalo que ha habido por aquí estos días —baja la voz como si alguien la pudiera oír.

—¿Qué ha pasado? —pregunta mi padre, curioso.

Olalla y Simone se miran.

—Samantha, la hija de Inka y Phil, se quedó embarazada —explica Olalla.

Yo parpadeo. Sé quién es Samantha. Es menor que yo.

—¿Pero cuántos años tiene esa cría? —pregunta mi madre.

—Diecisiete —indica Andrea.

Mamá y Olalla se miran.

—El padre del bebé es Richard, el hijo de los de la casa 46 —cotillea Olalla—. Y, bueno, el caso es que la niña se lo dijo. Él negó ser el padre. La niña se disgustó. Se lo contó a sus padres, y todos fueron a casa del muchacho para aclarar las cosas.

—¿Y qué paso al final?

—Papáááááá —me mofo.

Todos reímos.

—Mira, hija, eso de que los chicos tengan relaciones sexuales —replica mi padre—, embaracen a las muchachas y luego se quieran quitar el problema de encima ¡me parece fatal! Si se es mayor para tener relaciones sexuales, se es mayor para todo y buscar soluciones, ¿no crees?

—Así debería de ser, cariño —lo secunda mi madre.

Olalla asiente.

—Según me ha contado Joseph —interviene Simone—, íntimo amigo de Phil, el padre de Samantha, decidieron regresar a Suecia para que la niña aborte.

Mamá y papá hacen un gesto afirmativo.

—Sobre eso no quiero opinar —dice Olalla—. Como cristiana, me parece una horrible decisión, porque no estoy a favor del aborto.

—Es su cuerpo y es su decisión.

Tan pronto digo eso, Olalla me mira.

—¡Pero qué tontería es esa! —me reprocha.

Mis padres se dirigen una mirada. Ellos saben cómo pienso en asuntos como ese.

—Como habéis dicho, Samantha tiene diecisiete años —dice mi padre—, y si ella, tras hablarlo con sus padres porque es menor de edad, ha decidido no tenerlo, no hay más que decir.

—Pero ese bebé es una vida. ¿Cómo puedes pensar así? —se escandaliza Olalla.

—Pienso así —responde mi padre— porque respeto la decisión de Samantha, aunque tenga diecisiete años. Un hijo es para toda la vida. No olvides ese detalle.

—¡Gran detalle! —apostilla Simone.

—Como madre apostólica y cristiana de dos varones —resopla Olalla—, siempre les digo que hay que ser consecuentes con los actos. Y Dios no lo quiera, pero si algún día pasara algo así, ese bebé sería bienvenido a esta casa.

Simone y mi padre se miran. Digan lo que digan, Olalla nunca entenderá su razonamiento.

—La base de la vida es el respeto —asevera mi padre—. Y si quieres ser respetado, simplemente hay que respetar.

—Pienso como mi padre —intervengo, ganándome una dura mirada de la madre de Andrea.

Andrea me mira. Sonríe. Sé que piensa como su padre y mi familia. Olalla interpela a mi madre, que ha permanecido callada.

—Y tú, como madre, ¿qué piensas al respecto?

Mamá sonríe. Mueve la cabeza. Aunque no lo dice, sé que siempre ha pensado que Olalla es una estirada clasista.

—Soy cristiana, pero no suelo ir a misa los domingos —responde—. Y, a diferencia de ti, estoy a favor del aborto. Si una muchacha de diecisiete años o una mujer de veinticinco, treinta y cinco o cuarenta y cinco se quedan embarazadas, y, por sus circunstancias personales, no quieren tener ese hijo, ¿por qué han de tenerlo? ¿Acaso su cuerpo no es suyo? —Olalla parpadea. Sin duda creía que ella pensaría de otra manera. Mi madre remata—: Estamos en el siglo XXI, Olalla. Y, como mujer, me alegra ver que los tiempos van evolucionando, especialmente porque tengo una hija, y su padre y yo la hemos criado para que ella sea libre y decida su vida.

Esa noche, cuando entramos en nuestra casa, mis padres están relajados. Hablamos sobre lo ocurrido con Samantha y lo extremista y poco empática que es Olalla. Está claro que esa mujer esta chapada a la antigua usanza, y durante un rato comentamos su intransigencia.

Después, tras darles un beso de buenas noches, me encamino hacia mi habitación. Abro la puerta de la terraza para que el olor a caramelo de Ibiza entre en ella, salgo y me siento en el suelo. Todavía no hay luna llena, pero me gusta mirarla y pensar en ciertos ojos azules.

Capítulo 11
Álvaro

La cena con Giordana es agradable, pues ella lo es, pero noto que mi cabeza está en otro sitio.

Saber que Bris ya está en la isla, en la casa de al lado, me trastoca. Me inquieta. Desde que fui a visitarla a Los Ángeles por lo de la muerte de su hermana, reconozco que pensar en ella me pone nervioso. En la distancia lo puedo disimular. El problema es cómo disimularlo ahora en la distancia corta.

De rubia está preciosa, aunque ¿cuándo ella no está preciosa?

Es de las chicas que, sin proponérselo, o eso creo yo, tienen un magnetismo especial. Tiene personalidad, belleza, seguridad, simpatía. No viste como las demás. No sigue los cánones de belleza establecidos. Bris es única e irrepetible, y todo eso hace que no pueda dejar de pensar en ella.

¿Qué voy a hacer? ¿Cómo lo puedo gestionar?

Digo yo que en algo se tienen que notar los años de más que tengo con respecto a ella, ¿no?

Si algo tengo claro es que ella solo me ve como el hermano mayor de Andrea. No le atraigo nada y lo sé, porque las señales de alerta de las chicas me las conozco. Cuando una chica se fija en mí, me sonríe. Pestañea. Se muerde el labio inferior, o se toca el pelo. Pero Bris nunca hace nada de eso.

—Hoy estás distraído, ¿qué te pasa?

—Oh, nada. No pasa nada. —Miro a Giordana.

—Es excelente la comida de aquí, ¿verdad? —observa.

Por no llevarle la contraria, asiento. Me parece bastante normal. De pronto me fijo en que Giordana pestañea y se toca el pelo, pero no me mira a mí. Con disimulo, giro la cabeza hacia la derecha. Ahí hay un camarero que, sonriendo, se da la vuelta y se aleja.

El resto de la cena mantenemos una conversación amena y soy consciente de dos cosas. La primera, que tiene o quiere tener algo con el camarero. Y la segunda, que no tiene ninguna prisa por que nos marchemos de aquí.

—¿Hemos venido aquí por él? —le pregunto, seguro de lo que he visto. Ella enrojece, yo rápidamente la calmo—: Tranquila. No seré yo quien diga nada a nadie. —Roja como un tomate, la pobre no contesta. No esperaba que me diera cuenta. Yo sigo hablando—: Te entiendo más de lo que crees. Soy el hijo mayor de una madre que espera que sea el abogado principal de su empresa, cuando es lo último que quiero hacer. También desea que conozca a una chica de buena familia como tú, para que en el futuro forme mi propia familia. Y aunque me caes muy bien, como espero caerte yo a ti, ambos sabemos que si estamos aquí es porque no nos ha quedado más remedio. ¿O me equivoco?

Giordana se limpia con la servilleta la boca. Noto que no le sorprende lo que acabo de decir.

—No. No te equivocas en nada —admite.

—No sabes cuánto me gusta no equivocarme.

Al oír eso, no puede evitar sonreír.

—¿Por qué nuestros padres nos lo ponen tan difícil? —pregunta.

Suspiro. La entiendo perfectamente.

—Porque se han olvidado lo que significa vivir y dejar vivir —respondo. Con la mirada nos entendemos; cuando veo al camarero salir y atender otras mesas, pregunto—: ¿Y él se llama?

—Mattia Brambilla. —Y al ver que espero saber algo más, añade—: Vive en Roma como yo y llevamos saliendo un año. Y si está trabajando en Ibiza es porque le dije que yo veranearía aquí con mi familia y vino para estar conmigo. Nos vemos algunos días en la playa o por las noches. Por suerte para nosotros, uno de los seguratas que ha contratado mi padre en la casa es amigo de Mattia. Y, bueno, él hace la vista gorda para que podamos encontrarnos.

Está claro que todos tenemos nuestros secretitos.

—¿A qué hora sale Mattia de trabajar? —quiero saber.

Dos horas después, estoy con Giordana y Mattia en un pequeño local donde sé que nos encontramos con mis colegas y nos tomamos unas copas. Mattia es majo. Simpático. Hablamos en italiano, cosa que agradece. Y está la mar de agradecido por lo que esta noche estoy haciendo por él. Cuando se lo cuente a Pepe, me dirá que soy un gilipollas. Lo sé.

A las tres de la madrugada, después de llevar a Giordana a la casa donde se aloja con su familia, yo regreso a casa. Aparco la moto en el garaje y de inmediato Camilo viene a saludarme.

En silencio, para no despertar a nadie, voy al jardín y le tiro a Camilo su palo. Como siempre, me dice que vaya yo a por él. De pronto oigo un tímido silbido que he escuchado en otras ocasiones. Sin dudarlo, miro hacia la terraza de Bris, desde donde ella con la mano me saluda.

Verla en este instante que no me lo esperaba me alegra. Me encanta. Me dirijo hacia el final de mi parcela para acercarme a la suya.

—¿Qué haces despierta? —pregunto.

Bris sonríe.

—Ay de mí, Romeo Montesco —bromea, sorprendiéndome—. No tengo sueño. Será la luna que me hechiza o será el suave murmullo de los cangrejos.

Divertido por escuchar aquello le sigo el juego.

—Adorada Julieta Capuleto. El sueño en una joven dama como vos es necesario. Por lo que obviad a la luna y los cangrejos y descansad.

Su risa cristalina me paraliza. Estoy haciendo el gilipollas ante una tía como no lo he hecho en mi vida.

—¿Te apetece un cigarro? —me pregunta.

No fumo. Nunca me ha gustado.

—Claro —digo sin dudar.

—Ven a mi jardín. En un minuto estoy contigo.

Hago lo que me pide mientras siento cierta ansiedad al pensar que son las tantas de la mañana y que vamos a estar ella y yo solos en su jardín.

Busco a Camilo, pero ha desaparecido. Hubiera sido un gran apoyo, pero como no está, entro en la parcela de Bris, y la veo bajando por una celosía que hay en la pared.

—¿Qué estás haciendo? —susurro, acercándome con rapidez.

—Bajar.

La veo descolgarse con agilidad. Está claro que no es la primera vez que baja por aquí.

—¡Hecho! —exclama al poner los pies en tierra—. Vamos a sentarnos al balancín.

Incrédulo por aquello, la sigo mientras la miro. Ninguna chica que yo conozca se presentaría así ante mí. Nada de maquillaje. Nada de ropa provocativa. Nada que no sea naturalidad.

—¿Desde cuándo fumas? —se interesa.

—No fumo —confieso—. Era por acompañarte.

Ambos reímos. Nos sentamos en el balancín, y tras unos segundos de silencio, se enciende un cigarro.

—No fumes —me recomienda—. Dicen que no es bueno para la salud.

—Pues aplícate el cuento —afirmo.

—Algún día.

Divertidos, nos miramos.

—Creo que hoy, después de cenar, tu madre ha cambiado el concepto que tenía de mis padres y de mí —dice.

—¿Qué ha pasado?

—Nos contó lo de Samantha —contesta—. Y dejamos muy clara nuestra postura sobre el aborto.

Conozco a mi madre. Se lo que piensa sobre ello.

—Para ella eso es algo atroz. Un pecado.

—¿Y para ti? —se interesa.

Nunca nadie me ha preguntado abiertamente qué pienso al respecto.

—Para mí, no —respondo sin dudar—. Soy de los que piensan que cada individuo tiene el poder de elegir su vida sin que nadie se lo imponga.

—Woooaaalllaaaa. Como te oiga tu madre, te deshereda.

Volvemos a reírnos.

—¿Quieres ser padre? —pregunta.

—En el futuro me gustaría.

—Jroña que jroña.

Esa expresión me hace gracia. Solo se la he oído a ella.

—¿Por qué dices eso? ¿Qué significa? —pregunto.

Bris sonríe. Cuando lo hace de aquella manera, reconozco que me quedo embobado mirándola.

—Es una expresión muy de mi familia en Grecia —responde—. El significado es tonto. Es como decir «hace mucho tiempo», y realmente lo sueltan cuando algo les importa tres pepinos o les sorprende. Y a mí me acaba de sorprender saber que algún día quieres ser padre.

—*Jroña que jroña* —digo yo ahora, y nos reímos.

Apoyamos nuestras cabezas en el respaldo del balancín y en silencio nos quedamos durante varios minutos observando la luna, mientras con nuestros pies nos damos impulso.

Como siempre, nuestro silencio es cómodo. Tranquilo. Sosegado. Es esa clase de silencio que te hace sentir en casa, que te hace sentir bien. Por ello y consciente de que aquello no es algo que me ocurra con frecuencia, pregunto:

—¿Lo haces muy a menudo?

—¿El qué?

—Disfrutar del silencio aun estando acompañada.

Sonríe. Me encanta verla sonreír.

—La luna siempre hay que observarla en silencio, o eso decía Peny —dice sin dejar de mirar al cielo—. Aunque, entre tú y yo, creo que lo decía para que me callara y dejara de cotorrear. —Otra sonrisa—. No suelo estar en silencio cuando estoy acompañada, pero contigo y Andrea el silencio es agradable. Cómodo.

Su madurez al hablar es algo que me gusta mucho de ella.

—¿Qué tal los últimos exámenes? —se interesa.

—¡Bien! Cada vez veo más cerca poder trasladarme a Roma una vez acabe Derecho para trabajar en la delegación del bufete allí y poder proseguir con mis estudios de Bellas Artes. Aunque, bueno, ya he tenido un par de rocecitos con mi madre y mi abuela, pues no lo ven claro.

—Tu madre y tu abuela son unas egoístas, ¿lo sabías?

Asiento. Sé que tiene razón.

—Lo sé. Pero las quiero y no quiero decepcionarlas —admito.

—¿Y no crees que ellas te decepcionan a ti con su imposición? ¿Acaso cuando naciste firmaste en algún papel que tenías que ser abogado sí o sí, para continuar con la tradición familiar?

La claridad a la hora de hablar de Bris me hace suspirar. Comprendo lo que dice. Soy el primero que se cuestiona aquellas cosas, pero también soy consciente de mi realidad.

—Te entiendo —contesto—. Pero a veces luchar contra un futuro planificado es complicado.

—¿Tú no sabes que el futuro es algo que cuando llegue ha llegado y que ahora debes centrarte en vivir el presente? Con lo que le ha ocurrido a mi hermana, yo he decidido vivir el presente. De nada sirve hacer planes para dentro de dos años, seis meses o cinco años, porque realmente ¿quién te garantiza que seguirás con vida? Por lo tanto, y como consejo personal, te animo a que vivas el presente y seas feliz.

—Ser feliz es mi máxima aspiración.

—¡Pues ve a por esa felicidad!

—Eso intentaré.

Con curiosidad veo que nos miramos. ¿Por qué nos observamos así?

—¿Puedo hacerte una pregunta muy personal? —dice.

—Claro.

—¿Eres un chico romántico?

—Creo que el romanticismo es algo que nunca ha de faltar si estás enamorado de tu pareja —respondo sin asomo de duda.

—En eso piensas como yo.

—¿Eres romántica?

—Lo soy, Romeo, lo soy —admite—. Y el día que me enamore, espero vivir en un eterno sueño del que no voy a querer despertar, porque desearé que mi amor me quiera tanto como yo lo voy a querer a él.

No sé qué decir ante sus palabras. Veo que mira la luna.

—¿Cómo están tus padres? —me intereso.

—Jodidos, pero superándose día a día.

Entiendo. Pasar por lo que ellos están pasando no debe de ser fácil.

—¿Y tú cómo estás?

—Rota, pero bien. Ahora entiendo a Forrest Gump cuando decía aquello de que la vida es como una caja de bombones, pues nunca se sabe cuál te va a tocar.

No sé qué decirle. No sé por qué le he preguntado sabiendo que es un tema doloroso para ella.

—Sabes que el primer recuerdo que tengo de ti es sacándome la lengua y haciéndome el gesto con los dedos de te estoy vigilando —trato de cambiar de tema.

Oír eso veo que le sorprende, pero más me sorprendo yo al ver que ella también lo recuerda. ¡Qué increíble!

Seguimos hablando. Con ella es muy fácil hacerlo.

—¿Eres cinéfila? —pregunto.

—Mucho. Con un padre productor de cine, ¡imagínate!

—Yo también soy muy cinéfilo. Me encanta el cine, y suelo quedarme con esas frases míticas que te hacen pensar.

Bris asiente. Creo que la he sorprendido.

—Jugamos a adivinar frases míticas de películas, ¿quieres? —dice.

—Quiero.

Veo que sonríe, y tras pensar, suelta:

—Solo hay una persona que pueda decidir lo que voy a hacer, y soy yo mismo.

—¡*Ciudadano Kane*!

Ella hace un gesto afirmativo.

—Todos morimos, lo que importa es el cómo y el cuándo —me toca a mí.

—¡*Braveheart*!

—Por muy dura que sea la vida, mientras hay vida, hay esperanza.

—*La teoría del todo* —afirmo sonriendo, y digo—: A Dios pongo por testigo que jamás volveré a pasar hambre.

—Facilísima. ¡*Lo que el viento se llevó*!

—¡Eres buena! —exclamo.

—Tú también.

A partir de ese momento, la siguiente hora la pasamos jugando y riendo, hasta que, a las cuatro de la madrugada, a ambos se nos abre la boca.

—¿Por qué en ocasiones al sonreír guiñas el ojo? —me pregunta.

—Si te soy sincero, ¡no lo sé! —confieso, riendo—. Al parecer mi *nonno*, el padre de mi padre, lo hacía, y no sé por qué ese tic lo he heredado yo

Nos reímos de nuevo.

—Creo que debemos ir a planchar la oreja—recomienda ella, guiñándome un ojo aposta con picardía.

—¿La luna y los cangrejos te dejarán dormir? —bromeo.

—Más les vale —afirma con comicidad.

Nos levantamos. Estoy nervioso. Desearía besarla, pero ni lo intento. Sería una locura. Caminamos hacia la casa en silencio y cuando llegamos y veo que se agarra a la celosía y comienza a trepar por ella no digo nada. ¿Para qué?

Sin moverme espero a que llegue a su balcón.

—¡Que descanses, señorita Capuleto! —le digo.

Bris me mira. Asiente y, tras tirarme un beso desde su balcón de forma teatral, responde:

—Tú también, ¡Montesco!

Acto seguido, se da la vuelta y desaparece, mientras yo hago lo mismo y me contengo por no agarrarme a la celosía y subir a besarla.

¿Pero qué gilipollez estoy pensando?

Capítulo 12

Bris

¡Qué nerviosssssss!

Por primera vez estoy en la cola para entrar en la discoteca Pachá en Ibiza.

Verme aquí con Andrea y los colegas es muy fuerte. Ahora, en la urbanización, los de mi grupo somos los mayores. ¿Pero cuándo ha pasado eso?

Los amigos van llegando poco a poco. Muchos no me veían desde el verano de 2001, y cuando nos encontramos, me abrazan y me dan cariño por lo ocurrido con mi hermana. Sin perder mi sonrisa, los escucho. Les agradezco el detalle. Su cariño. Pero siento que una ansiedad que antes no tenía empieza a crecer en mí.

—Bris...

Cuando me doy la vuelta para ver quién me llama, me sorprendo al encontrarme con Robertito. Ya es un hombre, como yo soy una mujer. Ya no somos unos niños.

—Quería decirte que siento lo de tu hermana —me dice.

Muevo la cabeza. Otro más que me viene con lo mismo.

—Gracias, Robertito.

Nos quedamos en silencio. No pienso decir nada más. No pienso ser su amiga tras lo mucho que nos ha martirizado a Andrea y a mí a lo largo de los años, y finalmente se va.

—Mi reina. Ha sido un bonito detalle por su parte —cuchichea Andrea, que está a mi lado.

Lo miro.

—¡Paso de su culo! —respondo al ver su gesto.

—Brissss, no seas pedorra —se mofa mi amigo.

Mientras esperamos, por nuestro lado pasa un grupo de chicos impresionantes que por cómo van vestidos sé que son los bailarines que esta noche subidos en las plataformas nos animarán. Peny siempre me hablaba de ellos y de lo mucho que le gustaría verme algún día sobre una plataforma bailando.

—¿Estamos todos? —pregunta Andrea, levantando la voz.

Como un compacto grupo traspasamos la puerta de acceso a la discoteca y estoy que no me lo creo.

¡Woooaaalllaaaa, que estoy en Pacháááá!

La música suena a todo trapo y los pies se me van.

Al entrar veo una enorme sala llena de gente bailando bajo unos focos de luz azules y violetas. ¡Qué pasada!

Allí, cientos de personas bailan, ríen, hablan, mientras yo con mi grupo camino hacia la barra. En el camino, un morenito muy mono que se está fumando un porro me mira y le sonrío. ¡Qué mono!

Cuando el grupo consigue llegar a la barra, Andrea, que no me suelta de la mano, me mira.

—¿Estás bien? —pregunta.

—Sí.

—¿Qué te parece?

—¡Flipanteeeeee!

—¿Es lo que esperabas?

Afirmo con la cabeza. Saber que Peny estuvo allí y lo pasó bien, para mí, ya vale todo.

—¿Vodka con Coca-Cola? —pregunta Andrea.

Asiento. Veo al fondo al grupo de amigas de mi hermana Peny de la urbanización. Están Montsita, Leire, Jenny, Laura, y en cuanto me ven se acercan. Me abrazan. Me dicen cosas bonitas de Peny. Me hablan sobre cuánto la echan de menos mientras las veo llorar.

Joder no..., no..., no..., no quiero lloros, estoy aquí para pasármelo bien. Parezco una desnaturalizada, pero no, ¡joder! ¡Aquí no! Y, para cortar aquello de raíz, me separo de ellas y les digo que lo pasen bien.

Vuelve Andrea, me entrega la bebida que ha pedido para mí, y me siento algo agobiada. Es mi segundo día en Ibiza, y aunque entiendo que los colegas al verme reaccionen así, la situación me empieza a superar.

En ese instante comienza a sonar una canción que hace que Andrea y yo demos un chillido y comenzamos a bailar. Sí..., sí..., ¡a bailar!

Durante un buen rato nos dejamos llevar por la música con nuestras copas en las manos. Al fondo de la barra descubro a Álvaro y a sus amigos, y siento que me deshago por dentro.

¡Woooaaalllaaaa, qué guapooooo!

Pensar en la noche anterior vivida con Álvaro me ataca. Recuerdo que yo estaba histérica y él tan tranquilo, como siempre. Tiene una templanza y un saber estar increíbles, y solo espero que no se diera cuenta de cuánto deseaba besarlo.

Pensando estoy en ello cuando Andrea, acercándose a mi oreja, dice:

—Ahora vengo.

Se va. Me deja sola bailando y cuando vuelvo a mirar hacia donde está Álvaro, no lo veo. Eso me decepciona, y poco después regreso adonde está mi grupo.

Durante un buen rato reímos y bromeamos por cualquier cosa que se nos ocurra. De pronto noto que alguien roza mi mano y al mirar sonrío al ver quién es.

Es Álvaro.

—¿Qué haces aquí, señorita Capuleto? —me pregunta al oído.

—Lo mismo que tú, Montesco, ¡pasarlo bien! —respondo, divertida, acercándome a su oído. Álvaro sonríe. ¡Joder, qué guapo! Pregunto—: ¿Tú bailas?

Álvaro hace un gesto que me enamora mientras niega con la cabeza.

—No he bailado en mi vida —dice.

—¡Venga ya! ¡Eso no puede ser!

—Que yo recuerde desde que tengo uso de razón, nunca he bailado —confirma.

—¿Y por qué no bailas?

—Primero, porque no sé bailar. Y segundo, porque tengo mucho sentido del ridículo.

Eso me hace gracia. Con el sentido del ridículo no se va a ninguna parte, pero no se lo digo.

—¿Ni siquiera has bailado a solas?

—Ni siquiera.

Andrea aparece como una exhalación, me agarra de la mano y tira de mí.

—¡A bailar!

Rápidamente me aleja de Álvaro.

¡Joderrrrrr!

Nos metemos en todo el bullicio y bailamos, bailamos y bailamos. Lo mío es bailar, por lo que, dejándome llevar por el ritmo de la música *house*, saco todo aquello que aprendo en mis clases y soy consciente de que atraigo muchas miradas.

Un buen rato después, alentada por uno de los animadores de la discoteca y de mis propios colegas, me subo a una de las plataformas y, sin que nadie lo sepa, ni yo misma proponérmelo, cumplo ese deseo de mi hermana, y dejándome llevar cierro los ojos y pienso en ella.

¡Joder, Peny, lo estoy haciendo! ¡Estoy subida en una plataforma bailando! ¡Va por ti!

En un momento dado abro los ojos en un cambio de música y, curiosamente, a quien enfoco es a Álvaro. Joder, ¡qué tino el mío! Está hablando con Montsita. Instantes después, les pierdo de vista.

Durante un buen rato bailo sobre aquella plataforma. Mis amigos me aplauden. El público me vitorea. Los otros bailarines me animan, y cuando me canso, con una sonrisa, me bajo y me voy con Andrea, que ahora se chulea de amiga.

Cuando estamos en la barra, el animador de antes se acerca. Me da una tarjetita donde viene su número de teléfono y me dice que vaya a las pruebas de selección de bailarines. Luego nos invita a una copa a Andrea y a mí.

—¿Qué vas a hacer? —pregunta mi amigo, emocionado, cuando el bailarín se va.

Lo tengo claro. Bailar me encanta. Pero estoy de vacaciones.

—De momento, disfrutar de esta copa gratis. —respondo.

No vuelvo a ver a Álvaro. Lo busco, pero hay tanta gente que encontrarlo allí no es fácil, y eso me descuadra. ¿Se habrá liado con la tonta de Montsita?

Colegas que no había visto al entrar, al verme bailar en la plataforma, me buscan y se acercan a mí. Vuelven a hablarme de Peny.

Me vuelven a llorar. Entre ellos Abraham, el que fue rollete de mi hermana. No puedo más. Me da la sensación de que voy a explotar. Por ello y para quitármelos de encima, cuando veo al chico moreno que me miró al entrar, con todo el descaro del mundo, le quito el porro que tiene en las manos.

—¿Puedo? —pregunto.

—Claro que sí —afirma sonriendo.

Me siento con él. Me olvido de mis colegas. No puedo con un pésame más, y entonces veo a Montsita. Está hablando con una chica, algo más mayor que ella.

El moreno se presenta como Manuel, es de Sevilla, y por lo que veo, le encantan los porros. Enciende uno tras otro. Menudo colocón me voy a pillar como no me corte y controle.

Charlando con él estoy cuando Andrea se acerca.

—Cielo. Te llevo buscando media hora —dice—. ¿Qué coño haces aquí?

Sin hablar, señalo a Manuel. Andrea lo mira, y con su sonrisa me da su visto bueno.

—Me voy a pirar —dice.

—Joder, Andrea, ¿cómo te vas a ir? Menudo cortarrollos eres —protesto.

—Kevin. Moreno, uno noventa, e irlandés —susurra con una gran sonrisa.

Con disimulo, Andrea señala a un tipo que está a su derecha. Me río. Se ríe. Nos entendemos.

—La bruja y rebruja, con lo cristianas que son —murmuro—, si lo vieran, arderían en el infierno.

Ambos nos reímos. Me da un beso en la mejilla y, tras dar una calada al porro que le ofrezco, dice:

—No fumes más porros y regresa con el grupo, ¿entendido?

Asiento. No le voy a decir que no a nada, pero con ganas de evadirme de todo y de todos me quedo con Manuel.

—¿Te apetece una copa? —me pregunta.

Acepto. Estoy sedienta.

Durante más de una hora, Manuel y yo tonteamos en la barra. Algún roce. Algún pico en los labios, varios porritos más de extranjis. A mi espalda aparece Álvaro, que me mira muy serio.

—¿Estás bien? —pregunta. Asiento. Veo que mira el porrito que tengo en las manos. Por su gesto creo que quiere decirme algo, así que se acerca a mi oído—: Me han dicho que mi hermano se ha marchado, ¿sabes algo?

Vuelvo a asentir. Creo que espera que le diga con quién se fue, y, al ver que no lo hago, indica con el dedo.

—Estoy allí.

—¿Para?

—Para cuando necesites lo que sea.

—¡Ohhh, qué monoooooo eresssss! —respondo, ya un poco pedo.

Álvaro se va. ¿No le ha gustado que le llame mono?

Cuando nos quedamos solos, el sevillano retoma la situación donde estábamos. Volvemos a hablar, a acercarnos, a tontear. Está claro que ambos estamos calentitos. Receptivos. Pero yo ya no puedo dejar de mirar hacia donde sé que Álvaro está. Lo veo con sus amigos. Habla. Ríe. Se lo pasa bien.

—Mira, tía, ¡paso! ¡Qué te den! —dice el sevillano de repente.

Y sin más, coge su cubata, me quita el porro de las manos y se va. Se aleja de mí con gesto de enfado.

—Serás gilipollas —musito.

Decir eso me provoca risa. Y cuando me bajo del taburete donde estoy sentada, woooaaalllaaaa, ¡qué pedo tengo!

¿Tanto he fumado y bebido?

Vuelvo a sentarme. Lo hago o me despanzurro.

Durante varios minutos sigo sentada, y cuando estoy segura de que puedo caminar sin caerme, pongo un pie en el suelo. Luego otro. Al comprobar que puedo caminar sin liarla, me dirijo hasta donde Álvaro está.

—Que sepas que me has jodido el plan con ese tío —le suelto.

Por su gesto intuyo que no me ha oído. La música a todo volumen se lo ha impedido.

—¡¿Qué?! —pregunta.

Esta vez, acercándome a él, repito lo que he dicho, y cuando mira hacia la barra donde ya no está el sevillano, murmura:

—Pues lo siento. Solo quería que supieras que estoy aquí, por si necesitabas cualquier cosa.

Asiento. Miro a mi alrededor.

—¿No tienes mucho calor? —pregunto, dándome aire, ligeramente mareada.

Veo que sonríe, y tras decirle algo a sus amigos, Álvaro me quita el cubata de las manos, lo deja sobre una mesa y me agarra con firmeza de la cintura para que pueda caminar.

—Vamos a tomar el aire, Julieta —dice.

Cuando salimos de la discoteca y el aire me da en la cara, me doy cuenta de que lo necesitaba. La bebida y los malditos porros no me han sentado muy bien y, por suerte, Álvaro me sujeta.

¡Wooooaaalllaaaa! Como mi madre me vea llegar así ¡me mata!

—¿Estás bien?

—Sí.

Por su gesto no me cree y menos cuando las rodillas me fallan y de pronto noto una arcada.

—Creo..., creo que voy a potar —murmuro.

—Tranquila. Estoy aquí.

¡Joder, qué desastre!

¿En serio voy a potar delante de él?

¡Por favorrrr!

En silencio llegamos a un banco donde me siento. Espiro e inspiro. No quiero potar. ¡Me niego!

—No suelo fumar porros.

—¿Y por qué lo has hecho?

—¡No me des la charla, joder! —gruño malhumorada—. Que sí. Que vale. Que tú eres deportista y un soso en toda regla que ni baila, ni canta, ni fuma, y con seguridad nunca te habrás permitido una bolsa de patatas fritas, porque es nocivo para la salud. Pero..., pero yo no soy como tú y...

—Solo te he preguntado por qué lo has hecho —me corta.

Vale. Tengo la lengua muy larga. Me he dejado llevar.

—No lo sé —susurro. Pero sí. Sí lo sé. ¡Claro que lo sé! Y confieso—: La verdad es que necesitaba evadirme.

—¿Y eso por qué?

—Porque desde que he llegado a Pachá, los colegas no han parado de hablarme de Peny. De darme el pésame por Peny. De recordarme a Peny. Y, ¡joder!, lo entiendo. Pero... yo ya no podía más.

Por la expresión de su cara, siento que Álvaro me entiende; veo que mira el tatuaje que llevo en mi hombro.

—Comprendo lo que dices. Pero también entiendo que ellos al verte quisieran decirte algo al respecto.

—Sí, lo se... —murmuro afligida.

—Sé que es doloroso, pero tienes que entender que la gente que te quiere y te aprecia necesita...

—Joder... Soy lo peor —lo interrumpo, sintiéndome mal por haber sido una borde con ellos.

Álvaro se levanta. Va hasta un puestecito donde compra una botella de agua, que yo encantada se la acepto. Me muero de sed. Durante un buen rato permanecemos sentados en el banco charlando y poco a poco siento que las náuseas y el mareo comienzan a desaparecer.

—Por los colegas no te preocupes. Estoy convencido de que ninguno se lo ha tomado a mal. Lo creas o no, entienden la situación. —Le agradezco que me diga eso. Luego añade—: En cuanto a que soy un soso deportista que ni canta, ni baila ni fuma, en eso no te puedo quitar la razón. Pero que sepas que sí disfruto de bolsas de patatas fritas. Me encantan.

Eso nos hace sonreír. Sus palabras han relajado el momento y continuamos hablando de lo primero que se nos ocurre. Sé que lo hace para distraerme, para ver que poco a poco el globazo que llevo se me va pasando.

—Créeme. Cuando conozcas Santorini, con sus puestas de sol y su excelente gastronomía, te va a encantar —digo.

Álvaro se ríe. Durante el tiempo en el que hablamos por email, aquella conversación de Santorini ha salido. Me recuerda que un día en la playa le prometí que lo llevaría, y yo encantada le sigo el rollo.

—Es nuestro viaje pendiente —señala.

Hablar sobre aquel hipotético viaje siempre es agradable.

—Pues que sepas que no me gusta hacer planes de futuro —replico—. Soy de las que prefieren disfrutar del presente, y el resto vendrá.

—¿Acaso quieres que nos vayamos a Santorini ahora mismo?

—Pues mira. Los mejores planes suelen ser lo que no se planean —me mofo.

—Ya no estás tan pálida —observa, retirándome el pelo de la cara.

De repente me doy cuenta de que debo de tener una pinta horrorosa.

—¿Lista para regresar a casa?

Lista, lista, la verdad es que no. Preferiría estar un rato más con él, pero no quiero resultar pesada ni cansina.

—Sí.

Álvaro se levanta. Tiende su mano, que yo cojo, y al hacerlo siento tal chispazo en mi cuerpo que dudo que no nos hayamos electrocutado. Sé que lo hace por si me mareo. Por si ando mal. A los pocos metros, cuando ve que ya camino con normalidad, me suelta.

¡Joder, qué rabia!

Nos dirigimos al aparcamiento para coger su moto. Es la primera vez que monto con él en moto y, evitando que vea mi emoción, acepto el casco que me entrega, me lo pongo, me subo a la moto y me agarro a su cintura.

Cuando arranca estoy emocionada. En silencio y agarrada a él como un mono, veo cómo Álvaro conduce por las carreteras de Ibiza, mientras disfruto del momento, de la noche y de la libertad, hasta que llegamos al desvío que hay que tomar para ir a nuestra urbanización.

Agarrada a él me siento bien. Me siento tranquila. Álvaro se ha preocupado por mí. Se ha comportado como un buen amigo, como un excelente colega, y me apena que nuestro ratito juntos se acabe.

En mi interior y por la cercanía, a cada segundo que pasa mis ganas de besarlo crecen y crecen, pero sé que no he de hacerlo. Con seguridad, Álvaro no se lo tomará bien. Para él soy una cría, la amiga especial de Andrea, y de pronto eso me da rabia.

Cuando llegamos a la urbanización, para la moto en la puerta de mi casa.

—*Giulietta, siamo arrivati* —me dice, guiñándome un ojo.

¡Woooaaalllaaaa! Qué sexi es hablando italiano.

Aunque no tengo mucha idea de ese idioma, intuyo que ha dicho que hemos llegado. Me bajo de la moto y le devuelvo el casco.

—*Grazie, Romeo* —respondo.

Levanta las cejas sorprendido.

—Además de español, inglés y griego, ¿sabes hablar italiano?

Divertida, niego con la cabeza.

—No. Pero gracias a Andrea, algo he aprendido.

—Reconozco que yo también he aprendido algunas palabras que tú le has enseñado a él en griego.

—Ah, ¿sí? ¿Cuáles?

—*Malaka, gamisou* y *poutana*.

Oírle decir gilipollas, que te jodan y puta en griego es gracioso.

—Ni se te ocurra decirle a la bruja y rebruja de tu madre y abuela que yo os he enseñado eso o dejarán de pensar que soy monisísima.

—¿Bruja y rebruja? —se mofa.

—¡Woooaaalllaaaa! Cómo se me va la lengua.

Divertido, veo que guarda el casco que yo he usado en la maleta de atrás de la moto. Este tío me pone a cien y ya no soy una niña. Tengo dieciocho años, en tres meses diecinueve, y Álvaro me pone. Me gusta mucho.

—Gracias —murmuro, intentando contener lo que realmente deseo. Álvaro levanta las cejas, y aclaro—: Por traerme a casa y por ser un buen amigo.

Sonríe. Me fliiipa su sonrisa.

—Gracias —dice, sorprendiéndome.

—¿Por?

—Por estar siempre al lado de Andrea, en todos los sentidos.

Asiento. Sé por qué lo dice. Andrea me dijo que ya lo sabe.

En silencio nos miramos. Nos sonreímos y, como dice cierta canción, siento como por el cuerpo me sube la bilirrubina y deseo besarlo. Pero no. No puedo. No debo.

¡Es el hermano mayor de Andrea! ¿Acaso me he vuelto loca?

Definitivamente, no debo fumar porros. No me sientan bien. Y entonces no sé por qué, pero el caso es que me viene a la memoria aquello que mi padre dice que es mejor pedir perdón que permiso, y, acercándome a él, paseo mis labios por los suyos. Con la punta de mi lengua los marco y le doy un pico que me sabe a poco.

—Lo siento, pero tenía que hacerlo —susurro.

Tan pronto digo eso, y consciente de cómo me mira, quiero que la tierra me trague.

¡Socorro! ¡Soy una flipada! ¿Acaso me he vuelto loca?

La cara de Álvaro es un poema. ¡Lo que acabo de hacer es una jodida locura!

—Lo... lo siento —murmuro, consciente de mi cagada—. Es culpa del pedo que llevo. ¡Los porros me sientan fatal!

Álvaro asiente. Está sorprendido. Lo veo en su gesto. Y cuando me voy a dar la vuelta para desaparecer, puesto que no se abre un socavón en el suelo y me traga, siento que su mano coge la mía.

—Pues qué pena, la verdad —dice.

¡Woooaaalllaaaa!

¿Pena? ¿Qué le da pena? ¿Yo le doy pena?

—Antes, en Pachá, te mentí —prosigue—. No sentía haberte cortado el plan con ese gilipollas, porque era lo que realmente buscaba. —Boquiabierta, no sé cómo entender sus palabras—. Pienso en ti. No puedo quitarte de mi cabeza. Te besaría. Pero si no lo hago es porque no quiero que mañana puedas decir que me aproveche de ti. —Ufff..., madre. ¡Que se aproveche!—. Y ahora es mejor que te vayas.

Asiento. No puedo articular palabra. Eso sí que no me lo esperaba. Y como un robot, me doy la vuelta, entro en la parcela de mi casa, y entre las sombras de la noche desaparezco.

Joder. ¡Cómo la he cagado!

Capítulo 13
Álvaro

Apenas he dormido.

Lo ocurrido hace unas horas con Bris me tiene en un sinvivir.

¿Qué narices he hecho?

¿Por qué le dije lo que le dije?

¿Cómo pude decirle que no me la quito de la cabeza?

Joder. Solo tiene dieciocho años. ¿Qué hago tonteando con ella?

Le doy vueltas y vueltas a lo ocurrido, mientras repaso en mi mente fotograma a fotograma cómo me besó. Tengo que hablar con ella.

Pero vamos a ver, ¿hablar de qué?

Joder, ¡qué lío tengo!

Pienso en que me dijo que esperaba encontrar un amor especial y vivirlo como en un bonito sueño del que no quería despertar. Eso es romántico. Mucho. Y, oye..., me gusta ese concepto.

¿Bruja y rebruja? Eso fue gracioso.

Tumbado en una de las cómodas hamacas que hay en la piscina, dejo el cuaderno en el que estaba dibujando. Con las gafas de sol puestas, observo la terraza de Bris. Está cerrada e intuyo que sigue durmiendo. De fondo, en la emisora de radio que tengo puesta, suena la canción «Clocks» del grupo Coldplay y disfruto de la canción.

—Te traigo una limonada.

Gloria deja sobre la mesita un vaso y yo, sonriendo, voy a darle las gracias cuando Andrea se acerca a nosotros.

—¿Me podrías traer otra limonada a mí, por favor? —le pide a Gloria, tras darle un beso.

—Ahorita mismo, mi niño.

Cuando ella se marcha, Andrea se tumba en la hamaca que hay a mi lado.

—¿Algún dibujo nuevo? —pregunta, cogiendo mi cuaderno.

Se lo quito de inmediato. En ese cuaderno he dibujado varios retratos de Bris que no quiero que vea.

—¿Qué tal anoche? ¿Llegaste muy tarde? —quiere saber.

Lo miro. No sé si ha hablado con Bris.

—Sobre las dos y media. ¿Y tú? —replico.

—Llegué a las cinco —suelta, con una gran sonrisa.

Vale. Que no diga nada significa que Bris y él no han hablado.

—Aquí dejo tu limonada, Andrea —dice Gloria, que ha vuelto a aparecer.

—Muchísimas gracias, Gloria —sonríe mi hermano.

—¿Con quién te fuiste anoche? —pregunto, cuando nos quedamos solos de nuevo.

Andrea da un trago a su bebida.

—Con alguien muy muy sexi —suelta, con complicidad y bajando la voz.

Eso hace que los dos sonriamos.

—¿Triunfaste anoche? —pregunta.

—Regresé a casa con Bris —contesto con rapidez. Mi hermano deja de beber y, antes de que hable, aclaro—: Se pilló un buen pedo y la traje a casa.

Andrea resopla. Su gesto cambia.

—Los porros nunca le sientan bien —admite.

Si algo odio son las drogas. Ni me han gustado ni me gustarán. Nunca he probado ni un mísero porro. Andrea no puede decir lo mismo

—Vuestro padre se ha marchado esta mañana a Nápoles —anuncia mi madre, aproximándose.

—¿Y eso? —pregunta Andrea.

—Ha llamado a la *nonna*. Le ha dicho que le dolía no sé qué. Y como siempre, ha perdido el culo por ir a verla.

Andrea y yo nos miramos.

—Es su madre —no puedo callarme—. ¿Cómo no se va a preocupar por ella?

Mamá me mira. En esa mirada veo un reproche que indica que no quiere hablar. De pronto se fija en mi hermano.

—¿Qué tienes en el cuello? —Rápidamente descubro el chupetón que mi hermano tiene en el cuello cuando mamá sisea—: Por el amor de Dios, Andrea, ¿por qué haces esas cosas?

Mi hermano, que está en Babia, y me doy cuenta de que ni se había fijado en aquello, levanta las cejas. Yo, vocalizando, le hago saber que tiene un chupetón en el cuello.

—Ay, mamá, no empieces —responde.

—¡Que no empiece! Por el amor de Dios, ¡qué vergüenza! ¿Hay algo más vulgar que... que...? ¿¡Un chupetón!? Verás cuando tu abuela lo vea.

—Preocupado estoy por eso —se mofa mi hermano.

—¿Ha sido Briseida?

—Mamáááá...

—A ver, hijo. Llegó antes de ayer. Anoche os vi iros juntos, la llamas mi reina y lleváis desde pequeños tonteando. ¡Blanco y en botella! —Andrea se ríe. Yo no. Mamá, como todos, piensa lo que no es. Prosigue en voz baja—: He de reconocer que la otra noche, cuando vinieron a cenar, la noté cambiada. Puedo decir que la vi monisísima. Aunque ese tatuaje que se ha hecho en el hombro ¡es un horror! Y ya no digamos que se lo hayan hecho sus padres. ¿Puede haber algo más vulgar que un tatuaje?

—Un chupetón —suelta mi hermano.

Mi madre lo mira. Si las miradas matasen, ya estaría fulminado.

—Aunque, bueno, como los padres de Bris están forrados de dinero —dice Andrea, que no se calla ni debajo del agua—, se puede decir que sus tatuajes son menos vulgares, ¿verdad?

Mamá resopla. Andrea maneja muy bien la acidez en las palabras.

—Andrea, en la vida hay que ser espabilado —replica mi madre—. Y el estar forrado de dinero, como tú dices, a las personas les da una posición. Y Briseida tengo más que claro que es una excelente opción para ti. Sois los dos igual de estrafalarios.

—Lo que tú digas, mamá.

Andrea se ríe. Yo no. Me molestan esos comentarios clasistas.

—¿Has quedado hoy con la hija del cónsul italiano? —Ahora mi madre se dirige a mí. Niego con la cabeza y de inmediato insiste—: ¿Y a qué esperas, hijo?

La mirada de mi madre me incomoda. Me molesta que me programe el día, y viendo que mi hermano está escribiendo algo en su teléfono móvil, miento:

—Ella tenía planes.

—¿Y por qué no te ha incluido en ellos?

—Quizá porque no le apetece —intercede Andrea.

—Tú te callas. No hablo contigo —lo reprende—. Vamos a ver, Álvaro. Si esa niña no te gusta, ¿qué tal Montsita Oliveiros?

—Montsita no es mi tipo —rebato.

—Déjate de tonterías y sé práctico —afirma ella, con esa seguridad que le caracteriza. ¡Joder!, al final la vamos a tener—. Hazme caso, Álvaro. Soy tu madre. Te conozco mejor que nadie, y sé que Montsita es una excelente novia para ti.

—Qué curioso que Montsita sea hija única y heredera de una gran fortuna —indico, molesto.

—Anda, mira, ¡como mi reina Bris! —se burla Andrea.

Con complicidad, mi hermano y yo nos miramos, y mamá, dándose la vuelta, se va.

—Si se te ocurre salir con la sosaina de Montsita, dejo de ser tu hermano —me amenaza con sorna.

Ese comentario me arranca una sonrisa.

Montse, a la que todos llamamos Montsita, es una chica de mi edad que trabaja en el sector farmacéutico, y pertenece a una estupenda familia portuguesa y ultracristiana. Es una chica del grupo de siempre. Es observadora, aburrida y sin iniciativa. Algo que intuyo que mi madre valora, pues la podría manejar. Vamos, un horror.

Pensando en ello estoy cuando oigo que mi hermano grita:

—¡Buenos días, mi reina!

Cuando me giro hacia donde mira mi hermano, me encuentro con Bris en su terraza. Verla hace que mi corazón se acelere. Pero intentando disimular para que Andrea no se percate de nada, simplemente levanto la mano, saludo y me tumbo para continuar leyendo.

Andrea se levanta, camina hacia el final de la parcela y le veo hablar con ella. Parapetado tras mis gafas y mi libro, observo a Bris. Está preciosa. Ver su rostro hinchado y su pelo alborotado me hace saber que se acaba de levantar. Andrea regresa hasta donde estoy y sin decir nada se tumba.

Durante un par de minutos estamos en silencio.

—¿Has quedado con tu reina? —pregunto, curioso.

Andrea niega con la cabeza.

—No. Ella se va un rato a tomar el sol a la calita, y yo he quedado.

Saber aquella información me gusta.

—¿Con quién has quedado? —fisgoneo.

—Con un amigo.

—¿Qué amigo? ¿El de anoche?

—No, hermano. Otro amigo —cuchichea—. Que, por cierto, se llama Sebas y es argentino.

—Pásalo bien con *el boludo* —le deseo.

—¡Que no te quepa la menor duda!

Con complicidad nos miramos, chocamos nuestras manos, se levanta y se va. En ese instante comienza a sonar en la radio, una canción de las Spice Girls, e inconscientemente miro la terraza en la que Bris ya no está, y me siento totalmente confundido.

Capítulo 14

Brís

Qué gustito al sentir cómo el solecito recorre cada centímetro de mi piel, mientras estoy tumbada boca abajo sobre mi toalla en la playa. Y qué bien que la familia que había a mi lado se ha ido, porque los niños me estaban poniendo de arena hasta arriba.

Mamá no ha querido venir. Prefería cocinar. Papá se ha quedado en su despacho teniendo una reunión frente a su ordenador. Y Andrea ha quedado con un amigo. En definitiva, me he venido sola.

Mi pie inconscientemente se mueve al ritmo de la música, mientras escucho a través de mis auriculares la canción de Santana «The Game of Love».

¡Es chulísima! Justo lo que necesito ahora.

Cada vez que recuerdo lo ocurrido con Álvaro la madrugada anterior me quiero morir.

¿Pero cómo se me ocurrió hacer lo que hice?

Aunque, bueno, reconozco que me gustó. Es más, me sentí, como diría la madre de Álvaro, ¡una lagartona!

Recordar aquel caliente beso hace que toda yo combustione. ¿Pero en qué estaba pensando? ¿Creerá ahora Álvaro que soy un zorrón?

Vale. Me dejé llevar por aquello que dice mi padre, pero no hice bien. En alguna ocasión he vivido la situación a la inversa, y no me ha agradado que me besen sin mi consentimiento. ¡Joderrr!

A ver. Soy consciente de que he de ver a Álvaro. He de pedirle disculpas. No se puede invadir el espacio personal como yo lo hice. Ni llamar bruja y rebruja a su madre y a su abuela. Se merece una disculpa.

Pensando en mis cosas estoy cuando noto que alguien se sienta a mi lado, y al mirar, ¡woooaaalllaaaa!, ¡es Álvaro!

¿Pero cómo sabía que estaba aquí?

¡Flipo! ¡Flipo! ¡Flipooooo!

El corazón se me acelera. La boca se me reseca. Los pezones se me erizan.

—Hola... —saludo, sentándome en la toalla a toda mecha.

Nos miramos.

—Andrea me dijo que estarías aquí —desvela.

Vale. Ahora entiendo su visita. Tomo aire.

—Disculpa por lo de anoche —suelto—. Me pasé de la raya.

—Tranquila.

—No. Tranquila no. Te besé. Invadí tu espacio personal sin pedir permiso, y eso no está bien. Y lo sé porque alguna vez me ha ocurrido y me ha dado rabia que me besen sin mi consentimiento.

Álvaro me mira. Creo que entiende lo que digo.

—Qué cosas te pasan —musita.

No sé cómo tomarme su comentario.

—Y, por supuesto, también te quiero pedir disculpas por lo de bruja y rebruja. Se me fue la lengua. Lo siento.

Álvaro se ríe. Me guiña el ojo. Me encantaría saber qué está pensando.

—De acuerdo. Si te quedas más tranquila, ¡estás disculpada por todo! Aunque lo de bruja y rebruja tuvo su gracia. Y como te dije, yo también te hubiera besado.

Uf no..., no... ¡Veo que aquí no se olvida nada!

—Pero eres juicioso y lo pensaste —digo para zanjar el tema—. No como yo, que, como dice mi madre, soy como el caballo de Atila, que por donde piso no crece la hierba.

Eso le hace gracia. Sonríe. Veo a una parte del grupo de amigos de Álvaro llegar a la calita. A toda prisa sueltan sus cosas, pero entonces nos ven y vienen a saludarnos.

Soy consciente de cómo las chicas nos miran. Sé lo que piensan. Yo también lo pensaría.

—¿Te has dado cuenta de cómo nos miraban? —dice Álvaro cuando el grupo se va al agua.

—Piensan que, además de estar liada con tu hermano, me he liado contigo.

—¿Tú crees?

Asiento. Lo tengo más que claro y entonces nos reímos. ¿De qué nos reímos? No lo sé, ¡pero nos reímos!

—¿Piensas en mí? —pregunto.

Noto cómo se le corta la respiración. Que yo recuerde, aquellas fueron sus palabras la noche anterior.

—*Jroña que jroña* —murmura. ¡Joder! ¿En serio ha dicho eso? Y antes de que yo pueda hablar, dice—: No sería buena idea, Bris.

—Lo sé.

¿Lo sé? ¿He dicho yo lo sé?

—Somos demasiado diferentes.

—Lo sé.

¿Otra vez he dicho lo sé? ¡¿Pero qué voy a saber yo?!

—Eres la mejor amiga de mi hermano, y no quisiera que, por nuestro rollo de verano, vuestra amistad o la nuestra se fuera a la mierda. Sabes que estas cosas raras veces terminan bien.

Vale. Aunque me joroba lo que dice, lo entiendo perfectamente. Cuando te enrollas con alguien, por norma ya nada vuelve a ser como antes.

—Te aseguro que lo que pasó no se repetirá —afirmo.

—Ni volveremos a hablar del viaje a Santorini nunca más.

¿Qué? ¿En serio? ¿Tampoco podemos ser amigos de viaje? ¡Joderrrr, vaya mierda!

—Me parece bien —me muestro de acuerdo, consciente de que me está diciendo que no quiere absolutamente nada conmigo.

Nos quedamos en silencio. Durante un buen rato ni hablamos ni nos miramos ni nos movemos. Simplemente disfrutamos de las vistas. Tomás, que sale de bañarse, se acerca a nosotros.

—¿Os hace un partidito de voleibol? —nos pregunta.

Tras mirarnos asentimos, y levantándonos nos unimos al grupo.

Hacemos dos equipos con rapidez. Chicos contra chicas, ¡un clásico!

Y una vez colocamos la red que divide los campos, comenzamos a jugar.

Desde mi posición observo a Álvaro moverse. Es ágil. Se nota que el deporte es algo que le gusta y práctica. ¡Joderrrr!, cuando se quita la camiseta, al fijarme en la tablita de chocolate que tiene, me quiero morir.

¡Madre mía, chico, qué bien te has criado!

En varias ocasiones, su mirada y la mía conectan. Y sí. Puedo confirmar y confirmo que no nos miramos como lo hacíamos antes. Ahora lo hacemos de otra manera. ¿Cómo? ¡No sé! Pero es diferente y calentita.

Alterada, miro sus labios. Recuerdo su sabor cuando pasé mi lengua por ellos y ¡woooaaalllaaaa! ¿Yo he dicho que no lo voy a volver a besar?

El partido prosigue. Se recrudece. Todos somos muy competitivos y queremos ganar; hago un saque que ninguno puede parar y consigo un puntazo para mi equipo. Yo también estoy fuerte. Hago mucho deporte bailando. Y ese punto hace que mis compañeras y yo saltemos de felicidad.

Álvaro me sonríe potenciando su mirada azul y, no sé si consciente o no, con los dos dedos de la mano derecha, el índice y el medio, se señala los ojos y luego me señala a mí indicándome que me está vigilando. Que haga aquello me hace sonreír. Entre risas, cuando hemos hablado, me ha confesado que fue lo que le hice la primera vez que nos vimos siendo unos niños. Y yo me pregunto si me está provocando.

Jroña que jroña, como diría mi *yiayiá*.

El siguiente punto lo marca él, y entonces yo, muy consciente de lo que hago y sin cortarme un pelo, repito su acción. Con mis dedos índice y medio, primero señalo mis ojos y luego lo señalo a él. Lo vigilo. Eso le hace sonreír como me hace sonreír a mí. Lo provoco. Sé que lo hago.

Pero ¿a qué estamos jugando?

Segundo a segundo, noto cómo una extraña tensión crece y crece y crece entre nosotros. Nos provocamos. Nos tentamos. Jugamos en equipo, pero ambos tenemos la sensación de estar jugando solos. Yo compito contra él y él compite contra mí.

La calidez del momento sube y sube, mientras jadeamos por presentar batalla y ser el vencedor, hasta que, de pronto, nos miramos a través de la red que nos separa. Y, oh... oh..., ¡que me conozco! ¡Que me lanzo!

Entonces, él viene hacia mí con decisión. ¡Wooooaaalllaaaa!, y viendo que todos nos miran con curiosidad digo, corriendo hacia mi toalla:

—Lo siento, chicos, ¡me tengo que ir!

Por suerte, noto que Álvaro no me sigue. Lo que he hecho seguro que le ha molestado. A velocidad supersónica recojo mis cosas. Las meto en la bolsa, me pongo el pantalón, la camiseta, las zapatillas, y sin mirar atrás me alejo todo lo rápida y digna que puedo.

¡Necesito alejarme o lo beso y la cago!

Acalorada y con las pulsaciones a veinte mil, cuando salgo de la calita, en lugar de tirar para mi urbanización, veo a Kike con su moto y, como va hacia el pueblo, le pido que me lleve con él. Necesito despejarme viendo tiendecitas.

Cuando Kike me deja en el pueblo y se va, lo primero que hago es comprarme un helado. Soy muy golosa. Y durante el tiempo que me dura, lo disfruto, ¡qué rico está!

Después miro tiendas. Me encanta la ropa ibicenca, y cuando veo un mono en color azul y blanco me lo compro.

¡Qué rollazo tiene!

Poco después, entro en otro de los comercios y me fijo en los anillos de plata que venden. Curiosa, me pruebo varios y la vendedora me habla sobre el que finalmente llama mi atención. Es un anillo de plata de ley, *vintage* envejecido. La verdad es que es precioso. Me lo pruebo. Es mi talla, y cuando me intereso por el precio y me dice que son ciento veinte euros, le digo que me lo pensaré. Aunque el anillo lo vale, ya me he comprado el mono azul y blanco y he de controlar mis gastos si quiero salir por las noches con mis amigos.

Prosigo mi camino y al pasar junto a una tienda de música, oigo que suena «My Baby Just Cares for Me», de Nina Simone. Una vieja canción que siempre me ha gustado y que a mis amigos suele parecerles una antigualla.

Encantada, me paro. Si algo me enseñaron mis padres es a disfrutar de la música en general, la de antes, la de ahora y la que vendrá. La música es energía y vida y hay que saber apreciarla. Al acabar la canción, me dispongo a continuar con mi recorrido cuando noto que alguien coge mi mano, y al volverme para mirar, veo que es él. Álvaro.

¡Wooooaaalllaaaaa!

No me muevo. Me quedo petrificada. ¿Cómo me ha encontrado?

Nos miramos sin decirnos nada. Lo hacemos de una manera que sé que nunca he mirado a nadie, ni me han mirado en mi vida, y Álvaro, con esa sonrisa que tiene, me guiña el ojo.

—Compré esto para ti, Julieta —dice.

¿Julieta? ¿Me ha llamado Julieta?

Boquiabierta, veo que se trata del anillo *vintage* de plata que me he estado probando hace un rato.

—¿Por qué lo compraste? —pregunto.

Álvaro me mira. Ufff, cómo me miraaaaaaa.

Intuyo que está pensando su respuesta.

—Lo compré, primero, porque pienso en ti —suelta—. Y, segundo, porque, al igual que tú, yo también quiero vivir un bonito amor del que no despertar y realmente quiero vivir ese amor contigo.

Woooaaalllaaaa, ¡lo que ha dicho!

Ufff, qué calor me entra. Estoy en ese momento en el que si corro, seguro que me caigo, y sí me quedo quieta, seguro que la tierra se abre bajo mis pies.

—Cógelo. Es para ti —dice Álvaro, con el anillo en la mano.

Madre... Madre... Madre...

¿Qué hago? ¿Lo cojo o no?

¿Quiero vivir ese amor con él? ¿No quiero?

¿¡Qué hagoooooo!?

Madre mía, ¡qué tensión!

Madre mía, ¡qué nervios!

Con lo que me ha dicho, me ha dado a entender que es tan romántico como yo, y, sobre todo, ¡que quiere algoooooo conmigoooooooo!

Finalmente, extiendo mi mano. Realmente no sé muy bien lo que estoy haciendo, pero quiero hacerlo.

—Si quieres que vivamos ese sueño, ¡pónmelo, Romeo! —le suelto con toda mi jeta.

¿Vivamos ese sueño? ¡¿Pónmelo, Romeo?! ¿Acabo de decir eso yooooo?

Joder... Joder... Joder.... ¡Tendré morro!

A Álvaro mi propuesta parece hacerle gracia. Sonríe. Coge mi mano. Pone el anillo en mi dedo.

—Devuélvemelo el día que despiertes de ese sueño y no sientas nada por mí —me pide, mirándome a los ojos.

—¿Y quién te ha dicho que siento algo por ti?

Álvaro sonríe. Su sonrisa me gusta. Su mirada azul me encanta. Tiene razón. Me gusta. Siento por él. Negar lo evidente es una tontería.

—¿Puedo besarte? —pregunta.

Jroña que jroña...

Uf, ¡qué calor que hace! ¡Qué calor me entra!

¡Me ha comprado un anillo! Quiere vivir un bonito sueño romántico conmigo. Dice que piensa en mí. Me lo ha puesto en el dedo. Me está pidiendo permiso para besarme. No le importa que llame a sus familiares bruja y rebruja. ¿Sí? ¿No? ¿No? ¿Sí? ¿Qué respondooooooo?

Y entonces, olvidándome del mundo y sin importarme quién nos pueda ver y lo que piensen, soy yo quien lo besa, sabiendo tres cosas. La primera, que siento algo muy fuerte por él. La segunda, que es el inicio de un sueño del que no quiero despertar. Y tercera, que posiblemente la esté cagando.

Capítulo 15
Álvaro

Agosto de 2004

Andrea y yo quedamos en encontrarnos en el aeropuerto de Madrid. Yo vengo de Filadelfia y él de Chicago. Al vernos, nos sonreímos y acercándonos nos abrazamos.

Somos dos estilos de hombres muy diferentes. Como dicen mi madre y abuela, él es el estrafalario por su desenfadada forma de vestir y yo soy el tradicional.

—¿Qué pasa, hermano?

Andrea sonríe, y quitándose con chulería las gafas de sol, me da un derechazo en el estómago.

—Felicidades por tu graduación, ¡señor abogado! —comenta.

Por fin he acabado la maldita carrera de Derecho. Mis notas son buenas. Normales. Nada que ver con las notazas que suele sacar Andrea, que estoy convencido de que terminará la carrera con matrícula de honor, pero por fin me he licenciado, y ahora, mientras trabaje, podré centrarme en lo que yo realmente quiero: la pintura.

—¡Bro! —prosigue—. ¿Preparado para la rancia fiestecita que te habrán organizado mamá y la abuela en Ibiza con los seres más aburridos del planeta?

—Ni me lo recuerdes —murmuro horrorizado.

Me guste o no, la fiestecita de graduación con lo más casposo no me la salto ni loco. Conociendo a mamá y a la abuela, la llevarán organizando desde hace meses. Habrán alquilado la mejor sala de hotel de la isla para celebrarla, y he de ir. No puedo faltar. He terminado la carrera que ellas querían, y aunque me joda, entiendo que lo quieran celebrar.

Hablando sobre eso nos dirigimos hacia la sala de embarque. Allí vemos que abrirán las puertas para nuestro vuelo en breve. Nos ponemos a la cola.

—Te quitarás esa diadema de la cabeza cuando lleguemos, ¿verdad? —pregunto.

—No.

—Andrea....

Mi hermano se toca la diadema de color verde que le retira el flequillo del rostro.

—Soy Lombardo —precisa.

—Lo que eres es gilipollas —apostillo.

Nos reímos.

—No me la voy a quitar porque no veo que haga ningún mal llevándola —señala.

—Yo tampoco. Pero ya sabes cómo son mamá y la abuela.

Andrea se ríe.

—Bro, desde ya te digo que va a ser un verano complicadito —pronostica.

—¿Por qué?

Acto seguido se levanta la camiseta que lleva y puedo apreciar en su costado un enorme tatuaje maorí.

—La madre que te... —resoplo.

—¡Esa! —se mofa—. Esa misma es la que la va a montar.

Andrea se ríe. Yo también. Él se atreve a hacer cosas que yo no haría, pero no por cobardía, sino por pensarlas demasiado.

—Está sin terminar —dice—. La intención es que suba por el costado y acabe en el brazo. ¿Te gusta lo que ves?

—Te van a desheredar.

—Pues mira, ¡mejor para ti, que eres su niño bonito! ¡El Vizoso auténtico!

—¡No lo digas ni de coña!

Andrea se ríe. Sabe que odio que diga eso y que el dinero no es algo que me quite el sueño, como le pasa a mamá.

—Lo sé, bro, lo sé.

Se acercan unos tipos a nosotros con unos sombreros de *cowboy* muy divertidos. Son amigos de Andrea, y rápidamente me los presenta. Se llaman Hugo, Patrick, Óscar y Sergio, y van a

Ibiza también. Son locos y desenfadados como mi hermano, y en un momento dado, Andrea me hace saber que tiene algo con Sergio, y sonrío. Sergio es totalmente el tipo de chico que le gusta a Andrea.

Mi teléfono suena.

—¿Qué pasa, Pepeeee? —saludo.

—Tío, no te lo vas a creer. Estoy en Londres, y creo que acabo de conocer al amor de mi vida.

Suelto una carcajada.

—¿Y cómo se llama ahora el amor de tu vida? —quiero saber.

—¡Charlotte! Y tiene unos pechos increíbles.

—Ya sabes, cuenta conmigo para llevarte los anillos el día de la boda —bromeo.

Nos carcajeamos y luego charlamos durante un rato. Me pregunta por Bris. Sabe que llevamos un tiempo viéndonos en secreto, y cuando nos despedimos, quedamos en Madrid antes de que yo regrese a Chicago.

Tras guardar el teléfono me fijo en una mujer mayor que pasa a nuestro lado.

—Me recuerda a la *nonna* —dice Andrea.

Para nuestra desgracia la *nonna* murió el pasado enero.

—Según me ha dicho mamá, papá no lo está pasando bien —comento.

—Normal. Entre ellos había una bonita complicidad.

Guardamos silencio unos segundos, que rompe Andrea.

—La *nonna* sabía que se moría y por eso nos hizo ese ingreso en el banco por Navidad. Pobrecita.

Aquel detalle enfadó mucho a la abuela Alvariña. Según ella, ese dinero le correspondía a mi padre y por consiguiente a mi madre. Mi padre zanjó el asunto diciendo que si su madre lo había decidido así, ese dinero era nuestro.

En ese instante recibo un mensaje en el móvil y al mirarlo sonrío. Se lo enseño a mi hermano mientras le entrego la tarjeta de embarque a la azafata.

—Bris viene a buscarnos al aeropuerto —le digo.

—¡Qué bien! Me muero por ver a mi reina.

—Y yo.

—Por cierto, ¿este verano cómo lo vais a hacer? ¿Seguiréis ocultándoos?

Suspiro. Bris y yo lo hemos hablado. Lo que tenemos está claro que no es un rollo de verano.

—Este verano todos lo sabrán —afirmo con seguridad.

—Cuenta con mi apoyo, bro —dice Andrea, dando una palmada en el aire—. Lo vas a necesitar.

—Lo sé, Andrea. Lo sé —me muestro de acuerdo.

Bris y yo seguimos juntos. Tras pasar el mejor verano de mi vida en Ibiza, en el que ocultamos a nuestras familias nuestro rollo para evitar problemas, al regresar cada uno a sus vidas diarias, pensamos que se acabaría. Pero no. No fue así. Nos negamos a despertar de nuestro bonito sueño.

Cuando yo llegué a Filadelfia y ella a Los Ángeles, sin decirle nada a nadie, solo a Andrea, seguimos manteniendo el contacto por email y teléfono. Lo de las cartas escritas, con lo vagos que somos los dos, lo hemos descartado.

En noviembre, uno de los días que salía de la universidad, me quedé sin habla al ver a Bris allí con un ramo de rosas blancas. ¡¿Había ido a verme y me había comprado rosas blancas?!

Fue verla y sentir que el mundo se iluminaba a nuestro alrededor y más cuando vino corriendo hacia mí, y una vez saltó a mi cuello para besarme, dijo: «¿Sabes, amor?... Pienso en ti».

¿En serio había hecho esto por mí?

Cuando estoy con ella siento que mi energía se renueva. Vivo el momento, como ella siempre dice, y tras pasar juntos cinco días, ella regresó a Los Ángeles donde siguió con sus estudios de baile.

En febrero le di la sorpresa a ella. Ahora que la conozco más, sé que es una romántica empedernida, y para el día de los enamorados me presenté ante su academia con un precioso ramo de rosas blancas. Sus preferidas.

¡Los nervios que pasé hasta que la vi!

Cuando ella salió y me vio, de nuevo sentí que mi mundo se volvía a iluminar a mi alrededor gracias a su sonrisa. Esta vez fui yo quien le dijo aquello de «¿Sabes, amor?... Pienso en ti», cuando ella saltó a mis brazos para besarme. Y tras pasar tres increíbles días con ella, y que sus padres nos guardaran el secreto, regresé a Filadelfia con las pilas cargadas.

En mayo, una noche, mientras hablábamos por teléfono, decidimos comprar unos billetes de avión y vernos en veinticuatro horas en Madrid. El plan loco que Bris propuso a mí me pareció bien, y nos dejamos llevar por el momento.

En Madrid fuimos al piso que sus padres compraron en la calle Serrano como inversión, y sin avisar a mis padres de que estaba en la capital, disfrutamos unos estupendos días, y recargamos pilas para aguantar sin vernos hasta agosto, ¡que por fin ha llegado!

El vuelo hasta Ibiza junto con mi hermano y sus divertidos amigos se me hace cortísimo. Tras llegar y recoger las maletas, caminamos con decisión hacia la salida. Y allí está, tan preciosa como siempre, y, sonriendo, me hace saber lo feliz que le hace verme. Adelantándome a Andrea y sus amigos, corro a su encuentro y, cuando llego ante ella, suelto mis maletas, Bris da un salto, la cojo en mis brazos para besarla y la oigo decir:

—¿Sabes, amor?... Pienso en ti.

Un beso. Dos. Decir esas palabras significa que todo está bien. Nos devoramos con verdadera ansia. Llevamos sin vernos desde mayo y está claro que deseábamos reencontrarnos. Andrea y sus amigos nos alcanzan.

—Por favorrrr..., ¡iros a un hotel! —suelta mi hermano, divertido.

Entre risas, Bris los saluda a todos. Conoce a Sergio. Sabe que tiene un rollito con mi hermano. Está más informada que yo al respecto. De pronto a Andrea le cambia el gesto.

—¡No me jodas! Si han venido bruja y rebruja —exclama en bajito.

Acto seguido, miro hacia donde él mira y veo a mi madre y a mi abuela con la boca abierta.

—¡Joderrrrr! —murmuro.

Bris, al verlas, parpadea. Como nosotros, no las esperaba allí e intenta sonreír.

—¡Hola, mamá! ¡Hola, abuela! —saluda mi hermano.

—Uis, ¡qué monasssss! —afirma Óscar sonriendo.

Ellas, las monas, lentamente se acercan a nosotros. Nos miran. Nos repasan uno a uno.

—¿Esta no es la hija de la griega? —pregunta mi abuela.

¡¿Cómo!?

¿En serio ha dicho lo que ha dicho? Y cuando voy a responder, para corregirle, oigo que mi madre dice:

—Sí, mamá. Es Briseida. La hija de Rhoda y Gabriel, el productor de cine.

Bris, que ha oído todo como yo, me mira. Por su gesto sé lo que piensa de mi abuela:

—Mamá. Abuela. ¡Hola! —saludo sin soltar su mano.

Ellas siguen en shock. Haber visto cómo nos besábamos y los amigos que nos acompañan con sus sombreros de *cowboy* sin duda ha sido una gran sorpresa para ellas.

—Bueno, amores, nosotros nos vamos —dice Hugo—. Andy, te llamamos. ¡Besisss!

Dicho esto, cogen sus maletas y entre bromas se van.

—¿Andy? —sisea mi abuela, con gesto ofuscado mirando a mi hermano.

Rápidamente Andrea asiente.

—Pero..., pero ¿qué clases de amigos tenéis? —critica mi madre.

Noto cómo Bris toma aire. Va a saltar. Lo sé. La conozco.

—¿Acaso necesitamos tu visto bueno para elegir a nuestros amigos? —replica mi hermano—. ¡Venga ya, mamá!

—Woooaaalllaaaa —murmura Bris.

El ambiente cada vez es más tenso.

—Andrea, ¡quítate esa diadema de la cabeza! —ordena mi abuela.

—No, abuela. Y yo también me alegro mucho de verte —responde mi hermano.

—Estás ridículo, ¡ridículo! —gruñe ella, apretando la mandíbula.

—Me encanta estar ridículo. Recuerda, ¡soy un Lombardo!

Cuando lo oigo, sé que va a ser un veranito complicado.

—¿Qué tienes tú con Briseida? —me pregunta mamá.

—Es mi novia —afirmo sin dudar.

Noto que la mano de Bris aprieta la mía. Acabo de decir la palabra novia. Lo acabo de confirmar y creo que nos hemos sorprendido los dos.

—¿Pero no era la novia de Andrea? —se sorprende mi abuela.

—La llamas mi reina —insiste mi madre.

Los tres negamos con la cabeza.

—¿Tiene que ser mi novia para ser mi reina? —responde Andrea.

Veo que mamá y la abuela se miran desconcertadas.

—Esta juventud de hoy no hace más que el tonto —protesta la abuela—. Ahora me lío con este. Luego con el otro. Y...

—Yo nunca me he liado con Andrea —suelta Bris tajante—. Simplemente somos amigos. Muy buenos amigos.

Mi madre y mi abuela la miran. Entiendo su lenguaje corporal. Tienen ganas de montar un numerito. Está visto que les da igual donde estemos, y cuando voy a intervenir, Andrea me mira y dice:

—Bro, creo que...

—¡¿Bro?! ¿Qué es eso de bro? —protesta mi abuela.

Andrea se ríe. Yo también.

—¡Bro! ¡*Brother*! ¡Hermano! —aclara mi hermano—. Es más corto que decir Álvaro.

Se miran las dos perplejas.

—Andrea, haz el favor de hablar con propiedad —reprocha mi madre— y llamar a tu hermano por su nombre de pila, que es precioso. Por el amor de Dios, hijo. Con el dinero que nos estamos gastando en tu educación, ¿cómo puedes hablar tan pésimamente y llevar esas pintas tan desastrosas?

Resoplo. La actitud de mi madre junto con la de mi abuela es agotadora.

—Creo que es mejor que me vaya —interviene Bris.

La miro. No le suelto la mano. No voy a permitir que se vaya.

—¡Ni hablar, reina! Tú te quedas aquí —dice mi hermano.

Soy consciente de algo en lo que se han fijado mi madre y mi abuela.

—Andrea, ¿y ese movimiento de mano de mariquita? —señala mi abuela, antes de que yo pueda decir nada—. ¿Acaso eres como esos amiguitos vuestros que se acaban de ir?

Aquellas palabras suenan como un chaparrón. No. No. No. Esto puede ser un desastre.

—Ya ves, abuela —replica mi hermano con toda tranquilidad—. ¿Y qué pasa si lo soy?

—Andrea, ¡no digas tonterías! ¡Eres cristiano! Y vamos, ¡el chófer nos espera! —insiste mi madre.

Una extraña tensión se crea en el ambiente. Sé que mi hermano lo está haciendo para que se fijen en él y dejen a Bris en paz.

—Mamá. Abuela —digo—. Aunque sé que voy a quedar como un desagradecido, tengo que pediros que regreséis a casa con el chófer. Andrea y yo nos vamos con Bris en su coche. Por lo tanto, nos vemos en un rato.

Mamá, boquiabierta, parpadea. La abuela se ha quedado sin habla. Está claro que acabo de sacar los pies del tiesto.

—Vamos —les digo a mi hermano y a mi chica, cogiendo mi maleta.

Comenzamos a caminar. Nos alejamos de ellas.

—Lo de eres cristiano ha sido muy bueno —dice Bris.

Los tres nos reímos.

—Madre mía, el tormentón que se nos viene encima, bro —anticipa Andrea.

Asiento. Lo sé. Pero incapaz de soltar la mano de Bris, la miro y le doy un nuevo beso en los labios que sé que mi madre y abuela criticarán.

—Pues si tiene que llover, que llueva —concluyo, guiñándole un ojo.

Capítulo 16

Bris

Ibiza, agosto de 2004

Ha pasado un día desde que Álvaro y Andrea llegaron a Ibiza, y como predijeron, ¡menudo tormentón que les cayó ayer por la tarde!

Bruja y rebruja, cuando llegaron a la casa, tras lo ocurrido en el aeropuerto, les montaron un buen recibimiento, que Álvaro llevó con templanza, mientras que Andrea no. Les ha sorprendido que estemos saliendo, y, en cierto modo, les incomoda. No soy la chica que quieren para Álvaro, porque soy la estrafalaria que pega con Andrea, pero el dinero y el estatus que mi padre tiene les hace callar.

¡Madre mía, si supieran que Álvaro me regaló un anillo!

También les incomodaron los chicos que conocieron en el aeropuerto. Según ellas, no les conviene esa clase de amigos, algo que ambos rebatieron. Y por si eso fuera poco, Andrea, imagino que, cansado de todo, les enseñó su tatuaje, algo que hizo que ambas mujeres se llevaran las manos a la cabeza horrorizadas.

Simone, según me contó Álvaro, intentó mediar entre ellos. Quiso poner paz entre su mujer y su suegra y sus hijos, pero, al final, enfadado se marchó, al igual que hicieron Álvaro y Andrea. Discutir con ellas era agotador.

Y, bueno, esta mañana, dispuesta a encararme a ellas, pues no tengo nada que ocultar, me presenté a buscar a Álvaro para ir a la playa, y no me sorprendieron. Tanto la abuela como la madre me recibieron con una falsa amabilidad y cortesía que me hizo entender que solo tenía dos opciones. O mandarlas a la mierda o ser tan falsa como ellas. Al final, opté por lo segundo. ¿Por qué? Por Álvaro y Andrea, porque si no fuera por ellos, mi genio griego habría elegido la primera opción.

Tras un día en el que hemos disfrutado de la playa, y los amigos por fin se han enterado de que estamos juntos, después de despedirnos, regreso a mi casa y me tumbo en mi habitación viendo en mi portátil el videoclip «Where Is the Love», de The Black Eyed Peas, y lo disfruto. Ahora ya puedo decir que soy una de las chicas de su cuerpo de baile en la gira que comienza a mediados de octubre en Phoenix, y todavía estoy que no me lo creo.

Me ha costado mucho esfuerzo conseguir este trabajo. Los bailarines cada vez somos mejores y estamos más preparados, pero después de haberlo logrado, y sin ayuda de mi padre, estoy feliz. Y lo mejor, tras comenzar los ensayos en junio, hemos hecho un parón para tomarnos unos días de vacaciones. Pero cuando regrese el 2 de septiembre a Los Ángeles, sé que ya no pararé hasta final de año, que acabe la gira.

¡Qué pasadaaaaa!

Estoy entretenida mirado el vídeo cuando de pronto oigo un ruido. Eso llama mi atención. Me incorporo. Paro el vídeo. Me levanto de la cama. Salgo a mi terraza, y sonrío al ver que es Álvaro subiendo por la celosía de la pared.

—¿Qué haces? —pregunto divertida.

—Vivir el presente y visitar a mi Julieta —responde, guiñándome el ojo.

Cuando Álvaro pone los pies en mi terraza, me besa con premura.

—Recuérdame que mañana ponga un par de enganches en esa celosía —susurra para no despertar a mis padres.

Oír eso me ocasiona risa y nos metemos en mi habitación. Aquella sorpresa fuera de programa me gusta. Y me gusta porque él es de los que todo se lo piensa, lo planea y tal. Y que haga cosas como esta me encanta.

Tras un buen chorreo de besos que me hacen saber que queremos repetir lo que iniciamos en mi hotel de Filadelfia y proseguimos en su hotel en Los Ángeles, comienzo a quitarle la camiseta. De repente suenan unos golpes en la puerta.

—Bris... —Es mi padre.

—Debajo de la cama —indico rápidamente.

Sin tiempo que perder, Álvaro se lanza donde yo le he dicho. Pobre.

—Tu madre dice que le ha parecido oír un ruido —dice mi padre al abrir la puerta.

Como estoy de pie, cojo un CD de música.

—Estoy con el ordenador portátil —digo—. Seguro que el ruido lo he provocado yo. —Papá asiente. Se rasca la cabeza y yo pregunto—: ¿Qué haces despierto todavía?

—No puedo dormir. Demasiadas cosas en la cabeza.

Lo entiendo. Mi padre no está pasando su mejor momento a nivel de trabajo. Una de las producciones en las que la productora ha invertido mucho dinero no ha salido bien y otra no está dando los beneficios esperados.

—Tranquilo, papá. Ya verás cómo todo se soluciona —lo animo, tratando de transmitirle positividad.

—Por supuesto que sí. Por cierto, tu madre y yo vamos a dar un paseíto por la urbanización, a ver si me entra sueño. Pepinillo, ¡que duermas bien!

—Tú también, papá.

Ambos nos sonreímos, y cuando va a cerrar la puerta, la vuelve a abrir y susurra:

—Álvaro, ten cuidado cuando bajes por la celosía.

Me guiña un ojo, se ríe y se va.

—No me jodas... —oigo a Álvaro debajo de la cama.

Eso me provoca risa. Mi padre es la leche. Me acerco a mi chico para ayudarle a levantarse.

—Ya lo has oído —le digo—. Ten cuidado al bajar.

Divertido, se levanta. Nos damos un beso.

—¿¡Pepinillo!? —me pregunta al separarnos.

—Cuando tenía seis años, en el colegio —empiezo a contarle—, hicimos una función de teatro. Unos fueron de brócoli, otros de tomate o lechuga, y a mí me tocó ser el pepinillo —Álvaro se ríe y yo afirmo—: Mi padre dice que fue la mejor interpretación de un pepinillo que ha visto en su vida.

—Me hubiera encantado ver esa interpretación. —Nos reímos, y luego pregunta—: ¿De qué quebraderos de cabeza habla tu padre?

—Temas de trabajo —respondo, sin querer contar algo que realmente yo no entiendo. Álvaro asiente, yo cambio de tema—: Si bruja y rebruja se enteran de que estás aquí, te aseguro que...

—Lo que ellas piensen me da igual. —Y mirándome indica—: Les ha quedado bien claro que tú eres mi chica, y ante eso nada tienen que opinar.

Me gusta. Me agrada oír eso. La vida de Álvaro es suya. Solo suya. Y nadie, ni siquiera yo, tiene derecho a opinar.

—¿Viendo a tus jefes? —pregunta, mirando el portátil sobre mi mesa.

Al ver el vídeo parado asiento, y con cierta picardía tecleo en el ordenador, y cuando comienza a sonar la canción de Nina Simone, «My Baby Just Cares for Me», le hago un seductor movimiento con los hombros.

—Sabes que no bailo —se niega.

Lo sé. Tiene un enorme pánico al ridículo. Es muy tímido.

Mientras la canción suena, yo bailoteo, me contoneo contra su cuerpo mientras él parece un palo de fregona por lo tieso que está, pero nos reímos. Nos besamos, y mirándole a los ojos le tarareo la canción. Pues, tal y como dice, mi chico solo se preocupa por mí, y para mí él es mi chico, como yo sé que lo soy para él. Una cursilada, ¡pero estoy así de cursi!

—¿Crees que esta puede ser nuestra canción?

—¿Debemos tener una canción? —pregunta.

—Claro —afirmo—. Todas las parejas tienen una canción especial.

—Ah...

—¿Nunca has compartido una canción con una chica? —curioseo.

—¿Tú sí? —pregunta, después de negar con la cabeza.

Sin dudarlo, asiento. Mentir sería una tontería, y así que le menciono las canciones que me recuerdan a historias pasadas.

—¿Y si no hay canción especial para lo nuestro? —se plantea.

Eso me hace sonreír.

—Claro que la hay. Solo la tenemos que encontrarla y sentirla aquí por lo que dice su letra. —Le toco el corazón.

Sonriendo, se encoge de hombros y me besa. Está claro que el tema canción le importa bien poco. Pero el calentón nos arrebata y saber que mis padres no están en casa provoca que el deseo que sentimos el uno por el otro se avive. Y cuando de un salto me subo a él y lo beso, sabemos cómo va a continuar aquello.

Con ese ardor contenido durante muchos meses por la lejanía en la que vivimos, le hago caer sobre la cama, y sin necesidad de hablar nos entendemos. Nos deseamos. Son demasiados meses de abstinencia y eso, en este instante, ¡se acabó!

La ropa vuela por los aires mientras sonreímos en silencio, y saco de mi mesilla unos preservativos que dejo sobre la cama. Desnudos, nos tocamos. Nos tentamos. Besos cálidos. Abrazos deseados. Palabras dulces. Todo eso y más somos Álvaro y yo.

Adoro sus manos, su boca, su mirada, como sé que él me adora a mí. Con delicadeza me toca, pasea la yema de sus dedos por mi piel y yo lo deseo. Lo deseo mucho.

Mis manos bajan a su erección. Es suave. Tersa. ¡Woooaaalllaaaa, está a mil! Y tumbándole en la cama decido tomar el mando del momento. No soy una experta en el sexo, pero tampoco soy tonta. Sé de qué va.

Álvaro cierra los ojos. Se deja hacer. El placer que mi mano le proporciona debe de ser bestial; acerco mi boca y, sin tocar su erección, le echo mi cálido aliento. Álvaro jadea, tiembla. Se rinde a mí.

No soy de las que esperan en la vida. Eso me aburre. Me gusta participar. Disfrutar. Vivir. Y cuando intuyo que él sabe que va a perder totalmente el control, me tumba boca arriba, y poniéndose sobre mí, murmura:

—Ahora cierra los ojos tú, y disfruta.

Su boca baja de mi cuello a mis pechos repartiendo infinidad de cálidos y dulces besos. De allí prosigue su camino hacia mi ombligo y baja y baja, hasta que abre mis piernas con sus manos y su lengua va directa a mi clítoris. El placer que aquello me proporciona es de lo mejor. Jadeo en silencio y durante un buen rato, dejo que mi chico me dé placer. Me rindo. Hasta que veo que se pone uno de los preservativos que he dejado sobre la cama, y asiéndome de las piernas, se coloca sobre mí y me penetra.

Woooaaalllaaaa, ¡sí!

Levanto mis caderas para sentir su duro miembro tomando mi cuerpo, mientras Álvaro entra una y otra vez en mí. Aferrada a su cuerpo disfruto. Disfruta. Disfrutamos.

Me besa. Lo beso. Mientras nuestros cuerpos completamente compenetrados disfrutan de aquello que ambos deseamos y necesitamos hasta que sentimos que el clímax nos llega, y lo apagamos con un nuevo beso que hace que nos lo bebamos.

Agitados y acalorados por lo que acaba de ocurrir, nos miramos. Nos reímos, él toma mi mano y besa el dedo donde llevo el anillo que años atrás me regaló.

—Te necesitaba —dice.

—Y yo a ti —afirmo, entre jadeos.

Tumbados sobre mi cama Álvaro y yo disfrutamos el momento. Si algo he aprendido es a disfrutar de los momentos, como me dijo Peny. Y cuando a las cinco de la mañana se va, bajando por la celosía, siento que todo ha sido tan perfecto como en un sueño. Un precioso sueño, que quiero repetir con él mil y una veces.

Capítulo 17
Álvaro

Cuando llego en el coche con mi padre y mi hermano a la maldita fiesta que me han organizado mi madre y mi abuela en el hotel por haber terminado la carrera, sé que tengo que sonreír y sobre todo me tengo que comportar.

Me guste o no, han organizado esto por mí, y no les puedo fallar, aunque, conociéndolas, probablemente las que me fallen sean ellas a mí.

—Papá, ¿sabes a dónde hay que ir? —pregunta mi hermano, una vez que le dejamos el vehículo al aparcacoches.

Papá nos mira. Sonríe.

—Claro —afirma—. Solo hay que seguir las miguitas de pan que tu madre y tu abuela habrán dejado por el suelo.

Andrea y yo asentimos. Lo entendemos.

—Simone, ¡qué orgulloso tienes que estar de tu chico! —oímos a nuestra espalda.

Al mirar, nos encontramos con Benjamín Oliveiros, que va acompañado de su mujer Clara y su hija Montsita. ¿En serio?

Andrea y yo los saludamos.

—*Jroña que jroña* con Montsita —murmura mi hermano cuando se alejan, haciéndome reír.

Como dijo papá, las miguitas de pan nos llevan hasta el salón donde ya hay un montón de gente, que, al verme entrar, me saluda y felicita.

De inmediato, mamá y la abuela vienen hacia mí. Soy el homenajeado, y durante un buen rato les permito que me exhiban como si fuera un trofeo. Sé que negarme sería un despropósito. Mi madre me arrastra hacia unos señores con los que habla mi padre.

—Este es mi hijo Álvaro —me presenta—. Mi orgullo. —Por suerte, Andrea no está a nuestro lado para oír eso. Mi madre, ignorando el gesto serio de mi padre, añade—: Álvaro, cariño, ellos son Robert y Candela Steward. Viven en Bélgica, y Robert es diputado en el Parlamento Europeo.

Los saludo con cortesía.

—Mi hijo se irá en octubre a trabajar a la delegación de Vizoso-Lombardo que tenemos en Bélgica —explica mi madre—. Confiamos mucho en él.

Eso me sorprende, y miro a mi padre. ¿Pero cuándo he tomado yo esa decisión?

—Álvaro. —Aparece mi abuela junto a una joven—. Te presento a Corina Steward, la preciosa hija de Robert y la encantadora Candela Steward. —¡Cuánto peloteo! Ya veo por dónde van—. Le estaba diciendo a Corina —sigue mi abuela— que antes de final de año vivirás en Bélgica, y que os podéis llamar y quedar para salir a cenar.

Oír eso me incomoda. ¿Pero qué están haciendo?

—Corina. A mi novia y a mí nos encantará llamarte si vamos a Bélgica —respondo, molesto, pero conteniendo mis impulsos, queriendo dejar las cosas claras.

A mi abuela le joroba mi comentario.

—Mi hijo se ve con Briseida Suárez —interviene mi madre para salvar la situación—. La hija del famosísimo productor de cine Gabriel Suárez, ¿lo conocéis?

Ellos asienten de inmediato. El padre de Bris es bastante conocido en el mundo del cine.

—La niña es monísima —vuelve a la carga mi abuela—, pero llamarla novia, novia, yo creo que es pasarse. Solo tiene diecinueve añitos y mi Álvaro casi veintitrés. Yo más bien la catalogaría de una amiguita especial.

Voy a saltar. Paso de que siga hablando así de Bris.

—Disculpadnos un segundo —tercia mi padre, agarrándome de un brazo—. Acaba de llegar Giovanni Meleto, y mi hijo y yo quedamos en saludarle.

Obviando el gesto ofuscado de mi madre y de mi abuela, mi padre me lleva con él.

—Ni una palabra hasta que salgamos de aquí —me recomienda.

Al salir del salón, mi padre me suelta el brazo.

—¿Bris, amiguita especial? ¿Pero la abuela de qué va? —Estoy furioso.

Mi padre asiente. Ese comentario le ha gustado tan poco como a mí.

—Va de lo de siempre, ¡de lista! Cada día la soporto menos —admite.

—¿Bélgica? ¿Cuándo he decidido yo ir a Bélgica? —quiero saber.

—Les dije que pararan. Que eso era algo que tendrías que decidir tú, pero está visto que, una vez más, ellas han tomado la decisión.

Enfadado, me muevo de un lado a otro.

—Escucha, hijo, yo...

—No pienso ir a Bélgica —le interrumpo—. Mi intención es trabajar en la delegación de Roma y terminar la carrera de Bellas Artes. Yo he cumplido con el trato, ¿acaso ellas no van a cumplir con el suyo?

—Lo sé, hijo. Lo sé. Pero ya conoces a tu madre y a tu abuela. Ellas...

—¡Ellas me importan una mierda!

Noto que le sorprenden mis palabras. Yo no soy de arranques como aquel. Andrea se acerca a nosotros.

—¿Qué pasa, bro? —pregunta.

Atropelladamente le cuento lo ocurrido

—¿En serio ellas han...? —dice.

—¡Ya lo ves!

—Pero ¿cuándo van a parar? ¿Cuándo se van a dar cuenta de que ya no somos unos niños y nos gustaría dirigir nuestras vidas?

—Entiendo vuestro enfado —dice mi padre—, pero ahora no es momento de...

—Y si ahora no es ese momento, ¿cuándo es? —insiste Andrea.

Mi padre lo mira. En su mirada percibo la pena, la frustración por cómo se siente. Le entiendo y mi lado racional sale a relucir.

—Papá tiene razón —le digo a Andrea—. Ahora no es el momento.

Finalmente, los tres regresamos a la fiesta.

Un buen rato después, tras saludar a todo aquel que mi madre y mi abuela se empeñan en presentarme, cuando estoy en la barra con Andrea, veo llegar a Bris con sus padres. Está preciosa con aquel traje de pantalón y chaleco que lleva en color celeste.

—Llegó lo mejor de mi día —murmuro.

—No sabes cómo te entiendo —afirma Andrea con una sonrisa—. Es más, si a mí no me gustaran los hombres, mi reina sería mi chica y no la tuya.

—Lo dudo.

—No lo dudes, bro. A esa reina la conocí yo antes que tú. Y, además, eres un soso como mamá y la abuela. No te dejas llevar, y a Bris le gustan que se desmelenen.

Oír eso me incomoda. Y vale, reconozco que soy un soso que ni baila ni canta. No como él, que es todo un *showman*. Dirigiéndome hacia los recién llegados, les saludo con cariño y tras darle un beso en los labios a Bris, para que todas las chicas que mi madre y mi abuela me han presentado sepan que tengo novia, les digo:

—Bienvenidos a la fiesta.

Rhoda y Gabriel sonríen. Están felices por que los invitara al evento. Mi padre se acerca y rápidamente se ponen a hablar entre ellos. Un camarero pasa por nuestro lado, Bris coge un vaso y da un sorbo.

—¿Qué he hecho ya para que bruja y rebruja me miren así? —pregunta.

—Ser mi novia —aclaro. Eso nos hace sonreír. Añado—: ¿Te incomoda que sea un soso que no baila?

—¿Y eso a que viene? —me sonríe, sorprendida.

Ahora sonrío yo. Le explico lo que mi hermano ha dicho.

—A ver, cariño —dice—. Estoy de acuerdo con Andrea. Si tuvieras menos sentido del ridículo y te soltaras, lo pasarías genial. Perooooo..., por suerte para ti, te quiero tal y como eres y estoy loca por ti.

Bris, como siempre, ha sido clara y directa.

—Yo también te quiero y estoy loco por ti. —Y le doy un beso en los labios.

—Mmmm..., me gusta.

—Nunca permitas que bruja o rebruja te pisoteen.

Dicho esto, le comento lo ocurrido minutos antes.

—Lo de tu madre y tu abuela no tiene nombre —murmura.

—Lo sé —afirmo con convencimiento.

—Joder, ¡que tengo casi veinte años!

—¡Qué mayorrrrr! —me mofo.

Eso hace que ambos recordemos un momento del pasado. Estrecho a Bris contra mí y la beso.

—¿Sabes, amor?... Pienso en ti —susurro.

Esa simple frase para nosotros es muy especial.

—Como dice el bolero de Luis Miguel, si no existieras, yo te inventaría —replica, y me besa.

El resto de la fiesta me resulta más tranquila y sobre todo más amena. Tener a Bris a mi lado me relaja, aunque cuando mi madre me llama para hablar con un abogado muy prestigioso, me corta el rollo. ¿Por qué no me dejarán en paz?

Desde mi posición observo cómo mi abuela se acerca a Bris. La intercepta y con una sonrisa se la lleva. Miro a mi alrededor. Necesito a Andrea. Es vital para mí que vaya a rescatarla, pero no lo veo. ¿Dónde se ha metido?

Mi abuela se lleva a Bris hacia la terraza exterior y eso me incomoda. No me fío nada de ella, así que me zafo de mi madre y del abogado, y voy tras ellas.

Cuando voy a salir a la terraza, Bris me ve. Con disimulo me indica con la mano que la deje. Que no me acerque. No me dejo ver.

—Me ha dicho mi hija que eres bailarina —oigo decir a mi abuela.

—Así es. Lo soy.

—¿Y eso es un oficio? ¿Te ganas la vida bien?

Bris sonríe. Intuyo por su cara que busca las palabras idóneas.

—Para mí es el mejor oficio del mundo —responde—. Y, bueno, en octubre comienzo una gira formando parte del cuerpo de baile de una excelente banda.

Veo que mi abuela coge aire. Sin duda saber aquello la estará matando.

—A ver, Briseida. Entiendo que por vuestra juventud os dejéis llevar, pero debes entender que mi nieto está en una posición social en la que tú no estás y...

—Disculpe, señora —la interrumpe Bris, manteniendo las distancias—. ¿A qué se refiere usted con posición social?

—Mi nieto proviene de una buena familia cristiana —replica mi abuela—. Acaba de terminar la carrera de Derecho y será alguien en un futuro y...

—¿Está usted diciendo que yo no provengo de una buena familia, que mis estudios no son buenos y que no seré alguien en un futuro?

—Briseida, sé que no eres tonta. De hecho, mi hija te considera una niña muy lista, pero has de entender que los Vizoso provenimos de una de las mejores familias de...

—¿Rancios? —oigo que la corta.

Mi abuela, desconcertada por aquello, toma aire. Bris, como yo mismo le he pedido, le presenta batalla. No se calla.

—A ver, niña —insiste mi abuela—. Pongamos las cartas sobre la mesa. Pienso en mi nieto y en su futuro. Y no me agrada que su futuro sea junto a una bailarina que menea el culo para animar al personal. ¿Te queda claro?

¡¿Qué?! ¿Pero cómo mi abuela puede decir eso?

Bris sonríe. La va a llamar bruja. Lo sé.

—En la vida de mi nieto deseo una joven cristiana con clase —prosigue mi abuela—, estudios y saber estar, que pueda darle unos hijos y una familia y...

—¡Y una mierda!

Hago ademán de intervenir. Está claro que a Bris se le ha acabado la paciencia, pero veo que con su mano me indica que no me mueva.

—Pero ¡qué vulgaridad es esa! —exclama mi abuela.

—La que usted se merece, tras decir que mi oficio es menear el jodido culo para animar al personal. —Se miran. Lo hacen con discrepancia. Bris pregunta—: ¿De verdad pretende usted joderle la vida a su nieto?

—Oh..., por Dios, qué lenguaje.

—¿Pero usted no sabe que su nieto quiere pintar y viajar?

—¡Sobre mi cadáver! —murmura mi abuela.

—Mire, señora. Yo soy yo. Y me siento muy orgullosa de ser bailarina, a pesar de que personas con la mente tan cortita como la suya piensen lo que piensa. Que, por cierto, y se lo tengo que decir o no sería yo, ¡me importa una mierda!

—Oh, ¡qué insufrible!

Vale. La cosa va a ir a peor.

—Pues que le quede claro —se mofa Bris— que lo puedo ser mucho más.

—Niña, ¡eres muy desagradable!

—Y usted es una bruja insoportable.

Lo hizo. La ha llamado bruja.

—¡¡Eres muy ordinaria!!

—Si esto le parece ordinario, no quiera verme en mi peor versión. Y déjeme decirle algo más. No sé si Álvaro y yo estaremos juntos el año que viene, o incluso dentro de tres meses. Pero lo que sí sé es que Álvaro y yo hoy por hoy estamos bien y queremos estar juntos porque nos adoramos y nos hacemos felices. Y eso ni usted ni nadie lo puede evitar por mucho que le joda.

Desde mi posición, veo cómo mi abuela con mal gesto se aleja de Bris. Desde luego, Bris no se ha dejado pisar.

—Pero qué bien se defiende usted, señorita Capuleto —le digo, acercándome a ella.

Bris resopla y toma aire.

—Pues que sepas que me he contenido porque es tu abuela. Aunque, mira, la he llamado bruja.

Encantado, la abrazo. Mi abuela saca de quicio a cualquiera a poco que se lo proponga.

—Que sepas que no vas a ser su nieta preferida. —La atraigo hacia mí.

—Ni lo pretendo. Es más, si eso pasara, me preocuparía, porque algo estaría haciendo mal.

La beso. La adoro.

—Nunca cambies —le pido—. Me encanta que seas así.

El resto de la tarde soy consciente de cómo mamá y la abuela nos miran. Que estemos juntos y que yo lo deje tan claro a todo el mundo les incomoda, pero no pueden hacer nada. Absolutamente nada.

Una vez acabada la fiesta, Andrea se va con sus amigos, y nosotros decidimos regresar con Rhoda y Gabriel en su coche. Al llegar, mis padres y la abuela llegan al mismo tiempo que nosotros.

—¿Os apetece tomar una última copita en casa? —propone Rhoda.

Mi abuela se excusa de inmediato. ¡Mejor! Pero mi padre accede, y a mi madre, a pesar del mosqueo que lleva, no le queda otra que aceptar o va a quedar fatal.

Diez minutos después, sentados en el jardín de la casa de Bris, Rhoda llega con una botellita y unos vasos.

—Como cada año —dice—, antes de venir a Ibiza, pasamos por Grecia y me he traído esta botellita.

Mi padre la coge y la mira.

—Es *ouzo* —explica Gabriel.

—La bebida nacional de Grecia —aclara Bris.

Mamá hace un gesto de los suyos.

—Es un licor que sabe a regaliz —añade Rhoda—, y está hecho con agua, semillas de anís y alcohol. Se puede tomar solo o con agua o hielo.

—Pues hay que probarlo —afirma mi padre.

Entre risas y demás, hablamos de aquella bebida cuando Gabriel mirando a mi padre dice:

—¿Qué te parece lo de estos dos?

Mi padre nos mira a Bris y a mí.

—A mí me parece muy bien —admite.

—Al final, consuegros —insiste Gabriel—. ¿Quién nos lo iba a decir?

—Papáááá —murmura Bris.

Mamá muestra su sonrisa más sarcástica ante lo que oye. Sin duda tiene sus propios pensamientos al respecto, pero, por suerte, se los calla, cosa que le agradezco. Rhoda pone ante nosotros varios vasitos bajos y, tras llenarlos con aquel licor, levanta su vaso.

—Hay que beberlo poco a poco —dice—. No de un trago. Que esto pega fuerte.

Papá y mamá asienten.

—Y ahora brindemos por la parejita —propone Gabriel.

—Por que nunca dejen de entenderse y sonreír —afirma mi padre.

Bris y yo, sin poder evitarlo, nos reímos.

—*Yiamas!* —exclama Rhoda, feliz, levantando su copa.

Mi madre la mira. Mi padre también.

—Es como decir salud en español, pero en griego —explica el padre de Bris.

—*Yiamasssss!* —decimos todos, chocando nuestras copas.

Según damos el primer trago, papá, mamá y yo nos asfixiamos, mientras Rhoda y Gabriel se ríen.

—Joderrrrr, mamá, que nos los cargamos —bromea Bris.

Me estoy riendo aún cuando oigo a mi madre:

—Briseida, deberías obviar ciertas palabras malsonantes, ahora que eres la novia de mi Álvaro.

—¡Joder, mamá! ¿Pero qué dices?

—¡Álvaro! ¿Ahora tú? —protesta.

Yo no me río. Bris sí.

—Querida consuegra —dice Gabriel, mirando a mi madre—, si pretendes que mi hija cambie, ¡lo llevas claro!

Bris vuelve a reírse. Sin necesidad de decir nada lo dice todo y, oye, reconozco que eso a mí me encanta.

Capítulo 18

Bris

Los Ángeles, marzo de 2006

Cuando me despierto sonrío al ver a Álvaro dormido a mi lado.

Llegó anoche procedente de Roma, donde está trabajando en el bufete de la familia y terminando su carrera de Bellas Artes.

Llevamos casi tres años de relación en la que cada uno tiene su espacio para sus cosas. Ni yo lo agobio a él ni él me agobia a mí. Él hace sus viajes con compañeros de Bellas Artes, y yo prosigo con mi trabajo y las giras sobre el escenario.

En este tiempo yo me he consolidado como bailarina. He hecho varias giras con distintos cantantes y grupos por América, Asia y Europa y he trabajado en distintos musicales. En septiembre comienzo una nueva gira por Europa como parte del equipo de Gwen Stefani.

Mientras me recojo mi pelo largo en una coleta, con mimo miro a mi chico dormido. ¡Tengo un novio cañón!

Es alto, de pelo castaño y, como le encanta hacer deporte, tiene un bonito cuerpo. Y si a eso le sumas su encantadora sonrisa, su bonita manera de ser y su preciosa mirada azul, no es de extrañar que a mí me tenga loca y vea cómo otras lo miran deseosas de enloquecer.

—Buenos días, cariño —murmura cuando todavía lo estoy observando.

Encantada, lo beso. Lo mimo. Llevamos sin vernos dos meses.

—Qué ganas tenía de estar contigo —musito, y lo abrazo.

Álvaro sonríe. Yo también. Como mucho, cada tres meses uno de los dos viaja para ver al otro. Tenemos ese pacto. Algo inquebrantable entre nosotros. Abrazándome me besa y comenzamos a hacer el amor.

En un principio es tranquilo, pausado, sosegado. Pero el deseo nos puede y nos vamos acelerando, más y más, hasta que el ansia nos come vivos y disfrutamos de un espléndido momento de loco e irreverente sexo.

Veinte minutos después, agotados y sudorosos, miramos al techo de mi habitación cuando suena mi teléfono. Al mirar veo quién es.

—¡Hola, mamá! —saludo.

—Bris, ¿llegó anoche Álvaro?

Le digo que sí y le paso el teléfono a Álvaro.

—¡Hola, *petherá*!

Mi madre se ríe. Que la llame suegra en griego le hace mucha gracia, por la horrible entonación que le da.

—Hijo, qué alegría que ya estés aquí —le dice—. Y sabiendo que llegabas, he preparado algunas cosillas para comer. Seguro que tienes hambre y he hecho una excelente musaka. Díselo a mi hija. Un beso, y en un ratito nos vemos.

Y cuelga.

—Lo sé. La he oído. Tenemos que ir a comer —digo.

—Iremos.

—Es la musaka de mi madre contra una hamburguesa que iba a pedir por teléfono —digo con gesto apenado.

—¡Viva la musaka de mi *petherá*! —exclama.

Divertido, Álvaro sonríe mientras se levanta y se va a la ducha. Mis padres y él tienen un rollito increíble, como yo con su padre, pero no con bruja y rebruja. ¡Ellas son un caso aparte!

Olalla y Alvariña, con el paso del tiempo, han aprendido a soportarme como yo las soporto a ellas. Sin hablarlo, porque hablar con ellas es complicado, hemos llegado a ese punto en el que ninguna quiere dañar a Álvaro, y simplemente nos respetamos. Ellas en su sitio. Yo en el mío. Está visto que el dinero de mi padre y su estatus bien valen aguantarme. Aunque algunas veces, si las miradas hablaran, woooaaalllaaaa, lo que dirían.

Si algo les molesta de mí es mi oficio. Ser bailarina en giras o musicales, para ellas, es un horror, y aunque sé que Álvaro con orgullo les habla de mí y de mis logros sobre el escenario, no les interesa, pero sí les interesa el dinero de mis padres.

Cuando Andrea terminó la carrera de Derecho con matrícula de honor, decidió marcharse al bufete que sus padres tienen en París. Quería poner tierra de por medio, y en Madrid lo agobiaban. Andrea es un abogado peleón y cabezón. De esos que sabes que van a luchar por su caso hasta la extenuación. Y gracias a esa fuerza que posee, su fama en los tribunales y fuera de ellos es increíble, y, para sorpresa de su madre y de su abuela, recibe infinidad de ofertas de empleo de excelentes bufetes que él rechaza. Quiere trabajar en el bufete familiar.

En cuanto a su vida privada, sigue privada. No ha contado todavía lo de su homosexualidad, ni tiene por qué hacerlo si él no quiere. Y tanto Álvaro como yo lo respetamos. Él decidirá si lo cuenta o no.

Me levanto de la cama y voy al baño, en donde me meto con Álvaro en mi minúscula ducha. Entre risas volvemos a hacer el amor.

Sigo viviendo en Los Ángeles, pero ya no estoy con mis padres. Me alquilé un pisito muy soleado cuando decidí independizarme, y ellos lo aceptaron. Pero, como siempre digo, mi base y lugar seguro es donde vivan ellos. Ellos son mi casa.

Disfruto de mi vida. Es la que yo quiero vivir. Lo único que me falla es tener a Álvaro tan lejos, y aunque reconozco que me encantaría que estuviera más cerca, acepto que sea así. Si algo he aprendido hace tiempo es a aceptar la vida tal y como me viene en cada momento, y si Álvaro y yo estamos así bien, ¿por qué cambiarlo?

Terminamos de ducharnos y nos vestimos, cogemos mi coche y vamos a Bel Air, a la casa de mis padres. Al llegar, mamá se come a besos a Álvaro. Lo adora. Lo quiere. Y mientras le enseña las montañas de comida que ha preparado para él, yo me acerco hasta el despacho de mi padre y lo oigo decir:

—Dijo que me llamaría esta mañana sin falta y exijo que lo haga, ¿entendido?

Abro la puerta y papá me ve. Me sonríe. Me hace un gesto con la mano.

—De acuerdo, Jordan —dice—. Dile que espero su llamada.

Una vez terminada la conversación, mi padre viene hacia mí. Me besa con cariño.

—Hola, Pepinillo.

—Hola, papá.

Regresa de nuevo a su mesa de trabajo. En silencio observo cómo mira unos papeles.

—¿Qué son? —pregunto, acercándome.

—Datos de las últimas películas.

Curiosa, los miro. Estoy acostumbrada a ver aquellos datos. Cuando compruebo las desastrosas cifras, antes de que pueda decir nada, mi padre afirma:

—Son horribles. Lo sé. No se lo digas a tu madre. Se lo quiero decir yo —me pide.

—¿No sabe nada?

—No.

—Pero, papá...

Vuelvo a mirar los papeles. Vuelvo a leer lo que ya he leído. Sé que eso significa la pérdida de mucho, muchísimo dinero. Le suena el teléfono, y rápidamente se pone a hablar con alguien.

—Ve. Ahora voy yo —dice, mirándome.

Sé que quiere que salga del despacho, y lo hago. Pero cuando cierro la puerta, en vez de alejarme, me quedo parada y lo escucho sisear:

—James, ¡no me jodas! ¿Cuándo? ¡Ya! ¡No! No puede ser.

Oigo que da un manotazo a la mesa y comienzo a andar. Me voy hacia la cocina alarmada. Al entrar, veo a mi madre y a Álvaro conversando tan tranquilos. Su complicidad siempre me gusta.

—Le estoy diciendo a Álvaro que está más delgado —dice mi madre.

Mi chico me mira. Sonríe.

—Mamá, cada vez que lo ves dices lo mismo —digo yo, acercándome a él.

Nos reímos. A lo lejos escuchamos a mi padre dar una voz.

—Creo que se avecinan tiempos complicados —dice mi madre.

Vale. Mi madre, como siempre, es más lista que el hambre, y sin haber visto nada ya imagina que algo no va bien.

—Hace dos días me dijo que estaba pensando en vender el piso de Madrid, la casa de Ibiza, o el ático de Nueva York —susurra—. Y que quiere hablarlo con nosotras.

—¡No jorobes! —murmuro.

—Hazte de nuevas cuando te lo comente —me pide.

Saber aquello me altera más. Aquellas propiedades son algo que mis padres valoran mucho por distintos motivos. Entonces mi padre entra en la cocina y saluda.

—Álvaro, muchachote. Qué alegría verte de nuevo por aquí.

Con agrado, mi chico lo abraza. En su gesto veo que lo que hablamos le preocupa, pero haciéndole una seña con la mirada, le hago entender que no lo mencione. No es el momento.

Nos sentamos a comer. Papá está raro. Intenta seguir la conversación, pero tanto mamá como yo nos percatamos de que apenas come y le tiemblan las manos.

Como siempre, la mesa está a reventar de comida.

—La musaka está buenísima, pero, Rhoda, eres como mi *nonna*. Cada vez que íbamos a Nápoles a su casa, la *nonna* Giulia hacía comida para media ciudad —bromea Álvaro.

Reímos por aquel comentario. A papá le suena el teléfono y se levanta para contestar.

—Así a todas horas —me dice mamá en voz baja.

Suspiro. Que mi padre esté así es un problema. Antes de Navidades su cuerpo le dio un toque de atención. No fue grave. Solo un sustito. Pero el médico ya le dijo que se tenía que cuidar, bajar el ritmo, o podría tener un buen susto.

Cuando papá regresa sigue serio. Mucho. Está claro que la llamada ha puesto una losa más sobre su espalda.

—Ahora que estás aquí —me dice—, quiero comentarte algo de lo que ya he hablado con tu madre.

Álvaro, hace ademán de levantarse, pero mi padre le detiene.

—Tranquilo. Puedes quedarte.

—¿Seguro?

—Segurísimo —afirma mi padre.

Mi chico asiente.

—Voy a vender los inmuebles de Nueva York, Ibiza y Madrid —suelta de sopetón.

Como me ha pedido mi madre, me hago la sorprendida.

—Me dijiste uno, no todos —interviene mi madre.

Papá asiente.

—Lo sé, cielo. Lo sé —murmura, agarrando su mano. Mamá me mira. Creo que está tan sorprendida como yo; mi padre prosigue—: Anoche recibí una llamada de George Murray para hacerme una oferta por el ático de Nueva York. Siempre le ha gustado por estar frente a Central Park y, la verdad, su oferta es bastante buena.

Sé quién es Murray. Es un amigo de mi padre, el jefe de una plataforma audiovisual con mucho dinero.

—Lo siento, Pepinillo. Sé que el ático de Nueva York lo utilizas cuando te sale trabajo allí, pero créeme cuando te digo que...

—Papá. Es tu casa. Es tu propiedad. Si necesitas venderla, ¡véndela! Cuando vaya por trabajo allí, ya encontraré algo. Tú por eso no te preocupes.

Mi padre asiente. Mira a mi madre, que, a pesar de que está blanca como la cera, dice:

—Cariño, si es necesario venderlo, ¡hazlo!

Nos quedamos todos en silencio. Es la primera vez que vivimos una situación de este tipo.

—Hay que vender también la casa de Ibiza y el piso de Madrid —prosigue.

Tan pronto oigo eso, cojo la mano de mi madre por debajo de la mesa. Ahora las manos le tiemblan a ella. Entiendo que se le parta el corazón como a mí.

—Gabriel, dentro de mis posibilidades —dice Álvaro—, puedes contar con lo que tengo y...

—No, tranquilo, hijo —lo corta—. Te lo agradezco mucho. Por suerte, compré esos inmuebles como inversión y los venderé antes de tener que plantearme vender esta casa.

¿Vender esta casa? ¡¿Cómo?!

Me agobio. ¿Habla de vender la casa familiar?

No. Eso no puede ser. Esta casa es nuestro hogar. Nuestro centro de vida. Aquí hemos crecido Peny y yo y es una casa llena de recuerdos.

—Gabriel, pero ¿qué dices? —La voz de mi madre sale casi sin aliento.

Papá con pesar la mira. En sus ojos veo el desconcierto. La pena. La tristeza.

—Lo siento, cielo. He intentado salvar por todos los medios lo que un día creamos, pero ha sido imposible. Durante este último año, James y yo lo hemos intentado, pero..., pero..., todo ha salido mal, y hemos de cerrar la productora. Estamos arruinados.

—¡¿Qué?! —exclamo sobrecogida.

—¡¿Arruinados?! —repite mi madre.

Papá asiente. Tiene el gesto desencajado.

—James me acaba de comunicar que los abogados le han dicho que el 1 de mayo hemos de cerrar la productora. La noticia se ha filtrado a la prensa y mañana probablemente saldrá en todos lados.

—Oh, Dios mío, Gabriel —solloza mi madre.

Me llevo las manos a la cabeza. Mamá se las lleva a la boca. Y Álvaro parece que deja de respirar. De todos los escenarios en los que se podían desarrollar los problemas de mi padre, nunca había valorado uno semejante.

—Lo siento —se disculpa mi padre—. Siento decepcionaros. Siento deciros esto así de sopetón. Y me parte el alma saber la vergüenza que vais a sentir cuando la noticia salga en la prensa y todo el mundo sepa que estamos arruinados. Pero la realidad es la que es, y hemos de pagar a los trabajadores y además abonar una cantidad enorme de dinero al banco y a los proveedores.

—¿De qué cantidad hablamos? —pregunto sin poder evitarlo.

Papá me mira. Toma aire

—De mucho..., mucho..., mucho dinero —susurra.

Oír eso hace que me quede sin respiración. Para que no lo diga, la cifra debe de ser astronómica. Mis padres se abrazan y lloran.

Lo ocurrido nos ha dejado a todos totalmente descuadrados. Devastados. De un segundo para otro, la vida ha cambiado. Ha pasado de que mis padres tuvieran un presente y futuro tranquilo a que ahora el presente sea angustioso y el futuro incierto.

No sé qué hacer. No sé qué decir. Esto me supera. No sé qué hacer para ayudarles. Veo que Álvaro me mira y percibo que se siente como yo. Tomo aire.

—Papá... —Mi padre no tarda en alzar su mirada hacia mí y entonces, con seguridad, digo—: Somos un equipo y vamos a salir de esta. Y por la vergüenza sobre lo que piensen los demás no te preocupes, porque eso, te aseguro, es lo último que nos preocupa a mamá y a mí.

—Estoy con ella —afirma mi madre, hecha un mar de lágrimas.

Papá llora. Se siente un hombre derrotado, y yo solo puedo abrazarles a los dos, y hacerles ver que los quiero y que estaré siempre a su lado.

Capítulo 19
Álvaro

Londres, noviembre de 2006

Mientras suena la música de fondo y espero junto a mi hermano a que el concierto de la gira de Gwen Stefani comience, intento estar tranquilo. Siempre que puedo voy a ver a Bris bailar en alguno de los conciertos y me pongo yo más nervioso que ella.

—¿Cerveza, bro? —me pregunta Andrea.

Asiento. Andrea pide dos, y me entrega una.

—Luego he quedado con Peter en su local para tomarnos unas copas.

Saber eso me agrada. Peter es un amigo de Andrea. Tiene un local de música, y cuando Bris termine de trabajar y salga, nos iremos un rato allí.

Cuando nos colocamos en el excepcional sitio que Bris nos ha conseguido, miramos a nuestro alrededor. El campo de fútbol donde se va a hacer el concierto está a reventar.

—Si tengo que salir yo ahí, ¡me cago! —indica mi hermano.

Asiento. Me pasaría igual.

Admiro a Bris y a cualquiera que pueda subirse a un escenario. Saber que cientos de ojos van a estar pendientes de ellos, no sé cómo no se ponen de los nervios. Mi móvil suena, y al mirarlo sonrío. Es una foto de Bris, ataviada como va a salir al escenario; se la enseño a Andrea.

—Mándasela a mamá. Seguro que le encanta —dice.

—¡Capullo! —me mofo.

Llevo sin besar y abrazar a Bris desde el 10 de agosto. Este año ella y sus padres solo estuvieron en Ibiza unos días. Lo justo para recoger las cosas que se querían llevar de la casa, pues se vendió muy pronto. Antes estuvieron en Madrid, donde firmaron la venta del piso de allí a un amigo de mis padres que la compró.

Algunos de los vecinos de la urbanización de Ibiza, sabedores de la situación por haberla visto en los periódicos, se acercaron a darles un abrazo y a despedirse de ellos. Fue un momento duro y muy triste para todos.

Invité a Bris a quedarse conmigo en la casa de mis padres en Ibiza. Sitio había, y contaba con el beneplácito de todos. Pero ella no aceptó, y en el fondo lo entendí. Con mi madre y mi abuela allí, las cosas nunca serían fáciles, y ella prefería irse a Santorini con sus padres y su familia.

En un principio iba a ir con ellos. El viaje a Santorini es algo que tenemos pendiente desde hace mucho Bris y yo. Digamos que es el viaje de nuestros sueños. Pero, dos días antes de marcharnos, mi padre se resbaló en la ducha de la piscina y se rompió una pierna.

Andrea estaba con sus amigos en Dinamarca de vacaciones y dejar a mi padre en aquella situación con mi madre y mi abuela no me pareció bien, por lo que decidí aplazar aquel viaje para otro momento. Mi padre me necesitaba, y Bris lo entendió.

Dispuestos a pasarlo bien esperamos impacientes el comienzo del espectáculo, cuando de pronto las luces bajan y todo el mundo se pone a gritar. Instantes después, cuando comienzan a sonar los primeros acordes de la batería, la gente redobla sus chillidos y cuando sale Gwen Stefani y se pone a cantar «Hollaback Girl», la locura se desata.

Andrea canta la canción, pues le encanta esa cantante, como a Bris, pero yo no me la sé. No es mi estilo de música.

—¡Ahí está mi reina! —grita Andrea enloquecido.

Miro a la derecha del escenario, veo a mi chica bajar junto a otras dos por unas escaleras, y sonrío. Aquí no solo es bailarina, sino que también es corista. Está preciosa con aquellos pantalones de camuflaje, la camiseta rota de tirantes rosa y el gorro de lana en la cabeza.

Hipnotizado, la observo cómo canta y baila de esa manera que solo ella sabe hacer. Bris es una artista. Siempre lo he sabido. Y cuando la veo en vivo y en directo lo confirmo. ¡Es impresionante!

Me alegra verla sonreír. Este año no está siendo nada bueno para ella. Lo ocurrido con la productora de sus padres le está costando muchas lágrimas, pero ahí está, cumpliendo con su trabajo, con su responsabilidad y sacando lo mejor que puede dar de ella.

Una canción tras otra pasa y el público, como mi hermano, está completamente entregado mientras yo apenas me muevo. Soy soso. Soy así. El espectáculo que estamos viendo es increíble y, boquiabierto, no puedo apartar los ojos de mi chica. Me encantaría gritar a todos los que bailan, cantan y gritan que aquella que baila y canta sobre el escenario es mi novia, pero dudo que me escuchen.

Andrea, que baila y canta desinhibido, disfruta, y cuando Gwen entona «Don't Speak», un tema que cantaba con su antigua banda No Doubt, mi hermano me mira y grita:

—¡Me encantaaaaaaa! ¡Es nuestra canción!

Me río. Lo sé. Tienen su canción, cosa que Bris y yo no tenemos.

Aún recuerdo aquel día en la calita de Ibiza en el que ambos se pusieron a cantarla a capela y yo les hice fotografías. Ese día, sin que yo me diera cuenta, Bris se instaló en mi corazón, y entonces yo me pongo a tararearla. Posteriormente, de tanto escucharla, me la aprendí.

Cuando acaba el concierto y el público se marcha del estadio, lo veo feliz. Está visto que el espectáculo ha cumplido sus expectativas, y mirando a mi hermano, tras recibir un mensaje de mi chica, le digo:

—Vamos. Bris nos espera y quiere presentarnos a Gwen.

Mi hermano hace un gesto. Creo que le va a dar algo.

—Noooooooo —murmura.

Con seguridad, asiento. Eso me pone en el mensaje que me ha mandado al teléfono.

—Bro, ¡que me muerooo! ¡Voy a conocer a Gwen! —grita Andrea.

—Eso parece. —Me río.

Con los pases que llevamos colgados al cuello nos podemos mover por donde no se mueve el resto de la gente, y tras cruzar unas vallas, veo el número de puerta por el que Bris me ha dicho que tenemos que pasar.

—Es por allí —señalo.

Andrea y yo avanzamos, y cuando llegamos y enseñamos a un inmenso tipo con cara de mala leche nuestras acreditaciones, pasamos.

Entonces veo a Bris que sale a nuestro encuentro y, como siempre que me ve, se tira a mis brazos para besarme. Encantado con aquella demostración de amor hacia mí la beso, olvidándome del mundo.

—¿Sabes, amor?... Pienso en ti —susurro—. Has estado impresionante —le digo, tras un par de besos más que nos suben el ánimo.

—¿Has bailado? —pregunta.

—Tieso como un palo de escoba —responde mi hermano.

Bris me mira. Sonríe.

—Eres la mejor, cariño. La mejor —musito sin soltarla.

Se ríe. Su risa me llena de felicidad, y cuando la bajo al suelo, veo que ella y mi hermano se saludan de aquella manera que solo ellos hacen.

—Eres una perra —dice Andrea—. ¿Cómo no me dijiste que me la ibas a presentar?

—Era una sorpresa.

Bris se ríe. Yo también. Y cogiendo nuestras manos, nos mete en un camerino donde con tranquilidad nos presenta a la joven rubia que ha liderado el espectáculo. Curioso, miro a Gwen Stefani, he oído hablar mucho de ella a mi hermano y a Bris, y durante unos minutos conversamos con ella. Es simpática. Accesible. Cuando se acercan otras personas para conocerla, nos retiramos.

—Esperadme fuera del camerino —nos pide Bris—. Tardo como media hora en salir.

Me llevo a Andrea en volandas, porque todavía sigue impresionado por haber conocido a la cantante. Lo payaso que es mi hermano.

Treinta y cinco minutos después, Bris sale. Ya no lleva la ropa estrafalaria del concierto, pero viste informal. A mí me encantan sus pintas, pero si mi madre o mi abuela la vieran, se horrorizarían.

De allí nos vamos al local del chico de mi hermano, donde nos tomamos unas copas. Bris sonríe, pero ahora que no lleva el maquillaje puedo ver sus ojeras. El momento por el que está pasando no es el mejor.

—¿Cómo está mi reina? —le pregunta Andrea, agarrándola por la cintura.

Con cariño, Bris se recuesta en el hombro de mi hermano.

—Jodida —admite—. No está siendo fácil no estar junto a mis padres para apoyarlos en estos momentos tan complicados para ellos, pero ambos me dijeron que el trabajo era lo primero, y que no podía fallar. Como siempre dice papá, ¡el espectáculo debe continuar!

Con pesar, los tres asentimos. Si algo le han inculcado Rhoda y Gabriel a Bris es a ser consecuente en la vida. Y el trabajo es algo con lo que no se juega.

—Voy al baño un momento —dice.

Tan pronto se va, mi hermano me mira.

—No sabes cuánto me jode no poder ayudarles —murmura.

Asiento. Lo entiendo. La situación financiera por la que están pasando y el estrés que les está ocasionando no es algo fácil de sobrellevar.

—Pues imagínate lo que me puede joder a mí —afirmo.

Comienza a sonar una canción que hace que mi hermano salte y cante, como todo el mundo en el local. Divertido, lo miro.

—¡Vamos, bro! ¡Salta y desmelénateeeee! —grita Andrea.

Niego con la cabeza. Aunque quisiera, no puedo. No me sale. Y cuando la canción acaba y todos aplauden felices, mi hermano se mofa.

—De verdad que no entiendo cómo Bris puede estar tan enamorada de ti con lo sosainas que eres.

—Tendré otras cosas buenas —afirmo con picardía.

Con guasa nos miramos cuando mi teléfono móvil comienza a sonar. Lo saco del bolsillo, y al ver que es la madre de Bris, sonrío. Como sabe que estoy en Londres para estar con Bris, seguro me llama para preguntarme cómo ha ido el concierto.

—Hola, guapísima *petherá* —la saludo. No oigo nada y, moviéndome para tener mejor cobertura, insisto—: Rhoda, ¿estás ahí?

—Álvaro... —Su voz. ¿Qué le ocurre? Y entonces escucho—: ¿Estás con Bris?

—Sí. Ya ha terminado el concierto y estamos tomando algo.

Un silencio extraño hace que yo mire a mi hermano.

—Rhoda... —susurro.

—Álvaro. Necesito que no te separes de Bris y la traigas a Los Ángeles.

—Rhoda, ¿qué pasa?

Andrea me mira. Sabe por mi voz que algo ocurre.

—Álvaro, a Gabriel le ha dado un infarto... —dice.

—¡¿Un infarto?! —repito con un hilo de voz.

Andrea se echa las manos a la cabeza al oírme, y yo siento cómo la tierra se mueve bajo mis pies.

—Está bien —me asegura—. Ha sido un susto por todo el estrés acumulado, pero está bien. Solo quería decírtelo a ti antes de decírselo a Bris, pues sé que se va a asustar.

Respiro. Por un segundo me he temido lo peor. Veo que Bris viene caminando hacia mí.

—Cogeremos el primer vuelo que podamos —le digo. Imagino que Rhoda asiente, pero no dice nada; le pregunto—: ¿Quieres hablar con Bris?

—Sí.

Mi chica se acerca. Sonríe. Odio saber que su sonrisa va a desaparecer, le tiendo el teléfono.

—Es tu madre.

Bris lo coge. Saluda con su habitual alegría, pero el gesto rápidamente le cambia. Se asusta. Andrea y yo estamos con ella, y cuando cuelga el teléfono, llora. Está asustada.

Seis horas después, tras avisar a la compañía de Bris de lo ocurrido y estos entender que se tiene que ausentar, Andrea nos acerca al aeropuerto, donde cogemos un vuelo que nos llevará a Nueva York y desde allí volaremos a Los Ángeles.

Capítulo 20

Bris

Los Ángeles, noviembre de 2006

Han pasado quince días desde que llegué a Los Ángeles, y a pesar del susto inicial, papá está bien. Eso es lo importante.

El estrés acumulado en estos últimos tiempos por todo lo que está pasando finalmente explotó dentro de su cuerpo, pero, afortunadamente para nosotros y para él, se ha quedado en un susto. En un gran susto.

Álvaro me acompañó. No me dejó. Estuvo conmigo y con mamá hasta que a papá le dieron el alta en el hospital, y luego regresó a Roma, donde trabaja en el bufete de sus padres y finaliza Bellas Artes.

No le dije nada. No quise incomodarlo. Pero lo oí hablar con su madre y me molestó lo poco empática que era con él, y en especial con mis circunstancias. Ahora está más claro que nunca que no soy objeto de su devoción. Si antes me tenían sujeta con pinzas, ahora que mis padres han perdido su estatus económico y social, ni las pinzas me sujetan. Pero Álvaro no desiste. Sigue luchando por lo nuestro, y eso hace que yo lo quiera más.

Estoy sentada en el jardín de la casa, pues hoy hace un bonito día a pesar de ser noviembre, cuando papá y mamá aparecen por la puerta. Papá está delgado. Demacrado. Todo lo ocurrido le está pasando factura, y ahora sabe que, si no se cuida y se toma todo con más tranquilidad, quizá en un siguiente infarto no lo cuente.

Los médicos han sido claros y concisos. Lo ocurrido ha sido grave. Bastante grave. Por lo que creo que él es consciente de la realidad, y a diferencia de otras veces, se está tomando su recuperación con calma.

Estos días soy yo quien atiende las llamadas de su teléfono y, al hacerlo, he sido consciente de que hay que vender la casa de Bel Air. Nuestro hogar. Vender la preciosa casa significaría terminar de pagar deudas y poder comprar algo modesto en la ciudad, puesto que vivir en Los Ángeles es carísimo.

Mi padre, hasta el momento, ha evitado decirlo, y eso me hace imaginar que lo ha llevado al infarto. Sabe que vender la casa será un disgusto para mi madre y para mí, y aunque ahora sé que ha tratado de buscar mil soluciones, no lo ha conseguido.

—Bris —dice mi madre—. Aquí te traigo al guapo de la casa. —Con cariño, mamá lo ayuda a sentarse en la butaca que está frente a mí y dándole un beso en la frente le dice—: Voy a la cocina a preparar algo que te va a gustar mucho.

Papá asiente. Sonríe.

—Ya me gustas tú —le dice, dándole un azotito en el trasero.

Ver aquella complicidad entre ellos siempre me ha gustado.

—Por favorrrr, ¡que estoy delante y él convaleciente! —bromeo.

Nos reímos los tres.

—¿Cómo estás hoy? —le pregunto cuando nos quedamos a solas.

—Bastante mejor.

Me alegra que lo diga. Al poco rato oímos música.

—Ella Fitzgerald... —dice mi padre.

Ambos sonreímos. Aquella mítica cantante a mis padres les encanta. Cientos de veces desde que era pequeña los he visto bailar sus canciones.

—Está claro que mamá quiere seguir bailando contigo —cuchicheo.

Mi padre asiente. Sonríe. Se fija en que tengo su teléfono móvil sobre la mesa.

—¿Algo importante? —pregunta. Lo miro. No puedo seguir obviando el problema. No puedo seguir callando. Levanto las cejas y, cuando voy a hablar, dice—: Intuyo que ya lo sabes, ¿verdad?

—Sí, papá. Lo sé.

Nos quedamos los dos en silencio.

—Siento tantísimo los quebraderos de cabeza que esta situación te estará originando con la tonta de tu suegra y su madre —me dice, cogiendo mi mano.

—Por bruja y rebruja ni te preocupes, papá. De esas me encargo yo.

Mi padre asiente. Sabe que no me quitan el sueño.

—¿Cómo se lo voy a decir a tu madre? —se entristece.

Ver la pena en su mirada al preguntarme aquello me hace entender el dolor tan grande que siente.

—Escucha, papá —respondo, acercando mi silla a la suya—. Si a mamá le das a elegir entre esta casa o tú, te aseguro que no se lo tiene ni que pensar. Te elegirá a ti. —Papá suspira. Se emociona. Desde que ocurrió lo de Peny, papá se emociona por todo, y añado, mientras suena de fondo la música—: Esta casa ha sido un bonito sitio para vivir mientras se ha podido. En ella hemos creado preciosos momentos y recuerdos. Aquí nos han pasado cosas buenas y otras no tan buenas, pero, papá, este lugar no deja de ser algo material que...

—Es la casa de los sueños de tu madre. Aquí os criasteis Peny y tú, y cada esquina, cada rincón, tiene recuerdos que...

—Papá —lo corto—, los verdaderos recuerdos están en el corazón y se vendrán con nosotros. No se van a quedar aquí. —Mi padre no contesta. Solo mueve la cabeza cuando insisto—: La casa es algo material, pero tú no lo eres. Sin la casa, mamá o yo podemos vivir, pero sin ti no. Y, joder, papá, con la venta de esta casa he visto que los problemas financieros se acabarían, y que incluso os quedará un dinero con el que podréis vivir. —Papá me entiende. Sabe que tengo razón—: Llevas toda la vida trabajando. Primero para salir adelante tú solo cuando tus padres murieron y luego para sacarnos adelante a nosotras, ¿no crees que te mereces parar y simplemente vivir?

—No tengo fuerzas para comenzar de nuevo y...

—No tienes que comenzar nada, papá. Con el dinero que os va a quedar podréis vivir.

—Pero no podré llevaros a restaurantes caros, ni podré haceros buenos regalos. Todo cambiará.

—Te aseguro que eso es lo que menos nos importa.

—Pero, hija, tú...

—Yo —lo interrumpo— tengo mi trabajo. Me habéis dado unos estudios y unas herramientas para saber salir adelante. Y, joder, papá, si necesito algo, sé que siempre vais a estar ahí. Pero lo que yo ahora necesito es que pienses en ti y en mamá. Yo estoy bien, y lo sabes perfectamente. Por lo que quiero que te centres en recuperarte, vivir y ser feliz. Olvídate de trabajar. No lo necesitas. Ya has trabajado suficiente. Y si algún día necesitas algo, yo estaré aquí.

Emocionado, suspira. Lleva toda la vida trabajando. Dándonos todo lo que puede. Siempre ha sido un buen marido, un buen padre, una excelente persona. Cuando quiero seguir hablando, oigo a mi madre:

—Gabriel Suárez. Si me dices que te ha dado un infarto por no decirme que hay que vender esta puñetera casa, ¡te mato! —Mamá se acerca, coge la silla que hay frente a la de mi padre, se sienta y, moviendo el cuello a lo Terminator, prosigue—: Está casa ha sido un precioso lugar para criar a nuestras hijas y un idílico sitio para vivir. Pero tú, maldito cabezón, eres infinitamente más importante que todo esto y que poder ir a restaurantes caros o recibir regalos. ¿Por qué me tengo que enterar de esto así? ¿Tanto miedo te da hablar conmigo?

—Es la casa de tus sueños.

—Tú eres mi sueño, pedazo de burro. Eres el amor de mi vida. Sin la casa puedo vivir, pero sin ti no. —Oír eso me emociona. Me hace sonreír. Mamá, retirando las lágrimas que caen por la mejilla de mi padre, dice—: Quiero seguir bailando las canciones de Ella Fitzgerald contigo, por lo que venderemos esta casa. Y si tenemos que vivir en una de treinta metros en vez de en una de seiscientos como esta, ¡viviremos! ¡Pero tú y yo! ¡Juntos! ¿Te queda claro? —Papá no contesta. No puede porque mamá, tragándose las lágrimas, añade—: Yo solo quiero estar contigo y el dónde me da igual, maldito cabezón.

Nos echamos a reír los tres.

—¿Qué te parecería si nos mudamos a vivir a Santorini? —propone papá, sorprendiéndonos.

—*Jroña que jroña* —replica mamá.

—Lo he pensado —prosigue mi padre—. Con el dinero que nos queda, allí podremos vivir con tranquilidad. Santorini no es tan caro como Los Ángeles y, además, allí tenemos a la familia.

Boquiabierta, mi madre me mira. Siempre ha querido regresar a Grecia. A Santorini, con su familia. Algo que ni en sus mejores sueños creo que se ha permitido imaginar.

—Cariño... ¿Te estás oyendo?

Papá asiente. Veo determinación en su mirada.

—Sí. Probablemente, mate a tu madre y a tu familia por pesados y cansinos, pero tú te viniste a este país a vivir por mí, y creo que ahora soy yo el que tiene que hacerlo por ti. Y la verdad, Santorini puede ser un bonito lugar para vivir.

Mamá me mira. Papá también.

—Creo que es una excelente idea —digo rotunda.

—Pero eso nos hará estar lejos de Bris —musita mi madre.

Resoplo. Suspiro. Entiendo las palabras de mi madre.

—Escucha, mamá —respondo—. Por mi trabajo sabes que viajo mucho, y por suerte, sé que voy a viajar mucho más. Por lo tanto, por favor, marchaos a Santorini. Iré allí a veros, como vengo a veros a Los Ángeles.

Papá y mamá se miran. En sus ojos veo una pequeña ilusión y yo, necesitada de que no la pierdan, exclamo:

—Equipo, ¡nos trasladamos a Santorini!

Capítulo 21

Álvaro

Ibiza, agosto de 2008

Tumbado en la piscina, estoy con mi cuaderno de dibujo disfrutando del placer de dibujar cuando miro la terraza que escalé años atrás por las noches para ir a ver a mi Julieta. A Bris.

Allí ahora veranea una familia francesa, y por lo que me ha contado mi madre, tanto él como ella son directivos de una empresa de telecomunicaciones. Como era de esperar, mi madre rápidamente hizo amistad con ellos y esta vez, por suerte para mí, no tienen hijas. Solo hijos.

Inevitablemente pienso en Bris. Llevo sin verla dos meses y estoy deseando comérmela a besos y contarle que he visto un anuncio en la televisión sobre un yogur griego en el que sale una mujer griega diciendo aquello de *Jroña que jroña*. Casi me muero de risa.

Ahora mi chica trabaja en Las Vegas, en el musical *Mamma Mia!*, en el lujoso hotel Mandala Bay Resort. Está contenta. *Mamma Mia!* es su musical preferido porque se desarrolla en Grecia. Y, bueno, le gusta su trabajo y se lo pasa bien.

Afortunadamente, pronto la veré. En una semana llegará a Ibiza, desde donde, tras pasar unos días, nos iremos a Grecia. Concretamente a Santorini. Por fin vamos a hacer el viaje que llevamos planeando desde hace años. Podré ver a sus padres y conocer al resto de su familia. Me hace mucha ilusión, aunque ella ya me ha dicho que su familia griega en principio no me lo pondrá fácil.

Pensando en ello estoy cuando oigo a mis padres. Siempre que está mi abuela no paran de discutir. Desde la distancia me llegan sus voces, pero no entiendo lo que se dicen hasta que veo a mi padre salir al jardín dando un portazo.

Desde mi posición veo que se pone las manos en la cintura y piensa cabizbajo. Toma aire y, finalmente cambiando su gesto, se acerca a mí.

—¿Qué pasa, papá? —le pregunto, dejando mi cuaderno en la tumbona.

Mi padre me mira. Por su expresión sé que querría decirme cosas. Lo sé. Pero niega con la cabeza.

—Nada —responde.

—El que nada no se ahoga, y tú te estás ahogando. —Tan pronto digo eso, mi padre sonríe. Sé que le gusta que recuerde aquella frase tan de su madre. Insisto—: A ver, papá. Ya no soy un niño y...

—Escucha, Álvaro. Sé que ya no eres un niño. Y más pronto que tarde, tu madre y yo tendremos una conversación contigo y con Andrea. —Asiento. Sus palabras y especialmente su gesto me hacen entender qué clase de conversación será. Continúa—: ¿Estás seguro de que quieres regresar a Madrid para trabajar en el bufete? ¿No estás mejor en Roma?

He terminado mis estudios de Bellas Artes en Roma y mamá y la abuela no han parado de insistirme hasta que consiguieron que aceptara el puesto libre que ha quedado en el bufete de Madrid, tras la marcha de uno de los abogados. Roma es un excelente sitio para vivir, pero, la verdad, echo de menos mi ciudad, mi gente, mi círculo. Añoro Madrid.

—Estoy segurísimo —respondo, mirando a mi padre.

Papá asiente. Intuyo que no está de acuerdo conmigo.

—Habé con Matías, el de la inmobiliaria —prosigue—. Le dije que buscábamos un piso para ti y me indicó que cuando regresemos en septiembre a Madrid nos quiere enseñar un par de pisos y un ático por la zona del Retiro que le van a entrar.

—Papá, esa zona es muy cara para mí. Prefiero cualquier piso en otro barrio de Madrid.

Papá sonríe. Se ajusta un poco las gafas.

—Tú prefieres, pero ¿realmente crees que tu madre y tu abuela lo preferirán?

Rápidamente niego con la cabeza.

—Tranquilo, hijo —dice—. Te ayudaremos a pagar el piso. Es lo mínimo que podemos hacer, si al final esas dos te están obligando a regresar de Roma.

Sonrío. Mi padre también.

—Por cierto —cambia de tema—, el cuadro que pintaste para el bufete de Madrid gusta mucho. ¿No te ha dicho tu madre que todo el mundo se fija en él?

Me agrada oír eso. Y aunque mi madre no me ha dicho nada, pues eso de que pinte para ella es una tontería, miento:

—Sí. Mamá algo me dijo.

—Pues que sepas que mi amigo Ricardo Saavedra —anuncia—, el que tiene varias salas de exposiciones, me dijo que hablaría contigo. Todos los años organiza exposiciones de artistas emergentes, y para el año que viene quiere contar contigo, si tú quieres.

Aquella posibilidad me hace sonreír abiertamente. Poder exponer mis trabajos es un sueño para mí.

—Por supuesto que querré, papá —murmuro.

Nos miramos encantados, y entonces me fijo en su indumentaria. Va demasiado formal para estar en la piscina.

—¿Adónde vas? —pregunto.

—Al aeropuerto.

—¿Te vas?

—Sí. Me voy a Nápoles unos días.

Con la mirada nos entendemos. Mi padre y mi abuela juntos en el mismo sitio nunca es bueno.

—Bris viene en una semana —le informo.

—Te prometo que en una semana aquí estaré —me confirma.

Dicho esto, se levanta y tras darme un beso, como cuando era un crío, se va. Mientras se aleja y veo que le toca con cariño la cabeza a Camilo, siento cierta pena por él. La vida que lleva con mamá no ha de ser fácil. Mi abuela siempre se lo complica todo. Pero, sin querer pensar en aquello, cojo el móvil y sonrío al ver que tengo un mensaje de Pepe. Está en el pueblo de sus padres y vuelve a estar enamorado. ¡La madre que lo parió!

Durante un rato estoy tranquilo. Dibujo de nuevo en mi cuaderno.

—Ya estás con tus tontos dibujitos —dice mamá.

Cojo aire. Lo que mi madre ve como tontos dibujitos para mí es algo más, así que cierro el cuaderno.

—Tu padre se ha marchado a Nápoles —me anuncia—. Qué poca consideración con mi madre. Viene ella y él se va.

—Por algo será, ¿no crees?

—¿En serio me vas a hacer tú a mí esa pregunta?

—Mamá, ¿en serio?

Mi madre se retira el pelo del rostro. Le incomoda lo que digo.

—Mira, Álvaro, ya eres mayorcito para... —responde.

—Exacto, mamá. Soy mayorcito como para ver, desde hace mucho tiempo, ciertas cosas que, la verdad, no me gustan. Pero callo por prudencia.

Sigue mirándome. La dureza de su mirada de pronto se resquebraja y llevándose la mano a la boca solloza.

—¿Qué quieres que haga? Son mi madre y mi marido.

Su sollozo, algo atípico en ella, que es una mujer fuerte, me hace sentarme de golpe en la hamaca. Y pasándome a la suya, la abrazo.

—¿Qué pasa, mamá? —me intereso.

—Todo..., todo es tan complicado.

Veo que se quita una lágrima de los ojos. Eso me conmueve.

—Creo que deberías darle a cada uno su sitio —le recomiendo.

—Pero qué tontería dices.

Tomo aire. Me estoy metiendo en terreno complicado.

—Escucha, mamá. Aunque nunca lo he verbalizado, tengo que decirte que entiendo que la abuela es tu madre, y como tal la quieres y respetas. Pero papá es el compañero de vida que tú has elegido. ¿Por qué se lo pones siempre todo tan difícil?

—¡¿Qué?! ¿Pero qué dices?

—Mamá, por favor.

—Aisss, ¡Álvaro, cállate!

—Te aseguro que si Bris me hiciera sentir como tú le haces sentir a papá en muchas ocasiones, no me gustaría nada.

—Yo quiero a tu padre. Por Dios, hijo, ¡es mi marido y vuestro padre! —gruñe, mirándome—. Yo... Yo no podría vivir sin él.

En silencio nos miramos. Quisiera decirle que su manera de querer a mi padre y a mi hermano, bajo mi punto de vista, no es la apropiada.

—Pues demuéstraselo, mamá —digo—. Demuéstrale que lo quieres. Porque a veces da la sensación de que te incomoda su presencia, y más cuando la abuela está cerca.

Mamá no responde. Solo se calla. El gesto adusto vuelve a su rostro. Se suelta del abrazo que nos estamos dando.

—¿Cuándo viene Briseida? —cambia de tercio.

Vale. Se acabó el tema. Acato sus tiempos.

—En una semana —respondo.

Mi madre asiente y cuando me vuelvo a sentar en mi hamaca pregunta:

—¿Se quedará aquí o se irá a un hotel?

Antes de que me dé tiempo a contestar, mi abuela se acerca, y dejándome un vaso de limonada sobre la mesa, dice:

—Si prefiere un hotel a estar con nosotros, como la última vez, creo que...

—Abuela, no empecemos —le corto.

Por el rabillo del ojo veo como mi madre y mi abuela se miran. Bris siempre es un tema delicado entre nosotros.

—La hija de mi amiga Gracia acaba de estar en Las Vegas —dice mi abuela— y curiosamente fue a ver el musical donde trabaja Briseida y, al parecer, ¡le encantó!

Asiento. He visto el musical *Mamma Mia!* en varias ocasiones.

—Ya te dije, abuela, que te gustaría si lo vieras —afirmo.

Mi abuela, con su habitual gesto, asiente.

—Me ha mandado estas fotos y un vídeo —dice, acercándose a mí—. Por lo visto, tras el musical, coincidieron con el elenco del musical en un local de copas.

—¿Te ha mandado fotos y vídeo? —pregunto con curiosidad.

—Como sabía que esa muchacha sale contigo —indica—, imagino que quiso que viera cómo se lo pasa... sin ti.

Su comentario no me gusta. No me agrada. Pero viniendo de mi abuela y más con el cariño que le tiene a Bris, ¿qué puedo esperar?

Miro lo que me enseña. Son fotos en las que Bris y sus compañeros se divierten tomando algo. Lo normal. Pero cuando veo el vídeo, el corazón se me acelera. Mi novia baila una bachata demasiado pegada y entregada a un tipo que no conozco. En silencio observo cómo bailan, cómo se miran, y aunque no me gusta, sé que cuando Bris baila lo hace así.

—Bailan y se divierten. Lo normal —digo, sin querer darle mayor importancia.

—¿Eso es lo normal para ti? —insiste mi abuela.

—Sí —afirmo, ocultando mis celos.

Mi madre me quita el teléfono de las manos.

—¿Por qué se restriega con ese muchacho al bailar? —pregunta al cabo de unos segundos—. ¡Qué indecencia!

—¡Mamáááá!

—¿Quién es ese chico?

No sé quién es. No puedo responder a su pregunta. Y encogiéndome de hombros, le entrego a mi abuela su teléfono móvil.

—Es un compañero de trabajo —miento.

Mamá y la abuela se miran.

—Tú sabrás, Álvaro. —La abuela se empecina—. Pero viendo ese vídeo donde Briseida se restriega pecaminosamente con ese muchacho, yo diría que es algo más que un compañero de trabajo.

—Yo también lo diría —afirma mi madre.

—No empecemos —les advierto.

—Con lo mona y buena niña que es Montsita Oliveiros y lo felices que nos harías a tu madre y a mí si recapacitas y dejaras de hacer el tonto con esa..., esa bailarina.

Molesto, resoplo. No voy a entrar en su juego. Se levantan y como llegaron se marchan y me dejan en paz.

Durante un rato sigo escuchando música en mi mp3, pero ya no me puedo quitar de la cabeza las imágenes que he visto, por lo que abro el portátil y busco el Facebook de Bris. Cada noche ella sube fotos del espectáculo y quiero ver las que ha subido hoy. Por el cambio horario, ahora allí es la una de la madrugada, y el musical ya ha terminado.

Miro las nuevas fotografías. En ella la veo sonriendo con sus compañeros, pero entonces me fijo en que el mismo tipo de las fotos y el vídeo está en ellas, y por su apariencia, no es del elenco. No es bailarín.

Retrocedo a los días anteriores, reviso las fotos y ahora soy consciente de que él sale en todas las fotos del último mes. No sé quién es. Ella no me ha hablado de él. Pero, por cómo se miran y sonríen, está claro que tienen complicidad.

De pronto eso me incomoda. No soy celoso. Siempre he pensado que los celos son una enfermedad, pero no sé si es por la necesidad que tengo de verla que de pronto aquello me sabe mal.

Molesto, cierro el Facebook, pero segundos después lo vuelvo a abrir, y entonces hago algo que nunca pensé que haría. Miro cómo se llama el chico a través de las etiquetas. Su nombre es Michael.

A toda prisa lo busco, lo encuentro, y mi cabreo va a más. En su perfil de Facebook tiene infinidad de fotos con Bris, en las que ella no está etiquetada. Hay fotos de ellos montando en bicicleta, en la casa de Bris, en el supermercado, cenando, bailando, y eso me encabrona más y más.

¿Quién es ese tal Michael que tiene tan buen rollo con ella?

Para despejarme, cierro el portátil y me lanzo a la piscina. Unos largos me vendrán bien. Pero las imágenes que acabo de ver no se van de mi cabeza y comienzo a martirizarme.

Cuando salgo de la piscina, estoy a punto de llamarla por teléfono, pero, siendo la hora que es, seguramente estará dormida. Y despertarla para hacerle un tercer grado en referencia a ese chico no creo que sea buena idea. Esperaré a que ella venga y le preguntaré.

Por la tarde me quedo con mis amigos y nos vamos al norte de la isla, concretamente a la playa de Benirrás para ver una preciosa puesta de sol. Aquel lugar emblemático mantiene la esencia *hippie*. Mientras nos tomamos unas cervezas y escuchamos música, observo maravillado cómo el sol se oculta tras el islote de Es Cap Bernat. He visto cientos de veces el atardecer desde allí, pero cada vez que lo contemplo me parece, como diría Bris, ¡más flipante!

Aparece Andrea con unos amigos y se acerca a nosotros. Rápidamente se integran en el grupo.

—Vaya..., vaya... Montsita Oliverios —dice.

Oírlo me hace sonreír. Ella está también con los amigos tomando algo.

—Mañana me voy para Bruselas —me comunica.

—¿Y eso?

—François comienza sus vacaciones —cuchichea— y queremos estar unos días juntos y tranquilos.

François es el chico de mi hermano. Ambos viven en Francia.

—¡Joder! Hoy se marcha papá y mañana te marchas tú, ¡vaya mierda! —me quejo.

—Lo siento, bro. Prometo regresar antes de que llegue mi reina.

—Más te vale.

Andrea me mira.

—¿Y a ti que te pasa? —pregunta.

—Nada.

—El que nada no se ahoga, y tu gesto me dice que te estás ahogando.

La frase de la *nonna* Giulia me hace sonreír. Pienso en Bris. En las fotos que he visto.

—Es una tontería sobre la mudanza —respondo—. No te preocupes.

Andrea asiente. Al igual que yo regreso de Roma a Madrid para trabajar, él prefiere continuar trabajando en París. No pregunta más y seguimos de copas.

Al llegar a casa, mientras aparco la moto, se nos acerca Camilo. Andrea lo saluda con cariño.

—¿Crees que si Bris tuviera un lío con otro me lo diría?

—¿Ves cómo sabía yo que te pasaba algo? —responde Andrea, levantando las cejas.

Mi hermano me conoce muy bien.

—Ven conmigo. Quiero enseñarte algo —le pido.

Tras despedirnos de Camilo, entramos en la casa. Con cuidado de no despertar a nadie subimos hasta mi habitación, cojo el portátil y lo enciendo. Busco la red social de Bris y tras ver que todavía no ha subido fotos, busco las de la noche anterior.

—¿Sabes quién es este? —pregunto.

Andrea se acerca para mirar las imágenes.

—No tengo ni idea, pero, oye..., ¡tiene un polvazo!

—¡Andrea, no me jodas!

Mi hermano se ríe. Yo no.

—Bro. Conozco a Bris y este tipo no es su estilo —dice.

—¿Y cuál es su estilo? —pregunto, molesto.

—Un soso como tú —afirma con seguridad.

Oír eso me gusta. Siento que me reconforta, pero necesito enseñarle lo que me está quemando por dentro, así que busco la red social de ese tipo y se las enseño. Mi hermano las mira, intuyo que se sorprende.

—¿Por qué este tipo sube estas fotos con Bris? —me pregunta.

—Eso quisiera saber yo —musito, cerrando el portátil.

Guardamos silencio unos segundos.

—Si estás muy jodido le puedo decir a François que...

—No, ¡ni hablar! —lo interrumpo—. Tú te vas a Bruselas.

—Eres el amor de Bris —dice—. De eso no te tiene que caber ni la menor duda. No sé quién es ese tipo, ni sus intenciones, pero sí sé que no es importante para ella, porque ella solo te quiere a ti.

Eso no me tranquiliza. Debería, pero no lo consigue.

—No quiero preguntarle nada hasta que ella esté aquí.

—Me parece bien —me corta Andrea.

Cuando Andrea se va a su habitación, vuelvo a mirar el Facebook de Bris. Necesito ver las fotos nuevas, que no tardan en llegar, y, como esperaba, aquel tipo vuelve a estar allí.

Los días pasan y mi humor empeora cuando Bris me llama y me dice que tardará cinco días más en llegar. Una compañera del musical ha tenido un problema familiar y la tiene que cubrir.

Ese retraso me molesta. Me muerdo la lengua para no preguntarle por el tipo que aparece en todas las fotos que noche tras noche sube, y cuando cuelgo el teléfono, mi humor es de perros.

Tras aquella llamada, les mando un mensaje a mi padre y a mi hermano. Les hago saber que Bris se retrasa varios días y los convenzo para que alarguen sus estancias tanto en Nápoles como en Bruselas. Sin dudarlo ellos aceptan. Luego se lo digo a mi madre, y soy consciente de que sonríe. ¡Joder!

Pensando en ello, estoy dibujando en mi cuaderno mientras estoy en la tumbona de la piscina cuando aparece mi madre:

—Álvaro. La comida estará en la mesa en media hora.

Levanto la mano para que sepa que me he enterado:

—¿Estás bien, hijo? —me pregunta, acercándose. Hago un gesto afirmativo. Ella se sienta en la hamaca de al lado e insiste—: Te pasa algo, ¡lo sé!

—Mamá, estoy bien —digo, cerrando el cuaderno.

No pienso hablar con ella de Bris. Si le cuento lo que realmente me pasa, aprovechará para decir cosas que no quiero oír.

—Soy tu madre y te conozco —se empeña—. E intuyo que tu mal humor es porque Briseida ha retrasado su viaje, ¿verdad?

—Mamá. Ya te dije que es por trabajo. Ha de cubrir a una compañera y...

—¿Y acepta sin consultártelo a ti?

—¡Mamá! ¡Es su trabajo!

Mi madre suspira. Resopla. Con sus gestos, me hace ver lo molesta que está con ello.

—Mira, Álvaro, ¡tú sabrás lo que haces! Pero que anteponga a una compañera a ti me hace ver que muchas ganas de verte no parece que tenga. Y luego está cómo bailaba con ese muchacho. Sinceramente, hijo, os pasáis de modernos.

¡Joder con mi madre!

Tal y como estoy, lo último que necesito es escuchar cosas así, porque me enveneno más.

—Ve a cambiarte para comer —dice, alejándose.

Ofuscado, subo a mi habitación para ponerme una camiseta y unas bermudas. Aun estando de vacaciones, mi abuela y mi madre no ven bien lo de comer en bañador. Según ellas, siempre hay que mantener un mínimo de decoro y decencia.

Cuando bajo de mi habitación, me encuentro con Camilo, que está tumbado en el pasillo. El perro al verme mueve la colita y yo, acercándome, me agacho, le doy un beso en su enorme cabeza y murmuro:

—De mayor quiero vivir como tú.

Acto seguido, me incorporo, y al entrar en el salón me quedo parado. Allí hay unas personas que no me suenan de nada.

—Y este es mi nieto Álvaro —dice mi abuela—. Álvaro, ellos son Fernando y Susana Valdeolivas. Y ella es su hija Rebeca. Rebeca, él es Álvaro.

¡Joder, ya estamos!

Las del aquelarre llevaban tiempo sin hacerme una encerrona.

Pero los invitados no tienen la culpa de que mi madre y mi abuela sean unas pesadas, así que con mi mejor sonrisa les tiendo la mano y los saludo.

—Vamos. Pasemos todos al comedor. Ya está la comida preparada —anuncia mi madre.

Incrédulo, la miro. ¿Tenemos invitados para comer?

Y por no montarla, les sigo, mientras voy hablando con Rebeca.

Como era de esperar, sientan a Rebeca a mi lado y me sorprendo al ver que es una chica agradable y simpática. Durante el resto de la comida hablamos y cuando se marchan, mi abuela me mira.

—Qué niña más mona, ¿no crees? —me dice.

—Simpática —afirmo.

—Aquí, sobre el mueble bar, dejó su teléfono, por si te animas a enseñarle la isla —insiste.

Al oírla, me doy la vuelta y me marcho.

Dos horas después, disfruto de unas cervezas con los colegas en el bar. Estar con ellos siempre es divertido, pero mi mente está a muchos kilómetros. ¿Qué estará haciendo Bris?

Sobre las dos de la mañana regreso a casa y lo primero que hago es abrir el portátil para ver las fotografías que Bris ha subido a su Facebook. Verlas me enferma. Se está divirtiendo en casa de alguien. Michael también está allí y, como siempre, a su lado.

Cuando despierto por la mañana tras una noche en la que he dormido fatal, al pasar junto al mueble bar, me fijo en el papelito que mi abuela dejó. Allí está el teléfono de Rebeca, y decido cogerlo. Si Bris se divierte con amigos, ¿qué mal hago yo divirtiéndome con amigas? Quizá no sea mala idea enseñarle la isla.

Decidido, la llamo y quedo con ella. Rebeca es simpática. Ocurrente. En ningún momento dice nada inapropiado ni se me insinúa. Solo se comporta como yo lo hago hacia ella, y pasamos un día muy divertido que prometo repetir.

Capítulo 22

Brís

Ibiza

Cuando el avión toma tierra en la isla de Ibiza, soy feliz.

Desde que salí del aeropuerto internacional Harry Reid de Las Vegas, he tenido que hacer dos escalas. En Nueva York para coger un vuelo a Madrid. Y en Madrid, para tomar otro para Ibiza. Pero el subidón de haber llegado a destino lo vale y más porque voy a ver a Álvaro y tengo que hablar con él.

Tras recoger mi maleta, con paso brioso voy hacia la salida cuando lo veo. Ahí está. A escasos pasos de mí está el chico del que estoy enamorada locamente. Soltando mi maleta corro hacia él; él me coge en sus brazos y, antes de besarnos, lo miro y digo:

—¿Sabes, amor?... Pienso en ti.

Me besa. Lo beso. Nos deshacemos en mimos y arrumacos.

—No veía el momento de que llegaras —murmura cuando me baja al suelo.

Sonrío contenta, y voy a donde he dejado mi maleta, que él coge.

—Pues ya estoy aquí —digo.

Con complicidad me guiña su precioso ojo y abrazados salimos del aeropuerto y nos dirigimos hacia el coche.

—¿El problema de tu compañera se solucionó? —me pregunta Álvaro cuando estamos dentro.

—Sí —afirmo—. Su hermana tuvo un accidente doméstico y tuvo que ocuparse de sus sobrinos, porque la hermana está divorciada.

—¿Eso que veo son ojeras? —vuelve a preguntar.

¡Joderrr! ¡Qué buen ojo tiene!

No sé por qué me da la sensación de que la pregunta va con segundas.

—La verdad es que sí —respondo.

Álvaro asiente. En su gesto veo algo extraño.

—¿Mucho trabajo o mucha juerga? —continúa indagando.

—Algún día que otro salgo, pero...

—Por lo que veo en las fotos que subes a Facebook —me corta—, todos los días lo pasas muy bien, en la playa, en casa de tus amigos, en los locales de copas.

Boquiabierta lo miro. ¿Me controla el Facebook?

Saber eso me incomoda. No porque vea que salgo y me lo paso bien, sino porque desconfíe de mí.

Nos quedamos callados. Tengo que contarle que un tipo llamado Michael, amigo de Wanda, una de las bailarinas, intentó besarme, pero lo paré. Pero mi sexto sentido me dice que, si se lo cuento ahora, la vamos a tener, y como estoy cansada, entre otras muchas cosas, respondo:

—Mira, Álvaro, no sé qué bicho te ha picado ni lo que quieres dar a entender. Pero llevo de viaje más de veinte horas. Por lo tanto, no me vengas con numeritos de celos porque estoy agotada y puedo decirte algo de lo que luego me pueda arrepentir. —En su gesto veo algo que no entiendo, y molesta pregunto—: ¿Acaso tú no sales con tus amigos?

—Sí.

—¿Y yo te digo algo?

Álvaro sonríe. En su sonrisa sigo viendo algo raro.

—No. Pero quizá sí te moleste si te digo que he quedado varias veces con Rebeca —replica.

¡¿Rebeca?!

Ese nombre no me suena.

—¿Y Rebeca es? —pregunto, curiosa.

—La hija de unos amigos de mi madre y de mi abuela.

Vale. Bruja y rebruja siguen a la carga.

—Anda, mira... Seguro que es una monisísima que les encanta para ti —me mofo.

—Así es —afirma.

Oír eso me cabrea. Siento que me quiere dar celos.

—Llévame al hotel de la última vez —le digo con tono cortante.

—¡No me jodas, Bris! —Su tono, su voz me incomoda, cuando añade—: ¿Tanto esfuerzo te supone quedarte en mi casa?

—¿Y aguantar a bruja y rebruja? ¡Paso! —Vale. Le acabo de responder con la misma voz incómoda con la que él me ha hablado a mí, y viendo cómo me mira, insisto—: Sabes lo que hay, Álvaro. Y desde que mi padre no está forrado de dinero, me soportan menos. Por lo que...

—Y por mí no lo puedes hacer.

—Pues no. Que lo haga Rebeca.

¡Joderrrr! ¿Por qué he dicho eso?

—Sin dudarlo, lo haría —oigo que dice.

¡Joder..., joder..., joderrr! Al final la vamos a tener. Intento buscar mi equilibrio para no dejarme llevar por los demonios que me corroen por dentro.

—Escucha, cielo —digo—. Siento haber dicho lo de Rebeca. Pero ir a tu casa y estar con ellas es incómodo, y mucho. Y, bueno, quiero estar a solas contigo porque tenemos que hablar y...

—¿Tenemos que hablar? —me interrumpe—. ¿De qué?

Soy consciente de que tengo que decirle algo complicadillo y que aquel no es el sitio.

—No sé qué te pasa, pero este recibimiento me está comenzando a cabrear.

—¿De qué tenemos que hablar? —insiste.

No me escucha. Esta obcecado. ¿Pero qué le pasa?

—Pero vamos a ver, ¿tú eres idiota o que? ¿Qué coño te pasa? —pregunto.

Álvaro me mira. Su preciosa mirada azul es fría.

—No sé. Dímelo tú, ¿qué pasa? —sisea.

Oír eso me pone nerviosa. ¿Por qué me pregunta eso? ¿Por qué está así? ¿Será por Rebeca?

Mi paciencia se acaba. Su ambigüedad me está sacando de mis casillas, pero entendiendo que montar un pollo nada más llegar no es lo ideal, tras tantos días sin vernos, voy a saltar cuando dice:

—Te llevaré al hotel.

Lo freno. No quiero estar así con él. No puedo.

—Vayamos a tu casa —le pido. Oír eso parece que le gusta. Al menos una tímida sonrisa le relaja el rostro cuando añado—: Pero como me digan algo que crea que no es correcto, no me voy a callar.

—Como te he dicho siempre, nunca permitas que ellas te pisen.

—Me moría por verte —murmuro con mimo, acercándome a él—. Por favorrr..., dejemos de discutir.

Álvaro me besa. Tras el primer beso, le sigue el segundo. Y cuando el tercero intuyo que nos puede llevar a algo más, riendo, digo:

—Que sepas que estoy muy necesitada de ti, y como empiece, dudo que pueda parar. Por lo tanto, si no quieres que nos arresten por escándalo público, ¡vayámonos de aquí!

Mis palabras le gustan. Su sonrisa se ensancha y esta vez arranca y nos dirigimos hacia su casa. Llamo al hotel para anular la reserva y no vuelvo a preguntar nada sobre Rebeca.

Cuando llegamos a su casa, inevitablemente miro a la que fue la mía durante muchos años. La nostalgia me emociona, pero tomo aire y avanzo.

—¡Ya estamos aquí! —exclamo.

Tan pronto dejamos el coche, Camilo acude a recibirnos. Ya está viejito. Su paso lento y las canas blancas en su cuerpo lo confirman, y con cariño me agacho para saludarlo y besarlo. Camilo es de lo mejor que hay en la casa.

Al entrar en la bonita casa, Gloria viene a saludarme. Se alegra de verme, y tras ella aparecen Simone y Andrea. Simone me abraza. Me hace saber que está feliz por verme allí. Y Andrea y yo, tras hacer nuestro saludo especial, rápidamente nos abrazamos.

—Mi reina, menuda cara de agotamiento que traes —me dice.

Asiento. Sé que mi aspecto no es el mejor.

—Chúpate tres vuelos con sus respectivas escalas —respondo—, y luego veremos tu aspecto.

Sonreímos los cuatro.

—Briseida, ¡has llegado!

Me giro para encontrarme con bruja y rebruja. Me miran de arriba abajo, como siempre, e intentando ser educada, voy hacia ellas, y tras darnos dos besos a cada una en la mejilla, que luego me lavaré, no sea que me peguen algo, saludo.

—Encantada de volver a veros.

—Álvaro —dice de pronto Alvariña, alias bruja—, ¿has quedado hoy con Rebeca o Montsita?

Oír aquello me hace sonreír. La muy asquerosa, por no decir algo peor, lo hace aposta, y mirándola voy a soltarle una de las mías cuando Álvaro dice:

—Abuela, mi novia ha llegado. Ahora no tengo tiempo para amigas.

Alvariña asiente.

—Qué pena, ¿verdad? —cuchicheo yo, sin dejar de sonreír.

Bruja y rebruja se miran y luego me miran a mí. Seguro que en su aquelarre ya me han puesto varias velas negras.

—¿Esta vez te alojarás en la casa? —pregunta Olalla.

—Sí, mamá —afirma Álvaro—. Se quedará conmigo en mi habitación.

Aquello que Álvaro propone intuyo que lo consideran indecoroso. ¿Cómo vamos a dormir en la misma habitación sin estar casados?

—Vamos, Álvaro —interviene Simone—. Sube la maleta de Bris y vamos a comer, que ya es la una y yo me tengo que marchar.

—Ufff..., estoy tan cansada que me salto la comida —apunto.

Simone sonríe.

—Échate un rato en la cama —me propone—. No traes buena cara.

Andrea me hace un gesto para que siga a su hermano y sin dudarlo lo hago. Subimos a la planta superior y cuando llegamos a la habitación, Álvaro deja mi maleta en un lado.

—Descansa —dice.

Me dejo caer sobre la cama sin ningún tipo de glamur. Estoy agotada, y cuando él se acerca para darme un beso que yo encantada acepto, murmura:

—En cuanto a Rebeca, es solo una amiga, y Montsita también.

Asiento. No lo dudo. Conozco a Álvaro, y sé cuánto me quiere y respeta, y sin darle mayor importancia, cojo su cuaderno de dibujos, lo abro y miro las maravillas que ha dibujado.

—Woooaaalllaaaa, ¡qué pasada! —exclamo.

Álvaro sonríe. Le agrada ver cómo disfruto de su arte. Tras un rato en el que me explica los dibujos hechos, cierro el cuaderno.

—¿Te he dicho ya cuánto deseaba estar contigo?

Lo miro. Me sonríe. Tengo que decirle algo que yo todavía no me creo.

¡Joder, estoy embarazada!

Nadie lo sabe. Lo he descubierto hace tres días y sigo en shock. ¿¡Yo, embarazada!? Solo tengo veintitrés años. Y aunque siempre he sabido que quiero ser madre, nunca me lo planteé tan joven. Sé que Álvaro también quiere ser padre, pero dudo que con veintiséis años se lo haya planteado.

—Cuando me despierte, quiero que vayamos a la calita para hablar —le digo con tranquilidad.

Álvaro se tensa. Se lo noto en cómo le cambia el rostro y el ángulo de los hombros.

—Descansa. Luego hablamos —me dice tras darme un rápido beso que me sabe a poco.

Instantes después se va, y yo, agarrándome a la almohada que huele a él, cierro los ojos y, hecha un mar de nervios, intento dormir y desconectar.

Capítulo 23
Álvaro

Cuando dejo a Bris en mi habitación y cierro la puerta, noto que me falta el aire.

¿Qué me quiere decir? ¿Qué quiere hablar conmigo tan importante? ¿Será que se ha enamorado del tipo de la foto y ya no me quiere en su vida?

Estoy por llamar por teléfono a Pepe. Necesito hablar con él. Mis pensamientos me tensan. La negatividad comienza a reconcomerme por dentro, y cuando llego a la primera planta, Gloria se acerca a mí.

—Todos están en el salón —me informa.

Me dirijo hacia allí, y al entrar y ver a todos tan serios, pregunto:

—¿Qué hay de comida?

—Ensalada y bacalao a la vizcaína —afirma mi madre.

Con gusto asiento.

—De momento no se come —suelta mi abuela—. Hay algo que tenemos que hablar.

—¡Joderrr! —oigo que protesta mi padre.

Mamá se encoge de hombros. Por su gesto intuyo que no sabe de qué quiere hablar mi abuela.

—Pasa que llegó el momento de decir verdades y solucionar cosas.

Miró a papá y a Andrea. El gesto de sorpresa de sus rostros intuyo que es igual al mío cuando mi abuela nos muestra un sobre grande y marrón que lleva en sus manos.

—Contraté los servicios de un detective privado para investigaros —dice.

—¿Qué has contratado qué? —pregunta mi madre.

Mi abuela la mira.

—Olalla, cállate y escucha, por favor —la reprende con su gesto duro de siempre.

Mamá asiente. Mi abuela tiene un dominio sobre ella que una vez más me incomoda. Mi padre se levanta de golpe y señala a mi abuela.

—¿Quién coño te crees tú para meter tu puta nariz en nuestras vidas?

Tan pronto oigo a mi padre, sin mirar a Andrea, pongo mi mano en su rodilla. Noto que le tiembla. Ambos intuimos lo que mi abuela puede tener en el interior de aquel sobre.

—Simone, ¿quién te crees que eres para hablar a mi madre así?

Papá y ella se miran.

—¿Y quien se cree ella para hacer lo que ha hecho? —responde él.

Mi abuela sonríe. Lo hace de esa manera que me hace saber que vienen problemas.

—Simone Lombardo. Nunca me gustaste —dice, mirando a mi padre—. Pero la tonta de mi hija se dejó embaucar por tu verborrea italiana y...

—Y tú nos obligaste a casarnos cuando ella se quedó embarazada —añade mi padre.

Andrea y yo nos miramos. ¿Embarazada?

A ver. A ver. Yo, que soy el mayor, nací un año y medio después de su boda. ¿De qué hablan?

—Antes de ti, hubo otro embarazo que se frustró al quinto mes —me explica mi padre.

Boquiabierto, miro a mamá. Luego miro a Andrea. Es la primera vez en nuestras vidas que oímos eso. Mamá agacha la cabeza. Su gesto es de disgusto.

—Si nunca os dije nada fue porque ellas me lo prohibieron —dice mi padre—. Hablar sobre ese embarazo era pecado, ¿verdad? —Ninguna de las dos contesta. Él prosigue—: Cuando, por desgracia, el embarazo se malogró a los dos meses de casarnos, nunca se volvió a mencionar. Incluso, como dijo vuestra querida abuela en su momento, fue lo mejor. Nadie supo de la existencia de ese inoportuno embarazo, y la vergüenza se esfumó.

—¡¿Qué? —exclama Andrea.

Mi padre asiente cuando mi madre, hecha un mar de nervios, trata de hablar y mi abuela se adelanta.

—La pena es que mi hija ya se había casado contigo. Anda, sube a la habitación, recoge tus cosas, que para eso has venido, y márchate de aquí.

—Abuela. No quiero ser desagradable —salta Andrea—. Pero haz el favor de respetar a mi padre, que está en su casa, ¿entendido?

La abuela lo mira. En sus ojos veo maldad.

—Estás muy equivocado —señala—. Esta casa es mía y de tu madre.

Sorprendidos, Andrea y yo miramos a papá.

—Así es —confirma—. Esta casa y la de Madrid son de ellas. Nunca se me permitió participar en la compra, y yo, por vosotros, y porque quería a vuestra madre, lo acepté.

Mamá se retuerce las manos. Sabe que enterarnos de algo así nos puede poner en su contra.

—Te propuse cientos de veces que te divorciaras de mi hija —sigue mi abuela—. Ella no te necesitaba para nada.

Andrea y yo nos levantamos. Miramos a mamá. Ella no parece sorprendida por aquello.

—¿Y perder a mis hijos? —pregunta mi padre. Asombrados, mi hermano y yo nos miramos. Él continúa—: ¿De verdad pensaste que yo iba a dejar a mis hijos con una víbora como tú y una mujer maleable que solo hace lo que la bruja de su madre le dice? ¿En serio tan idiota me crees? —Mi madre, con gesto nervioso, lo mira. Él la interroga—: ¿Este numerito es porque te he pedido el divorcio y, por fin, mi parte del bufete me la habéis comprado tu madre y tú?

¡¿Qué?! ¡¿Cómo?! ¿Mi padre ya no es dueño del bufete? ¿Le ha pedido el divorcio?

—Olalla —prosigue papá—. Si he callado, si he aguantado, si me he mordido la lengua durante años, primero fue porque te quería y luego fue por mis hijos. Durante años he luchado por que me escucharas. Por que simplemente me miraras y me tuvieras en cuenta como tu marido que soy. Pero tú solamente miras y escuchas a tu madre. Llevo años soportando vuestras malas formas, exigencias y tonterías. He aguantado que cada vez que mencionarais mi apellido Lombardo fuera para pisotearlo, pero ahora que los chicos son mayores, eso se acabó.

—¡No! —grita mi madre. Y acercándose a él susurra—: He comprado tu parte del bufete, pero no quiero divorciarme de ti. Te..., te necesito a mi lado.

—¿Para qué me necesitas a tu lado? —pregunta mi padre—. ¿Para seguir humillándome?

Mamá sigue retorciéndose las manos.

—Simone, llevamos juntos muchos años y yo..., yo te quiero —responde finalmente.

—Por todos los santos, Olalla —interrumpe mi abuela—. ¿Qué tontería estás diciendo? ¿Qué vas a querer tú a este, que ni tiene clase ni tiene nada?

Como si estuviera en un partido de tenis, así me siento, e intuyo que mi hermano está igual. Miramos a mamá. Miramos a papá. Se dicen y reprochan cosas, y mi abuela se mete por medio.

—No me quieres, Olalla, porque no te quieres ni a ti —resume mi padre.

Mamá va a moverse cuando mi abuela saca del sobre unos papeles.

—Fiorella Corsini Santo Mauro. Cuarenta y un años. Abogada en Rímini y Asociados. Así se llama la amante de este sinvergüenza —suelta mi abuela—. Llevan juntos tres años, viven en un lujoso piso en el barrio de Vomero en Nápoles y esperan un hijo para dentro de unos meses.

¿¡Cómooo!?

Andrea y yo nos miramos. ¿Pero qué dice mi abuela? ¿Mi padre tiene una amante y va a tener un hijo?

Papá de un manotazo tira los papeles al suelo. Veo folios y fotografías. Mamá comienza a llorar desesperada y papá y la abuela se gritan.

Andrea se agacha. Coge las fotografías del suelo y los dos las miramos. En ella se ve a nuestro padre con una mujer de pelo oscuro muy guapa que está embarazada. Se le ve feliz. Se le ve sonreír, cuando mi madre le arranca a mi hermano las fotografías y grita:

—¿Por eso accediste a vendernos tu parte del bufete? ¿Para comenzar una nueva vida con ella?

—Sí —afirma mi padre—. Por eso, y porque tu amada madre me prometió que me firmarías el divorcio.

—Mamááá —grita mi madre.

Andrea y yo miramos a mi abuela. ¿Pero quién es ella para prometer algo así?

—Olalla —dice ella—. Sé práctica y piensa en el futuro.

Pero mamá ya no la mira. Solo mira a mi padre.

—Pero..., pero... —balbucea, con un hilo de voz—. Cuando comentaste lo del divorcio no mencionaste que..., que...

—Olalla —la corta mi padre, que desde hace tiempo no la llama *amore*—, durante años he intentado tener una vida contigo. Contarte. Decirte. Pero no lo permitiste. Y ahora soy yo el que no quiere que sepas nada de mí.

Al ver el temblor de mamá y oír aquello no me puedo callar.

—Discrepo de lo que dices, papá. Estás casado con mamá y alguna explicación, digo yo, que tendrías que darle.

—Álvaro, no te metas —me advierte mi hermano.

—¿Qué no me meta? —Lo miro—. Nos acabamos de enterar de que papá lleva con una mujer tres años y que va a tener otro hijo, que, por cierto, será nuestro hermano, ¿y dices que no me meta? —Mi hermano asiente. Molesto, le doy un empujón para separarlo de mí.—. Andrea..., no me jodas.

Mi hermano reacciona. Me empuja como he hecho yo. Nos enzarzamos. Mi padre se mete por medio.

—¡Basta! ¿Qué hacéis? —nos separa.

Mi madre llora mientras mi abuela se limita a observarnos. La pena que veo en mamá me conmueve. Me destroza. Me acerco a ella y la siento en una silla.

—Olalla, por el amor de Dios, ¿y este numerito? —protesta mi abuela—. ¿Acaso quieres seguir teniendo en tu vida a este sinvergüenza que si no hubiera sido por nosotras seguiría siendo un muerto de hambre y que lo único que te ocasiona es dolor?

—¡Abuela! —gruño molesto.

Un silencio incómodo nos rodea que rompe mi hermano al dirigirse a mi abuela:

—Eres el ser menos empático que he conocido en mi vida y el más desagradable. Te crees superior a todos, cuando eres ¡una mierda de persona!

—¡Andrea! Ten un respeto a tu abuela —grita mi madre.

Pero mi hermano prosigue, con los ojos encharcados en lágrimas:

—Tienes la osadía de llamar muerto de hambre a mi padre, que lleva toda su vida aguantándote, soportándote, cuidándote, cuando otro en su lugar ya te habría mandado a freír espárragos hace mucho, mucho tiempo.

Inevitablemente las lágrimas de rabia le ruedan por el rostro.

—Andrea, cuántas veces te he dicho que los hombres no lloran —lo amonesta mi madre.

Oír eso me subleva. Desde bien pequeños mi hermano y yo hemos tenido que oír cientos de veces aquella maldita frase. Mi hermano se seca las lágrimas, pero no se calla.

—No valoras el cariño ni el amor. —Mira a mi abuela—. No valoras la familia. Tú solo valoras el dinero. La ambición. El estatus. El querer tener más y más y...

—Eres un Lombardo —lo corta mi abuela—. Siempre dije que tenías la poca clase de todos ellos.

—¡Abuela! —grito molesto.

—Alvariña... —advierte mi padre—, cuida tus palabras.

Mi abuela sonríe. Sabe el daño que hace cuando habla de la familia de mi padre.

—Eres la única culpable del dolor que esta familia sufre —concluye mi hermano—, y ojalá algún día te pudras en el infierno.

Mi abuela, fuera de sí, grita, insulta. Mi padre contraataca. Mi madre se les une.

—¿Pero qué os pasa?

Al mirar, veo a Bris con cara de cansancio en la puerta del salón. Nos mira a todos con gesto de no entender nada.

—La sinvergüenza que faltaba —suelta mi abuela.

Con un gesto le hago entender a mi chica que se calle. Que no diga nada. Por lo que Bris, imagino que mordiéndose la lengua, entra en el salón y cierra la puerta.

Mamá llora y llora. Vuelve a salir lo de su malogrado embarazo, y Bris, sorprendida, me mira. Está claro que cree que yo lo sabía y no le conté nada. Mamá le implora a mi padre que no la deje, pero papá no la escucha.

—Por muy duro y cruel que sea oír esto —dice—, quiero que sepas que Fiorella me valora, me da cariño y respeto. El dinero no la mueve y, sobre todo, ella toma sus propias decisiones. Algo que, tras lo vivido contigo, valoro mucho.

Eso redobla los lloros de mamá, que de pronto cae al suelo. Al mirarla veo que tiene los ojos cerrados. Bris se acerca a mí.

—Cógela y ponla sobre el sofá —dice, acelerada.

Antes de que yo reaccione, es mi padre quien coge a mi madre. La pone sobre el sofá y al ver que comienza a abrir los ojos, respira aliviado. Mi abuela lo empuja para alejarlo de ella.

—Siempre he sabido que eras un maldito bastardo —le suelta.

—Habló la excelente cristiana —se mofa Andrea.

—¡Cállate, maricón! ¿Cuándo ibas a contarnos que tienes un novio llamado François y eres un sucio pecador?

—¡Ehhhhh! ¡Cuidadito con las faltas de respeto! —grita Bris.

Veo que mi padre coge a Andrea del brazo. Por su reacción entiendo que aquella noticia no le pilla por sorpresa, no como a mi madre, que se incorpora.

—Mamá, ¡qué dices! —grita.

—La verdad, hija. Digo la verdad —afirma la abuela—. Andrea es marica. Y te aseguro que su vida pecaminosa y depravada en París poco te gustaría.

—Maldita bruja. ¡Eres lo peor!

—¡Bris! —grito ofuscado.

Pero mi chica sin pensarlo se acerca más a mi abuela.

—Eres un bicho malo —no se contiene—. Y te digo una cosa: ya quisieras tú, con todo lo cristiana que eres, ser tan maravillosa, compasiva e increíble como Andrea, que por suerte para él es Lombardo, y no Vizoso.

Mi abuela protesta. Mira a mi madre. Me mira a mí. Reprocha mi mala elección de novia y lo excelente niña que es Rebeca. Mientras le exijo que se calle y que no siga por ese camino, me percato de que mi padre se acerca a Bris. Con su otra mano libre, la aleja de mi abuela. La pone junto a Andrea, que no ha abierto la boca.

—Tranquilos, ¿de acuerdo? —Y mirando a Andrea, añade—: Hijo, te quiero y te respeto exactamente igual que hace quince segundos. Tu vida personal es tuya, y solo tú has de elegirla, ¿te queda claro? Te quiero por ser como eres. Para mí eres un Lombardo, y no cambies nunca, ¿de acuerdo, mi cielo?

—Papá..., te quiero. Te quiero —murmura Andrea, abrazándolo.

Ver aquello me gusta. Me reconforta.

—¡No...! No puede ser. Tú no puedes ser... —grita mi madre, levantándose del sillón.

—¿¡Gay?! —finaliza la frase mi hermano, que reponiéndose dice—: Entiendo que por tus creencias que yo sea homosexual y me gusten los hombres es algo que no vas a gritar a los cuatro vientos. Pero soy tu hijo, sabes que no soy mala persona y solo quiero vivir mi vida y ser feliz.

Mamá ni respira. Andrea se acerca a ella para cogerle la mano, pero ella da un paso atrás.

—Andrea, por el amor de Dios, ¡no puede ser! —sisea.

—Mamá..., por favor. Escúchame.

Pero ella niega con la cabeza. Lo mira de una manera que sé que a Andrea le duele.

—Deja de llorar —le dice—. Te crie para que fueras un hombre de provecho, no para que fueras un...

—Soy un hombre de provecho —afirma Andrea—. El abogado luchador que siempre has querido, y sí, mamá, soy homosexual y me gustan los hombres. Pero ser homosexual, que me gusten los hombres y que tenga la necesidad de llorar ante los problemas no me hace menos hombre.

—Olalla —apostilla mi abuela—, ¡qué vergonzoso es escucharlo!

—Lo que es vergonzoso es escucharte a ti —afirma mi padre.

Mamá lo mira. No le responde.

—Vives en un grave pecado mortal —manifiesta, clavando sus ojos en él— que atenta contra el orden natural de la sexualidad humana creada por Dios. ¿Acaso no lo ves, Andrea?

—Mamá —gruño, dispuesto a apoyar a mi hermano—. Yo también soy cristiano y no pienso como tú. Andrea tiene todo el derecho del mundo a elegir que...

—¡Te equivocas! —me corta—. Un buen cristiano sabe su camino y no se desvía.

—Pero mamá... —insiste Andrea.

—¡Olalla! Para ti soy Olalla, porque tú ya no eres mi hijo. ¡Solo tengo un hijo! Álvaro es mi hijo. Mi primogénito. Tú ni me toques —sisea mamá con voz trémula.

—Mamá... —protesto.

—Dios santo, ¡Olalla! —exclama mi padre.

Mi abuela se acerca. Abraza a mi madre. Está claro que le gusta que trate así a mi hermano. Miro a Andrea y veo en su gesto el dolor. La rabia. Mi padre lo abraza.

—Tranquilo, hijo —le dice—. Yo estoy contigo y estaré toda mi vida.

—Y yo —afirma Bris.

Estoy por decir que yo también cuando veo que mi padre no ha terminado.

—Olalla y Alvariña que sigan yendo a la iglesia a darse puñetazos en sus podridos corazones para hacer ver que son unas buenas cristianas. Y tú, hijo, llora cuanto tengas que llorar. No eres menos hombre por tener sentimientos. Y para tener una madre como esa, mejor no tenerla. —Andrea llora. Le duele lo que está ocurriendo. Bris lo abraza y mi padre, con gesto tenso, concluye—: Qué vergüenza me das, Olalla. ¡Joder, es tu hijo!

—La vergüenza nos la ocasiona él a nosotras —apostilla mi abuela, señalando a mi hermano—. Un homosexual. ¡Un marica en mi familia! En el bufete. ¿Dónde se ha visto eso? Inmediatamente dejarás de trabajar en él. En nuestro bufete no entran los... los...

—Abuela, ¿pero qué dices? —intervengo, horrorizado.

—¿Pero qué tontería estás diciendo, Alvariña? ¡No lo voy a permitir! —gruñe mi padre.

La abuela nos mira.

—Simone... Simone... —se ensaña—. Permíteme recordarte que tú nada tienes que permitir. Ya no formas parte del bufete. Ahora vuelve a ser únicamente Vizoso. Ya no es Vizoso-Lombardo, ¿lo has olvidado?

—Desde ya métete tu jodido trabajo en el bufete por el culo —suelta Andrea despechado—. No os necesito para salir adelante.

Mamá tiembla. Mira a mi hermano. En su gesto no sé lo que intento ver.

—Escucha, mamá... —trato de terciar.

—¿Tú lo sabías? —me pregunta.

Sin dudarlo, asiento. Mi madre grita. Protesta. Mi padre y ella se enzarzan. Desde luego el entendimiento entre ellos es completamente imposible cuando mi abuela coge el sobre marrón, saca unas fotos y me las entrega.

—¡Tu novia!

Al mirar las fotos, veo que en ella está Bris con el tal Michael. Rápidamente las cojo. Las observo. Bris se acerca.

—No me jodas, ¿pero esto qué es?

—Esa eres tú —afirma mi abuela—. La infiel novia del tonto de mi nieto, entregándose como una vulgar ramera a otro joven, ¿o acaso me vas a decir que no eres tú?

Boquiabierto, veo una foto en la que se están besando. Ver aquello hace que la poca empatía que pueda tener hacia todos en un momento de tanta tensión se volatilice.

—¿Esto es de lo que querías hablar conmigo? —le pregunto a Bris.

Ella, boquiabierta, mueve la cabeza.

—Entre otras cosas —dice—. Pero esto no es así.

—Ah, ¿no? —pregunto escéptico.

Sonrío. Soy un idiota. Un imbécil. Creí que una relación a distancia con ella funcionaba. Creí que lo nuestro era algo especial, no como los rollos que tiene mi amigo Pepe.

—Álvaro, eso que ves pasó —trata de explicar Bris—, pero...

—Tu «pero» no me vale —le corto—. ¿Os estáis besando o no?

Bris mira la foto. Lo que en ella se ve no se puede negar.

—Te lo puedo explicar. No es lo que crees.

Rabioso. Estoy muy cabreado cuando suelto:

—Al final, resulta que vas a ser la vulgar ramera que dice mi abuela que se dedica a...

Un derechazo me desnivela hacia un lado. Ha sido Andrea, que mirándome advierte:

—Cuidadito, hermanito, con las palabras que utilizas para dirigirte a ella.

A partir de este instante todo se descontrola. Todo se vuelve horrible, desagradable, tedioso. Todos discutimos. Todos gritamos. Todos nos echamos en cara cientos de cosas.

—Se acabó —dice mi padre—. Olalla, firma el jodido divorcio de una santa vez y acabemos con esto.

—¡Simoneeeee!

Mi madre se abalanza sobre él. Intenta agredirlo cuando mi hermano se mete por medio para separarlos; mi madre, agarrando a Andrea del cuello, lo zarandea mientras grita:

—Eres mi vergüenza..., mi vergüenza...

Andrea, al zafarse, empuja a mi madre. Ver aquel empujón que la estampa contra la pared provoca en mí una reacción de rabia y frustración que yo mismo no espero, y sin pensármelo voy a por mi hermano. Él y yo nos enzarzamos en una pelea. Golpes. Puñetazos. Insultos. La situación me está sobrepasando.

Papá y Bris se meten por medio mientras mamá y la abuela solo observan. Ellos se llevan algún golpe, pero finalmente nos consiguen separar. Mi madre, de nuevo al punto del desmayo, le grita a Andrea, y él, sin importarle como está, le responde sin contenerse.

Estoy colérico y enfurecido. Maldigo a mi padre. Maldigo a mi hermano y maldigo a Bris. Por mi boca solo salen feos reproches que no puedo retener, les culpabilizo del dolor de mi madre, y de mi dolor.

—¿Verdaderamente piensas así? —me interrumpe mi hermano con sangre en la boca.

—¡Sí! —afirmo colérico.

—Pues si piensas así, no vuelvas a hablarme en tu puta vida, ¡niñito de mamá! —Luego mira a mi madre y abuela y añade—: Recogeré mis cosas y olvidaos de que existo. No os quiero volver a ver en mi vida.

Sin más, abre la puerta del salón y se marcha. Papá me mira, se acerca.

—O tu nueva familia o yo —le digo cuando me va a abrazar.

Mi padre da un paso atrás.

—Pero, hijo, ¿qué dices?

—Muy fácil, papá, o esa mujer y tu futuro hijo o yo. ¡Decide!

Papá me mira. Mis palabras le duelen.

—Álvaro, pero ¿qué estás haciendo? —susurra Bris.

—Briseida. ¡No te metas!

—Vete a la mierda.

Oír aquello de la boca de Bris me hace mirarla.

—Vuelve a faltarle el respeto a mi madre y...

—Se lo faltaré tantas veces como ella me lo falte a mí, ¿o acaso tú no me has dicho que no me deje pisar? —responde Bris.

Durante unos segundos nos miramos con dureza, cuando mi padre, al que sé que le estoy dando a elegir, murmura:

—Nunca pensé que te diría esto, pero te estás comportando como tu madre. ¿Ahora vas a ser la nueva marioneta de tu abuela?

Oír eso me enfada. Me cabrea aún más.

—Vete con tu nueva familia —le digo.

—Pero, hijo...

—Recoge tus cosas, que para eso has venido a la casa de mi madre y de mi abuela, y olvídate de mí —insisto chillando.

Papá asiente. Cierra los ojos durante unos segundos, y cuando los abre, murmura:

—Cuando quieras saber de mí, búscame y ahí estaré.

Dicho esto, se da la vuelta y se marcha.

—¿Quieres hacer el favor de ir tras él? —dice Bris.

—¡No!

—Pero..., pero... ¡tú eres gilipollas! Te estás comportando como el niñato mimado y egoísta que Andrea ha dicho y...

—¡Serás maleducada! —interviene mi abuela

Bris ni la mira. Pasa de ella. Solo me mira a mí. Espera que yo reaccione. Que diga algo.

—Son Andrea y tu padre —dice—. No permitas que te separen de ellos. Entiendo que la rabia y el desconcierto por cosas te hayan nublado la razón, pero lo que estás aceptando no es lo acertado, Álvaro. Te estás equivocando, y lo sabes.

—Hijo...

Noto la mano de mi madre cogiendo la mía. La miro. Veo sus ojos hinchados. Su gesto demudado por el dolor. Me necesita. No puedo dejarla en este instante.

—Ellos han elegido —digo, incapaz de pensar.

—Y una mierda, Álvaro —insiste Bris—. Tú, con tu comportamiento de mierda, los acabas de echar de tu vida. Joder, Álvaro, ¿has oído lo que les has dicho a tu hermano y tu padre?

A partir de ese instante, Bris y yo discutimos. Le grito. Me grita. Le reprocho. Me reprocha. De pronto salen a relucir todas aquellas pequeñas cosas que durante años hemos creído que no nos han molestado, pero que no es así.

Enfadada, Bris coge las fotografías que mi abuela me ha entregado y, enseñando unos papeles, replica:

—Que la bruja de tu abuela me investigue a mí está mal. Pero que investigue las finanzas de mis padres, ¡eso es de ser una sinvergüenza sin clase y sin respeto!

Eso que me enseña no lo había visto. Yo solo he visto las fotografías.

—Si algo tengo claro es que quiero que mi nieto esté con alguien que esté a su altura —observa mi abuela—. Y tú, niña, no solo mueves el culo para ganarte la vida, sino que eres la hija de unos fracasados que nada bueno pueden ofrecer ni a mi nieto ni a esta familia.

Bris me mira y con gesto enfadado pregunta:

—¿En serio oyes eso y no dices nada?

Entiendo que espere que diga algo. Que la defienda como siempre he hecho, pero estoy enfadado con ella y con el mundo en general.

—Ya estás tú para defenderte, ¿no? —respondo.

—Gilipollas. ¡Eres un grandísimo gilipollas!

—Qué desagradable es esta niña —apostilla mi abuela—. Con lo monas y educaditas que son Rebeca o Montsita.

Oír eso hace que Bris la mire.

—Se lo podría decir en griego —suelta—, pero me apetece que lo escuche en español. ¡Que te jodan, bruja del demonio!

Bris y mi abuela se enzarzan. Se dicen de todo menos bonita. Mi madre coge mi mano y la oigo murmurar entre sollozos:

—Álvaro. Te necesito a mi lado para poder seguir adelante. Eres..., eres mi niño. Lo único que me queda. Por favor... por favor, no me dejes sola.

Oír eso me parte el alma y el corazón. Mi madre me necesita. No quiere que la deje sola con mi abuela, y entendiendo que en este instante soy el único apoyo que tiene y que no le puedo fallar, levanto la voz y digo:

—Vete, Bris.

Pero ella no se mueve. Solo me mira.

—¡Que te vayas! —grito, furioso.

Bris da un paso hacia mí. Mi abuela se interpone entre nosotros.

—Mi nieto ha dicho que te vayas. ¿Quieres que llame a la policía para que te eche?

—Vamos. ¡Está tardando! —la reta Bris.

Finalmente, cansado de todo aquello, suelto la mano de mi madre. Me acerco a Bris, y cogiéndola del brazo, la saco del salón de malos modos. Al llegar al inicio de la escalera nos miramos.

—Sube a mi habitación —le ordeno—. Recoge tus cosas y vete de mi casa y de mi vida.

—Álvaro, pero ¿qué dices?

—Digo lo que siento en este instante y no quiero repetirlo.

—Te estás comportando como ellas. Como un estúpido mimado e intransigente que es incapaz de escuchar y razonar. Pero tenemos que hablar y...

—Contigo no tengo que hablar absolutamente nada.

—Álvaro...

—No solo me has faltado el respeto a mí liándote con ese tipo a mis espaldas, sino que se lo faltas a mi madre y a mi abuela. Y...

—Pero tú estás tonto —me reprocha—. ¿Acaso no has visto que ellas se lo han faltado a tu padre, a tu hermano, a mis padres y por supuesto a mí? ¿Pero tú en qué mundo vives? ¿En los de Yupi?

En silencio nos miramos. Mi rabia y la que veo en sus ojos es sinónimo de que nada puede terminar bien.

—Álvaro, te estás equivocando. Y en cuanto a esas fotos, no son lo que crees.

—Si me equivoco o no en la vida, es problema mío y no tuyo. Y en cuanto a esas fotos, sean o no sean lo que creo, me han mostrado qué clase de persona eres. Y eso me lleva a despertarme del sueño porque me he dado cuenta de que ya no confío en ti. —Me doy la vuelta y mientras regreso hacia el salón donde está mi madre llorando como una magdalena digo alzando la voz—: Márchate, Bris, no quiero tener que llamar a la policía yo mismo.

—Si me voy, no volveré.

—Eso espero.

Cuando entro en el salón, cierro la puerta y no puedo evitar maldecir porque siento que la vida me ha sorprendido para mal, pero al ver a mi madre llorando con desesperación, me acerco a ella para consolarla, y sé que ya nada volverá a ser como era. Nada.

Capítulo 24

Bris

Tras subir a la habitación de Álvaro, sin poder evitarlo vomito.

¡Despertarse del sueño! ¿Ha dicho eso?

¿En serio, por culpa de bruja y rebruja, vamos a despertar de nuestro sueño?

No... No... No... No... ¡No puede ser!

Los nervios por todo lo ocurrido me están pasando factura y durante más tiempo del que quiero estoy en aquella habitación tumbada sobre la cama para reponerme. Estoy hasta mareada.

Con cariño vuelvo a coger aquel cuaderno de dibujo de Álvaro. En él hay preciosos paisajes de la isla de Ibiza e infinidad de retratos, aunque el que más se repite es el mío.

Me tiembla todo. Las piernas. El cuerpo. Yo diría que hasta las pestañas, y me siento fatal. No me puedo casi mover cuando oigo unos golpecitos en la puerta y Gloria, abriendo la puerta, dice con apuro:

—Lo siento, Bris, me han dicho que tienes que irte.

Entiendo. Llevo como una hora aquí y reúno las fuerzas necesarias para levantarme. Gloria entra, cerrando la puerta a sus espaldas.

—Pero ¿qué ha pasado, cielo? —pregunta.

Como puedo, le cuento todo lo ocurrido. Lo de los padres. Lo de Andrea. Lo mío. Y la pobre mueve la cabeza.

—Esa víbora. Hasta que no ha acabado con la familia no ha parado —dice—. Lo que no entiendo es cómo la señora Olalla no se da cuenta del mal que le hace su madre.

Asiento. Sin duda aquello es tan cierto como que yo me llamo Briseida. Me levanto y me recojo el pelo en una coleta alta.

—Me tengo que ir —digo.

—¿Quieres que llame a un taxi?

Niego con la cabeza.

—No, tranquila. Andar hasta el pueblo me vendrá bien.

—Pero hace mucho calor ahora y hay una tiradita.

Lo sé. Pero necesitaba salir de allí y alejarme.

—No te preocupes, estaré bien.

Sin hacer ruido, en aquella casa totalmente silenciosa, Gloria me ayuda a bajar una de las dos maletas que llevo, y tras despedirme de Camilo, que se acerca a mí con el mismo cariño de siempre, Gloria y yo nos abrazamos.

—Álvaro te quiere —me dice—. Ya verás como no tardará en buscarte.

Sus palabras me hacen sonreír, y, tras darle un beso, agarro mis dos maletas y el bolso y comienzo a caminar. Necesito alejarme de allí.

El corazón me va a mil cuando pienso en todo lo ocurrido. Lo de la foto no lo puedo negar. Michael me besó. Él a mí. No yo a él. Fue plantar sus labios sobre los míos y con un tremendo empujón lo rechacé. ¿Pero qué narices hacía?

Siempre supe que él quería algo conmigo, y aunque le expliqué mil veces que yo tenía novio y que lo amaba, él no desistió. Pero aquella noche, tras el empujón que le di al intentar besarme, desapareció. No he vuelto a saber de él, y la verdad, es lo mejor.

El calor me hace sudar. Hace un calorazo tremendo para ir caminando. Estoy destrozada, anímica y físicamente. Cargada como una mula, camino sin parar cuando recibo un mensaje en el móvil de Andrea en el que me dice que su padre y él se van en el primer avión que sale para Madrid y que ya hablaremos.

Intuyo que imagina que sigo en la casa con su hermano, y simplemente para que no se agobie le escribo para decirle que le quiero y que hablaremos.

Miro el reloj. Son las tres y veinticinco de la tarde y la solanera que hace es tremenda. Hace calor. Mucho. Me entran unas terribles ganas de vomitar, me acercó a un árbol y me inclino. Doblada en dos, estoy en un lateral de la solitaria carretera que va a la urbanización y la calita cuando oigo el ruido del motor de un coche que frena.

—Bris, ¿qué te ocurre?

¡Joder, es Robertito! ¿Puedo tener peor suerte?

—Nada, sigue tu camino.

Una nueva arcada hace que vuelva a vomitar. Me vuelvo a doblar en dos cuando, de pronto, noto unas manos que me sujetan la frente y la cintura.

—Tranquila, Bris. Tranquila.

Como diría mi madre, acabo de echar hasta la primera papilla. Madre mía lo que me ha salido del cuerpo, y eso que aún no he comido.

Diez minutos después, estoy sentada en el coche de Robertito con el aire acondicionado puesto. En silencio, me ofrece una botellita de agua que yo acepto. Estoy deshidratada.

—¿Vas a casa de Álvaro? —Niego con la cabeza. No quiero darle explicaciones. Él continúa—: Mira, sé que te caigo fatal. Tú y yo nunca hemos sido amigos. Pero son las cuatro de la tarde, hay cuarenta grados en el exterior del coche y creo que necesitas mi ayuda. Por lo tanto, simplemente dime a dónde quieres que te lleve, y te llevaré. Prometo no dirigirte la palabra.

Tiene razón. Lo necesito para llegar al hotel, y tras darle la dirección, en silencio vamos en su coche, mientras mi cabeza va a mil. ¿De verdad Álvaro ha roto conmigo? ¿De verdad ha ocurrido lo que ha ocurrido?

Cuando llegamos al hotelito, Robertito se empeña en acompañarme hasta la recepción para ayudarme con las maletas. ¡Qué cansino! Para mi desgracia, como anulé mi reserva, se la han dado a otra persona. Al enterarme me quiero morir.

Saber eso hace que la cara se me contraiga. Voy a llorar. ¿Adónde voy? Estoy en Ibiza en agosto. Está todo lleno. Miro a Robertito.

—¿Me puedes dar un abrazo? —le pido.

Sin dudarlo lo hace. En la puerta de aquel bonito hotel, me abraza mientras yo lloro como si no hubiera un mañana. Durante un buen rato lloro, lloro y lloro. Soy incapaz de razonar, de hablar, de pensar. Solo puedo llorar. Nada más.

Cuando me tranquilizo y le he moqueado bien la camisa, Roberto me mira.

—Creo que necesitas descansar, ¿verdad? —me dice.

Asiento. Él carga mis dos maletas de nuevo en su coche.

—Vamos.

—¿A dónde?

—A mi casa.

Instintivamente niego con la cabeza. Nunca he ido a su casa. Y ahora quiero ir menos que nunca, pues está cerca de la de Álvaro.

—No sé qué te ha pasado con Álvaro, ni pretendo que me lo cuentes. Pero los cristales de mi coche son tintados y si aparco dentro del garaje, nadie tiene por qué verte —me explica.

Sobrecogida, cierro los ojos. Ante mí tengo a la última persona que yo pensé que algún día me ayudaría.

—¿Por qué me ayudas, Robertito? —pregunto.

—Porque, aunque no lo creas, para mí eres una amiga. Te conozco desde que éramos niños y...

—¡Pero si siempre he sido antipática contigo!

—Y yo siempre fui un capullo. ¿Y sabes por qué? —Niego con la cabeza—. Porque siempre me gustó Andrea, y desde que tú apareciste me vi en un segundo plano con él.

—¿No era yo quien te gustaba?

Robertito niega con la cabeza.

—Yo también tengo mis secretitos —susurra.

Oír aquello me sorprende. En la vida me imaginé que él fuera gay.

—A cambio de darte asilo solo te pido una cosa.

—¿El qué?

—Deja de llamarme Robertito. —Oír eso me hace volver a llorar. Él sonríe y señala—: Vamos, llorona, ponte el cinturón.

Como bien dijo Robertito, que ahora ya es Roberto, entramos en su garaje y nadie nos ve. La casa es preciosa. Sus padres murieron años atrás y, como hijo único, él la heredó.

Esa noche me entero de que Roberto es decorador de interiores, que vive en Madrid junto a Jordi, que es su pareja, y ambos regentan un estudio de reformas y decoración. Yo le hablo de mi vida sobre los escenarios y me sorprendo nuevamente al saber que él seguía mi carrera y que incluso ha asistido de público a varios conciertos donde yo trabajé.

Por la noche, cuando me acuesto, no puedo dejar de mirar el teléfono por si Álvaro me llama. Por si me pone un mensaje. Pero nada de eso ocurre y, finalmente, agotada, me quedo dormida.

Cuando me despierto, oigo de fondo música. La identifico con rapidez; es «Ribbon in the Sky», del maravilloso Stevie Wonder.

Esa canción la he escuchado con Álvaro e inconscientemente sonrío. Recuerdo que uno de los días que vino a visitarme a Los Ángeles lo llevé a un precioso local, y tras echar una moneda en una vieja máquina de discos, puse esa canción. Mi chico estaba a mi lado, yo estaba romántica y, feliz, lo invite a bailar.

Su cara de apuro al pedirle aquello en aquel local lleno de gente me hizo reír a carcajadas. ¿Cómo iba él a bailar delante de todos aquellos desconocidos? Lógicamente, dijo que no.

Mientras escucho la canción y pienso en mis recuerdos, me levanto, me lavo los dientes y cuando salgo al salón veo que Roberto está sentado en la mesa, con un ordenador portátil delante.

—Buenos días, dormilona —saluda.

Me acerco a él. Le doy un beso en la mejilla.

—Buenos días.

Al hacer eso veo que se sorprende. Al ver su gesto, me siento ante él y le digo:

—En casa siempre nos damos un beso cuando nos levantamos.

Roberto asiente, sonríe y señala la cafetera y tazas que hay delante de él.

—Desayuna.

Asiento. Mis tripas suenan. Me sirvo café, leche, cojo una magdalena y, mientras desayuno en silencio, oigo que comienza una nueva canción de Stevie: «My Cherie Amour»

—Me encanta Stevie Wonder —digo.

Roberto asiente.

—Es buenísimo —afirma, sonriendo—. A mí siempre me ayuda a trabajar.

De nuevo nos quedamos en silencio, cuando comienzo a canturrear la canción. A mí no me da vergüenza cantar. Hacerlo es parte de mi vida. Suena el teléfono de Roberto y este, mirándolo, me dice:

—Es para ti.

Saber aquello me sorprende. ¿Yo voy a recibir una llamada en su teléfono? Pero lo cojo.

—¿Dígame?

—¿Cómo está mi reina?

Al oír la voz de Andrea se me llenan los ojos de lágrimas.

—Joder, cariño, siento lo que ha pasado. Pensé que te quedarías con Álvaro en casa y por eso papá y yo nos cogimos el primer vuelo que salía de la isla.

Tomo aire. Hablar de lo ocurrido me duele.

—¿Cómo sabes que estoy con Roberto? —le pregunto.

—Porque me llamó para decírmelo.

Miro a Roberto. Me sonríe, y yo aprieto su mano en señal de agradecimiento.

Durante un buen rato hablo con Andrea. Para mi tranquilidad, veo que está bien. Sin duda el rechazo de su madre le ha dolido, el de su abuela le da exactamente igual. Pero la reacción de Álvaro no la entiende. Le digo que lo llame. Tienen que hablar. Pero se niega. Su enfado con Álvaro es tan grande que no entra en razón.

Me pregunta por las fotos con Michael y yo le explico la verdad. Andrea me escucha, sé que me entiende, me cree.

—¿Qué vas a hacer? —pregunta.

Sin contarle lo de mi embarazo, pues mi intención es que sea Álvaro el primero en saberlo, respondo:

—Intentar hablar con el cabezón de tu hermano.

—¿Y si vuelve a negarse?

Suspiro. Eso no me lo quiero plantear.

—No se negará, perooooo si se niega, no seré yo la que vaya tras él. Si algo me han enseñado mis padres es a quererme a mí misma y a tener dignidad.

El resto del día, Roberto y yo lo pasamos juntos. Hablamos. Y me entero de que Andrea y él son excelentes amigos y que en el pasado tuvieron un rollito. Saber eso me hace gracia; y luego me cuenta que él y su novio Jordi han estado varias veces en París con Andrea y su novio François. Saber eso me gusta y sé que si Andrea no me ha comentado nada fue para seguir manteniendo en privado la vida de Roberto. Hay cosas que o las cuenta el interesado o es mejor no contar.

Roberto y yo, este día, nos comunicamos como no lo hemos hecho nunca y de pronto me doy cuenta de que es un tío excepcional, como decía Andrea, y que era yo quien no le permitía acercarse a mí.

Aceptar eso me hace ser consciente de que me he comportado con él como se comporta la madre de Álvaro conmigo. No le he dado ninguna oportunidad. Y eso me hace sentir fatal. ¿Cómo he podido ser tan imbécil?

Le pido perdón una y mil veces. Como dice mi madre, a veces cuando me empecino, soy lo peor.

Por suerte para mí, Roberto me perdona. Se ríe y me hace sonreír, y a las cinco de la tarde me dice:

—Tengo una merienda cena con unos clientes en la isla, por lo que llegaré tarde, ¿te importa quedarte sola?

Niego con la cabeza.

—Tranquilo. Ve y disfruta de esa merienda cena.

Minutos después Roberto se va. Me deja a solas en su bonita casa y yo, curiosa, miro fotos de Jordi y él, y todo lo que me rodea. Está claro que la vida le va bien. La casa tiene todo lo último en tecnología. Entonces decido llamar a Álvaro. Tengo que hablar con él.

Lo intento varias veces, pero no me coge el teléfono. Le mando mensajes SMS. Lo que le tengo que decir es importante, pero el resultado es el mismo. No contesta a mis mensajes.

Salgo a la terraza de la casa de Roberto a tomar el aire, y entonces veo que Olalla, la madre de Álvaro, sube por la cuesta. Debe de regresar de la calita.

Durante unos segundos la observo a la espera de que Álvaro aparezca. ¿Estará con ella y por eso no me ha cogido el teléfono? Pero no. Va sola. Y sin pensármelo, salgo a su encuentro parapetada en una enorme pamela para que nadie me reconozca. No quiero andar saludando a los vecinos de toda la vida.

Para ir hacia su casa, sé el camino que Olalla tiene que coger, y sin dudarlo voy a su encuentro. Como esperaba, no me conoce, y cuando estoy a su lado saludo:

—Hola, Olalla.

Tan pronto me ve, su gesto se crispa.

—Briseida... Aléjate de mí.

—No quiero discutir, ¡te lo juro!

—Briseida. No sé qué pretendes, pero...

—Solo quiero hablar contigo.

—¿Conmigo? ¡Eso es nuevo!

Asiento. Aprieto los puños y aguanto. Tengo que aguantar si quiero llegar a Álvaro.

—Álvaro no me coge el teléfono ni contesta a mis mensajes. —Olalla por fin me mira. Tiene unas tremendas ojeras. Es la primera vez que la veo con el gesto tan desencajado, y murmuro—: Siento todo lo que ha pasado, pero...

—Pero nada...

Sigue caminando. Pasa de mí. Pero necesito que me escuche. Sé cuánto quiere Álvaro a su complicada madre, por lo que voy tras ella.

—Sé que tú y yo nunca hemos tenido una excelente relación, pero, por favor, te pido tu ayuda y...

—Mi hijo no quiere hablar contigo. Está dolido. Muy dolido. Lo engañaste. Lo humillaste. ¿Acaso lo crees tan tonto?

Tomo aire. Le diría que tanto ella como rebruja son las cabronas que le están jodiendo la vida a Álvaro, pero he de ser sensata si quiero que esta mujer me escuche.

—Quiero a tu hijo, como sabes que él me quiere a mí y...

—Mucho no lo querrás cuando te estabas besando con otro.

—Olalla, te juro por mi hermana Peny y por mis padres que eso no es así.

Ella sigue andando. No quiere escucharme. Le doy igual.

—¿Recuerdas lo que le contaste a mis padres hace años sobre Samantha, la hija de Inka y Phil? —Olalla se para, me mira y sin entender por qué lo hago, salvo que quiero tocarle el corazón como sea, suelto—: Estoy embarazada.

Woooaaalllaaaa, ¡lo he dicho!

Se lo he dicho a la última persona en el mundo que quisiera que lo supiera. La bolsa que lleva en las manos se le cae al suelo.

—¿Estás embarazada! —exclama.

—Sí. Vas a ser abuela. —Vale. Lo de vas a ser abuela lo he dicho para que me escuche y ablandarle el corazón. Idiota no soy. Y, viendo que tengo su total atención, continúo—: Por eso quiero hablar con Álvaro. Es su hijo, y tiene que saberlo.

Me mira de arriba abajo. Se retira el cabello que el viento le mueve y toma aire.

—¿Y cómo puede saber mi hijo que es suyo y no de ese con el que aparecías en las fotos? —pregunta.

Suspiro.

—La duda ofende, Olalla —respondo con seriedad.

—Para creérmelo tendrías que hacerte las pruebas de paternidad —insiste.

Nos quedamos mirándonos en silencio. Se me ocurre meter un poquito más el dedo en la llaga a la que se dice cristiana, pero solo para lo que quiere.

—Recuerdo que el día que hablaste de lo que le ocurría a Samantha dijiste que no estabas a favor del aborto, y...

—¿Vas a abortar?

La respuesta no la sé. Estoy tan en shock todavía que ni siquiera lo he pensado.

—Para tomar una decisión, he de hablar con Álvaro —contesto.

Parpadea. Me mira. Noto cómo le tiemblan las manos ante el bombazo que le acabo de soltar, y quitándome el anillo de plata que Álvaro me regaló años atrás, y que es mi amuleto, lo pongo ante ella.

—Por favor, dale este anillo —le pido, necesitada de su ayuda—, y dile que pienso en él y que no quiero despertar de nuestro sueño. Es muy importante que le digas esa frase. Cuéntale lo que pasa si quieres, y que lo espero en la calita a las nueve de la noche donde él ya sabe. —No se mueve. No coge el anillo, y yo, desesperada, murmuro—: Por favor... Olalla. Por favor...

Le estoy suplicando. Estoy haciendo algo que nunca pensé que haría ante aquella odiosa mujer.

—¿Y si no quiere ir? —pregunta.

Oír eso hace que toda la piel de mi cuerpo se erice.

—Si no viene, entenderé que no quiere saber nada ni del bebé ni de mí —respondo con sinceridad—. Tomaré sola la decisión y me alejaré de su vida.

Olalla me mira. La noticia de que va a ser abuela la ha dejado de piedra. Sé que la llegada de un bebé al mundo que lleve su sangre le toca el corazón, y entonces hace algo que no espero. Acerca su mano a mi rostro y me toca la mejilla.

—¿Cuántos años tienes, Briseida? —pregunta.

—Veintitrés, bueno, en unos meses veinticuatro.

—Eres tan joven como lo era yo cuando tuve a Álvaro.

Que me cuente eso me da igual. No quiero confraternizar con ella. No lo pretendo porque ella no me importa nada. Pero entonces coge el anillo, ¡sí! Veo que se lo guarda en el bolsillo del carísimo vestido playero que lleva, y posando su mano sobre mi brazo murmura con una cálida sonrisa:

—Se lo daré y le diré que piensas en él.

Emocionada por aquello, cierro los ojos y, sin abrazarla, pues eso intuyo que nos daría urticaria a las dos, veo que se aleja.

—Gracias, Olalla —susurro.

Paso nerviosa el resto de la tarde.

Miro mi teléfono dos millones de veces por si Álvaro me llama, pero no lo hace. A las ocho y media y con los nervios a mil, decido ir a la calita. Soy de las que prefiere esperar a que me esperen, y con el corazón bombeando con fuerza, llego a ese lugar tan especial para Álvaro y para mí.

Sentada en la arena y frente al mar, observo a algunas parejitas pasear cogidas de la mano. Álvaro y yo hemos hecho aquello cientos de veces. Miro mi reloj y veo que son las nueve menos tres minutos.

¡Qué nervios! ¡Tres minutos!

Álvaro es puntual. Le pasa como a mí para esas cosas, y con el corazón desbocado lo espero. Tenemos mucho de qué hablar.

Pero mi esperanza poco a poco se desvanece cuando son las nueve y cinco, nueve y diez, nueve y veinte, y a las diez y media, con el corazón hecho mil pedazos, y consciente de que mi precioso sueño de amor se ha acabado, decido marcharme de allí.

La respuesta de Álvaro está clara. Ni aun sabiendo que estoy embarazada le importo. ¿En serio? ¿De verdad nos rechaza al bebé y a mí?

Cuando llego a la casa de Roberto abro el portátil. Busco billetes de avión y afortunadamente consigo cambiarlos, aunque pago una pequeña diferencia. Cojo uno que sale para Madrid al día siguiente a las ocho de la mañana y desde allí otro a las doce que va directo a Santorini.

A la mañana siguiente, Roberto me lleva al aeropuerto, y tras despedirme de él sin contarle ni lo del embarazo ni lo ocurrido, cojo primero el avión a Madrid, y después el que me lleva a Santorini.

Cuando llego al aeropuerto de Thira en Santorini, recojo mis maletas, cojo un taxi para que me lleve a casa.

Al verme aparecer, mis padres se sorprenden, pero me abrazan y me besan, aunque rápidamente me preguntan por Álvaro. Ambos saben que este era «nuestro viaje soñado». Y entonces, sin poder hablar, como diría mi padre, arrugo el morrillo y me pongo a llorar. Necesito llorar.

Capítulo 25
Álvaro

Han pasado diez días desde que toda mi vida se desmoronó y no sé cómo voy a reconstruirla. Llamé a Pepe y él se enfadó conmigo. ¿Cómo podía haber echado a mi padre, a mi hermano y a Bris de mi vida?

Intenté hablar con él. Le expliqué las cosas tal y como yo las veía, pero al final no nos entendimos. Él no piensa como yo, y decidí dejar la conversación. No quería terminar también mal con él.

Con mi madre intento ser el hombre fuerte y sensato que ella necesita a su lado en estos momentos. Saber que mi padre tiene una nueva vida, una nueva mujer y un hijo en camino y descubrir lo de mi hermano la ha destrozado. Pobrecilla.

Durante estos días, como no podemos dormir bien, hemos hablado más que en toda nuestra vida. Intenta ser fuerte. Habla conmigo del negocio. Me incluye en todos sus planes, y yo no puedo decir que no. Siento que para ella soy su salvavidas, su tabla de salvación para no volverse loca, y aunque sé que voy a tener que abandonar mi sueño de pintar, asiento y le sigo el rollo. Es mi madre, y no puedo darle otra decepción.

Cuando no está mi abuela presente, mamá piensa, recapacita e incluso razona en cuanto a Andrea. Pero todo eso se va a la mierda tan pronto aparece mi abuela. Entonces, mi madre se ve anulada y se limita a asentir a todo lo que mi abuela dice. Es increíble.

Con mi abuela la relación es fría y distante. Muchas de las cosas descubiertas, como que las casas y el bufete son de ella y de mi madre y no de mis padres, no me han gustado, y se lo eché en cara. Tuvimos una grandísima discusión, pero percibí que a ella le daba igual lo que yo dijera. Había conseguido su objetivo. Había hecho la partición familiar que ella en su mente deseaba y, como hubiera dicho Bris, sin despeinarse.

Sé que mi padre y mi hermano no están en la isla. Papá me escribió para decirme que se marchaban, que me quería, pero yo no le he contestado. Él ha decidido apostar por su nueva familia y yo, por voluntad propia, he decidido no formar parte de ella. No puedo hacerle eso a mi madre.

En cuanto a Andrea, ambos lo hicimos mal, aunque sé que más yo que él. Lo defendí y defenderé siempre en cuanto a su homosexualidad. Por supuesto que mi hermano tiene el derecho a elegir cómo vivir su vida, pero no le perdono los reproches que le hizo a mamá y que me gritara que yo era el niñito de mamá. No es justo. Nunca he querido serlo, y él lo sabe mejor que nadie. Por eso creo que perdió los estribos.

Y ya cuando se enzarzó conmigo con respecto a Bris, y opinó sobre nuestra relación, terminó de cabrearme. ¿Pero quién se cree qué es? ¿Acaso opino yo sobre sus rollos?

No he vuelto a saber de Bris ni la he llamado. No sé si está en la isla o se ha marchado, y aunque quisiera saber, no busco respuestas. En los planes que he hablado con mi madre relativos al bufete y su nueva gestión, ella no tiene cabida. La quiero. Es el amor de mi vida. Pero la tengo que olvidar.

La nueva vida que me planteo es abandonar mi sueño de pintar, aprender bien el negocio y dirigir los bufetes que mi madre y mi abuela tienen en varios sitios del mundo. Sé que eso me supondrá un drástico cambio de vida, además de mucho tiempo y esfuerzo, y Bris siempre hubiera sido la nota discordante.

El dolor por su ausencia no me deja respirar. He de acostumbrarme a no tenerla a mi lado con su locura y positividad, y eso me va a costar. Ella siempre iluminaba mis días con su alegría, pero eso ya se acabó. Todo acabó. Ahora solo tengo las malditas fotos que sigo mirando, para seguir cabreado con ella, y me sorprendo cuando entro en el perfil de Facebook de ese tal Michael y veo que ha desaparecido.

¿Cómo he sido tan tonto? ¿Cómo he podido fiarme de una relación a distancia?

Estoy frente al televisor pensando en todo eso cuando de pronto sale el anuncio del yogur griego. Oír aquello de *Jroña que jroña* me hace recordar que no tuve tiempo ni para contarle a Bris lo del anuncio. Pero, la verdad, ya da igual. Y molesto, cojo el mando del televisor y lo apago. No quiero seguir viendo aquella publicidad.

—Te he traído una limonada —dice mi madre.

Intento sonreír. Ella se sienta a mi lado.

—Ha llamado Rebeca y me ha dicho que luego la llames, porque cree que ayer se dejó en tu coche una chaquetita.

Asiento. Ayer quedé con Rebeca y fui con ella a dar una vuelta, como he hecho otros días. Necesitaba salir de mi casa, y aunque sigo sin contarle nada de lo ocurrido, el rato que estuve con ella tomando algo me despejó. Me tranquilizó.

—Luego la llamo —respondo, dando un sorbo a la limonada.

—Tu abuela y yo hemos hablado con Jesús Montiel y Richard Andersen —comenta—. Les hemos dicho que programen una reunión para el 2 de septiembre a las cinco de la tarde con todas las delegaciones que tenemos. Queremos hablarles de los cambios en el bufete y que sepan que a partir de ahora tú tendrás más peso en la empresa. Queremos que aprendas a dirigirla.

Hago un gesto afirmativo con la cabeza. No es que me embargue la emoción, pero me veo en la tesitura de aceptar mi destino, aunque no me guste.

—La abuela y yo estamos emocionadas —continúa mamá—. Por fin, nuestro sueño se va a hacer realidad, contigo a nuestro lado.

No la miro. Mamá habla de su sueño. Pero ¿dónde queda el mío? ¿Dónde queda mi felicidad?

Sé que su egoísmo siempre ha sido el mismo. Sé que soy un idiota por dejarme embaucar en algo que no quiero. Pero también sé que, por el amor y respeto que le tengo a mi madre, no puedo decepcionarla.

Guardamos silencio. Aunque no diga nada, me conoce. Intuyo que sabe lo que pienso, pero lo ignora. Debe de creer que, al no comentarlo, podré olvidarlo.

—Me alegra ver que has decidido retomar tu vida. Rebeca es una chica encantadora y tengo más que claro que se merece toda tu atención.

La miro. Me mira.

Ya hemos hablado del tema de Bris. Está zanjado. Me niego a volver a mencionarla, pero al recordarla, no puedo evitar soltar una frase que ella diría:

—Mamá, la vida sigue.

—Y Rebeca o Montsita son unas excelentes opciones.

—No me presiones, por favor —advierto.

Suspiro. Tengo claro que va a seguir presionando.

—Tengo que comentarte algo.

Tomo aire. Como me siga hablando de Rebeca, al final la vamos a tener.

—Tú dirás.

Ella se mete la mano en el bolsillo y saca algo.

—Esto es para ti.

Cuando abre la mano, veo el anillo. Aquel anillo que Bris adora por el significado que tiene entre nosotros.

—Me lo dio Briseida para ti —añade.

No puedo moverme. Solo miro la mano de mi madre. Tiene el anillo que nunca se ha quitado. El anillo que sé que solo se quitaría el día de que dejara de sentir algo por mí.

—¿Cuándo te lo ha dado? —pregunto.

Mamá toma aire.

—Esta mañana fui a Sant Antoni de Portmany para comprarme unos zapatos y al salir de una tienda me la encontré —responde, retirándose el pelo del rostro.

Así que, diez días después, Bris sigue en la isla. ¿Con quién está? ¿Dónde se aloja? Conocer ese dato me acelera el pulso.

—¿Está bien? —quiero saber.

—La muy descarada iba con un chico cogida de la mano. Y ni al verme a mí, por decencia, lo ha soltado o ha dejado de besarlo. Ella, como siempre, tan...

—Mamá... —protesto para que calle.

Oír eso me duele. Me destroza. ¿De quién iba cogida de la mano? ¿A quién besaba? ¿Sería el tal Michael? Joder, ¿en serio lo ha traído a la isla?

Pero sin cambiar mi gesto para que mamá no me pregunte, cojo el anillo de su mano.

—Me dio un mensaje para ti —dice.

La miro. Espero que me transmita el mensaje. Tarda. Los segundos se me hacen eternos.

—Me dijo que te entregara el anillo y te dijera que... que...

Se calla. Se lo piensa. La angustia me puede. Necesito saber qué le ha dicho.

—Mamá, ¿qué? —la apremio.

Se toma su tiempo.

—Esa insufrible y antipática chica —suelta finalmente— me dijo que te comunicara, y lo recalcó varias veces, ¡que no piensa en ti y que se ha despertado de no sé qué sueño! —No. Esa frase no era la que quería escuchar. Prosigue—: Y que lo vuestro ya es pasado. Por lo que te exige que borres su número de tu teléfono móvil como ella ha borrado el tuyo.

Oír aquello me desgarra. Me despedaza.

Soy consciente de que el primero que dijo que ya no quería vivir nuestro sueño fui yo, y que, al día siguiente de lo ocurrido, Bris me llamó varias veces al teléfono que no le cogí, y me envió varios SMS, que tampoco le contesté.

Sé que he sido yo quien la echó de mi casa y de mi lado. El que dio lo nuestro por terminado. ¿Por qué me destroza oír que ella lo da por terminado también?

—A ver, hijo —empieza mi madre.

—Mamá, ¡ahora no!

Sin más, me levanto del sofá, camino hacia el pasillo mientras siento que la cabeza me va a estallar al mismo tiempo que el corazón. Sin mirar hacia atrás subo de dos en dos los escalones que van a mi habitación, y una vez en ella cierro la puerta, consciente de que la vida va a ser totalmente diferente a lo que yo conocía. Tiro a la papelera el cuaderno de dibujo que hay sobre mi escritorio y me permito llorar en soledad. No quiero oír eso de que los hombres no lloran.

Capítulo 26

Bris

Santorini, 15 de marzo de 2009

Cuando me despierto, un extraño calambre me cruza la tripa, y yo respiro como me han enseñado a respirar en las clases de preparación al parto. Salí de cuentas hace dos días, pero el bebé no tiene prisa por nacer. Intuyo que debe de estar muy cómodo dentro de mí.

Estoy gorrrrda como una vaca. Cada vez que me miro al espejo me sorprendo de cómo mi tripa se ha podido estirar así, y espero que vuelva a ser lo que es. Necesito recuperarme para mi vida profesional.

De nuevo el extraño calambre hace que me toque la barriga. Según me dijo mi ginecóloga, se llaman contracciones Braxton Hicks y son de preparación al parto.

Me levanto, me ducho y me visto, y al abrir la puerta, oigo a mi madre canturrear. Su felicidad es mi felicidad.

—*Kaliméra* —mi padre me da los buenos días en griego al verme entrar en la cocina.

El pobre en este tiempo está haciendo un curso intensivo de griego y, la verdad, no se le da mal. Cuando estamos papá, mamá y yo solos en casa, por costumbre siempre hablamos en español.

—*Kaliméra*, papá —le respondo, dándole un beso.

Mamá viene hacia mí, me besa en la mejilla y separa una silla.

—Siéntate y desayuna —dice, y pone ante mí un cafetito con leche, magdalenas, yogur griego, frutas cortaditas y el bizcocho que tan rico le sale.

Y yo me aplico. ¡Madre mía, qué manera de devorar!

En la radio suena una canción griega que mi padre canturrea en su particular idioma. Al poco rato se abre la puerta y entran las tías Dimitra y Nereida junto a la *yiayiá*. Como cada mañana, reparten besos a diestro y siniestro y mi *yiayiá* deja sobre la mesa una cacerola.

—Hice musaka y os traje un poco —dice.

Divertida miro aquello. ¡Lo de mi familia con la comida es de traca!

—El «un poco» ¿es para alimentar a medio Santorini? —me mofo.

Mi *yiayiá* se ríe.

—Eso se lo come tu primo Tibalt sin pestañear —señala la tía Dimitra.

Papá lo entiende, por lo que nos miramos y asentimos. Si alguien come como una mala bestia ese es Tibalt. De hecho, es el campeón nacional en cuanto a comer musaka.

La *yiayiá* se me acerca y me da un cariñoso beso en la frente.

—¿Cómo se encuentra hoy mi sol? —pregunta.

Con cariño le sonrío. Me acaba de dar otra pequeña contracción.

—Bien —respondo.

Tía Dimitra se acerca y también me besa en la frente.

—¡Levanta! —me pide.

Obedezco. Ella examina el barrigón que tengo y hace unos movimientos con las manos.

—Hoy está más baja que ayer —sentencia—. En cualquier momento te pones de parto.

—Vaya, menuda novedad, como si no lo supiéramos, si ya tenía que haber parido hace unos días —se mofa tía Nereida.

Me río. Papá también, y mamá y ellas comienzan a hablar. Como siempre, cuando lo hacen, la velocidad a la que se expresan es tremenda. Qué rápidos son los griegos hablando.

—Cuando hablan así, me es imposible entenderlas —susurra papá.

Me muestro de acuerdo. Me es imposible hasta a mí.

—¿Vamos a dar el paseíto? —pregunta.

Hago un gesto de asentimiento. El paseíto diario es nuestro momento para hablar.

—He de ponerme las deportivas —le digo.

—Ve. Ahora voy yo a atártelas.

Lo miro divertida. Desde hace un mes no me veo los pies. Mi barriga es tan descomunal que ni las zapatillas me puedo atar, algo que mi padre hace ahora encantado.

Mientras lo espero sentada en la cama de mi habitación, miro hacia a la ventana. A través de ella se puede ver el paisaje más hermoso del mundo. El precioso mar, las bonitas casas blancas de Santorini con sus tejados azules, y el cielo celeste. Todo ello enmarcado por la buganvilla rosa de alrededor de la ventana. El conjunto de todo es precioso. Armonioso. Como digo, ¡el mejor!

Mientras me toco mi barriga y noto que mi bebé se mueve dentro de mí, sonrío, e inevitablemente pienso en Álvaro. ¿Cómo estará? ¿Será feliz? ¿Qué habrá hecho con su vida? ¿Se acordará de mí? ¿Vivirá en otro sueño con otra chica?

No sé nada de él. Me niego a buscarlo, ni por redes sociales. Simplemente procuro no hacerme más daño, a pesar de que no lo olvido, pero me esfuerzo en que todos crean que sí. Bastante me martirizo escuchando canciones que hablan de amor, aunque, por suerte, nunca tuvimos la nuestra. ¡Menos mal!

Cuando llegué a Santorini meses atrás, durante una semana estuve en la cama llorando sin cesar. Necesité pasar mi duelo para poder seguir avanzando, pero cuando me levanté, tuve claro dos cosas. La primera, iba a tener a mi bebé. Y la segunda, iba a ser feliz.

Decirles a mis padres que iban a ser abuelos fue fácil. Ellos siempre me lo ponen todo fácil, aunque les dolió saber que Álvaro, aun conociendo mi embarazo, no había querido saber de mí. En un principio, papá y mamá me propusieron hablar con él, pero yo se lo prohibí. Álvaro había decido por sí mismo, y no había más que hablar. Al final, mis padres lo entendieron y lo respetaron, cosa que les agradecí.

Por mi parte, una vez volví a ser persona, a finales de septiembre regresé a Las Vegas. Allí, tras solucionar el tema profesional, pues embarazada y con vómitos no podía seguir el ritmo del espectáculo musical, recogí mis cosas y me fui a París a pasar unos días con Andrea. Necesitaba verlo y estar con él.

En París me encontré a un Andrea tranquilo y feliz. Poder ser él, sin tener que esconderse, sentí que lo había hecho madurar de golpe. Durante mi estancia allí, apareció Simone para visitar a su hijo, y entonces, tras hacerles prometer que me guardarían un secreto, les solté el bombazo. ¡Iban a ser tío y abuelo!

De entrada, se quedaron pálidos. Sobrecogidos. Saber que estaba esperando un hijo de Álvaro, y que este lo había rechazado, les dolió en el alma, pero rápidamente me aseguraron que estarían conmigo y que al nieto y sobrino que venía en camino nunca le faltaría de nada. Simone dijo que yo era una Lombardo. Que era su hija. Y, por supuesto, me prometieron guardar el secreto. Si yo lo había hecho durante años por Andrea, ¿cómo no lo iban a hacer ahora ellos por mí?

Tras pasar unos días en París con ellos, regresé a Santorini. Necesitaba a mi familia para afrontar lo que se me venía encima. Ser madre iba a ser algo nuevo para mí, y quería que mis padres estuviesen a mi lado.

Los primeros meses fueron complicados. Las náuseas y los vómitos apenas me dejaban vivir. Pero, a partir del cuarto mes, aquellos males desaparecieron y, sintiéndome mejor, mi vida se volvió más tranquila.

Cuando me hicieron la ecografía de los seis meses y por primera vez vi la carita de mi bebe, lloré como una tonta. Papá y mamá me acompañaron, junto a la *yiayiá*, los tíos y los primos, que lloraron también. La consulta de la ginecóloga, Agnes Papadakis, hermana de la tía Nereida, parecía el camarote de los hermanos Marx. Unos entraban y otros salían. Todos querían conocer al que pronto sería el nuevo integrante de la familia.

La ginecóloga ese día me preguntó si quería saber el sexo de mi bebé, y aunque todos querían, yo me negué. Deseaba que fuera una sorpresa, porque realmente me daba igual. Si era niña, ¡estupendo! Y si era niño, ¡feliz! Lo único que me importaba era que estuviera sano y bien.

Durante esos meses, con todo el tiempo libre que tuve, me replanteé mi vida. Y decidí que una vez naciera el bebé, tras pasar un tiempo prudencial, quería retomar mi vida personal y profesional. En Grecia era imposible. Los artistas o musicales allí no se movían, por lo que me trasladaría a Nueva York.

En un principio, mamá puso el grito en el cielo. ¿Cómo me iba a ir yo sola con un bebé a Nueva York? Pero, tras hablarlo con tranquilidad con ella, lo entendió. Y, por supuesto, le prometí que les pediría ayuda cuando lo necesitara.

Papá, como siempre, estuvo a mi lado. Ambos desean mi felicidad y saben que necesito ejercer mi profesión para poder ser feliz, porque, como les dije, ser madre no significa abandonar sueños. Debía seguir caminando para poder avanzar, y mi bebé caminaría conmigo.

Sé que soy fuerte. Siempre lo he sido. Pero también tengo mis momentos de debilidad, y todos los días pienso en Álvaro y en cuánto lo echo de menos. Haber podido compartir las ecografías, las primeras patadas de mi bebé, o incluso los vómitos en su momento, creo que hubiera sido algo especial para nosotros, pero la situación es la que es. Él decidió seguir su camino, y yo, simplemente, lo acepté.

—¿Soñando despierta?

La voz de mi padre me hace volver a la realidad.

—Ya sabes que me gusta soñar —replico, encogiéndome de hombros.

—Tu madre acaba de hablar con Simone. Llamó para ver si seguías bien, y el hombre, según me ha dicho ella, está como un flan por saber que va a ser abuelo. Ha dicho que lo avisemos en cuanto te pongas de parto para venir.

Oír eso me hace sonreír. Tanto Simone como Andrea se desviven por mí, y eso, tal y como me encuentro, es de agradecer.

Un rato después, cuando bajamos por nuestra concurrida calle, vamos saludando a los vecinos. Son todos muy amables y, lo mejor, son conocidos de toda la vida, porque mamá, junto a su hermana Dimitra y el tío Spiros nacieron justo en la casa de al lado de la nuestra, que es la casa familiar de mis abuelos, donde actualmente vive mi *yiayá* con la tía Dimitra y su familia.

El tío Spiros y su familia viven tres casas a la derecha. ¿Por qué? Porque los padres de tía Nereida son los vecinos de la *yiayiá* y todos querían estar cerca.

Cogidos de la mano, papá y yo caminamos por las calles de Santorini, disfrutando de un bonito día de marzo, mientras charlamos sobre nuestras cosas. Siento que las puñeteras contracciones hoy no paran.

Ver a mi padre sano y feliz me gusta. Desde que dejó Los Ángeles, su vida ha cambiado para bien. Atrás quedó el estrés, la responsabilidad, las noches sin dormir. Ahora vive una vida tranquila y sosegada en la que está con mi madre todo el tiempo que puede y más. Les gusta salir al cine, al teatro, a cenar. Ahora tienen todo ese tiempo que durante años nunca tuvieron para estar juntos, y esa es su vida y su realidad.

Como dice papá, hay gente que piensa que la felicidad es vivir en una carísima casa, conducir un carísimo coche o tener fama y premios en la estantería. Pero no. Cuando has vivido todo eso, te das cuenta de que la felicidad es estar bien, vivir, querer y sentirse querido. Eso es la felicidad.

Me suena el teléfono móvil. Es Andrea.

—Ve a comprar a la tienda lo que mamá nos ha encargado —le digo a mi padre—. Te espero sentada en ese banco.

Papá asiente.

—¿Cómo está mi chico preferido? —saludo a Andrea, ya acomodada en el banco.

La risa de Andrea me provoca felicidad. Hablamos todos los días. Incluso hay días que más de dos veces.

—¿Mi huevo Kinder sigue intacto? —pregunta.

—Tremendamente intacto —respondo, tocando con mimo mi tripa. Nos reímos—. Tu padre ha llamado esta mañana para ver qué tal estaba. Habló con mi madre.

—Papá está histérico con eso de que va a ser abuelo —se mofa Andrea.

—Lo sé.

—¿Te has parado a pensar que Luna y bichito se van a llevar seis meses de diferencia? Papá acaba de tener una hija que tendrá la misma edad que su futuro nieto o nieta, ¡es muy fuerte!

Volvemos a reír. Luna es el fruto del amor entre Simone y Fiorella, que se casaron tras nacer la niña y son muy felices.

—¡Adivina!

—¡¿Qué?! —pregunto.

—Me traslado a Londres.

Oír eso me alegra.

Eso significa que ha aceptado el trabajo que le habían ofrecido.

—¡Felicidades, cariño!

—Mi reina. Lo he pensado mucho, y como aquí ya nada me retiene, ¡acepto!

Me gusta su decisión y su positividad. Su relación con François se acabó. Siguen siendo buenos amigos, pero en lo personal ya no son nada.

—¿Cuándo te trasladas? —me intereso.

—He quedado con ellos en que comienzo en el bufete para mayo. Por lo tanto, tengo un mes y medio para que por fin explotes, conocer a bichito y después trasladarme.

—¿Te dará tiempo a encontrar casa allí?

—¿Y si te digo que ya la tengo?

—¡¿Cómo?!

Andrea se ríe.

—Wilfred, uno de los socios del bufete de Londres, me dijo que tiene un amigo que alquila la parte de abajo de su casa —me explica—. Total, que le pedí que me pasara el contacto. Hablé con ese amigo, que por cierto se llama Henry y me pareció muy agradable. Me envió información de la parte de la casa que alquila, que todo sea dicho, es una preciosidad. Y lo mejor: ¡está en Notting Hill!

—¿No jodas que vas a vivir en Notting Hill?

—Sí.

—Woooaaallaaaa, ¡la hostia!

—Mi reina. ¡El bichito te oye! ¿Qué te he dicho de las palabrotas? —Me río, él prosigue—: Ya he comprado un frasco para que ingreses un euro por palabrota que digas. Con eso vas a pagar la universidad de mi bichito, ¡mal hablada!

Suelto una carcajada. Andrea está emocionado con su bichito. No para de enviarme regalitos a casa e incluso viene cada dos por tres a Santorini a verme, para felicidad de mis padres, que lo quieren mucho, y de mis tíos, que siguen sin creerse que es gay y no mi novio.

—¡Joder, Andrea! Espero que tengas vecinos tan guapos como Hugh Grant.

Más risas.

—Dicho esto, cuéntame cómo estás y por qué el bebé no sale de una santa vez para poder ver si es bichito o bichita.

De nuevo una contracción me cruza la tripa. Esta ha sido dolorosa.

—Estoy gorrrrrdaaaa como una vaca —respondo—, y creo que no sale porque ahí dentro está calentito, protegido y muy bien. —Nos quedamos un instante en silencio, que rompo yo cuando digo, sin poder remediarlo—: Esta noche he vuelto a soñar con él. Y ha sido todo tan real que...

—Cariño...

—Creo que son las..., las jodidas hormonas. Me hacen estar más sensible.

Andrea, que tampoco ha vuelto a tener contacto con Álvaro ni con su madre y abuela, me entiende. Solo él sabe lo roto que está mi corazón.

—Tranquila, mi reina. Tranquila —dice.

Me entran unas ganas locas de llorar.

—Me cago en las hormonas —protesto, tocándome la barriga, que se me endurece—. ¿Pues no me voy a poner a llorar?

—¡No me jodas, cielo! Que estoy lejos y no te puedo abrazar.

Tomo aire y me trago el nudo de emociones.

—Apunta que debes un euro al bote de las palabrotas —le digo. Nueva andanada de risas. Expreso un deseo—: Ojalá tenga los ojos azules como tú.

Omito mencionar a Álvaro. Él también los tiene azules. De pronto me encojo.

—¡Ayyyyyy! —me lamento.

—¿Qué pasa? —pregunta Andrea.

Me levanto a toda prisa y boquiabierta me quedo cuando noto cómo por mis piernas corre agua.

—¡Ay, joderrrrrrrr!

—¡Euro para el bote!

Con los ojos como platos, miro hacia el suelo encharcado.

—¡No me jodassssss! —susurro con un hilo de voz.

—¡Otro euro!

Papá viene hacia mí. Se fija en lo mismo que yo.

—An... Andrea, ¡acabo de romper aguas! —exclamo.

—¡¿Quééééé!

—¡Joderrrrr!

—Vale. Este euro te lo perdono, pero vete ya para el hospital, ¡yaaaa! —insiste.

Mi padre me habla. Andrea también. Pero no los escucho a ninguno. Estoy de parto. Acabo de romper aguas y de pronto me entran los miedos.

Papá me quita el teléfono. Veo que habla y luego corta y lo guarda.

—Andrea cogerá el primer vuelo y avisará a su padre —dice.

Asiento. Un nuevo pinchazo hace que me encoja. Me siento en el banco.

—¡Nos vamos para el hospital! —dice mi padre.

—Noooooo.

—¿Cómo que no? —No sé qué responder a eso. Mi padre me tranquiliza—: Cariño, estás de parto. Bichito quiere salir.

Miedo. Tengo miedo. ¿Y si no sé dar a luz? ¿Y si todo lo hago mal? ¿Y si no le gusto al bebé?

Paralizada, parpadeo.

—Tranquila, cariño —dice mi padre, que me conoce—. Todo va a salir bien y lo vas a hacer fenomenal.

—¿Y si no le caigo bien al bebé?

Papá sonríe.

—Eso es imposible, mi vida. —Me acaricia la mejilla—. Serás una gran madre y te adorará.

No me levanto. Me resisto. Papá insiste, pero yo me niego. El tiempo pasa. Las contracciones prosiguen, y veo que papá comienza a ponerse nervioso y no sé por qué de pronto me da por reír.

—¿De qué te ríes?

—No lo sééé.

Nos reímos los dos y al final me levanto, papá para un taxi y nos vamos para el hospital.

Capítulo 27

Bris

Siete horas después, estoy con mi madre, mi *yiayiá*, mis tías y mis primas en la habitación del hospital. Estoy de parto. Esto duele horrores, y no sé si lo voy a poder soportar.

Papá y los tíos entran de vez en cuando. Quieren saber cómo estoy, pero la *yiayiá* los echa. Según ella, esto es cosa de mujeres, y cuando llegan Andrea y Simone, hace igual. Los echa de mi lado, para mi frustración y la suya.

Mamá me pide que respire de una manera. La tía Dimitra de otra. La *yiayiá* da su opinión y cuando va a hablar la tía Nereida, las miro a todas, y como si fuera la niña de *El exorcista*, pues solo me falta que me dé vueltas la cabeza, siseo:

—¡Fueraaaaa!

Ninguna se mueve. Todas me miran.

—He dicho que fueraaaaaaaa —vuelvo a gritar, ahora en griego.

Asustadas, mis tías salen con toda celeridad.

—Necesito que entre Andrea —le digo a mi madre.

—Pero, mi sol —protesta mi *yiayiá*—. ¿Cómo lo prefieres a él a nosotras? Él es un mafioso napolitano y...

—¡*Yiayiá*, deja de decir tonterías! —grito.

—Mi sol, soy tu abuela, y a mí no me grites así, ¡o te llevará un turco!

—Mamááá —protesta mi madre.

—Esos italianos ¡son mafiosos napolitanos! —prosigue mi *yiayiá*.

—¡Me cago en la leche, mamá! Saca de aquí a la *yiayiá* y dile a Andrea que entre —grito sin querer escuchar tonterías.

Mi madre asiente. Sabe que lo mejor en este instante es hacerme caso y coge a su madre de la mano.

—Deja de decir tonterías con eso de que son mafiosos napolitanos —le dice—. ¡Vamos, mamá!

Mi *yiayiá* protesta. Se resiste. Lo que yo quiero no es lo correcto, porque Andrea no es el padre del bebé, pero no desisto. Insisto. Y poco después, cuando veo entrar a mi mejor amigo, a mi hermano, le exijo su mano para cogérsela, y me retuerzo de dolor.

Andrea chilla conmigo. Sé que le estoy haciendo polvo la mano y cuando la contracción se para, lo suelto.

—Lo siento... Lo siento... Lo siento —murmuro.

Apurado, mi amigo asiente.

—Estoy aquí contigo. ¿Qué puedo hacer? —me pregunta, volviendo a coger mi mano.

Una nueva contracción me parte el cuerpo.

—No me permitas tener más hijos —le pido.

Él me está secando el sudor con un paño cuando entra una doctora y, levantando las sábanas, me mete la mano, algo que hace que me cague en toda su familia.

—Al paritorio —ordena.

—¿Qué ha dicho? —pregunta Andrea.

—Que me lleven al paritorio —susurro, sabedora de que he de hacer de intérprete con él.

El revuelo que se organiza a partir de ese instante es tremendo. Mi *yiayiá*, mis tíos, mis primos parecen haberse multiplicado por veintiséis. Todos dicen. Hablan. Opinan. Los nervios por la llegada del bebé los vuelve medio tarumbas, y yo, sin soltar a Andrea de la mano, digo:

—Vente conmigo.

—¿Al paritorio?

—Sí.

—¡No!

—¡Sí!

—¿Tú estás loca?

—Andrea —musita Simone—. Si Bris quiere que vayas con ella, ¡ve! ¡Es una Lombardo!

Una nueva contracción me hace retorcerme de dolor.

—Creo..., creo que es mejor que vaya su madre —dice Andrea, mirando a su padre.

Mamá me mira. Sé que entiende por qué se le pido a Andrea.

—Ve con ella, hijo —lo anima—. Eres de la familia y a su padre y a mí nos parece bien.

Oír eso me emociona. Como siempre, poniéndome las cosas fáciles. Papá y mamá sonríen.

—¡Vamos, equipo! —exclama papá, agarrando la mano de Andrea y la mía—. Conozcamos a nuestro bichito.

—¡A por todas! —murmura Simone, emocionado.

En la camilla, el celador, junto a Andrea y toda mi familia, me lleva por el pasillo. Aquello lo he visto en infinidad de películas. Miro al techo. Veo las luces pasar y me da la sensación de que me llevan al matadero mientras un dolor que me parte en dos en ocasiones no me deja respirar. Solo quiero que Álvaro llegue y me coja de la mano.

Al llegar a unas puertas, prohíben la entrada a todos excepto a Andrea. Cuando ven que le hablan y no les comprende, en el lenguaje universal le hacen saber que tiene que ponerse una batita, unos patucos y un gorrito, y cuando viene a mi lado, aunque mi humor no es el mejor, murmuro:

—Joderrrrrrr, qué guapo estás.

Con gesto asustado me mira. El médico le indica dónde colocarse, y yo se lo repito, pues no se entera de nada.

—La madre que te parió, mi reina —se queja—. ¿Qué coño hago aquí?

—Debes un euro al bote —apostillo.

A partir de ese instante, solo puedo empujar, respirar, destrozarle la mano a Andrea y soltar cientos de palabrotas. Eso sí, en español para que no me entiendan, aunque Andrea me advierte que he reventado el bote con tanto euro.

Empujo... Respiro... Empujo... Respiro... De pronto, tras un último empujón en el que siento que se me va la vida y se me corta la respiración, noto cómo de mi cuerpo sale algo.

—¡Es una niña! —exclama alguien.

¿¡Una niña!? ¿¡He tenido una niña!?

Segundos después, oigo por primera vez la voz de mi niña. De mi hija. Y Andrea la escucha conmigo. Emocionada, veo cómo mi mejor amigo no quita ojo a la pequeña que yo no veo, y cuando me mira, solloza emocionado.

—La princesa es preciosa, mi reina.

Sonrío. Me muero por verla.

—Pesa tres kilos doscientos y mide cincuenta y un centímetros —me informa la enfermera.

¡Vayaaaaaaa!

Mi princesa no es pequeñita. Es grandota como su padre. Y cuando instantes después la ponen sobre mi pecho y por fin la veo, la que llora soy yo. Mi pequeña es preciosa. Es la niña más bonita del mundo.

—Hola, Thais —susurro, tras darle un besito en la cabeza. Andrea, lloroso por el momento, me mira y le explico—: Thais, en griego, significa «la flor más bella».

Mi amigo asiente.

—Thais es un nombre perfecto para ella —afirma con una gran sonrisa.

La enfermera coge a la pequeña, la envuelve en una mantita y se la pone a Andrea en los brazos.

—Papá, puedes salir a presentar a tu niña a la familia —dice.

Andrea, que no entiende lo que ha dicho, me mira, y yo, omitiendo la primera palabra, pues sé que se sentiría mal si él ocupara ese papel, digo:

—Dice que puedes salir a presentar a la niña a la familia. —Emocionado, Andrea no se mueve. Está paralizado por tener a la niña en brazos, cuando yo insisto—: Vamos, tío Andrea, ve. Tu reina te pide que les presentes a tu princesa a tu padre, a los míos y al resto de la familia.

Sonriendo, finalmente Andrea se va. Sale por la puerta del quirófano, mientras los médicos terminan de atenderme, y yo miro al techo e, inevitablemente, amor, pienso en ti.

Capítulo 28

Álvaro

Madrid, junio de 2013

Cuando mi avión toma tierra en el aeropuerto de Madrid, estoy cansado. Agotado.

Deseo llegar a casa, darme una ducha, cenar algo y echarme a dormir. Regreso de Nueva York. He estado allí una semana solucionando temas de trabajo y el desfase horario siempre me mata. Sé que ahora estaré otra semana descontrolado.

Tras recoger mi maleta camino hacia la puerta de salida, y al ver cómo algunas familias se reencuentran, intento sentir indiferencia. A mí nunca viene nadie a recibirme.

Ver que algunas parejas corren unos hacia los otros y se abrazan me hace pensar en ella. En Bris. Recuerdo que cuando nos reencontrábamos corría hacia mí para tirarse en mis brazos sonriendo, e inevitablemente sonrío y pienso en ella.

Rápidamente me la quito de la cabeza. No debo. No me hace bien. Me sigue doliendo, a pesar de que han pasado varios años. Por lo que sigo caminando y cojo un taxi para ir a mi casa. Por suerte, son las diez de la noche, no hay tráfico en Madrid y llego rápido.

Ya en el edificio, Pelayo, el portero, viene a saludarme.

—Buenas noches, Álvaro.

Le sonrío. Pelayo es encantador. Es un hombre amable, servicial y sobre todo un tipo discreto y en el que se puede confiar. Estuvo casado, pero enviudó. Eso me contó mi madre.

—¿El viaje fue bien?

—Todo lo bien que puede ir un viaje de trabajo, Pelayo.

—¿Mañana te veo a primera hora en el gimnasio?

—Allí estaré —afirmo con seguridad.

Ambos sonreímos, y metiéndome en el ascensor cierro la puerta. Doy al quinto piso y suspiro. Estoy agotado. El teléfono me suena. Recibo un WhatsApp de mi amigo Pepe para preguntarme si el domingo me apunto al pádel. Sin dudarlo, le digo que sí. Me apetece mucho jugar y desfogarme.

Cuando salgo del ascensor oigo voces. Risas. Eso me sorprende, y al abrir la puerta de mi casa, me encuentro con mi madre.

—¡Ya está aquíííí! —exclama.

Acto seguido, mi abuela y varias personas más vienen a saludarme. Toco con cariño la cabeza de Gina, la perra de Montsita.

—Tu mujer nos dijo que regresabas esta noche y organizamos una cena sorpresa —dice mi abuela.

Miro a Montsita, a la que todos llaman mi mujer, aunque es un sentimiento que no tengo, a pesar de estar casado con ella. Con la mirada le hago entender que no me hace ni pizca de gracia aquello. Que una vez más han hecho con ella lo que han querido. Pero, consciente de que he de guardar las formas, murmuro:

—¡Qué bien!

Los padres de Montsita me abrazan, como lo hacen mi abuela, mi madre, Lola, Alfredo y Matías. Estos últimos son los socios rancios del bufete. La última en hacerlo es Montsita.

—Lo siento, pero tu madre se empeñó —cuchichea.

La entiendo. Sé cómo es mi madre y la poca personalidad que tiene ella. Se puede decir que mi abuela maneja a mi madre, y mi madre a mi mujer. Algo que siempre supe que pasaría y que de un tiempo a esta parte cada día llevo peor.

Finalmente tomo aire y entro en el salón, donde veo una bonita mesa repleta de entrantes. Langosta. Vieiras. Percebes. Y también veo a dos chicas vestidas con un uniforme negro de servicio y mi abuela me informa de que en la cocina un reconocidísimo chef está preparando la cena.

¡Joder! Odio tanto clasismo y etiqueta.

Agobiado, meto mi dedo en el nudo de la corbata. Necesito quitármela.

—Es una cena formal. Anúdate de nuevo la corbata —me pide mi madre.

—Me gustaría ducharme.

—Ahora no. La cena ya está preparada.

—¡Joder, mamá!

—Álvaro..., habla bien —me regaña.

Cuando nos sentamos a cenar, echan a Gina del salón y las chicas nos comienzan a servir. Todos me preguntan por mi viaje. Por el trabajo. Y yo, como un robot entrenado para contestar, respondo. Les cuento cómo ha ido todo, cosa que les agrada. De pronto miro a la pared.

—¿Qué es eso? —pregunto.

—Un precioso retrato —afirma mi madre.

Incrédulo, lo miro.

—¿Dónde está el lienzo que estaba colgado ahí? —Miro a Montsita.

—Lo ordené quitar —responde mi madre.

—¡¿Qué?!

Yo miro el horroroso retrato en el que aparecemos Montsita y yo.

—Quería sorprenderos con ese regalo —explica mamá—. Lo encargué especialmente para vosotros. ¿No crees que es una maravilla?

Horrible. Es espantoso. Parecemos dos asfixiados de la vida, sin felicidad, ni ilusión, y no respondo. No puedo.

Mientras todos hablan del horrible retrato, pienso en el lienzo que han quitado. Lo pinté yo hace años y es muy especial para mí por lo que significa. Es un cuadro abstracto donde mezclé los colores azul, blanco y beige para crear una atmosfera serena entre la fusión de la tierra y cielo. Algo que, sin duda, mi madre nunca ha entendido, porque nunca le ha interesado.

—Tu gusto es exquisito, Olalla —afirma la madre de mi mujer—. Y los chicos están impresionantes en ese retrato.

Mamá sonríe. Le encanta que la ensalcen.

—¿Dónde has puesto mi lienzo? —pregunto.

—Aisss, hijo, no te enfades. Ordené que lo bajaran al trastero.

Tomo aire y doy por hecho que mañana bajaré al trastero el maldito retrato y volveré a subir mi lienzo.

—A riesgo de que me odies, Álvaro —interviene el padre de Montsita—, he de decirte que el retrato que tu madre ha encargado es estupendo. Me gusta más que el borrón extraño de colores que ha bajado al trastero.

¿Borrón extraño de colores? ¿En serio ha dicho eso?

—Por suerte, mi nieto —mete baza mi abuela— dejó de hacer borrones extraños de colores y se centró en lo que realmente se tenía que centrar.

Todos sonríen. Hablan. Mientras yo los escucho y me muerdo la lengua para no decirles que son una pandilla de esnobs insufribles.

Segundos después, y sumergido en mi mundo, continúo cenando mientras ellos charlan con malicia, critican a media humanidad, y yo me pregunto, como otras muchas veces, cómo he podido acabar así. ¿Por qué estoy aquí sentado?

Miro a Montsita. Ni me gustaba en el pasado, ni me gusta en el presente ni me gustará en el futuro. Ella y yo nada tenemos que ver. No nos entendemos en gustos, no nos entendemos en aficiones y no nos entendemos en nada. Y la verdad, aunque suene duro lo que pienso, prefiero tener sexo conmigo mismo a tenerlo con ella.

Me casé en un bodorrio por todo lo alto en la catedral de la Almudena, porque aquello era lo que se esperaba de mí. Mi amigo Pepe intentó impedirlo, pero yo no quise escucharle. Cuando pasó lo que dividió mi familia en Ibiza, mamá, a los meses de regresar a Madrid, tuvo que ser ingresada. La tensión por el divorcio, lo ocurrido con Andrea y saber que mi padre había tenido una hija la llevaron derecha al hospital.

Verla tan desesperada e indefensa me terminó de romper el corazón. Entonces me prometí que yo no sería otro foco de problemas. Por tanto, me convertí en el hijo que ella deseaba e hice todo lo que ella y mi abuela querían. Comencé a salir con Montsita, me olvidé de dibujar, me impliqué a fondo en el bufete de abogados y cuando tocó responder a la pregunta, sin dudarlo dije sí, aun sabiendo que me estaba jodiendo la vida.

Fue una boda con más de seiscientos invitados, y ese día, consciente de lo que había hecho, me emborraché como nunca en mi vida con mi amigo Pepe para poder sobrellevarlo. En silencio añoré a mi padre y a mi hermano, a los que no he vuelto a ver. Como tampoco he vuelto a ver ni a saber nada de Bris, y la añoro cada segundo de mi existencia. No hay día, ni noche, que no piense en ella. Aquel día nuestros mundos se separaron. Y por no saber, no he mirado ni sus redes sociales. Me niego.

—Álvaro —dice mi madre—. ¿No preguntas el porqué de esta cena?

Parpadeo, sin entender.

—Hoy hace tres años que nos casamos —dice mi Montsita.

Eso hace que sus padres aplaudan y el resto les siga emocionados.

¿Joder? ¿Solo han pasado tres años?

Viéndolo en perspectiva, han sido los tres años más largos y tediosos de mi vida en los que solo he trabajado y viajado como un cabrón para olvidarme de mi presente. Soy un infeliz. Lo sé. Pero al observar las sonrisas en los rostros de los que me rodean, me obligo a sonreír.

—Espero que pronto tengamos a niños correteando por aquí —dice la madre de Montsita.

—¡Serán preciosos nuestros nietos! —afirma mi madre.

Miro a Montsita, esta asiente con una sonrisa, y cuando mi suegro llena las copas con champán y brinda por los nietos que están por llegar, sé que eso no va a ser así. No puedo más. ¡Me asfixio!

A las doce de la noche la cena se da por finalizada y todos se van. Aprovecho para sacar a Gina a dar un paseo, aunque me dicen que la ha sacado una de las camareras. Lo necesito.

Mientras Gina va olisqueándolo todo a nuestro paso, la miro. Es una buena perra, aunque es asustadiza como su dueña.

Acabado el paseo, cuando regreso a casa, tras darle su chuche, me voy directo a la ducha.

A medida que el agua cae por mi cuerpo, siento que ya no puedo más. No puedo continuar viviendo de esta manera. No puedo proseguir con esta maldita farsa en la que me he metido. Cuando salgo de la ducha y voy hacia la cama, veo que Montsita está sentada frente a su tocador.

—Mañana he quedado con tu madre y la mía para ir a la agencia de viajes —dice—. Han decidido que este verano, además de ir a Ibiza, hagamos todos juntos un safari por Kenia. ¿Qué te parece?

—Horrible.

Montsita me mira a través del espejo. Creo que mi respuesta la ha descolocado.

—¿Eres feliz? —le pregunto. Ella parpadea, Gina entra en la habitación y se tumba sobre su camita—: Responde, por favor —digo. Ella no se mueve. Solo me mira, y tras un par de minutos en silencio, concluyo—: Tu silencio es una respuesta alta y clara. Y como yo tampoco soy feliz, creo que lo mejor es que nos divorciemos.

Montsita toma aire. Intuyo que va a empezar el drama.

—Pienso como tú, pero es difícil —replica. Me sorprendo. No estoy acostumbrado a que ella sea clara y directa. Prosigue—: Todos se opondrán.

—Ese «todos» —me siento frente a ella— aquí no importa. Esto es un tema tuyo y mío y de nadie más.

—Solo llevamos tres años casados.

—¿Tres años no han sido suficientes como para saber que esta vida no es la que quieres? Porque permíteme que te diga que a mí me han sobrado. —El gesto afirmativo de ella me anima a seguir—: Sé que tanto tu familia como la mía pondrán el grito en el cielo y no nos lo pondrán fácil. Pero ambos sabemos que esta decisión es lo mejor para nosotros. Ni yo te quiero a ti ni tú me quieres a mí de la manera que deberíamos de querernos. ¿O me equivoco?

—No. No te equivocas.

Bien. Que sea sincera es lo mejor que nos puede pasar.

—Me casé contigo porque era lo que tocaba y...

—Tomo la píldora para no tener hijos —me interrumpe. No puedo evitar un gesto de sorpresa. Es la primera noticia que tengo al respecto, y más conociendo sus creencias—. Eres sincero conmigo y siento que he de ser sincera contigo.

Me parece bien.

—Aunque hemos mantenido pocas relaciones sexuales en todo este tiempo, quiero que sepas que me parece muy acertado que tomes la píldora —afirmo—. Haber tenido hijos habría sido un gran error.

Ambos nos miramos. De pronto siento que nos entendemos.

—Álvaro, te tengo cariño porque te conozco de toda la vida y sé que eres una buena persona, pero..., pero amo a otra persona, y lo último que deseo es tener hijos contigo.

Vaya, me vuelve a sorprender. ¿Ama a otra persona?

Nos miramos en silencio. Se levanta del tocador, coge un libro. Lo abre y me enseña una foto.

—Alexandrina vive en Lisboa y llevamos juntas más de diez años —confiesa—. La quiero y me quiere. Pero admitir nuestro amor ante el mundo sería algo difícil de entender para mis padres. No creo que vayan a aceptar que ame a una mujer y desee tener hijos con ella. Y sí. Yo también me casé contigo porque era lo que tocaba.

Boquiabierto, miro la fotografía. En ella está Montsita con una mujer pelirroja algo más mayor que ella. Se miran. Sonríen.

—¿Por qué no me lo habías dicho? —pregunto.

—¡¿Cómo decirte algo así?! ¿Cómo explicarte que amo a una mujer?

La entiendo. Entendí a mi hermano en su momento y ahora la entiendo a ella.

—Te mereces amar a quien tú quieras —digo—, y no a quien te impongan. Comprendo que enfrentarte a tus padres no ha de ser algo fácil, pero, como decía alguien a quien quiero mucho, la vida solo se vive una vez.

—¿Sabes que en sueños hablas con Bris?

Oír aquello me sorprende. Me descoloca.

—Hay recuerdos y personas que nunca se olvidan —afirma—. Y creo que a Bris no la has olvidado.

No puedo estar más de acuerdo con ella. No hay un solo día que no piense en ella.

—Ella siempre tendrá un sitio preferente en mi corazón —admito—, pero nuestra historia se acabó hace mucho tiempo.

—¿Estás seguro? —Me inquieta su pregunta a la que no soy capaz de contestar. Ella me alienta con mis propias palabras—: Como tú me has dicho, la vida se vive solo una vez. Y si yo he de ser valiente, tú has de serlo también, y deberías buscar a Bris y...

—Ella tendrá su familia —le corto—. No creo que sea justo que aparezca en su vida. Además, tal y como terminamos, dudo que me guarde cariño.

—Nunca he sido una mujer valiente y sé que el divorcio será algo que mis padres no se tomarán bien —replica—. Y si a eso le añado que amo a una mujer, pues...

—¿Esa mujer, Alexandrina, merece enfrentarte a ellos?

—Ella, a pesar de todo, sigue esperándome —contesta—. Por supuesto que lo merece. Otra cosa es que yo sea capaz de enfrentarme a mis miedos.

Tomo su mano entre las mías. Recuerdo las cosas que Bris y yo hablamos en referencia al amor y a su lucha.

—Si a pesar de haberte casado conmigo, esa mujer sigue esperándote, y queriéndote, no lo dudes y vive tu amor —la animo—. Si tus padres por eso dejan de hablarte, será su elección. Ellos viven su vida, y tú te mereces vivir la tuya. El verdadero amor no es algo que aparezca todos los días, por lo que sé egoísta, olvídate de tus miedos y vívelo.

—Lo haré. Como también creo que has de hacerlo tú —susurra Montse con una sonrisa.

Nos abrazamos. Es el primer abrazo que nos damos con cariño y complicidad.

—¿Por qué hemos tardado tanto tiempo en tener esta conversación? —pregunta.

—Porque es una conversación incómoda y que básicamente nos hace ver que somos dos peleles que se han dejado manejar por sus familias —afirmo.

Ambos nos miramos. Sonreímos.

—Montsita, ¿qué te parece si comienzo a mover los papeles del divorcio y cuando lo tengamos todo hecho, lo contamos?

Ella asiente.

—Gina se viene conmigo. Es mía —pide.

—Por supuesto —afirmo con seguridad.

—Me parece bien que comiences a mover los papeles, pero solo si me prometes una cosa.

—¿Qué cosa?

—Que a partir de ahora me llamarás Montse, y no Montsita, ¡lo odio!

Oír eso me hace sonreír y volvemos a abrazamos.

Sabemos que cuando salga a la luz nuestra situación se va a montar una bien gorda. Pero ambos acabamos de decidir que queremos cambiar nuestras vidas.

Sus padres y mi abuela y mi madre montarán en cólera por permitirnos pensar por nosotros mismos y sacar los pies del tiesto. Pero también sabemos que juntos lo vamos a superar y que gracias a esta conversación siempre vamos a tener una buena y excelente amistad. Otra cosa es que ambos nos enfrentemos a nuestros miedos.

Capítulo 29
Bris

Nueva York, julio de 2015

—Thais, vamos o llegaremos tarde al colegio.

—Un segundo, mamiiii. —Cuando escucho su voz sonrío. Thais es lo mejor que me ha pasado en la vida y, metiendo el sándwich en su mochila de perritos, estoy esperándola cuando la oigo decir—: ¡Adiós, tía Peny! ¡Adiós, papiiiiii!

Si dice aquello es porque tiene unas fotos de Peny y Álvaro en su habitación.

Siempre he tenido claro que quería que mi hija supiera quién era su tía Peny, como tuve claro que Thais se merece saber que tiene un padre, al igual que tiene una madre. La explicación de por qué papá no está con nosotras, de momento, es fácil. Está trabajando muy muy lejos. Y aunque llevo esperando un tiempo a que me pregunte por qué no viene a verla o por qué no la llama por teléfono, de momento no lo ha hecho. Pero lo hará. Sé que lo hará. Y cuando llegue ese momento, le diré que su papá no sabe que existe, porque yo así lo decidí. Y cuando sea más mayor le contaré la cruda verdad. Todo a su debido tiempo.

La familia y los amigos creen que decir eso no es bueno. La gran mayoría me pide que me invente cosas como que murió en un accidente o algo así, pero no, no quiero eso. A Thais no le pienso mentir. Quiero ser sincera con ella. Y si cuando crezca desea buscarlo y conocerlo, esa será su decisión. Pero mentirle... Nunca.

Cuando aparece mi pequeñaja en el salón, sonrío. Si algo le gustan a mi hija son las gorras.

—El ratoncito Pérez sabe muy bien lo que te gusta —le digo, divertida.

Thais se toca su gorra rosa y llena de brillantitos.

—¡Es chulísimaaaaa, mami! —exclama.

Sonrío. Ver sonreír a Thais es lo que a mí me llena de energía.

—Vamos, ¡al coche!

En el portal nos cruzamos con el señor Brown, el dueño del piso donde vivo de alquiler.

—Ayer vinieron los de la instalación eléctrica y cambiaron todo el cuadro de luces —me comunica—. Por fin, ya no nos tenemos que preocupar más por los cortes de luz.

—¡Qué maravilla! —exclamo, feliz por la noticia.

Ya en el coche, de camino al cole, le digo a mi niña:

—Esta noche cenarás sopa y tortilla con guisantes. Por lo que no se te ocurra decirle a Karen que quieres *pizza* o me voy a enfadar, ¿entendido, princesa?

—Sí, mami.

Al mirar por el espejo retrovisor veo que Thais con picardía sonríe y me guiña un ojo. Cada vez que lo hace, ¡me salta el corazón!

Físicamente es una mezcla entre su padre y yo. Pelo oscuro, rizado y cara redondita como yo, pero tiene los preciosos ojos azules de su padre y su sonrisa. Reconozco que eso, aunque me duele, me encanta.

Como a mí, le encanta bailar, algo que hace muy bien y se puede decir que lo lleva en los genes, pero lo de cantar no es lo suyo. Tiene como oreja un mejillón, como tenía Peny.

En ocasiones, cuando Thais me mira, veo a Álvaro. Sin conocerlo, tiene muchas cosas de él, como la de guiñar el ojo cuando sonríe. Ver aquel detalle nos hace preguntarnos cómo es posible que sin haber conocido a su padre haga aquello que él o su bisabuelo italiano hacían.

Otra cosa que tiene de su padre es que le encanta dibujar y se le da muy bien. Aunque, bueno, eso también es herencia de Peny. A ella también le gustaba dibujar y sin duda ese arte lo ha heredado de ambos, de su padre y su tía.

El carácter de mi pequeñaja es un mejunje de los dos. Cabezota, respondona, pero paciente y observadora, y con un gran corazón.

Thais es una niña muy empática y eso hace que todo el mundo la quiera. Eso sí, cuando tiene uno de sus arranques, como dice papá, ¡le puede la sangre griega!

Encantada, voy conduciendo mientras ella bebe por la pajita de su zumo cuando comienza a sonar mi teléfono móvil. Es una videollamada. Y al ver quién es se lo paso.

—Es para ti.

—Hola, tíoooooo Andreaaaaaaaaaaa. ¡Miraaaaaa! ¡Ayer se me cayó un dienteeeeee!

La alegría de mi hija al saludar a su tío me hace reír a carcajadas.

—¡Qué me dices, mi princesaaaaaa! ¡¿Se te ha caído un diente?!

—¡Sí!

—¿Lo pusiste debajo de la almohada para que el ratoncito Pérez te trajera un regalo?

A través del retrovisor veo a Thais asentir.

—¡Me la trajo él! —dice, señalando su gorra rosa.

—Pero qué chuladaaaaaaaaaaa —ríe Andrea—. ¿Recordaste también pedirle un deseo?

—Me acordé, pero no se puede decir. Es un secreto entre el ratoncito Pérez y yo.

Divertida, sonrío mientras tío y sobrina hablan de Luca. El hijo de Andrea.

Andrea se casó hace cinco años con un policía inglés llamado Henry y hace apenas dos tuvieron a Luca gracias a la gestación subrogada. Se puede decir que tanto ellos como yo pertenecemos a los nuevos tipos de familia. Ya no solo existe la familia tradicional donde hay un papá, una mamá y sus hijos. Ahora también hay familias con dos papás, dos mamás, o una mamá o un papá nada más.

Mientras hablan y escucho de fondo los gorgoritos de Luca, sonrío. ¡Es tan mono!

Andrea llama a Thais al menos tres días por semana. Desde el día en que nació siempre está muy presente en su vida, y cuando la pequeña tiene una función importante o vive un momento especial, Andrea siempre está ahí. Nunca le falla.

Cuando llegamos al colegio, aparco, me bajo del coche y abro la puerta para quitarle el cinturón de seguridad.

—Tío, te paso con mami —dice mi hija—, porque ya hemos llegado al cole. Te quiero mucho a ti, al tío Henry y al primo Luca. Tengo muchas ganas de veros.

—Yo sí que te quiero a ti, bichito.

Thais con una sonrisa me entrega el teléfono, me da un beso en la mejilla y antes de echar a correr tras su amiga Sharon exclama:

—Mami, te quierooooooo de aquí a la luna.

—Yo también te quiero —respondo.

Miro cómo se aleja, y aún con el teléfono en la mano, oigo a Andrea:

—Aisss, mi niña. No puede ser más bonita.

Encantada, asiento, y cuando Thais desaparece, miró a la pantalla y veo a Luca.

—Holaaaaa, gorditooooo —digo—. ¿Cómo está mi príncipeeeeeee?

Durante varios segundos, solo tengo ojos para el niño, que sonríe y gorjea, hasta que Andrea lo sienta en el suelo.

—Mi reina, ¿cómo fue tu cita de la otra noche? —me pregunta.

Divertida, sonrío. Hace dos noches quedé para tomar algo con un tipo que me presentó mi amiga Eva.

—Te diría que bien, pero no pienso repetir —respondo.

—¿Este que tiene de malo?

Me río. Me he cerrado al amor y reconozco que soy muy exigente y que a todos les saco un «pero».

—No le gustan los niños —explico.

—¡Sera *malaka*!

—Muy *malaka* —Decir gilipollas en griego siempre nos hace reír.

Tras rodear el vehículo, me monto en él.

—Cariño, tengo que dejarte —le digo—. Voy algo pillada al *gym* para dar mis clases. Y por cierto, ¡me ha salido un extra para mañana por la noche!

—¿Qué extra?

—Un trabajillo cantando en un hotel. Solo es mañana durante dos horas de diez de la noche a doce, y no pagan mal.

—¿Karen se puede quedar con la princesa hasta que tú llegues?

—Por supuesto. Esas horas también son un extra para ella.

—Mi reina, ¿no crees que trabajas mucho?

Asiento. Trabajo en el musical *Wicked* los viernes, sábados y domingos. En el gimnasio dos días por la mañana dando clases de bailes latinos y hip-hop, y en el Ellen's Stardust Diner tres días por la tarde.

—Tranquilo. El extra solo es un día —aclaro.

La cara de Andrea es un poema. Según él, trabajo mucho. Yo también lo creo. Pero la vida hay que tomarla como se presenta. Soy madre. Tengo que sacar adelante a mi niña.

—¿Cuándo os vais para Santorini de vacaciones? —pregunta.

Feliz, sonrío. Ya falta muy poco.

—En unos días, ¡qué ganitas tengo!

—Cuando estéis allí, Henry, Luca y yo iremos a veros unos días —dice—. Y, por cierto, papá, Luna y Fiorella vendrán con nosotros. Se mueren por que estemos todos juntos.

—¡Genial! ¡Menudo fiestón vamos a montar!

Segundos después, tras despedirnos, cierro el teléfono y mientras suena una canción en la radio conduzco por Nueva York en dirección al gimnasio. He de dar mis clases.

Capítulo 30
Álvaro

Nueva York

Cuando la reunión se acaba, todos sonreímos.

Por fortuna, hemos llegado a un buen acuerdo para los dos clientes y creo que todos nos vamos contentos.

Cuando estoy recogiendo mis carpetas, Johan entra en el despacho.

—¡Qué maravilla! ¡Qué maravilla! —dice.

Yo tengo la misma sensación.

—Si me llegan a decir hace dos meses que esto iba a terminar así —afirmo—, nunca me lo hubiera creído.

Johan asiente.

—¿Cuándo tienes el vuelo de regreso a España? —me pregunta.

—Pasado mañana a las dos de la tarde. Mañana quiero ir al Museo de Arte Moderno y también quiero visitar el Museo Metropolitano.

—Te encantarán, ¡ya lo verás! —afirma Johan.

No lo dudo.

—¿Y cómo harás tus vacaciones este año? —sigue indagando.

—Cuando llegue a Madrid —respondo, cerrando mi portátil y guardándolo en la mochila—, en cuatro días, salgo para El Cairo. Lo estoy deseando, empaparme de sus cuatro mil años de arte y cultura.

Sonreímos. A los dos nos apasiona el arte. Suena mi teléfono móvil y sonrío al ver una foto de mi amigo Pepe con mi perro Lolo.

Según dice el mensaje, estuvo en casa de mi madre, para sacarlo y darle una vuelta.

Pepe me regaló a Lolo cuando me divorcié. Su perra Anaís tuvo cachorritos y se empeñó en que yo tenía que quedarme con uno, y al final lo consiguió. Lolo es un golden retriever de precioso pelo rubio. Es bueno, afable, divertido, obediente y tremendamente comilón.

Él, con su cariño, es quien, en cierto modo, alegra mis días. Regresar de trabajar y encontrármelo siempre es maravilloso, y correr juntos por el Retiro es algo que nos apasiona y nos desfoga a los dos. Cuando me voy de viaje se lo llevo a mi madre a su casa. Ella lo cuida en el chalé donde vive. Tiene espacio. Aunque Pepe, que no vive muy lejos de ella, va a visitarlo.

Estoy sonriendo por la foto cuando entran Oliver y Lisa.

—¿Qué os parece si nos vamos a celebrarlo? —propone Oliver.

—¿Has estado alguna vez en el Ellen's Stardust Diner? —pregunta Lisa.

Niego con la cabeza.

—Esto es Nueva York, ¡apenas conozco sitios! —admito.

—¿Te gustan los musicales de Broadway? —pregunta Oliver.

Oír aquello me hace sonreír. Durante los años en los que estuve con Bris, asistía a todos en los que ella trabajaba, pero no quiero revelar algo así.

—Creo que sí —dudo.

Hablan entre ellos.

—¿Hamburguesa o restaurante caro? —dice Johan.

—¡Hamburguesa! —respondo sin dudar.

—Colega, entonces tienes que conocer el Ellen's Stardust Diner —decide Lisa.

Divertido, asiento.

—Pues si se tiene que conocer, se conoce —afirmo.

A las nueve de la noche, tras pasar por el hotel donde estoy alojado para ducharme y cambiarme de ropa, llego a la dirección que me han indicado y veo una enorme cola de personas esperando.

¿En serio para una hamburguesa hay que esperar todo esto?

Me encuentro con mis amigos, y cuando voy a abrir la boca, Lisa dice:

—Vamos. Mi hermana Cora trabaja aquí y ya nos tiene preparada la mesa.

Menos mal, pienso. Y obviando las caras de mosqueo con las que nos miran los que están esperando, entramos en aquel local plagado de gente y ambientado como en los años cincuenta.

—¿Pero esto qué es?

—Vamos a nuestro sitio y te lo explicaré —indica Johan.

Una vez nos sentamos y mientras Oliver y Lisa hablan con la hermana de ella, Johan me explica:

—Este lugar es mítico en Nueva York.

—¿Por qué?

—Porque los camareros, mientras sirven las mesas, cantan canciones conocidas o de musicales de Broadway. Se puede decir que aquí cenas, ves un musical con cantantes que luego trabajan en Broadway y te sale todo infinitamente más barato.

Asiento. Si él lo dice, por algo será. De pronto comienza a sonar la canción «The Time of My Life», de la película *Dirty Dancing*, y Lisa dice:

—Cantan mi hermana y Gregory —anuncia Lisa.

Veo entonces a una pareja, vestida con el uniforme del local, que, micrófono en mano, aparece entre la gente y subiéndose al respaldo de unos asientos canta la canción, mientras observo cómo la gente da palmas y sonríe al escucharlos.

Cuando su actuación acaba, todos aplaudimos y luego seguimos cenando mientras ellos sueltan los micrófonos y continúan con su trabajo atendiendo las mesas.

Durante un buen rato, varios camareros nos deleitan con distintos temas. En un momento dado comienza a sonar «Dancing Queen», del musical *Mamma Mia!*, y yo, sin querer pensar en ella, ataco mi hamburguesa. Está buenísima, pero entonces una voz llama mi atención, y al mirar, no se me cae la hamburguesa de las manos, pero noto que la mandíbula sí lo hace. No muy lejos de mí está ella, Bris, junto a otras compañeras cantando aquella canción, y yo no sé dónde meterme.

Por suerte, ella no me ve. Está tan enfrascada cantando junto a sus compañeras que no mira hacia donde yo estoy. Yo noto que me hago pequeño, muy pequeño, en el asiento y disfruto observándola. Mi corazón se acelera. Está preciosa.

Mis amigos siguen hablando y yo intento seguir la conversación.

—Las que cantan son mi hermana, Bris y Claudia, ¿a qué lo hacen genial? —dice Lisa.

Sin dudarlo, asiento. Decir lo contrario sería mentir.

—Bris. La morena de la izquierda —prosigue Lisa—, trabaja en el musical *Wicked*. ¡Es buenísima cantando! Y tenías que ver cómo baila, ¡impresionante!

Mientras las observo, veo que los años han tratado bien a Bris. Ya no es una niña. Ahora es una mujer de treinta años, y verla bailotear alegre por la sala, como siempre sin complejos, me hace sonreír.

Al acabar la canción, una parte de mí me dice que salga de allí corriendo y otra que me quede. Finalmente, gana la segunda parte. Me quedo. Pero a partir de ese momento no me entero de nada de lo que hablan mis amigos. Mis ojos solo buscan a Bris, que no para de servir comidas en las mesas, sin perder su bonita sonrisa.

—¿Qué pasa? —pregunta en un momento dado Johan.

Giro la cara hacia él.

—Me pareció ver a un cliente del bufete —miento, tratando de disimular.

—No te extrañe —afirma Johan—. Este sitio es muy concurrido.

Asiento, mientras observo a Bris servir mesas sin parar. Poco rato después, comienza a sonar la canción «Sandy», de la película *Grease*, y veo cómo un foco persigue a Bris por el local mientras un chico canta sin dejar de mirarla.

Cuando el tema finaliza, el foco que perseguía a Bris va hasta el chico, que se queda sentado sobre el respaldo de unos sillones, y Bris entona «Hopelessly Devoted to You», de la misma película.

Al sonar los primeros acordes, un «ohhhhh» se oye en toda la sala. Está claro que es una canción muy valorada, y entonces me doy cuenta de que no es solo Bris quien la canta, sino que la corea casi todo el mundo.

Boquiabierto, disfruto de la balada, de la voz y de Bris interpretándola, y cuando acaba y aplaudo, lo hago con tal entusiasmo que mis amigos me dicen:

—Te ha gustado, ¿ehhhh?

Hago un gesto de asentimiento. Sé que esa mítica canción, que yo llevaba siglos sin escuchar, es una de las preferidas de Bris.

—Esa chica canta muy bien —afirmo.

Agobiado, me excuso para ir al baño. Necesito un segundo. Cierro la puerta detrás de mí, y aunque sé que en España serán las cuatro de la mañana, marco el número de mi amigo Pepe.

—La acabo de ver —digo, sin saludar.

Durante unos segundos oigo que Pepe se despereza.

—¿Qué pasa, Álvaro? —suena somnoliento.

—Que la acabo de ver.

—¿A quién has visto?

—¡A Bris!

Pepe se calla unos segundos.

—¿A Bris? ¿La Bris que yo pienso? —pregunta.

—Sí —afirmo, casi sin aire.

—¿Y qué te ha dicho?

—Nada.

—¿Y qué le has dicho tú?

—No la he saludado. Ella no me ha visto, pero...

—¿Y qué haces que no le saludas? Joder, tío. ¿Cuántas veces me has dicho que si la vieras le saludarías?

Tiene razón. Con Pepe es con la única persona con la que hablo de Bris. Él conoce mis sentimientos hacia ella. Él sabe que nunca la he olvidado ni he dejado de quererla.

—No me jodas, Álvaro... —me sermonea.

No hablo. No puedo. Estoy totalmente desconcertado.

—No..., no sé qué decirle —admito.

—Pero, tíooooo, eres uno de los mejores abogados de España. ¿Cómo no vas a saber qué decirle? —Pepe se ríe y añade—: Pues puedes empezar por: «¡Hola, Bris! Cuánto tiempo sin vernos». Y a partir de ahí las cosas irán fluyendo.

—¿Y si no quiere hablar conmigo?

—Pues tienes dos opciones. Desistir o intentarlo.

Cierro los ojos. Aunque he deseado que pasara esto millones de veces, no sé si estoy preparado para enfrentarme a ella.

—Joder, Pepe... —dudo.

—¿Joder, Pepe, quééé?

Vale. Esto es un diálogo de besugos.

—Te dejo. Cuando regrese a Madrid, te llamo —me despido.

—Dale recuerdos de mi parte —dice.

Y sin más, corto la llamada. Imagino que Pepe se estará cagando en mi familia. Regreso a la mesa.

Cuando traen el postre, estoy nervioso. Mucho. Sé que no tardaremos mucho en irnos de allí y no sé cómo superar mi miedo para acercarme a Bris.

Comienza a sonar la canción «Can't Take My Eyes off You», y entonces me quiero morir. Bris es la intérprete, y en esta ocasión no está muy lejos de mí.

Casi no puedo respirar. Ella se va acercando a la mesa donde estoy, y entonces ocurre lo inevitable cuando sus ojos y los míos se encuentran. Durante unos segundos se queda en silencio. Me da la sensación de que le impresiona verme, pero reacciona con rapidez y sigue actuando y caminando con profesionalidad.

Se aleja de donde estoy sin dejar de cantar, pero sé que me ha visto. Lo sé.

Capítulo 31

Bris

¡Woooaaalllaaaa!

¡No me lo puedo creer!

¿Es Álvaro a quien acabo de ver? ¿En serio?

Mientras canto e intento sonreír, me doy la vuelta para cerciorarme de que no veo visiones, y al encontrarme con aquellos ojos y aquel rostro que nunca he podido olvidar, me doy la vuelta a toda prisa y prosigo mi camino.

¡Joderrrrr! ¡Joderrrrr!

¿Qué hace aquí?

¡Tierra trágameeeee!

Por favor... Por favor... ¡Que no se me acerque! ¡Que no me hable!

Cuando termino la canción, que por primera vez se me hace eterna, dejo el micrófono, y siento cómo me tiembla todo el cuerpo.

¡Madre mía, tengo que tranquilizarme!

Acalorada, entro en la cocina, miro a mi encargada Sheril, y cuando le voy a pedir cinco minutos libres, me dice:

—Bris. Saca esto para las mesas siete y diez. ¡Ya!

Lo hago. Ya... es ya. Me olvido de mis temblores y sigo trabajando. Es lo que hay. Pero ya no estoy tranquila. No puedo. Inconscientemente mis ojos vuelan hacia donde sé que está Álvaro, y siempre que lo miro, él me está mirando.

¡Joder..., joder..., joderrr!

—Ay, *mi amol*, parece que has visto un fantasma de lo pálida que estás —dice Verónica, una compañera cubana.

Oír eso me hace ser consciente de la impresión que me ha ocasionado verlo. Han pasado siete años. Siete años en los que no he querido saber de él. Ni siquiera lo he buscado en redes sociales, aun muriéndome de ganas.

Vuelvo a entrar en las cocinas y esta vez le digo a Sheril antes de que me ordene nada:

—¿Te importa si me tomo cinco minutos libres?

Sheril me mira y frunce el entrecejo.

—¿Estás bien? —pregunta.

Hago un gesto afirmativo. En el trabajo los problemas personales no tienen cabida.

—Sí. Es solo que necesito un poco de aire —respondo.

—Cinco minutos, pero no más. Estamos a tope.

Entro en el cuarto del personal, voy a mi bolso, cojo el tabaco y un mechero y salgo a la calle. No fumo mucho, pero algún cigarrillo siempre cae.

Apostada en un lateral, me enciendo el cigarro cuando de pronto veo que la puerta del local se abre y sale Álvaro acompañado de varias personas, entre ellas Cora, mi compañera.

Me escondo como puedo, y por fortuna no me ven. Segundos después, Cora se despide de ellos y regresa al interior mientras desde mi posición veo cómo se alejan.

Al verlo, soy consciente de que Álvaro ha madurado. Ya no es el crío de veintiséis años. Ahora es un hombre de treinta y tres, e inevitablemente me fijo en lo bien que le sienta la camisa negra que lleva. Está claro que continúa siendo deportista. ¡Qué brazacos tiene!

Ellos desaparecen y minutos después yo termino el cigarro y regreso al interior.

—¿Estás mejor, Bris? —pregunta Sheril al verme. Ante mi gesto de asentimiento, ordena—: Esto es para la doce y la siete. ¡Ya!

Con diligencia, cojo lo que me indica y con la mejor de mis sonrisas pongo sobre las mesas los pedidos. Al regresar a la barra me encuentro con Cora.

—¿Hoy tuviste visita? —le pregunto, curiosa.

—Sí. Ha venido mi hermana Lisa con unos compañeros del bufete donde trabaja.

Intuyo que Álvaro ha debido de aparcar su sueño de pintar y viajar por el mundo para dedicarse a algo que nunca le terminó de llenar. Un compañero me hace una seña para indicarme que las siguientes en cantar somos nosotras.

—¡Nos toca! —digo.

A las doce, cuando salgo por la puerta del local, miro a mi alrededor y suspiro, aliviada al no ver a Álvaro allí. No quiero verlo. Ni hoy ni nunca.

Al día siguiente a las nueve de la noche me despido de mis compañeros y salgo corriendo al hotel Four Seasons. Tengo que cantar allí durante dos horas.

Me maquillo y me pongo uno de los vestidos que allí tienen para las actuaciones, me recojo el pelo en un moño alto y me miro al espejo.

¡La verdad es que no estoy nada mal cuando me pongo de tiros largos!

Sin tiempo que perder, me reúno con los músicos de la banda. Afortunadamente, nos conocemos. Somos amigos y hemos coincidido en otros trabajos y en buenas fiestas. Saben cómo canto y sé cómo tocan, por lo que tras decidir el repertorio de entre los cantantes que el hotel sugiere, nos decantamos unánimemente por Etta James. Luego nos dirigimos hacia la sala del bonito hotel para comenzar la actuación en la que ni hemos ensayado.

Actuar allí nada tiene que ver con cantar en el musical donde trabajo o en el restaurante. En cada sitio la intensidad es diferente, y aquí ha de ser tranquila, relajada y en cierto modo sensual. Sabemos que es lo que quieren los que nos han contratado del hotel. Paz. Elegancia. Relajación. Y buena música.

Cuando la orquesta comienza a tocar los primeros acordes de «A Sunday Kind of Love», de Etta James, cierro los ojos, canto y me acuerdo de papá y mamá. Es su cantante favorita. Los recuerdo bailando en la bonita casa donde me crie en Bel Air, y sonrío al pensar en ellos bailando en la cocina de la casa en Grecia. Ellos son el ejemplo del amor para mí.

Ahora que soy madre, soy consciente de que hay muchos tipos de padres. Padres que te tienen, te crían y cuando creces se despreocupan de ti. Padres que ya les sobras desde que naces. Padres asfixiantes que se creen dueños de tu vida. Y padres, como los míos, que me han dado la libertad de elegir qué camino tomar, y que, a pesar de que tenga treinta años, siguen preocupándose por mí.

Acabada la balada, y como es tradición en el hotel, el público puede pedir canciones dejando un papel en un copa de cristal que hay sobre el piano. La copa está vacía. De momento, no se animan a sugerir, y proseguimos con el espectáculo.

Segundos después, uno de los camareros echa un papel en la copa de cristal, y Conrad, el pianista, una vez terminamos la canción, lo coge, y tras indicarnos que se trata de una de Stevie Wonder y que todos nos sabemos, la interpretamos

Después seguimos nuestro espectáculo con «Trust in Me», de Etta. Y luego, de la misma artista, «Stormy Weather».

Va sonando una canción tras otra, mientras el tiempo pasa rápidamente y siento cómo los clientes del hotel disfrutan de lo que escuchan, cuando llega la última canción, que es la de «At Last», que me encanta.

Mientras la interpreto, como diría mi padre, la gozo. Es un tema tranquilo, lento, de esos que se disfrutan según los vas vocalizando y arrastrando sus palabras. Y cuando remata y el público aplaude encantado, Conrad señala:

—Hay una última petición en la copa. —Los compañeros y yo nos miramos. Y Conrad dice en confianza—: Os la sabéis.

Y con el piano comienza a dar los primeros acordes, y yo al escucharlo, sonrío. Es la canción «I Can't Help Myself». Hay varias versiones, pero no tengo duda de que interpretaremos la de The Supremes.

Mis compañeros de la banda se unen a Conrad y comienzo a cantar y en cierto modo a bailotear con el micrófono en mano alrededor de los clientes que disfrutan del espectáculo. De pronto me quedo sin aliento al ver a Álvaro sentado allí.

¿Pero qué hace allí? ¿Desde cuándo?

¡Joderrrrr!

Noto cómo el corazón se me acelera. Tengo que seguir cantando y actuando, por lo que intento relajarme, a pesar de que soy un volcán en erupción, y no olvidar mi profesionalidad.

Sin perder el ritmo, canto y me muevo, y cuando por fin la canción se acaba, miro a Álvaro y veo que, como el resto, aplaude.

Con una sonrisa, agradezco los aplausos a los asistentes y cuando mis compañeros y yo abandonamos la sala, corro hacia el camerino como si me hubieran puesto un petardo en el culo.

—¡Bris!

No... No... No...

Es él. Reconocería su voz entre todas las del mundo.

Me detengo. Durante unos segundos intento respirar. Tranquilizarme. Y entonces, volviéndome hacia él, lo miro, y antes de que pueda decir nada, siseo:

—*Gamisou!*

Me doy la vuelta y prosigo mi camino mientras intento que mis piernas, que ahora parecen de chicle, no me jueguen una mala pasada y me despanzurre en el suelo cuan larga soy.

Capítulo 32

Álvaro

Desconcertado, me quedo mirando cómo Bris se aleja y desaparece tras una puerta después de soltarme un «¡Que te jodan!» en griego.

Joder, he superado mi miedo a saludarla como me ha pedido Pepe y ella ¿me dice eso tras siete años? ¡Que me jodan!

Estaba sentado leyendo el periódico en el hotel a punto de subir a la habitación a dormir cuando empezó a sonar la música, y al levantar la cabeza para mirar, me quedé sin palabras al ver a Bris frente a aquella banda.

En un principio no me lo podía creer. ¿Cómo era posible que con lo grande que es Nueva York nos encontremos dos veces en dos días?

Parapetado tras una columna para que no se percatara de mi presencia, y muerto de miedo, he escuchado durante dos horas a la mujer a la que todavía sigo adorando. Verla. Escucharla. Mirarla. Ha sido todo un lujo para mí que no deseaba que acabara.

Si el día anterior en el local donde la vi no le dije nada fue porque iba acompañado, y, por supuesto, porque tuve miedo a su reacción. Pero quise superar el mío al rechazo, y hoy lo he hecho. Lo he intentado. Pero su exabrupto me ha dejado parado.

Ofuscado, camino hacia el vestíbulo de recepción sin saber qué hacer. Paseo durante un buen rato por él, de arriba abajo. Bris está cerca. Es la primera vez en siete años que ocurre algo así y entonces la veo salir por la puerta por donde minutos antes ha desaparecido, y dirigirse hacia la salida del hotel.

Ya no va con el moño alto y el vestido largo y plateado que llevaba durante la actuación. Ahora va vestida de calle. Pelo suelto, pantalones vaqueros, camiseta gris y, joder, ¡está preciosa!

Observo como sale del hotel y sin poder frenarme voy tras ella. Durante unos primeros metros la sigo, le dejo su espacio. Pero cuando se para en un semáforo, me acerco a ella.

—Oye, Bris... —susurro.

Me da un empujón. Me mira con ese rostro que nunca he podido olvidar.

—¡Aléjate de mí! —me grita. Su reacción me hace saber lo enfadada que está—. ¿No te has dado cuenta de que no quiero hablar contigo, pedazo de burro? Porque, si no te has enterado, te lo puedo decir en español, inglés o griego.

Se da la vuelta para alejarse y yo, jugándomela, la cojo del brazo. No puede irse así. Verla, reencontrarme con ella, ha sido lo mejor que me ha pasado últimamente, pero me lanza un manotazo para que la suelte.

—¡Joder, ¿pero tú de qué vas?! —se enfada.

—Creo que...

—¡Que no me hables! —me corta.

Prosigue su camino. Tengo dos opciones. Desistir o intentarlo. Opto por la segunda. Vuelvo a pararla. Ella levanta la barbilla. Malo..., malo.

—¡Álvaro! ¿Qué narices quieres? —dice, esta vez en voz más baja.

—Solo quiero saludarte. Saber cómo estás. Invitarte a una Coca-Cola.

Me mira. Uf, cómo me mira. Levanta las cejas.

—Contigo, pedazo de gilipollas, no me tomo yo ni la tensión —suelta.

Acto seguido, el semáforo se pone en verde para los peatones y comienza a cruzar. Mis pies van tras ella y, adelantándola, la freno.

—Veo que tu lengua sigue siendo la de siempre —digo.

—Sígueme provocando y te aseguro que te puedo sorprender —apostilla.

Sonrío. No lo puedo evitar. Bris es así.

—¡Vale! Soy un gilipollas —admito—. El gilipollas más grande del mundo. Pero, ¡joder, Bris!, nos hemos encontrado por casualidad tras siete años. Mañana regreso a Madrid en el avión de las dos de la tarde, y al menos un saludo, por pequeño que sea, creo que nos merecemos.

Ella parpadea. La conozco, y sé que me va a soltar algo no muy bonito.

—Tú precisamente, de mí, no te mereces nada, ¡nada! —exclama.

Dicho esto, pasa por mi lado y esta vez sin moverme la veo alejarse. Quiero ir tras ella. Detenerla. Tratar de que me escuche. Pero ya lo he intentado. He insistido y me ha dejado muy claro que no quiere hablar conmigo. Desisto. No me gusta ser un pesado. Por lo que, metiéndome las manos en los bolsillos de mi pantalón, voy hacia el semáforo, espero a que de nuevo se ponga verde para los peatones, cruzo y regreso al hotel.

Todo esto me ha alterado. ¡Joder! Comprendo que lo ocurrido años atrás no fue agradable. Me comporté como un gilipollas, pero su comentario de que de ella no merezco nada me sorprende.

Cabizbajo y mosqueado, me encamino hacia el bar. Necesito tomarme algo.

Allí solo hay hombres como yo, que están de paso en la ciudad. Me siento en la barra. El camarero se acerca y le pido un *gin-tonic*. Sigo pensando en Bris y en mi mala suerte.

—Otro *gin-tonic* para mí, por favor —oigo a mi espalda.

Al mirar, me encuentro con Bris. ¡Ha regresado!

Me mira. Le sonrío. Se sienta en el taburete de al lado.

—Eres un gilipollas —dice—, pero tienes razón. Nos merecemos un saludo.

Oír eso me hace sonreír. A Pepe le gustará esto.

—Gracias —murmuro.

Bris deja su teléfono móvil sobre la barra.

—De nada —susurra con cierta desgana.

Durante unos segundos los dos permanecemos en silencio. Ella no sé, pero yo estoy nervioso. Sin esperarlo, la mujer a la que nunca he podido olvidar está a mi lado sentada, por lo que doy un trago a mi *gin-tonic*.

—¿Por qué has dicho que de ti no merezco nada? —pregunto.

Bris me mira. Malo... Malo.

—Porque es la verdad —responde—. Y te lo tenía que decir.

Sin rebatirle sus palabras asiento.

—¿Sabes que saludarte me daba miedo? —admito. Ella me mira y pregunto rápidamente—: ¿Cómo te va la vida?

El camarero pone delante de ella la bebida.

—No me puedo quejar. ¿Y miedo por qué? —quiere saber—. ¿A que te llamara gilipollas como te he llamado? ¿Por eso yo te daba miedo?

Vale. No me lo va a poner fácil.

—Hablé con Pepe ayer. Le dije que te había visto en el Stardust Diner y me dio recuerdos para ti.

Bris asiente. Pepe y ella, en los años que estuvimos juntos, solo coincidieron un par de veces, pero siempre hubo entre ellos una bonita conexión.

—¿Cómo le va la vida? —se interesa.

—Bien. Es psicólogo infantil y pediatra. Trabaja en una clínica privada, y sigue siendo el ligón de siempre.

—¿Sigue conociendo al amor de su vida?

—Cada día —afirmo.

Ambos sonreímos.

—Dale saludos de mi parte y dile que guardo un bonito recuerdo de él —dice.

Tengo más que claro que de mí no guarda ese bonito recuerdo.

—Me dijo Lisa —le explico—, la hermana de Cora, tu compañera en el Stardust Diner, que también trabajas en el musical *Wicked*.

—Así es.

—¿Cuántos trabajos tienes?

Me siento ridículo preguntándole eso. ¿En serio no tengo nada mejor sobre lo que conversar?

—Trabajo como profesora de baile en un gimnasio —responde—. En el Stardust Diner, hoy aquí un par de horitas y en el musical *Wicked* los fines de semana. Por suerte para mí, o por desgracia, la vida me cambió tras lo que le ocurrió a mi padre, como imagino que recuerdas, y, bueno, se puede decir que no estoy para desperdiciar trabajos. —Me quedo boquiabierto. Ella concluye—: Todo ingreso siempre es bueno cuando llegan las vacas flacas, que por temporadas suelen llegar.

¿Vacas flacas?

Sé que los padres de Bris, por desgracia, se arruinaron. Pero también recuerdo los buenos contactos que Gabriel tenía en el mundo del espectáculo.

—Te decía lo de los trabajos, pues me sorprende que, siendo tu padre quien es, sus amigos del mundo del espectáculo no te ayuden a...

—¿Amigos? —me corta, y con una sonrisa ácida subraya—: Esos amigos, con el tiempo, desaparecieron. Pasaron de adorar a mi padre a no cogerle el teléfono. Por lo que yo solita me busco mis trabajos. No los necesito.

La dureza en relatar aquello me hace ver que no ha sido, ni es, fácil para ella. Me apena saber lo que dice. Creí que Gabriel tenía amigos de verdad.

—¿Y a ti cómo te va la vida? —pregunta ella.

—Trabajo en el bufete de la familia.

—¿Y Gloria? ¿Sigue bien?

—Sí. Está bien.

—¿Y Camilo?

—Camilo murió —respondo con nostalgia al mencionar al perro al que adoré durante años. Bris se apena, así que le explico—: Murió de viejito, y me reconforta saber que tuvo buena vida. Ahora tengo un golden retriever que se llama Lolo y que me regaló Pepe, y, la verdad, es muy simpático y divertido. —Me sonríe y yo prosigo—: Como te decía, trabajo en el bufete de la familia. Y, bueno, de unos años para acá, solo llevo los casos que yo elijo.

—Qué suerte la tuya. ¡Eliges!

No sé cómo tomarme aquella respuesta. Está claro que mi acomodada vida no tiene nada que ver con la suya.

—¿Sigues viviendo el presente? —indago.

—Todos los días. Y tú, ¿continúas pintando?

Que recuerde aquello que tanto me gusta me agrada. Desde que me divorcié de Montse, he vuelto a pintar. He acondicionado una de las habitaciones de mi ático y en él disfruto de lo que un día creí olvidado. Respondo:

—En mis ratos libres.

De nuevo nos quedamos en silencio. Pero necesito saber más cosas sobre ella.

—Ya veo que tu vida laboral está completa, ¿tu vida personal también es así?

Bris asiente.

—La verdad es que sí. Bastante movidita.

—¿Marido? ¿Novio?

—No, gracias. De eso no gasto. Solo tengo amigos con los que tengo sexo cuando me apetece, y luego él para su casita y yo para la mía —matiza.

No sé por qué me gusta saber eso.

—Me casé y me divorcié —suelto. Bris me mira sorprendida—. Lo hice con Montse. Montsita.

—No me jodasssss —murmura. Su cara es un poema. Entiendo lo que puede estar pensando—. ¿Te casaron con Montsita? —Asiento. Casaron es la palabra exacta—. Bruja y rebruja lo disfrutarían un montón. Imagino su felicidad al ver que por fin su nieto preferido, la luz de sus vidas, se casaba con una mujer que estuviera a su altura.

En su voz percibo un reproche que no le puedo negar. Aquellas a las que llama por aquel apodo tan particular nunca se portaron bien con ella.

—Lo disfrutaron hasta que me divorcié —apostillo.

—Madre mía, ¡qué disgusto se llevarían!

—Se lo llevaron y se puede decir que hoy en día todavía, cuando pueden, me lo echan en cara.

—¿Tuvisteis hijos?

—No. Ambos, sin hablarlo, sabíamos que no los queríamos.

—Pero, que yo recuerde, tú sí querías tener hijos.

Asiento. Yo también recuerdo esa conversación.

—Quería... Hoy ya no lo sé —admito con escepticismo. Me mira en silencio. No soy capaz de entender esa mirada, así que, confundido, explico—: Acepté casarme, porque, tras lo ocurrido aquel año en la casa de Ibiza, cuando mi madre salió del hospital...

—¿Tu madre estuvo en el hospital?

Sin dudarlo asiento.

—Al regresar a Madrid, unos meses después, cuando mamá se enteró de que mi padre había tenido una hija y se había casado de nuevo, perdió la cabeza. Tuve que ingresarla durante un tiempo en una clínica especializada en el tratamiento de trastornos psicológicos que Pepe me recomendó, y, bueno, no fue una época fácil. Pero, por suerte, se recuperó y ocho meses después salió.

En su gesto veo que le sorprende. Poca gente sabe lo que le estoy contando. Como siempre, mi abuela se encargó de ocultar la ausencia de mi madre para que nadie se enterara de aquel episodio.

—¿Y ahora se encuentra bien?

—Sí, aunque, bueno, ya sabes cómo es —respondo, tratando de bromear.

Bris pone los ojos en blanco.

—Bruja y rebruja sí que te tendrían que dar miedo, y no yo.

La entiendo. Entiendo sus palabras.

—Me casé con Montse porque sentí que era lo que tenía que hacer. Quería ver a mi madre feliz y...

—Y para ello hiciste la tontería de tu vida, ¿verdad?

Estoy a punto de decirle que la mayor tontería de mi vida fue perderla, pero, intuyendo su reacción, cambio de idea.

—Por suerte, como te dije, lo pude solucionar.

—¿Y Montsita cómo está?

Me dispongo a sorprenderla de nuevo.

—Se divorció de mí, y al año, a pesar del problemón que tuvo con sus padres, se enfrentó a ellos y se casó con el amor de su vida. Una encantadora mujer llamada Alexandrina, y, para horror de mi abuela, mi madre y sus padres, yo ejercí de padrino en su boda.

—¿Lo dices en serio?

—Sí. Tengo una excelente relación con ella. Digamos que nuestro divorcio nos regaló una bonita amistad.

—Woooaaalllaaaa, ¡nunca imaginé que a Montsita le pudieran gustar las mujeres! Pero me hace muy feliz que le echara ovarios a la vida y apostara por su amor.

Sonrío. Bris me mira.

—Me ha gustado mucho escuchar ese ¡woooaaalllaaaa! tan tuyo —le aclaro. Una nueva sonrisa ilumina nuestra cara—. En los tres años que estuve casado, mi vida fue trabajar, trabajar y viajar, para no estar en casa. Mi vida con Montse no era buena, como la suya no era buena conmigo. Y, con tal de no estar en el mismo espacio, viajé sin parar, hasta que, en nuestro tercer aniversario, tras una cena, Montse y yo hablamos y decidimos acabar con la farsa en la que estábamos sumidos.

Bris no puede evitar un gesto de incredulidad.

—Siempre dijiste que tu máxima aspiración en la vida era ser feliz, ¿lo eres? —pregunta.

—No —respondo con honestidad—. ¿Y tú?

—Por momentos —me suelta.

Nos miramos. Es la primera mirada sincera de ella que percibo desde que nos hemos encontrado.

—¿Sigues en contacto con mi hermano y con mi padre? —quiero saber. Asiente—. ¿Están bien?

Bris me mira.

—Si quieres enterarte solo tienes que llamarlos. Siguen teniendo los mismos números de teléfono. Y no. No insistas. Porque no te voy a dar información de ellos.

Oír eso me jode, pero lo entiendo. Fui yo el que los echó de mi vida. Y si alguien ha de dar el paso para un acercamiento, he de ser yo.

—Yo te acabo de contar más o menos cómo ha sido mi vida estos años. ¿Cómo ha sido la tuya? —cambio de tema.

Veo que Bris da un trago a su copa. Después se toca el pelo y toma aire.

—Papá y mamá viven felices en Santorini junto a toda la familia, y la verdad es que están muy bien. Papá ahora se toma la vida de otra manera, y tenías que ver lo bien que habla el griego.

—*¡Jroña que jroña!* —me mofo.

—En serio, ¿te acuerdas de eso? —Bris abre mucho los ojos.

—De eso y de todo —afirmo.

De repente deja de sonreír, y ante mi sorpresa, me revela:

—Las fotos que te enseñó aquel día tu abuela no eran lo que parecía. Michael, el chico de las fotos, deseaba tener un rollo conmigo, cosa que nunca permití, pero admito que tardé en dejarle las cosas claras

—Bris...

—No, Álvaro, déjame decírtelo, por favor, porque dudo que vuelva a tener oportunidad —insiste, y yo me callo—. En el tiempo que estuvimos juntos ni una sola vez te fui infiel porque te quería. Y solo esa vez flaqueé dejándome alabar, pero cuando Michael intentó besarme, lo rechacé y me di cuenta de mi error. En un principio, cuando tu abuela apareció con esas fotos, me sorprendí. ¿Cómo era posible que ella consiguiera esas imágenes en el único momento en el que Michael intentó besarme?

No entiendo. No sé por qué me cuenta ahora esto.

—Cuando regresé a Las Vegas —continúa—, Michael había desaparecido, como desapareció su cuenta de Instagram y todo lo que pudiera llevarme a él. Pero, mira por dónde, la vida es caprichosa, y hace tres años, en una gira que hice, volví a encontrarme con él en Arkansas. Y fue entonces cuando me contó que unas señoras españolas de apellido Vizoso, a través de una amiga suya, le pagaron para seducirme y llevarme a la cama, cosa que no consiguió, aunque sí abalanzarse sobre mí y besarme.

—Bris, pero ¿qué dices?

—Digo que esas fotos fueron un encargo de bruja y rebruja para separarnos.

—No te creo —murmuro.

—Llámame loca y no me creas. Sinceramente, eso, hoy en día, me da igual. Pero ya que te he visto, necesitaba decírtelo para que sepas lo majas y buenas que son esas dos estupendas cristianas.

Con gesto de circunstancias, no sé qué decir. Lo que Bris me cuenta es algo grave, muy grave.

—¿Te dijo tu madre que hablé con ella al día siguiente de lo ocurrido en Ibiza?

Oír eso me sorprende. Lo que yo sé es que mi madre se la encontró días después en un pueblo de Ibiza, pero, sin querer meter más mierda, asiento.

—Sí. Me lo dijo y me entregó el anillo. —Bris me mira. Siento que espera que le diga algo más—: ¿Por qué me miras así?

El gesto de Bris es indescriptible. No sabría cómo describirlo.

—¿Cómo quieres que te mire?

—No sé...

—¿No tienes nada qué decir?

No entiendo. No comprendo por qué me dice eso. De pronto comienza a sonar su teléfono. Lo tiene encima de la barra.

—Dime, Karen —dice. En una milésima de segundo veo cómo el gesto de Bris se oscurece y exclama—: ¡¿Qué?!

Pasa algo. Lo intuyo. Su gesto de pronto es asustado. Se baja del taburete.

—¿¡Está bien!? ¡Dime que está bien! —Las manos le tiemblan. Busca con la mirada el bolso y dice—: Voy ahora mismo para allá.

Sin despedirse, sale corriendo, y yo, tras indicarle al camarero que cargue en mi cuenta las bebidas, corro tras ella.

Al salir, la veo parando un taxi con el gesto descompuesto. Me acerco y, tomándola por la mano, pregunto:

—¿Qué pasa, Bris?

—Ha..., ha habido un incendio en mi edificio y mi hija está allí.

Oír aquello me impresiona. ¿Bris tiene una hija?

Y montándome con ella en el taxi, la acompaño. No pienso dejarla.

Capítulo 33

Bris

En el taxi, veo, pero no escucho. Solo puedo pensar en Thais. En mi niña.

Por favor... Por favor... Por favor... Dios, ¡sabes que no soy la más creyente! Pero, por favor, que mi niña esté bien. Te lo ruego. Te lo suplico.

Diez minutos después, el taxi se detiene. La policía no le deja continuar, y yo me bajo y comienzo a correr. Necesito llegar. Necesito saber.

Cuando me acerco al cordón policial, los policías y los bomberos me impiden el paso y, desesperada, les grito. No pienso quedarme donde estoy. Tengo que encontrar a mi hija. De pronto veo a Karen y, junto a ella, una camilla donde está Thais, tumbada con una mascarilla.

El suelo tiembla bajo mis pies. Pero no. No pienso caer por el precipicio que se abre ante mí.

—¡Karen! ¡Karen! —grito.

Álvaro me alcanza. Entonces una mujer policía nos mira y yo grito desesperada:

—Esa niña es mi hija, ¡es mi hija!

La mujer policía levanta el cordón de seguridad para que pase, y sé que Álvaro viene detrás de mí. Corro como si no hubiera un mañana y cuando llego a la camilla, Karen, que está junto a mi pequeña, que tiene los ojos cerrados, dice:

—Está bien... Está bien. Tranquila.

Pero yo me desespero y, tocando a mi pequeña, le doy un beso en la frente.

—Cariño..., cariño..., ¿estás bien? —repito una y otra vez.

Thais, con el pelo, el rostro y el pijama lleno de hollín negro por el humo, apenas abre los ojos.

—Mamiiiii... —murmura.

Oír su voz me hace bien. Uno de los paramédicos que atiende a los posibles heridos me pregunta:

—¿Eres su madre? —Rápidamente asiento y él me explica—: La niña está bien, pero ha tragado humo y creo que lo mejor es llevarla a un hospital para que le echen un ojo.

Hago un gesto afirmativo. De repente, Álvaro, tomando las riendas de la situación, hace una seña a una de las ambulancias.

—Necesitamos que nos llevéis al hospital Monte Sinaí —dice—. Vamos, Bris, monta en la ambulancia. No perdamos tiempo.

Karen me mira. Sigue asustada.

—Ese no es... —empieza a decir.

Pongo mi mano en su boca. No quiero que finalice la frase. Ella acaba de darse cuenta de que el que me acompaña es el hombre de la foto que Thais tiene en su habitación.

—¿Tú estás bien? —le pregunto.

Asiente, y con un gesto me hace ver que entiende mi reacción.

—Ve con Thais —me dice—. Y cuando la atienda el médico, por favor, sea la hora que sea, me llamas, ¿de acuerdo?

Le digo que sí y me subo en la ambulancia junto a Álvaro.

De camino al hospital, Thais va con los ojos cerrados. Está dormida. Son las dos de la madrugada.

—No te preocupes. Está bien —me tranquiliza uno de los paramédicos.

Quiero creerlo. Necesito creerlo. Al llegar al hospital, la atienden a toda velocidad. Un equipo se la lleva a una habitación y yo, hecha un manojo de nervios, respondo a lo que me preguntan sobre mi hija, mientras soy consciente de lo carísima que es la sanidad en Estados Unidos y de que estoy en el hospital más caro de Nueva York.

¡Esto se va a comer todos mis ahorros!

Cuando se van, una enfermera nos trae unos papeles que intento rellenar. Pero estoy tan nerviosa que, al final, Álvaro me los quita de la mano tras hacerme varias preguntas, termina él de cumplimentarlos. Después, los lleva a recepción mientras yo no me muevo de la salita de urgencias.

A los pocos minutos, regresa Álvaro y me abraza. Se preocupa por mí y me dice mil veces que esté tranquila, que mi hija está bien. Cada vez que lo dice, el corazón me da un vuelco. Mi hija es su hija. Al poco rato sale uno de los médicos.

—Thais está bien y ahora mismo está dormida —nos informa—. No tiene ninguna quemadura ni nada por lo que preocuparse. Pero dada su corta edad considero recomendable que se quede en el hospital unas horas con el oxígeno puesto.

—De acuerdo. —Dejo escapar un suspiro de alivio.

El médico, con una sonrisa, nos aprieta el hombro a Álvaro y a mí.

—Id a la sala de espera que hay a la derecha y esperad —nos indica—. En cuanto la suban a planta os llevarán a su habitación. A las doce de la mañana pasaré de nuevo a verla y si considero que todo está bien, os la podréis llevar a casa.

Los dos hacemos el mismo gesto de asentimiento. Está claro que el médico cree que yo soy la madre y él el padre.

Llamo a Karen. La informo del estado de Thais, y ambas lloramos agradecidas de que todo saliera bien. Al parecer, el cuadro eléctrico que acababan de poner estaba defectuoso y había ardido. Por suerte, todos los vecinos pudieron salir de sus casas y no había que lamentar víctimas. En cuanto a los pisos, el del primero D era el más afectado, el resto necesitaban una buena limpieza, pero estaban bien.

Cuando cuelgo, Álvaro y yo vamos a la sala de espera de la derecha. Allí hay varias personas, y antes de sentarnos en una de las sillas soy yo la que abraza a Álvaro.

—Gracias —susurro.

—¿Gracias por qué?

Nos sentamos en las sillas. Nos miramos. E incapaz de soltarle la verdad que debería saber, contesto:

—Por estar aquí conmigo.

Álvaro sonríe y entonces hace eso que tanto me gustaba. Me guiña el ojo de esa manera que mi hija ha heredado de él.

—Déjate de tonterías, por favor, Bris —replica.

Guardamos silencio mientras mi mente no para de pensar. ¿Intuirá que Thais es su hija? Si echa cuentas, ¿se percatará de que puede ser el fruto de ese embarazo del que él no quiso saber nada?

Joder... Joder... Joder...

Mil preguntas sin respuesta vuelan por mi cabeza.

—¿Cómo no me habías dicho que tenías una hija? —me pregunta de improviso.

Me quedo inmóvil. Está claro que en su mente no entra la posibilidad de nada de lo que pienso.

—No había salido la conversación —respondo.

—¿Cómo se llama?

—Thais. —Él no menciona lo del embarazo, e imagino que pensará que aborté. Y nerviosa, al ver que empieza a preguntar sobre la niña, explico—: Es el nombre de una diosa griega. Significa «la flor más bella».

—Es un bonito nombre.

—El mejor para ella —afirmo con el corazón a mil.

—¿Familiares de Thais Suárez? —pregunta una enfermera.

Me levanto de inmediato. Álvaro lo hace también.

—La niña ya está en la habitación 552. Los llevaré hasta ella —dice la enfermera.

Cuando voy a dar el primer paso, me vuelvo hacia Álvaro.

—Regresa a tu hotel y descansa —le pido.

—Prefiero quedarme contigo.

—Dime adiós y vete —insisto.

—No quiero decirte adiós. Llevamos toda la vida diciéndonos adiós.

Niego con la cabeza. No. Eso no puede ser. Tiene que irse. Tenemos que volver a decirnos adiós, porque su presencia me confunde, y si Thais lo ve, la va a confundir a ella también.

—Son casi las cuatro de la madrugada y tu vuelo para España, si mal no recuerdo, sale a las dos de la tarde —lo intento de nuevo. Álvaro no se mueve. Noto que no quiere separarse de mí—. Por favor, dime adiós y vete. Todo va bien y puedo ocuparme de mi hija.

—No quiero dejarte sola.

—No voy a estar sola —miento.

Necesito que se vaya. Ha sido verlo, estar con él y volver a sentirme esa chica enamorada que él conoció y a la que con su presencia se le aceleraba el corazón, y no. Eso no puede ser. El amor que hubo entre nosotros forma parte del pasado. Él me echó de su lado y me he encargado de que todos crean que ya me es indiferente, aunque, en silencio, yo nunca he dejado de amarle.

Tomo aire. Necesito centrarme para dejar de oír a mi corazón y pensar con la cabeza. No deseo que mi hija sufra por alguien que un día nos rechazó a las dos, por lo que le toco el rostro con cariño. Reencontrarme con él ha sido bonito y un regalo del destino.

—Ahora llamaré al padre de Thais y... —me invento una mentira.

—Vale. Lo entiendo —me corta.

Durante una fracción de segundo nos miramos como lo hacíamos años atrás y, por un instante, me da la sensación de que nos vamos a besar. Lo deseo y noto que él lo desea. Por ello y para romper aquel momento tan íntimo entre nosotros, doy un paso atrás.

—Adiós, Álvaro —me despido.

—Adiós, Bris.

Luego me doy la vuelta, y sin mirar atrás sigo a la enfermera. Noto cómo mis ojos se humedecen e instantes después varias lágrimas corren por mis mejillas, pero me las limpio. No es momento de llorar. No quiero derramar ni una lágrima más por él. Ya no.

Esa madrugada, cuando Thais duerme, voy a recepción. He de dar mi número de cuenta del banco para que pasen los gastos del hospital. Y entonces me sorprendo al saber que Álvaro lo ha dejado todo pagado, y eso me hace sentir fatal.

Capítulo 34
Álvaro

Mientras voy en el taxi en dirección al aeropuerto internacional John F. Kennedy para coger mi vuelo a Madrid no puedo dejar de pensar en Bris.

Haber estado con ella y haberla abrazado ha hecho que mi corazón vuelva a latir desbocado y de nuevo soy consciente de la bonita luz que ella irradia sobre mi vida.

Adiós. Nos hemos vuelto a decir adiós cuando tengo más que claro que reencontrarme con ella ha sido lo mejor que me ha pasado en los últimos siete años, y, ¡joder!, no me la puedo quitar de la cabeza.

Sus ojos. Su mirada. Su olor. La forma en la que me abrazaba me dice que sigue sintiendo algo por mí, como yo sé que lo siento por ella. La conozco. Y aunque los dos hemos cambiado por el paso de los años, hay algo que no ha cambiado, y ambos sabemos lo que es. Lo nuestro fue algo único y especial. Fue nuestro sueño del que no queríamos despertar hasta que por mi culpa se acabó cuando la eché de mi vida.

Pensar que esa chica de la que me enamoré, y sigo enamorado, es madre y tiene una hija me ha sorprendido. Bris, aunque deseaba hijos, siempre dijo que los tendría a partir de los treinta. ¿Qué pasó para que lo tuviera tan joven?

No entiendo de niños. Pero intuyo que la pequeña que iba dormida en la camilla de la ambulancia tendrá unos cinco o seis años. ¿Quién será el padre? ¿Vivirá en un sueño especial con él?

Mi mente da vueltas y más vueltas. Pienso en la acusación que lanzó sobre mi madre y mi abuela. Creerlo es duro, pero no dudo de lo que me ha contado. Conociéndolas como las conozco, sé que son capaces de eso y de más. Y, desde luego, cuando regrese a Madrid, es algo que voy a aclarar. Y como sea cierto, no sé qué voy a hacer, pues por su mentira me separaron del amor de mi vida.

Al llegar al aeropuerto, le pago al taxista, pero cuando me voy a bajar del vehículo, mis piernas no se quieren mover.

¿Qué pasa? ¿Qué me ocurre?

Pero las respuestas llegan rápidamente. Me he encontrado con Bris, y no quiero alejarme de ella. Y, aun sabiendo que puede que esté con el padre de su hija, cierro la puerta del vehículo, y le digo al taxista:

—Lléveme al hospital Monte Sinaí.

El taxista por el retrovisor me mira y, sin decir nada, hace lo que le pido.

Cuando llego un buen rato después, estoy inquieto. Son las doce de la mañana y puede que Bris ya no esté allí. Al no tener su teléfono no la he podido avisar, pero en último caso, si no está, hablaré con Lisa. Su hermana es camarera con Bris en el Stardust Diner, y seguro que me lo puede conseguir.

Esta vez sí que me bajo del taxi y entro por la puerta del hospital Monte Sinaí. Recuerdo que la enfermera dijo que la niña estaba en la habitación 552, y cuando me dirijo al ascensor veo una tienda con globos de colores. Me acerco a ella y pienso en comprarle algo a la pequeña. Miro a mi alrededor. No sé qué le gustara, pero finalmente me decanto por unos globos y un cuaderno de dibujo con sus pinturas. Espero acertar en algo.

Cargando con todo aquello más mi maleta, voy al ascensor. La quinta planta es la de pediatría. La de los niños. Con el corazón desbocado por lo nervioso que estoy, me acerco a la 552 y al hacerlo oigo la voz de Bris.

—Gracias por traer a Pompa y la maleta con ropa limpia para las dos —dice.

—Anda ya, Bris, ¡no digas tonterías!

Doy un paso más, quiero saber con quién habla, y sin que me descubra, la veo sonreír abrazada a una chica, a la que reconozco como la muchacha de anoche.

—He de ir al trabajo —le dice a Bris—, pero aquí te dejo las llaves para que cuando os den el alta os vayáis a mi casa. En vuestro apartamento, hasta que no se haga una limpieza en condiciones, no podéis entrar de nuevo. Por cierto, tu vecina Rosalía, esta mañana, cuando he ido a cogeros algo de ropa, me ha dicho que uno de los vecinos trabaja para una empresa de limpieza y que esa empresa os puede hacer precio por limpiar los apartamentos de arriba abajo. Si quieres que te apunten en la lista, llámala por teléfono para tenerte en cuenta.

Veo cómo Bris asiente.

—La llamaré —afirma—, pues dudo que esté aquí cuando comiencen a limpiar los apartamentos. El lunes te recuerdo que nos vamos de vacaciones —ambas sonríen y ella añade—: Ya he avisado en el Stardust de que las dos noches que me quedan por trabajar no podré ir.

—¿Y qué te han dicho?

—Mi encargada lo ha entendido. Sabe que empiezo mis vacaciones. Aunque me ha recordado que día que no trabajo, día que no cobro. ¡Como si eso no lo supiera yo ya!

—¿El fin de semana irás a trabajar en el musical?

Veo que Bris asiente cuando oigo la voz de la niña que murmura.

—Nooooo, mamiiii. No vayas. Quédate conmigo.

Bris sonríe. El rostro se le dulcifica de una manera que siento que me acabo de volver a enamorar.

—Escucha, princesa —responde—, me encantaría quedarme contigo el fin de semana, pero sabes que mami tiene que trabajar porque hay que pagar muchas cosas. Pero no olvides que el lunes nos iremos para Grecia con la familia, aunque este fin de semana mami tiene que trabajar, y tú te tienes que quedar con Karen.

—Mami..., ¿me das un abracito?

Oír eso me enternece, y entonces entro en la habitación. Bris no me ve. Está sentada de espaldas a mí, abrazando a la pequeña. Los ojos de la niña y los míos se encuentran por primera vez y entonces oigo gritar:

—Papiiiiiiii.

Miro hacia atrás para ver al padre de la niña, pero no hay nadie. Solo estoy yo.

—¡Madre míaaaaa! —Es Karen quien habla.

De pronto veo a Bris con el gesto totalmente desconcertado, y la pequeña, tirándose de la cama, viene hacia mí y se abraza a mi pierna:

—Mamiiii, ¡ha venido papiiiii! —grita emocionada.

¿¡Papi!? ¿Cómo que papi? ¿Por qué me llama así?

Miro a Bris en busca de una explicación, pero ella está muda. Solo nos observa. Cuando dirijo la atención a la niña que sigue agarrada a mi pierna, me quedo sin habla. Esos ojos y su color son exactamente iguales a los míos, a los de Andrea y a los de mi abuelo.

—¡Hola, papi! —exclama la pequeña, guiñándome un ojo.

Boquiabierto, la veo sonreír mientras todo el vello de mi cuerpo se eriza. ¿Me ha guiñado un ojo? ¿He visto y oído bien?

Veo que Bris y Karen se miran, perplejas. Karen se acerca a la niña.

—¿Qué te parece si vamos a jugar a la sala de...?

—No —le corta la niña—. ¡Quiero estar con papi!

Agarrada a mi pierna, la niña se aprieta contra mí, mientras yo apenas puedo respirar. No entiendo nada. ¿Pero de qué va esto? ¿Por qué dice que soy su papi? ¿Por qué tiene los ojos como yo e incluso los ha guiñado como yo hago?

Mi cabeza va a mil. Busca respuestas a todas las preguntas que me hago cuando veo que Bris se acerca a mí. Se agacha. De un tirón me libera de la pequeña y se la entrega a Karen.

—Llévatela a la sala de juegos —le dice.

—Joooo, mamiiiiii.

—Thais Suárez Papadopoulos. Vete ahora mismo con Karen.

La niña se resiste. Me mira. Me reclama. Vuelve a llamarme papi y me echa los brazos, pero Karen se la lleva y nos quedamos solos Bris y yo.

Suelto las cosas que llevo sobre la cama mientras un calor abrasador me sube por todo el cuerpo. Durante unos instantes necesito respirar, poner los pies en la tierra y reafirmarme en que tengo control sobre mí mismo, y cuando siento que lo he conseguido, pregunto:

—¿Me puedes explicar por qué esa niña me llama «papi» y por qué tiene los mismos ojos que yo?

Bris levanta el mentón. Cuando hace eso es porque se va a poner a la defensiva.

—Te devolveré el dinero que has pagado en el hospital —dice—. No tenías que haber corrido con los gastos de mi hija.

No es eso lo que he preguntado, y me enfado.

—El dinero me importa una mierda, y lo sabes muy bien. Y ahora, responde a mi pregunta.

—Mira, Álvaro. Ni te he pedido nada antes ni te lo voy a pedir ahora. No sé por qué has venido, pero lo mejor es que te vayas y...

—Bris —le corto—, ¿quieres hacer el favor de responder a lo que te he preguntado?

Bris me mira. En sus ojos veo desconcierto. Coge aire.

—No lo hice —confiesa.

—¿Qué no hiciste?

—No aborté.

—¡¿Qué?! —No entiendo nada.

—Decidí seguir adelante con el embarazo. Viví el presente y...

—¡¿Qué embarazo?!

—Ni que tú no lo supieras —sisea Bris—. Ahora no me vengas de imbécil, porque te juro que abro la ventana y te tiro por ella. —Niego con la cabeza. No sé de lo que me habla. Mi gesto tiene que ser tan de sorpresa que finalmente ella murmura—: Lo que tenía que hablar contigo aquel día en Ibiza era eso. Había descubierto que estaba embarazada y...

—¡¿Qué?!

Bris asiente.

—Se lo dije a tu madre.

—¡¿A mi madre?!

—Sí. Incluso me pidió una prueba de paternidad para creerme.

Boquiabierto, noto que me falta el aire.

—Apelé a su fe cristiana para que te contara que estaba embarazada —continúa— y así poder hablar contigo. Era mi única manera de llegar hasta ti.

No doy crédito a lo que oigo. Me siento en la cama. Como no lo haga, me voy a marear.

—¿Mi madre sabía que tú estabas embarazada?

—Sí.

Joder... Joder...

De todas las barbaridades que mi madre pudiera hacer mal en el mundo, esta sí que no me la esperaba.

—¿No te lo contó? —Ante mi negativa, ella susurra—: La madre que parió a rebruja. ¡Será perra!

Que llame perra a mi madre en este instante reconozco que no me produce ni frío ni calor. Estoy tan indignado con ella que incluso estoy por llamárselo yo.

Nos callamos. Estoy tan impactado que me toco la mano izquierda, en la que noto una extraña palpitación.

—Se lo conté —dice Bris—, porque pensé que saber que estaba embarazada de un hijo tuyo le ablandaría el corazón, pero veo que no fue así. ¡Joderrrrr! ¡Qué mala víbora! Y no tengo ningún problema en que me oigas llamarla así. ¡Pero es que es una mala víbora!

No digo nada. Intento procesar la información mientras soy consciente de que mi madre ha jugado con algo que nunca esperé.

—Estaba desesperada por verte —Bris continúa su relato—. Necesitaba contarte lo que me ocurría, y entonces la vi, subía de la calita, la intercepté en el camino y yo..., yo..., le di el anillo que para nosotros era mágico, para que te lo entregara. Le pedí que te dijera que pensaba en ti y que no quería despertar de nuestro sueño, porque creí que eso era especial para nosotros. Y también le dije que te esperaba a las nueve de la noche en la calita para hablar contigo sobre el embarazo.

Joder, me falta el aire.

Le dijo que pensaba en mí y que no quería despertar de nuestro sueño. Y mi madre me contó todo lo contrario.

¿En serio?

Sin asomo de duda, creo a Bris. Y consciente de que mi madre me acaba de decepcionar como nunca en su vida al mentirme y ocultarme semejante información, suelto un montón de maldiciones, furioso como jamás he estado.

¿Cómo mamá ha podido mentirme y ocultarme algo así?

¿Por qué mi abuela y ella contrataron a un tipo para que sedujera a Bris?

¡Un hijo! ¡Joder, Bris esperaba un hijo mío y ella me lo ocultó!

Molesto. Enfadado. Rabioso. Y con ganas de tenerla delante, tomo aire.

—Ella me dijo que el día que le diste el anillo —explico— ibas con un chico con el que no parabas de besarte, y le dijiste que ya no pensabas en mí, que habías despertado del sueño y que lo nuestro ya era pasado. Incluso exigiste que yo borrara tu teléfono móvil, como tú ya habías borrado el mío.

—¡Eso es mentira! Yo nunca dije eso.

Vueltas. Siento cómo mi mundo de pronto da vueltas. He vivido y vivo en un engaño constante con ellas. Desde luego, la palabra tonto se me queda pequeña. Pero la vida de nuevo me ha vuelto a sorprender.

—Thais... es hija mía —susurro con un hilo de voz.

—Sí.

Angustia. Regocijo. Rabia. Frustración. Todo me invade en un segundo.

—¡Soy padre! —exclamo.

Bris vuelve a asentir.

—Joder, Bris, ¡tenemos una hija! —afirmo, sintiéndome feliz.

—Sí, Álvaro. Tenemos una hija. Una maravillosa niña, a la que tu madre le ha privado de su padre sus seis primeros años de vida por su maldito egoísmo. Sola y con veinticuatro años decidí tenerla. Pensé en el aborto, pero mi bebé era todo lo que me quedaba de ti, y..., y... lo quería conmigo. Y aunque no ha sido fácil hacer de padre y de madre, renunciar a giras por no estar lejos de ella y trabajar en mil sitios para darle todo lo que ella se merece, te aseguro que lo volvería a hacer. Y lo haría porque Thais es el ser de luz más bonito que la vida, a través de ti, me regaló. —Emocionada, toma aire antes de concluir—: Y si he podido hacerlo, no todo el mérito es mío. Quiero que sepas que mis padres, mi familia, junto con tu padre y tu hermano y sus familias, han estado siempre a mi lado.

—¿Andrea y papá la conocen?

—Sí. Ellos nunca pidieron una prueba de paternidad, como hizo tu madre.

Saber eso me hace fruncir el ceño.

—Ellos no te tenían que decir nada, porque claramente los echaste de tu vida —me recrimina ella—. Por lo que, si te quieres enfadar con alguien, hazlo conmigo, no con ellos. A ambos les pedí que me guardaran el secreto. Les prohibí que te lo dijeran o lo comentaran con nadie para que la noticia nunca te llegara. Y si me hicieron caso y respetaron mi deseo fue porque en su momento yo guardé un secreto a Andrea, que ni muerta habría contado. Por lo tanto, que esto no te haga odiarles más, porque si a alguien tienes que odiar, es a tu madre. Ella, aun pidiéndole yo que te lo contara, lo calló y te negó el placer de algo que quizá te hubiera gustado saber y disfrutar.

—Por supuesto que lo hubiera querido saber y disfrutar —afirmo, sintiendo mi mano izquierda palpitar.

Guardamos silencio, ella sumida en sus pensamientos y yo en los míos.

—¿Por qué dijiste que llamarías al padre de Thais? —quiero saber.

—Porque necesitaba que te marcharas. No quería que te acercaras a ella. Sabía que ella te reconocería en cuanto te viera y temía tu reacción y que la volvieras a rechazar.

Me duele. Oír eso me duele mucho.

—Yo nunca hubiera hecho eso, Bris. ¿Acaso no me conoces?

—Creí conocerte, Álvaro. Pero aquel día tomaste decisiones que me hicieron descubrir en ti a un verdadero desconocido.

Aunque me duele escuchar lo que dice, sé que es cierto.

—La presión aquel día me cegó y... —trato de justificarme.

—Nos echaste a tu padre —me interrumpe—, a Andrea y a mí de tu vida. Obviaste nuestros sentimientos y...

—Lo sé, Bris. Lo sé. Lo hice muy mal.

Callamos de nuevo, mirándonos.

—Por eso, cuando esa noche no apareciste en la calita —reanuda ella el discurso—, pensé que también echabas al bebé de tu vida. Y no insistí. Respeté tu decisión como respeté mi decisión de traerla al mundo y quererla.

Horrorizado, me levanto de la cama. Saber que ella pensó así en aquel momento me parte el corazón y sé que esto no se lo voy a poder perdonar a mi madre nunca. Me siento el hombre más idiota e irresponsable del mundo.

—Lo siento, Bris —me disculpo—. La cagué. Me cegué dejándome llevar por la pena de ver a mi madre destrozada por lo de mi padre, cuando... tú..., tú..., ¡joderrrr!

No puedo continuar. La voz se me corta. Lloro. Lloro como un niño por la rabia y la impotencia que siento. Me da igual si los hombres lloran o no. Me da igual si hago el ridículo o no. Lo ocurrido fue tan grave que siento que me parto en dos. Bris se acerca y me abraza.

—Tranquilo... —me dice.

—No puedo —sollozo—. Lo hice todo mal, ¡joder, estabas embarazada! Te dejé sola. —Recordar aquello duele—: De haberlo sabido, nunca habría mirado para otro lado, Bris —le aseguro—. Nunca te habría dejado sola. Yo..., yo puedo tener muchos defectos, pero...

—Todo este tiempo creí lo contrario —me corta—. Y lo pensé porque tu maldita madre fue la que quiso que lo creyera. Jugó sucio con los dos, y eso nunca se lo voy a perdonar.

Horrorizado y consciente de aquella desoladora realidad, de que jugó sucio con los dos, asiento.

—Thais ha crecido sin mí y... —me lamento.

—El único papi que Thais ha tenido siempre has sido tú —me interrumpe—. Y si te ha reconocido nada más verte es porque en su habitación tiene una fotografía tuya.

Esas palabras me demuestran que Bris sigue siendo la maravillosa muchacha que un día me enamoró. Que Thais tenga una foto mía en su habitación me sorprende. Me sorprende mucho.

—Quería que Thais supiera quién eras —aclara—. Que te pusiera cara y ojos por si algún día, cuando fuera mayor, quería buscarte.

—Bris...

—Álvaro, yo nunca te hubiera buscado porque en su momento creí que habías tomado una decisión, y jamás he querido condicionar tu vida. Pero siempre tuve claro que el día que ella preguntara, porque ya no le valiera la excusa de papá trabaja muy, muy lejos, le contaría la verdad. Y lo haría porque Thais se merece un respeto, y la mejor forma de tenérselo es siendo sincera con ella en algo tan importante como es un padre.

Lo que Bris dice me parece duro, sensato y racional. En algún momento Thais habría preguntado por mí. El problema era que la verdad que le hubiera contado no era mi verdad. Yo desconocía su existencia.

Bris me mira. Con cariño retira las lágrimas que corren por mis mejillas.

—No llores más, que te pones muy feo —bromea.

Sonrío y me emociono al mismo tiempo. Nos miramos. Nos observamos de aquella manera que me hace entender que seguimos siendo ella y yo, y entonces acerca sus labios a los míos y me besa.

—¿Sabes?... Pienso en ti —susurra al separarse.

Oír esas palabras tan nuestras, tan de nuestra preciosa historia vivida, hace que el corazón me estalle en mil pedazos.

—Por favor, Bris —la abrazo—, perdóname. Fui un gilipollas. Me comporté de una manera despectiva e irracional con las personas que más quería, sin darme cuenta de que aquellas a las que yo decidí tener en mi vida no eran buenas. Y..., y en cuanto a ti y a la niña, no sabía nada. Te juro que si yo hubiera sabido algo...

Con su mano tapa mi boca. No me deja hablar.

—Estás perdonado, y ahora, por favor, deja de llorar.

—Te quiero...

Decir aquellas simples palabras hace que me libere. Que vuelva a ser el Álvaro que ella conoció. Pero ella me mira de una manera extraña.

—Creo..., creo que por hoy ya ha sido suficiente.

—Bris...

—Es mejor que te vayas —añade.

Paralizado, pues no sé qué es lo que tengo que hacer, no me muevo. Quiero quedarme. No quiero separarme de su lado, pero entiendo su reticencia. Comprendo que no puedo aparecer de pronto y pretender... Joder, ¿qué quiero pretender?

Hago un gesto afirmativo. Sé que ella tiene razón. Por hoy ha sido suficiente.

—¿Puedo llamarte esta tarde? —intento ser racional.

Bris me mira. En su mirada veo el desconcierto que seguramente he de tener yo en mis ojos.

—Mi número de teléfono sigue siendo el de siempre.

Saber eso me gusta. Nunca lo he borrado de mi teléfono. E intentando no agobiar, me acerco a ella y le doy un beso en la mejilla.

—Te llamaré —le digo.

Me doy la vuelta y salgo de la habitación mientras siento que no me quiero ir. Camino. No paro. Pero quiero regresar. Me subo en el ascensor. Le doy a la planta baja, y cuando las puertas se abren y voy hacia la salida, me fijo en el escaparate de la tienda de regalos que hay en el hospital. Allí hay un enorme oso. Gigante. Y sé que lo tengo que comprar para mi hija. Para mi niña.

Y eso es lo que hago. Y cuando salgo de allí con el oso, tomo aire. Voy a volver. Voy a subir a la habitación de nuevo. Siento que es allí donde debo estar, y metiéndome en el ascensor, me la juego todo a una carta mientras ruego para mis adentros que Bris no me eche a patadas.

Cuando entro en la habitación, Bris sigue sola. Mira por la ventana, y por su gesto intuyo que piensa en lo que ha ocurrido.

—No puedo marcharme —digo. Se gira con un gesto de sorpresa—. No sé si estás con alguien, pero si es así lo respetaré. Te perdí. Fui un idiota. Y si tengo que vivir el resto de mi vida amándote sin tenerte, lo aceptaré. Yo me lo busqué. Pero, por favor, ahora que sé que Thais existe, no me eches de su vida también. Quiero ser su padre. Y, si tú me lo permites, yo...

No puedo continuar. Viene hacia mí y lanzándose a mis brazos me besa. Sí. Sí. Esa era la reacción que yo deseaba. La que yo necesitaba.

El enorme oso cae de mis manos, mientras nos besamos con auténtica adoración.

—No estoy con nadie, porque nunca te he podido olvidar —murmura.

Sí... Sí... Eso era lo que más ansiaba escuchar. Lo que de pronto se había convertido en el centro de mi vida.

—Te quiero... —digo, enamorado como siempre he estado de ella.

—Yo también te quiero. Y cuando he dicho que te marcharas, ya deseaba que volvieras, porque nunca me he despertado de nuestro bonito sueño de amor.

La abrazo como siento que ella me abraza; la necesidad que sentimos el uno por el otro es la misma. Es igual. Saber que aún piensa en aquello tan importante para nosotros que es «nuestro sueño de amor» me gusta. Me gusta mucho.

—Aun habiéndome comportado como un gilipollas —afirmo—, yo también, durante todos estos años, seguí soñando dentro de nuestro sueño.

Sonriendo, nos volvemos a besar. De pronto, pese a haber estado casi siete años separados, volvemos a ser ella y yo. Cuando el beso se acaba, la miro con auténtica adoración.

—Eres preciosa, Julieta —susurro.

—Tú sí que eres precioso, Romeo.

Nos reímos

—¿Le gustara el oso a Thais? —pregunto.

—Le encantará.

Nos besamos.

—Mi Julieta Capuleto, nunca he dejado de quererte. Siempre fuiste mi mundo, mi vida, mi bonito sueño, mi presente. E incluso sin saber de ti durante todos estos años lo continuaste siendo, aunque yo me negaba a aceptarlo. A pensarlo. Y quiero que sepas que la peor decisión que tomé en mi vida fue ser un idiota y perderte.

—Álvaro...

—Si tú me dejas, si tú me lo permites, haré todo lo que haya que hacer para recuperarte. Para recuperaros a las dos.

Bris me mira con cariño. Siento que mis palabras le llegan directas al corazón.

—Romeo Montesco, ni te imaginas cuánto deseaba escuchar esas palabras de amor. —Sonrío. Ante mí vuelvo a tener a mi preciosa Julieta; ella continúa—: Eres el amor de mi vida y siempre lo serás. No ha habido ni un solo día en todos estos años en los que no pensara en ti, pero también quiero que sepas que he estado muy enfadada contigo, porque aquel día me decepcionaste al ver que no confiabas en mí y al sentir que creías a bruja y rebruja.

—Fui un gilipollas.

—Pero la vida, el mundo, el karma, las circunstancias o lo que demonios sea, ha hecho que nos reencontremos en Nueva York y hablemos. Y mira, ya sabes que yo vivo el presente y..., y..., ¿por qué no intentarlo de nuevo si tú me quieres y yo te quiero?

Le beso y ella acepta mi beso. Disfrutamos de este momento ansiado y deseado que, durante muchos años, por idiota yo lo jorobé, y cuando el beso acaba, nos abrazamos.

En silencio y abrazados estamos un buen rato mientras sentimos cómo nuestros corazones vuelven a tener un solo latido y cuando nos miramos, nos besamos. Un beso nos lleva a otro, y después al siguiente, y cuando ambos sabemos que o paramos o allí va a arder Troya, murmuro:

—No sabes cuánto te deseo.

—Tanto como yo te deseo a ti.

Sonreímos.

—No me voy a España. Me quedo contigo —decido.

—¿Qué dices?

Vuelvo a besarla. No quiero que me quite la idea que tengo de estar con ella y con la niña.

—Ahora que te he recuperado, me niego a alejarme de ti y de Thais. Quiero vivir el presente. Quiero reconectar contigo y conocer a Thais y que ella me conozca.

Bris sonríe. Me da un dulce beso en los labios.

—Vale. Seamos sensatos. Estaremos juntos unos días para que Thais y tú os conozcáis, y nosotros hablemos, pero luego te irás.

Oír eso me asusta. Me paraliza.

—Thais tendrá muchas preguntas —añade—, que quiero contestar estando con ella a solas. Y creo que tú también tienes que solucionar cosas en España y fuera de España.

Tiene razón. La entiendo. He de solucionar cosas con mi familia. Pero la impaciencia por no separarme de ella me hace comportarme así.

—No quiero decirte adiós.

—Solo me dirás hasta pronto.

Eso que acaba de decir me deja más tranquilo.

—Las cosas con mamá y la abuela las solucionaré una vez llegue a España. Tienen que darme muchas explicaciones. Pero en cuanto a mi padre y a mi hermano, me gustaría que...

—No te van a comer —se mofa.

—Lo sé... Te necesito a mi lado para hablar con ellos —le pido—. Y no es porque les tenga miedo ni nada de eso, es porque necesito teneros a los tres juntos, para pediros todas las disculpas del mundo.

—Cuenta conmigo —afirma Bris.

Sus palabras me hacen sonreír. Ella es lo mejor que nunca tendré en mi vida.

—Si por mí fuera, ya no me separaría de vosotras.

—¡Álvaro!

—Pero te entiendo, Bris. He de solucionar ciertas cosas y vosotras necesitaréis vuestro tiempo. Pero regresaré a ti. A vosotras. Volveré —afirmo, pensando en la que se va a liar cuando vuelva a Madrid.

Ambos sonreímos. Nos entendemos. Esa maravillosa comunicación que siempre hubo entre nosotros aparece de nuevo.

—He soñado con esto tantas veces que tengo miedo a despertar y darme cuenta de que ha sido un sueño —dice.

Con dulzura, le doy un pellizco en la cintura; ella da un brinco.

—No es un sueño. Es real. —Bris sonríe. Yo también. Quiero y deseo recuperar el tiempo perdido con ella y con la pequeña—. Nunca me perdonaré no haber estado contigo durante el embarazo y posteriormente todos estos años.

—Andrea y tu padre siempre han estado ahí. Nunca se han perdido un cumpleaños de Thais. En Navidad nunca le han faltado sus regalos. Y siempre que han podido han venido a verla y nosotras hemos ido a verlos a ellos.

Oír eso me emociona. Saber que, a pesar de mi ausencia, no las han abandonado y han podido contar con ellos me reconforta.

—Os tengo que pedir tantas disculpas a los tres —contengo un sollozo.

Bris me da un reconfortante abrazo.

—Yo no voy a decir qué clase de relación debes tener con bruja y rebruja, porque ellas son parte de tu vida. Pero en cuanto a Thais, no voy a consentir que ninguna de ellas se acerque a mi hija. ¿Te queda claro?

—El primero que no quiere que se le acerquen soy yo —digo con rotundidad.

Bris sonríe. Cogiéndola entre mis brazos comienzo a darle vueltas y cuando estamos riendo a carcajadas la puerta se abre y el médico que nos atendió en urgencias nos mira. Los dos dejamos la locura para tener cordura.

—Todo está perfecto —nos informa el médico, con una sonrisa—, y os podéis llevar a vuestra hija a casa.

—Muchísimas gracias por todo, doctor. —Le doy la mano.

Bris le da un abrazo. Los tres sonreímos, y cuando el medico se marcha y comenzamos a recoger las cosas de la habitación, de pronto, oigo:

—Papi...

Al mirar hacia la puerta veo a mi pequeña observándome. Por primera vez la miro con detenimiento y sonrío al ver que es igualita que Bris. Tiene su cabello oscuro y rizado. Sus cejas. Su mentón, excepto mis ojos azules. Es preciosa. Es una muñeca.

—Hola, cariño —me agacho.

Thais me mira. Y de repente se fija en lo que hay en el suelo a mi lado.

—¿Y ese oso? —pregunta.

Lo cojo y lo pongo ante ella.

—Lo traje para ti. ¿Te gusta?

La niña parpadea. El peluche es casi más grande que ella.

—Woooaaalllaaaa —exclama. Aquella expresión tan de su madre me hace soltar una carcajada. Está claro que le ha impresionado, y tras mirar a Bris, vuelve a mirarme y afirma—: ¡Es chulísimo! ¿Puede llamarse Porter?

Emocionado, asiento. Agarro la mano de Bris, que aprieta la mía.

—Puede llamarse como tú quieras, cariño —le digo.

Encantada, Thais mira el peluche.

—¿Tienes perrito? —me pregunta, y ante mi gesto afirmativo, abre los ojos y quiere saber—: ¿Y cómo se llama?

—Se llama Lolo y es un perrito muy muy bueno y cariñoso.

La niña sonríe. Noto que su sonrisa me llena el alma.

—No te vas a ir, ¿verdad, papi?

Miro a Bris, que sonríe. Karen entra corriendo, pero yo no aparto los ojos de mi preciosa hija.

—Claro que no, mi amor. Solo estamos recogiendo las cosas, porque mamá, tú y yo, nos vamos a un hotel mientras arreglan la casa por el incendio.

Bris, sorprendida, me mira. No hemos hablado sobre eso, pero si algo tengo claro es que los días que esté con ellas serán a tiempo completo.

—Me parece una excelente opción —afirma la amiga de Bris.

—Pero nos íbamos a ir a tu casa —murmura Bris.

Ella asiente, y cuando va a responder, alargo mi mano hacia ella.

—Soy Álvaro.

—Karen. —Me la estrecha y bajito murmura—: Si les haces daño, juro que te descuartizaré. —Aquello me hace sonreír. Luego mira a Bris y dice—: Mi casa es tu casa, como la tuya siempre ha sido la mía. Pero creo que ahora las dos tenéis que ir con él.

Las dos amigas se miran. Se comunican con la mirada.

—Yo también lo creo —claudica Bris.

Solucionado aquel tema, vuelvo a centrarme en la niña y la cojo por primera vez en mis brazos.

—Eres preciosa, ¿lo sabías?

La niña asiente. Me guiña el ojo con complicidad y con un gesto gracioso afirma:

—Sí. Mami siempre lo dice.

—Es que eres la niña más preciosa del mundo —interviene Bris.

Emocionado y conmocionado a partes iguales al saber que soy padre, y que la niña que tengo entre mis brazos es mi hija, no se me borra la sonrisa de la cara.

—¿Me darías un beso? —le pido.

Sin el menor asomo de duda, Thais lo hace. Me da el beso más dulce, bonito y encantador que me han dado en mi vida, mientras Bris sonríe, y yo me siento el hombre más completo y feliz del universo.

Capítulo 35
Bris

Cuando llegamos al hotel Four Seasons donde nos alojamos con Álvaro, mi pequeña mira todo a su alrededor con verdadera curiosidad. Aunque no vivimos mal, no está acostumbrada a aquellos lujos como yo estaba de pequeña. Ver su gesto asombrado me hace sonreír.

¿Qué madre no quiere lo mejor para sus hijos?

Thais no se separa de Álvaro. No lo suelta de la mano y cuando él se aleja en algún instante por algún motivo, veo cómo la mirada de la pequeña se intranquiliza y sé que es porque tiene miedo a que vuelva a desaparecer.

Eso me agobia. ¿Estaré haciendo bien? ¿No me estaré equivocando con la decisión tomada de volver a estar con Álvaro?

Mientras los veo colorear sobre la mesa con el cuaderno que Álvaro le ha comprado, me hago cientos de preguntas, sin saber las respuestas. Verlos juntos me gusta, como sé que les gusta a ellos. Pero hay algo que me está martirizando y es cómo reaccionará Álvaro cuando les comunique a su madre y a su abuela la existencia de Thais. ¿Ellas lo volverán a abducir o los años le habrán hecho madurar?

Cuando veo que a Thais se le abre la boca de sueño, me acerco.

—Princesa, llegó la hora de dormir.

—Jooo, mamiiiii.

Álvaro se ríe al escucharla y yo insisto.

—Vamos. Es muy tarde.

Thais finalmente asiente. Está cansada. Coge su inseparable peluche de dormir y el oso y los pone frente a Álvaro. Este, en silencio, mira a la niña, mira los peluches, me mira a mí.

—Thais quiere que le des su beso de buenas noches a Pompa y Porter —le explico.

Álvaro, con un gesto que no logro descifrar, se acerca a los peluches y les da un beso.

—Buenas noches, Pompa. Buenas noches, Porter.

Thais sonríe, y tras tirarse a su cuello para besarlo y hacerle prometer que estará cuando despierte, la llevo a la habitación.

Cuando la acuesto, con cariño le doy un beso en la frente y murmura:

—Mami..., estoy supercontenta. —Sé el motivo de esa felicidad. No hace falta que me lo diga—. ¿Podré conocer al perrito de papi?

Su pregunta me inquieta. No quiero mentirle.

—Eso ya se verá —respondo.

—¿Cuándo se me caerá otro diente?

—Pues no lo sé, cariño. De momento, se te ha caído el primero y...

—Mami. El ratoncito Pérez mola mucho. Me trajo todo lo que le pedí. Una gorra rosa y a papi.

Oír aquello me sorprende. Lo de la gorra lo sabía. Lo de papi no. Nunca me lo dijo.

—Cuando se me caiga otro diente le voy a pedir conocer a Lolo, el perrito de papi.

Enternecida, asiento. Thais siempre ha querido un perrito, pero yo no puedo dárselo. Mis horarios de trabajo y mis viajes por temporadas hacen que sea incompatible tener un perro en nuestras vidas.

—Descansa, mi amor. —Le doy un beso en la frente.

—Te quiero de aquí a la lunaaaaa....

—Y yo a ti, mi vida.

Al salir de la habitación, veo que Álvaro está ahí.

—¿Le pidió al ratoncito Pérez que me trajera? —me pregunta.

Asiento, y lo cojo de mano.

—Vamos. Dejemos que se duerma —le pido.

De la mano llegamos hasta el salón, donde nos besamos. Estamos en una preciosa *suite* de dos habitaciones, y cuando proseguimos el camino hacia la otra habitación, ambos sabemos lo que deseamos.

Con cierta urgencia siento que nos lanzamos hacia un beso desesperado. Un beso deseado. Su boca devora mi boca. Sus manos rodean mi cintura y yo me anclo a él como si fuera mi tabla de salvación.

Excitada, caliente y ansiosa, así me siento. Estar con Álvaro tras tantos años sin sentirlo me llena de recuerdos, y solo quiero, por una vez en mucho tiempo, ser simplemente yo. No ser mami. Solo quiero ser Bris y disfrutar.

Con mimo besa mi frente. De ahí baja a la punta de mi nariz, después los labios. Párpados. Cuello. Y termina con un ardiente y apasionado beso en la boca que me hace temblar, como tiembla él.

Luego su cálida lengua recorre mi cuerpo desnudo mientras yo jadeo al sentir cómo sus manos llegan a mis piernas, las abre y su caliente boca pasea por mi vagina. El placer que aquello me ocasiona es abrasador y más cuando su dura y húmeda lengua entra y sale de mí. ¡Oh, sí! ¡Oh, sí!

Me arranca oleadas de placer que disfruto extasiada, y cuando chupa mi clítoris y lo succiona, tengo que taparme la boca para no gritar de placer.

Me muevo. No puedo parar de hacerlo cuando Álvaro repta por mi cuerpo y tras besarme en la boca murmura con un hilo de voz:

—¿Todo bien, cariño?

Asiento. Todo está más que bien. Y tomando ahora yo el mando de la situación, cojo con mis manos su cabeza, y lo beso larga e intensamente mientras mi mano baja hasta su pene erecto para tocarlo y darle placer, que llega con su gemido de satisfacción.

Acalorados y sin aliento, nos miramos. Está claro que los años en los que hemos estado separados ambos hemos aprendido algo más del sexo.

—Julieta..., me vuelves loco —susurra.

Eso me hace sonreír. Se pone sobre mí, y mirándome a los ojos introduce su duro y caliente pene poco a poco en mí. Lo hace lentamente. Lo disfruta tanto como lo disfruto yo, mientras nos besamos y nos mordemos los labios y la barbilla en nuestro loco momento de pasión.

Segundo a segundo, el ritmo de sus embestidas aumenta, como siento que aumentan los latidos de mi corazón. Sus caderas y mi pelvis se encuentran una y otra y otra vez. Ninguno quiere parar. Ninguno desea que aquel caliente y morboso momento se acabe, hasta que finalmente nos besamos para ahogar nuestro grito de placer, y nos dejamos llevar por un más que loco clímax.

Cuando Álvaro se quita de encima de mí para no aplastarme, no suelta mi mano. La tiene sujeta con fuerza.

—¿Qué estamos haciendo? —pregunto antes de que hable él. Álvaro parpadea cuando continúo—. Yo... Yo te quiero y sé que tu sentimiento hacia mí es igual, pero estoy asustada. Esto ya no va solo de ti y de mí. Ahora está Thais, y lo último que quiero es hacerle daño por...

No puedo continuar. Álvaro tira de mí para ponerme sobre él.

—Te quiero —dice—. Y quiero a Thais, y nunca os volveré a hacer daño. Te prometo que no voy a separarme nunca de vosotras.

—Álvaro...

—Nos hemos reencontrado y solo quiero amaros y cuidaros como lo más valioso, bonito y auténtico que tengo en mi vida. Hace siete años fui un imbécil, un gilipollas, un *malaka* —afirma con una sonrisa—. Hice el idiota. Cometí errores. Pero, cariño, he abierto los ojos. Me he dado cuenta de mis errores y solo necesito que me des una oportunidad para demostrarte que soy el hombre que mereces tener a tu lado y no el mierda que un día te decepcionó. Por lo tanto, por favor, no tengas miedo y confía en mí.

Me gusta lo que oigo, y lo mejor, mi corazón me dice que es verdad. Como diría mi padre, vivir implica aceptar los cambios que la vida nos presenta. Y sí. Yo quiero vivir. Y quiero hacerlo con él. Con Álvaro.

Ambos sabemos que se equivocó en muchas cosas, como posiblemente también me he equivocado yo. Pero también sabemos que hubo cosas en las que no pudo elegir.

—Si me vuelves a fallar, te mato —le digo.

—Antes me mato yo —afirma con seriedad.

Tras besarnos de nuevo, con un beso lleno de esperanza, Álvaro quiere saberlo todo. Necesita conocer esos siete años en los que hemos estado separados, y se los cuento. Intento ser detallista a la hora de describirle cosas sobre el embarazo, el parto, los primeros pasos de Thais, sus primeras palabras. Su primer día de guardería e infinidad de cosas más, e incluso prometo enseñarle millones de fotos cuando pueda regresar a casa. Sé que le gustarán.

Álvaro me escucha. En ocasiones, por su rostro corren algunas lágrimas de frustración y pena por todo lo que no ha podido vivir, pero también llora de alegría ante muchas de las anécdotas que le cuento.

Durante horas y sentados sobre la cama, hablamos. Nos comunicamos. Nos ponemos al día sobre esos siete años en los que nos perdimos la pista, y cuando acabamos, volvemos a hacer el amor, conscientes de que hoy, y le pese a quien le pese, es el primer día del resto de nuestras vidas.

Capítulo 36
Álvaro

Madrid

Solo hace nueve horas que me he separado de ellas, con un sentido «hasta pronto», y me siento desfallecer.

Como siempre que estoy con Bris, mi cuerpo se llena de luz y de energía, y ahora que he llegado a Madrid y me he despedido de ellas en el aeropuerto, pues cogían un vuelo que las llevaría a Grecia, aún feliz por nuestro reencuentro, las añoro. Las echo de menos.

Mientras espero las maletas miro en mi teléfono móvil las fotos que me he hecho con ellas. Pensar que esa preciosa niña es mi hija me llena de felicidad y ver a Bris y saber que la he tenido con ella es mi mayor orgullo, a pesar de los pesares.

Salgo para coger un taxi. El aeropuerto está a reventar, pero, por suerte, el servicio de taxi va rápido.

De camino a mi casa, no puedo parar de pensar en las cosas que Bris me ha contado sobre lo que hizo mamá y cree que hizo la abuela, y me parte el corazón.

Que mamá supiera que Bris estaba embarazada y no me lo dijera es algo que no me entra en la cabeza. Y pensar que mi abuela contrató a un tipo para conseguir aquellas fotos de Bris besándose me hace empezar a pensar lo mismo que piensa ella. ¡Qué coincidencia que esas imágenes fueran tomadas justo en ese instante!

Sigo viviendo en la misma casa. Le compré a Montse su parte y ahora es solo mía... y de Lolo.

Tras ducharme y cambiarme de ropa, busco entre mis cosas algo que necesito. Allí está aquel maldito sobre, que contiene las fotos que le hicieron a Bris con el tal Michael. Y, después de mirarlas otra vez, decido llamar a la casa de mamá. He de hablar con ellas y recoger a Lolo.

Un timbrazo. Dos. Y al tercero Gloria coge el teléfono y se interesa por mí. El cariño que ella me da nunca me lo ha dado mi madre, y tras saber que ella y la abuela están en la casa, le indico que iré a recoger a Lolo, pero que no les diga nada. Quiero sorprenderlas.

Diez minutos después, bajo al parking, cojo mi vehículo y me dirijo a las afueras de Madrid. A la casa de mi madre. La casa familiar.

Cuando llego, el primero en venir a saludarme es Lolo. Se vuelve loco. Me hace una fiesta llena de ladridos y cariño, y yo sonrío feliz. Tengo un perro encantador. Gloria, cuando Lolo se lo permite, me da un cariñoso abrazo.

—Tus ojos brillan y eso me gusta —me dice—. Pero tu gesto refleja que ocurre algo que te tiene muy disgustado.

Por un instante estoy a punto de contarle todo lo que tengo en mi cabeza.

—Se puede decir que vuelvo a ser feliz, aunque antes he de aclarar ciertas cosas —respondo, sin soltar el sobre que llevo en mis manos.

Gloria me abraza. Como siempre, su abrazo me reconforta.

—Tengo que contarte cosas, aunque primero he de hablar con mi madre y la abuela. Pero un día de estos te invito a un café en mi casa y hablamos.

Gloria asiente. Con cariño me retira el flequillo del rostro y sujeta a Lolo para que no me siga.

—Ya hablaremos —dice—. Y ahora entra a verlas. Están con unas amigas en la terraza tomando un refresco.

—¿Quiénes son? —Gloria se encoge de hombros—. Déjalo. Ahora lo veré.

Acto seguido le doy un beso en la mejilla y con paso decidido me encamino hacia la terraza. Al abrir la puerta las veo.

—Hijo, ¡por fin has vuelto! —exclama mamá, levantándose. Viene hacia mí. Por su gesto y su efusividad me hace saber que aquellas mujeres le importan cuando murmura, tras darme un rápido beso—: Son Dolores Mejía San Silverio, su hija Elizabeth y su nieta Macarena. Soltera y sin novio.

Tomo aire. Nunca se cansan.

—Os presento a todas a mi increíble a la par que guapo nieto Álvaro —mi abuela se levanta, y se apoya en su bastón—. Hoy en día es la cabeza visible del bufete Vizoso, y acaba de regresar de Nueva York tras llevar allí unas negociaciones finalizadas con éxito. —Todas me miran y me sonríen. Mi abuela hace las presentaciones—: Álvaro, ella es mi amiga Dolores Mejía San Silverio, su hija Elizabeth y su preciosa nieta Macarena.

Con educación saludo. Si algo soy es educado.

—Justo le estábamos diciendo a Macarena —explica mi madre— que haremos una cena para el viernes, y que estaría bien que acudiera como...

—Mamá —le corto—. No empecemos. —Todas me miran. Yo, seguro de lo que voy a hacer, me dirijo a la tal Macarena—: Disculpa. No tengo nada contra ti y seguro que eres una mujer encantadora. Pero no busco novia, ni mujer, ni nada por el estilo, y si algo no soporto, y ellas lo saben, es que hagan planes por mí.

Macarena asiente. Me entiende.

—Pero bueno... ¡Álvaro! —se sorprende mi madre.

La incomodidad se respira en el ambiente. Sé que acabo de entrar como un elefante en una cacharrería.

—Señoras. Encantado de conocerlas, pero si no les importa, tengo que hablar urgentemente con mi madre y con mi abuela —pronuncio.

Todas me miran sorprendidas

—Álvaro. Creo que... —empieza mi abuela con gesto contrariado.

—Nosotras nos marchamos —dice Macarena, levantándose.

La miro con afecto y le doy las gracias con la mirada, a lo que ella responde con una inclinación de cabeza. Tan pronto salen, mi abuela salta:

—Pero ¿quién te has creído que eres para hacer algo así en mi casa?

—Está casa en todo caso es «mi» casa —le corto—. No «tu» casa.

—¡Álvaro! ¡Compórtate! —regaña mi madre.

Mi abuela me mira. No me quita ojo. Su egoísmo es tremendo. Todo es suyo. Desde que me separé de Montse, nuestra relación ha ido a peor.

—Con la buena educación que te dimos, lo mal que nos lo estás pagando. Pero, claro, ¿qué esperar de ti con los genes del italiano que tienes? —esparce su veneno.

Tomo aire. Está claro que aquella maldita mujer nunca para.

—Mejor no sigas por ahí, porque la vas a cagar todavía más.

—¡Álvaro! ¿Qué maneras son esas de hablarle a tu abuela?

—¿Y qué maneras son las suyas al referirse a mi padre? —la callo.

—Ni que ese atontado o el marica de tu hermano te importaran —musita Alvariña.

Oírla es desagradable. Muy desagradable.

—Vuelve a mencionarlos con ese desprecio y te juro que te echo de esta casa a patadas —le grito. Las dos se miran. Se sorprenden de mi arranque. Yo continúo—: Como el idiota que soy, me dejé envenenar por vosotras, pero eso se acabó. Por fin he abierto los ojos y...

—Álvaro —me interrumpe mi madre—. No te consiento que nos hables así. Pero ¿quién te has creído que eres para levantarnos la voz? —La miro. Noto que tengo la tensión por las nubes, y cuando voy a responder, ella prosigue—: ¡Yo, que te he dado la mejor educación y el mejor trabajo! ¡Yo, que siempre me he preocupado por que tu vida fuera buena y...!

—Madre —esta vez le interrumpo yo—. ¡Cállate! —Se calla. Sorprendentemente se calla, por lo que saco las fotos del sobre que llevo en la mano y, enseñándoselas para ver su reacción, afirmo—: Sé que pagasteis a este chico para que sedujera a Bris en Las Vegas. ¿Por qué?

Mamá y la abuela se miran. Ni siquiera tienen la decencia de hacerse las sorprendidas. Saben perfectamente de lo que hablo.

—Lo hicimos por tu bien —dice mi abuela.

Joderrrrr.

¿Lo está corroborando? ¡¿Lo están afirmando?!

—Maldita sea, ¿cómo pudisteis hacer algo así?

Mi abuela sonríe. Mi madre no, y yo, enfadado, levanto la voz y comienzo a discutir con ellas. Les digo todo lo que me viene a la cabeza por aquella mala jugada que me hizo cambiar mi vida.

—Briseida no te convenía —suelta mi madre—, y me niego a seguir dando explicaciones de una acción que creo que correspondía.

¡Increíble!

Lo que mi madre dice es increíble.

—Que me conviniera o no, era asunto mío, no vuestro, y...

—A ver, hijo —interrumpe mi madre—. Si lo hicimos, fue por ti. Por que tuvieras un futuro decente y...

—¿¡Me hablas tú de decencia!?

—Álvaro —señala mi abuela—, me parece que estás sacando los pies del tiesto ya demasiado.

Sorprendente. Siguen sorprendiéndome.

—¿Acaso vosotras no habéis sacado los pies del tiesto demasiado? —Ellas parpadean; furioso, miro a mi madre—. ¿Por qué no me dijiste que Bris estaba embarazada?

Mamá palidece.

Lo que acabo de soltar es una bomba muy, muy gorda.

—A saber si ese hijo era tuyo. ¡Álvaro, por Dios! —señala la abuela con toda tranquilidad.

Boquiabierto, la miro. ¿Ella lo sabía también? Ambas lo sabían, ¿y ninguna me dijo nada?

Eso me encabrona. Me encabrona mucho más.

—Ella te pidió que me lo dijeras. —Miro a mi madre—. Te lo suplicó. ¿Cómo algo tan importante para mí pudiste callarlo? Me impediste que supiera algo que...

—Yo se lo prohibí —suelta mi abuela.

—¿¡Que tú qué!? —exclamo estupefacto.

—Tu madre, muy apurada, me dijo que esa burda bailarina le contó que estaba embarazada —suelta la abuela con frialdad—, y mira, Álvaro, bastante teníamos en ese momento con la separación de tus padres, el nuevo hijo de tu padre y el maricón de tu hermano como para encima cargar con un crío que a saber de quién era.

Oír todo aquello me subleva. Me destroza. Hace que algo en mi interior se rompa por completo. Aquella mujer, a la que durante años he llamado «abuela» no tiene respeto ni empatía por nada ni por nadie.

—Fuera de aquí —le ordeno, agarrándola del brazo. A medida que camino con ella hacia la puerta, intenta zafarse, pero está torpe, por lo que no lo consigue, y sin ganas de escucharla la saco del salón—. Te respeté durante muchos años por ser la madre de mi madre, pero eso se acabó. Eres una mala persona, que solo traes maldad allá adonde vas, y se acabó, porque ya no voy a permitirte que hables mal de personas a las que quiero y respeto. Por lo tanto, quédate fuera del salón, porque quiero hablar a solas con «mi» madre. ¿Te queda claro?

La abuela, furiosa, me mira. Lo que oye no le gusta.

—¡Es mi hija! —escupe.

—¡Es mi madre! —insisto.

—Tú a mí no me hablas así y menos en mi casa —se recrudece.

Molesto y enfadado, me doy la vuelta, cierro la puerta de un portazo.

—Y tú —miro a mi madre—, explícame ahora mismo por qué no me dijiste algo tan importante como que iba a ser padre. ¿Cómo fuiste capaz de hacer algo tan atroz? ¿Cómo pudiste callar algo tan importante para mí, cuando sabías perfectamente lo mucho que amaba a Bris?

—¿Y si no era tu hijo? —me suelta.

—¡Madre!

La puerta del salón se abre. La abuela entra y tras ver cómo empuja a Gloria, que intenta sujetarla, dice a gritos:

—Sal de esta casa antes de que yo te eche a patadas, ¡maldito desagradecido!

Oír eso, no sé por qué, me hace reír, y tras ver que Gloria está bien, pregunto:

—¿En serio me vas a echar de mi casa? ¿De la casa que mis padres compraron y en la que yo me crie? —Mamá mira a su madre. Después me mira a mí. Y yo, cabreado, grito—: ¿Y tú no vas a decir nada? ¿Pero en qué te has convertido, mamá? ¿En serio que no tienes nada que decir al respecto?

—Álvaro...

Mi abuela llega hasta mamá. La agarra del brazo.

—¡Échalo de esta casa! —exige—. ¡Inmediatamente! ¡Al final es un Lombardo!

Mamá se zafa de la mano de ella.

—Si no te dije lo de Briseida fue por ti —me dice.

—¿Por mí?

—¡Sí! ¿Y si esa chica solo buscaba tu dinero? ¿Y si el hijo no era tuyo?

Horrorizado, niego con la cabeza. Eso que dice es absurdo.

—Me destrozaste la vida. Me la partiste. He estado durante siete años siendo un puto infeliz, simplemente porque así se te antojó a ti. ¡Joderrrrr! ¿Pero qué clase de madre eres?

Mamá con gesto adusto me mira mientras la abuela grita y protesta, pero a mí me da igual lo que haga. Lo que diga. Lo que piense. Es algo que a mí ya no me produce ni frío ni calor.

—Quiero que sepas que esto no te lo voy a perdonar nunca —digo con seguridad.

—¡Hijooo!

—Y no te lo voy a perdonar —insisto, lleno de rabia— porque no solo me jodiste la vida a mí, sino que se la jodiste a Bris y en una parte a mi hija privándole de un padre.

Mamá cae de culo en el sofá. Creo que la impresión de saber que tengo una hija, que es abuela, ha hecho que sus piernas se vuelvan chicle.

—A saber de quién es esa niña —grita la abuela.

Paso. Paso de todo lo que diga.

—Por casualidades de la vida —continúo diciéndole a mi madre—, Bris y yo nos hemos encontrado en Nueva York, y mira por dónde ¡me entero de que tengo una hija!

—No puede ser —murmura con un hilo de voz—. ¿No abortó?

Oír aquello me subleva más.

—¡No, madre! ¡No abortó! —Respondo, soltando un bufido, y acercándome a mi progenitora, me agacho y siseo—: Tengo una preciosa hija a la que voy a mimar, cuidar, amar y querer, y a la que en la vida voy a permitir que te acerques, ni tú ni por supuesto ella.

Mamá balbucea. Apenas entiendo lo que dice y, la verdad, tampoco me preocupa.

—Cuando..., cuando todo el mundo se entere de que tienes una hija, será un escándalo. ¿Cómo vamos a explicar que...? —replica.

—¿Explicar qué a quién, madre? —le corto.

—Maldito descerebrado —grita mi abuela—. No voy a permitir que nos avergüences aceptando a esa cría de a saber Dios quién.

—No puedes hacer algo así, Álvaro. ¡Será una vergüenza para la familia! Si reconoces a esa niña como tu hija, te desheredaré, como hice con tu hermano. No tendré hijos. No voy a aceptar que...

—Métete tu puto dinero por el culo, Olalla. ¿Pero de verdad crees que yo soy como tú o como ella? ¿De verdad crees que yo necesito tu dinero para vivir? —Las dos se miran. En sus ojos veo la rabia por ver que esta vez no me están doblegando—. Como le dijiste a Andrea, eres Olalla porque ya no te sentías su madre. Pues aplícate el cuento, porque tú, para mí, ya no eres mi madre. Eres simplemente una desconocida llamada Olalla.

Blanca como la cal me mira, cuando Alvariña, a la que nada le importa el dolor que su hija, grita:

—Me niego a admitir que un nieto mío tenga una hija bastarda.

—¡Bastarda lo serás tú! —grito ofendido.

Tan pronto digo eso tan desagradable a la que hasta aquel momento consideraba de mi familia, y ha dejado de serlo, sé que mi nivel de tolerancia es cero. No aguanto más.

—Álvaro. Retira lo que le acabas de decir a tu abuela.

—Cuando ella retire lo que le acaba de decir a mi hija.

—¡Antes muerta! —afirma mi abuela.

—¡Antes muerto! —me reafirmo yo.

Mamá se levanta. Me mira con los ojos cargados de rabia y, acercándose a mí, me cruza la cara con un bofetón. El golpe no me duele. Lo que me duele es su falta de empatía cuando escupe:

—Vete de mi casa, maldito desagradecido, y no vuelvas nunca más.

Aquello me hace ver las cosas con más claridad todavía.

—Claro que me voy, y espero que en la vida os acerquéis a mí. Y tú, Olalla, recuerda. Vas a terminar sola. Tremendamente sola. —Me dirijo hacia la puerta del salón, pero antes de salir me doy la vuelta, y al ver que me miran, digo—: Lo vuestro es increíble. Mucho ir a misa los domingos, mucho puñito en el pecho ante los demás para demostrar lo cristianas que sois, y, luego, sois las peores personas que he conocido en mi vida.

Y sigo mi camino mientras las oigo gritar groserías y barbaridades. ¿Pero cómo he podido estar tan ciego? ¿Pero cómo pude ser tan idiota?

Al llegar a la puerta, Gloria, con gesto de susto, se acerca, me abraza y me da un beso con cariño.

—¿Estás bien? —pregunta.

No. La respuesta es no, y ella lo sabe.

—Recoge tus cosas. Te vienes conmigo.

—Álvaro, ¿qué dices?

Lo tengo claro. No quiero que Gloria siga un segundo más con ellas, que nunca la han tratado bien.

—No se merecen que las cuides como lo haces —insisto—. No se merecen nada de ti. Y sabes que en mi casa hay sitio suficiente para que vivas conmigo. Porque si alguien ha sido mi madre, esa has sido tú.

Escuchar aquello la emociona.

—A ver, mi cielo —dice—. Te quiero más que a mi vida, y lo sabes. Pero piensa. No puedo irme así como así. —Puede, ¡claro que puede!—. Y vivir contigo, ¿para qué? Mi cielo, tú no me necesitas.

—Siempre te voy a necesitar. Siempre —afirmo, conmovido. A Gloria se le llenan los ojos de lágrimas cuando desvelo—: Tengo una hija con Bris. Y si las cosas se arreglan y convenzo a Bris para que viva conmigo, quiero que seas la abuela que cuide de mi hija. No la criada maltratada de esas dos brujas.

Emocionada, asiente. Está claro que ha oído lo que en el salón hemos hablado, Saco mi móvil y le enseño varias fotos de mi niña.

—Ay, por Dios, mi cielo —dice con dulzura—. Tiene tus ojos y tu sonrisa, pero también se parece a Bris en su pelo oscuro y rizado. ¡Qué bonita es!

Sonrío. Asiento. Mi niña es preciosa. Le doy otro beso.

—Piénsate lo que te he dicho. Te llamo en unos días y lo hablamos, ¿de acuerdo?

Gloria asiente. Salgo de allí. Cojo a Lolo, lo meto en el coche y nos vamos de aquella casa a la que no pienso regresar en mi vida.

Capítulo 37

Bris

Santorini, agosto

Cuando llego al aeropuerto de Santorini tras más de catorce horas de viaje y hacer escala en Milán, estoy agotada. Thais, aunque se porta bien, no deja de ser una niña de apenas seis años a la que hay que entretener.

Sigue nerviosa por haber conocido a su padre y no para de hablar de él. Álvaro la ha impresionado. Creo que se han impresionado mutuamente y, joder, ¡eso me encanta!

Cuando me dirijo con mi hija para recoger el equipaje, enciendo mi teléfono móvil, y lo primero que me saltan son varios mensajes de Álvaro de hace horas. Ya está en España, me dice que nos echa de menos, que nos quiere, y procedo a decirle que nosotras ya estamos en Santorini y que lo queremos y echamos de menos.

Tras escribirle me siento feliz. Aunque todavía no sé cómo ha pasado, pues la vida me ha sorprendido, Álvaro y yo volvemos a estar juntos. Como decía mi hermana Peny, si alguien merece la pena, ¡apuesto por el amor!

Pienso en la reacción de mis padres en cuanto se enteren. Thais se lo va a decir tan pronto los vea, y espero que ellos se lo tomen bien.

En todos estos años me he esforzado en hacerles creer que Álvaro ya era pasado, aunque fuese mentira. De hecho, cuando alguna vez él ha salido en la conversación ellos han sido siempre muy prudentes con sus respuestas.

Cuando pasó lo que pasó, mi padre se enfadó mucho al ver que Álvaro se había desentendido de mí y por consiguiente del bebé.

Recuerdo que quiso ir a España para partirle la cara, junto con mis tíos y primos, pero yo no se lo permití. Pero luego, con el paso del tiempo, nunca lo he oído decir una mala palabra hacia él, ni a mamá tampoco. Se puede decir que, al respetar a Thais, lo respetan a él. O yo lo veo así.

Y, bueno, estoy algo nerviosa por su reacción en cuanto Thais les diga que ha conocido a su padre y yo les cuente que nos hemos dado otra oportunidad.

Joder, ¿qué pensarán? ¿Qué dirán? Eso me carcome por dentro.

En cuanto a Andrea y Simone, no he hablado con ellos del tema. Cuando se lo comunique quiero hacerlo mirándolos a los ojos para ver cómo reaccionan ante todo lo que ha pasado y la intención de Álvaro de verlos para hablar.

Cuando nació Thais, Andrea y Simone lloraron de emoción al conocerla. Entre sollozos los oí decir cuánto les hubiera gustado que Álvaro la hubiera reconocido como su hija, pero después nunca más lo volvieron a mencionar. Yo misma dejé de hablar de él. Les hice creer a ambos que ya había desechado a Álvaro de mi cabeza, y percibo que me creyeron.

Pero intuyo que Álvaro es un tema que ninguno de nosotros ha olvidado, aunque no lo mencionemos, y, la verdad, agradecí que fuera así. Hablar de él era doloroso. Pero eso va a cambiar, y no paro de preguntarme si le darán la oportunidad de hablar o, por el contrario, no querrán saber nada de él.

Tras recoger las maletas, siento a mi muñequita sobre una de ellas. El aeropuerto de Santorini está a tope de gente, y no quiero perderla de vista. Al dirigirme a la salida, veo a mamá, y sonrío.

Ella no me ha visto. Está hablando con papá. Sonríen por algo.

—¿Quién está allí? —le señalo a mi pequeñaja.

Thais, sentada sobre la maleta y sujeta por mí, con Pompa en sus manos, al ver a quien indico, rápidamente grita:

—¡Yayitossssssss!

Su tono de voz hace que mis padres la oigan y me tengo que reír al ver cómo comienzan a dar saltitos de felicidad. ¡Son tan monos!

Papá y mamá nos abrazan con fuerza y no dejan de besarnos.

—Yayito —suelta Thais—, papi vino a verme cuando estuve en el hospital y me regaló a Porter. Un oso que se ha quedado en casa, porque es tan grannnnndeeee que no podíamos traerlo en el avión. Y..., y tiene un perrito que se llama Lolo y..., y... que yo quiero conocer.

Papá me mira. Y mamá, en su mejor versión de Terminator, clava sus ojos en mí y mueve el cuello.

—Briseida Suárez Papadopoulos, ¿qué es eso de que Thais ha estado en un hospital? —pregunta.

A toda prisa relato lo ocurrido en el incendio.

—Si no os conté nada fue para no asustaros —les digo—, pues, como veis, Thais está bien.

Mamá, con cara de susto, abraza a la niña.

—¿Y qué ha dicho de Álvaro? —pregunta mi padre descolocado.

—Sí, yayito. Papi vino al hospital y luego nos fuimos con él al hotel muy grande y bonito donde comí muchísimo helado y mogollón de patatas fritas —añade mi hija emocionada.

Papá y mamá se miran con gesto de no entender nada.

—Venga. Vayamos a casa. Luego os cuento, ¿vale? —digo, sin perder la sonrisa.

No insisten. Entienden mis palabras y caminamos hacia el coche mientras vuelven a darnos mimos y amor.

Cuando llegamos a la casa, antes de bajarnos del coche, ya veo salir corriendo a las tías Dimitra y Nereida, a los tíos Eros y Spiros, y a los primos Tibalt, Lilah y Homero.

Corren hacia nosotros y nos besan y abrazan, originándose un enorme escándalo que atrae a los vecinos, que se suman al recibimiento.

—Tenemos que engordarte. Mira qué delgada vienes —indica mi *yiayiá*.

—Le dije a Leónidas, el hijo de una amiga, que venías. ¡Tengo que presentártelo! ¡Es un griego encantador que te va a gustar! —cuchichea mi tía Dimitra para mi horror.

Petra, la vecina española, me abraza.

—Pero qué guapa estás, Briseida.

Gustosa sonrío, mientras la prima Lilah me toca el pelo e indica que necesito una buena hidratación, Homero me habla de su nuevo velero, el primo Tibalt de lo bien que le va en su restaurante y mi tío Spiros me cuenta que se ha comprado un nuevo coche.

Todos hablan. Todos quieren contarme infinidad de cosas, y yo intento escucharlos, mientras veo a Thais con mis padres y mi *yiayiá* hablando, y a juzgar por cómo me miran, sé cuál es el tema de conversación.

Esa noche, cuando por fin Thais cae derrotada en la cama, salgo de la ducha y voy hacia la cocina. Sé que mis padres me esperan allí para oír lo que les tengo que contar.

—Briseida Suárez Papadopoulos —dice mi madre tan pronto entro—. Cuéntanos ahora mismo por qué nuestra niña conoce a Álvaro.

Oír eso me hace sonreír. Vuelvo a sentirme una niña. Y viendo su impaciencia, les cuento la verdad. Cómo me lo encontré en el Ellen's Stardust Diner y cómo al día siguiente nos volvimos a encontrar en el hotel. A medida que lo hago siento que me emociono. Que el corazón se me acelera mientras mamá gesticula. Me interrumpe infinidad de veces. Quiere saber todo al dedillo. Mientras papá, callado, observa y escucha.

—Maldita perra esa Olalla —murmura mamá—. Mira que nunca fue objeto de mi devoción.

Conocer que le ocultó a Álvaro la verdad del embarazo les molesta muchísimo.

—Fíate de las más cristianas y devotas, y sal corriendo —observa mi padre—. Menuda mala víbora, ella y la jodida abuela.

Nunca les conté que supe que bruja y rebruja habían contratado a Michael para que me sedujera. En su momento me callé, porque si se lo hubiera contado, creo que mamá y papá habrían viajado a España a por ellas.

—Pero ¿cómo pudo hacerle eso a su hijo? —pregunta mamá—. ¿Cómo pudo callar algo así y dormir por las noches?

—Pues porque nunca les gusté, mamá. Partamos de esa base.

—¡Pero ibas a tener un bebé de su hijo! —insiste.

La entiendo. Son las mismas preguntas que yo me hago desde que me enteré de la verdad.

—El karma tarda, pero siempre llega —sentencia mi padre—. Y a esas sinvergüenzas les llegará.

—Ellas, para mí, dejaron de existir hace mucho tiempo —digo, cogiendo la mano de papá—. A mí lo único que ahora me importa es que Álvaro sabe la verdad y ha podido decidir.

—Ya vemos que Thais está emocionada por conocer a su papi. Pero ¿y él cómo está? —se interesa papá.

Ver su intranquilidad me emociona. Papá y mamá siempre han sido mis protectores, nuestros protectores.

—Te aseguro que él tiene la misma emoción de ella —les explico para tranquilizarlos—. De pronto y sin esperárselo, se ha encontrado con que es padre de una preciosa niña que solo tenía ojos y sonrisas para él, y puedo decir que lo vi sorprendido y feliz. Eso sí, no quisiera estar en el pellejo de bruja y rebruja cuando él llegue a Madrid.

—Espero que les haya dado pero bien —musita papá.

—¿Y tú estás feliz? —quiere saber mamá.

Sin dudarlo, asiento. Tener a Álvaro en mi vida me vuelve a llenar por completo.

—He de confesar que dije que lo había olvidado para no preocuparos, pero Álvaro es el amor de mi vida —admito—. Y aunque estoy asustada por lo rápido que está yendo todo, si algo tengo claro es que quiero estar con él.

Mamá sonríe.

—Siempre he sabido que Álvaro seguía en tu corazón, aun cuando nos hacías creer lo contrario. —Papá también sonríe—. Pero, hija, ¿estáis seguros? Han pasado siete años. Ambos habéis cambiado y creo que todo esto es muy precipitado.

—Papá...

—Bris, mi amor. Ya no se trata solo de vosotros, ahora está Thais y...

—Papá —lo corto. Y tirándome a la piscina aseguro—: Álvaro nunca nos volverá a abandonar ni a Thais ni a mí. Lo sé. Me lo dice el corazón.

Mis padres se miran. Buscan respuestas entre ellos, y yo, levantándome, les abrazo.

—Como decía Peny —alego—, hay que vivir el presente, y si alguien merece la pena, ¡hay que apostar por el amor! Confiad en nosotros, por favor.

Capítulo 38
Álvaro

Madrid

Han pasado diez días desde que me separé de Bris y mi impaciencia por verla a ella y a la niña crece por momentos.

Hablamos mucho por teléfono. Las llamo yo o lo hacen ellas, y esos ratos, junto a los que paso con Lolo, son los mejores del día.

Pepe esta eufórico. Al regresar le conté lo ocurrido en Nueva York con Bris, y, primero, se cayó de culo al saber que era padre de una preciosa niña de seis años. Y, segundo, se le escaparon unas lagrimitas cuando supo que Bris y yo nos estábamos dando otra oportunidad.

Bris y yo hablamos de vernos. De volver a encontrarnos, pero ninguno de los dos pone fecha. Creo que a nuestra manera nos estamos dando tiempo. Ambos sabemos que las prisas no son buenas. ¿Pero hasta cuándo vamos a poder aguantar?

Miro las fotos que ella me envía desde Santorini y son una preciosidad. Ese viaje nos quedó pendiente y sé que les debo una explicación a sus padres. Me avergüenza pensar que, durante todos estos años, ellos creyeran que yo las había abandonado.

Bris me ha dicho que ellos ya saben la verdad de lo ocurrido. Ella se lo ha contado, como yo le he contado a ella lo ocurrido con Olalla y Alvariña. Aun así, necesito ver a Rhoda y Gabriel y pedirles disculpas. Nunca debió ocurrir lo que pasó. Nunca.

Con Olalla y Alvariña no he vuelto hablar. Nunca volveré a pensar en ellas como lo que fueron. Las cosas ya han quedado claras y no pienso dar un paso atrás. Han jugado con la vida de Bris, de Thais y la mía, y eso no se lo puedo perdonar.

Estos días he solucionado el tema laboral. Me encuentro en el deber moral y profesional de arreglar infinidad de papeleo y avisar a los clientes. Quiero desaparecer del bufete. No quiero tener nada que ver con él. Y tras hablar con algunos compañeros que se sorprendieron por mi decisión y mi marcha, y finalizar con toda la documentación, me he sentido liberado. La opresión que he tenido en mi pecho durante muchos años de pronto desaparece, y, oye, qué bien.

Una tarde, después de un partido de pádel con Pepe y otros amigos, al finalizar, este me dice:

—Me parece bien que trabajes por tu cuenta. Es una acertada decisión.

—Tras avisar a los clientes de que yo ya no trabajaba en el bufete, varios de ellos me dijeron que querían que yo siguiera siendo su abogado, me fuera adonde me fuera. Y, la verdad, esta vez he pensado egoístamente, y no lo he dudado. He hablado con Alicia y Carlos, y entre los tres vamos a montar un nuevo despacho.

—Sé de dos que te pondrán velas negras —se burla Pepe.

—Que pongan las velas que quieran —digo, tras soltar una carcajada.

Pepe se vuelve a reír. Luego saco el teléfono y le enseño una foto de Thais.

—Desde luego, la canija no se puede parecer más a ti —sentencia.

—Pero si es igualita que su madre. Pelo oscuro. Rizado.

—Tiene tus ojos, tu mirada y tu sonrisa —rebate Pepe.

No tengo más remedio que mostrarme de acuerdo.

—Tiene la mirada de los Lombardo —concedo.

De nuevo sonreímos cuando pasa una chica pelirroja por nuestro lado y mira a Pepe y le sonríe.

—¿Crees que podría ser el amor de mi vida? —pregunta él mientras ve cómo se aleja.

Suelto una carcajada. Él sigue sin sacarle ojo.

—Alta, culazo, cabello bonito... ¡Me gusta! —reconoce.

Suspiro. Él y sus tonterías.

—Bueno, ¿qué? ¿Vas a Santorini o no vas? —cambia de tema.

Me encojo de hombros. Me encantaría ir, pero no quiero presionar a Bris.

—Si vas, ¡voy contigo sí o sí! —se apunta Pepe—. No conozco Grecia y me encantaría.

Doy un trago a mi cerveza y pienso en Lolo. Antes lo dejaba en la casa de Olalla, donde Gloria lo cuidaba, pero ahora ya no puedo hacerlo.

—Por Lolo no te preocupes —dice Pepe, que es capaz de leerme el pensamiento—. Lo traes a mi casa y la persona que me cuida a Anaís se encargará de él también.

Vale. Eso es una gran posibilidad. Saber que Lolo ya tiene donde quedarse me facilita mucho la vida.

—Se lo comentaré a Bris. Y si le parece bien, nos vamos unos días.

—¡Perfecto! Ya me dices. Tengo una amiga que tiene una agencia de viajes y seguro que nos consigue hotel y billetes de avión. ¿Por qué mueves la mano así? —me pregunta.

Soy consciente entonces de que me la toco.

—Porque a veces siento como que me palpita —respondo.

—¡Eso se soluciona con dos cervecitas!

Y otras dos cervecitas que nos metemos entre pecho y espalda, mientras disfrutamos del momento.

Tres horas después, cuando llego a casa y me ducho, al tirarme en el sofá pienso en Bris y decido llamarla por teléfono. Un timbrazo... Dos...

—¿Sabes, amor?... Pienso en ti —digo cuando oigo su voz.

Bris se ríe. Aquello que fue tan nuestro en el pasado ahora en el presente lo vuelve a ser. Durante un rato hablamos. Me dice que ha estado con Thais y su madre de compras, y yo le cuento que he estado con Pepe en el pádel. Hablamos un rato más hasta que yo necesito hacerle la gran pregunta.

—¿Qué te parecería si voy a pasar unos días a Santorini? —Ella se queda callada. Malo. Malo. Y nervioso prosigo—: Lo hablé hoy con Pepe, y se muere por conocer algo de Grecia. Y yo me muero por veros a ti y a Thais. Me quedaré en un hotel y no te agobiaré, si eso te preocupa. —Sigue en silencio—. Sé que es un viaje que tú y yo teníamos pendiente, y sé que allí están tus padres y tu familia a la que seguramente tendré que dar muchas explicaciones, pero...

—¡Ven, si te atreves!

—¿Me estás retando, Julieta?

Bris suelta una carcajada, que me llena el corazón.

—Mi familia no te lo pondrá fácil, Romeo —reconoce—. Tienes sangre italiana y, conociéndolos, pensarán que eres de la mafia napolitana, como tu padre y tu hermano.

Me río. No lo puedo remediar.

¿En serio piensan eso?

Enfrentarme a los Papadopoulos tras lo ocurrido ha de ser complicadillo, pero más difícil me parece enfrentarme a Rhoda y Gabriel. Ellos me conocen. Los otros no. Y a ellos los decepcioné mucho en el pasado.

—Tu familia no me acobarda.

—Pues ven. —Ahora soy yo el que guarda silencio. Ella continúa—: Tu padre y tu hermano llegan el lunes a las doce de la mañana al aeropuerto. Y no estaría mal que fueras tú y no Thais quien les contara lo sucedido.

—¿No les has explicado nada?

—No. Pero Andrea ya se empieza a mosquear porque no le dejo hablar con Thais. Siempre que llama le digo que está con algún familiar. Y si no la dejo es porque lo primero que le va a decir es que ha visto a su papi y que tiene un perrito llamado Lolo, que es lo que le cuenta a todo el mundo.

Oír eso me hace gracia.

—¿Tú quieres que vaya? —pregunto.

—Sí.

Su rápida respuesta me hace saber que tiene la misma necesidad que yo.

—Voy a buscar vuelos. En cuanto encuentre uno que llegue sobre esa hora, lo pillo y te digo, ¿te parece?

—Me parece genial.

Como un tonto sonrío mirando a la pared. Ese es el efecto que Bris consigue en mí.

—Me muero por verte —susurro.

—Y yo a ti.

Colgamos, llamo a Pepe a toda prisa y le hago saber que necesitamos dos billetes de avión para Santorini para el lunes en la franja horaria que va de las diez de la mañana a la una de la tarde.

Tres horas después, recibo un mensaje de Pepe. ¡Tenemos hotel y billetes de avión!

Capítulo 39

Bris

Santorini

Cuando me levanto estoy nerviosa.

Thais no lo sabe. Es una sorpresa. Pero voy al aeropuerto, a por su papá, su tío, abuelos y primo, y eso le volverá loca de felicidad.

Mis padres ya están enterados y, como yo, están nerviosos. Expectantes. Reencontrarse con Álvaro tras tantos años sé que les inquieta, como les inquieta la reacción que puedan tener Andrea y su padre cuando lo vean, pues tampoco saben nada.

Papá se ofrece a venir conmigo a recogerlos al aeropuerto, pero me niego. Quiero ir sola. Necesito que Álvaro se encuentre con su padre y su hermano en el aeropuerto. Que hablen allí. Porque no quiero traer el mal rollo a la casa de mis padres donde está Thais.

—Pepinillo, tu tío Spiros te deja el coche de siete plazas.

—¡Genial!

—Pero ya sabes, ¡que no le dé ni el aire!

Eso me hace reír. El tío Spiros está emocionado con su coche nuevo, lo miro con una sonrisa de agradecimiento de oreja a oreja.

—*Efharistó!*

Mi tío sonríe. Le he dado las gracias en griego, y montándome en su bonito coche, arranco y me voy antes de que cambie de idea.

En el aeropuerto, tras dejar el coche cuidadosamente en el parking, miro el reloj. Son las doce y diez. Camino hacia la puerta de llegadas y me fijo en el panel superior de información. El avión procedente de Nápoles, que es en el que vienen Andrea y Simone con sus familias, aterrizó hace diez minutos. ¡Genial! Y el avión que llega de Madrid, con Álvaro y Pepe, aterrizará en media hora.

Hecha un manojo de nervios, me froto las manos y tomo aire. Todo va a salir bien. Necesito que todo salga bien.

Veinte minutos después, la puerta de salidas se abre y veo a Andrea con Luca en sus brazos, a Henry con Luna sobre sus hombros, y a Fiorella y Simone tirando de las maletas.

Saltamos de felicidad mientras Luna grita como una loca: «¡Tía Bris! ¡Tía Bris!». ¡Me la comoooooo!

Y cuando nos podemos abrazar, me hacen sentir bien. Tremendamente bien por todo el cariño que todos y cada uno de ellos me dan.

—La mafia napolitana vuelve a estar aquííííí —se burla Andrea.

—¡Serás idiota!

Hacemos nuestro saludo de toda la vida, y cuando terminamos, nos abrazamos.

—Mi reina, pero qué guapa estás —murmura.

—Graciasssss.

—No sé. Te noto como resplandeciente —insiste—. Como si emanaras una luz que llevaba años sin ver.

—La verdad es que tienes un brillo especial en la mirada —afirma Henry.

Ellos dos me analizan siempre que nos vemos. Y la verdad, casi siempre aciertan.

—Bueno..., bueno... Algo me dice que has conocido a alguien especial —señala Fiorella, tras darme un cariñoso beso.

—Me lo tienes que presentar para que yo te dé el visto bueno —interviene Simone después de abrazarme—. ¡Eres una Lombardo, aunque no lo ponga en tu documento de identidad!

Divertida, me río por las cosas que me dicen. Su protección y cariño conmigo siempre ha sido increíble. Tanto que hasta Simone me considera su hija.

—¿Dónde está mi princesa? —pregunta Andrea.

—Sí, tía, ¿dónde está Thais? —insiste Luna.

—Estaba dormida cuando me vine —miento—. Anoche se acostó tarde y la dejé durmiendo. ¡Verás la sorpresa que se va a llevar cuando os vea llegar!

Sonríen. Se mueren de impaciencia por verla. Me fijo entonces en el panel de información y veo que el avión de Álvaro acaba de aterrizar.

¡Madre mía! ¡Madre mía!

—Estoy muerta de sed —digo para demorar—. ¿Os importa si vamos a la cafetería a tomarnos algo?

Les parece bien. Y para allá que nos vamos todos juntos a tomar algo, mientras besuqueo a Luna y a Luca, y me muero por ellos.

Pocos minutos después, mientras estamos sentados tomando un refresco, mi móvil suena. Es Álvaro. Me indica que Pepe y él están recogiendo las maletas y que ya salen, por lo que miro a Andrea y compañía y digo:

—Voy al baño. Enseguida vuelvo.

Cuando me alejo de ellos, tomo aire y pienso: «¿Por qué me meto en estos jaleos?».

Pero todo pensamiento negativo se me olvida cuando la puerta de salida se abre y veo a Álvaro. De inmediato combustiono de calor. ¡Joderrr! Si habitualmente está guapo, hoy está reguapo, y mirándolo sé que, si el amor fuera una estrella, él sería mi constelación completa.

Con una preciosa sonrisa, veo que camina hacia mí, mientras yo voy hacia él, y cuando nos encontramos, Álvaro suelta su maleta.

—¿Sabes, amor?... Pienso en ti —dice.

—*¡Jroña que jroña!* —murmuro con un hilo de voz.

Aquellas dos frases son como el chupinazo de los sanfermines el siete de julio, y tirándome a sus brazos lo beso y rebeso y vuelvo a besar, hasta que oigo:

—¿A mí también me vas a recibir así?

Al mirar me encuentro con Pepe. Ahora tiene canitas en las sienes. Ya es un hombre, como yo soy una mujer. Y bajándome de los brazos de mi amor, lo abrazo.

—Qué alegría volverte a ver —susurro.

—Lo mismo digo, preciosa —afirma Pepe, devolviéndome el abrazo con cariño.

Segundos después, cuando comenzamos a caminar por el aeropuerto, veo que Álvaro mira a nuestro alrededor. Sé lo que busca.

—Están en la cafetería —indico.

Álvaro asiente. Sabe que no les he dicho nada y que va a aparecer de sopetón, por lo que, tomando mi mano, la aprieta con fuerza.

—Vayamos a por ello —dice.

En silencio los tres nos acercamos a la cafetería, y al entrar, Álvaro los ve de inmediato. Noto que su respiración se detiene.

—¿Quién es el hombre que está con ellos? —pregunta al cabo de unos segundos.

Se refiere a Henry. Yo no le he contado nada.

—Es Henry, el marido de Andrea —respondo.

—¡¿Qué?! —se sorprende Álvaro.

—Y el pequeño que tiene en sus brazos es tu sobrino Luca. Hijo de Andrea y de Henry.

—Joder, macho, ¡eres tío! —Pepe esboza una sonrisa.

Álvaro está boquiabierto.

—Fiorella es la maravillosa mujer de tu padre —continúo explicando—. Es dulce, tierna y cariñosa. Y la niña que está sobre ella es Luna, tu hermana.

Hiperventilando, veo que Álvaro asiente. Sé que es mucha información que procesar. Yo cruzo una mirada con Pepe.

—¡Álvaro! —se oye de pronto.

Veo que Simone camina hacia nosotros tremendamente emocionado, Fiorella lo sigue. Se detienen ante Álvaro; no quiere dar ningún paso en falso.

—Hijo mío... —murmura entre lágrimas.

Álvaro y él se miran durante una fracción de segundo. Intuyo que con la mirada se hablan. Se dicen cosas.

—¿Te puedo abrazar, papá? —pregunta Álvaro, tan emocionado como su padre.

Simone no contesta. Simplemente lo abraza. Lo besa. Siempre ha sido un padre entregado y maravilloso.

—Cuánto te he añorado, hijo.

Desde donde estamos observo a Andrea. No se ha movido de la mesa. Su gesto es serio. Tremendamente serio. Simone mira hacia la derecha y coge a Fiorella del brazo.

—Álvaro, ella es Fiorella, mi mujer. Fiorella, él es mi hijo Álvaro.

Álvaro. sonríe. Se acerca a ella y le da dos besos en la mejilla.

—Siento no haberte conocido antes, Fiorella —dice—, pero que sepas que es un placer hacerlo ahora.

—Lo mismo digo, cariño —murmura Fiorella.

—Y esta —prosigue Simone tembloroso— es tu hermana Luna. Luna, este es tu hermano Álvaro.

Con una sonrisa, mi amor mira a la niña. Luna y Thais son muy parecidas en edad.

—Hola, Luna. —Él se agacha—. Eres guapísima y estoy encantado de conocerte.

La niña, que todavía es menos tímida que Thais, le da un abrazo. Le besa con fuerza.

—Hola tete Álvaro, eres el papi de Thais, ¿verdad? —pregunta la pequeña con desparpajo. Sin dudarlo, Álvaro asiente y la niña murmura—: Tienes los ojos como ella y como el tete Andrea.

Nos dirigimos todos a la mesa.

—¿De qué va esto? —pregunta Andrea con gesto serio.

—Andrea...

—No, papá —lo corta—. Quiero saber de qué va esto.

Con el corazón a mil, siento que Andrea está muy enfadado.

—Va de que tengo que pediros perdón a todos vosotros, por lo gilipollas que fui y lo mal que me comporté —interviene Álvaro—. Va de que he aprendido que existen personas tóxicas y que, si quiero vivir, ser feliz y respirar, he de alejarme de ellas. Y va sobre que eres mi hermano, todos vosotros sois mi familia y me gustaría que me perdonarais y me dierais una oportunidad para demostraros que soy el Álvaro que conocisteis y no el mierda que os echó de su vida.

Oír eso me emociona. Álvaro siempre ha sabido expresar muy bien sus sentimientos.

—Andrea, creo que...—Simone trata de terciar viendo cómo se miran sus hijos.

Andrea da un paso adelante. Eso hace que Simone se calle.

—Nunca imaginé —suelta Andrea—, ni en el peor de mis sueños, que tú reaccionaras así ante esas dos malas arpías.

—Lo sé...

—Pero menos pude entender que te desentendieras de Bris y de tu hija.

Álvaro me mira.

—Porque él no lo sabía, Andrea. Ahora sé la verdad —suelto yo, incapaz de callar.

Todos me miran.

—¡¿Qué?! —exclama Andrea.

—Olalla nunca me dijo que Bris estaba embarazada —sentencia Álvaro. Andrea y Simone se llevan las manos a la cabeza; Álvaro prosigue—: Supe de la existencia de ese embarazo y de Thais cuando me encontré por casualidad con Bris en Nueva York hace menos de un mes. Y...

—No me lo puedo creer. ¿En serio no te dijeron que Bris estaba embarazada? —se sorprende Simone.

—No, papá. No me lo dijeron.

—*Mamma mia* —dice Fiorella.

—Hijas de su madre —sisea Andrea con rabia.

—Quiero que sepáis que nunca hubiera permitido que Bris tuviera a nuestra hija sola. Yo la quería y la sigo queriendo. Y sí, admito que no me comporté bien con ella ni con vosotros aquel día, pero también quiero que sepáis que no ha pasado ni un solo día en el que no fuera consciente del error que cometí alejándoos de mi vida. Y no sabía cómo acercarme a vosotros por miedo a ser rechazado.

Andrea lo mira. Está tan sorprendido como su padre por lo que acaba de oír.

—Perdón, Andrea. Te pido perdón. Dije cosas horribles ese día y... —dice Álvaro.

—Yo también dije cosas horribles —lo corta Andrea.

En silencio se miran. Se entienden, y de pronto ambos se abrazan para felicidad de todos, y mientras Álvaro llora, porque los hombres pueden y deben llorar, Andrea musita:

—Además de soso, eres un gilipollas. Pero te he echado tantísimo de menos que solo te puedo abrazar y decirte que no te vuelvas a alejar de mí.

—Nunca. Te lo prometo —asegura Álvaro con un hilo de voz.

Emocionados, todos nos miramos con lágrimas en el rostro. A nuestro alrededor la gente nos observa con gesto de sorpresa al ver nuestro llanto.

—Álvaro. Te presento a mi marido, Henry, y a nuestro hijo Luca —dice Andrea, tomando a Henry de la mano.

Con gusto, Henry y Álvaro se dan un cariñoso abrazo lleno de esperanza, y Álvaro, que mira al pequeño que está dormido sobre los brazos de Henry, le da un beso en la frente.

—Hola, Luca. Soy el tío Álvaro —dice en bajito.

—¿Y a mí nadie me va a saludar?

Todos miran a Pepe. Lo abrazan. Lo quieren. Lo reciben con cariño.

¡Qué felicidad!

Mi corazón explota de felicidad. Aquel primer encuentro podía haber sido algo terrible, pero está visto que se quieren y respetan. Que ni la lejanía ni el tiempo pasado han borrado su amor. Nos sentamos en la cafetería, nos tomamos algo mientras hablan y se cuentan las cosas que necesitan.

—Lo siento, hijo —indica Simone—. Siento no haberte dicho nada del embarazo de Bris. Pero al creer que tú no querías saber nada, le prometí a ella guardarle el secreto y...

—Papá, no hay nada que perdonar.

—A las que espero no perdones es a bruja y rebruja —dice Andrea—. Han hecho cosas imperdonables, pero que no te dijeran que ibas a ser padre ya es la traca completa.

Álvaro me mira.

—Ellas ya no tienen nada que ver en mi vida, ni en lo personal ni en lo laboral. Y cuanto más lejos estén de Bris, de mi hija, y de mí, mejor —reconoce. Andrea, sorprendido, mira a su padre cuando Álvaro añade—: A vosotros, gracias y mil veces gracias por haber estado al lado de Bris y Thais todo este tiempo. Ya me ha comentado de vuestro cariño hacia ellas, y, ¡joder!, ¡gracias!

—Espero que te contara que me destrozó la mano el día del parto —explica Andrea, riendo—. Por Dios, hermano, menuda fuerza de vaca burra que sacó. Fue..., fue... ¡tremendo!

Eso nos hace reír a todos a carcajadas.

—Tenías que haberlo visto salir del paritorio con su princesita en los brazos, blanco como la leche y temblando como un flan —recuerda Simone.

Sé que a Álvaro escuchar aquello le gusta, pero le duele. Sin que él lo manifieste, sé que le pellizca el corazón no haberlo vivido.

Pero también saber que su padre y su hermano estuvieron allí conmigo, con nosotras, significa mucho. Muchísimo.

—Quiero que sepas —indica Andrea— que para mí ha sido un honor estar junto a mi reina y mi princesa. Ellas valen mucho, como sé que vales tú. Y que estéis otra vez juntos me llena de felicidad.

Los hermanos se abrazan. Noto que aquel abrazo lleno de cariño a todos nos llega al corazón, y cuando se separan, cojo de la mano a Álvaro.

—¿Preparado para enfrentarte a los Papadopoulos? —le pregunto.

Álvaro levanta las cejas, y yo sonrío. ¡Pobrecito!

Capítulo 40
Álvaro

Ha pasado una semana desde que llegué a Santorini, y aunque estoy feliz, cierta tristeza me embarga, pues mi padre y mi hermano con sus familias esta mañana han regresado a Londres y Nápoles. Sus vacaciones en Santorini han finalizado.

Durante esos días, como mi familia ya conoce Santorini por haber estado en más ocasiones, Bris nos ha llevado de excursión a islas como Naxos, Antíparos y Mykonos, donde he podido captar a través de mi cámara de fotos y mis dibujos preciosos paisajes.

¡Todo es espectacular!

Los días que hemos pasado juntos han sido un precioso regalo de vida y reencuentro. Estar con papá y Andrea y sentirme de nuevo parte de la familia me ha llenado el corazón y me ha hecho volver a ver lo idiota que fui. ¿Cómo pude hacer lo que hice teniendo al mejor padre y al mejor hermano que puedan existir sobre la faz de la tierra?

Estos días he disfrutado de mi niña. Thais es un ser de luz como lo es su madre. Y sí, tiene mis ojos y mi sonrisa, pero me alegra ver que tiene la personalidad fuerte y arrolladora de Bris. Verla reír, jugar, comer, enfadarse o dormir me encanta. Todo es nuevo para mí y lo disfruto mucho.

Con Luna, mi hermana, se lleva muy bien. Y verlas jugar, bailar o simplemente mirarlas mientras ven la televisión es bonito y tranquilizador. También he observado a mi hermano Andrea, y me he dado cuenta de lo feliz que es junto a Henry y Luca. Vivir su vida era lo que necesitaba para sentirse totalmente él, y ahora me da rabia que tardara tanto en comenzar a vivirla.

También he sido testigo del respeto y el cariño con el que se tratan papá y Fiorella. Papá siempre ha sido maravilloso, y ahora que conozco a Fiorella, entiendo que papá se enamorara de ella. Como dijo Bris, es encantadora, paciente, cariñosa, y con su sonrisa es de las que reparte amor y cariño. Entiendo que mi padre quisiera vivir algo así de bonito y verdadero. No lo que vivió con Olalla.

La familia de Bris es otro cantar. Son escandalosos, ruidosos, cuando hablan parece que discuten, pero eso ya sé que es algo muy de griegos. Apenas me comunico con ellos. No sé griego. Y el tío Spiros, que sabe inglés, solo me mira con cara de querer matarme. Y la verdad, aunque me toleran, siento que no quieren comunicarse conmigo porque intuyo que creen que soy de la mafia napolitana como mi padre y mi hermano. Me miran de tal manera que a veces pienso que de aquí no salgo vivo. Está claro que están resentidos. Primero, por no ser griego como ellos. Segundo, por ser de la mafia napolitana. Y tercero, por el daño que le hice a Bris. La única que es encantadora conmigo es la vecina española Petra. Creo que lo hace porque soy español.

Con Rhoda y Gabriel todo fue bien. Tras hablar con ellos, contarles mi verdad y oír todo lo que ellos me tenían que decir, percibo que las cosas han quedado claras entre nosotros y me vuelven a aceptar. Sé que tengo que trabajármelos mucho para que vuelvan a confiar plenamente en mí. Pero sé que lo voy a lograr. Adoro a Bris y a Thais y ahora nada ni nadie nos separará.

Y Bris, ¿qué voy a decir del amor de mi vida? Ella con su cariño, con su luz, con su manera de ser, a pesar de cómo la mira su familia, y a pesar de todo lo vivido, me hace sentir el hombre más feliz del mundo y solo quiero hacerle sentir igual. Ella siempre fue mi amor. Y ahora lo son ella y Thais. Mis dos chicas.

Pensando en ello estoy cuando Bris, que está a mi lado sentada, pregunta:

—¿Qué sabes de Pepe?

Oír ese nombre me hace sonreír. Abro el móvil y le enseño una foto que me ha enviado.

—Está en Atenas con Astrid.

—¿El amor de su vida?

Nos carcajeamos. Pepe y Astrid se conocieron el primer día que Bris nos llevó al hotel. En la recepción cruzaron sus miradas y a partir de ese instante el romance entre la sueca y mi ligón amigo español comenzó. Un romance que durará lo mismo que este viaje, pero, mira, si ambos lo pasan bien, ¿quién soy yo para meterme?

—¿Te gustaría que tú y yo solos nos fuéramos unos días para enseñarte Santorini como te prometí?

Oír eso me provoca. Me encantaría. Pero soy consciente de que estamos con su familia, y la gran mayoría me mira con cara de querer matarme.

—Sería genial. Pero entiendo que... —digo.

—Papá, mamá, ¿os importa quedaros con Thais unos días mientras yo le enseño a Álvaro la isla?

—Por supuesto que no —indica mi madre.

—Id y pasadlo bien —afirma Gabriel.

¡Me encanta la idea! Y aunque me apena no llevarnos a Thais, necesito estar a solas con Bris. El tío Spiros, que entiende perfectamente el inglés, porque vivió en Nueva York una temporada, murmura:

—Solo te digo que como mi sobrina vuelva a llorar, el que va a llorar vas a ser tú.

—Tío Spiros —protesta Bris.

—La mafia napolitana no me asusta —se empeña.

—¿Pero qué dices, tíooooo? —vuelve a protestar Bris.

El hombre se levanta y ante todos y con voz potente dice algo en griego que no entiendo. ¿Qué habrá dicho?

A partir de ese instante, tías, tíos, primos y abuela comienzan a hablar todos a la vez, gritan y empiezo a pensar que de aquí no salgo vivo. Por el rabillo del ojo veo que tía Nereida se lleva a Thais junto con otros niños.

—Tranquilo, muchacho —dice Gabriel en español—. Estos griegos son así.

—¿Pero por qué discuten?

—No discuten. Solo hablan. Lo que pasa es que para hablar son muy escandalosos —se mofa Gabriel.

Los miro. Escandalosos son y bastante.

—¿Hablan de mí? —pregunto.

Gabriel asiente y, cuando voy a preguntar, sonriendo, musita:

—Mejor no quieras saberlo.

Uf..., eso me agobia. Imagino que lo que dicen no son cosas buenas. Solo hay que ver cómo me miran con sus ojos acusadores.

—Cuando vine con Rhoda la primera vez —explica Gabriel—, pensé que no saldría vivo por cómo me miraban. Para ellos, que Rhoda no estuviera con un griego fue un gran desafío, ¡casi un pecado! Pero con el tiempo todo cambió. Y todo cambiará para ti. Solo te tienen que conocer, ver que eres buena persona y no el mafioso napolitano que creen, y que tratas bien a Bris y a Thais. Cuando se convenzan de eso, pasarás a ser un griego más de la familia.

Sonrío. ¡Qué fuerte que me consideren un mafioso!

—*¡Jroña que jroña!* —suelto.

Tan pronto digo eso todos se callan. Me miran.

¡Joderrrrr!

Bris se ríe. Gabriel también. Y Rhoda, levantándose, comienza a gritarles en griego y de nuevo todos vuelven a discutir, bueno, o a hablar. Ellos sabrán.

Durante un buen rato y sin entender nada, observo cómo todos aquellos gritan, hablan, mueven las manos mientras me señalan. En varias ocasiones entiendo la palabra «*malaka*». ¡Vale! Me llaman gilipollas, pero mejor me hago el soso napolitano. Estoy en desventaja.

Finalmente, Gabriel y Bris se meten en la conversación y yo solo puedo mirar, observar y callar.

Joder, ¡la que se está liando!

Poco a poco bajan la intensidad, y cuando me quiero dar cuenta, se están partiendo de risa. Eso sí. Sin mirarme. Ahora me ignoran. Pero sé que se ríen de mí.

Bris habla con su primo Homero, uno que parece recién salido de las cavernas por la barba que lleva.

—¿Qué te parece si nos vamos ahora mismo? —me propone.

Hago un gesto afirmativo. Cualquier cosa que ella diga, quiera o proponga me parece bien. El tal Homero se acerca a nosotros, y poniéndome la mano sobre el hombro murmura algo y después se va.

—Homero nos deja su coche para movernos por la isla. —Bris me enseña unas llaves.

—Estupendo. —Y curioso por saber, pregunto—: ¿Y qué ha dicho?

—Que espera no tirarte por la borda del velero cuando nos lleve de paseo.

Bris se ríe. Yo no. Joder con Homero.

Diez minutos más tarde, después de que Bris prepare una pequeña maleta con sus cosas, le da un beso a Thais, que se queda enfadada por marcharnos sin ella, nos montamos en el coche de Homero y nos vamos a mi hotel. Necesitamos estar solos.

Capítulo 41

Bris

Tras una noche llena de amor, mimos, lujuria y sexo desenfrenado, después de desayunar, nos metemos en el coche de mi primo Homero y conduzco para enseñarle la isla a mi amor.

Las casas de mi familia y de mis padres están ubicadas en Oia. Para mí, el sitio más bonito del universo y el que seguramente media humanidad ha visto en preciosas fotografías.

Oia es un pueblo muy muy turístico. Pero cuando digo turístico me refiero a lo bestia. Hay temporadas en las que literalmente casi no se puede caminar por las calles de la cantidad de gente que hay, pero, guste o no, el turismo es la gran fuente de ingresos de la isla, y solo espero que eso no falte nunca.

Durante horas, Álvaro y yo callejeamos por el pueblo de Oia de estrechas calles empedradas arriba y abajo. Es cansado. Agotador. Tiene infinidad de escaleras. Pero cada sitio que le muestro es espectacular y nos hacemos cientos de preciosas fotos.

Caminar cogidos de la mano nos hace sentir que aquel sueño que teníamos se ha cumplido. Lo estamos cumpliendo.

Durante horas disfrutamos de las pequeñas tiendas que nos encontramos en nuestro camino y sobre todo de las galerías de arte. A Álvaro le enamora visitar galerías de arte, y al ver un precioso cuadro de Santorini con sus casas blancas y las cúpulas de sus iglesias azules, pregunta:

—¿Qué te parece?

—Precioso —afirmo, gustosa.

Durante varios minutos nos lo quedamos mirando.

—¿Me permites que te lo regale? —dice.

Parpadeo.

—No —replico. Álvaro se ríe. Yo no. Y propongo—: ¿Qué tal si me pintas tú uno?

—¡¿Yo?!

Afirmo con la cabeza.

—No sé si seré capaz de hacerlo tan impresionante como este —duda él.

Con mimo lo abrazo. Lo estrujo contra mí y le doy un cariñoso beso en los labios.

—Lo harás más impresionante —aseguro—, ¿y sabes por qué? —Álvaro niega con la cabeza, y yo digo—: Porque lo vas a pintar desde el corazón sabiendo que es especialmente para mí.

Álvaro se ríe. Me encanta su sonrisa.

—No sé cuándo, pero te lo prometo. —Y me guiña el ojo.

Al salir de la galería de arte, tras hacernos varias fotos por todos los sitios por donde pasamos como dos buenos turistas, lo llevo a un lugar que a mí siempre me gustó, y estoy segura de que a él también le encantará.

—Esta es la famosa librería Atlantis. Para mí, la librería más bonita y especial del mundo, y cuando entres, te enseñaré por qué. Vamos.

Álvaro mira curioso a su alrededor. Sus bonitos ojos azules escudriñan todo lo que está ante él con verdadero interés. Como a mí, le encanta leer, y rápidamente me doy cuenta de que se fija en algo.

—Qué pasada. Son obras de León Tolstói y Samuel Becket. A mi padre le encantarían.

No lo dudo. Tiro de él y lo hago salir a una terracita que posee la librería que da directa al mar Egeo. El azul que nos rodea, comparado con la blancura de las casas, es impresionante.

—Ahora entiendo por qué dices que es la librería más bonita y especial del mundo. Esto..., ¡esto es increíble! —exclama boquiabierto.

Un rato después, tras ojear libros y admirar el precioso paisaje del mar Egeo, lo llevo a comer a un sitio estupendo que con seguridad estará a reventar. La dueña, Dafne, es amiga de mi tía Dimitra, y en cuanto nos ve entrar, nos besuquea y sin dudarlo nos coloca una mesa especialmente para nosotros.

Cuando nos sentamos, soy consciente de cómo algunas mujeres se vuelven para mirar a Álvaro, y sonrío. Está visto que han pasado los años y él, su porte, su estilo, su mirada azul, sigue atrayendo las miradas de hombres y mujeres, pero estoy tranquila. No soy celosa y entiendo que un hombre así es digno de admirar.

Sin necesidad de pedir, Dafne y otra camarera traen platos a la mesa. Por su sonrisa sé que han caído bajo el influjo de su mirada azul.

—¿Qué es eso? —pregunta Álvaro.

—*Hummus de fava*. La *fava* es un plato tradicional hecho de habas amarillas cultivadas en la isla y, como ves, se sirve acompañado de cebolla, limón y aceite de oliva.

Álvaro lo prueba.

—Riquísimo.

Señalo otro plato.

—Eso que ves es cordero, y ya verás lo rico que está, y eso otro son unas albóndigas que aquí se llaman *keftedes*. Están hechas de calabacín largo, cebolleta, queso feta, menta, perejil y eneldo. Se reboza en huevo y pan. Y una vez se fríen, se puede comer con patatas fritas o con salsa de tomate. Vamos, ¡pruébalo!

Mientras comemos y disfrutamos de la excelente cocina griega, junto a un estupendo vino blanco llamado *assyrtiko*, Álvaro y yo hablamos de mil cosas. Inevitablemente, salen a relucir bruja y rebruja, a quien él llama Olalla y Alvariña. La manera en la que habla me hace entender lo lejos que se siente de ellas. Y aunque me apena, pues yo soy madre y sé lo que se quiere a un hijo, entiendo que él haya tomado esta decisión. No han sabido respetar ni querer ni a Álvaro ni a Andrea. Y en el caso de Álvaro, lo han asfixiado tanto que finalmente se ha alejado de ellas.

¿Cómo le pudieron hacer eso? ¿Por qué fueron tan malas con él? ¿Tan poquito valoraban su respeto y felicidad?

Habla. Lo escucho. Lo entiendo. Pide mi opinión, y yo se la doy. Sé que a veces soy algo bruta en cuanto a lo que pienso, pero tratándose de bruja y rebruja no me callo nada. Me creo con derecho a decir lo que pienso al cien por cien, y Álvaro lo entiende y lo respeta.

Durante más de dos horas hablamos y hablamos, y cuando llega el postre pido que nos traigan *baklava*. Cuando tenemos aquellas *delicatessen* sobre la mesa, le explico que es una especie de milhojas frita, rellena en este caso de pistacho y bañada en miel de romero, y, bueno, nos ponemos finos.

¡Qué buenas están!

Acabada la comida, Dafne se acerca a nosotros. Quiere saber si nos ha gustado todo y yo asiento. Cuando le traduzco a Álvaro, este, por sus gestos, le hace saber que todo estaba buenísimo y Dafne se ríe a carcajadas.

Al salir del restaurante, proseguimos nuestro camino por Oia. Álvaro vuelve a maravillarse. Aquel pueblo con sus casas blancas, con preciosas cúpulas azules, es todo un símbolo de Santorini y por supuesto de toda Grecia.

—¿Vamos allí?

Miro hacia donde él indica.

—Sí. Al castillo de Oia —respondo.

Álvaro asiente, veo entonces que mueve la mano izquierda.

—¿Qué te ocurre? —pregunto con extrañeza.

—A veces noto como que me palpita. —Y sonriéndome, pregunta—: ¿Cuéntame algo del castillo?

—El castillo son las ruinas de un antiguo fuerte que existió en la época de la ocupación veneciana. Y aunque es un sitio muy reducido y se peta de turismo para contemplar el atardecer, tienes que verlo.

—Pero si quedan horas para el atardecer.

—Lo sé. Pero si vamos con tiempo cogeremos un buen sitio.

Álvaro ríe. Yo también. La verdad, que para nosotros cualquier sitio está bien con tal de estar juntos. Nos da igual tres horas allí que tres horas caminando. Le vamos a sacar un excelente provecho y ambos lo sabemos.

En el castillo ya hay turistas, pero nada que ver con los que están por llegar. Nos sentamos en un trozo de pared de piedra con las piernas colgando, y después de beber agua que sacamos de las mochilas, nos besamos.

El tiempo pasa y los turistas, como predije, llegan, cámara en mano, para grabar la puesta de sol. Álvaro, sorprendido, ve cómo aquello se pone a reventar.

—Te lo dije. Esto se petaba de gente.

—Ya veo...

—El momento en el que el astro sol se oculta tras el horizonte será espectacular. Este es el sitio más famoso de Oia para verlo. Pero hay otros lugares en la isla donde se ven preciosas puestas de sol. Otro día te llevaré a Skaros Rock, que es mi lugar preferido para verlos. Pero no te puedes ir de Oia sin ver esta puesta de sol, y lo que pasa un ratito después.

—¿Qué pasa después?

—Ya lo verás.

Entre besos y arrumacos, los minutos pasan mientras el espectáculo para el que nos hemos sentado allí da su comienzo. Y como cada tarde, el astro sol se hunde poco a poco en el mar Egeo, mientras los tonos del cielo cambian de morado a rojo, naranja o amarillo.

—Es mágico —murmura Álvaro.

—Mi *yiayiá* siempre dice que es como ver al astro sol apagarse en las aguas de un gran volcán.

—Te he echado tanto de menos que... —me mira.

Lo beso. No lo dejo acabar. Intuyo que nos hemos añorado mucho ambos.

—Estamos juntos y en Santorini. Disfrutémoslo —le digo.

Nos volvemos a besar. El amor que siento por él es tan intenso como el que él siente por mí. La gente a nuestro alrededor comienza a aplaudir. No nos aplauden a nosotros, sino al espectáculo que acaban de presenciar gracias al astro sol.

Cuando la gente se comienza a marchar, Álvaro me mira.

—Nosotros todavía no nos marchamos.

—¿Por qué?

—Ya lo verás.

Pasan varios minutos en los que permanecemos sentados sobre aquella pared de piedra mientras disfrutamos de un precioso cielo que se inunda de tonalidades rosas y violetas. De pronto, al llegar la oscuridad, la iluminación de los hoteles, las piscinas y los *jacuzzis* de todo Oia se encienden. Sonrío al ver el gesto de Álvaro.

—A esto lo llamamos la hora azul —le explico—. ¿Qué te parece?

Extasiado, Álvaro mira a nuestro alrededor. Si el atardecer es una maravilla, el momento en el que se encienden todas aquellas luces azules es digno de admirar.

—Es..., es increíble —se sorprende.

Tras pasar un rato disfrutando de la hora azul, decido llevarlo a Amoudi, el puerto viejo de Oia. Y cuando llegamos a las escaleras, Álvaro me mira.

—¿En serio hay que bajar todo esto? —pregunta.

Divertida, asiento.

—Luego habrá que subirlas, pero créeme, habrá merecido la pena.

Sin soltarnos de la mano, comenzamos a bajar escaleras con tranquilidad. No tenemos prisa. Disfrutamos de aquel momento único y especial para los dos que miles de veces, en el pasado, habíamos planeado.

Al llegar abajo, nos dirigimos hacia un restaurante que está a la orilla del mar. Allí nos sentamos, y nos sirven un riquísimo vino *athiri* blanco. Mirándonos a los ojos, brindamos. Álvaro me besa.

—Me alegra que por fin estemos disfrutando de nuestro viaje a Santorini —susurra.

Capítulo 42
Álvaro

Llevo cuatro días con Bris viajando por Santorini y creo que los puedo catalogar como vivir en un precioso sueño del que nuevamente me niego a despertar.

No hemos parado de reír, besarnos, hablar y hacer el amor. Todo con ella es mágico, como siempre lo fue, y haberla recuperado es la mejor cosa que me ha pasado en la vida.

Aparcamos el coche en Fira, que es la capital de la isla, y veo que es un sitio con muchos bares y ambiente. Y lo mejor, podemos bajar al puerto en teleférico.

—Oye..., ¿qué te pasa hoy? —pregunta Bris—. Me miras de una manera que me estás poniendo nerviosa. ¿Pasa algo?

De inmediato niego con la cabeza.

Y sí. Pasa algo. Apenas he dormido. Cosa que no le he comentado.

—Te miro porque hoy estas muy, pero que muy guapa —contesto.

—*¡Jroña que jroña!* —se mofa riendo.

Tras pasar varias horas en Fira, donde volvemos a degustar platos de la tierra, y pruebo un exquisito café griego bastante fuerte, nos montamos en el coche y vamos a Firostefani. Otro precioso pueblo de la isla, con increíbles casas blancas sobre el acantilado y con unas preciosas vistas a la caldera. Por supuesto, nos volvemos a hacer muchas fotos. Quiero todas las fotos del mundo con ella.

Después de visitar Firostefani, cogemos el coche de nuevo para ir a Imerovigli. Y en el camino vuelvo a fijarme en la cantidad de minicapillas que veo a los bordes de la carretera. Al preguntarle a

Bris el motivo, ella me explica que son pequeñas ofrendas religiosas de algunas personas o bien por haber esquivado la muerte en ese punto o por el recuerdo a algún familiar que murió ahí.

Cuando llegamos a la pequeña localidad de Imerovigli, lo primero que llama mi atención es no ver tanto turismo. Y la verdad, lo agradezco. Poder pasear sin empujones o tener que estar cediendo el paso o que te lo cedan es bastante relajante.

Bris y yo paseamos y nos hacemos fotos en cada puerta azul, en cada rincón floral y en cada iglesia.

Paramos a tomar algo en una cafetería donde pruebo una exquisita tarta de queso llamada *tirópita*, mientras Bris me señala otras tartas llamadas *spanakópita*, *kremidópita*, hechas la primera de espinacas y la segunda de cebolla.

Luego proseguimos nuestro camino.

—Hoy vas a ver otro atardecer apoteósico.

—¿Mejor que el de Oia o Perissa?

—Ni mejor ni peor —dice—. Diferente. Y este es diferente, simplemente porque aquí hay menos gente y se respira paz y tranquilidad. Aquí hay dos sitios típicos para ver la puesta de sol. La iglesia de Agios Georgios o el Skaros Rock. —Asiento. Tener opciones es bueno—. Pero si yo puedo elegir, elijo Skaros Rock —concluye.

—¡Pues ya está hecha la elección!

Bris señala la colina que hay al fondo.

—Para subir al Skaros Rock hay que ir por ese sendero y... —explica.

—¿Y subir todas esas escaleras?

Bris hace un gesto afirmativo y se ríe.

—Como siempre te digo, merecerá la pena.

Miro hacia donde indica. Veo el sendero. Veo las escaleras. Soy deportista. Estoy acostumbrado a hacer deporte. Pero reconozco que tanta escalera está pudiendo con mis rodillas.

—Tenemos tiempo para llegar. Todavía quedan horas para que comience la puesta de sol, ¿te animas? —pregunta mi incombustible chica.

Veo su gesto pícaro.

—¡Claro que me animo! —Sonrío con seguridad.

Con paciencia y tranquilidad caminamos por el sendero. Ambos somos deportistas. Estamos en forma y llegamos antes de lo que pensamos.

Cuando dejamos las mochilas sobre una roca, miro a mi alrededor. Apenas hay quince personas y no oigo hablar español. ¡Genial! Quiero hacer algo que quizá no salga bien y mi sentido del ridículo me está carcomiendo.

Bris y yo sacamos nuestras botellas de agua de las mochilas y bebemos. Estamos sedientos.

—Te noto raro... —vuelve a decir.

Joder... Como siempre, es muy perceptiva.

—Será que estoy cansado —respondo.

—Mañana iremos a hacer la excursión con Homero en su velero —se ríe.

—¿Con el que quizá me tire por la borda?

—¡El mismo! —Bris suelta una carcajada.

Me parece bien. Pero estoy inquieto. En el bolsillo del pantalón llevo algo que me gustaría darle, y eso me tiene intranquilo.

¿Y si se lo toma mal? ¿Y si no le gusta? ¿Y si me lo tira a la cara?

Dándole vueltas a lo que tengo en la cabeza, intento estar normal, mientras recuerdo que días antes me dijo que los atardeceres desde este lugar eran sus preferidos.

Comienza el bonito espectáculo de la puesta de sol mientras el azul intenso del mar Egeo nos maravilla con su brillo. El sol, o el astro sol, como dice Bris, empieza a bajar lentamente.

—¡Qué bonito! —exclama.

Es impresionante. Pero más bonita es ella, y sacándome el anillo que llevo en el bolsillo de mi pantalón, me arrodillo, como mi padre siempre ha dicho que hay que hacer, y murmuro:

—Bris.

Ella me mira. Su gesto es de total asombro al encontrarme en esa posición.

—Woooaaalllaaaa —susurra con un hilo de voz.

Me río. Se ríe. Cuando tomo aire, y sin importarme la familia inglesa que hay cerca de nosotros, digo en español:

—Mi amada Julieta, si hoy fuera el fin del mundo, solo querría estar a tu lado. Desde el primer día que vi tu rostro me hiciste sonreír y nada me gustaría más que pasar el resto de mi vida contigo, y que ese resto de vida comience hoy. Sé que lo que te voy a proponer es tremendamente precipitado, pero...

—Sí, quiero.

Parpadeo. ¿He oído bien?

Bris me mira. Respira con dificultad, como lo hago yo.

—No he dormido en toda la noche pensando en cómo planteártelo y...

—Con lo que has dicho es bastante.

Me río.

—No me lo puedo creer —dice Bris.

Sé por qué lo dice.

Sé el motivo de su sorpresa.

Aquel anillo que tengo es el que le compré años atrás en Ibiza y que ella un día me devolvió.

—Lo he guardado todo este tiempo y, cuando regresé a España y lo busqué quería devolvértelo sin más. Pero estar contigo estos días me hace querer no separarme de ti. Y sé, porque me lo dice el corazón, que tú y yo tenemos un precioso presente juntos con nuestra niña y..., y..., ¡joder!, siento haberlo utilizado en un momento tan importante como es este. Por supuesto, te compraré un anillo de diamantes que...

—Yo no quiero otro anillo —me interrumpe—. Yo quiero ese anillo. Porque, para mí, es parte de nuestra historia. Y que lo hayas guardado estos años, mi querido Romeo, lo hace aún más especial.

Tiemblo. Oír eso me gusta. Me agrada. Me pongo tremendamente nervioso.

—¿Acabas de aceptar casarte conmigo? —pregunto, todavía en shock.

—La respuesta es sí —afirma, sin asomo de duda.

Emocionado, le pongo el anillo en el dedo.

—Probablemente, cuando tu familia se entere, no salga vivo de Grecia.

—Probablemente —afirma Bris.

Eso nos hace reír. Y levantándome del suelo, acerco mi frente a la suya.

—Somos como Romeo y Julieta —susurro—. Con ciertos Capuletos y Montescos, pero tú y yo luchamos por nuestro amor. Y quiero que sepas que desde el primer momento en el que me fijé en ti, mi corazón me dijo que había encontrado a alguien especial. Que podías ser mi confidente, mi mejor amiga, el amor de mi vida. Recuerdo que dijiste que querías vivir una bonita historia de amor, y la nuestra siempre lo ha sido, y deseo que siga siéndolo. Tú me enseñaste a vivir el presente como si fuera el último día, aunque hubo una temporada en la que lo olvidé por idiota, por imbécil, por *malaka*. Que aparecieras una vez en mi vida fue una suerte. Pero que volvieras a aparecer cuando menos te esperaba ha sido el mayor regalo que he recibido, porque amarte es un placer y estar junto a ti es todo lo que necesito para ser feliz.

—Woooaaalllaaaa.

Uf..., lo que he soltado. ¡Me ha salido!

—Anoche, mientras dormías, pensé cuál era la mejor forma de declararme a ti, para que te quisieras casar conmigo y...

—*Ozú, miarma*, si no se casa contigo ella, ¡me caso yo! —Al oír aquello, miramos hacia dónde viene la voz. Resulta que la familia inglesa no es tan inglesa. La madre, española, emocionada, dice—: Mi niño, qué bonito lo que le has dicho, ¿cómo te va a decir que no?

Nos entra la risa, y con un precioso atardecer en tonos naranjas, mi chica y yo, como Romeo y Julieta, nos prometemos amor eterno, y ambos sabemos que así será.

Capítulo 43
Bris

Cuando me despierto en el hotel de Oia tras una siesta, Álvaro está dormido a mi lado. Hemos pasado el día en el hotel. Nos hemos sumergido en el *jacuzzi* de la habitación que frente al mar Egeo tenemos, y, uf..., lo bien que lo hemos pasado.

Durante horas, Álvaro y yo hemos hablado sobre nuestro presente. Ambos tenemos claro que deseamos estar juntos. No queremos seguir él en Madrid y yo en Nueva York. Y decido, porque soy yo quien lo decide, que cuando finalice mi contrato en Nueva York con el musical, que es en noviembre, Thais y yo nos trasladaremos a Madrid. Allí cada vez hay más espectáculos musicales y con suerte encontraré trabajo.

Hablamos también de la boda. Y cada vez que lo hacemos nos reímos. ¿De verdad nos vamos a casar? ¿En serio estamos tan locos?

En un principio barajamos la posibilidad de casarnos en Navidad, pero al final decidimos hacer las cosas bien y dejarlo para el verano siguiente en Santorini. Ambos queremos darles ese gusto a mis padres. Y aunque a mí el plan de futuro no me gusta, entiendo y comprendo que ha de ser así. Es lo mejor.

Miro el reloj. Son las cuatro de la tarde y a las cinco hemos quedado con mi primo Homero en el puerto para hacer la excursión por la caldera y ver el atardecer desde el velero.

He hecho esta excursión en muchas ocasiones con Homero. A veces hago de segunda de a bordo y de intérprete para los turistas cuando su compañero Celso no puede. Pero hoy seré una turista más. Quiero disfrutar de Álvaro y de la experiencia en el velero como siempre fantaseé en mis sueños.

Lo contemplo mientras duerme y disfruto de su imagen. Decir que es un dios griego quizá sería exagerar, pero para mí es el más sexi, provocador e incendiario dios griego que existe sobre la faz de la tierra.

¡Mi amor, mi futuro marido, está buenísimo!

Feliz, contemplo mi dedo. En él vuelvo a tener el anillo que siempre fue especial para mí. Para los dos. Y recordar las preciosas palabras de amor que me dedicó al ponérmelo me hace suspirar y saber una vez más que sí, claro que quiero casarme con él.

Pienso en Thais. En mis padres. En mi familia. En Andrea y Simone. Pienso en cómo reaccionarán cuando les digamos que nos vamos a casar. Imagino que habrá comentarios para todos los gustos, pero me da igual. Álvaro es el amor de mi vida, y me voy a casar con él, sí o sí.

Sé que apenas hace un mes que nos hemos reencontrado, pero siento, como sé que siente él, que volvemos a estar en aquel punto en el que lo dejamos, y en el que nuestro amor era de verdad. Muy de verdad.

—¿Ya despierta, Julieta?

—Sí, Romeo. —Sonrío y me acurruco a su lado.

En silencio y abrazados estamos unos instantes hasta que su boca y la mía se encuentran, y, madre mía, se desata la pasión.

Ya no somos unos niños. Ahora somos unos adultos que sabemos lo que queremos y, tras besarnos, lamo su boca y su cuello, y mientras me siento una tigresa, ronroneo:

—Te deseo.

Álvaro me mira. En su intensa mirada azul puedo ver el deseo, y subiéndome sobre él, cojo sus manos, las agarro sobre su cabeza y lo beso con urgencia y locura mientras su respiración se agita más y más.

Con descaro y deseosa de hacerlo mío, froto mi húmedo pubis con su ya endurecido pene, cuando él suelta un gruñido de lo más varonil y toma las riendas. Con un movimiento rápido me tumba en la cama para ponerse sobre mí y, sin decir nada, comienza a recorrer con su boca mi cuerpo.

El placer es maravilloso. Increíble. Placentero. Él guía su pene hacia mi vagina con una mezcla de delicadeza y rudeza. Yo me arqueo de placer.

Busca mi boca para besarme. Para susurrarme. Para decirme cuánto me quiere y cuánto me desea, mientras su duro pene entra una y otra, y otra vez en mí. Primero, suave, delicado, pausado. Pero, según pasan los segundos, todo entre nosotros se vuelve más carnal. Más pasional. Más loco. Y terminamos haciendo el amor como verdaderas fieras.

Minutos después, tras llegar los dos al clímax, se queda tumbado sobre mí mientras yo lo abrazo.

—Quiero estar así todo el día —susurro.

Álvaro se ríe. Desde que nos hemos levantado esta mañana no hemos parado de tener sexo.

—¿Tu primo Homero se enfadará si llegamos tarde? —pregunta.

Miro mi reloj.

—¡Joderrrrrrrr! Vamos, ¡llegamos tarde! —exclamo, apartándolo.

Entre risas y besos, nos vestimos a toda velocidad. Cogemos las mochilas y salimos pitando para el puerto. Cogidos de la mano corremos entre los turistas. Al llegar, señalo con el dedo.

—Allí está Homero con el *Chronos*.

—¿*Chronos*?

—Le puso ese nombre al velero por el dios griego del tiempo. Y, por cierto, se gana la vida con él llevando turistas en varias excursiones. Por lo que hoy seremos dos turistas más, y lo mejor, ¡gratis!

—¿Gratis?

—Si se le ocurre pedirme dinero, la familia lo mata —afirmo.

A Álvaro le hace gracia mi comentario. Nos acercamos al barco y mi primo nos ve, a mí me sonríe, pero a él le achina la mirada. Eso me hace sonreír.

—Ni caso —le recomiendo—. Lo hace para intimidarte.

Veo que Álvaro levanta el brazo y lo saluda con la palma de la mano y los dedos abiertos.

—¡No hagas eso! —se la bajo rápidamente.

—Pero si solo le estoy saludando.

—Escucha, cielo, aquí en Grecia, saludar con la palma de la mano y los dedos abiertos se considera un insulto grave al que se le llama *mutsa*. Por lo tanto, si no quieres meterte en ningún lío, no saludes así, ¿entendido?

Incrédulo, Álvaro me mira, se ríe, y cuando llegamos hasta Homero, al ver cómo lo mira y refunfuña, en griego le digo a mi primo:

—Él, como otros extranjeros, no saben lo del *mutsa*. Por lo tanto, ¡vale ya! Joder, Homero, ¡qué pesadito estás con él! ¡Ni que te hubiera hecho algo!

—Pero te lo hizo a ti el mafioso este —responde.

—Maldita sea, Homero Papadopoulos —refunfuño, adoptando mi mejor versión griega—. ¡Que no es mafioso! ¿Acaso no sabes que fue su madre quien le ocultó lo de mi embarazo? Porque, que yo sepa, ya os lo he contado a todos. ¡Joder! Y no sé por qué no queréis escucharme. Y sí. No es griego. Tampoco mi padre lo es. Pero es el amor de mi vida y el padre de Thais. Y si quieres que yo te respete y te quiera como siempre te he respetado y querido, comienza a respetarme tú a mí, empezando por mi amor.

Mi primo refunfuña y me indica que nos sentemos en la popa, donde ya hay varios turistas americanos que nos saludan al llegar.

—¿Qué le has dicho? —pregunta Álvaro, curioso.

—Simplemente que deje de ser un *malaka*.

Cuando salimos del puerto, mi primo Homero, junto a su segundo Celso, comienza la excursión. Celso sabe hablar en inglés, por lo que Homero se encarga del barco y Celso de guiar la visita.

Celso nos habla con conocimiento sobre la isla y la caldera. Cuenta infinidad de cosas mientras se encarga de servirnos un excelente vino y poner la música apropiada para el momento. Todo aquello hace la experiencia más mágica y especial.

Álvaro y yo saboreamos el momento. Disfrutamos de cómo el astro sol desaparece ante nosotros, y mirándonos nos besamos mientras Celso nos hace fotos que quedarán para el recuerdo.

Horas después, al regresar a puerto, tras despedirnos de Celso y de los turistas, cuando nos vamos a ir, Homero se acerca a nosotros y, sorprendiéndome, pone su mano delante de la de Álvaro. Está claro que lo que le he dicho le ha hecho pensar. Y Álvaro, sin dudarlo, se la estrecha, le sonríe y murmura en griego:

—*Efharistó*.

Homero asiente. Que Álvaro le dé las gracias en griego le ha gustado, y tirando de él le da un abrazo que un poco más y me lo mata.

¡Qué bruto es Homero cuando se pone!

Contentos y felices, abandonamos el puerto y nos vamos a cenar. Es nuestra última noche solos. Al día siguiente regresaremos con la familia y nos morimos por ver a Thais y decirle que su vida, junto con la nuestra, va a cambiar.

Capítulo 44
Álvaro

Santorini, 31 de diciembre de 2015

Estoy pasando una de las mejores Navidades de mi vida.

El 22 de diciembre llegué a Nápoles y horas después lo hicieron Bris y Thais procedentes de Nueva York. El 23 llegó Andrea de Londres con su marido y su hijo. Vamos a pasar las Navidades todos juntos con mi padre. Lolo se ha vuelto a quedar con Pepe.

Encantados y felices, papá y Fiorella nos acogen en su preciosa casa en el campo. Viven en un pueblo de pescadores llamado Pozzuoli. Un sitio bastante conocido por ser donde vivió la actriz Sophia Loren en su niñez, y lo mejor, está a apenas dieciséis kilómetros de Nápoles.

Por suerte para nosotros hace buen tiempo. Y eso permite que papá y Fiorella, junto con Luna, nos puedan enseñar el anfiteatro Flavi, y los templos de Serapis y Neptuno. Unas maravillas.

En Pozzuoli, Thais y Luna lo pasan maravillosamente bien jugando con Simba, el perro de la familia. Ver cómo mi niña mima y cuida de aquel animal me hace saber que en cuanto Thais viva conmigo en Madrid, Lolo y ella serán inseparables. Lo sé.

Papá y Andrea, junto a sus familias, están felices con la boda. Cuando se lo dijimos, ambos lloraron de felicidad. Y la verdad, yo también me emocioné. Está claro que los hombres también lloran y que los Lombardo somos unos grandes llorones.

No he vuelto a saber nada de Olalla y Alvariña y no tengo la más mínima intención de informarles de la boda. Ellas no van a ser invitadas. En este tiempo, ni ellas se pusieron en contacto conmigo ni yo con ellas. El único contacto que he tenido ha sido con un antiguo compañero de bufete con el que he tenido un litigio profesional que, por cierto, gané. No quiero ni pensar la que le tuvo que caer al pobre Ismael por parte de ellas al perder el juicio contra mí.

Gloria es la única que me interesa de esa casa, y le ofrecí la posibilidad de venir a la mía para cuidar de Thais. Y aceptó sin la menor duda. A pesar de todos los años vividos con Olalla, nada la retiene junto a ella. Y aunque todavía no ha dicho nada, en febrero, cuando Bris y Thais se muden conmigo, ella lo hará también.

Nuestros planes de boda siguen adelante. Thais está como loca. Para ella que sus papis se casen y vayamos a vivir todos juntos es algo muy muy especial. Con la niña todo ha sido fácil y solo recibo cariño y amor. Bris y yo ya le hemos encontrado colegio en Madrid cerca de casa. Empezará en febrero, cuando se muden a España.

La noche del 24 de diciembre, los Lombardo nos reunimos alrededor de la mesa y disfrutamos de una excelente cena que nos prepara Fiorella. La mujer de papá es encantadora. Se desvive por todos y cada uno de nosotros, y soy consciente del cariño que les tiene a Bris y a la niña. Eso me gusta. Me gusta mucho.

El 28 de diciembre, tras pasar unos días en Nápoles, Bris, Thais y yo cogemos un avión que nos lleva a Santorini. Ahora nos toca pasar la otra parte de las fiestas de Navidad con la familia de ella.

Cuando llegamos, Rhoda y Gabriel nos reciben con cariño, aunque el resto de la familia, excepto Homero, me sigue mirando con gesto indescriptible. Incluso ponen a todo volumen la música de la película *El padrino*. Eso me hace reír, y ellos se lo toman como una chulería mía.

Los padres de Bris están felices por la boda. Gabriel, aunque en un principio nos dijo que lo veía precipitado, ahora es el más emocionado. Rhoda, desde que le dimos la noticia, es feliz. Primero, por saber que su hija ya no estaba sola con la niña, sino conmigo. Y segundo, porque España está mucho más cerca que Nueva York, y eso es un gran punto a nuestro favor.

El resto de la familia de Bris, al enterarse, puso los ojos en blanco y sorprendentemente se calló. Como dijo Rhoda, el que calla otorga, y sin duda, ellos otorgan.

El 31 de diciembre volvemos a tener una bonita cena familiar, en este caso en la enorme casa de la abuela. A la cena acuden, como siempre, todos. Tíos. Primos. Parejas. Padres de las parejas. Vecinos. Amigos. Allí no para de llegar gente cada vez más ruidosa.

—¿Toda esta gente va a cenar aquí? —pregunto.

Bris asiente.

—Pues todavía falta gente —señala.

Incrédulo, me tengo que reír. Cuando finalmente nos sentamos a cenar, por curiosidad cuento la gente que hay.

—Increíble. Somos sesenta y dos —le digo en bajito.

—Pues el año pasado fuimos sesenta y siete —apostilla Bris.

Para la cena hay de todo. Rhoda, la abuela, las tías y las vecinas llevan cocinando días para tenerlo todo a punto en esta noche, y desde luego, menudo trabajazo que se han dado. Aquí hay comida para un regimiento.

Durante la cena, hay mucho ruido. Son tremendamente escandalosos, pero por primera vez me siento uno más. La abuela y las tías se preocupan por que coma y, en un momento dado, Petra, la vecina española, me dice:

—Sigue comiendo o las ofenderás.

—Es que voy a reventar —me quejo.

Ambos nos reímos, pero sigo comiendo. Lo último que quiero es ofenderlas.

A las doce de la noche, no toman uvas como en España, pero, cuando el año pasa de 2015 a 2016, gritan y se abrazan.

—Feliz año nuevo, Romeo.

Oír aquello de la chica que me ha robado el corazón me hace sonreír.

—Feliz año, Julieta —le deseo, y la beso con cariño en los labios.

Luego cojo a Thais entre mis brazos y nos dedicamos a besarla y hacerla sonreír, y toda la familia se acerca a nosotros para felicitarnos el año. A Bris y a Thais las besan y abrazan, a mí simplemente me dan un apretón de manos acompañado de un gruñidito. Sigo siendo el soso mafioso napolitano.

Por el contrario, Rhoda, Gabriel, Homero y Petra me abrazan. Me desean un feliz año, como yo se lo deseo a ellos, y sonreímos llenos de felicidad. Homero me entrega una copa de un licor que sabe a rayos y tras decir *¡jopaaaa*! nos lo bebemos del tirón. ¡Joder, qué fuerte está!

Él y yo nos comunicamos por señas y nos entendemos. Intento aprender algo de griego y ya se decir *kaliméra*, que es buenos días; *kalispéra*, que es buenas tardes; gracias, que es *efharistó*, y hola, que se dice *yássas*, en situaciones más formales, y *yasú*, si es un contexto informal.

El ruido de fuegos artificiales comienza a oírse y todos salimos a la calle para verlos. Subo a Thais a mis hombros mientras tengo a Bris cogida de la mano y disfrutamos junto al resto de la familia de la bonita pirotecnia. ¡Es increíble! Y lo mejor, ¡ha dejado de llover!

—Papiiiii, ¡me gusta cuando son azules!

Encantado, asiento. Si algo tengo claro es que a mi niña le gusta aquel color tanto como a su madre.

—Los azules son los más bonitos —me muestro de acuerdo.

Bris me mira. Sonríe. Estamos felices. Lo que estamos viviendo es un sueño para nosotros, y nos besamos. Tras aquel primer beso, llega un segundo, y al tercero, Homero nos indica que entremos en la casa.

Cuando accedemos al enorme salón y ocupamos de nuevo nuestros asientos, Rhoda, la abuela y las tías entran con algo en las manos, y todos se ponen a aplaudir.

—¿Qué pasa ahora? —pregunto curioso.

—Lo que llevan en las manos es un dulce llamado *vasilópita*, y es una tradición griega —explica Bris. Parecen bizcochos con un glaseado blanco—. La *vasilópita* es el dulce de harina con el que se celebra el Año Nuevo. Al prepararlo, se esconde una moneda o florín en la masa. Y cuando se reparte, al que le toque el trozo con la moneda, tendrá un excelente año.

Oír eso me gusta, aunque cuando me dan mi trozo y me lo como, en él no está la moneda. Eso sí, la *vasilópita* está buenísima y repito, para gusto de la abuela.

Estamos disfrutando del momento cuando varios de los presentes sacan mandolinas, violines, guitarras, flautas, tambores y una cosa que me indica Bris que se llama *tsampouna* y es una especie de gaita. Empiezan a tocar.

Desde donde estoy, veo que muchos bailan al son de la música y las primeras en salir son Bris y Thais. Ellas, a diferencia de mí, no tienen sentido del ridículo y, la verdad, me encanta que así sea.

En un momento dado, entre baile y baile, de unos cestos comienzan a tirar pétalos de flores. Eso me sorprende. Llevo toda la noche esperando que ocurra una cosa que siempre he oído que se hace.

—¿Cuándo vais a romper los platos? —le pregunto a Rhoda, que está a mi lado.

Mi suegra se ríe a carcajadas. Ella se lo dice a su hermana Dimitra. Ahora ambas se ríen mientras me miran. Está visto que lo que le acabo de decir les hace gracia.

—Eso de romper platos es para espectáculos con guiris —explica Rhoda—. Aunque, bueno, en algunas bodas sí que hemos roto algún que otro plato.

¡Seré ridículo! Mejor me callo.

La fiesta prosigue y todos animan a Bris para que cante. Acompañada por sus familiares que tocan los instrumentos musicales, interpreta canciones griegas que no conozco. Que nunca he escuchado. Y, uf..., me vuelvo a enamorar de ella.

Cuando Bris acaba de cantar y toma una copa con sus primos, nos miramos y entonces hace algo que me hace sonreír. Levanta su mano derecha y con sus dedos índice y medio se señala los ojos, y luego me señala a mí. ¡Me vigila!

—Sabes que ese gesto es el primero que me hiciste, aparte de sacarme la lengua cuando nos conocimos —le digo segundos después cuando se sienta a mi lado. Bris asiente. Eso ya lo hemos hablado con anterioridad, y entonces yo repito la acción ante ella y afirmo—: Yo te vigilo a ti.

Soltamos una carcajada. De pronto empieza a sonar una música.

—*¡Sirtakiiiiii!* —grita Bris.

Gracias a la famosa película *Zorba, el griego* se puede decir que es la danza griega más conocida del mundo.

Homero me anima a bailar. Después lo hacen Gabriel, Rhoda, Petra, pero a todos les digo que no. Soy un soso. Lo sé. Bris me mira, sonríe, pero no lo intenta. Sabe que ni loco saldré a bailar.

¿Cómo voy a bailar con el sentido del ridículo que tengo?

Los bailarines, con las manos sobre los hombros de los compañeros, comienzan a moverse lentamente al compás de la música. Pasito a la derecha. Pasito a la izquierda. Paso hacia adelante y salto. Acompasados, veo cómo se mueven, cómo se estiran, cómo se miran, mientras la música poco a poco va aumentando su compás, y con ella todos los que la bailan.

Segundo a segundo, la música se acelera más. Adquiere más ritmo. Los que estamos sentados comenzamos a dar palmadas, mientras los bailarines, entre los que está Bris, disfrutan bailando el *sirtaki* riendo y gritando extasiados.

Thais viene corriendo hasta mí y se sube en mis piernas.

—Mami baila muy bien, ¿verdad, papi? —dice con una preciosa sonrisa.

Papi. ¡Me encanta ser papi!

Asiento. Mi chica es una excelente bailarina, y con mi hija en brazos, rodeado de música y familia, mientras miro al amor de mi vida, soy tremendamente feliz.

Capítulo 45

Bris

Madrid, abril de 2016

Para ser abril, hoy hace un precioso día de primavera.

Mientras Thais juega con unos niños, y la cuida Gloria, yo juego con Álvaro, Pepe y Mónica un partido de pádel.

Vivir en Madrid me resulta fácil. Es una ciudad que me encanta y que conozco por haberla visitado con mis padres y Álvaro, y rápidamente me siento una más. Y lo mejor, Thais está feliz en su nuevo colegio y sobre todo con Lolo.

La casa donde vivimos es un palacio para Thais y para mí. Acostumbradas a un pisito de cuarenta y cinco metros en Nueva York, ahora estamos en un precioso ático de doscientos metros, con una terraza increíble que da al Retiro.

Desde el primer instante en el que pusimos los pies en él, Álvaro y Lolo nos hacen saber que es nuestra casa. Que allí podemos cambiar lo que queramos y que lo más importante es que nos sintamos bien. Y, la verdad, cuando pongo en la nevera el viejo imán del arcoíris que Peny compró, siento que he llegado a mi hogar.

Conocer el estudio de pintura que Álvaro tiene en la casa me gusta. Entrar en un espacio tan sagrado para él es inquietante y más ver sus obras. Apoyados en la pared tiene infinidad de cuadros de todos los tamaños. Desde uno de treinta centímetros hasta otros de dos metros. Lo que veo me gusta, y sonrío al descubrir varios retratos míos. Verlos me emociona, pues en ellos se refleja la Bris jovencita que un día fui.

Thais se enamora de aquel espacio. Al igual que a su padre, le gusta pintar, y comienzan a disfrutarlo juntos muchos domingos mientras yo leo y los observo.

Thais está feliz. Si por norma es una niña alegre y vivaracha, estar en Madrid viviendo con su papi y mami, como ella dice, y con su perrito Lolo, la ha llenado de energía y positividad. Tanta que a veces Gloria, que ahora vive con nosotros, cuando se va a dormir por las noches, cae destrozada. Lolo, por el contrario, está motivado. Ahora hay alguien que le da toda la marcha que necesita.

En ese tiempo arreglamos los papeles que le dan la paternidad a Álvaro. Para él es importante y, por supuesto, lo es para mí. A Thais le encanta llamarse ahora Thais Lombardo Suárez, y hacemos una pequeña fiestecita para celebrarlo.

En el tema trabajo me voy informando sobre próximos musicales que se quieren estrenar en la ciudad y sus pruebas. También ojeo ofertas como coreógrafa. Creo que tengo un buen nivel para poder desempeñar algo de este tipo, pero es difícil. Muy difícil.

No quiero que nos mantenga Álvaro. Si algo me gusta es ser independiente, y aunque sé que él sería feliz si yo no trabajara, también sé que me conoce y respeta mi independencia en esos temas.

Mientras consigo trabajo, hago deporte. Mucho deporte. Salgo a correr por el Retiro sola o con Álvaro. Cuando se va a trabajar, voy al gimnasio, y me he apuntado también en una piscina cercana para ir a nadar. Necesito seguir en forma.

La boda sigue adelante. Nos casamos el 6 de agosto y ya tenemos todo el papeleo arreglado. En Santorini, mis padres y toda la familia están organizando la boda que se celebrará en la santa iglesia de Agios Giorgio, más conocida como San Jorge, y para el convite, aunque queríamos hacerlo en un bonito restaurante frente al mar, mi *yiayiá* se ha empecinado en que tiene que ser en el patio trasero de su casa. En aquel amplio y bonito patio se han casado mis padres, mis tíos y algunos de mis primos. Y bueno, al final, Álvaro y yo hemos accedido. Si eso la hace feliz, ¡adelante!

En cuanto al vestido de novia, lo tengo claro. Siempre me gustaron los diseños de cierta famosa casa de trajes nupciales, y como tengo uno cerca del ático, en febrero, cuando llegué de Nueva

York, mamá vino de Santorini y Andrea de Londres, y los tres nos fuimos a encargar mi vestido mientras Gloria se quedaba con Thais.

El gusto de nosotros tres es bastante dispar. A mamá le encantaría que fuera con un vestido abullonado de princesita, pero, al final, cuando me ve con el vestido de corte recto y sin mangas que se ajusta perfectamente a mi cuerpo, y que Andrea y yo hemos elegido, asiente y llora emocionada.

Todo marcha. Todo funciona desde que Thais y yo nos mudamos a Madrid, y, mientras encuentro un trabajo, vivo y disfruto. Sé que los tres disfrutamos los unos de los otros.

Nos encantan los viernes cuando Álvaro regresa de trabajar, meternos en el coche y marcharnos a donde sea. Da igual si es la sierra, un pueblo o la playa. España es maravillosa. Vayamos donde vayamos, lo pasamos estupendamente. Incluso en alguna ocasión convencemos a Gloria para que nos acompañe.

Reconozco que vivir con Álvaro es un sueño. Todo me lo hace sencillo. Todo nos lo pone fácil. Y siento que esa es su manera de recuperar el tiempo perdido, y eso me enternece. Lo quiero tanto.

De bruja y rebruja no sabemos nada. Y la verdad, lo agradezco. Y más viendo que Álvaro no quiere tener relación alguna con ellas.

En pádel soy malísima. Lo mío es bailar. Pero eso a Álvaro no parece importarle. Cada vez que fallo, me anima y, según él, poco a poco mi juego comenzará a ser mejor. Cómo me quiere mi Romeo.

Entre risas y bromas, terminamos el partido, que, una vez más, gana Pepe, que en esta ocasión ha venido acompañado por una chica llamada Mónica, y como perdedores, pagamos Álvaro y yo la comida. Como siempre.

La chica, desde luego, es encantadora. Es enfermera en un hospital, y cuando terminamos el partido, aunque Pepe se empeña en que se quede a comer con nosotros, ella se marcha. Tiene cosas que hacer.

Cuando ella se va, y mientras guardamos nuestras cosas en la bolsa de deporte, Pepe pregunta:

—¿Qué os parece?

—Maja —respondo.

—¿Os habéis dado cuenta del precioso hoyuelo que le sale en la mejilla cuando sonríe?

—¿En serio te has fijado en su hoyuelo y no en su trasero? —pregunta Álvaro con cara de sorpresa.

Pepe suspira.

—No hay manera de invitarla a cenar —confiesa—. Lo máximo que he conseguido es que hoy aceptara venir al partido de pádel.

—¿Ha sido vuestra primera cita? —pregunto curiosa.

Pepe asiente.

—Bueno, si a esto se le pueda llamar cita —apostilla, pesaroso.

Álvaro y yo sonreímos. Es la primera vez que vemos a Pepe tan interesado en una mujer.

—Menos es nada, ¿no? —digo.

De pronto la botella de agua de Álvaro cae al suelo.

—¡Serás torpe! —ríe Pepe.

—Efectivamente. Soy muy torpe.

Me agacho para recogerla, y viendo cómo se toca la mano izquierda, pregunto:

—¿Te duele?

Álvaro niega con la cabeza.

—Quizá durante el juego has hecho un mal movimiento —señala Pepe.

—Seguramente.

—¿En Santorini no me comentaste también algo de la mano? —le pregunto, recordando algo de repente.

Álvaro hace un gesto afirmativo.

—Papi..., papi..., ¿puedo apuntarme a dar clases de fútbol? —dice Thais, apareciendo alborotada.

—Claro que sí, cariño —le digo, después de que Álvaro haga un gesto de asentimiento.

Encantada, Thais salta. Desde que hemos llegado a España, y desde que conoció a su amiga Rebeca, le apasiona el fútbol.

—Princesa futbolera, vamos a comer, que tus padres pagan —dice Pepe, cogiéndola en brazos.

Encantada por ello, sonrío y nos vamos a comer. Como dice Pepe, ¡nosotros pagamos!

Capítulo 46

Álvaro

Madrid, 16 de julio de 2016

Estoy angustiado.

Como un lobo enjaulado, así estoy en las urgencias del hospital a las nueve de la noche, mientras espero a que me digan que Bris está bien.

Cuando regresaba a casa del despacho, recibí una llamada de ella, diciéndome que la llevaban al hospital. La había arrollado un chico con un jodido patinete mientras hacía *footing* por el Retiro.

—¿Qué ha pasado?

Es Pepe, que aparece con Mónica. Mi amigo ha acudido raudo y veloz a mi llamada.

—No lo sé, tío —respondo—. Bris me llamó desde una ambulancia para decirme que la habían arrollado en la calle con un patinete. He preguntado al llegar y me dicen que la están atendiendo, pero no sé más. ¿Conoces a alguien que trabaje aquí?

Pepe piensa.

—Óscar —dice Mónica.

—¿Tu ex? ¿El traumatólogo? —pregunta Pepe.

Mónica asiente y, sin más, se aleja para hablar por teléfono.

Veo que Pepe la mira con gesto serio y cuchicheo.

—¿Celoso del ex? —digo en bajito.

Pepe con la mirada me manda a freír espárragos, y yo me callo. Estoy tan nervioso que las tontas palpitaciones de mi mano izquierda comienzan.

—Yo no soy celoso —replica Pepe—. ¿Qué dices?

Durante media hora, los tres esperamos en la sala, hasta que sale un tipo alto con bata blanca.

—Óscar, ¿qué tal? —saluda Mónica, levantándose.

Se dan un abrazo y tras presentarnos a Pepe y a mí, y ver que mi amigo coge a Mónica por la cintura, porque no es celoso, el médico dice, mirándome:

—Briseida está bien. Se siente dolorida por la caída que ha tenido, pero tranquilos, solo tiene tres puntos en la frente y un esguince. Eso sí, el esguince al parecer es una lesión que ya ha tenido en varias ocasiones en ese pie, debido a su trabajo como bailarina, y a pesar de sus quejas, he decidido ponerle un yeso que ha de llevar unas tres de semanas.

Oír eso me tranquiliza, pero me inquieta. Conozco a Bris. Lo de perder su movilidad no la tendrá muy contenta. Pero saber que no es nada grave es lo único importante.

—Gracias, Óscar —digo.

Él, con una sonrisa, posa su mano sobre mi hombro.

—Seguidme. Os llevaré con ella —dice.

Los tres lo seguimos, mientras observo que Pepe no suelta a Mónica. Está claro que le importa esa mujer. Al llegar a un box y cuando Óscar abre la cortina, allí me encuentro a mi chica. Está tumbada en una camilla y con un apósito en la cabeza.

—Joder, ¡me han puesto un yeso! —exclama, enfadada, mientras intento abrazarla.

—Cariño..., lo importante es que estés bien.

—Pero, Álvaro..., ¡mira qué pintas tengo! —se queja.

Ver su gesto de enfado me hace entender cómo se siente.

—Bueno, preciosa, dentro de lo malo, no es de lo peor —interviene Pepe.

Bris resopla. Cualquier cosa que le digamos no le va a valer.

—Reposo y la medicación pautada —dice el médico, señalando unos papeles—. Dentro de tres semanas, que Mónica me llame, te cito y vemos cómo...

—A ver, doctor —lo interrumpe Bris—. Como le dije, soy bailarina. Estoy a la espera de que me llamen para hacer unas pruebas y además nos casamos. ¿Cuánto tiempo de reposo tengo que hacer?

—Cariño, vayamos paso a paso.

—¡Pero nos casamos dentro de un mes! —insiste.

El medico sonríe.

—Casar te puedes casar —dice—. Pero al menos hasta dentro de tres meses no creo que...

—¡¿Tres meses?!

—Sí.

—¡Pero eso no puede ser!

—Bris —murmura Mónica—. Lo importante es que tu esguince cure bien.

—Joder..., joder..., joder..., joderrrr...

Está agobiada. Cuando se agobia le cuesta pensar. La conozco. El doctor la mira mientras Bris sigue protestando. Está claro que está acostumbrado a reacciones así.

—Mónica, en dos semanas llámame y volvemos a verla —dice, y se aleja.

Nos quedamos un rato en silencio los cuatro.

—¿Y por qué lo tienes que llamar tú? —pregunta Pepe—. ¿No será mejor que lo llamen Bris o Álvaro?

Mónica asiente. Sonríe.

—El doctor Herencia dice que ya os podéis ir si queréis —nos informa una enfermera que acaba de aparecer.

—Necesitamos una silla de ruedas para llegar al coche —pide Mónica.

—Pero ¡qué dices! —protesta Bris.

Mi chica hace ademán de levantarse. Yo se lo impido.

—Ya has oído al doctor. O te cuidas o tu lesión no se curará. Tú decides.

Como es de esperar, resopla. Maldice en todos los idiomas que sabe, pero al final nos la llevamos sentadita en la silla de ruedas hasta el coche. Es lo mejor.

Esa noche, cuando llegamos a casa, Thais está ya dormida en su habitación. Gloria se preocupa al ver a Bris con la escayola en la pierna y Lolo la olisquea. Tras contarle que todo está bien, pero que necesita reposo, cuando Gloria se va a dormir, cojo a mi chica en brazos.

—Vamos... ¡Tienes que descansar!

Un rato después, tras hacerle comer un sándwich y darle las pastillas, estamos los dos en la cama y Bris, tocándose la frente, pregunta.

—¿Quedará mucha marca?

Su preocupación me hace gracia. Ella estaría preciosa con mil marcas.

—Seguro que no —la tranquilizo.

Bris resopla. Toma aire.

—Puntos en la frente —refunfuña—. Esguince en el tobillo. Y la boda con el viaje de novios es dentro de un mes.

—Nada de eso impide que nos podamos casar.

—Pero, Álvaro —insiste—. No quiero ir a la boda con muletas. Y ¿cómo nos vamos a ir a Tokio con muletas?

Me río. Ella no.

—Con muletas o sin muletas tú y yo, mi querida Julieta, nos vamos a casar y nos vamos a ir de viaje de novios a Tokio, sí o sí. Y si te tengo que llevar en brazos todos los días, lo haré, ¿te queda claro?

Bris sonríe. Con cariño me besa.

—Wooooaaalllaaaa, cómo me pones cuando me hablas así.

Capítulo 47

Bris

Estoy desayunando en la preciosa terraza del ático algo desganada, mientras miro mi iPad y me siento cansada. Esta noche no he dormido. Creo que los nervios por la inminente boda me están comenzando a afectar.

Sigo con el puñetero yeso. Me da un calor en la pierna que a veces me quiero morir, pero estoy intentando ser una buena enferma, pues quiero que cure bien para poder seguir trabajando.

Suena mi teléfono. Es mamá desde Santorini para preguntar cómo estoy y contarme cosas sobre los preparativos de la boda.

Está feliz. Contenta. En tres días volamos a la isla y en cinco es la boda. Según me cuenta, todo está preparado y yo miro el yeso de mi pierna. ¡Maldita sea, me tengo que casar con él puesto!

Todo está solucionado excepto mi maldita lesión, perooooo... ¡nos casamos! Seguimos adelante, y Álvaro me ha convencido para hacer el viaje de novios, aunque sea con muletas. La verdad es que, viendo su positividad, no he podido decirle que no. Ambos nos morimos por conocer Tokio.

Tras despedirme de mamá, recibo un mensaje de Gloria. Ha ido a la tienda de novias a recoger el vestido, y me dice que tardará un poco, pues todavía no lo han entregado.

Miro el reloj. Son las once de la mañana y me extraña que Thais, aun sabiendo que tiene partido de fútbol y habiéndola despertado hace un rato, no haya aparecido para desayunar con lo glotona que es.

—Thaissss, ¡ven a desayunar! —levanto la voz.

No responde. No la oigo. Y levantándome, con la puñetera muleta para no apoyar el pie, voy hasta su bonita habitación. Al entrar, veo a Lolo tumbado en la cama y a Thais abrazada a él hecha un ovillo.

—¿No quieres hoy jugar al futbol? —pregunto. La niña me mira y me alarmo por su mala cara—. ¿Qué te ocurre, mi amor?

—Me duele la cabeza, mami.

Pongo mi mano en su frente. Está caliente. Pongo el termómetro digital y, joder, ¡tiene treinta y nueve grados! Eso me alerta mucho. Bajo a Lolo de la cama cuando Thais comienza a llorar y dice:

—Tengo ganas de *gomitarrrrrr*.

Con mimo la abrazo. La acuno. Le doy la medicina para bajarle la fiebre. Pero Thais sigue llorando.

—Voy a llamar al tío Pepe ahora mismo, ¿vale, cariño?

Thais asiente. Sabe que el tío Pepe es médico de niños, y vuelve a cerrar los ojos.

Acelerada y olvidándome de la muleta voy a por mi teléfono, que está en la terraza. Veo que Lolo se acaba de terminar de comer mi tostada, pero da igual. Eso no me importa. Llamo a Pepe. Por suerte, está de vacaciones y no en el hospital, por lo que me dice que me tranquilice. Que enseguida se acerca a casa.

Cuando cuelgo el teléfono corro de nuevo hacia la habitación de mi hija mientras me convenzo de que será una tontería. No es la primera vez que Thais tiene fiebre, le duele la barriga y al día siguiente está como una rosa. Pero cuando entro en la habitación, Thais está vomitando. ¡Madre míaaaa!

Le cambio las sábanas y el pijama, vuelve a vomitar otra vez. Ufff..., el olor me marea, ¿a que vomito yo también? De nuevo cambio sábanas y pijama. Suena el timbre. Lolo ladra. Es Pepe.

—Tiene mucha fiebre y ha vomitado dos veces —le explico, tremendamente agobiada.

Pepe entra, me da un rápido beso en la mejilla y saluda a Lolo mientras yo le mando un mensaje a Álvaro para que venga a casa con urgencia.

—Tranquila, ya verás como no es nada —dice Pepe.

Con decisión, vamos a la habitación de Thais.

—Hola, princesaaaaaaaaa —saluda Pepe.

Thais, al verlo, hace un puchero. En el tiempo que lo conoce le ha cogido mucho cariño.

—Tío Pepe, he *gomitado* muchooooo.

—Vaya, ¡has *gomitado*! —se mofa Pepe.

—Y he manchado al oso Porter. ¡Pobrecito!

—Tranquila, mi amor, Porter te lo perdona —le digo.

Pepe se sienta en la cama y con empatía, dulzura y cariño comienza a examinarla. Es un buen pediatra. Tiene carisma con los niños. Veo que me señala algo con sus dedos, y luego le baja la camiseta.

—¿Quieres dormir un ratito, cariño?

Thais asiente.

—Vamos al salón —me dice.

Cuando veo que Thais se hace un ovillito en la cama para dormir, agarro a Lolo para que nos acompañe.

—Thais tiene la varicela —me informa Pepe cuando llegamos al salón.

—¡¿Varicela?!

—Sí.

Me entran los siete males. No. No puede ser.

—Madre mía. Primero mi lesión —farfullo—, ahora esto. ¿Qué más puede pasar?

—Lo que te he señalado con el dedo son vesículas de la varicela —indica Pepe—. Debe de llevar incubándola varios días, y hoy ha dado la cara.

—La verdad es que ahora que lo dices, lleva días tontorrona. Pero yo lo achaqué a los nervios por la... ¡Joder, la bodaaaaaaa!

Durante un buen rato Pepe y yo hablamos. Intentamos buscar solución a algo que no la tiene, cuando la puerta se abre y entra Álvaro. Ante mi mensaje de que regresara a casa con urgencia, noto que viene alterado.

—¿Qué pasa? —pregunta.

—Thais tiene varicela —indica Pepe.

—¿Es grave? —murmura asustado.

—Grave no. Pero contagioso sí —responde Pepe.

—No jorobes.

—Jorobo... Jorobo... —afirma Pepe.

Álvaro nos mira. Está desconcertado. Hace mil preguntas que solo Pepe puede responder.

—¡Espera! —exclama de repente. Pepe se acerca a mí. Me mira la frente y murmura—: No me jodas que tú también la has pillado.

—Pero ¡qué dices! —me horrorizo.

—Súbete la camiseta —pide Pepe.

—¿Para qué?

—Para comprobar una cosa —insiste.

Paralizada, los miro. ¿Cómo voy a haber pillado yo la varicela?

—Vamos, cariño, ¡hazlo! —me apremia Álvaro.

Molesta y enfadada, hago lo que me piden. Pepe esboza una media sonrisa, que estoy por borrársela de la boca con un puñetazo.

—Si podía pasar algo más, aquí lo tienes. Tú también tienes varicela —sentencia.

—Nooooooo —susurro horrorizada.

Me siento en la silla. Esto es un desastre. ¿Cómo voy a tener yo también la varicela? Lolo viene hasta mí. Debe de percibir mi susto porque rápidamente comienza a darme cariño. La puerta de la calle se abre y entra Gloria con cara de preocupación.

—No sé cómo decirte esto. Pero la empresa que tenía que traer tu traje de novia, al parecer, ¡lo ha extraviado!

—¡¿Qué? —murmuran Álvaro y Pepe al unísono.

¿En seriooooo? ¿De verdad? Noto que voy a empezar a reír y de los nervios que tengo ya no voy a poder parar.

—Thais y yo tenemos varicela —informo a la recién llegada.

Gloria abre los ojos como si se le fueran a salir de sus órbitas.

—Álvaro la pasó de pequeño.

Guardamos silencio unos minutos con aire perplejo.

—Se anula la boda.

—¡De eso nada! —protesta Álvaro.

Me levanto. Lo hago sin muleta y me acerco a él.

—Mira, Álvaro, no me jorobes —levanto la voz a la manera más griega—. Tengo puntos en la frente, un yeso en la pierna, Thais y yo tenemos varicela y mi vestido de novia se ha perdido. ¿De verdad crees que debemos casarnos? ¿En serio crees que debemos meternos ahora en esa guerra?

—Cariño...

—Madre mía..., todo está en nuestra contra.

—En nuestra contra o no —me suelta—, nuestro amor es por la única guerra que a mí me merece la pena luchar.

Incrédula lo miro. No estoy yo para frasecitas románticas.

—Maldita sea, Álvaro, ¡te estoy hablando en serio! —exclamo.

—Y yo —afirma él

Álvaro me mira, y sin más comenzamos a reír. No podemos parar.

Esa noche, tras avisar a mis padres de que la boda se anula porque Thais y yo tenemos la varicela y que se pospone para otro momento, me tumbo en la cama con un fiebrote del quince. ¡Odio la varicela! Lo bueno es que Álvaro, Pepe y Gloria nos cuidan. Lo malo, que me siento tan mal que no puedo cuidar a mi niña.

Capítulo 48
Bris

Madrid, septiembre de 2017

Al final, el verano pasado por culpa de la varicela anulamos la boda y no pudimos ir a Santorini. Y en Navidades, por unos temas laborales de Álvaro, no fuimos ni a Nápoles ni a Santorini. Y digo no fuimos porque me negué a dejar solo a Álvaro. Él me animó a que viajara a Santorini con Thais. Pasar las Navidades con mis padres siempre ha sido mi tradición, pero yo me negué. O todos o ninguno. Al final, papá y mamá vinieron a Madrid, y junto a Gloria, pasamos una bonita Nochevieja. Y, oye..., fue especial.

En agosto, tuvimos que suspender el viaje de verano a Santorini por culpa mía. Encontré un bonito trabajo en un musical en Madrid, y no quise desperdiciarlo. Como Álvaro hizo anteriormente, lo animé a que se fuera con Thais unos días de vacaciones, pero se negó y me dijo eso de o todos o ninguno. Y, bueno..., aunque trabajé, lo pasamos bien. Álvaro, Thais y yo ¡somos un buen equipo!

En cuanto a la boda, tanto Álvaro como la familia quieren que pongamos fecha. Eso de que la pospusiéramos no les cayó muy bien. A ver, yo también lo quiero. Deseo casarme con el amor de mi vida, pero acabo de encontrar un nuevo trabajo en un musical en Madrid, y de entrada quiero centrarme en eso.

Se trata del musical *Mamma Mia!* ¡Mi musical favorito! Además, ya lo había hecho en Las Vegas. Al presentarme para hacer las pruebas de acceso, me sorprendo al encontrarme con Oliver, el productor de Las Vegas. Ni que decir tiene que en cuanto Oliver me vio, me contrató, y yo, feliz, se lo agradezco. Por lo que ahora estamos con los ensayos. Estrenamos el mes que viene en la Gran Vía de Madrid y sé que va a salir bien. El equipo que me rodea es increíble.

Pensando en todo eso estoy metida en el coche a la espera de que Thais salga del colegio cuando me fijo en un lujoso coche de cristales tintados que aparca no muy lejos de mí. Curiosa, lo estoy observando cuando de pronto me quedo sin habla, pues de la parte trasera veo que se baja una mujer, y..., y, ¡joder, pero si es Olalla!

¡Woooaaalllaaaa! ¡No me jodas! ¡Pero si es la madre de Álvaro!

Boquiabierta, no puedo dejar de mirar. Los casi diez años que llevo sin verla le han pasado factura. Sigue estilosa y estilizada como siempre, pero en su rostro tiene una amargura que no la puede negar. Vaya arrugas que le han salido.

Sin reparar en que la estoy observando, se apoya en el vehículo en el que ha llegado y se enciende un cigarrillo. Vaya, ¿ahora fuma?

Sorprendida, la miro. ¿Qué hace aquí si en esta calle solo está el colegio de mi hija?

Acalorada, me entran los veintisiete males. No quiero creerme lo que estoy pensando, porque, como sea así, me voy a cagar en toda su familia, aunque a mi chico le toque de refilón.

Suena el timbre del colegio. Nos avisa de que los niños salen, y Olalla apaga el cigarro con rapidez y se mete en el coche. Al tener los cristales tintados, no se la ve.

Los niños empiezan a salir y yo me bajo del vehículo. Sin mirar hacia donde está ella, me dirijo hacia el colegio, y cuando veo a Thais, le sonrío. Mi niña va hablando con una de sus amigas. Ya no corre hacía mí al verme como hacía antes, ahora se lo toma con tranquilidad.

—¿Me puedo ir a casa de Cristina? —me pregunta cuando llega a mi lado.

—No, cielo.

—Joooooo, mamá.

—Tienes que hacer deberes y yo me tengo que ir en un rato al teatro a trabajar.

—Jopeeeeeetasssssss.

—Otro día, Thais —insisto.

Finalmente, Cristina y mi hija se despiden, y cuando caminamos hacia el coche, me fijo en que el coche de Olalla ya no está. Se ha ido. Eso me tranquiliza. Pero también me encabrona.

¿Qué narices hacía aquí?

Veinte minutos después, tras llegar a casa y meter el coche en el garaje, al subir al ático decido no contárselo a Álvaro. Si se lo digo, se va a encabronar, y con razón. Y bueno, quiero pensar que ha sido una casualidad de la vida, y poco más.

—¿Qué tal todo, cariño? —pregunta Álvaro, poniendo el arnés a Lolo para llevárselo a correr a la calle.

—Bien. ¿Y tú?

Álvaro sonríe. Hoy ha llegado pronto de trabajar, y tras darme un rápido beso, quiere salir a correr un rato por el parque del Retiro.

—Todo genial —responde.

—Papi —dice Thais, acercándose—. ¿Recuerdas que te conté que el hermano de mi amiga Rebeca, Carlos, es muy tonto porque siempre la hace de rabiar? —Veo que Álvaro asiente. Thais le cuenta a su padre cosas que a mí no me cuenta—. Pues resulta que ayer su hermano se enfadó con ella, y cuando su madre les puso la cena, le partió el plato de las salchichas en la cabeza y le han tenido que dar tres puntos.

—Joder con Carlitos —me mofo.

Padre e hija me miran.

—Vale..., vale... Ahora meto un euro al bote de las palabrotas. Pero vaya tela con el hermanito de Rebeca.

—¿Y tú amiga está bien? —pregunta Álvaro.

Thais asiente.

—Cristina, que es su prima, dice que sí, pero Rebeca no ha venido al cole hoy. Al tener puntos en la cabeza, su mamá dijo que podía quedarse en casa.

—Thais, ¡la merienda! —grita Gloria, que viene desde la cocina.

Mi niña desaparece en décimas de segundo. Álvaro y yo nos miramos. En ocasiones, hemos hablado sobre si tener otro hijo o no. Sé que a él le gustaría más que a mí. Lo sé. Pero yo, con treinta y tres años que tengo, quiero seguir trabajando en lo que me gusta y el tema está pospuesto un tiempo. Ya lo volveremos a hablar.

—¿Alguna vez le has roto a tu hermano un plato en la cabeza?

—Ni se me hubiera ocurrido —ríe él—. No lo hemos hablado, pero ¿querrías tener más hijos?

No sé qué decir.

—A ver —respondo finalmente—. Hay una parte de mí que quiere, pero luego pienso en lo que dolió y en que tendría que aparcar por un tiempo mi trabajo, y, ufff..., no sé. De hecho, le hice prometer a Andrea que no me permitiría tener más hijos. —Álvaro se ríe. Y consciente de que él sí lo desea, añado—: Pero también tengo otra parte en la que me encantaría tener otro hijo contigo, para que vivas el embarazo, las pataditas, las ecografías, las noches en vela, los vómitos de lactante, etc., etc., etc. —Ahora reímos los dos. Yo concluyo—: Tema pendiente de hablar.

—Me parece bien —afirma. Y tras darme un dulce beso, dice—: Por cierto, luego te llevo a los ensayos en el teatro.

—No hace falta, cielo.

—Quiero hacerlo, amor.

Dicho esto, me guiña un ojo como solo él sabe hacer y se marcha con Lolo a la calle para correr mientras yo sonrío feliz. Álvaro me hace muy feliz.

Capítulo 49

Álvaro

Madrid, diciembre de 2017

—¡Eh... eh... eh... eh... eh! ¡Hemos ganado el partidoooooo!

Oír canturrear a Bris y ver su alegría me hace reír a carcajadas. Por primera vez desde que jugamos juntos, ganamos un partido de pádel contra Pepe.

—Hoy paga Pepeeeeeeeeee —exclama.

Mi amigo suspira. Sonríe. Mira a su novia Mónica.

—Qué le vamos a hacer, cielo —le dice—. Algún día tenían que ganar.

Entre risas los cuatro recogemos nuestras cosas y corremos hacia el campo de fútbol donde Gloria nos espera con Thais. Tiene partido.

Desde las gradas, los cuatro animamos a nuestra niña, y yo, la verdad, en alguna ocasión le daría algún pescozón a algún padre por lo pesaditos que se ponen. ¿Acaso no saben que aquello es una actividad para que los niños disfruten?

Sentado en las gradas, veo cómo algunos padres gritan como auténticos cromañones. Estamos viendo un partido de niñas de entre siete y nueve años, y algunos deben de creerse que sus hijas son las futuras Messi. ¡Serán *malakas*!

Al final, el equipo de Thais pierde por dos a uno, y cuando vamos hacia el restaurante para comer, yo, que llevo a Thais cogida de la mano, pregunto:

—¿Te duele la herida de la rodilla?

Thais niega con la cabeza. En una de sus carreras, otra niña la tiró.

—No, papi —responde.

Me tranquilizo, aunque cuando la vi caer y rodar por el suelo, sentí que se me salía el corazón.

Durante la comida reímos y bromeamos. Thais, como mi padre y yo, es una forofa del Atlético de Madrid. Mira a Pepe, que es del Real Madrid.

—Cuando yo juegue de delantero en el Atlético de Madrid —le dice—, os voy a meter tantos goles que no os lo vas a creer. —Eso nos hace reír a carcajadas; luego ella me mira y pregunta—: Oye, papi, ¿el viernes me puedo ir a casa de Rebeca a dormir? Su padre tiene entradas para ir a ver al Atleti al campo y me ha invitado a acompañarlos.

—Si a tu madre le parece bien, a mí también.

—Me parece fenomenal —afirma Bris con tranquilidad.

Como siempre, saboreamos la excelente gastronomía que nos ofrece ese restaurante mientras disfrutamos el momento. Ver a mis chicas reír y bromear con Pepe y Mónica a mí me da la vida.

Desde que mis chicas se repusieron de la varicela, cuando por cierto lo pasé fatal, y el esguince de Bris sanó, todo ha ido a mejor, aunque, de momento, no nos hemos casado, pero sé que es algo que haremos.

Mi chica está feliz con su nuevo proyecto musical, y yo lo respeto. Sé lo importante que es para ella lo que hace, y estoy a su lado para sumar, no para restar.

Mientras comemos y bromeamos, recibo un mensaje en el móvil. Me sorprendo al ver que se trata de mi tío Luis. Es la primera vez que me escribe desde que puse distancia con los Vizoso y me sorprendo.

—¿Qué pasa? —pregunta Bris, al ver mi gesto.

—Alvariña ha muerto y mañana la entierran.

Todos me miran. Saben la nula relación que tengo con la que fue mi familia.

—¿Y qué vas a hacer? —se interesa Pepe.

Con tranquilidad, me encojo de hombros. No me afecta en lo más mínimo enterarme de su muerte. Nunca fue una mujer que se dejara querer, más bien todo lo contrario.

—Seguir comiendo con tranquilidad —respondo con frialdad.

Nadie dice nada. Y cuando la comida se acaba y regresamos a casa, al irse las niñas a la terraza a jugar con Lolo, Bris me abraza.

—¿Estás bien? —pregunta.

—Si lo preguntas por lo de Alvariña, tranquila, cielo, estoy bien.

—Si quieres ir al tanatorio o al...

—La respuesta a todo es no —respondo con seguridad—. Ellas no son nada para mí.

Bris asiente. Con prudencia no dice nada, y cuando se va a la cocina, le mando un mensaje a mi hermano. Creo que he de decirle lo que ha ocurrido y que él haga lo que estime. Al final, su decisión es como la mía. Sigue con su vida.

Esa noche, cuando me acuesto, vuelvo a sentir palpitaciones en mi mano izquierda. Esto me comienza a incomodar, pero no digo nada. No quiero que Bris se preocupe.

Al fin de semana siguiente, mientras jugamos al pádel, estoy torpe. Mi mano izquierda y sus palpitaciones prosiguen, pero disimulo y me río de mi torpeza.

Cuando terminamos el partido, que ganan Pepe y Mónica, y mientras recogemos las cosas, mi bolsa de deporte cae al suelo y cuando la voy a coger, noto la mano como acartonada. Dormida.

—Joder...

—¿Qué te ocurre, cariño?

—La mano.

Bris asiente. No es la primera vez que me quejo de ello. Pepe se acerca, se agacha y recoge la bolsa de deportes.

—¿Palpitaciones de nuevo? —pregunta.

—No —respondo—. Esta vez la noto como dormida.

—Eso va a ser una epicondilitis —dice Pepe.

—¿Te ha ocurrido más veces? —pregunta Mónica.

—Sí.

—Pues deberías ir al médico —me recomienda.

—No seas alarmista. —Sonrío.

—Quizá sea por una mala postura —apostilla Bris.

—Te digo yo que va a ser epicondilitis. Conozco a muchos que juegan al pádel y la padecen —afirma Pepe.

—Ve al médico —insiste Mónica.

—De acuerdo. Llamaré al doctor Navarrete y le consultaré —digo, aunque solo sea para que dejen de mirarme, y para quitar hierro al asunto, los apremio—: Vamos... Gloria y Thais nos esperan en el restaurante.

—Esooooo, ¡que hoy pagáis vosotros! —se mofa Mónica, haciéndonos sonreír.

Capítulo 50
Álvaro

Madrid, abril de 2018

Estoy junto a Bris en el coche esperando a que salga Thais del colegio. Ambos estamos serios. En tensión.

—Ahí la tienes —dice Bris.

Desde mi posición, veo cómo un coche oscuro de cristales tintados llega y aparca. Segundos después, por la puerta trasera baja Olalla.

—El primer día que la vi aparecer quise pensar que era casualidad, pues no volví a verla. Pero en febrero empezó a venir en días alternos, y aunque no se acerca a Thais, esto hay que cortarlo.

Asiento molesto. Ver allí a Olalla me incomoda. ¿Qué quiere?

Creía que todo había quedado claro. Que ella había entendido el grave error que cometió y que no estoy dispuesto a perdonar. La observo. No quiero que se acerque a mi hija. Ella nunca será buena para Thais.

—Quédate aquí —le pido, abriendo la puerta del vehículo.

—¡Ni lo sueñes! —responde Bris.

A grandes zancadas, nos acercamos a Olalla. Ella está apoyada en su vehículo oscuro y no nos ve llegar. Me gusta el factor sorpresa.

—¿Qué haces aquí? —pregunto, cuando estamos literalmente a su lado.

Al oír mi voz, Olalla se tensa. Se lo noto en los hombros, en su postura. Se gira.

—Briseida, Álvaro, ¡hola!

Sorprendido, levanto una ceja. ¿¡Hola!?

Olalla me mira. No aparta su mirada de la mía.

—Esperaba verte en el entierro de tu abuela.

—Esperaste mal —respondo.

La frialdad que siento por ella no me apena. Es raro de explicar, pero yo me entiendo. Y cuando veo que se va a acercar a nosotros, repito mi pregunta para detenerla.

—Te he preguntado qué haces aquí.

Olalla mira hacia los lados. Conociéndola, ya está controlando que nadie oiga lo que hablamos por temor al escándalo.

—No hago ningún mal viniendo.

Su contestación me subleva. Me cabrea más. Su gesto. Aquel gesto de superioridad que Olalla siempre ha mostrado ante el mundo me enfada, y cuando voy a responder, oigo a Bris:

—Mira, bruja del demonio. Como se te ocurra acercarte a mi hija, te juro que me lío a hostias contigo, aunque luego me arrepienta.

Olalla mira a Bris. Bris a Olalla.

—Veo que, a pesar de los años, sigues siendo la malhablada de siempre —suelta Olalla.

—Pues que te quede clarito que todavía puedo ir a peor si mi hija está por medio.

En silencio los tres nos miramos. Si algo tenemos claro Bris y yo es que no queremos numeritos en la puerta del colegio, ni delante de Thais.

—¿Se puede saber qué haces aquí? —pregunto.

—Ver a mi nieta.

—Thais no es tu nieta —sisea Bris—. Mi hija no es nada tuyo, ¡que te quede bien claro!

Olalla me mira. Busca en mí ese apoyo que en el pasado tuvo.

—Bris tiene razón. Thais no es tu nieta.

—Álvaro, esa niña es tu hija y...

—No es tu nieta, Olalla, como yo no soy tu hijo —insisto—. ¿O acaso he de recordarte que renegaste de ella y de mí? He de recordarte que, por tu maldita culpa, me perdí el embarazo de Bris y los primeros años de la vida de mi hija porque tú, maldita egoísta y mentirosa, así lo decidiste.

—Lo hice por...

—Olalla —le corto entre dientes—. Mejor omite lo que creo que vas a decir, porque no te va a dejar en buen lugar. Y si no, piénsalo.

Ella se calla y se retuerce las manos.

—Fuiste una mala madre y una pésima persona —dice Bris—. ¿Cómo pudiste ocultarle que yo estaba embarazada? ¿Cómo pudiste comportarte con tus dos hijos así? ¿Cómo? —Olalla no contesta. Bris, a la que no paro, porque se merece decirle todo lo que quiera, prosigue—: Tuviste una bonita familia que tú solita, con tus actitudes, alejaste de ti. Y sí, sé que en gran parte fue gracias a tu madre. Pero mira, soy hija y soy madre, y nunca entenderé nada de lo que hiciste. Y lo que me parece fatal es que ahora, que te has quedado sola, aparezcas en la puerta del colegio de mi hija. ¿En busca de qué? ¿De quién? Porque si vienes en busca de una nieta, lo siento, pero no. Ahora soy yo la que reniega de ti. Ahora la madre soy yo, y me niego a que mi hija tenga algo que ver con una persona como tú. —Bris me mira. Sabe que quizá está hablando de más, pero, al ver que no la paro, añade—: Y aquí, delante de Álvaro, te digo que nunca, óyeme bien, ¡nunca!, permitiré que te acerques a mi hija. ¿Me has oído bien?

—Álvaro... —murmura Olalla.

—Móntate en el coche y vete —musito.

—Pero, hijo....

—¡No soy tu hijo! Como tú no eres mi madre. Por lo tanto, métete en tu jodido coche y dile a tu chófer que te saque de aquí. No quiero verte merodeando a mi hija, porque si me entero, si te vuelvo a ver, te juro que te denuncio, y te aseguro que te haré pasar toda esa vergüenza que, durante años, te has preocupado en ocultar. ¿Te queda claro? —Olalla, con gesto amargado, nos mira. En el rictus de su boca veo su dolor, su soledad. Pero, sin dejarme llevar por los sentimientos, musito—: Vete y aléjate de mi familia y de mí.

Con manos temblorosas, veo cómo abre la puerta del vehículo, se monta en él, arranca y se va. Bris y yo nos quedamos parados en medio de la calle. Nos abrazamos. Yo tiemblo.

—La quiero lejos de nosotros. Muy lejos —digo.

Bris me besa, entiende que, a pesar del dolor que aquello me produce, mi sensatez me hace quererla lejos. Entonces oigo el sonido de algo caer al suelo.

—Joder... —murmuro.

—Cariño..., debes un euro al bote de las palabrotas.

Me agacho. Intento agarrar el mando del coche.

—No puedo.

—¿No puedes qué? —pregunta Bris.

—Que no puedo coger el mando del coche.

—¡¿Cómo que no puedes cogerlo?!

Lo intento. Intento que mis dedos agarren el mando del vehículo, pero imposible. La mano está como dormida.

—No tengo fuerzas, Bris —digo, agobiado.

—Cariño..., no digas tonterías.

—No las digo, Bris, ¡no puedo!

Me asusta el tono agobiado en mi propia voz.

—Llamo ahora mismo a Pepe —dice.

Asiento. Recojo con mi mano derecha el mando del suelo.

—¡Papá! ¡Mamá!

La voz de Thais me hace regresar a la realidad. No quiero asustarla. Le quito el teléfono a Bris.

—Lo llamaré más tarde —le digo.

—Pero...

—Thais se acerca.

Bris me entiende. Mira a Thais, que se acerca a nosotros.

—En cuanto lleguemos a casa, lo llamas —baja la voz.

—Prometido —afirmo.

Como dos excelentes actores, cambiamos nuestros gestos por sonrisas, la miramos y la recibimos con el amor que se merece, mientras yo siento que mi mano izquierda sigue igual. Caminamos hacia el coche, y necesitado de «no sé qué» propongo:

—¿A quién le apetece ver el partido del Atleti que esta noche ponen en la tele?

—¡A míííí! —aplaude Thais.

Bris me mira. Le guiño un ojo y le entrego el mando del coche.

—¿Conduces tú, cariño? —le pido.

Y ella lo hace, mientras yo hablo con Thais e intento que no note lo raro que me siento. ¿Será, como dice Pepe, una epicondilitis?

Capítulo 51

Bris

Madrid, diciembre de 2018

Mi trabajo en el musical *Mamma Mia!* va viento en popa. El público está encantado con él. Tanto ¡que nos han renovado por otra temporada! Lo bueno es que tengo trabajo. Lo malo es que llega la Navidad y otra vez no podemos ir ni a Nápoles ni a Santorini. Menos mal que el verano anterior sí pudimos pasar unos días con la familia. Eso me tranquiliza.

Lo de la mano de Álvaro se solucionó. Como vino se fue. Y aunque sabe que tiene que ir al médico para ver qué ocurre, de momento por sus compromisos con el bufete lo pospone. Y yo, como lo veo tranquilo, me parece bien.

El 23 de diciembre, mientras estoy haciendo la función de la noche, de pronto me fijo que entre el público no solo están Thais y Álvaro, sino que junto a ellos están Simone, Fiorella, Luna, Andrea y Henry. Al verlos, siento la loca necesidad de abrazarlos. ¿Cuándo han llegado? Pero, con profesionalidad, sigo en el escenario cantando y bailando, hasta que finaliza el espectáculo.

Nerviosa, una vez el telón baja y el público comienza a abandonar la sala, me abrazo a mis compañeros. La función de esta noche ha sido colosal. Ni un fallo. Todo ha encajado a la perfección.

—¿Cómo está mi reina?

Oír la voz de Andrea me hace volverme y al verlo allí junto al resto, emocionada voy hasta él y, tras hacer nuestro clásico saludo, lo abrazo. La conexión entre Andrea y yo sigue siendo especial, y cuando el abrazo se acaba, abrazo y besuqueo al resto. Miro a mi hija y a Álvaro.

—¡Qué calladito lo teníais! —les digo.

—Era nuestro secreto, mamá —afirma Thais sonriendo.

Feliz y contenta de saber que Luca se ha quedado con Gloria en el ático, tras quedar con ellos en la salida, voy al camerino a cambiarme de ropa y quitarme el maquillaje. Estoy feliz. Contenta. Dichosa. Aunque algo triste por no ver esta Navidad a mis padres. Será la primera en toda mi vida en la que no estaré con ellos.

Cuando termino de desmaquillarme y me pongo mi ropa, me despido de mis compañeros y, agarrando mi bolso, salgo del teatro a toda leche para reunirme con la familia.

Al llegar me reciben con aplausos, cariño y amor, y tras tomarnos una cervecita, nos vamos para casa.

El primero que sale a recibirnos es Lolo. Como siempre, nos hace una fiesta, y detrás de él aparecen mamá y papá, y yo, como una tonta, me pongo a llorar.

Verlos allí cuando no lo esperaba me hace llorar como un trol, y tras abrazarlos, besarlos y ellos darme todos los besos que mi familia me manda, me abrazo a Álvaro.

—Gracias, amor —susurro, mirándolo a los ojos.

Contento, Álvaro me da un dulce beso en la frente.

—No ibas a faltar a tu promesa. Sé lo importante que es para ti pasar estas fechas con la familia.

Oír eso me gusta. Me encanta. Soy muy familiar. Siempre lo fui, y más desde que murió Peny. El primer año que ella no estuvo en Navidad, me prometí que nunca, nunca, nunca, les fallaría a mis padres en esas fechas, y gracias a Álvaro, así ha sido.

Los siguientes días que pasamos todos juntos son increíbles. Aunque yo tengo que ir a trabajar, pues las funciones de teatro no paran, excepto los días estipulados, disfruto de caminar por Madrid en Navidad con la familia.

Un día, quedamos con Roberto y su marido para comer. Desde que Roberto fue mi salvador en Ibiza hace años, él y yo nos llevamos muy bien. Y aunque no nos veamos muy a menudo por nuestros compromisos laborales y personales, estamos en contacto. Queremos estar en contacto.

Otro día vamos a la plaza Mayor para comprar adornos de Navidad. Volvemos a ir a Cortilandia, que un año más está a reventar. Comemos chocolate con churros en San Ginés. Compramos lotería en Doña Manolita. Disfrutamos de las riquísimas napolitanas de la pastelería Mallorquina. Y hacemos todo aquello que podemos en familia.

—Bueno, ¿y cuándo me vais a hacer otra vez abuelo? —pregunta Simone, mirándonos.

Álvaro y yo sonreímos. Es un tema que hemos hablado en varias ocasiones, pero de momento no quiero dejar mi trabajo en el musical.

—Algún día... —respondo.

Todos ríen.

—Madre mía, mi reina, ¡Madrid en Navidad se está volviendo imposible! —suelta Andrea de pronto. Tiene razón. Está todo a reventar de gente, y luego me pregunta—: ¿Qué le dijo el médico a Álvaro de lo de la mano?

Miro a mi chico. Va tranquilamente hablando con mi padre y Pepe.

—Le hizo varias pruebas que salieron bien —respondo—, y le indicó que debió de ser un problema nervioso o muscular.

—¿Pero ya está bien? —insiste Andrea.

—Sí. No ha vuelto a quejarse de la mano.

Felices, nos dirigimos a un bar que conocemos. Allí pedimos algo de beber y picotear.

—¿Sabemos algo de la boda? —pregunta Simone, mirándome.

—Si fuera por mí —se adelanta Álvaro—, me casaba mañana mismo, perooooooo... aceptaré el día que diga mi chica, a no ser que ya no se quiera casar conmigo.

Se ríen. Nos vacilan.

—¿El vestido de novia apareció? —pregunta Fiorella.

Niego con la cabeza. Mi vestido de novia desapareció y nunca más se volvió a saber de él.

—Solo espero que a quien lo luciera o luzca le vaya bien —deseo.

El 31 de diciembre mi madre y Fiorella preparan la cena en la cocina. Una italiana y una griega cocinando es sinónimo de que comida no nos va a faltar. Las oigo cuchichear entre ellas.

—¿Qué pasa? —curioseo.

—¿Tú sabías que Gloria sale con alguien? —dice mi madre, bajando la voz.

Me sorprendo. Es la primera noticia. Si fuera cierto, Álvaro y yo nos alegraríamos mucho. Gloria es una excelente persona a la que queremos mucho.

—Y nosotras sabemos con quién —murmura Fiorella.

Parpadeo. ¡Quiero saber! ¡Me interesa!

—Como lo llama Andrea, ¡el conserje macizo! —suelta mamá.

—¿¡Pelayo!?—pregunto, incrédula.

—Sí —afirma Fiorella.

—Woooaaalllaaaa —murmuro.

Pelayo es el conserje de la finca. Un hombre maravilloso, con el que Álvaro siempre ha tenido una excelente relación y que además se ven en el gimnasio porque los dos son muy deportistas. Vaya sorpresa. ¿Cómo no me he dado yo cuenta?

—¿Y vosotras por qué lo sabéis? —pregunto.

Mamá y Fiorella se miran. Sonríen.

—Porque hace dos noches —cuenta Fiorella—, cuando Gloria salió a pasear a Lolo por la noche, desde la terraza los vimos cogidos de la mano.

Saber eso me sorprende. Que yo sepa, Gloria nunca ha tenido ninguna relación con nadie. Bueno, la verdad es que cuando vivía con Olalla, según me dijo Álvaro, ella se lo tenía prohibido.

—Vale —admito—. Ya me lo habéis dicho. ¡Ya hemos cotilleado! Ahora cerrad el pico, porque si ella lo quiere llevar en secreto, ¡hay que respetarla!

Mamá y Fiorella asienten. Gloria entra en la cocina y deja sobre la mesa el pan que ha ido a comprar.

—Madre mía, la lluvia que está cayendo —dice.

Cuando salgo de la cocina voy al encuentro de Álvaro. Tengo que contarle el cotilleo. Así que lo separo de Henry.

—Te voy a contar una cosa que vas a flipar—le digo.

—¿Ya tenemos fecha de boda? —se mofa mi chico.

Divertida, niego con la cabeza.

—Gloria sale con alguien —cuchicheo.

Álvaro asiente, y Andrea, que sale del baño se acerca, y susurra:

—¿Con quién sale nuestra Gloria?

Divertida por aquello y con cautela para que nadie nos pueda oír suelto el nombre en bajito:

—Pelayo.

Álvaro se ríe.

—Pelayo... ¡Pelayo! ¡El conserje macizo! —exclama Andrea.

Hago un gesto afirmativo.

—Gloria, ¿puedes venir un segundo? —dice Álvaro, para nuestra sorpresa. Andrea y yo nos miramos. ¿Qué hace? Y antes de que podamos frenarlo pregunta—: ¿Te apetece invitar a Pelayo a cenar con nosotros esta noche?

¡Me quiero morirrrrr! ¡Pobre Gloria! ¿Pero qué hace Álvaro?

—La verdad es que me encantaría, puesto que cena solo, si no os parece mal —responde ella con toda tranquilidad.

—A mí me parece bien —afirmo.

—Y a mí —dice Andrea.

Incrédula, veo como Álvaro y Gloria se sonríen y en ese instante Andrea y yo somos conscientes de que Álvaro ya lo sabía.

—¿Desde cuándo lo sabes? —le pregunto cuando Gloria se aleja.

—Desde antes del verano.

—¿Y cómo lo descubriste? —pregunta Andrea.

—Gloria me lo dijo. Estaba preocupada por si verse con Pelayo le podía ocasionar problemas con nosotros. Por supuesto, le dije que disfrutara del amor.

—Bruja y rebruja hubieran puesto el grito en el cielo —dice Andrea.

—Por eso me lo comentó —afirma Álvaro—. Y le dejé claro que ella era la dueña de su vida y que, por nuestra parte, no había problema en que tuviera su propia vida.

Feliz, asiento. Saber que Gloria vive el amor con libertad me gusta mucho.

—Madre mía. Gloria y el conserje macizo, ¡qué fuerte! —exclama Andrea, divertido.

Horas después, toda la familia, en la que desde ya está incluido Pelayo, nos tomamos las uvas al son de las campanadas y nos besamos al recibir el nuevo año.

Capítulo 52

Álvaro

Madrid, enero de 2019

Hace un día precioso y disfruto pintando en el estudio.

Ataviado con una camiseta y un vaquero, pincel en mano estoy cuando la puerta se abre y Bris me mira. Con una sonrisa la recibo y la animo a entrar.

—¿Qué te parece? —le pregunto.

Veo que mira el cuadro que estoy pintando. Son Thais y Lolo, ambos enfundados en sus camisetas del Atlético de Madrid, corriendo por la playa.

—Es precioso —afirma—. Cuando Thais lo vea, le va a encantar.

Lo sé. Llevo días pintando.

—Es una sorpresa. No se lo digas. Quiero sorprenderla.

Bris asiente, y yo, metiendo mi mano en la pintura verde, se la paseo por el cuello.

—Mmmm..., qué cuello más interesante —digo.

Bris se ríe. Rápidamente entiende mi juego.

Estamos solos. Gloria se ha ido con Pelayo y llegará tras la cena, y Thais está en casa de su amiga Rebeca, donde va a dormir.

—Mmmmm —oigo que dice Bris, cuando posa su mano empapada de pintura rosa sobre mi rostro, y pringándola, dice—: ¡Qué bien te queda el rosa!

A partir de ahí, todo se descontrola entre nosotros. Yo te mancho. Tú me manchas. Bris y yo disfrutamos del momento loco, sin pensar en nada más, y cuando estamos embadurnados y deseosos de mucho más, propongo:

—¿Una duchita?

Sin dudarlo e intentando no gotear por el suelo del ático, corremos a nuestra habitación. Con rapidez nos desnudamos. Nos metemos en la ducha y cuando el agua comienza a caer por mi rostro, Bris pasea sus manos por mis nalgas y me da un azotito.

—Has sido un niño muy... muy malo —ronronea.

—Ah, ¿sí...? —susurro, besándola.

Un beso. Dos. Y cuando llegamos al tercero, el deseo nos abrasa por dentro. Le doy la vuelta a Bris. Mira hacia la pared. Y, subiendo su pierna a la hornacina donde están los jabones, coloco mi duro pene en su húmeda vagina.

—Quiero ser más malo.

—¡Sé malísimo! —me alienta Bris con un hilo de voz mientras el agua cae por su espalda.

Sin esperar un segundo más, la penetro. En nuestro ardiente juego es lo que deseamos, y dejándonos llevar por el momento, disfrutamos del sexo de una manera salvaje que a ambos nos hace querer más y más mientras el agua se lleva los colores con los que nos hemos embadurnado, y cuando el clímax nos llega, simplemente nos dejamos llevar. Chillamos de placer. No hay nadie en casa, a excepción de Lolo, y ante él no hay que disimular.

Acabado el momento loco y caliente entre los dos, nos enjabonamos entre risas y besos y quedamos totalmente limpios. Cuando salimos de la ducha, suena una canción. La conozco porque la escuchan Bris y Thais.

—¿Quién la canta? —pregunto.

—El guapísimo de Shawn Mendes —responde, bailoteando al compás de la música y tarareando.

—¿El que le gusta a Thais?

—Así es, cariño. Y el que me gusta a mí. La canción se llama «In My Blood».

Como infinidad de veces, Bris baila. Canta. Lo hace con tranquilidad, con gusto, sin pudor.

—Vamos, ¡baila conmigo! —me pide. Niego con la cabeza e insiste—: Pero, cariño, si solo estamos tú y yo.

Vuelvo a negar con la cabeza mientras ella prosigue cantando y bailando, y yo disfruto del bonito espectáculo que me da. Me encanta ver a Bris tan entregada y feliz.

Verla en su elemento que es la música es un gustazo.

—¿Cuándo te vas a casar conmigo? —pregunto cuando acaba la canción.

Ella sonríe. Desnuda y todavía con el cabello empapado, se acerca a mí y me coge la mano.

—Yo, Briseida —me dice, mirándome a los ojos—, te acepto libremente a ti, Álvaro, como mi esposo, amigo y cómplice para el resto de mi vida. Prometo días de amor, besos, locura y sexo, y espero que algún día te olvides del sentido del ridículo y bailes para ti.

Me río. Dudo que yo pierda eso que tan marcado tengo. Le doy un dulce beso en los labios.

—Yo, Álvaro —digo—, te acepto libremente a ti, Bris, como mi esposa, amiga y cómplice para el resto de mi vida. Y lo acepto porque eres el centro de mi existencia. La luz, la magia y la energía que me hace levantarme cada día. Y la madre de la hija más preciosa que nadie me pudiera dar. Eres mi amor. Eres mi vida. Eres mi Julieta. Y quiero que sepas que te amaré incondicionalmente hasta la eternidad.

Tras mis palabras, Bris toma aire:

—Woooaaalllaaaa, Romeo, ¿por qué cada vez que me dices palabras de amor te superas más y más? —replica.

—Bailar no sé —contesto—, pero decirte cuánto te quiero siento que sé hacerlo.

Sonreímos.

—Intento ser tan romántica como tú en mis sentimientos —dice ella—. Pero si te soy sincera, me quedo corta ante las cosas tan bonitas que tú me dices.

—Con lo que me dices me vale —afirmo, abrazándola.

Del abrazo pasamos a los besos. De los besos al deseo. Y del deseo nuevamente a la pasión. Hacemos el amor sobre nuestra cama, en nuestra habitación, y cuando alcanzamos el clímax, de nuevo nos dejamos llevar.

Esa noche, tras pasear a Lolo por el Retiro y hablar con Thais, que está feliz en casa de su amiga Rebeca, Gloria nos envía un mensaje para decirnos que se queda a dormir con Pelayo.

—¿Y si nos vamos al cine? —me propone.

—Me parece bien. ¿Qué quieres ver?

Bris consulta la cartelera en el iPad.

—Aiss, sí, ¡esta!

—¿Cuál?

—*Ha nacido una estrella,* de Lady Gaga y Bradley Cooper. Es musical y tengo muchas ganas de verla.

A mí las películas musicales no es que me apasionen, pero si ella tiene ganas de verla, no hay más que hablar, así que nos vamos al cine.

Tres horas después, cuando salimos del cine y vamos a casa en el coche, Bris llora. Lloriquea. El final le ha tocado el corazón.

—Cariño..., es una película —le digo, divertido.

—Sí, lo sé. Pero, ¡joderrrr!, ¡qué cabrona es a veces la vida! ¿Por qué..., por qué a dos personas que se encuentran y se quieren les tiene que pasar algo así?

—Dos euros al bote de las palabrotas —me mofo.

Esa noche, tras regresar a casa, saludar a Lolo y darle un paseíto por el Retiro, cuando nos vamos a la cama, volvemos a hacer el amor con nuestra loca, irreverente y descontrolada pasión.

Capítulo 53

Álvaro

Tras un bonito fin de semana en el que Bris y yo hemos disfrutado de estar solos en casa, el lunes voy a la oficina. Tengo varias cosas que solucionar con mis socios Alicia y Carlos, y cuando llego, después de saludarles, entro en mi despacho.

Abro el ordenador y busco la documentación que necesito para la reunión. De repente, comienzo a sudar al tiempo que siento un ligero acartonamiento en mi mano izquierda. Joder, ¿otra vez? Eso me incomoda.

Acalorado, me levanto, me quito la chaqueta y...

Capítulo 54
Bris

Cuando entro en la sala de urgencias del hospital, estoy asustada.

Me han llamado del bufete donde trabaja Álvaro para decirme que se lo han encontrado inconsciente tirado en su despacho y que han avisado a una ambulancia que se lo ha llevado.

Con rapidez llego al mostrador. Puede que si digo que Álvaro es mi novio no me den información.

—Por favor, me han dicho que han traído a mi marido aquí —pregunto, mirando a una señorita.

—¿Y su marido se llama?

—Álvaro Lombardo.

Veo que la chica mira el ordenador. Su gesto es de total aburrimiento.

—Lo están atendiendo —dice finalmente—. Por favor, espere en la sala de espera. En cuanto sepan algo, el doctor saldrá y le informará.

—¿Pero está bien? —insisto.

La chica me mira y esboza una sonrisa.

—Aquí no pone nada —dice—. Por favor, espere en la salita de espera.

Maldiciendo por lo bajo, le obedezco. Entiendo que ella no sepa nada, pero, ¡joder!, ¡qué rabia!

En el camino he llamado a Pepe. Las puertas de urgencias se abren, aparece Mónica. Al verla, salto de la silla y ella se me acerca.

—Tranquila —me dice—. Está bien. Pepe me ha llamado para decirme que venías. Vamos, te llevo con Álvaro.

Agradecida hasta el infinito y más allá, acompaño a Mónica hasta un box.

—¿Cariño, qué te ha pasado? —pregunto cuando veo a Álvaro. Él está allí, tumbado sobre una camilla.

—Estoy bien, Bris. Tranquila —¡¿Tranquila?! ¡Y una leche! Y cuando voy a insistir, me dice, tocándose la mano—: No recuerdo lo que ha pasado. Solo recuerdo estar en la oficina, sentir calor, notar que la mano me fallaba y ya me desperté aquí.

—Madre mía...

Mónica está con nosotros durante un rato. Trabaja en ese hospital. Aparece una médica.

—Doctora Leyva, ellos son Álvaro y Bris —dice Mónica.

La mujer nos mira. Sonríe. Después mira los papeles que lleva en las manos.

—Tras las pruebas que te hemos hecho, no hemos encontrado nada preocupante —nos comunica—. Eso sí, con un simple café en el cuerpo no puedes salir de casa.

—Se lo digo cada mañana. Le digo que tiene que desayunar en condiciones antes de marcharse a trabajar. —Me recuerdo a mi madre.

Álvaro sonríe.

—Puede que eso —prosigue la doctora—, unido al estrés, bajara tu tensión y provocara el desmayo. Ahora bien, mi consejo es que pidas cita para el traumatólogo y le consultes las molestias que sientes en la mano.

—Un amigo nos dijo que podría ser epicondilitis —menciono de inmediato.

La doctora me mira.

—Puede ser. Como puede ser un síndrome del túnel carpiano. Pero mejor que lo valore un especialista.

Asiento. Está claro que la cita la voy a pedir yo sí o sí.

—Mónica, aquí tienes firmada el alta. Ya se pueden ir —le dice la doctora a nuestra amiga.

—¿Cuántas veces te he dicho que desayunes antes de salir de casa? —regaño a Álvaro tan pronto desaparece la doctora.

—Vale, mamá. Seré obediente —se mofa él.

Mónica y yo nos miramos y finalmente sonreímos.

Al salir de urgencias nos encontramos con Pepe. Viene apurado, y al vernos y contarle lo ocurrido, llama a un amigo suyo que es traumatólogo y nos da cita para su consulta.

Capítulo 55
Álvaro

Madrid, junio de 2019

Estoy aburrido y cabreado sentado en una silla en la terraza de mi ático.

¿Qué narices le ocurre a mi mano izquierda?

Una y otra vez repaso lo ocurrido en los últimos meses e intento buscarle un porqué.

A los pocos días del susto que me hizo pasar por el hospital, y tener la cita por el traumatólogo que Pepe me aconsejó, este me solicitó unas pruebas que con paciencia me hice. Al llevarle los resultados, me diagnóstico síndrome del túnel carpiano, como había apuntado la doctora del hospital, y me envió al fisioterapeuta.

Cuando me enteré de eso, aunque es una putada, me tranquilicé, en especial por Bris. No quiero que se asuste por cosas médicas.

Durante un tiempo fui al fisio dos veces a la semana y todo pareció ir bien.

El problema fue que, meses después, una mañana al despertar, me sentí raro y débil, y sobre todo no podía mover la mano izquierda. Aquel día no pude disimular con Bris. Se lo tuve que contar, y ella rápidamente llamo al traumatólogo amigo de Pepe, que nos dio cita horas después.

Recuerdo estar en la consulta tenso. Muy tenso. Lo que creía que iba a mejor, incluso que se había solucionado, de pronto había empeorado, y el mismo traumatólogo, tras ordenar más pruebas, cambió su diagnóstico de síndrome del túnel carpiano a epicondilitis, como decía Pepe. El traumatólogo, al saber que yo hacía pádel, me explicó que la epicondilitis era una de sus patologías.

Sigo con la rehabilitación. Me esfuerzo en no faltar a una, pues quiero reponerme. Pero a diferencia de la vez anterior, en esta ocasión, no noto mucha mejoría, y el traumatólogo me ha derivado al cirujano.

¿Al cirujano para qué?

En mi periplo de médicos soy más consciente que nunca en mi vida de lo afortunado que soy. Los recursos que tengo me posibilitan pagar consultas y médicos privados. Algo que, por desgracia, mucha gente no se puede permitir, y me quedo sin habla cuando me entero de que hay personas, en peor situación que yo de dolor, que para ser atendidos de una dolencia tienen que esperar incluso un año. Eso es terrible.

Cuando visitamos al cirujano con todos los informes del traumatólogo, este mira todo aquello con detenimiento y, cómo no, me prescribe nuevas pruebas. Lo que llevo del traumatólogo está bien, pero él quiere ver más.

Durante las horas que pasamos en las salas de espera, observo a las personas que están a mi alrededor, y eso me hace ser consciente de que hasta ahora en que me he visto sumergido en semejante vorágine de pruebas médicas no había valorado mi salud. Siempre he sido un tío muy sano, muy deportista, y verme en esta situación me tiene desconcertado. Muy desconcertado.

En mayo, cuando por fin tuvimos todos los resultados que el cirujano me solicitó, la fuerza en mi mano izquierda siguió disminuyendo. Le llevé los resultados y me dijo que podía operarme de la epicondilitis. Al parecer, es una patología muy común de las personas que jugamos al pádel. Pero yo, poco convencido de la operación, decidí buscar una segunda opinión.

Los días pasan y mi mano izquierda ya no vuelve a ser la que era. A pesar de tener fuerza y poder utilizarla, me falla mucho. Tanto que hay días que no quiero llevar a Thais por la mañana en mi coche al colegio. No me siento seguro.

Mi caso lo ven doctores de Madrid, Barcelona, Málaga, e incluso Andrea preguntó a algún amigo suyo en Londres y mi padre y

Fiorella en Nápoles. Y para mi desesperación, cada uno de ellos me dio una diferente valoración. Al no ponerse de acuerdo, yo peté. Exploté. Y me negué a seguir de consulta en consulta.

Y aquí estoy, sentado en la terraza de mi ático, comiéndome la cabeza e intentando entender qué ocurre.

—Diez de agosto.

—¿Qué pasa el 10 de agosto? —pregunto, mirando a Bris.

Mi chica sonríe. Verla sonreír me alegra el día. Ella se agacha, se arrodilla y coge mi mano derecha.

—Álvaro Lombardo, ¿quieres casarte conmigo el 10 de agosto?

—Sí. Claro que sí, quiero —contesto con cara de sorpresa. No he querido otra cosa en todo este tiempo.

Feliz, Bris me da un beso en la mano. Después se incorpora y me lo da en los labios, y cuando se sienta sobre mis piernas confiesa:

—Menos mal que has dicho que sí, porque yo ya tengo a todo el mundo trabajando para que todo esté organizado en Santorini. Incluso tu padre y Andrea ya tienen billete de avión para esa fecha.

Divertido, sonrío. Que haya hecho aquello a mis espaldas me hace gracia.

—¿También has organizado la luna de miel? —pregunto.

Bris niega con la cabeza.

—Eso lo dejaremos para más adelante. He pedido permiso en mi trabajo, y como mucho me han dado veinte días. Además, sé que tienes compromisos laborales importantes para principios de septiembre a los que no puedes faltar.

Tengo un par de juicios pendientes un poco complicados.

—Con saber que me voy a casar contigo ya me vale —admito.

Bris me besa y yo le correspondo al beso. El amor que siento, y que sé que ella siente, es maravilloso.

—Cariño. Solo falla una cosa —dice ella.

—¿Qué cosa?

—Aún no tenemos nuestra canción para abrir el baile.

—¿Tengo que bailar?

—De eso no te libras —me advierte sonriendo.

Me río. Está claro que el día de mi boda tengo que bailar sí o sí.

—Por ti, ese día bailaré lo que tú digas. Sé que te hace feliz.

Bris hace aquel gesto que tanto me gusta con los ojos.

—Encontraremos nuestra canción. Lo sé —asegura, y roza mis labios con los suyos.

Su perfume me embriaga, y paseando mi nariz por su cuello, al saber que Thais está en el colegio, pregunto:

—¿Gloria está en casa?

—No. Ha ido a la peluquería.

Saber eso me gusta. Y sin perder un segundo, pues mi urgencia por ella es tremenda, comienzo a abrirle los botones de la camisa que lleva y bajo el cielo azul de Madrid, en la terraza del ático, le hago con dulzura el amor.

Capítulo 56
Bris

Santorini, 10 de agosto de 2019

El bullicio que hay en la casa de mis padres es tremendo.

¡Llegó el día de la tan esperada boda!

Feliz, miro a mi alrededor y pienso en Álvaro. Desde que puse fecha para la boda, todo en él cambió. Dejó de ser el hombre callado y enfadado en el que se había convertido y volvió a ser el hombre maravilloso que siempre ha sido. Sabía que proponerle algo así le haría despejar su mente de tanto médico y tanta incertidumbre, y simplemente por eso soy feliz. Feliz por mi amor.

Thais está preciosa con su vestido. Es como una muñeca. Cuando llega Simone con Luna, la vestimos igual, y me enamoro de las dos muñecas. Ya tienen diez años para once. Crecen sanas y preciosas, y verlas tan mayores y lindas me emociona.

Simone y Fiorella, emocionados por el día que vamos a vivir, me abrazan. Están felices por que Álvaro y yo, por fin, vayamos a dar el «sí, quiero», y yo encantada les abrazo. Siempre han estado conmigo y ahí siguen. Nunca me han fallado ni fallarán. Y para mí son mi familia.

Empiezo a ponerme mi vestido de novia y mamá me ayuda. En esta ocasión y ante las prisas, lo elegí yo sola, y me he decantado por un bonito vestido ibicenco de novia que compré en una tienda cercana a mi casa. Tan pronto me lo probé me enamoré de él, pues parecía confeccionado especialmente para mí. Pero, lógicamente, de entrada, la dependienta no me lo quería vender, pues era el vestido de muestra.

El caso es que me puse cabezota, y tras conseguir hablar con la dueña de la tienda y explicarle lo de la pérdida del primer vestido y la urgencia de mi boda, al final accedió a vendérmelo, y a los dos días pude llevarme a casa mi perfecto vestido de novia. Me niego a que me pase como la última vez.

Mamá y yo nos reímos. Hablamos. Mencionamos a Peny. Nos encantaría tenerla físicamente junto a nosotras en un día así, pero sabemos que ella está aquí. Nunca se perdería mi boda.

Cuando termino de vestirme, salgo al salón, donde están papá con Simone, Fiorella y las niñas.

—Mamáááá. ¡Qué guapa estás!

—Vosotras sí que estáis guapas —murmuro abrazándolas.

Tras aquel abrazo lleno de amor por parte de las niñas, tengo que consolar a mi padre y a mi suegro, mientras me río con mamá y Fiorella. Ellos son dos llorones de primera categoría, y al verme con el vestido de novia se emocionan.

—Ahora sí que seré una Lombardo —le digo con cariño a Simone.

—Siempre has sido una Lombardo —afirma él con los ojos húmedos.

Thais se despide de mí, se va con sus abuelos y su tía a buscar a Álvaro al hotel, que está con Gloria, que ejerce de madrina, y a Andrea, Henry, Luca, Pepe y Mónica.

Cuando se marchan, de pronto, los nervios me comen.

¡Joder, que me voy a casarrrrr!

Y necesitada de hablar con Álvaro antes de la boda, entro en mi habitación, cierro la puerta y lo llamo por teléfono. Un timbrazo. Dos... Y al tercero...

—Hola, Julieta.

Oír su voz me tranquiliza. Lo necesitaba.

—Tengo la tensión por las nubes —le digo.

—¿Qué te pasa?

Cierro los ojos y me siento en la cama.

—Estoy nerviosa —admito.

—Si tus nervios son porque tienes miedo de que no aparezca, ¡olvídalo! A las cinco estoy como un clavo ante el altar de San Jorge esperándote.

Aquellas palabras me reconfortan. No lo dudaba.

—Seguimos sin canción —le digo—. ¿Cómo vamos a casarnos sin tener una canción especial?

Suelta una carcajada.

—Cariño, escoge la que tú quieras. La qué más te guste. Y esa será nuestra canción.

Pero no. No quiero. Yo deseo que esa canción él la sienta en su corazón.

—Me niego a hacerlo —me emperro.

—Mira que eres cabezota.

—Y anda que no te gusta que sea así —me mofo.

Álvaro se ríe. El sonido de su risa me da vida, porque lo siento feliz.

—¿Desde dónde me llamas?

—Desde mi habitación.

—¿Y qué haces?

—Estoy sentada en la cama, mirando hacia la ventana.

—Hum..., veo que estás disfrutando de tus vistas preferidas en el mundo mundial —se mofa.

Sonrío. Siempre digo que mis vistas preferidas son las que estoy viendo ahora mismo porque son increíbles.

La ventana de mi habitación da a un callejón que baja hacia el mar. Desde la cama veo el azul del cielo y del mar, las preciosas casas encaladas en blanco de la isla y sus bonitos tejados y cúpulas azules. Todo ello enmarcado por la buganvilla de color rosa intenso que rodea toda mi ventana.

El conjunto de mar, cielo, casas blancas, tejados azules y buganvilla rosa lo hace único y especial.

—Es una bonita vista. Lo sé —digo.

—Pues que sepas que todo eso que ves y que tanto te maravilla se queda pequeño ante el amor que siento por ti. Por lo tanto, mi preciosa Julieta, prométeme que vas a olvidar esos nervios, vas a sonreír y vas a terminar de prepararte para casarte conmigo. De San Jorge no me muevo hasta que no llegues, ¡no me dejes tirado!

—*Malaka!* —me burlo divertida.

Con una sonrisa, cierro los ojos. Adoro las cosas que me dice. Amo verlo feliz. Me encanta cómo sabe tranquilizarme.

—A las cinco y un minuto te veo en San Jorge —susurro.

Dos minutos después, cuando ya nos hemos despedido, me siento bien, y como le he prometido a mi chico, termino de arreglarme. Quiero estar tremendamente guapa para él.

—Vamos, cariño —dice mamá, abriendo la puerta—. Tenemos que ir hacia la iglesia.

Al salir de la habitación, mi padre vuelve a llorar.

—Papi, por favor, no llores, o yo lloraré también. —Lo abrazo.

—Lloro de felicidad, Pepinillo. Estás preciosa y soy feliz por saber que te vas a unir al hombre que amas y te adora.

Mamá nos mira. Como papá, ella también está emocionada, pero se contiene o esto va a ser un desastre.

—Vamos. Vamos. Tenemos que llegar a la iglesia.

Cuando salgo de la casa de mis padres, mis tíos y primos que me esperan en el exterior me jalean. Tiran sobre mí pétalos de rosa mientras gritan: «¡Viva la novia!». Y los vecinos se unen. Allí grita todo el mundo y yo río a carcajadas.

Como la iglesia no está lejos, vamos caminando, mientras los turistas con los que nos cruzamos nos hacen fotos como si fuéramos algo pintoresco.

Al llegar a la explanada de la iglesia de San Jorge, veo a Simone y a Fiorella con Luna y Thais. También está Andrea con Henry y Luca. Desde la distancia, Andrea y yo nos miramos y nos sonreímos. Sin necesidad de hablar nos entendemos, y cuando llego hasta él, tras hacer nuestro saludo especial, murmura:

—Eres la novia más guapa que he visto en mi vida.

—Woooaaalllaaaa —me mofo.

Emocionados, nos abrazamos. Sé lo importante que es para él lo que su hermano y yo vamos a hacer.

—Álvaro está hecho un flan —me dice—. Le tiemblan hasta las pestañas. Gloria, Pepe y Mónica están con él dentro de la iglesia tranquilizándolo.

Me río. Yo lo llamo para que me tranquilice, sin pensar que el pobre podía estar tan nervioso como yo. Tomo aire y le digo a todos los que me rodean:

—Vamos, entrad en la iglesia para que yo pueda hacer mi entrada triunfal.

Todos obedecen. Corren para entrar antes de que lo haga yo. Mi padre y yo nos quedamos solos en la puerta.

—¿Preparada, Pepinillo? —pregunta mi padre, emocionado.

—Preparada, papá.

Cuando entramos en la iglesia me tiembla todo. Al fondo está Álvaro, que no puede estar más guapo, con su traje en color oscuro, su camisa blanca y su corbata azul celeste. Sus ojos, su sonrisa, lo conozco, y sé que está feliz. Muy feliz. Tan feliz como yo. Junto a él está nuestra hija. Ambos están cogidos de la mano. Sonriendo me miran y emocionada les devuelvo la sonrisa.

Ver a Álvaro con Thais siempre me emociona. Aunque Thais tiene mi carácter y mi pelo oscuro y rizado, en el resto es igualita a su padre. Sus ojos. Su sonrisa. Su tranquilidad. Y de pronto pienso que la primera vez que vi a Álvaro yo tenía la edad de Thais. Cómo pasa el tiempo.

Papá y yo nos acercamos a ellos y tras darme un beso en la mejilla y sonreírle a Álvaro, coge a Thais de la mano y se la lleva con él. La sienta entre él y mi madre.

—Eres la mujer más bonita que hay sobre la faz de la tierra —me dice Álvaro.

—Y tú el más buenorro —afirmo sonriendo.

Tras darnos un casto beso en la mejilla, pues el beso de película llegará más tarde, la ceremonia comienza, y para horror de mi familia, es en inglés. Así lo hemos decidido Álvaro y yo. Es nuestra boda.

El enlace es rápido. No queremos misa. Y cuando nos colocamos los anillos, y el cura dice aquello de «os declaro marido y mujer. Puedes besar a la novia», sin dudarlo nos besamos. Nos comemos. Nos amamos ante los aplausos de nuestros invitados.

Al salir de la iglesia, tras firmar varios papeles, nos hacemos miles de fotos con la familia que quedarán para el recuerdo, y posteriormente nosotros solos y con Thais. Santorini tiene maravillosos sitios para hacerse fotos y yo quiero que sean las más bonitas.

Al cabo de una hora y acalorados porque hace un calor tremendo, Álvaro y yo, junto al fotógrafo contratado, regresamos a la casa de mi *yiayiá*. Allí nos espera la familia.

Al entrar nos gritan. Nos aplauden. E incrédula, veo cómo mi padre tira un plato al suelo, y allí todos comienzan a romper platos. ¿Pero qué hacen?

Boquiabierta, los observo cuando mi madre trae dos platos. Uno para Álvaro y otro para mí.

—Vamos, ¡os toca a vosotros! —dice.

Divertida, lanzo el plato contra el suelo, y Álvaro hace lo mismo. Todo el mundo aplaude.

—Aunque esto es para guiris, no podíamos decepcionar a tu marido —me dice mamá en bajito.

La fiesta que han organizado es increíble. Hay comida, bebida, ¡hay de todo! Y por el patio trasero de mi *yiayiá* pasa medio Santorini.

Mis tíos y varios vecinos, como era de esperar, tras el convite sacan sus instrumentos musicales, y como no tenemos canción especial para nosotros, deciden tocar una bonita melodía griega. Como es lógico, nos obligan a salir a bailar. ¡Somos los novios! Y, sorprendentemente, Álvaro acepta. Eso sí, el pobre está tieso como un ajo mientras baila conmigo. Qué mal lleva el sentido del ridículo.

Cuando acaba la canción, hacemos un brindis del que me encargo yo en griego para mi familia, y todos encantados beben y brindan con Álvaro. Está claro que poco a poco se los está ganando.

La música prosigue, bailamos cuando comienzan a tocar los primeros acordes del *sirtaki* y la locura nos posee a todos. Thais, que es tan bailona como yo, acompañada por Luna, se pone a mi lado para bailar aquella danza tan griega y que se saben a la perfección.

Acalorada, tras bailar el *sirtaki* con Thais y la familia, me siento a beber un poco de vino blanco. Observo que Álvaro ríe a carcajadas con mi padre y Pepe, aunque soy consciente de cómo se toca la mano izquierda. No se queja. No dice nada. Pero estoy segura de que vuelve a tenerla adormilada.

—¿Feliz? —pregunta Andrea, sentándose a mi lado.

—Mucho —afirmo.

—¿Es la boda que deseabas?

—Es mucho mejor

Ambos sonreímos por aquello.

—Gracias —me dice.

—¿Por qué?

—Por poner fecha para la boda y hacerle sonreír. Últimamente, con todo lo de los médicos, había perdido la alegría.

—¿Te has fijado que se toca la mano?

Andrea asiente. Ambos miramos a Álvaro, que no sé si consciente o inconscientemente se masajea la mano.

—Cuando regresemos a España, tenemos cita con una neuróloga amiga de Pepe —le digo.

—No me ha dicho nada Álvaro.

—Es que no lo sabe. —Andrea me mira sorprendido. Yo bajo la voz—: Seguramente se molestará cuando se lo cuente, pero creo que debemos seguir indagando hasta saber por qué le pasa eso en la mano.

—Estoy contigo —afirma Andrea.

Con cariño nos cogemos la mano. Pensamos igual. Necesitamos respuestas porque queremos a Álvaro.

—¿Habéis vuelto a saber algo de Olalla?

Niego con la cabeza. Tras lo ocurrido aquel día en el colegio, no la hemos vuelto a ver y cuando voy a responder se acercan hasta nosotros mis primos, tiran de nosotros y nos ponemos a bailar.

Capítulo 57
Álvaro

Madrid, septiembre

Estoy junto a Bris, sentado en la consulta de quien, según Pepe, es la mejor neuróloga de Madrid, a la espera de que nos atiendan. La clínica privada no es muy grande, pero según he podido saber, aquí tratan infinidad de problemas neurológicos.

¿Será eso lo que me pasa?

Tras los días en Santorini con su consiguiente boda, regresamos a España. Bris tenía que trabajar y yo debía retomar mis compromisos profesionales. El viaje de luna de miel, como hemos acordado, lo posponemos para más adelante, pero mi mujercita me sorprende con esta nueva cita médica.

Cuando me lo comentó, mi primera reacción fue enfadarme. ¿Por qué había hecho aquello sin contar conmigo? Pero al ver sus ojos y la preocupación en su mirada, supe que si no iba sería el tonto más tonto que habría sobre la tierra. En el caso contrario, yo haría lo mismo que ella está haciendo, así que me limito a asentir y no me resisto. Es lo mejor.

Cuando entramos en la consulta de la neuróloga, la doctora Amelia Álamo nos recibe con una bonita sonrisa. Con profesionalidad, examina todos los informes médicos que le llevamos, que son muchos y tras hacer una valoración física de mi mano izquierda, me indica que he de hacerme una prueba de estimulación cortical.

Sin muchas ganas de hablar, cuando salimos del médico, Bris y yo nos montamos en el coche. Tengo cita para hacerme esa prueba al día siguiente por la mañana.

—Cariño, si yo estuviera en tu lugar —me dice Bris—, ¿querrías que me hiciera esa prueba mañana?

—Por supuesto —afirmo.

—¿Y por qué tengo la sensación de que estás molesto porque te la tienes que hacer tú?

Oír eso me hace ver lo ridículo que soy.

—Porque soy así de *malaka* —respondo.

—Aunque hayas dicho gilipollas en griego, debes un euro al tarro de las palabrotas —se ríe Bris.

Soltamos una carcajada y de mejor humor regresamos a casa.

Al día siguiente por la mañana voy a hacerme la prueba de estimulación cortical y me sorprendo al encontrarme con que Pepe y la neuróloga también están allí. Incluso Bris se sorprende, aunque rápidamente nos lo aclaran. Son amigos desde la universidad y ante un caso de un familiar, como le ha dicho Pepe que soy yo, se implican al cien por cien.

Al concluir la prueba, me voy con Bris y Pepe a tomarnos un café a la cafetería. Al poco rato recibimos una llamada de la doctora. Tiene los resultados y quiere que nos veamos.

Inquieto por la rapidez en el resultado, subimos a la primera planta. Al entrar en el despacho está la doctora Álamo y un hombre, al que nos presenta como el doctor Samuel Berquiano, neurólogo y neurofisiólogo.

Me pongo en alerta cuando la doctora Álamo me indica que, tras valorar la prueba y ver cierta afección en no sé qué motoneurona, nos deriva a su compañero.

Bris me mira. Siento que está tan perdida como yo cuando el doctor Berquiano tras repasar la batería de pruebas que la doctora le enseña, tanto las que yo traía como las que ella me ha hecho, me mira y me explica que me va a hacer allí mismo un electromiograma.

Oír aquello todo me suena a chino. ¿Qué es un electromiograma?

—Ve, Álvaro. Nosotros te esperamos aquí —me dice Pepe con seriedad.

Tras darle un beso a Bris, a la que noto algo pálida, acompaño al doctor Berquiano por un pasillo. El hombre es amable. Me da conversación y me explica que la prueba se basa en la colocación de ciertos electrodos para, por medio de estímulos eléctricos, ver cómo reaccionan y se encuentran mis nervios. También me indica que no es dolorosa, por lo que no me tengo que preocupar.

Pero sí. Me preocupo. Por primera vez en todos aquellos meses, me preocupo y algo en mi interior me dice que lo que ocurre pronto lo voy a saber.

Durante una hora el doctor Berquiano y su equipo me hacen aquella prueba y cuando acabo, me indica que regrese al despacho de la doctora Álamo, que él irá enseguida.

Allí me esperan Bris y Pepe, e intentando sonreír, pues veo a Bris muy seria, les cuento en qué ha consistido la prueba.

Minutos después, la puerta se abre. Entra el doctor Berquiano, y tras él va la doctora Álamo. Por el rabillo del ojo soy consciente de que ella y Pepe se miran. Malo. Y, sin que digan nada, sé que lo que vamos a escuchar no me va a gustar.

Miro a Bris. Está en la silla sentada y por su postura y lo rápido que respira sé que está en tensión. Verla así me provoca una necesidad enorme de abrazarla. De mimarla. De cuidarla. No sé qué va a decir el doctor, pero lo que sí sé es que lo que diga le va a provocar dolor, y yo necesito protegerla.

Consciente de todo ello, me siento al lado de mi amor. Le cojo la mano. Le beso los nudillos y, tras guiñarle el ojo, musito sonriendo:

—Sea lo que sea, vamos a por ello.

Y entonces por fin me entero de lo que me ocurre. Tengo esclerosis lateral amiotrófica. Lo que vulgarmente conocemos por ELA. En mi caso es de características atípicas y de evolución lenta. Y mientras proceso lo que me dicen, oigo que me indican que pida citas para ser tratado en neumología, nutrición, salud mental y rehabilitación.

Oír aquello que intento procesar hace que me quede sin respiración, como siento que se queda Bris. Y noqueados por la noticia, nos miramos y no podemos hablar.

Joder... ¡Tengo ELA!

Capítulo 58
Bris

Mientras bailo y canto en el musical en el que trabajo, tengo mi mente viajando por toda la información que he encontrado de la enfermedad de Álvaro en internet. ¿Por qué he mirado? ¿Por qué no le hice caso a Pepe, que nos dijo que no se nos ocurriera buscar, pues lo que suele aparecer allí es duro y alarmista?

Mierda... Mierda... Mierda... ¿Por qué no le hice caso?

Todavía no me puedo creer que Álvaro, mi Álvaro, tenga ELA. Él, que es el tipo más sano y deportista que he conocido en mi vida. Pero está claro que, como dice el dicho, si es para ti, ni aunque te quites, y si no es para ti, ni aunque te pongas.

¡Joder! ¡Solo tiene treinta y siete años!

Me preocupo por Thais. ¿Y si hereda la enfermedad? Cuando le pregunté al médico me dijo que no me preocupara. Que no tiene por qué. Pero he leído que el hijo de un paciente con ELA tiene el cincuenta por ciento de posibilidades de heredarla. ¿He de hacerle pruebas?

Diossss, ¡estoy tan asustada!

Tras la noticia, durante un par de días solo lo supimos Pepe, él y yo. El mazazo de conocer aquello fue tan grande que decidimos que nadie más se enterara. Sobre todo, Thais. ¿Cómo explicarle que su padre tenía una enfermedad por la que se va a morir?

Pero al tercer día se lo tuvimos que contar a Gloria. Oyó a Pepe y a Álvaro hablar sobre ello en la terraza y, asustada, se metió en la conversación. Pobre, cómo lloraba, mientras, abrazada a Álvaro, le aseguraba que se iba a reponer, sin ser consciente de la dura realidad.

Por consejo de Pepe, Álvaro y yo buscamos por internet información sobre una asociación madrileña de esclerosis lateral amiotrófica. En la vida nos habíamos preocupado por conocer este tipo de información. Está visto que hasta que no lo necesitas hay cosas que no entran en nuestro círculo.

Vimos que la asociación era sin ánimo de lucro, y en ella se dedican en ayudar a mejorar las condiciones de vida de los pacientes con ELA y la de sus familiares, ofreciéndoles un gran apoyo en muchos sentidos.

Durante los días siguientes, Álvaro y yo, creo que para no pensar en exceso, continuamos con nuestros compromisos profesionales a tope y cuando nos encontrábamos por la noche en nuestra habitación, simplemente nos abrazábamos, hacíamos el amor, pero no hablábamos. Sabemos que tenemos una conversación pendiente. Sabemos que hay un enorme elefante color naranja fosforito en la habitación, pero de momento no queremos verlo. Tememos mencionar la palabra maldita. Ninguno quiere pronunciarla. Pero nos guste o no, sabemos que ocurrirá. Por desgracia... será.

Pepe se preocupa por nosotros en todos los sentidos, no solo como amigo, sino también como profesional. Incluso nos habla de cómo comunicarle la noticia a Thais. Desde el dolor, pero como especialista en niños, Pepe nos indica que cuando hablemos con ella, seamos sinceros, estemos serenos y le expliquemos las cosas con tranquilidad. Él nos hace saber que Thais con seguridad nos hará las mismas preguntas mil veces hasta obtener una respuesta y nos asegura que mentir, ante un caso así, no es la mejor opción. Por duro que suene, lo mejor es anticiparle información, porque eso hará que ella esté preparada para posibles cosas que estén por llegar.

Álvaro está raro y lo entiendo. En ocasiones está distante, en su mundo. Intuyo lo que piensa. Lo que le come la cabeza. Pero si él no quiere hacerme partícipe de ello, tengo que respetarlo. Si el caso fuera al revés me gustaría que me lo respetaran a mí.

En mi soledad me doy cuenta de que la fuerte debo ser yo, por él y por Thais. Como en su momento, cuando ocurrió lo de Peny, lo fui por papá y por mamá, no me puedo desmoronar. No puedo llorar. No puedo dejarme caer. Álvaro necesita a su Julieta fuerte y guerrera, y Thais necesitará a su madre, y ambos me van a tener.

El viernes, antes de irme a trabajar, cuando Thais se marcha de finde con su amiga Rebeca a su casa y Gloria se va con Pelayo a Asturias, Álvaro me dice que quiere que hagamos una videollamada a mis padres en Santorini para decírselo. Sé que eso a ellos les ocasionará un fuerte dolor, pero respeto la decisión de Álvaro.

Les llamamos. Se lo contamos, y de entrada se quedan en shock. Pobres. En sus caras veo que nunca imaginaron algo así, pero tirando de su gran entereza, nos hacen saber que están ahí para todo lo que necesitemos. Antes de despedirme de ellos, les pido que se lo cuenten a la familia por nosotros.

Acabada esa videollamada hacemos otra a Andrea a Londres. Andrea se echa a llorar. Se desespera. Vemos en él el shock que vimos en mis padres e intentamos tranquilizarlo antes de despedirnos de él.

Por la noche, en la cama, Álvaro no quiere hablar. Solo nos abrazamos. Y cuando nos levantamos el sábado y estamos desayunando, suena el timbre y al abrir nos encontramos a Andrea, que rápidamente se tira a nuestros brazos, y Álvaro y él lloran. Yo me contengo.

Andrea, que ha venido solo, pasa con nosotros el fin de semana en Madrid. Como podemos, le explicamos la situación tal y como se presenta e intento, dentro del problema, no dramatizar. Necesito positividad para que Álvaro no se hunda más, pues, aunque intenta hacerse el fuerte y estar bien, sé que está asustado. Muy asustado.

Hoy lunes, antes de venir al teatro, he llevado a Álvaro y a Andrea al aeropuerto. Se iban para Nápoles. Álvaro quería darle la noticia a su padre y a Fiorella en persona y no por teléfono. En esta ocasión no los he podido acompañar. Mi compromiso con el musical me impide hacerlo, y casi mejor. Ver a Simone llorar de pena no es algo que me apeteciese ver.

La función se acaba como cada noche, mientras el público desde las butacas aplaude, canta y baila a rabiar y a nuestro alrededor el confeti plateado de la felicidad vuela para alegría de todo el mundo.

Sonrío. He de sonreír. Soy una profesional en mi trabajo, pero cuando se baja el telón y todo acaba, desactivo la sonrisa de mi rostro y voy al camerino para desmaquillarme, cambiarme e irme a mi casa.

Miro mi teléfono móvil y veo que tengo un mensaje de Álvaro. Me dice escuetamente que ya han llegado a Nápoles y que me quiere. Leer eso me enternece y me trago mis ganas de llorar.

Esa noche, cuando entro en casa, como siempre, Lolo viene a saludarme. Me agacho y tras darle su ración de mimos y abrazos, se marcha a su camita a dormir y yo entro en la cocina.

Allí, tras soltar el bolso, abro el mueble, cojo un vaso y después de abrir la nevera y echarme un poco de leche fría, me la estoy bebiendo cuando me fijo en el imán de arcoíris. Siempre he creído en su magia. Siempre le he pedido deseos. Pero en esta ocasión, furiosa, lo arranco y con los ojos llenos de lágrimas lo tiro a la basura y con la misma rabia tiro el vaso, que cae al suelo y se hace mil pedacitos.

—Joderrrrrr —murmuro, consciente del estropicio.

Cojo el cepillo y el recogedor y cuando estoy barriendo, Thais y Gloria entran en la cocina seguidas por Lolo.

—¿Qué pasa, mami? —pregunta la niña.

—Nada, mi amor, vete a la cama —contesto sin mirarla. Tengo los ojos llenos de lágrimas.

—Deja, Bris —dice Gloria—. Yo lo recojo.

—No —replico con rapidez—. Gloria, por favor, vete a dormir y llévate a Thais.

Mientras barro sin mirarlas, soy consciente de que ninguna de las dos se mueve.

—Mami..., ¿qué te pasa? —dice Thais.

—Thais, cariño, ¡vete a dormir! —insisto.

—Vamos, cielo... A la cama —escucho que Gloria dice, conteniendo su emoción.

Segundos después, me quedo sola en la cocina, y al ver a Lolo sentado en la puerta, observándome, me seco las lágrimas.

—Vete a dormir, precioso —le digo.

Lolo se levanta y obedientemente se marcha y yo termino de recoger.

Cuando voy a cerrar la basura, me quedo mirando aquel imán de arcoíris que siempre ha sido tan especial para mí, y cogiéndolo, lo lavo, lo seco y vuelvo a colocarlo en su lugar, y tras pasear mis dedos con cariño sobre él, salgo de la cocina.

Al llegar a mi habitación, me ducho. Que Álvaro no esté me hace sentir rara. Extraña. Siempre estamos juntos y notar su ausencia no me gusta, y cuando salgo de la ducha con el pijama, me encuentro a Thais sentada sobre mi cama.

Durante unos segundos nos miramos.

—¿Papi se va a morir? —pregunta.

¡¿Qué?! ¡¿Cómo?!

Oír aquella fatídica palabra que yo no me he atrevido a verbalizar hace que me salten todas las alarmas de seguridad de mi cuerpo. No. No. No... No quiero escuchar esa maldita palabra. ¿Cómo mi hija me puede estar preguntando eso?

—Encontré esto en el estudio de papá. —Y me enseña una carpeta. Al acercarme, veo que se trata de los resultados que nos dio el neurólogo. Álvaro los había sacado para llevárselos a Nápoles, pero, por lo que veo, se le han olvidado. Thais dice—: Busqué en internet lo que es la enfermedad de ELA... y..., y... no lo entiendo. ¿Qué enfermedad es?

No sigue. Comienza a llorar, y yo, todo lo rápida que puedo, voy hasta ella y la abrazo. Aquello era lo último que yo quería para Thais. No quiero que sufra. ¡Maldito internet! Vale que es bueno para unas cosas, pero para otras asusta más que ayuda. Y consciente de que soy incapaz de explicarle lo que es la ELA y que la mentira no es una opción, como nos dijo Pepe, ante un tema tan delicado, de manera serena para no asustarla, le digo:

—Escucha, cariño. A papá le han descubierto esa enfermedad, y si no te hemos dicho nada antes es porque queríamos buscar el mejor momento para hacerlo.

Thais me mira. A pesar de que tiene once años y es una niña muy madura, ¡sigue siendo una niña!

—En internet dice que esa enfermedad mata —solloza—. ¿Pero qué es?

Con pesar, asiento. No puedo mentir. Mata. Pero tengo tal aturullamiento en la cabeza que no sé ni cómo explicárselo. Tomo aire y trato de verlo con positividad para poder transmitírselo.

—Papá está vivo. Y con suerte todavía le queda mucho tiempo de estar con nosotras. Ahora que los médicos saben lo que le pasa, le pondrán tratamientos y la medicina avanza. Debemos confiar en la medicina...

—¿Pero se va a morir? —insiste.

Oír de nuevo esa palabra me hace tomar aire. Como dijo Pepe, Thais necesita una palabra concreta.

—Cariño, todos algún día nos vamos a morir —le digo, besando su cabecita—. Nadie vive eternamente. Pero sí, papá quizá muera antes de lo que le tocaba, y por eso, y esto ha de quedar entre tú y yo, tenemos que cuidarlo, mimarlo y quererlo todo lo que podamos y más, ¿de acuerdo, Thais?

Mi niña asiente. Por suerte, aunque es una bailonga como yo, ha sacado la serenidad de su padre.

—¿Papá y el tío Andrea han ido a Nápoles a contárselo a los *nonni*? —pregunta.

Asiento. Está claro que Thais, a pesar de su corta edad, hila muy fino en estas cosas.

—Los *nonni* van a llorar mucho —murmura. Contengo mis lágrimas para no llorar delante de ella cuando me mira y pregunta—: ¿Papi está muy triste?

Me encojo de hombros.

—Está asustado, cariño —respondo—. Y ahora necesita mucho nuestro cariño y nuestro amor.

—¿Y tú estás bien?

Estoy asustada. Terriblemente asustada. El susto que tengo me atenaza el cuerpo. Pero para ofrecerle a mi hija el anclaje a la tierra que necesita esta vez sí le miento.

—Yo estoy bien, mi amor. Y dispuesta a ayudar a papá en todo lo que necesite.

Thais asiente. Me entiende.

—¿Puedo dormir contigo esta noche?

Encantada, asiento, y metiéndonos las dos en la cama, la abrazo. Poco después, cuando Thais se queda dormida yo me desvelo. Mi cabeza está llena de cosas, cuando de pronto recuerdo algo que Álvaro me dijo el día que supimos que Thais y yo teníamos la varicela. Entre risas me dijo que nuestro amor era la única guerra por la que merecía la pena luchar. Y sin hablarlo con él, sé que ambos vamos a luchar por nuestro amor. Lo sé.

Capítulo 59
Álvaro

Darle la noticia a mi padre fue un mazazo, y verlo llorar, abrazado a Fiorella, que también lloraba, me partió el corazón.

Sé que lo que me ocurre es grave. Es asolador. Devastador. Pero si algo tengo claro es que lo último que quiero, ya no por mí, sino por ellos, es drama y tristeza a mi alrededor.

En el aeropuerto, tras despedirme de Andrea, que coge un vuelo a Londres, mientras espero a que salga mi vuelo a Madrid, miro a mi alrededor.

La gente va y viene. Cada persona somos un mundo, una historia, una vivencia.

Pienso en Bris y en mi hija, y sé que esto les va a cambiar la vida. La dureza de lo que van a pasar les va a dejar un terrible vacío en el corazón y me siento mal. Fatal.

¿Cómo podría evitársela? ¿Qué puedo hacer para que sufran lo menos posible?

Pienso en irme. Alejarme de ellas para evitarles el dolor, pero eso solo les ocasionaría más dolor. Además, le prometí a Bris que nunca la volvería a dejar y he de cumplirlo. Aunque, tarde o temprano, mi promesa caerá en saco roto.

¡Joder, qué mala suerte!

Cuando llego a casa, como siempre, soy recibido con amor por Thais, Gloria y Lolo. Bris todavía no ha llegado de trabajar. Está en el musical. Y, entonces, por la manera en que me mira y abraza Thais, sé que lo sabe. La conozco.

Durante la cena, Thais, más acelerada de lo normal, cuenta cosas de su colegio. De sus amigas. Y Gloria y yo nos reímos. Es tan graciosa como su madre expresándose, y eso me encanta; disfruto observándola y escuchándola.

Joder, qué rabia. ¿Por qué la vida me va a privar de verla crecer?

Cuando llega la hora de dormir, entro en su habitación, como cada noche, para darle su beso de buenas noches. Está sentada sobre la cama abrazada al oso Porter. Está pensativa y sé lo que pasa por su cabeza. Me siento en la cama y me preparo para las posibles preguntas.

—¿Quieres preguntarme algo? —le digo.

Thais me mira. Lo hace de aquella manera que me recuerda a Andrea y, por consiguiente, me recuerda a mí. Tenemos los mismos ojos. La misma manera de mirar.

—¿Estas bien, papi?

Hago un gesto de asentimiento. A excepción de la mano, que no vuelve a tener la fuerza de antes, yo me encuentro perfecto.

—Sí.

—¿Y cuando no lo estés me lo vas a decir?

—¿Querrás saberlo?

—Sí

Mi niña, aun siendo una niña, es fuerte como su madre.

—Te prometo que te lo diré —respondo, tragándome el nudo de emociones.

Me da un abrazo.

—¿Por qué te tienes que morir? —murmura.

Oír esa palabra, que ni Bris ni yo hemos sido capaces de verbalizar, me hace ver que mi niña ve el enorme elefante naranja que hay en la habitación y habla de él. Necesita hablar de él.

—Porque tengo una enfermedad que... —trato de responder.

—¿Y los médicos no te van a cuidar? —me interrumpe.

—Claro que sí, cariño. Los médicos me han puesto un tratamiento que voy a seguir a rajatabla para que todo vaya lo mejor posible. Y eso permita que esté contigo y con mamá todo el tiempo que pueda. —Me mira. Veo las lágrimas en sus ojos y digo—: Escucha, cariño. Te prometo que voy a luchar todo lo que pueda para estar el máximo tiempo con vosotras. Y quiero que sepas que el día que ya no esté físicamente, lo seguiré estando aquí contigo. —Le toco el corazón.

Thais llora. Lo entiendo.

Quiero llorar. Patalear. Berrear. Pero he de ser fuerte por ella, y en silencio, simplemente abrazándola, le hago saber cuánto la quiero y lo importante que es para mí.

Al cabo de un rato, se va tranquilizando con mis mimos y se limpia las lágrimas.

—No tengo que llorar, pero no lo puedo evitar —afirma.

Mi pequeña se hace mayor, y esto la hará madurar más.

—Llorar es normal, mi vida —le digo, dándole un beso en la frente—. Llora todo lo que necesites. Solo tienes once años y...

—Ya voy para doce.

Sus palabras me hacen sonreír. Esa contestación es muy de su madre. Soy consciente de que el tiempo que me quede necesito ver a Thais y a Bris sonreír.

—Tengo que pedirte un favor —le digo.

—Dime, papi.

—¿Me puedes enseñar a bailar?

Thais cambia su gesto. Parpadea. La acabo de sorprender como nunca.

—¡Tú bailando! —exclama.

—Sí. —Sonrío—. Pero ha de ser nuestro secreto. Mamá no se puede enterar. Quiero sorprenderla.

—Woooaaalllaaaa...

No puedo evitar una pequeña carcajada.

—Claro que sí, papi. Te enseñaré a bailar —promete. La miro encantado, y de repente dice—: Encontré una carpeta cuando entré en tu estudio a por unas pinturas y vi lo que ponía. Al ver tu nombre y como era del médico, busqué en internet qué era la ELA y lo que vi no me gustó. —Cierro los ojos. Ahí están los informes que busqué en Nápoles. Los debí de olvidar. Ella añade—: Le pregunté a mamá y me lo contó.

Asiento. Ahora entiendo por qué Thais lo sabe.

—Escucha, mi vida. Te iba a contar lo que pasaba cuando regresara de Nápoles.

—¿El *nonno* y la *nonna* lloraron mucho? —Hago un gesto afirmativo, y ella continúa—: Mami no llora. Se hace la fuerte, pero tiene que llorar.

Oír eso me duele. Me angustia. Sé que Bris trata de mantener su fortaleza por mí. Tomo aire.

—Ninguno de nosotros quiere llorar, pero a veces es inevitable. Llorar sana y mamá llorará. No te preocupes, mi vida. En cuanto a mami, prométeme que siempre que la veas llorar la cuidarás y abrazarás. Le harás saber lo maravillosa que es y le dirás cuánto la queremos, ¿de acuerdo?

—Te lo prometo.

—Gracias, mi amor.

—Te quiero de aquí a la luna, papi.

Me emociono. No sé qué he hecho tan bueno como para que la vida me haya dado dos amores tan bonitos como son Bris y Thais.

—Yo sí que te quiero a ti. —La abrazo—. Y ahora, duerme, princesa.

—¿Cuándo quieres empezar las clases de baile?

—¿Qué te parece mañana mismo?

Mi hija asiente, y tras guiñarme el ojo de esa manera tan bonita y acurrucarse con el oso Porter, se acuesta, y yo me levanto emocionado y salgo de su habitación.

En el pasillo me paro. Me apoyo en la pared y tapándome el rostro con las manos lloro en silencio. Lo hablado con mi hija era inevitable. Sé que habrá más conversaciones como esa, pero la primera ya está hecha. Y eso, aunque me entristece, me tranquiliza. Necesito que Thais entienda lo que va a pasar, a pesar de su corta edad.

Me parte en dos saber que quizá no esté a su lado cuando meta el supergolazo de su vida, cuando llegue a casa con los ojos brillantes por haber recibido su primer beso, o cuando se vaya con sus amigas de fin de semana para vivir una aventura loca. Me encantaría ver cómo crece y se convierte en una gran mujer como lo es su madre, pero, por desgracia, no será así.

Cuando me repongo, me voy al salón, donde Lolo está durmiendo a pata suelta encima del sofá.

—Lo tuyo ya es verdadero descaro —le digo.

Lolo me mira. No se mueve. Y sentándome junto a él, me quedo mirando al infinito sumido en mis pensamientos y sobre todo consciente de que el tiempo que me queda quiero hacer felices a Bris y a Thais. Ese es ahora mi objetivo en la vida.

Un par de horas después, Lolo se incorpora, y sé que Bris ya sube en el ascensor. Me levanto del sofá. Voy hasta la puerta y al abrirla efectivamente veo que el ascensor sube, por lo que me apoyo para esperarla. Al cabo de unos segundos, la puerta del ascensor se abre y aparece mi preciosa Bris.

Mi chica y yo nos miramos. Nos sonreímos. Aunque intenta disimularlo con su sonrisa, veo la tristeza de sus ojos. Y entonces viene hasta mí, se sube a mis brazos de un salto, y antes de besarme, susurra:

—¿Sabes, amor?... Pienso en ti.

Capítulo 60
Bris

El domingo por la mañana estoy desayunando en la cocina cuando Álvaro entra.

—Buenos días, Julieta —me saluda.

Le doy un beso en los labios.

—Mmmm..., qué rico sabor a cafetito —murmura. Se prepara un café, coge las galletas y cuando se sienta me pregunta—: ¿Dónde están Gloria y Thais?

—Se marcharon con Lolo a dar un paseo por el Retiro.

Veo que no quiere hablar de la conversación que tuvo con Thais. Come con apetito.

—¿Tanta hambre tienes?

—Hoy me siento mejor. Mucho mejor —Y sonríe.

Me encanta oír eso. Que tenga apetito y esté positivo es lo mejor de lo mejor. De pronto recibo una llamada de trabajo y la atiendo. Es Oliver.

—Woooaaalllaaaa —exclamo, después de colgar. Álvaro me mira y yo, todavía sorprendida, le explico—: Era Oliver Steward.

—¿El productor de tu musical?

—Sí.

—¿Y qué quería?

Mi cabeza va a mil tratando de ordenar lo que acabo de oír.

—Ofrecerme un puesto de trabajo.

Álvaro levanta las cejas.

—¿Otro trabajo? Pero ¿acaso no trabajas ya en su musical?

—Me ofrece el puesto de coreógrafa para su siguiente proyecto en Madrid, que será el año que viene. Al parecer, Raquel, la coreógrafa con la que lleva trabajando desde hace años, se jubila, y...

—Pero, cariño, ¡eso es fantástico! —me interrumpe—. Siempre has querido dedicarte a algo así. Primero como bailarina y luego como coreógrafa.

Asiento. Ser bailarina y coreógrafa de espectáculos siempre han sido mis sueños. Pero, sinceramente, no sé si esa propuesta me llega en el mejor momento. Ser coreógrafa me tendrá más horas ocupada, pues tendré que elegir a los bailarines, montar la coreografía y enseñársela a ellos, seleccionar la música adecuada para el proyecto y gestionar la logística, entre otras cosas. Y, ¡joder!, Álvaro me necesita.

—Por mí no te preocupes, ¡estaré bien!

Parpadeo.

—¿Acaso me lees la mente? —pregunto.

Álvaro sonríe y me guiña un ojo de esa forma tan peculiar que él tiene.

—Te conozco muy bien —afirma. Sonreímos. Estoy nerviosa por la llamada, pero él insiste—: Si es lo que quieres, acéptalo y deja de poner piedrecitas en el camino. Ya tienes treinta y cinco años y...

—Eh... eh... eh... Treinta y cuatro —lo corto—. Queda una semana para que cumpla treinta y cinco.

—Bueno..., bueno..., Julieta. Cómo cambian los tiempos —se mofa Álvaro.

Me río. Se ríe. Sé por qué lo dice. Me coge entre sus brazos y entre risas me lleva hasta el sofá del salón.

Cuando nos sentamos en él, Álvaro me da un beso.

—Tenemos que hablar del enorme elefante naranja que tú y yo no queremos ver y está en la habitación —señala.

Uf..., lo que me entra cuando oigo eso.

Sé a lo que se refiere, y cuando voy a protestar, no me deja:

—Escucha, cariño, retrasar esta conversación no la va a hacer más fácil. El elefante naranja no se va a ir. No va a desaparecer por obviarlo. Necesitamos encarar la noticia de mi enfermedad como lo ha hecho Thais siendo una niña. Y vale. Es una noticia incómoda. Horrible y tediosa. Pero necesitamos hablarla para vivir y disfrutar el tiempo que nos queda. —Cuando dice eso «del tiempo que nos queda», me tiembla la barbilla, pero él no se detiene—: Si tenemos que llorar, lloremos. Y si tenemos que reír, riamos. Pero seamos nosotros, Bris. Sigamos siendo tú y yo como hemos sido siempre. —Y se le llenan los ojos de lágrimas cuando pronuncia—: Tengo una enfermedad terminal y voy a morir.

No... No... No... ¡Ha dicho la maldita palabra!

—Cariño, no digas eso —rebato con rapidez.

Álvaro asiente con tristeza. Me mira. Si mi dolor es terrible, ¿cómo será el suyo?

—Aceptémoslo, cariño. Es así —remata. Tragándome las lágrimas, asiento. Sé que tiene razón. Percibo que el puñetero elefante naranja comienza a desaparecer cuando murmura—: Con suerte, la enfermedad avanzará lentamente y será un largo adiós.

—Nuestro largo adiós —casi no me salen las palabras.

En silencio nos miramos. Acabamos de entrar en una carretera sin retorno.

—Odio saber que voy a faltar a mi palabra —dice—. Te prometí que nunca os volvería a dejar y...

—Cariño.

—Os voy a hacer sufrir y no puedo hacer nada para evitarlo —insiste. Niego con la cabeza. Lo último que quiero es que se sienta culpable por algo que él no ha decidido. No ha pedido. Cuando se quita las lágrimas del rostro, prosigue—: Estos días en los que he estado más callado ha sido porque pensaba en la mejor manera de enfocar esta conversación y sobre todo en la manera de haceros menos daño. Pero, por más que me he quebrado la cabeza, no he encontrado la manera acertada para ninguna de las dos cosas. Ha habido días en los que pensé que lo mejor era irme. Marchame lejos de vosotras para...

—Si haces eso, te juro que te mato —lo corto con fiereza.

Álvaro sonríe.

—Lo último que haría en la vida sería alejarme de ti —afirma, tomando mis manos—. Y el día que así sea, será..., será... —Llora. Yo me contengo. Sé que necesito llorar y berrear, pero no puedo. He de ser fuerte por Álvaro. Él continúa—: Me asusta dejarte. No quiero perderte. Pero, joder, tengo ELA, Bris... ¿Cómo nos puede pasar esto? Yo..., yo, que me considero el tipo más deportista del mundo, que ni bebo, ni fumo, hago mucho deporte y... ¡Joder! Me horroriza saber que voy a ser una terrible carga para ti.

—Nunca serás una carga para mí.

—Bris. Está enfermedad no es amable para el enfermo, pero menos aún para los cuidadores. Y si ya comienzas a negarte a aceptar cosas que deseas, como lo de ser coreógrafa, yo... —Se para. Toma aire. Entiendo sus palabras. Mi posición es mala, pero la suya es mucho peor, y no solo por la enfermedad. Añade—: Me da pánico ser una carga para ti y que eso haga disminuir tu amor por mí.

—Eso nunca pasará. Pero ¿qué dices?

—Estoy aterrado de pensar que voy a dejar de estar a tu lado. Me frustra saber que dejaré de abrazarte, besarte, disfrutar de ti, de tu sonrisa, de nuestra hija. Dejar de vivir todos esos momentos que creo que nos merecemos vivir juntos y...

Lo abrazo mientras llora y balbucea. Dice todo aquello que necesita decir. Maldice. Saca de su interior todo lo que lleva callando estos días, y yo simplemente lo abrazo y acuno con amor. Me necesita, como yo lo necesito a él, y cuando, poco a poco, se va tranquilizando, murmura:

—Sé que el tema de los niños era un tema pendiente, pero creo que con esto que ha pasado ya lo damos por cerrado.

Oír eso me duele. Sé la ilusión que le hace ser padre y disfrutar del embarazo y el bebé.

—Cariño, podemos tener un bebé. Tú... estás aquí y...

—Lo sé, amor —me corta—. Pero no sería justo para ti.

—¿Qué dices?

—Creo que con ocuparte de Thais y de mí ya tendrás suficiente trabajo y...

—Cariño. Siempre has querido ser padre —insisto.

—Y soy padre gracias a ti —afirma—. Tengo la hija más bonita que nadie me pudiera dar, y eso te lo debo a ti. —Me emociono. De pronto aquel sueño que habíamos pospuesto se nos cae totalmente—: Lo siento, cariño. Siento hacerte esto. Siento abandonarte. Y...

—No me abandonas —lo interrumpo con rotundidad—. Como me dijiste cuando Peny murió, solo te alejarás un tiempo hasta que yo vuelva a reunirme contigo. Pero no me abandonas. Estarás siempre ahí.

Noto que le gusta oír eso. Algo me dice que era lo que él necesitaba escuchar.

—Debes aceptar ese trabajo como coreógrafa —vuelve a la carga—. Como has de seguir viviendo con intensidad. Te he visto superar infinidad de retos, y este y todos los que te encuentres a tu paso también los superarás. Y lo vas a hacer por ti y por mí, ¿de acuerdo? —Con el corazón roto, asiento. No puedo decirle que no—: Te estaré esperando esté donde esté —asegura.

—Más te vale.

—Y puedes llorar y maldecir cuando lo necesites.

—Lo sé —afirmo, aunque delante de él intentaré no hacerlo.

Volvemos a abrazarnos. A pesar de la tristeza que sentimos, ambos sonreímos.

—¿No te sientes mejor ahora que ese elefante naranja ha desaparecido de nuestras vidas? —pregunta.

Sonrío. Tiene razón. El gran tabú, transformado en elefante naranja, nos estaba asfixiando. Hablarlo, en cierto modo, nos libera.

—La verdad es que sí —me muestro de acuerdo.

—Tienes que prometerme varias cosas.

—Álvaro..., ahora no.

—Sí, cariño. Ahora sí —insiste—. Siempre hemos sido sinceros y claros. Por lo que, por favor, dejemos de mirar hacia otro lado y asumamos que, con suerte, tendré entre cinco y siete años de vida.

—He leído que hay gente que lleva más de diez años y...

—Lo sé —me interrumpe—. Hay casos excepcionales, y ojalá yo sea uno de ellos. Pero igual que te digo eso, también te digo que hay extremos a los que no quiero llegar. Como persona, quiero vivir con una mínima calidad de vida, y sé que me entiendes, ¿verdad?

Se me llenan los ojos de lágrimas como se le llenan a él. La realidad es la que es. Hay casos asoladores. Tremendos. Muy duros. Pero no tenemos otra realidad. Solo tenemos el presente.

—Llegado el caso, si decido la eutanasia...

—Álvaro, por favor, no digas eso.

—Cariño. Es duro, pero tenemos que hablarlo. Por desgracia, nos ha tocado vivir esta mierda, y vale, no lo volveré a mencionar. Pero quiero que sepas, que, llegado el caso, si tomo la decisión porque no puedo más o no quiero verme así, lo voy a solicitar, porque si algo tengo claro es que yo no pedí nacer, pero menos quiero que me digan cómo he de morir. —Asiento. Hiperventilo. Lo que estamos hablando es tremendamente duro. Horrible. Álvaro toma aire y cambia su tono de voz—: Dicho esto, me niego a que el tiempo que me queda y me pueda mover sea tiempo perdido. No quiero dramas ni para Thais ni para ti ni para mí. ¡Estoy aquí! ¡Estamos aquí! Sigamos disfrutando de nuestro sueño. Aún no nos toca despertar. —Emocionada por lo que dice, vuelvo a asentir, y él añade—: Por lo que, a partir de este instante, mientras pueda, no voy a parar de besarte, de quererte y de hacerte el amor.

Intentando no ahogarme por la cantidad de sentimientos y sensaciones que siento dentro de mi cuerpo entiendo lo que dice. La dureza de lo que oigo me rompe en mil pedazos, pero sé que en caso contrario yo también pensaría igual.

—Necesito que me prometas —prosigue— que vas a seguir disfrutando de los helados como si no hubiera un mañana. Que los días de sol te tirarás en la hamaca de la terraza con un buen libro. Que disfrutarás siendo la mejor coreógrafa. Que seguirás poniendo la música a todo volumen y bailarás con Thais. Que en Semana Santa te pondrás morada a torrijas. Que continuarás pidiendo deseos al imán del arcoíris que Peny compró. Qué ante cualquier problema llamarás a tus padres, a mi padre, Andrea o Pepe. Que nunca permitirás que Olalla se acerque a Thais. Y que cuando estés con la familia en Santorini, bailarás el *sirtaki* con plena felicidad. —Hago un gesto afirmativo. Con lo intensa y pesada que soy yo, le haría prometer cientos de cosas. Seca mis lágrimas y las suyas y suelta—: Y, por supuesto, seguirás echando euros al bote de las palabrotas, porque, si no las dices, no serás tú.

—Prometido..., *malaka*.

Álvaro sonríe. Me da un beso en los labios.

—Necesito que cuides, apoyes y quieras a Thais. Sé que habrá momentos complicados cuando vaya cumpliendo años, porque se revolverá contra ti como cualquier adolescente. Pero ten paciencia. Porque, a pesar de ser cabezota como su madre, es juiciosa como su padre. —Sonríe—. Y solo tienes que escucharla y quererla para que volváis a reconectar.

—Te lo prometo.

—Y necesito que me prometas que vas a ser muy, muy feliz.

—Álvaro...

—Cariño, prométeme que, aunque yo siga siendo tu eterno Romeo, si el amor aparece de nuevo en tu vida, le darás una oportunidad y lo intentarás. Eres una mujer joven, preciosa, ¡increíble! Estás llena de amor y mereces ser cuidada y amada. —Lo miro. Me mira. E insiste—: Vamos, Julieta. Prométemelo.

Se me parte el alma. ¿Cómo pretende que quiera a alguien queriéndolo a él? ¡¿Cómo?! Pero claudico, sabiendo que él necesita escucharlo.

—Eres un *malaka*, pero te lo prometo.

Álvaro sonríe, y me besa de nuevo.

—Quiero una promesa más. Y esta es muy importante y especial. —Suspiro, y hago uno de mis gestos—. Quiero que me prometas que vamos a ser felices mientras estemos juntos. Solo te pido eso..., felicidad.

Ufff...

—Te lo prometo —afirmo, segura, notando que un estremecimiento recorre mi cuerpo.

—A cambio de tus estupendas promesas, prometo morir con una sonrisa. —Sonríe, tragándose las lágrimas—. Y que lucharé todo lo que pueda para continuar el máximo de tiempo posible a tu lado. Y que cuando ya no esté, seguiré junto a ti para darte fuerza y valor para vivir.

—Joder, Álvaro... —sollozo.

—Ya son tres euros los que debes al bote de las palabrotas por decir dos veces *malaka* y una vez joder.

Eso me hace reír. Lloro y río. Río y lloro. Así estamos durante un buen rato Álvaro y yo mientras hablamos de lo que se nos viene encima y juntos asumimos la realidad.

—Como tu hermana Peny siempre dijo, hay que vivir el presente y nosotros siempre lo hemos vivido.

—Lo sé...

—Cariño, todos vamos a morir. La diferencia es que yo sé que tengo un plazo de equis tiempo y tú aún no lo sabes. Y como mi plazo se acorta, quiero vivir intensamente y para eso he tomado unas decisiones.

—¿Qué decisiones?

—He hablado con Alicia, mi compañera en el bufete, y he comenzado a arreglar todo el papeleo pertinente para que cuando pase lo que tenga que pasar, todo, absolutamente todo, esté como tiene que estar y no tengas ningún problema. ¿De acuerdo? —Asiento. Es duro hablar de esto, pero sé que es lo que toca—: Todo lo que tengo es tuyo. Esta casa. Las cuentas del banco. Sé que todo lo gestionarás bien y nada os faltará a Thais y a ti. —Aunque nunca me ha movido el dinero, sé que lo que me deja Álvaro es mucho—: Voy a vender las acciones del bufete a Alicia y Carlos. Quiero disponer de todo mi tiempo para estar con vosotras y para hacer lo que me gusta. —Boquiabierta, no sé qué responder; Él añade—: ¿Qué te parece si mientras esté bien viajamos y conocemos esos sitios que siempre hemos querido conocer? Ir a Tokio o ver auroras boreales en Noruega es algo que siempre hemos deseado. Y bueno, he pensado que mientras pueda controlar por mí mismo mi cuerpo...

—Álvaro..., yo trabajo y Thais va al colegio.

—Lo sé, amor. Lo sé. Pero buscaremos ese tiempo para hacerlo. ¿Qué te parece?

Mi tiempo es todo suyo. Si tengo que decir que no a lo que sea, lo haré para aprovechar al máximo lo que nos queda.

—Es una excelente idea —afirmo. Y apostillo—: Podrás pintar en tu estudio todo lo que quieras.

—Ese es otro de mis propósitos.

—Y pintar ese cuadro que hace años me prometiste en Santorini, ¿lo recuerdas? —Con una sonrisa, mi amor asiente. Sabe de lo que le hablo, y necesitada de llenarle de proyectos que le hagan la vida más interesante, propongo—: ¿Y si preparas una exposición con tus obras, como siempre has querido?

Álvaro, incrédulo, me mira. Atesoramos en toda la casa y en especial en su estudio muchísimos cuadros pintados por él. Cuadros que, a su manera, representan las épocas de su vida.

—¿Y quién va a querer ver mis cuadros? —pregunta.

—De entrada, tú, Thais y yo. Y para continuar, la familia, los amigos, y todo el que pase por la calle y quiera entrar en la exposición.

Álvaro se ríe. Lo que le acabo de decir le gusta.

—La verdad es que es una locura —admite—. ¡Pero me gustan tus locuras! Quizá pueda hacer una exposición de mis obras, en las que a través de ellas cuente mi vida.

—Woooaaalllaaaa, ¡qué excelente idea! —exclamo, emocionada.

La ilusión y la alegría que veo en los ojos de Álvaro bien vale todo lo que hemos hablado. Y sin duda, voy a ayudarle para que pueda hacerlo todo. Pero todo, todo.

Capítulo 61
Álvaro

Santorini, 1 de enero de 2020

—¡Feliz año nuevo! —grita Gabriel, mi suegro.

Un año más, como manda nuestra tradición familiar, pasamos las Navidades, primero en Nápoles con los Lombardo y después en Santorini con los Papadopoulos.

Como siempre, la comilona de Fin de Año es de esas que me tendrán tres días embotado, pero cualquiera les dice que no a estas griegas.

¡Qué exageradas son para la comida!

Mientras veo los fuegos artificiales junto a Bris y Thais, disfruto del momento. Siempre lo he disfrutado, pero ahora, por las circunstancias en las que vivo, lo hago doblemente. Quiero disfrutar de cada segundo del día mientras pueda.

Estamos moviendo lo que comentamos Bris y yo aquel día. Mis compañeros de bufete Alicia y Carlos compran mi parte. En febrero, Bris dejará de trabajar en el musical. Y en cuanto a Thais, una vez hablamos con ella y aceptó la propuesta, nos entrevistamos con sus profesores para ver la mejor manera de hacer lo que deseamos sin perjudicar sus estudios.

Nuestro inicio de viaje comenzará cuando regresemos a Madrid en febrero. Hemos hablado con los profesores de Thais, y si seguimos el plan de estudios que nos han marcado, no habrá problema para que se examine cuando regresemos en junio. Al primer sitio que iremos será a Tokio. Siempre lo hemos querido conocer y estaremos allí dos meses, para después saltar a Australia.

¡Qué ganas de aventura tengo con mis chicas!

Al acabar los fuegos artificiales, Rhoda nos pide a todos que entremos de nuevo en el enorme salón. Allí nos sentamos y, como cada año, la abuela, tías y Rhoda aparecen con varias *vasilópitas* y las comienzan a partir y a repartir.

Sé que aquel bizcocho es una tradición navideña griega y me sorprendo cuando todas ellas, tras ordenar a las más de sesenta personas que estamos allí que se callen y nos miren, ponen ante mí cuatro trozos muy pequeñitos de bizcocho.

—¿Qué se supone que pasa ahora? —pregunto descolocado.

Bris, que está tan desconcertada como yo, al ver cómo todos en silencio nos observan, le pregunta a su padre:

—¿Qué pasa?

—Por lo que intuyo, esperan a que Álvaro se coma la *vasilópita*.

Bris asiente y mira los trozos que hay en los cuatro platos.

—¿Y por qué se los ponéis tan pequeñitos? —pregunta.

—Para que se los coma todos —dice Rhoda.

Sorprendido, miro a la abuela, a las dos tías y a Rhoda. No me quitan ojo, como no me quitan ojo el resto de las personas que allí hay. ¿Pero qué ocurre? ¿Me querrán envenenar porque sigo siendo el soso mafioso napolitano? Y, al ver que todos con mímica me animan a que coja la cuchara y coma, lo hago. Cualquiera dice que no.

En silencio todos contemplan cómo mastico cuando a la segunda cucharada aparece la moneda dentro del trocito de bizcocho. Todos aplauden, ¡será un buen año para mí! Rápidamente, me quitan el primer plato y me animan a comer del segundo trozo. Lo hago. Y cuando aparece otra moneda, los miro y todos vuelven a aplaudir. ¡Estupendo! Al tercer trozo, aparece de nuevo otra moneda. Y con la cuarta moneda en el cuarto trozo se me saltan las lágrimas.

Está claro que quieren que todo lo bueno que pueda traer el año sea para mí. Y yo, emocionado, como puedo, se lo agradezco, y de pronto todos se levantan y uno por uno me abrazan con efusividad y me hacen sentir especial.

—Ahora ya no eres el soso napolitano mafioso —murmura mi suegro—. Ahora eres un griego más de la familia.

Enternecido por aquel detalle tan bonito que han tenido todos conmigo, asiento. Y tras recibir el cariñoso abrazo de mi suegra, esta murmura:

—La familia te quiere y te respeta. Es nuestra manera de hacerte saber que eres uno de nosotros y que estaremos siempre a tu lado. Siempre.

Emocionado, asiento. Nunca imaginé que aquellos que siempre me miraban de malos modos ahora lo hicieran con cariño y amor.

—Gracias, Rhoda —murmuro.

—Gracias a ti por ser tan maravilloso y paciente con todos nosotros. Cualquier otro ya habría salido corriendo de aquí hace mucho —sonríe ella.

Homero, tras abrazarme, me sonríe. Con él tengo una relación maravillosa. Aquel hombre que parece recién salido de las cavernas es tremendamente especial, y cuando me levanto, Bris, que está a mi lado tan emocionada como yo por lo ocurrido, pregunta:

—¿Adónde vas?

Thais corre hacia mí y coge mi mano.

—Ahora lo verás —digo.

Me sitúo entre Homero y Thais, y comienza a sonar la música del *sirtaki*. ¡Madre mía, en qué embolado me he metido! Pero olvidándome de vergüenzas y sentido del ridículo, puesto que todos me miran, comienzo a hacer eso que mi hija me ha enseñado a escondidas de su madre. Pasito a la derecha. Arrastro la pierna. Pasito a la izquierda. Arrastro la pierna.

Boquiabierta, Bris nos contempla. La estoy sorprendiendo como nunca en su vida, al igual que a toda su familia. De ser el soso mafioso napolitano estoy pasando a ser un griego que hasta baila el *sirtaki*.

Bris se ríe. Yo me río. Como siempre, nos comunicamos solo con la mirada. Nos decimos cuánto nos queremos, nos amamos y deseamos, mientras la familia nos jalea y anima a que bailemos aquella preciosa canción.

Thais disfruta a mi lado. Lo veo en cómo me mira, en cómo sonríe, en cómo baila, y yo me río a carcajadas mientras me veo bailar como un griego más. Me dejo llevar por la música como no me he dejado llevar en mi vida, y disfruto. Disfruto mucho.

Durante varios minutos salto, bailo y grito *¡opaaaaa!* mientras, Bris me graba con el teléfono móvil. Pero le gusta bailar. Adora bailar. Y finalmente, tras intercambiarse con Thais para que nos grabe ella, se pone a mi lado y baila mientras nos miramos y somos felices. Muy felices.

Capítulo 62
Bris

Madrid, febrero de 2020

A principios de febrero tuvimos que suspender el viaje a Tokio que habíamos programado al aparecer en nuestras vidas el jodido coronavirus. El COVID. Un virus letal que paralizó a todo el planeta.

A mi trabajo le pasó igual. Todo se paralizó, como se paralizaron las clases de Thais, quien, por suerte, estudia *online* junto a sus compañeros.

Álvaro por su parte también tuvo que abandonar sus visitas al gimnasio, a natación y a su fisio. Aunque, por suerte, al tener bicicleta estática, la utiliza en casa y hace estiramientos y gimnasia. El médico se lo prescribió. Y bueno, con lo deportista que es él, no hace falta recordárselo. Lo hace encantado.

En esos días aprovechamos para ver películas, aprender a hacer bizcochos, jugar a todo lo que se nos ocurría, pintar, leer, ¡bailar! —ahora que Álvaro parece haber perdido la vergüenza—, hacer gimnasia o simplemente disfrutar de nuestra compañía. De nuestra felicidad. Y, por supuesto, a las ocho en punto todos los días, salíamos a la terraza, como infinidad de personas de todos los sitios del mundo, para aplaudir a los héroes que cuidaban de todos nosotros.

Saber de aquel virus me inquietó por Álvaro y su enfermedad y le prohibí bajar a la calle a pasear a Lolo. En un principio, se reía. No me hacía caso. Pero a medida que veíamos las noticias en la televisión, se lo tomó más en serio y finalmente obedeció.

Sin rechistar, cada día se tomaba su medicación de Riluzol, y aunque a veces no le sentaba bien, nunca se quejó. Álvaro es un buen paciente, no como yo, que soy doña impaciencia.

Una mañana me encontré en mi teléfono móvil varios mensajes de Olalla. En un principio me sorprendió ver que aún guardaba mi número de teléfono, y que me preguntaba por la salud de Álvaro. Está claro que las malas noticias vuelan. Ni le respondí, ni se lo dije a Álvaro. Contarle que aquella bruja se había enterado de su enfermedad y me preguntaba por su salud lo iba a cabrear. Y, la verdad, ¡paso! Simplemente borré sus mensajes y me olvidé. Hoy en día sigue escribiendo, pero tan pronto lo veo, lo borro. No tengo nada que hablar con ella.

Lo que peor llevó Thais del encierro fue que le suspendieron el concierto de su amado Harry Styles. Verla llorar por no poder ir a su padre y a mí nos hacía gracia, en cierto modo, aunque ante ella disimulamos. Pobrecita. ¡Qué disgusto cogió!

Los meses pasaron. Llegó el verano y aunque poco a poco parecía que todo volvía a la normalidad nosotros decidimos suspender los viajes que teníamos. ¿Quién nos aseguraba que estando de viaje el virus no volviera a activarse? Y no, teniendo Álvaro lo que tiene no me quiero arriesgar. Por lo que simplemente nos centramos en continuar con nuestras vidas y vivir. Que ya era mucho.

Lo único especial que hicimos en el 2020 fue que en noviembre fuimos de boda. Pepe y Mónica, tras pasar los meses de COVID juntos en la casa de Pepe, decidieron casarse. Estaba claro que Pepe por fin había encontrado al amor de su vida.

Capítulo 63
Álvaro

Madrid, septiembre de 2021

Acabamos de regresar de nuestro viaje a Tokio y venimos encantados.

Thais, como dice ella, ¡ha flipado! Y para Bris y para mí, ha sido muy especial conocerlo con ella.

A llegar a casa les contamos nuestras peripecias a Gloria, Pelayo, Pepe y Mónica y les enseñamos cientos de fotografías en el templo Sensoji, el más antiguo de la ciudad, el palacio imperial, el parque Yoyogi, la torre Mori o la Tokio Skytree, la torre más alta de todo Japón. Todas las fotos son increíbles. Todas son preciosos momentos que atesorar, y se ríen cuando les entregamos los regalos que les hemos traído. Más frikis no pueden ser.

Gloria nos enseña las obras que se han hecho en la casa mientras estábamos de viaje. Las han dirigido nuestro amigo Roberto y su novio, con quienes tenemos una excelente relación. Adecuándose a mis próximas necesidades, han comprado una cama articulada, para que Bris y yo sigamos durmiendo juntos, han ensanchado todas las puertas de la casa, para cuando tenga que ir en silla de ruedas, y han adaptado el baño de nuestra habitación.

Mientras vemos aquello, Bris y yo sonreímos. La verdad es que ha quedado muy bonito todo, y la cama parece una cama normal, pero sé que por dentro ambos lloramos. El tiempo se nos agota.

Cuando estamos tomando algo en la terraza hablando de la próxima boda entre Gloria y Pelayo, Bris recibe un mensaje en su teléfono móvil. Es de Jaime, un nutricionista muy agradable de la asociación de ELA a la que vamos, para informarnos de que al día siguiente dará una charla.

—¿Te apetece que vayamos? —pregunta Bris—. ¿Confirmo nuestra asistencia?

Asiento. Me parece interesante ir a esa charla.

—Claro que sí.

Esa noche, cuando me acuesto en la cama, estoy agotado pero feliz. El viaje a Tokio me ha cansado más de lo que esperaba, aunque intenté seguirles el ritmo a mis chicas. No quise ser una carga.

Si algo me da Bris es felicidad. Me lo prometió y lo está cumpliendo, aunque a veces yo me ponga algo insufrible, al notar mi torpeza en los movimientos.

Mi mano izquierda está paralizada en un setenta y cinco por ciento, aunque, por suerte, la derecha sigue perfectamente. Pero llevo unos días algo torpe con mi pierna derecha. Camino. Soy autónomo. Pero noto cómo la debilidad avanza en mi cuerpo sin que yo pueda hacer nada. Absolutamente nada.

Antes de acostarnos, oigo a Bris hablar con el fisio para retomar las sesiones dos veces por semana. De hecho, mañana, cuando me levante, iré a natación y al gimnasio. Si algo tengo claro es que me tengo que ejercitar por mi propio bien.

También habla con Oliver, el productor para el que trabaja. Y, cuando cuelga me cuenta que tiene que organizar una audición para reclutar bailarines para el siguiente musical y que debe comenzar a buscar músicas para crear las coreografías.

Durante varios minutos me comenta todo eso, y encantado la escucho. Cuando habla sobre su trabajo, veo la pasión en ella. De pronto se sienta sobre mí en la cama. Me mira con esos ojitos de deseo que ya conozco y paseando su boca por mi cuello, cuchichea:

—¿Qué tal si le hago el amor a mi Romeo?

Sonrío. Estoy cansado. Agotado. Pero deseoso de mi mujer y de que ella disfrute lo que solicita.

—A tu Romeo le parece muy, pero que muy bien.

Capítulo 64

Bris

Cuando llegamos a la asociación de ELA, saludamos con cariño a muchos de los que nos encontramos. En el tiempo en el que llevamos viniendo, hemos conocido a personas encantadoras que pasan por la misma problemática que nosotros, y nos apenamos mucho al saber que Elena, la mujer de Rafael, murió cuando estábamos nosotros en Tokio.

Joder, qué triste, solo tenía cuarenta y tres años.

A las siete de la tarde, abren la sala donde suelen dar charlas los especialistas, y junto a otras personas tomamos asiento para escucharla.

Jaime, el nutricionista, comienza a hablar sobre lo importante que es en la vida comer sano y saludable, pero especialmente si padeces una enfermedad como la ELA.

Durante más de media hora, Jaime nos enseña gráficas y habla de los distintos alimentos y sus propiedades, y yo lo apunto todo en la libreta de los conjuros, como la llama Álvaro.

Cuando la charla se acaba, los asistentes nos tomamos un pequeño refrigerio que la asociación ha preparado para nosotros. Mientras hablamos, miro a mi alrededor, y aunque la positividad está en el ambiente, todos los que estamos allí es o porque están enfermos o tenemos un familiar enfermo de ELA.

Miro a Susana. Una niña que tiene diecisiete años. Acompaña a Lola, su madre, que va en silla de ruedas, y aunque ahora sonríen y bromean, se me encoge el corazón al pensar en lo mucho que esa niña sufrirá el día en que su madre ya no esté. Me consta que el tiempo se le acaba y está bastante malita.

¡Joder, qué pena!

Mientras Álvaro habla con Jaime, Lola y Jesús, con los que ha hecho una bonita amistad, yo converso con Estela, la mujer de Jesús, que me cuenta lo mal que se está tomando su marido que la enfermedad progrese en su cuerpo. En silencio, miro a Jesús, que está en una silla de ruedas, y pienso en lo difícil que tiene que ser ponerse en la piel de un enfermo de ELA y aceptar que tu cerebro está intacto mientras que el cuerpo muere día a día.

Cualquier enfermedad es una putada. Todas son terribles. Pero la ELA no tiene tratamiento ni curación. Al ser una enfermedad diagnosticada como rara, poco se sabe de ella y, ¡joder!, nos ha tenido que tocar esta.

Al mirar a Susana, que está con su madre, y Álvaro, pienso en Thais y en cómo ella gestiona lo que le está pasando a su padre. En ocasiones, hablamos del tema ella y yo y ahora ambas sabemos que la ELA, además de una enfermedad rara, lo que provoca es una pérdida gradual de las motoneuronas, las neuronas encargadas de transmitir las órdenes de movimiento a los músculos del cuerpo. Pensar en eso me hace recordar cómo llora Thais cada vez que hablamos de ello. Pobrecita mi niña. Qué dolor tan grande va a llevar en su corazón toda la vida.

Me pasó con la ELA lo mismo que con la asociación. Había oído hablar de ella en televisión y en radio, pero nunca me había parado a prestarle atención hasta que la jodida ELA me paró la vida para que la conociera.

¡Qué pedazo de perra!

—¿Qué piensa mi chica preferida?

Oír la voz de Álvaro me hace sonreír y pienso si decirle que estoy pensando que la ELA es una pedazo de perra. Su positividad, siempre que acudimos a la asociación, me gusta.

—¿Qué te parece si vamos a recoger a Thais —me dice tomando mi mano— y nos vamos a cenar al restaurante asturiano que tanto nos gusta?

—Woooaaalllaaaa. Pastel de cabracho, ¡qué ricoooooooo! —exclamo.

Nos reímos, y tras despedirnos de Jaime, Lola, Jesús y de otros amigos de la asociación, nos marchamos en busca de nuestro coche.

Conduzco yo. Álvaro, al no tener el control total de su mano izquierda, ya no quiere conducir y lo respeto. La seguridad ante todo. En el camino hablamos sobre los amigos que hemos visto en la asociación.

—Al que no esperaba ver en silla de ruedas ha sido a Jesús —señala—. La última vez que lo vimos todavía caminaba.

A mí también me ha impresionado, pero no por ir en silla de ruedas, sino por lo mucho que ha adelgazado desde la última vez que coincidimos con él.

—Según me ha comentado Estela —respondo—, desde que dejó de andar, le ha cambiado el carácter y no se lo está poniendo nada fácil. Está tan triste que no sabe qué hacer para ayudarlo.

Álvaro, al escucharme, mueve la cabeza.

—Lo llamaré y le recordaré que cada segundo que desaproveche es un segundo perdido —dice.

—Harás bien recordándoselo —afirmo.

Tras recoger a Thais en casa, cuando se sube al coche está de excelente humor. Aunque conmigo discute día sí, día también, porque me reta en todo, con su padre es todo dulzura y amor, y lo entiendo. Es más, quiero que sea así, y se lo agradezco. Quiero que Álvaro sea feliz. Solo eso.

Capítulo 65

Álvaro

Llega el sábado 7 de octubre y la casa está que arde, y aunque disimulo, no me encuentro muy bien. Se casa Gloria con Pelayo, y Andrea y papá, con sus respectivas familias, han venido para asistir a la boda. También lo han hecho Rhoda y Gabriel.

Thais y mi hermana Luna, sentadas en la terraza, cuchichean.

—¿De qué hablan estas dos brujillas? —pregunto, acercándome a ellas.

—Papi, ¿qué te parecen los tatuajes? —sondea Thais.

Me río. Su madre tiene alguno. Me entra la tos.

—¿A qué viene esa pregunta? —quiero saber.

Thais sonríe y me enseña una revista.

—¿Crees que mamá me dejará hacerme las iniciales de Harry Styles en la muñeca?

Me río. No lo puedo remediar.

—Lo dudo. Y yo tampoco te dejaría —replico.

—Joooo, papáááá.

Luna me mira. Se ríe.

—A mí tampoco me dejan hacérmelo papá y mamá —señala.

Asiento. Lo entiendo.

—¿Qué no te dejan hacerte tus padres? —pregunta Bris, que se acerca con su madre.

De inmediato, Thais le enseña a su madre el tatuaje con las iniciales de aquel cantante al que adora.

—¿Me las puedo tatuar en la muñeca? —pregunta.

—No.

—Joooo, mamáááá.

—¡Ni jo... ni ja! ¿Pero cómo te vas a tatuar eso? Solo tienes doce años.

—¡Joder, ya voy para los trece!

—¡Thais! ¡Esa boca! —gruñe Rhoda.

—¡Qué mayor! ¡Casi trece! —me mofo sin poder evitarlo.

Bris la mira. Malo. Malo. Parpadea.

—Punto número uno —empieza—, debes un euro al bote de las palabrotas. Y punto número dos, mientras vivas bajo mi techo y seas menor de edad, te prohíbo hacer algo así.

—Mamááá, ¡es mi cuerpo!

—¡Y yo soy tu madre!

Mis chicas se miran. Las dos tienen un fuerte carácter.

—No puedo tener cuenta de TikTok —gruñe Thais—. Si salgo, tengo que llegar antes de las diez de la noche. ¡Mamá, eres una cortarrollos!

—Woooaaalllaaaa, ¿me acabas de llamar cortarrollos? —Thais asiente cuando Bris, a la que pido calma con la mirada, sisea—: Pues esta cortarrollos te acaba de castigar sin salir este domingo.

—Mamááááá.

Thais se enfurruña. Últimamente se enfurruña por todo, e intuyo que es cosa de la edad y de la situación que vivimos en casa. Y cuando voy a apoyar a Bris, mi hija, que es muy jodida cuando quiere, me mira y dice:

—Papi, te quiero de aquí a la luna.

Vale. Lo dice para jorobar a su madre. Bris y ella se miran. Se retan con la mirada. Cuando Thais se agarra del brazo de Luna y se van, Rhoda me cuchichea:

—Esto ya lo he vivido yo.

Eso me hace sonreír.

—¡Será cabrona la niña! —refunfuña Bris—. Y sí..., debo un euro por decir cabrona.

—Cariño —sonrío con amor—, lo dice por hacerte de rabiar.

Bris asiente. Sé que le duele que aquella frase tan de ellas, de un tiempo a esta parte, solo me la diga a mí. Rhoda, con picardía, me guiña un ojo y mira a su hija.

—¿Sabes que yo conocí a una niña que me dijo, muy segura de sí misma, que ella nunca les diría a sus hijos cosas como «Te prohíbo hacer algo así mientras vivas bajo mi techo y seas menor de edad»? —dice.

—¡Qué ilusa esa niña! —se mofa Bris.

Divertidos, Rhoda y yo nos miramos. Andrea sale a la terraza y mira a Bris.

—Estás muy guapa, mi reina —dice—. Y ese vestido que llevas es sutil con un puntito de pendón con clase.

—¡Andreaaaa! —protesta Rhoda.

—¡Pero tú de que vas! —se ríe Bris.

Riendo por aquello estamos cuando aparece Gloria vestida de novia y nos mira. Está nerviosa y sé que está preocupada por mi tos.

—¿Y si Pelayo no aparece en la iglesia? —pregunta.

No podemos evitar una carcajada. Si alguien va a estar allí a la hora en punto ese es Pelayo.

—Si no aparece, lo mataré —suelta Andrea al más puro estilo mafia napolitana.

Volvemos a reír. Yo me acerco a Gloria y la abrazo.

—Estás preciosa —le digo—. Tranquila. Todo va a salir bien.

Gloria me mira.

—¿Te encuentras bien? —me pregunta.

—Sí.

—Me preocupa esa tosecita tonta que tienes.

La entiendo. Yo también estoy preocupado, pero miento. Es el día de su boda y por nada del mundo quiero jorobárselo. Pero desde que me he levantado no me encuentro bien.

—No sé si podre bailar, pero tranquila, hasta el altar te llevo —le digo. Gloria me mira. En su mirada veo la preocupación, y para que se tranquilice insisto—: Estoy bien. De verdad. Créeme.

Instantes después, entra mi padre con la cámara de fotos y nos emplaza a todos a fotografiarnos. Entre risas nos colocamos todos juntos y hacemos varias instantáneas antes de salir hacia la iglesia. ¡Gloria se casa!

Tres horas después, tras una emotiva ceremonia, donde ejerzo de padrino y soy yo quien le entrega la mano de Gloria a Pelayo, cuando salimos de la iglesia mi padre grita:

—¡Vivan los noviosssss!

Desde mi posición, observo a Thais y a Luna, encantadas, tirar pétalos de rosas sobre los recién casados, mientras Gloria, con una preciosa sonrisa de felicidad, reparte besos a diestro y siniestro. Es feliz. Está feliz. Tan feliz como Pelayo y todos los que los queremos.

El convite lo hace en un hotel cercano a casa y, como es de esperar, disfrutamos de la estupenda cena, pero cuando comienza la música, estoy disimulando mi malestar cuando Bris se acerca a mí y dice con dulzura:

—Venga, Romeo. Nos vamos a casa. —La miro, y levantando las cejas insiste—: A mí no me engañas.

Resoplo.

—Vale. No te enfades, cariño. Si no dije nada fue por Gloria. No quería jorobarle su día.

—Entiendo lo que dices, pero, cariño, dijiste que me lo ibas a decir todo y...

—Tienes razón... —le corto. En silencio nos miramos unos segundos. Yo me empeño—: Quiero que lo pases bien. Deseo verte disfrutar y...

—Te aseguro que disfruto más contigo en nuestra cama hablando de cualquier cosa que bailando como una loca aquí, sabiendo que tú estás mal.

Oír eso me gusta, aunque al tiempo me joroba.

—Sabes que eres una cortarrollos —susurro, sonriendo.

—Woooaaalllaaaa, ¡castigado! —se burla Bris divertida.

Tras avisar a Gabriel de que nos vamos, para que alguien lo sepa, mi chica y yo nos metemos en el coche y regresamos a casa.

Al llegar, Lolo nos hace una de sus fiestas y, por cómo lo hace, sé que está pidiendo bajar a la calle con urgencia.

—Creo que Lolo tiene alguna urgencia.

—Iba a ayudarte primero a quitarte la ropa.

—Señora Lombardo... ¿esa es una proposición indecente? —replico, un poco mareado.

Bris se ríe. Yo también.

—Baja a Lolo a la calle —le pido, tras darle un beso en los labios—. Te espero sentado en el sofá.

Bris asiente. Y cuando se marcha prometiendo regresar cuanto antes, voy a sentarme en el sofá a esperarla...

Capítulo 66

Bris

Han pasado diez días del susto que me dio Álvaro y de la boda de Gloria y Pelayo.

Cuando regresé y lo vi tirado en el salón de casa sin sentido, me asusté mucho y no sé cómo pude llamar a emergencias. No lo sé.

Olalla sigue dándome el coñazo por teléfono y sigo ignorándola. Esta, cualquier día, se presenta en casa, y cómo lo haga, va a arder Troya.

Duchándome estoy mientras pienso cuando veo que Álvaro entra en el baño.

Con una sonrisa nos miramos.

—Mmmm, Julieta..., qué tentadora estás —murmura.

Sonrío. Sé que su mejor terapia es mi sonrisa, aunque estoy muy, muy preocupada. Tras lo ocurrido, el médico nos dijo que Álvaro tenía bronquitis y agotamiento. El viaje a Tokio, la boda de Gloria y nuestras ganas de vivir y hacer cosas lo habían llevado a aquella situación, por lo que nos pide algo más de sosiego. Podemos seguir viviendo, pero con más tranquilidad.

Sin quitarle ojo de encima y ver que ya no arrastra su pierna derecha como días antes, salgo rápidamente de la ducha para evitar lo que veo en sus ojos que desea y me pongo el albornoz.

—¿Necesitas que te ayude a afeitarte? ¿Necesitas algo? —pregunto.

Álvaro niega con la cabeza. Sigue siendo autónomo, aunque su mano izquierda, como dice él, se fue de fiesta. Abre mi albornoz y acerca mi cuerpo al suyo.

—Lo que yo necesito es otra cosa.

—Álvaro...

Me besa. En su beso veo su necesidad. Su deseo. Su pasión. Y cuando coge mi mano y me lleva a la cama murmuro:

—Cariño..., creo...

Pero no puedo creer más. Me calla con un beso. Y no deja de besarme durante todo el rato en el que me hace el amor, con deseo y pasión.

Cuando acaba, los dos quedamos sobre la cama mirando al techo, casi sin aire.

—¿Estás bien? —pregunto.

—Mejor que nunca —afirma sonriendo.

Suspiro. Álvaro me desconcierta.

—Escucha, cariño —digo—. El médico nos ha dicho que...

—Bris —me corta—, sé lo que nos ha dicho el médico. Pero créeme cuando te digo que estoy bien. Y si te hago el amor es porque sé que mi cuerpo lo permite. Quiero amarte cada día, cada noche, cada instante, como si fuera la última vez. Mi intención es hacerte el amor siempre que pueda. Y ahora mismo te voy a volver a hacer el amor. ¿Y sabes por qué? Porque me haces feliz.

Su sonrisa. Su mirada. Todo él me hace sonreír. Y me lo hace, ¡vaya si me lo hace!

Capítulo 67
Álvaro

Madrid, julio de 2022

En mi estudio disfruto pintando.

El cuadro que llevo meses haciendo es un regalo para mi amor. Para Bris. Algo que le prometí hace tiempo y que ahora siento la premura de hacerlo y terminarlo.

Ensimismado en él estoy mientras suena de fondo la canción «It Will Rain», de Bruno Mars, músico que por cierto he descubierto que me gusta mucho, cuando la puerta se abre y Bris dice:

—Cariño, tienes que ducharte para irnos.

—Ni se te ocurra entrar —digo—. Estoy con tu regalo.

Bris sonríe. Sabe que le estoy pintando un cuadro. Engañada le he dicho que es un retrato de ella.

—¿Pero de qué foto lo estás copiando? —pregunta.

—Ah..., llegado el momento lo sabrás.

Mi chica sonríe. Toma aire.

—Vamos..., tenemos que irnos —me pide, antes de desaparecer—. Y, por cierto, me gusta mucho esa canción de Bruno.

Cuando cierra la puerta, me siento culpable por ocultarle que noto calambres en mi pierna derecha. Estoy dejando ya los pinceles sobre la mesa y la puerta se vuelve a abrir. Es Thais.

—Vamos, papi. Dúchate, que tenemos que ir a recoger a Rebeca.

Sonrío. Está nerviosa.

Bris y yo vamos a acompañarla al concierto de su adorado Harry Styles.

—Voyyyyy —digo, tapando el cuadro.

Dos horas después, tras recoger a Rebeca, los cuatro vamos en el coche hacia el Wizink Center. Bris conduce. Vamos escuchando, cómo no, a Harry Styles.

—¡No me creo aún que lo vaya a ver! —exclama Thais.

—¡Qué fuerte, tíaaaa! ¡Es tan guapooooo! —murmura Rebeca.

—No he dormido en toda la noche de la emoción —afirma mi hija.

Bris y yo nos miramos y sonreímos. Su emoción es nuestra emoción, y colocándome unas boas y plumas rosas que nos ha hecho comprar para ir al concierto, le digo:

—Lo que no me creo es que yo vaya a llevar esto en el cuello.

Todos reímos. Si algo he dejado atrás ha sido mi sentido del ridículo, y la verdad, ¿por qué no lo habré hecho antes? Ahora que me atrevo a bailar, a cantar, a hacer cosas que antes ni por asomo me planteaba, me doy cuenta de que disfruto más de la vida. Si yo lo paso bien y quien está conmigo también, ¿qué me importa lo que piensen los demás?

Actualmente estoy en un punto de mi vida en el que soy consciente de que poco a poco dejo de hacer cosas, como por ejemplo cortarme las uñas o hacerme el nudo de la corbata. Eso ya es imposible. Pero he decidido que voy a valorar las cosas que todavía puedo hacer. Eso es importante para mí.

Las siguientes horas me las paso cantando y bailando con mis chicas. Pero me agoto. Estoy muy cansado. Y sin variar mi gesto para que no se incomoden, ni se inquieten, cuando Harry canta la canción «Daydreaming», y están con aquello del «paraba pa pa pa pa», les indico que voy al baño.

Sentado estoy en un poyete que me encuentro para descansar y tomar aire. Toco mi pierna derecha. Me la masajeo.

—¿No ibas al baño? —oigo.

Al mirar me encuentro con Bris. Esta me observa con su boa y plumas rosas alrededor del cuello, y cuando voy a hablar, me entrega una botellita de agua.

—Bebe un poquito, amor.

Le obedezco. El agua me viene bien.

—Tengo calambres —digo, tocando mi pierna derecha.

—Cariño, creo que lo mejor es que nos vayamos. Avisaré a Thais y...

—¡Ni se te ocurra hacer eso!

—Pero tú no estás bien. ¿Cómo no has dicho nada antes de venir? —insiste.

Asiento. Estoy bien. Sigo siendo autónomo.

—Estoy bien —respondo—. Y los jodidos calambres no iban a privarme de asistir al concierto de Harry Styles con nuestra hija. —Bris me mira. En su mirada veo que entiende mis palabras, así que añado—: Llevo meses deseando que llegara el día para vivir esto con Thais. Es su cantante favorito y quería ver su cara cuando lo viera y, ¡joder, cariño!, para mí ha merecido la pena venir y verla gritar y saltar.

—Pero...

—Bajo ningún concepto vamos a sacar a Thais y a Rebeca de aquí hasta que no termine el concierto.

Mi amor resopla, pero me entiende. Desde que aquel día hablamos para hacer desaparecer el elefante naranja de nuestras vidas, lo solemos hablar todo desde la sinceridad y la verdad. No le oculto nada de mi enfermedad.

—¿Preparado para entrar? —pregunta, cuando ve que me levanto.

Hago un gesto afirmativo, tomo aire y regresamos a nuestros sitios, donde Thais sigue cantando como una loca y dudo que nos haya echado en falta.

Ocupo mi butaca junto a Bris y noto que los malditos calambres me dan una tregua. La música siempre ha sido un elemento importante es nuestras vidas gracias a mi Julieta. Si algo nos ha enseñado Bris a Thais y a mí es a amar la música. Gracias a la música he aprendido a canalizar cientos de emociones y gracias a la música, cuando pinto, muchas de esas emociones afloran. Eso sí, dependiendo de la música que escuche, así de dulce o impulsivas salen mis pinturas.

Mientras el concierto está en su apogeo, observo de nuevo a mis chicas brincar y cantar, aunque Bris ya está todo el rato pendiente de mí. Ellas, como los cientos de personas que están allí, disfrutan de las canciones de Harry. Que, oye, todo sea dicho, me está pareciendo un tipo muy simpático con su público, y desde luego su entrega está proporcionando un excelente espectáculo.

Cuando el concierto acaba, Thais y Rebeca lloran de emoción. Haber visto a su cantante preferido, como dicen ellas, les ha tocado la patata, y entre risas los cuatro nos vamos a recoger el coche, no sin antes comprarles unas sudaderas y camisetas de su amado cantante.

Después de dejar a Rebeca en su casa, al llegar a la nuestra, estoy destrozado y me voy derecho a la cama tras saludar a Lolo. Thais viene a darme un beso de buenas noches. Dentro de su emoción por haber visto a Harry, se olvida de mi enfermedad por unas horas, y eso me gusta. ¡Me gusta mucho!

Cuando se marcha, Bris entra en la habitación y tras ponerse su camiseta de dormir, se acuesta en nuestra cama articulada y se acurruca contra mí.

—Me ha encantado ir al concierto con vosotras.

—Y a nosotras ir contigo.

En silencio sonrío y, con cariño, toco el pelo de mi amor con mi mano derecha. Hoy no tengo fuerzas para tener sexo, y pasado un rato noto que se duerme, y yo, como suele ser habitual, paso la noche en vela. Últimamente no duermo bien.

Capítulo 68

Bris

Madrid, 7 de octubre de 2022

Cuando salgo del teatro donde trabajo, los bailarines a los que enseño las coreografías que he creado para el espectáculo que estamos ensayando proponen ir a cenar algo y dudo si apuntarme. Álvaro y Thais están en casa, por lo que, tras cambiarme de ropa, llamo a Álvaro por teléfono.

—Hola, amor.

—Hola, Pepinillo.

Oír aquello que en ocasiones me llama Álvaro, por culpa de mi padre, me hace sonreír.

—¿Qué hacéis? —pregunto.

—Como ya hemos cenado, estamos viendo un capítulo de la serie esa de los vampiros que tanto le gusta a Thais.

Asiento. Sé a qué serie se refiere. Los bailarines se arremolinan junto a mí. Hablan. Ríen.

—¿Y ese jaleo? —pregunta Álvaro

—Estoy con el cuerpo de baile. Quieren que vayamos a cenar algo y...

—Ve, cariño.

—¿Seguro?

—Pues claro que sí. Ve y cena algo rico, ¡que te lo mereces!

Álvaro y yo siempre nos hemos dado total libertad para entrar y salir con amigos. Nunca hemos sido celosos. Nunca hemos tenido motivos para serlo, pero desde que la enfermedad entró en nuestras vidas, procuro estar más pendiente de él.

—A ver, amor. Estoy bien. Thais está bien. Deja de preocuparte por nosotros y vete a cenar con tus compañeros y disfruta el momento —insiste.

Tomo aire. Sé que lo dice desde la más profunda sinceridad.

—Ok —acepto—. No llegaré tarde.

—¿Qué te parece si cuando llegues tengo la bañera llena de agua calentita con unas gotitas de esos aceites esenciales que tanto nos gustan?

—Mmmm..., interesante propuesta —afirmo, al entender sus intenciones.

Álvaro se ríe. Oír su risa me llena de positividad y más cuando dice:

—Te quiero de aquí a la luna.

—Y yo a ti, mi amor.

Cuando cuelgo, miró a los compañeros de musical y nos vamos a cenar algo. ¡Nos lo merecemos!

Dos horas después, tras una rica cena en un restaurante italiano, que resulta ser del novio de uno de los bailarines, todos nos comenzamos a despedir. Es tarde. Son casi las doce de la noche y debemos descansar.

Estoy a punto de entrar en el coche cuando oigo una voz a mi espalda.

—Briseida.

Sorprendida, me vuelvo y me encuentro con ella. Con Olalla.

—Pensé que iba a tener que ir a sacarte del restaurante —dice con gesto adusto—. ¡Llevo esperándote más de dos horas en el coche!

Boquiabierta, me muevo. Miro el coche negro de cristales tintados en el que un hombre la espera.

—Pero ¿de qué vas? —suelto—. ¿Quién te crees para...?

—¿Cómo está mi hijo? —me corta—. Me he enterado de que está enfermo y quisiera saber....

—A ver..., a ver..., a ver... —soy yo ahora quien le corta—. Punto número uno. Si quieres saber de Álvaro, ¡pregúntale a él! Y punto número dos. Creo recordar que él te dijo que te quería lejos de su familia, y yo soy su familia.

—¡Para mi desgracia! —musita.

Bueno... Bueno... Bueno... Esta tiparraca nunca cambiará.

—¿Qué narices haces aquí esperándome? —pregunto, hastiada—. Y, sobre todo, ¿con qué derecho te crees a hablarme como me hablas?

—Mi hijo está enfermo en casa y tú de diversión con tus amigos. ¿Te parece bonito comportarte así con él? ¿Acaso eso es lo que se espera de ti?

Incrédula, parpadeo. ¿Pero de qué habla esta tipeja? Y mirándola, suelto sin ningún miramiento:

—Lee mis labios. Ve-te-a-la-mi-er-da.

Voy a dar la vuelta para meterme en mi coche y noto que me agarra del brazo.

—O me sueltas o te juro que lo vas a lamentar —siseo.

Pero no me suelta. Al revés. Me clava sus uñas.

—Vivir con él te da una buena vida, ¿verdad? —escupe—. Tú y tú hija vivís holgadamente gracias a él. Gracias al dinero que...

Molesta, la empujo. Me la quito de malos modos de encima. Sé que no tendría que hacerlo. Sé que no hay que tratar a nadie así. Contengo las ganas que siento de cogerla por el jodido moño que lleva.

—Sigues siendo la misma zorra que eras. No cambias —exclamo.

—Y tú sigues siendo...

—Es más —la corto—. Vas a peor. Y sí, mi hija y yo vivimos bien gracias a Álvaro, pero también gracias a mi trabajo. No olvides ese pequeño detalle. Por lo tanto, deja de cagarla cada vez que abres la boca y aléjate de mí, si no quieres que terminemos en la comisaría por escándalo público. ¡Joder!

Me meto en mi coche y con los nervios a flor de piel arranco y me piro de allí. Necesito perderla de vista o no sé qué puede pasar.

Mientras conduzco por Madrid, voy nerviosa. Encontrarme con ella y escuchar sus provocaciones es desagradable. Está claro que se ha enterado de la enfermedad de Álvaro y quiere saber. Pero no. Por mí no va a saber nada.

¡Maldita bruja!

Pienso si decírselo a Álvaro o no. No sé qué hacer. Si se lo digo, le borraré la sonrisa, pero si no se lo digo, me sentiré mal. ¿Y si él, a pesar de todo, quiere hablar con su madre de lo que le pasa? ¿Qué hago? ¿Se lo digo? ¿No se lo digo?

Al llegar a casa y entrar, Lolo viene a saludarme. Como siempre, me da su cariño desinteresado y, por supuesto, él recibe el mío. Detrás aparece Álvaro.

—Bienvenida, cariño.

Al verlo, suelto la bolsa de deporte, y acercándome a él lo abrazo. Durante unos instantes disfrutamos de aquel acercamiento que tanto nos gusta y cuando me suelto de él, y le doy un beso en los labios, suelto:

—Tengo que decirte una cosa.

—Si es que te has enamorado de otro, no estoy preparado para ello.

Su humor y su sonrisa me gustan.

—He visto a Olalla —digo.

Su gesto cambia. Su sonrisa desaparece.

—¿Dónde la has visto? —pregunta.

Mentir no es la opción que deseo. Le cuento lo que ha pasado.

—¿Pero de qué va? —se enfada—. ¿Acaso no entendió lo que le dije cuando nos vimos? —Suspiro. No sé qué responder. Él continúa—: No quiero darle explicaciones de mi enfermedad. No quiero nada con ella. La quiero lejos de vosotras y de mí.

—Lo sé, cariño. Pero tenía que decírtelo.

Álvaro maldice. Está claro que, como pensé, la noticia le ha borrado la sonrisa.

—Tal y como la he tratado —digo, deseosa de reconducir la situación—, primero, he de decirte que con todo lo que he dicho he reventado el bote de las palabrotas. —Álvaro sonríe. ¡Bien!—. Y, segundo, creo que le ha quedado claro que no tiene que volver. Por lo tanto, ¿qué tal si dejamos de perder segundos de felicidad por alguien que no lo merece?

Mi amor asiente. Mis palabras le gustan. Por duro que suene, sé que tiene completamente anulada a Olalla de su vida. Me coge en sus brazos.

—¡La bañera nos espera! —exclama, y vuelve a sonreír.

Y entre risas y besos, tras ver a Thais dormida en su habitación, mi amor y yo entramos en nuestro espacio personal y nos damos un maravilloso baño lleno de lujuria, pasión y amor.

Capítulo 69
Álvaro

Madrid, 15 de abril de 2023

—Venga, árbitro, ¡eso es penalti! —grito desde las gradas.

Bris se ríe. Cuando me exalto, siempre se mofa de mí y yo, al final, me tengo que reír.

Un sábado más estamos asistiendo a unos de los partidos de fútbol donde juega Thais. La verdad, el equipo de este año no es de los mejores, y la racha que llevamos de perder ya se está alargando en exceso.

—Woooaaalllaaaa, ¿pero tú has visto qué pase le ha dado Thais a Lorena?

Asiento. Mi niña juega al fútbol de maravilla. Es más. La entrenadora ya nos ha comentado que ciertos ojeadores de equipos grandes suelen pasarse por allí y que alguno ya se ha interesado por Thais.

Desde las gradas observo el juego y aplaudo cuando finalmente el partido se acaba y esta vez ganan por 3 a 1. Por supuesto, uno de esos goles lo ha metido mi princesa.

Mientras esperamos a que Thais salga de los vestuarios, nos tomamos algo en el bar que hay en el campo de fútbol.

—Vienen Salva y Teresa —dice Bris.

Se refiere a dos personas de la asociación de ELA a la que asistimos a charlas y demás, y curiosamente también padres de una de las niñas del equipo de fútbol de Thais. Rápidamente los saludamos. Salva tiene ELA, como yo. Ambos la tenemos medular, con la diferencia de que la suya es genética, pues la heredó del abuelo y del padre, ¡una gran putada!, y la mía, esporádica, al no heredarla de nadie y ser de causa desconocida. ¡Otra putada!

—¿Sabéis lo de Lola? —pregunta Teresa.

Contengo la respiración. No... No... No quiero que sea lo que de pronto imagino.

—Murió anoche—murmura Salva, con pesar, al captar mi gesto de agobio.

Noto un estremecimiento. Joder, no, ¡Lola no!

—Nooooo... —susurra Bris.

En silencio los cuatro nos miramos.

—Lola era fuerte —señala Teresa—, pero al final ha sido demasiado para ella.

Sabemos que Lola no lo ha pasado bien. Por desgracia, su caso ha sido de los rápidos. En menos de dos años toda su vida se truncó.

—¿Cómo está Susana? ¿La hija? —pregunta Bris.

—No lo sé, Bris. Pero imagino que tiene que estar destrozada. Adoraba a su madre.

Un nuevo silencio se instala entre nosotros.

—Nosotros vamos a llevar a Rocío a casa y después vamos a ir al tanatorio para darle el pésame a Susana —dice Salva, tras un suspiro.

Bris y yo nos miramos. Sin hablar nos entendemos.

—Llevamos a Thais a casa y os pasamos a recoger con el coche —les digo—. ¿Os parece si vamos juntos?

Salva y Teresa asienten y nos despedimos.

En el camino de regreso a casa, Thais y Rebeca van felices. ¡Su equipo ha ganado! Y aunque intento estar alegre por ellas, me duele mucho lo de Lola. ¡Joder, qué putada!

Tras dejar a las niñas en casa y mentirle a Thais sobre nuestro destino, recogemos a Salva y Teresa y vamos directos al tanatorio.

Al llegar, nos encontramos con otros compañeros de la asociación. Sin esperarlo, se puede decir que nos hemos convertido en una bonita familia, y con cariño y cierta tristeza nos saludamos. Susana al vernos nos abraza.

Con afecto y ternura todos nos preocupamos por ella, y Susana nos muestra su entereza. A pesar de su juventud, tiene la cabeza muy centrada y sobre todo muy bien amueblada, y la verdad, siento que todos nos quedamos más tranquilos cuando nos enteramos de que se va a vivir con su tía Victoria. Una hermana de Lola a la que también conocemos, y es un encanto de mujer.

Esa tarde, tras dejar a Salva y Teresa de regreso en su casa, cuando vamos en el coche, miro a Bris, que conduce.

—Siento que vayas a tener que pasar por algo así. —Bris no me mira. Solo conduce. Entonces pregunto—: Cariño, ¿cuándo vas a permitirte llorar?

Mi chica, que es la mujer más fuerte del mundo, me mira. Sonríe y, tomando aire, responde:

—Cuando toque despertar.

Capítulo 70
Bris

Madrid, noviembre de 2023

Al salir del hospital de ver al neurólogo, al psicólogo y al nutricionista, veo que Álvaro va muy serio. Diría que enfadado.

Los últimos meses la enfermedad ha corrido como la pólvora por su cuerpo paralizándole la movilidad de su pierna derecha al ochenta por ciento, a pesar de lo mucho que se esfuerza en ejercitarse él solo y con el fisioterapeuta, y comienza a tener calambres en su pierna izquierda. Mal asunto.

Su enfermedad avanza en cuanto a su movilidad. Mano izquierda perdida al cien por cien, pierna derecha al ochenta por ciento. Pero su pierna izquierda y su mano derecha siguen intactas, aunque en la pierna ya comienza a notar calambres. Por fortuna, sigue pudiendo hablar y ver, sigue pudiendo comer y sigue respirando por sí solo. Sé que esto es positivo para él. Le hace tener una mejor calidad de vida. Pero con la muerte de Lola en abril y la de Jesús en septiembre se ha venido abajo. Lo ha desmoralizado.

Es un luchador. Me lo lleva demostrando toda su vida. Pero las noticias de hoy con el neuro no han sido buenas, y llego a entender que eso lo desespere.

En el camino de regreso a casa mientras conduzco, observo su gesto y trato de distraerle.

—¿Qué te parece si mañana vamos a la piscina juntos y después nos vamos a comer al restaurante asturiano que nos gusta?

Álvaro me mira y responde apagando la música que suena por la radio:

—Ve tú. A mí no me apetece ir.

Vale. El primer intento para hacerlo desconectar no me ha salido bien, por lo que insisto:

—¿Te apetece ir hoy? Thais hoy no ha tenido clase y...

—Mira, Bris —me corta—. Si tanto te apetece, ¿qué tal si vas tú?

—A ver, cielo...

—¡No! —gruñe—. ¡A ver, cielo, no! ¡Deja de proponer tonterías!

Uf..., no me gusta cuando se pone así. Por suerte, pocas veces llega a este nivel de enfado.

—Recuerda, cada segundo triste es un segundo perdido —trato de bromear.

—Me importan una mierda los segundos.

—Estás hoy un poquito de aquella manera.

—Estoy como me da la gana.

Woooaaalllaaaa.... Woooaaalllaaaa... Woooaaalllaaaa.

«Respira, Bris, ¡respira!», me digo a mí misma. Tomo aire.

—Escucha, cielo. Sé que lo que te ha dicho el neurólogo no ha sido algo que...

—¡Qué sabrás tú! —me corta.

¡Joder!

¿Cómo que qué sabré yo? ¿En serio me dice eso?

Vale. Respiro. Inspiro, y me viene a la cabeza Estela. La mujer de Jesús. Recuerdo cuando me hablaba de los cambios de humor de su marido, y respiro. Por mucho que intente ponerme en su lugar, es imposible. Lo sé. El enfermo es él. No yo. Y decido callar. Es lo mejor.

Cuando llegamos al parking del edificio donde vivimos, vemos a Thais, a Gloria y a Pelayo. Nos esperan con la silla de ruedas motorizada que hace meses Álvaro compró.

—¿Por qué no han bajado el andador? —pregunta él cuando los ve.

—Porque creí que quizá era mejor la silla y...

—Creíste mal —sentencia.

Su voz. Su gesto.

Todo en él está en tensión. Llevaba tiempo sin verlo así, y respiro. Lo necesito.

Segundos después, tras aparcar el vehículo en nuestra plaza de parquin, abren la puerta del coche y Thais, acercándose con la silla, dice:

—Directa desde boxes está aquí su jefa de taller, señor Lombardo.

Eso lo hace sonreír. Sé que no tiene ganas de ello, pero ante Thais se esfuerza.

—¡Qué guapa mi jefa de taller! —responde.

Pelayo y Gloria ayudan a Álvaro a salir del vehículo. Lo sientan en la silla de ruedas a regañadientes, y yo miro mi móvil. Sé que he recibido varios mensajes, y maldigo al ver que de nuevo la pesada de Olalla me ha vuelto a escribir un WhatsApp.

Desde hace poco más de un mes me escribe. Tiene mi número de teléfono, pues nunca lo cambié. No se lo he dicho a Álvaro para no agobiarle, pero cada vez que recibo un mensaje de aquella bruja preguntando por él, me entran los siete males. Por supuesto, no le contesto. Borro el mensaje y me olvido de él. Sé que tendría que bloquearla, pero no lo hago. ¿Por qué? Pues no lo sé.

Salgo del coche y lo cierro con el mando. Veo a Thais tirar de la silla de ruedas mientras corre temerariamente por el parking con Álvaro.

—Thais, ten cuidado con tu padre —grito.

—Tranqui, mamáááá —responde.

Pelayo va tras ellos. Siento que se fía tan poco como yo.

—¿Cómo ha ido todo? —pregunta Gloria, agarrándome del brazo.

—Mal. El neurólogo le ha dicho que ha perdido la movilidad de la pierna derecha en un ochenta por ciento y que si ya comienza a tener calambres en la pierna izquierda, pues...

—Ay, Dios mío —murmura Gloria con pesar.

En silencio caminamos hacia el ascensor.

—Hoy tiene un día horrible. Está muy enfadado —le explico.

Gloria me mira.

—Se le pasará. Ya lo verás. Álvaro es fuerte —murmura con cariño.

Lo sé. Conozco a Álvaro y sé que en cuanto digiera las malas noticias volverá a ser quien nos dé fuerzas a todos para proseguir.

Pero, joder, empiezo a notar que mi nivel de aguante es cada vez menor. Llevo muchos años intentando tomármelo todo bien. Si Álvaro está cabizbajo, trato de darle positividad. Si Álvaro está enfadado, me esfuerzo en tomármelo con humor. Si Thais me contesta mal, procuro razonar con ella. Sé que ella, por lo de su padre, paga sus frustraciones conmigo y se lo permito. Me siento el saco de boxeo de mis dos amores, y ante eso poco puedo hacer. Pero el problema es que comienzo a ver cierta lucecita roja en mi cabeza que me dice que más pronto que tarde voy a explotar. Necesito explotar o me voy a asfixiar.

En casa, Lolo nos recibe con amor y cariño, y mientras Thais y Álvaro se van al comedor a hablar de sus cosas, yo entro en la cocina para beber agua. La necesito. Allí, como siempre, miro el imán del arcoíris.

—Paciencia. Solo necesito paciencia —murmuro.

Tan pronto dejo el vaso en el fregadero oigo a Álvaro reír a carcajadas. Eso llama mi atención, y cuando voy al comedor para ver por qué ríe así, veo que mira con Thais algo en su móvil. Sin acercarme, los observo reír y bromear.

—Ven, mira esto —me dice Álvaro cuando me ve.

Me aproximo hasta ellos y me enseñan un vídeo en el que se ve a Thais bailando y a Lolo intentando imitarla.

—Es el vídeo de mi TikTok que más visualizaciones tiene. ¡Trescientas veintisiete! Y eso que lo subí esta mañana.

¡¿Cómo?! ¡¿Qué?! ¿TikTok?

—¿Pero desde cuando tienes tú cuenta en TikTok? —pregunto, incapaz de callar.

—Desde hace un mes. Papá lo sabe, ¿verdad, papi?

¡Papá lo sabe! ¡Tócate los...!

Miro a Álvaro. Él me mira a mí. Aunque disimula ante Thais su mal humor, sé que sigue molesto, y yo respiro. Respiro o voy a explotar. En otras circunstancias, le hubiera gritado algo así como «¿Por qué no me lo comentaste? ¿Por qué no me dijiste que nuestra hija tiene TikTok cuando bien sabes que yo se lo tengo prohibido?». Pero no. Hoy no es el día.

—Muy bien... —opto por decir.

Me voy a la habitación. Doy un portazo y quitándome la ropa me meto en la ducha. Es lo mejor.

A las cinco de la tarde, Gloria sube de su casa. Vive con Pelayo en el primer piso. Cuando yo no estoy, es ella quien se ocupa de estar con Álvaro y Thais. Saber que está con ellos siempre me tranquiliza.

—¿No te vas pronto? —pregunta Álvaro, que está sentado en el sofá leyendo.

Tiene razón. Por norma me voy una hora más tarde.

—Voy a pasarme por el gimnasio —digo.

Con gesto serio, me acerco a él, le doy un rápido beso en los labios y cuando va a coger mi mano, me deshago de ella. Gloria, al ver aquello, me mira con extrañeza, y sin más me voy. Necesito desaparecer.

Veinte minutos después, cuando llego al gimnasio dejo mis cosas en la taquilla, alquilo unos guantes de boxeo y voy directa a una sala donde cuelgan los sacos en el techo. No sé boxeo. No tengo ni idea de cómo se dan los golpes. Pero, aun sin saber, comienzo a aporrear el saco con rabia y furia, y me desfogo. Llorar no lloro, pero qué bien me sienta dar esos puñetazos.

Una hora después, cuando salgo del gimnasio, me voy directa al teatro. Estamos ensayando una obra musical que estrenaremos dentro de tres meses, y como coreógrafa y responsable del cuerpo de baile, me implico al mil por mil.

A las diez, cuando salgo del teatro, camino con tranquilidad hacia el parking donde tengo el coche, y antes de entrar oigo:

—¡Briseida!

Oír aquel nombre, por el que solo me llama una persona, me hace maldecir.

¡No me jodas! ¡Lo que me faltaba!

Me giro.

—¿Qué coño haces aquí?

Olalla se acerca. Como siempre, va de punta en blanco. No lleva un pelo fuera de su sitio.

—¿Por qué no contestas a mis mensajes? —No le respondo. ¿Para qué? Como lo haga, lo voy a hacer muy muy mal. Ella insiste—: Hoy os he visto en el hospital a Álvaro y a ti.

—¡¿Qué?!

—Pensé acercarme, pero...

—¿Pero tú estás loca?

Boquiabierta, la observo. En la vida imaginé que pudiera hacer algo así.

—No me estáis dejando otra opción —prosigue—. Ni tú ni Gloria contestáis a mis mensajes. Y estoy muy preocupada. Hoy he visto a Álvaro muy delgado y desmejorado.

Oír eso me subleva más. La primera que ve a Álvaro como está soy yo. Últimamente está inapetente con todo en general, y aunque por fortuna puede continuar masticando, come poco y mal.

—Mira, ¡déjame en paz! —exclamo, molesta. Me doy la vuelta. Sigo caminando. Lo de esta mujer no tiene nombre. Noto que me agarra del brazo—. Suéltame ahora mismo o te juro que no respondo de mis actos. —Olalla me suelta. Esta vez no me clava las uñas. Y yo, dándome la vuelta, gruño—: Te lo dije la última vez que te vi, ¡déjanos en paz!

—Dime qué le ha dicho el médico a Álvaro.

—Pregúntaselo a él, si tanto quieres saber. —Ella toma aire. Su gesto como de costumbre es agrio, y deseosa de ser cruel, le espeto—: Lo que te pasa con Álvaro tú solita te lo has buscado.

—Briseida, por favor...

—¡Ni por favor! ¡Ni sin favor! Si Álvaro se entera de que molestas a Gloria, me molestas a mí o lo sigues a él al hospital, se va a enfadar mucho. La vas a cagar todavía más. Por lo tanto, ¡para! Y aléjate de nosotros.

—¿Y qué quieres que haga si mi hijo está muy enfermo y tú, que eres la persona que está con él, no me contestas a los mensajes?

—Pero vamos a ver —digo, levantando la voz al tiempo que dejo mi bolsa de deporte en el suelo con toda mi rabia, porque como la siga teniendo en la mano se la estampo en la cabeza—. ¿Pero tú en qué mundo vives? ¿De verdad crees que habiéndote comportado conmigo como una verdadera perra malvada, yo voy a sentir algo de empatía por ti? —Olalla no responde. Solo me mira cuando, desatada, prosigo—: ¿Por qué no me dejas en paz? ¿Por qué te empeñas en molestarme? Si ves que no contesto tus mensajes, será porque no me da la gana. Porque no quiero contestarte. ¡Porque paso de ti! Así que haz el favor de dejarme en paz.

—Álvaro es mi hijo...

La miro. Levanto la ceja y murmuro con toda mi mala leche:

—Pues para él tú no eres su madre.

Y sacando toda la rabia que llevo dentro de mí, le digo todo lo que tengo guardado en mi recámara en referencia a ella y a cómo ha tratado a los que fueron sus hijos y su marido. Olalla me escucha. No dice nada. Solo me mira, mientras yo escupo infinidad de palabras y reproches sin parar.

Cuando acabo, ella sigue mirándome con aquel gesto de superioridad que nunca le abandona el rostro.

—¿Te has quedado a gusto diciéndome todo lo que has dicho? —pregunta.

—La verdad es que sí. Creo que a partir de hoy dormiré mejor, sabiendo que por fin sabes todo lo que pienso de ti.

En otra época de su vida, ella ya habría dicho algo que me molestara. Ya se habría metido con mis padres, conmigo, con lo que fuera, pero sorprendentemente me mira y dice:

—Ahora tú eres madre y deberías entenderme.

—Precisamente, ahora que soy madre, te entiendo menos.

Olalla no se mueve. Solo se toca la ceja con la mano temblorosa.

—¿Qué harías tú si el día de mañana tu hija te echara de su vida y te enteraras de que tiene una enfermedad terminal? —pregunta—. ¿Acaso no te preocuparías por ella? ¿De verdad no intentarías saber?

Vale. Ahora me quiere entrar por el lado de la pena.

—Mira, Olalla, si algo tengo claro es que voy a respetar y querer a mi hija para que no sienta la necesidad de echarme de su vida. Por lo tanto, no me vengas ahora dando penita, que, a mí, una bruja como tú no me va a ablandar el corazón.

—Briseida. Solo..., solo quiero saber cómo se encuentra.

Molesta y enfadada, cojo la bolsa de deporte que he dejado en el suelo.

—Jodido..., así se encuentra —respondo, dando por zanjada la conversación.

Y sin más, me doy la vuelta y sin mirar atrás llego hasta mi coche, me monto en él y me voy para casa. Tal y como ha ido el día, encontrarme con ella era lo único que me faltaba.

Cuando llego a casa, Gloria me hace saber que tanto Álvaro como Thais han cenado bien y que todo está tranquilo. Que ella esté con ellos cuando yo trabajo me da tranquilidad. Y, tras darle un beso y ver que se monta en el ascensor para irse a su casa, cierro la puerta y suspiro.

A diferencia de otros días que voy directa a ver a Álvaro y a Thais a sus habitaciones, en esta ocasión no lo hago. Entro en la cocina. Me preparo un vaso de leche con galletas, y tras compartirlas tranquilamente con Lolo para digerir lo que me ha pasado al salir del teatro, paso por la habitación de Thais, que está dormida, y luego me encamino hacia la habitación donde está mi amor.

Al entrar, Álvaro me mira. Está en la cama leyendo un libro.

—Hola, cielo —saluda.

—Hola —respondo con sequedad.

Acto seguido, entro en el baño, me desnudo, me ducho, y pienso si contarle o no lo de su madre. Sé que le enfadará. Le molestará. Por lo que, para evitarle el mal rato, decido callarme. Es lo mejor.

Cuando salgo del baño, ya con el pelo seco, me miro en el espejo.

—¿Todo bien en el ensayo? —pregunta él.

—Sí.

Su voz. Su gesto. Todo eso me hace ver que está tranquilo. Relajado. Que el enfado por su mal día en el hospital ya se le ha pasado.

—Lo sé —dice—. Tenía que haberte dicho que Thais creó una cuenta de TikTok con mi consentimiento. Pero...

—Pero nada... —le corto—. Tú, como siempre, eres el padre enrollado y yo, ¡la cortarrollos! La que le niega las cosas. La que le dice que tiene que hacer los deberes. La que la castiga si algo hace mal. Por lo tanto, tranquilo..., que aquí la Maléfica del cuento soy yo.

Álvaro no dice nada. Sé que le duele que le hable así, como me duele a mí. Nunca hemos sido de discutir. Siempre hemos llegado a un entendimiento hablando. Pero desde que a Álvaro le diagnosticaron la enfermedad intento agradarlo en todo lo que puedo.

—Siento ser cruel y decirte esto —prosigo—. Pero sabías perfectamente que le tenía prohibido que se abriera una cuenta en TikTok para subir vídeos de ella bailando o tonteando. Es una niña, ¡y hay mucho loco por el mundo suelto! Y, ¡maldita sea!, ¡solo intento protegerla!

Álvaro me mira. Asiente. Sé que me entiende.

—Lo siento —se disculpa—. Hice mal accediendo a que se abrirse esa cuenta. Pero es que cuando me mira con esos ojitos y se pone zalamera conmigo...

—¿Acaso te crees que cuando a mí me mira con esos ojitos y se pone zalamera no me cuesta decirle que no? ¡Pues sí! Me cuesta mucho. Pero alguien tiene que criarla, educarla y ponerle límites.

—Bris..., lo siento. —Su voz. Su tono. Sé que habla con auténtico pesar cuando murmura—: Tú eres perfecta, y yo un perfecto idiota. Y me sabe fatal hacer las cosas tan mal. Y, ¡joder!, claro que no es justo que yo quede siempre como el padre enrollado con Thais por querer mimarla en exceso y tú como...

—¡La cortarrollos!

Según digo eso me siento fatal. ¿Pero qué hago enfadándome con él? ¿Acaso no soy consciente de que hace todo eso porque necesita mimarla el tiempo que pueda?

Joder, qué mal... Qué mal... ¡Qué mal!

Estoy pagando con él mi rabia, mi frustración. Incluso el haberme encontrado con Olalla, que, por supuesto no le voy a contar

—Debes un euro al bote de las palabrotas. Has dicho joder —digo, tratando de acabar con aquel mal rollo que la situación ha generado.

Nos miramos. Necesito abrazarlo como sé que él me necesita abrazar a mí. Por lo que voy hasta la cama. Me tumbo sobre él y abrazándolo murmuro:

—Siento haberme puesto así contigo —me disculpo.

—Me lo merecía, cariño. Hoy me he comportado como un idiota en el hospital y en el coche.

—Sí..., has sido un tremendo idiota —afirmo.

En silencio y abrazados, permanecemos un buen rato. Siento que nuestros corazones laten al unísono.

—Cada segundo triste o enfadado es un segundo perdido —sentencia.

—Exacto, cariño —susurro.

—Quiero que sepas que a pesar de haberme comportado como un idiota, soy feliz. Tú me haces feliz. Nuestro amor sigue siendo la única guerra por la que quiero luchar. Y... Y desearía tanto hacerte el amor, pero...

Con un beso lo callo. De un tiempo a esta parte soy tan consciente como él de que su libido sexual ha disminuido por la enfermedad. Pero, sinceramente, eso es lo que menos me importa. Yo solo quiero que él esté bien y tenerlo junto a mí. Tener sexo o no es algo en lo que no pienso, porque solo pienso en él. En amarlo. En quererlo. En hacerlo feliz. Y para que no se sienta mal por ello, cuando dejo de besarlo, susurro:

—Con que estés a mi lado, me digas que eres feliz y que cumplo la promesa que te hice, me vale.

—Te quiero de aquí a la luna.

Oír eso me emociona. Es una frase que Thais y yo nos decíamos, pero hace tiempo que ella a mí no me la dice, solo a él. Lo abrazo.

—Y yo te quiero a ti, cariño.

Capítulo 71
Álvaro

Madrid, marzo de 2024

—Cumpleaños feliz..., cumpleaños feliz..., te deseamos todos... cumpleaños felizzzzzzz.

Thais, mi bella niña, sonríe al oírnos cantar. Es su cumpleaños. Cumple quince años. Y no es amor de padre, pero mi hija es preciosa. La niña más bonita que hay en el mundo.

Rhoda y Gabriel han venido desde Santorini junto con el primo Homero. Verlo me ha dado mucha alegría. Homero no es de los que sale de Grecia, pero aquí está, ¡en España de visita! Mi hermano y mi padre también están aquí con sus familias procedentes de Londres y Nápoles. Un año más, no se pierden el cumpleaños de mi hija y un año más se lo agradezco muchísimo.

Entre risas y buen humor, todos le entregamos regalos a Thais, y ella gesticula divertida.

—Papito..., que se te cae la babita.

Al escuchar la voz de Bris, sonrío y murmuro:

—Es que es para que se me caiga. ¿Pero tú has visto la hija tan increíble que tenemos?

Bris sonríe. Se sienta sobre mis piernas y me abraza. Durante varios minutos, mientras la familia bromea con Thais, Bris y yo en silencio la contemplamos.

—Hay veces que cuando la miro, te veo a ti a su edad —digo. Bris me mira y añado bajando la voz—: Vale que tiene mis ojos y mi mirada, pero el resto, hasta cómo se mueve, ¡es idéntica a ti! —Nos reímos, y yo continúo—: Recuerdo el verano que nos encontramos en la calita. Ese día me sorprendí de lo mucho que habías cambiado físicamente.

—Es verdad... —afirma Bris—. ¡Me habían crecido las tetas!

Soltamos una carcajada. Recordar es algo que últimamente me gusta mucho hacer.

—Pepinillo, necesitamos más platos para la tarta —nos interrumpe Gabriel.

—Voy, papá.

Cuando Bris se levanta de mis piernas, en su camino hacia la cocina observo cómo se para al pasar junto a mi sobrino Luca y lo besa. Mi amor tiene treinta y nueve años y es una preciosa mujer llena de vida, y me duele no poder corresponderla como ella se merece.

Mi enfermedad va a peor. Su evolución, aun siendo lenta, sigue su camino, y en los últimos meses hemos pisado en varias ocasiones el hospital. Y todas y cada una de las veces, Bris ha seguido a mi lado, apoyándome, dándome ánimo y llenándome de felicidad.

En Navidad, por ejemplo, tuvimos que suspender los viajes a Nápoles y Santorini. Días antes de iniciar el viaje, comencé a sentirme mal y al final me tuvieron que ingresar por un principio de neumonía.

Estar en el hospital no me gusta, como imagino que no le gusta a ningún enfermo. La sensación de estar rodeado de máquinas y médicos me agobia, pero al tiempo me tranquiliza, pues siento que Bris descansa y está tranquila. Sé que parece contradictorio lo que digo, pero es difícil de explicar.

Afortunadamente, la familia y los amigos, un año más vinieron a nuestro rescate. Pepe, Mónica, Roberto y su novio, Gloria y Pelayo junto a nuestras familias se organizaron, y cuando yo salí del hospital, estaban todos esperándonos en casa con Thais y nos prepararon unas preciosas Navidades.

Lo bueno fue tenerlos a todos ellos. Lo malo, que mis piernas ya no me sujetan y ahora ya voy en silla de ruedas todo el rato.

Por fortuna, mi mano derecha sigue intacta, como sigue intacta mi vista, el poder hablar y el poder comer. Sé que dentro de mi desgracia tengo mucha suerte. Otros compañeros de enfermedad, a pesar de llevar enfermos menos tiempo que yo, ya no ven, ni se comunican, y comen a través de una sonda. Por lo tanto, no tengo derecho a quejarme. Soy un privilegiado.

—¿En qué andas metida ahora? —oigo que pregunta Fiorella a Bris.

—En los ensayos del musical *Mamma Mia!*

—¡Tu preferido! —se mofa Rhoda—. ¿Será porque Grecia tiene algo que ver?

—No lo dudes, mamá —afirma Bris, contenta.

—¿Y cuándo estrenáis?

—En junio —informa Bris.

Desde donde estoy sentado veo cómo mi amor habla, gesticula, disfruta comentando su nuevo proyecto. Como coreógrafa de musicales le está yendo muy bien. Tan bien que ella todavía no se lo cree, pero es buenísima. Y no es que yo lo diga porque la quiero, sino porque es verdad.

—Hijo, ¿ya habéis hablado con Ricardo para lo de la exposición? —pregunta mi padre, mirándome.

Oír eso me hace regresar a la realidad. Como en su momento propuso Bris, al final voy a hacer una exposición de mis cuadros. Siempre ha sido una de las ilusiones de mi vida. ¿Y por qué negármelo?

Tras pedirle a mi padre el teléfono de su amigo Ricardo Saavedra, concertamos una cita con él, y después de enseñarle en un porfolio fotografías de mis trabajos, no lo dudó. Nos cedió una de sus salas de exposiciones durante una semana para exponer mis obras.

—Pues sí, papá, hablamos con él —afirmo—. Y al final hemos quedado en que la exposición la organizaremos del 16 al 23 de mayo. El 16 será la inauguración.

Mi padre aplaude y Fiorella, que está a su lado, pregunta:

—¿Sabes los cuadros que expondrás?

—Sí. Creo tenerlo claro, y serán unos veinticinco.

Papá y Fiorella asienten.

—Ni que decir tiene que aquí nos tendrás —dice ella.

—Lo sé —afirmo, sonriendo.

Suena el teléfono de Thais y cuando esta lo coge grita de felicidad. Es la bisabuela y la familia desde Santorini. Ella los adora, como sé que ellos a ella.

Feliz por la videollamada, Thais se sienta a mi lado y Bris, que viene corriendo, se sienta sobre mí. Desde que estoy en la silla de ruedas lo hace mucho, y a mí me encanta que lo haga y más cuando me abraza y se recuesta sobre mí. Durante varios minutos, mis suegros, Homero y Thais hablan en griego con la familia, mientras Bris, como puede, hace de traductora para que el resto nos enteremos.

—Álvaro —dice Rhoda—. Mi madre pregunta que cuándo vais a ir a visitarla.

Con cariño, miro hacia la pantalla. Observo a aquella familia que creyó que era un mafioso napolitano y viendo sus gestos de ternura, consciente de mis limitaciones, respondo:

—Diles que esta Navidad, sí o sí, estaremos allí.

Rápidamente Bris les traduce lo que yo acabo de decir, y todos aplauden felices.

—Mira, Álvaro —me indica Rhoda—, mi madre te señala todos los platos que tiene preparados para romper en cuanto llegues.

Divertido, al ver lo que la abuela me muestra, asiento lleno de felicidad y con gusto les tiro un beso que todos me devuelven a mí.

—*¡Jroña que jroña!* —me mofo.

Tras hablar con ellos durante un buen rato, cuando la videollamada se acaba, Bris pregunta: «¿Quién quiere una copa?», y Roberto y mi hermano son los primeros en contestar.

Cuando se marcha con ellos a la cocina y todos se desperdigan por el salón, Homero, que sigue sentado a mi lado, me mira. Nuestra manera de comunicarnos sigue siendo especial. Ni él sabe español ni inglés, ni yo sé griego. Pero el caso es que nos entendemos. Pone su enorme mano sobre mi hombro.

—¿Tú feliz? —pregunta.

—Sí —afirmo.

—¿Tú bien?

Percibo en su mirada el sentido de aquellas palabras. Veo que nadie nos presta atención.

—No —contesto.

Homero asiente. Me entiende. A buen entendedor, pocas palabras bastan y tras unos significativos segundos en silencio, donde con la mirada nos hablamos, dice en bajito:

—Bris. Thais. Yo cuidar. Familia cuidar.

Oír aquello me hace sonreír. Si algo tengo claro es que la familia las cuidará, y para agradecerle aquella pequeña conversación, que para nosotros ha sido buena, con mi mano derecha cojo su mano y le digo «gracias» en griego.

—*Efharistó.*

Homero, aquel griego que parece salido de las cavernas, se levanta del sillón y, conteniendo la emoción que veo en sus ojos, me abraza.

—Siempre amigos —susurra.

—Siempre —afirmo, conmovido.

—Bueno..., bueno..., bueno... ¿Qué se cuece por aquí? —pregunta Bris, acercándose a nosotros.

Homero y yo nos reponemos con rapidez de lo hablado. Ha sido corto pero intenso. Homero le dice algo a Bris en griego que la hace reír. Ella le contesta y luego él se aleja.

—¿Qué os habéis dicho? —curioseo.

Bris se sienta sobre mis piernas y me abraza.

—El nombre de tu colonia —explica—. Dice que te lo estaba preguntando, pero como no sabes griego, ¡no te enterabas!

Me río. Me gusta que Homero se inventara aquello para no desvelar nuestra verdadera conversación.

—Papá... —se nos acerca Thais—. ¿Qué te parece si le das a mamá su regalo?

Bris nos mira y murmura.

—¿Un regalo para mí? Pero si es tu cumpleaños, no el mío.

—A ver, Pepinillo —me mofo—. Digo yo que algo tuviste que ver en un día como hoy hace quince años. Y por eso te mereces un regalo.

—Oye..., ¡pues me gusta la idea! —ríe Bris.

Mi hija y yo nos miramos. Hace días que gracias a su ayuda por fin terminé el cuadro que estaba pintando para Bris. Ha costado. Me ha costado mucho porque quería hacerlo mejor que bien. Y estoy contento con el resultado.

—Henry, Andrea —levanto la voz—. Por favor, id a mi estudio y traed lo que antes os dije.

Ellos desaparecen. Saben a qué me refiero.

—A ver si te gusta —le digo a Bris.

—¿Es mi retrato?

—¿Le has hecho un retrato? —pregunta mi padre curioso.

Thais y yo nos miramos.

—Mamá. Te va a encantar —afirma mi hija.

Henry y Andrea, con la ayuda de Roberto, entran en el salón cargados con un enorme cuadro de dos metros de alto por uno de ancho. Gracias a ellos y a Thais he podido envolverlo.

—¿Pero esto qué es? —pregunta Rhoda.

—Un regalo de papá para mamá —explica Thais.

Bris, que sigue sentada en mis piernas, sonríe.

—Vamos. ¡Ábrelo! —la animo.

Sin dejar de sonreír, mi chica se levanta. Se acerca al cuadro y cuando comienza a romper el papel que lo envuelve; al ver un trocito, se para y me mira.

—¿En serio? —murmura.

Me río. Se ríe, y sigue rompiendo el papel. De pronto se oye un ¡ohhhhhh! generalizado, pero yo solo puedo mirar a mi amor. Ver su gesto al descubrir lo que he hecho para ella me gusta, porque sé que le gusta.

Al quedar el cuadro totalmente expuesto, lo mira encantada. Feliz. Me mira. Lo vuelve a mirar, y tras cruzar una mirada con Thais, nos sonreímos.

—La primera vez que estuve en Santorini contigo, visitamos una galería de arte donde había cuadros increíbles. Allí quise regalarte uno, pero no me dejaste y me pediste que yo te lo pintara. Y bueno, amor. He tardado. Pero aquí lo tienes.

A Bris se le llenan los ojos de lágrimas. Se emociona. Al igual que yo, recuerda aquel bonito momento vivido.

—Este es mucho más bonito que ninguno de los que había allí.

Sonrío. He pintado para ella las vistas de las que siempre me habló. Las vistas que, según ella, son las más bonitas del mundo, y son las que ve desde la ventana de la casa de sus padres en Santorini.

En el cuadro he intentado plasmar la grandiosidad de aquel espacio donde se ve el mar, el cielo, las preciosas casas blancas encaladas de techos azules, la buganvilla rosácea de la calle. Y sonriendo a mi chica, que está sin palabras, murmuro:

—He incluido el velero de Homero. Díselo.

Bris, emocionada, asiente. Se comunica con Homero, y este, al fijarse en aquel detalle, me mira, pone el pulgar hacia arriba y sonríe.

Durante un buen rato todos hablan de mi trabajo. Sé que el cuadro ha quedado bonito. Soy el primero que está orgulloso de él. Bris se acerca, se sienta sobre mis piernas y me mira a los ojos.

—Si hoy fuera el fin del mundo, querría estar contigo —susurra.

Oír eso me gusta. Esa frase significa mucho para nosotros.

—Mamá, ¿te gusta? —se acerca Thais.

—¡Me encanta, cariño! ¡Es una maravilla!

Mi hija y yo nos miramos. Con complicidad chocamos nuestras manos cuando ella, feliz, nos da un cariñoso beso en la mejilla y nos dice:

—Os quiero a los dos, desde aquí a la luna. Sois los mejores.

—Woooaaalllaaaa —exclama Bris.

Cuando Thais se aleja y va con mi padre, Bris me mira.

—Te juro que yo no le he dicho que lo diga —confieso, divertido, al ver su gesto por lo que ha oído—. Ha sido cosa suya.

Bris sonríe. Sé lo importante que es para ella escuchar de la boca de Thais algo así.

—Te quiero... —dice, apoyando su cabeza en mi hombro.

—Tanto como yo a ti.

Nos quedamos un ratito en silencio, que rompe ella:

—Me encanta vivir contigo nuestra bonita historia de amor.

Me emociono.

—Y a mí sí que me encanta vivirla contigo, Julieta. —Beso con mimo su frente.

Nos miramos. Sonreímos. Nos besamos.

—Cariño. El cuadro es precioso. Gracias.

—Lo he pintado especialmente para ti y no veas el trabajito que me ha dado hasta que he conseguido el efecto que deseaba —Nos reímos—. Thais, en estos últimos tiempos, me ha ayudado. Sin su ayuda, dudo que lo hubiera podido terminar.

Bris asiente. Sonríe, y cuando me vuelve a besar, y estamos disfrutando de un dulce y bonito beso, oímos a mi hermano Andrea:

—Por favor, iros a un hotelllll.

Todos soltamos una carcajada, y la verdad, ¡soy feliz!

Capítulo 72

Bris

Ibiza, agosto de 2024

Pensé que nos íbamos a quedar sin vacaciones, por los ingresos en el hospital de Álvaro, pero se puso tan pesado en que quería pasar unos días en Ibiza que no he podido decirle que no. Por lo que aquí estamos. En una preciosa villa que hemos alquilado y que nos cuesta un riñón, pero, como dice Álvaro, el dinero, cuando se tiene, está para disfrutarlo. Y sí, quiero disfrutarlo con él.

En cuanto al musical en el que soy coreógrafa y estrenamos en junio, va como un tiro. Tanto que nos han renovado hasta mayo del 2025. Y lo mejor, no les ha parecido mal que me cogiera unos días de vacaciones. Saben de mi situación en casa y, la verdad, mejor no se pueden portar.

En cuanto a Ibiza, Álvaro llevaba sin venir años, y yo, desde el año en que supe que estaba embarazada. Y la verdad, cuánto ha crecido esto.

Cuando llegamos a Ibiza, al ver la felicidad de Álvaro, me sentí bien. Había acertado en mi decisión de hacerle caso, aunque según van pasando los días, me estoy dando cuenta de que él esto lo está tomando como una despedida.

¿Por qué? ¿Por qué lo hace si está bien?

Álvaro no lo dice. No lo verbaliza. Pero, por la manera en que me recuerda miles de cosas vividas entre los dos, y su necesidad de hablar de ellas, algo me dice que no me equivoco. Que Álvaro está haciendo lo que creo.

Gloria y Pelayo nos acompañan durante las vacaciones. Para mí son una gran ayuda, pues levantar y mover a Álvaro sola o con Thais me es imposible. Y aunque él nos ha pedido que busquemos ayuda profesional, ni Gloria ni Pelayo ni yo accedemos. Entre los tres nos ocuparemos de todo.

Pasamos las mañanas en la bonita villa. Sol. Piscina infinita. Musiquita. Lectura. Y fisioterapia de Álvaro.

Por las tardes, todos los días salimos a dar paseos. Tanto Álvaro como yo queremos enseñarle la isla a Thais montados en el coche, y ella, emocionada, nos acompaña. A ella descubrir dónde nos conocimos y nos enamoramos le gusta. Cómo le gusta que le llevemos a sitios preciosos y le contemos nuestras fechorías de adolescencia.

Una de las mañanas, cuando estoy tomando el sol, mientras Álvaro está con el fisio y Thais se baña en la piscina, Gloria se acerca a mí.

—Olalla sigue llamándome —me dice.

Enterarme de eso me incomoda. A mí, desde aquel día en que le canté las cuarenta, no ha vuelto a hacerlo.

—Bloqueo su número de teléfono, pero me llama desde otros, ¡me tiene frita! —admite.

—Menuda petarda. —Suspiro, y aunque no quiero apiadarme de Olalla, hay una pequeña parte de mí que la entiende—. No se lo digas a Álvaro y sigue bloqueándola.

Gloria asiente.

—¿Por qué esa bruja sigue insistiendo? —pregunta Thais, acercándose.

Gloria y yo la miramos. Thais conoce lo sucedido con Olalla. Hace tiempo que Álvaro se lo contó. Fue claro y sincero con respecto a ella.

—Porque es muy pesada —respondo.

Thais asiente. Sabe que aquella mujer le privó de su padre sus primeros seis años, y cómo se ha comportado, no solo conmigo, sino también con su *nonno* y su tío Andrea. Por eso, sé que ha creado una barrera infranqueable de rechazo contra ella.

—Chicas, ¡pasando de ella! —exclama.

Gloria y yo, divertidas, nos miramos. Thais se acerca a mí, me da un cariñoso beso en la mejilla y murmura:

—¿Te he dicho hoy que estás muy guapa?

De nuevo sonrío.

Nuestra relación en los últimos meses ha dado un giro de ciento ochenta grados y sé por qué ha sido. En mayo, y sin esperarlo, pillé un constipado de los llamados demoledores que me tuvo en cama una semana con cuarenta de fiebre. Verme así a Álvaro lo volvió medio loco, pero sé que para Thais fue un momento que marcó un antes y un después.

Durante días se negó a separarse de mi lado ni siquiera para dormir. Álvaro intentó convencerla de que él y Gloria me cuidarían. Pero ella sacó ese carácter griego heredado de mí, y le dejó bien claro que, si yo había estado siempre para ella, ahora ella estaría para mí.

Cuando me repuse, una tarde que estábamos solas en casa porque Gloria había ido con Álvaro a la asociación, entre lloros me confesó que al verme tan frágil y vulnerable, tuvo miedo de perderme. Pobrecita, mi niña, cómo lloraba ante la angustia de ver a su padre y a su madre enfermos. A partir de ese día, vuelvo a sentir al mil por mil el cariño de Thais, como sé que lo siente su padre. Y la verdad, ¡tan contentos los tres!

Tras una maravillosa mañana de piscina, por la tarde, e invitados por Roberto y Jordi, vamos a su casa para cenar. Volver a aquella urbanización que años atrás fue especial para nosotros a Álvaro y a mí nos conmueve, y ver las casas que un día ocupamos nos emociona.

¡Qué bonitos momentos pasamos allí!

Lo único que pide Álvaro es no trastear por la urbanización. Quiere entrar del coche directo a la casa de Roberto. No quiere encontrarse con viejos conocidos. Ahora que va en silla de ruedas y que su aspecto no es el que fue, no desea ser reconocido. Le incomoda que la gente lo mire con pena. Y yo lo entiendo. Estoy segura de que a mí me pasaría lo mismo.

Desde la terraza de la casa de Roberto vemos que la casa de mis veraneos en Ibiza sigue ocupada por las mismas personas que se la compraron a mis padres y la casa que fue de Álvaro ahora está ocupada por una familia turca. Saber que Olalla la vendió a Álvaro le tranquiliza. Sin que me lo diga, sé que lo último que querría sería encontrarse con ella.

Álvaro y yo disfrutamos de las vistas que tiene al mar mientras escuchamos música. El resto se ocupa de preparar la cena y nosotros, como dos marqueses, saboreamos el momento.

—Este lugar sigue siendo precioso —murmuro.

Álvaro asiente. La belleza que nos rodea es enorme y, mientras me toca con su mano derecha la cintura, afirma.

—Siempre será un lugar especial para nosotros.

En aquella calita que ahora contemplamos desde la terraza, mi amor y yo nos hemos dado mil besos, hemos paseado, tomado el sol, hecho el amor al amanecer. Sin lugar a dudas, ¡hemos hecho mil cosas!

—¿Es Bruno Mars el que canta? —pregunta.

Presto atención a la música que suena.

—Sí —afirmo—. Junto a Lady Gaga. Es una canción preciosa que salió hace un par de días, «Die With a Smile».

En silencio la escuchamos.

—Bris... —murmura—, ¿te has dado cuenta de que la canción dice cosas que tú y yo nos hemos dicho en muchas ocasiones?

Lo miro. Álvaro no es de los que se suela fijar en las letras de las canciones. Esa soy yo. Pero sí. La primera vez que la escuché, al oír que decía cosas como que acababa de despertar de un sueño en el que se tenían que decir adiós, nuestro amor es la única guerra por la que merece la pena luchar, o te amaré cada noche como si fuera la última, me emocioné.

—Julieta, ¡es nuestra canción! —exclama Álvaro.

Parpadeo.

—Woooaaalllaaaa —suelto inconscientemente.

—Vamos. Búscala en YouTube en tu móvil —me pide—. Quiero volver a oírla.

Lo hago, y cuando comienza a sonar, todo el vello de mi cuerpo se me eriza por las cosas que dice y por cómo mi amor me mira.

—Es perfecta para nosotros —dice.

Asiento. La canción es preciosa. Es conmovedora. Y una vez más, y sabiendo que el título es «Morir con una sonrisa», vuelvo a sentir que Álvaro se despide de mí.

—¿Me concederías este baile? —me pregunta.

—Por supuesto —asiento, emocionada.

Abrazados, y sentada sobre las piernas de mi amor, que está en su silla de ruedas, bailamos sin movernos del sitio. Llevo toda mi vida queriendo tener una canción especial con él. A mi manera, las busqué. Las encontré. Pero verdaderamente esta es nuestra canción, porque siento que habla de nosotros y de nuestra preciosa historia de amor.

En silencio y a nuestra manera bailamos. Intuyo que en su mente los recuerdos, los momentos, las vivencias aflorarán como afloran en mi mente, y cuando la canción acaba, nos miramos a los ojos.

—¿Sabes, amor?... Pienso en ti —susurra.

Eso nos hace sonreír. Y eso nos da vida.

Capítulo 73
Álvaro

Madrid, 18 de octubre de 2024

Me encuentro tan cansado que no me apetece ni mirar los papeles que Bris me ha dejado sobre la mesa en referencia a la exposición de mayo, por lo que aquí estoy, junto a Lolo, mi fiel compañero, sumido en mis pensamientos.

—¿Quieres un zumito o algo de beber?

Gloria, como siempre, está pendiente de mí.

—Si me haces uno de tus ricos zumos de naranja, claro que quiero —le contesto, aunque no me apetece.

Gloria sonríe. Lo que le acabo de decir la hace feliz. Llevo días en los que apenas tengo apetito, y tras darme un rápido beso en la mejilla se marcha hacia la cocina.

—Papá, cuáles me pongo, ¿las rojas o las azules? —pregunta Thais, entrando en el salón.

Miro a mi niña. Me muestra dos botas de futbol en diferentes colores.

—Las azules —respondo.

—¡Genial!

Desaparece del salón con la misma rapidez que llegó. Lolo me mira.

—Lo sé. Se hace mayor y pasa de nosotros —le digo.

Tomo aire y al mirar al frente me veo reflejado en el espejo. Estoy pálido. Ojeroso. Y con el pelo lleno de canas. He perdido peso, y sin apartar mi mirada del espejo, me compadezco de mí. ¡Joder! Tengo cuarenta y dos años, supuestamente estoy en la flor de la vida, pero por culpa de mi enfermedad parezco un hombre de ochenta. Ya no soy el tipo atlético, atractivo y fuerte que un día fui. Y si yo no me gusto, ¿cómo pretendo gustarle a Bris?

El timbre de la casa suena, Lolo ladra y oigo que Gloria abre. Reconozco la voz de Pepe. De mi gran amigo Pepe, que entra en el salón y le da unas palmaditas a Lolo.

—¿Cómo está mi pesado preferido? —pregunta.

—Como una rosa —me mofo.

Pepe se acerca, me da un cariñoso abrazo y se sienta en el sofá.

—¿Qué haces?

—¿Sinceramente...? —contesto, enarcando las cejas.

—Sinceramente.

—Me miraba en el espejo y me compadecía de mí.

Pepe mueve la cabeza.

—¿Pero tú eres tonto? —suelta.

—Probablemente —afirmo convencido.

En ese instante, Bris entra en el salón como un torbellino y, quitándose los auriculares que lleva puestos en las orejas con los que escucha música a mil decibelios, saluda.

—Peeepeee, ¿cuándo has llegado?

—Hace unos segundos.

—Tío Pepeeeee —saluda Thais, apareciendo.

Pepe y ellas se dan un caluroso abrazo. Se adoran. Se quieren. Sé que Pepe siempre será un tremendo apoyo para ellas.

—¿Qué haces aquí un viernes a las cuatro de la tarde? —curioseo. Pepe sonríe. Lo hace de esa manera que sé qué es por algo bueno, me impaciento—: Pepe... Pepe... ¿Qué ocurre?

—¡Voy a ser padre!

—¡¿Qué?! —gritan Bris y Thais.

—Que Mónica y yo ¡vamos a tener un hijo!

Bris, Thais y Pepe se abrazan. Saltan. Gritan. Mientras yo desde mi silla de ruedas los observo, hasta que se sueltan vienen hacia mí, me abrazan, me zarandean en la silla y cuando paran, exclamo encantado:

—¡Enhorabuena, papaítooooo!

Pepe sonríe. Está feliz y nos cuenta que Mónica está bien, que ha sido una sorpresa, pero que están felices con la noticia.

Al ver a Bris sonreír, inconscientemente pienso en esos hijos que no hemos tenido por la enfermedad. Cuando la ELA apareció en nuestras vidas, decidimos olvidarnos de volver a ser padres. Con tener que lidiar con Thais y conmigo, Bris ya tenía más que suficiente.

Mientras hablan, mis ojos de nuevo van al espejo. Vuelvo a encontrarme con quien soy hoy en día. Con el hombre de aspecto enfermizo, delgado y canoso que exteriormente no es el que fue, pero que interiormente sigue siendo el mismo, y entonces sonrío. La vida, a pesar de los pesares, sigue adelante, y detalles como la futura paternidad de Pepe me hacen recordar que, aunque las cosas son complicadas, siempre queda un bonito espacio para las alegrías. Y Pepe, mi gran amigo Pepe, va a ser padre, y su felicidad es mi alegría.

Capítulo 74

Bris

Madrid, 8 de noviembre de 2024

Hoy es mi día libre en el teatro y no tengo que ir, cosa que me alegra.

Álvaro lleva días de altibajos y aunque intenta echarle humor y quitarle importancia para que yo no me preocupe, lo hago. Veo en sus ojos y en su respiración algo que me inquieta, y a pesar de que intento convencerlo para llevarlo al hospital, se niega. No quiere ir.

¡Qué cabezota es!

Tras una mañana en la que está adormilado más que otros días, cuando subo de la calle de dar el paseo a Lolo, le estoy llenando su cazo con agua en la cocina cuando veo que Thais, que ha regresado a casa, viene a darme un beso.

—Estoy muy enfadada —admite.

—¿Qué te pasa?

Thais pone esa cara de drama que suele poner.

—He escrito un WhatsApp a Miguel y me ha dejado en visto —explica—. ¡No me ha contestado! —Suspiro. Miguel es el chico con el que sale, y cuando voy a contestar, añade—: Como me escriba, ¡lo mando a la mierda y después lo bloqueo!

—¡Thais!

Sonreímos.

—Mamichula... —cambia de tema—. Rebeca viene a dormir esta noche

—¡Perfecto!

—Mañana jugamos con nuestras grandes rivales. Ha habido un cambio en las fechas por no sé qué problema, y tenemos que estar a las diez de la mañana en el campo de...

—Mañana a las diez tu padre y yo tenemos cita en el hospital con el neumólogo —la interrumpo.

Thais me mira. Se lleva la mano a la cabeza.

—Es verdad. —Y antes de que yo diga nada, añade—: Ahora mismo le escribo a la entrenadora y le digo que no cuente conmigo para mañana.

Niego con la cabeza. Quiero que ella siga con su vida.

—No hace falta que nos acompañes, Thais —bajo la voz para que no nos oiga Álvaro—. Es una visita rutinaria. Vete si quieres a casa de Rebeca a dormir, y que os lleve mañana al partido su padre o su madre.

Thais lo valora. Sé cuánto quiere ir a ese partido, pero también sé que su padre está por encima de todo.

—Que no, mamá —insiste.

—Thais...

—¡Que voy con vosotros!

La miro. Sé que si me empeño será peor. He de dejarla que lo piense unos segundos. Bebe un vaso de agua.

—¿Seguro que no quieres que os acompañe? —dice finalmente.

—Seguro —afirmo convencida.

Thais sonríe como sonrío yo.

—¡Guay! Aviso a Rebeca y me voy a su casa a dormir —dice, tras darme un beso.

En ese momento el móvil le pita.

—¡Es Miguel! —exclama.

—¿Pero no lo ibas a mandar a la mierda y bloquear? —me burlo con una sonrisa.

Sonriendo se aleja, y ya solo tiene ojos para el teléfono móvil.

Dejo la correa de Lolo en su sitio y entro en el salón, donde está mi amor.

Álvaro está sentado en su silla de ruedas. Lee un libro. Está tranquilo. Y acercándome a él, le doy un cariñoso beso en la mejilla.

—Hola, Romeo —lo saludo.

—Ehhhh, si ya llegó mi Julieta. ¿Qué tal el paseo con Lolo?

Me siento frente a él. Su aspecto y su respiración no es buena, aunque su tono de voz sí lo es.

—Interesante —replico—. Nos hemos encontrado con esa perrita que tanto le gusta, y se ha puesto muy tontorrón.

Nos estamos riendo cuando entra Thais como un vendaval.

—¡Papuchissss! Me piro a casa de Rebeca a dormir —dice. Acto seguido, se acerca hasta nosotros, y agachándose, promete—: Papichulo..., mañana meteré siete goles por ti.

Álvaro sonríe e inconscientemente guiña el ojo de aquella manera que tanto me gusta y que ha heredado Thais. Desde el verano, ya no asiste a los partidos de futbol. Durante mucho tiempo ha ido a todos los que ha podido, pero ahora lo agotan. Le descabalan el día. Por lo que tras hablarlo y Thais entenderlo, ahora espera a que ella regrese y le cuente las jugadas.

Padre e hija se miran. Sonríen. Tienen la misma mirada y sonrisa.

—Te quiero mucho, papichulo. Pasa buena noche. —Lo abraza.

—Yo sí que te quiero a ti, cariño. ¡No lo olvides!

Tras darse un último beso, Thais me besa a mí y dice:

—A ti también te quiero, mamichula.

—Eres una zalamera de mucho cuidado —me mofo, divertida.

Thais se ríe como nos reímos nosotros, y tras besar a Lolo en la cabeza, grita alejándose:

—Pero que sepáis que Lolo y el oso Porter ¡son mis preferidos!

Segundos después, oímos que la puerta se cierra.

—Me gusta su vitalidad y su locura, ¡en eso es como tú! —dice Álvaro.

Asiento. Tiene razón. Álvaro tose.

—Estaba enfadada porque Miguel... no le había respondido a su WhatsApp —me dice.

—Tranquilo. ¡Ya le escribió!

Saco del bolsillo de mi pantalón mi teléfono móvil y tras buscar la canción que sé qué últimamente no deja de escuchar, la pongo.

—¿Bailas conmigo, Romeo? —pregunto.

—Por supuesto, Julieta.

Suena nuestra canción. La canción de Bruno Mars y Lady Gaga. Esa que parece que está escrita por y para nosotros. Y, sentándome sobre sus piernas, me abrazo a él y simplemente disfrutamos del placer de bailarla juntos, sin movernos del sitio.

A las siete llega Gloria y, feliz, nos trae croquetas. Su especialidad.

Álvaro y yo, incluso Lolo, le hacemos una fiesta. Las croquetas de Gloria son las mejores del mundo, y tras un rato de charleta en el salón, nos disponemos a cenar los tres. Pelayo está en el gimnasio.

—¡Qué ricas, por Dios, Gloria! —afirmo—. Nadie hace las croquetas como tú.

La mujer sonríe. Álvaro, tras varios bocados a tal *delicatessen*, tose. Se atraganta. Y tras expulsar el trocito de croqueta, murmura:

—Mañana las comeré.

Gloria y yo asentimos, pero nos apenamos. Cada día come menos. Eso no es buena señal, pero no lo mencionamos. Delante de él, procuramos no comentar esas cosas.

Cuando terminamos de cenar, mientras Gloria recoge la cocina, Lolo y yo observamos cómo Álvaro se lava los dientes. Por suerte, su mano derecha sigue con fuerza para poder hacerlo, aunque ya me ha dicho que cada vez la nota más débil. A diferencia de otras noches, lo encuentro más ralentizado. Todo lo hace lentamente. Muy lentamente.

Acabada su higiene personal, en la que en ciertos momentos lo ayudo, Gloria y yo acostamos a Álvaro. A mí sola me resulta difícil.

—Bueno, mi amor. Pasa buena noche y mañana nos vemos —se despide Gloria.

Álvaro asiente y tras recibir el beso que cada noche la buena de Gloria le da con cariño, mirándola, dice:

—¿Mañana traerás churros para... desayunar?

—¡Pero tendrás morroooo! —me mofo—. ¿Encima con exigencias?

—Por ti, mi vida, voy a por churros al fin del mundo —dice Gloria, encantada.

Álvaro sonríe. Se dan un nuevo beso y cuando Gloria se marcha y oigo la puerta cerrarse, miro a mi chico.

—Eres un caprichoso. ¿Lo sabías? —me burlo.

Mi chico sonríe, y tumbándome en la cama junto a él, pongo la televisión y nos ponemos a ver una serie que nos gusta.

Durante el capítulo comentamos las cosas. Nos reímos. Y cuando vuelve a toser, veo que el aire le falta.

—Cariño, creo que deberíamos ir al hospital —le digo, preocupada.

—No.

—Pero, Álvaro...

—Pepinillo —me corta con voz algo gangosa—, tranquila. Estoy bien.

—Pero, cielo, respiras mal y...

—Solo quiero estar aquí... contigo.

Suspiro. Resoplo. No quiero llevarle la contraria. No quiero hacer nada que lo pueda incomodar.

—Vale. Pero si tu respiración empeora —digo—, te pongas como te pongas, te llevo al hospital. ¿Te queda claro? —Álvaro lentamente sonríe. Me guiña el ojo—. Dices que Thais es zalamera, pero, desde luego, ha tenido de quien aprender.

Mi amor con mimo me besa en la frente y proseguimos viendo la serie en la televisión.

En el capítulo de hoy los protagonistas se declaran su amor. Por fin, los guionistas nos dan ese momento que llevamos tiempo esperando.

—¿Estás llorando? —pregunta Álvaro al finalizar el episodio.

Asiento. Lo que he visto y oído me emociona. El amor puede conmigo. Cuando apago la televisión, Álvaro me toca el flequillo con su mano derecha y hace que lo mire.

—Si la vida... te concediera un deseo, ¿cuál... sería? —pregunta.

—Que no tuvieras ELA —respondo sin dudarlo.

Álvaro asiente.

—¿Y el tuyo? —quiero saber.

—Mi deseo... sería volverte a conocer. —Oír eso me gusta. Me eriza todo el vello de mi piel; luego susurra—: Eres lo más... bonito que he tenido en mi vida... y me has hecho muy feliz.

—¿Y eso a qué viene ahora?

Álvaro me mira. Por su gesto sé que está cansado.

—A que... te quiero —responde.

Sonriendo, me abrazo a él, veo que su respiración ahora está más relajada.

—Cierra los ojos y duerme. Estás agotado —le digo.

Álvaro asiente. Cierra los ojos. Sabe que está cansado.

Con cuidado me levanto de la cama, la rodeo y tras colocar bien las almohadas, pues Álvaro duerme bastante incorporado por temas de su respiración, me acuesto al otro lado, toco el potenciómetro y bajo la intensidad de la luz. Desde hace meses no dormimos a oscuras. Me gusta ver el rostro de Álvaro todas las veces que me despierto durante la noche para comprobar que está bien.

En silencio dormitamos un buen rato.

—Bris... —oigo.

Doy un bote en la cama. Miro el reloj, son las cinco y diez de la mañana.

—Dime, cariño.

Álvaro coge mi mano con su mano derecha.

—Agua —pide. Voy a levantarme cuando Álvaro, que me tiene cogida de la mano, murmura—: ¿Me... darías... un beso?

Oír eso me hace gracia, y sin dudarlo, le lleno de besos dulces la cara, y cuando le doy el último en los labios, afirmo:

—Un beso no. Doscientos mil.

Sonríe. Sonrío.

—Voy a por el agua. —Me levanto.

—Bris...

Al llegar a la puerta, me vuelvo para mirarlo. Su respiración es lenta. Quizá demasiado, pero me tranquiliza al no verla agitada. Y entonces levanta su mano derecha y con sus dedos índice y medio se señala los ojos, y luego me señala a mí.

Divertida, por aquello que siempre para nosotros es una coña, repito la acción.

—Yo sí que te estoy vigilando —le digo.

Ambos sonreímos, y cuando salgo de la habitación voy hasta la cocina. Allí, como siempre al entrar, mis ojos van derechos el arcoíris de la nevera. Al arcoíris de los deseos de Peny.

—Solo deseo que esté bien. Solo eso —susurro.

Acto seguido, saco una jarra y la lleno de agua. Cojo un vaso, y cuando regreso a la habitación, al ir a entrar, me encuentro con que Lolo está sentado en la puerta.

—Cuidado, Lolo, que también te vigila a ti —le digo.

El perro me mira. Suelta un pequeño lamento, y yo, pasando por su lado, entro en la habitación cuando me freno al ver la postura de la cabeza de Álvaro. Dejo el vaso y la jarra sobre la mesilla y, sentándome en la cama, recoloco su cabeza.

—Cariño... —murmuro.

Álvaro no responde. No me mira.

No... No... No... No...

No quiero despertar de nuestro sueño. No quiero decirle adiós.

—Álvaro... —insisto con un hilo de voz.

Y de pronto siento como si el aire se hubiera detenido, como si el tiempo se hubiera estancado y sé que...

No... No... No...No... ¡No puede ser!

No... No... No... No... ¡Me niego a aceptarlo!

Pero sí. Nuestro sueño se ha acabado y he de decirle adiós.

Álvaro. Mi amor. Mi Romeo. El hombre que durante años ha iluminado todos y cada uno de mis días y que me ha hecho tener mi bonita historia de amor, con gesto sereno se ha ido. Ya no está conmigo.

Me ahogo. No... No puedo respirar.

Lo miro. Con delicadeza le toco el rostro. Le coloco el pelo. No. No quiero perderlo. No quiero decirle adiós. No quiero avisar a nadie. En cuanto lo haga, se lo llevarán de mi lado y no quiero alejarme de él.

Las horas pasan. Lloro abrazada a él y soy consciente de cómo la habitación poco a poco se ilumina por la luz del exterior. Amanece un nuevo día.

Lolo, que lloriquea junto a mí, me da toques con el hocico para consolarme, para hacerme saber que está conmigo, y yo..., yo se lo agradezco.

Suena el despertador y me incorporo para apagarlo. En menos de media hora, Gloria aparecerá en casa y, Dios, ¡lo que va a llorar! ¡Pobrecita! Y pobrecita Thais cuando tenga que llamarla para decírselo.

Vuelvo a mirar a mi amor. Ha luchado como un guerrero para estar el máximo tiempo conmigo. Ha intentado prolongar todo lo que ha podido nuestro largo adiós. Y con delicadeza, le beso en los labios.

—Gracias por todo, mi amor. Te quiero —susurro.

Lloro. No puedo dejar de llorar, mientras miro a Álvaro y recuerdo sus últimas palabras y su última acción. Lo hizo para tranquilizarme. Para recordarme que he de ser feliz y que me observará para comprobarlo.

Lo abrazo de nuevo. Lo aprieto contra mi cuerpo. Necesito tenerlo cerca. Muy cerca. Mientras lloro, lloro y lloro, y no sé si algún día podré parar de llorar.

Epílogo

Bris

Madrid, 16 de mayo de 2025

Cuando salgo del parque del Retiro junto a Lolo hace un precioso día.

Rápidamente miro el reloj. Calculo la hora. He de estar en la exposición a las cinco. A las seis inauguramos y quiero un ratito a solas para nosotros.

Ufff..., qué nervios, mi amor.

Hoy no he ido al teatro. Saben que tengo algo importante que hacer, por lo que ensayarán sin mí. Estrenamos en un mes un nuevo musical en Madrid, una vez finalicemos con el de *Mamma Mia!*, y la verdad, estamos emocionados. El trabajo va bien. Cada vez me llaman de más sitios para trabajar como coreógrafa, por lo que mi mundo laboral va viento en popa.

Te echo de menos. No hay día ni momento en el que no piense en ti. Pero te prometí ser feliz y lo intento. Motivos para serlo me has dado. Soy feliz por haberte conocido. Feliz por los años vividos juntos. Feliz por la hija que tenemos, por la familia, por los amigos. Todos ellos me ayudan. Nos ayudan. Y muchos de ellos están en mi vida gracias a ti, empezando por nuestra hija.

Una maldita insuficiencia respiratoria aquella noche inevitablemente nos separó. Los médicos me dijeron que fue una dulce despedida para ti. Que no sufriste. Y con eso me quedo. Con que fue algo dulce para ti.

Fue doloroso perderte aquella madrugada. Me ha costado meses dejar de llorar, pero te siento junto a mí y sé que me esperas. Sé que estás con Peny, con Camilo, con la *nonna* Giulia, con almas que han sido importantes en nuestras vidas, y cuando nos reencontremos, nada ni nadie nos separará.

Me vibra el teléfono y al sacarlo del bolsillo de mi pantalón sonrío. Es Thais. Nuestra niña. Me manda una fotografía en la que está con la toda familia tomando algo por la plaza Mayor de Madrid. Son tantos que no entran en la fotografía.

La familia de Grecia, al completo, llegó hace dos días a Madrid, y se alojan en un hotelito muy chulo que hay por la Gran Vía. Mamá y papá en esta ocasión se han quedado con ellos. Quieren estar pendientes para que no se metan en líos. ¡Ya sabes cómo son!

La ilusión que tenían por venir a Madrid a tu exposición ha hecho que todos los Papadopoulos, incluida Petra, la vecina española, estén aquí. Te quieren, te adoran, y sé que nunca se olvidarán de ti.

Andrea, Henry y Luca han llegado esta mañana de Londres, como tu padre con Fiorella, Luna y algunos de tus primos de Nápoles. Está claro que tu exposición va a ser todo un acontecimiento familiar.

Mientras espero a que el semáforo cambie de color para cruzar de acera, me fijo en las personas de enfrente. Me encanta observar, algo que tú me enseñaste. Hay una guapa y estilosa mujer que habla alegremente por el teléfono móvil. Varias madres que van con sus hijos de la mano. Un par de grupos de hombres trajeados. Adolescentes que ríen ante sus confidencias, y una pareja que rondará la treintena que van cogidos de la mano, pero que por su gesto parecen enfadados. ¡Anda que no se nota eso!

Sin poder apartar mi mirada de estos últimos, me apeno por ellos. Me gustaría decirles que cada segundo perdido es un segundo que no se recupera, pero creo que me pueden mandar a la mierda, por lo que mejor no les digo nada.

Con esa sonrisa que te prometí que nunca perdería, y junto a Lolo, cuando el semáforo se pone verde para los peatones, proseguimos nuestro camino, y cuando llegamos ante la sala de exposiciones donde vas a exponer, el corazón me salta de felicidad al leer el cartel que dice:

ARTISTA: ÁLVARO LOMBARDO
TÍTULO DE LA EXPOSICIÓN: «AL OTRO LADO DEL ARCOÍRIS»

Cariño, ¡esto es por y para ti!

Cuando estoy disfrutando de lo que veo, de pronto..., woooaaalllaaaa, a escasos pasos de mí está Olalla. ¡No me jodas!

Para variar, su gesto es adusto. Desagradable. Me reta con la mirada, pero yo la miro con firmeza. No puedo negarle la entrada a la exposición, es de acceso libre. Pero sí se la negué el día tu entierro. Cumplí mi promesa, mi amor, y ella no se acercó a ti.

Olalla no me quita ojo. Se aproxima. ¡Malo!

Se queda a escasos pasos de mí y Lolo la mira y, sorprendentemente, la gruñe. Eso me hace sonreír. Hasta Lolo percibe sus malas vibras. Y cuando creo que va a abrir la boca y allí me va a liar la mundial, se da la vuelta y se va. Uf..., cariño, cómo se lo agradezco. Lo último que hubiera querido es un numerito ante tu exposición.

Al ver que se aleja miro a Lolo con cariño, le toco en la cabeza y con la mirada nos entendemos. Después llamo a la puerta del local. Por suerte, rápidamente me abren y entramos. Aún está cerrada al público.

Roberto, el amigo de tu padre que nos ha cedido la sala, está encantado. Todo lo que ve tuyo lo tiene flipado, y me dice que cuando acabe la inauguración, quiere hablar conmigo. Cree que es interesante enseñar tu trabajo en otros sitios.

Vaya, mi amor, ¡al final vas a ser más bueno de lo que creíamos!

Me sirvo una copa de las bebidas que hay dispuestas en una pequeña barra y decido darme una vuelta junto a Lolo, que olisquea todo por la exposición. Quiero disfrutar de tus bonitos trabajos ahora que no hay nadie y puedo admirarlos con tranquilidad. Pero primero voy hasta donde he solicitado que pongan una foto tuya. Quiero que el mundo te vea. Que todos los que no te conocieran te conozcan. Y sonrío al verla. Joder, ¡qué guapo estás!

Sonríes mientras miras a cámara. Estás increíble. Estás para comerte. ¿Pero cuándo no has estado tú para comerte?

En la foto eres tú en estado puro. Vida. Amor. Pasión. Levanto la copa que llevo en mi mano.

—Esto va por ti, Romeo —brindo.

Emocionada durante un buen rato y solo acompañada por nuestro fiel Lolo, paseo por la exposición y disfruto de tu arte. ¡Qué bien lo hacías, cariño! ¡Qué maravillosas obras has creado a lo largo de los años! Y qué orgullosa estoy de ti.

Suena el timbre de la puerta y al mirar sonrío. Son Pepe y Mónica con su bebé junto a Gloria y Pelayo. Traen a Álvaro. Porque sí, le han puesto tu nombre. Con amor los saludo y beso al bebecito, que más lindo no puede ser. El timbre vuelve a sonar, y veo a Thais con toda la familia.

Woooaaalllaaaa, ¡somos tropecientos mil!

Cuando los dejan entrar y me besuquean, veo que miran a su alrededor emocionados. Ven tu trabajo. Por fin conocen eso que tanto te apasionaba y sé que, a su manera, te ven a ti, mi amor.

—Mamá, ¡qué pasote! —exclama Thais.

Asiento. Aquel espacio de altos techos blancos y enormes paredes llenas de preciosas pinturas es totalmente Álvaro Lombardo.

—Tu padre era increíble —afirmo con una gran sonrisa.

Thais asiente. En sus ojitos veo la tristeza por no tenerte cerca, pero también veo el orgullo por haberte tenido como padre. No ha sido fácil para ella. Cuando nos dejaste, lo pasó muy mal. Te añoraba mucho, y te sigue añorando. Pero es una Lombardo Suárez Papadopoulos, y está remontando. Ella puede con esto, y con todo lo que le echen. Tiene nuestra fuerza. La tuya y la mía. Y eso la hace indestructible.

El timbre de la puerta suena una vez más. Al mirar veo a la bonita familia que hemos creado en la asociación de ELA. Juan, Alicia, Teresa, Salva, Jaime, Susana y los demás. Todos están aquí. Ninguno quiere perderse tu exposición, y veo que disfrutan con lo que ven.

Una hora después, la exposición está a reventar. ¡Qué exitazo, cariño!

La familia, los amigos, la prensa y personas anónimas que pasan de la calle hacen que este momento sea mágico y especial. Tremendamente especial.

Suena nuestra canción por los altavoces e inmediatamente siento cómo todo el vello de mi cuerpo se eriza. Cada vez que la escucho me pasa, y, como dice la canción, estoy despertando de un sueño en el que tuvimos que decirnos adiós, aunque sé que donde yo esté, siempre te tendré conmigo. Siempre.

Emocionada y conteniendo mis ganas de llorar, pues sé que no es el momento ni el lugar, miro nuestro cuadro. El cuadro que pintaste especialmente para mí. En él veo las bonitas vistas desde la ventana de nuestra habitación en Santorini, pero también te veo a ti. Veo tu amor, nuestra vida, nuestros preciosos momentos. Y ¿sabes, amor?... Pienso en ti.

Banda sonora

Voy a pasármelo bien, ℗© 1989 Twins, S.A., interpretada por Hombres G.

Wannabe, ℗© 1996 Virgin Records Ltd., interpretada por Spice Girls.

Don't Speak, ℗© 1996 Interscope Records, Inc., interpretada por No Doubt.

Hot in Here, ℗© 2002 Universal Motown Records, interpretada por Nelly.

Crazy in Love, ℗© 2003 Sony Music Entertainment Inc., interpretada por Beyoncé.

Clocks, ℗© 2003 EMI Records Ltd., interpretada por Coldplay.

The Game of Love, ℗© 2002 Arista Records, Inc., interpretada por Santana.

My Baby Just Cares for Me, ℗© 1982 Charly Records Ltd., interpretada por Nina Simone.

Where Is the Love, ℗© 2003 Interscope Records (A&M), a division of UMG Recordings Inc., interpretada por The Black Eyed Peas.

Hollaback Girl, ℗© 2005 Interscope Records (A&M), a division of UMG Recordings Inc., interpretada por Gwen Stefani.

Ribbon in the Sky, ℗ 1982 UMG Recordings © 1982 Motown Record Corporation, interpretada por Stevie Wonder.

My Cherie Amour, © 1969 Motown Record Corporation, interpretada por Stevie Wonder.

The Time of My Life (*Dirty Dancing*), ℗ 1987 BMG Music / Vestron Pictures, Inc. / Sugar Hill Records, Inc. / © 1987 BMG Records (UK) Ltd./ Vestron Pictures, Inc., interpretada por Bill Medley y Jennifer Warners.

Dancing Queen (*Mamma Mia!*), ℗© 1976 Polar Music International AB, interpretada por Abba.

Sandy (*Grease*), ℗ 1978 RSO Records, Inc., interpretada por John Travolta.

Hopelessly Devoted to You (*Grease*), ℗ 1978 RSO Records, Inc. interpretada por Olivia Newton-John.

Can't Take My Eyes off You, ℗© 2000 New Music International, interpretada por Gloria Gaynor.

A Sunday Kind of Love, ℗ 1960 UMG Recordings, Inc., interpretada por Etta James.

Trust in Me, ℗ 1960 UMG Recordings, Inc., interpretada por Etta James.

Stormy Weather, ℗ 1960 UMG Recordings, Inc., interpretada por Etta James.

At Last, ℗ 1960 UMG Recordings, Inc., interpretada por Etta James.

I Can't Help Myself, ℗ 1966 Motown Records, a division of UMG Recordings, Inc., interpretada por The Supremes.

In My Blood, ℗© 2018 Island Records, a division of UMG Recordings, Inc., interpretada por Shawn Mendes.

It Will Rain, ℗© 2011 Atlantic Records Corporation, interpretada por Bruno Mars.

Daydreaming, ℗ 2022 Erskine Records Limited, under exclusive license to Columbia Records, a division of Sony Music Entertainment, interpretada por Harry Styles.

Die With a Smile, ℗© 2024 Interscope Records, interpretada por Bruno Mars & Lady Gaga.